나의 삶을 뒤돌아보며

나의 삶을 뒤돌아보며

닷골자서전

나의 삶을 뒤돌아보며

권정렬

그물코

차례

어린 시절

　내 생일이 언제인지 정확하게 아는 사람은 아무도 없다. 경상북도 상주군 모서면 면사무소에 1942년 10월 28일로 출생신고가 되어 있지만 아닌 것 같다. 큰어머니들에 의하면, 음력 8월 말께라고만 하신다. 엄마는 내가 여덟 살 때 돌아가셨다. 내 생일을 정확하게 기억할 엄마는 내가 생일이 언제인지 물어볼 겨를도 없이 먼저 가셨다.

　내가 태어날 때쯤 아버지는 만주에 가셨다. 먹고 살 길 없어 막막했던 사람들, 더 나은 삶의 기회를 찾던 사람들이 만주로 떠나던 시절이었다. 가난한 농촌에서 가진 것이 아무 것도 없었던 아버지도 그대로는 가난을 면하기 어렵다는 생각에 만주행 대열에 합류했던 것 같다.

　아버지가 만주로 가신 이야기를 큰아버지가 말씀하실 때 옆에서 들은 적이 있다. 아버지는 구남매 중 여덟 번째셨는데, 형제가 많아 결혼할 때 재산 분배가 어려웠다. 그래서 내가 태어나기도 전에 만주로 가셨다. 그때는 교통편이 좋지 않아 걷기와 기차 타기를 반복했다. 어느 날은 걷다가 어두워져 근처에 있던 집으로 가 하룻밤만 재워달라고 청하여 그곳에서 하루 묵었다. 그때는 너나없이 어려운 때였다. 그런데도 주인은 천장에 매달아 놓은 봉지에 담긴 가루를 물에 타서 이거라도 먹으라고 주셨다.

아버지는 어렵게 만주까지 가셔서 큰 가게에서 일을 시작했다고 한다. 그곳에서 쭉 일을 하셨는데, 주인이 이상하게도 돈을 잘 흘리고 다녔다. 아버지는 그걸 아버지 주머니에 넣지 않고 주워 주인에게 챙겨 드렸다. 주인은 그 일로 아버지를 크게 신뢰하여 사위로 삼고 싶어 했다. 그러던 차에 고향에서 편지가 한 통 왔다. 바로 나의 출산을 알리는 소식이었다. 이를 본 주인은 실망한 눈치가 역력했다고 한다.

아버지는 공부가 하고 싶어서 상주(경북) 읍내에서 1년 간 학교를 다닌 적이 있었다. 그때는 결혼도 하기 전이었고, 만주도 가기 전이었다. 그런데 큰아버지가 공부를 해서 뭘 하냐고 아버지를 집으로 데려가셨다. 아버지는 집에서 사흘을 울며 밥도 굶었지만 다시 학교에 갈 수는 없었다.

아버지는 그 후 결혼을 했지만 사방팔방 어두운 막막한 생활이었다. 형제가 아홉이나 되는 너무 큰 대가족이었기에 그 집에서 새로 시작한 젊은 부부는 살기 힘들었다. 아버지에게는 돌파구가 필요했다. 이렇게 여러 이유가 겹쳐져서 만주로 가신 것 같다.

내가 태어난 후, 어머니는 살림을 내서 따로 살고 싶어 하셨다. 가진 것은 아무것도 없었지만 하루라도 빨리 살림나는 것이 유리하다 싶으셨던 것 같다. 부엌도 없는 셋방이었다. 살림살이라고는 작은 솥 하나에 사과궤짝 같은 것, 그릇 담을 도구 이게 전부였다. 아버지가 돌아오시기 전까지 그 곳에서 어머니는 갓난아기인 나를 키우셨다.

해방이 되고 얼마 후에 아버지가 만주에서 돌아오셨다. 아버지는 틈틈이 농사도 짓고 우체국에도 나가셨다. 아버지는 잠깐이지만 학교 공부를 했기 때문에 우체국에서 일을 할 수 있었다. 그땐 월급이 아니고 배급을 받았다. 하지만 그것도 제때 나오지 않고 두 달 석 달 미루어 나온 것이 안남미, 좁쌀, 수수쌀, 보리쌀이었다. 멀리 외국에서 온 것이라 석유 냄새가 났다. 워낙 식량이 부족한 때라 그거라도 감사하며 먹을 수밖에 없었다. 아버지가 우체국에 다니시면서 먹고 사는 것은 해결되었다.

부모님은 가을이면 고사떡을 큰 시루에 가득 정성껏 해놓고 깨끗한 옷으로 갈아입으셨다. 해가 질 무렵이면 경을 읽을 장님 할아버지가 북을 지고 지팡이를 더듬으면서 오셨다. 이윽고 해가 지면 석유 호롱불도 켜지만 조그만 종지에 들기름을 붓고 창호지로 심지를 만들어 불을 여리게 밝혔다. 큰댁, 작은댁, 이웃 분들이 오셔서 밤을 꼬박 새웠다. 10월과 11월 양달 간에 좋은 날을 선택해서 집집마다 고사를 지내며 우리는 한해 농사를 마무리했다.

우리는 새 집을 지어 이사했다. 아버지, 어머니 그리고 새로 태어난 동생들과 새 집에서 살기 시작했다. 어느 날 어머니께서 빨래를 삶고 난 불에 감자를 구워 주시면서 동생들과 나누어 먹으라고 하신 기억이 난다. 우리 다섯 식구는 행복한 시간을 보냈다. 우리는 여전히 가난했지만 새 집에서 앞날을 희망하며 살 수 있었다.

1950년 봄이 되었다.

그해 여덟 살이 된 내 앞으로 국민학교 입학 통지서가 나왔다. 3월이라고는 하지만 꽤 추웠다. 장독 위에는 밤새 흰 눈이 소복소복 쌓였다. 엄마가 참 예쁜 꽃신을 사 주셔서 밤새 옆에 놓고 잤다. 아침에 일어나 꽃신을 조심스럽게 신고는 엄마 따라 학교에 갔다. 하얀 바지가 잘 어울리는 키가 큰 남자 선생님이 우리를 반겨 주었다.

나까지 여학생은 세 명이었는데, 교장선생님이 본인의 아기를 봐달라고 하셨다. 우리는 마치 특혜를 받은 것처럼 기뻐서 우르르 달려가 아기를 보았다. 교장선생님 댁이 크고 넓은 기와집이었던 것이 기억에 남는다.

어느 날 서커스단이 학교에서 2킬로미터 떨어진 곳에 들어왔다. 나를 포함한 1학년 전체가 선생님을 따라가서 구경했는데, 공중그네를 타는 것이 신기했지만 무섭기도 해서 손에 땀을 쥐고 보았다. 그런데 어쩐 일인지 잘은 모르겠는데 보는 중간에 나는 혼자 집으로 돌아왔다. 거기서 집까지는 4킬로미터 거리였는데 여덟 살 먹은 아이가 어떻게 혼자 걸어갔는지 모르겠다. 내가 떠난 후 아버지가 과자를 사서 그곳에 오셔서 날 찾았다는 얘기를 나중에 들었다.

오륙학년 언니, 오빠들을 보면 책이 많아서 책보가 두툼했는데 일학년은 책이 얇았다. 언니 오빠들이 부러웠다. 그래서 아버지 책을 보따리에 싸서 학교에 가기도 했다.

학교생활은 넉 달도 채 못 되어 끝났다. 1학기가 끝나고 2학기 책을 받으려고 기다리는데 6.25가 났다. 그땐 책값을 먼저 낸 사람은 먼저 받고 나중에 낸 사람은 책을 받지 못했다. 우리 마을에서는 모두 여덟 명이 입학했는데, 그 중 다섯은 받고 셋은 책을 받지 못했다. 책을 받지 못한 셋은 모두 여학생이었다. 그 시절, 여자아이들에게는 공부가 그리 중요하지 않았다. 전쟁이 나자 여덟 살 여자아이들이 학교 다니는 것은 하찮은 일이 되었다. 우리는 순위에서 밀려 학교를 더 이상 다닐 수 없었다.

내 생애에서 학교생활은 석 달 남짓이었다. 무엇을 배웠는지는 전혀 기억이 나지 않는다. 학교생활은 이것이 전부이다. 보통 유치원과 초등학교에서 기초를 배우고 알아가지만 석 달 학교 다닌 게 전부인 나에게는 기초가 없었다. 나는 일찌감치 오른쪽 귀가 들리지 않았다. 나중에 학교 다니는 동생들 어깨 너머로 한글만 간신히 깨우쳐 겨우 읽을 줄만 알지 글을 써 본 적은 없었다. 글을 쓰는 것이 너무 어렵고 힘들다.

전쟁이 우리 마을에도 닥쳤다. 어른들은 매우 불안해했다. 여기저기 사방에서 총소리가 났다. 엄마는 피난을 가야 한다며 우체국에서 준 농구화 같은 신발을 신고 동분서주했다. 이웃 분들이 그 후에도 전쟁 이야기를 하실 때면 우리 엄마가 누구보다 더 살려고 애썼다는 얘기를 했다. 그러나 우리는 피난을 갈 수 없었다.

설상가상으로 외가댁에 장티푸스가 돌아 외할아버지가 돌아가시고 온 가족이 누워 있다는 얘기를 들었다. 장티푸스는 전염성이 강한 병이었다. 엄마도 아버지도 어떻게 꼼짝할 수가 없었다. 엄마는 애만 태웠다.

한 달이 지났을 때 이젠 괜찮겠지 하시며 아버지와 어머니가 어린 동생을 업고 외가댁으로 가셨다. 가시는 날 나도 가겠다고 어머니를 잡고 매달리며 울었다. 그러나 부모님은 금방 올 거라며 데리고 가지 않았다. 그 날 그 장면이 평생 기억 깊은 곳에 담겨 있다.

부모님이 외가댁에 다녀오신 후 이상하게 내가 먼저 아프기 시작했다. 나는 어머니한테 업어달라고 보챘다. 그러나 다 큰 것을 뭘 업어 주냐며 어머니는 안 업어 주셨다. 지금 생각하면 아픈 마음에 어머니한테 어리광을 부렸던 것 같다. 이후 나는 일어나고 어머니가 눕게 되었다. 둘째 큰엄마께 들었는데, 참 부지런하시던 어머니가 몸도 아프고 기분도 좋지 않다며 누워 있자, 바쁜데 괜히 꾀병으로 누워 있다며 큰어머니가 야단을 치셨다고 한다. 그러나 꾀병이 아니었다. 어머니는 열이 심했다.

음력 그믐달이 뜬 밤이었다. 마당에 있는데 육촌 당숙께서 나무로 된 관을 지고 우리 집으로 들어오셨다가 나가셨다. 이상하고 무서운 느낌이 들어 방에 들어가 보니 어머니가 안 계셨다.

어머니 제사가 있는 음력 그믐날에는 집안 사람들이 모여 제사 음식을 준비했다. 아버지가 생전에 고생한 사람이니 제사만큼은 잘 지내주자고 하여 매번 놀랄 정도로 푸짐한 제사상이 차려졌다. 어머니는 제삿날 오셔서 그 많은 제사 음식을 다 드시고 가셨을까?

어머니가 돌아가시기 전 하신 말씀은 전혀 기억이 나지 않는다. 그저 감자를 구워 주던 장면, 아버지가 퇴근하면 어머니는 아기에게 젖을 물리고 네 식구가 같이 밥을 먹던 기억만 생각난다. 어머니는 얼굴형이 갸름한 계란형이었고 키가 큰 분이었다. 그 외에는 어머니 생각이 나지 않는다.

어머니 돌아가셨을 때 첫째 동생이 여섯 살, 둘째 동생이 네 살이었다. 밑으로 태어난 지 석 달 된 셋째가 있었는데 영양실조로 엄마를 따라 하늘나라로 갔다.

뒤이어 아버지도 열이 너무 심하고 헛소리까지 자꾸 하셨다. 아버지가 편찮으실 때는 큰어머니들이 먹을 양식과 한약을 지어다가 주셨다. 당시 조부모님이 살아계셔서 우리를 돌봐 주시고 아버지 병도 간호해 주셨다.

한번은 아버지가 정신없이 밖으로 나가 아버지 친구분 집까지 간 적이 있었다. 아버지를 만난 마을 사람들은 모두 깜짝 놀라 피했다. 우리는 동네 우물에도 갈 수 없었다. 마을에서 허락하지 않기 때문이다. 우리는 생전 안 먹던 논가의 웅덩물(웅덩이 물)을 길어다 먹었다.

아버지 병세는 점점 심해졌다. 어느 날 밤인가는 곧 돌아가실 것 같아 할머니 할아버지가 집으로 오셨다. 우리는 뜬눈으로 밤을 새웠다. 아침 햇살이 들어올 무렵, 천만다행으로 호전되어 고비를 넘겼다. 그러나 여전히 아버지 정신은 혼미했다. 온 가족이 정말 조마조마했다.

늦은 밤, 문득 잠에서 깼다. 아버지가 방에 계시지 않았다. 우리는 집 밖으로 나가 아버지를 찾았다. 사방은 불빛 하나 없는 칠흑이었다. 어디서도 아버지를 찾을 수 없었다. 아버지를 찾지 못한 채 돌아온 우리는 뜬눈으로 밤을 새면서 아침이 오기만을 기다렸다.

이튿날 아침 일찍 아버지가 멀쩡하게 걸어 들어오시는 것이 아닌가.

우리는 너무 놀라 이게 꿈인가 생시인가 하면서도 어떻게 된 건지 물었다. 아버지도 잘 모르겠다고 하셨다. 기억이 나지 않는데 아침에 일어나 보니 집 앞 목화밭에서 밤새 잠을 잔 것 같다고 하셨다. 자고 일어나서 보니 몸이 땀으로 흠뻑 젖었는데 열은 뚝 떨어져 아무렇지 않게 되었다는 얘기를, 정말 아무렇지도 않게 하셨다. 그 길로 아버지는 완쾌되셨다.

어떻게 이럴 수가 있을까? 어떤 조화인지 모르지만 아버지가 건강하게 회복되어서 참 기뻤다.

우리 가족에게 돌던 열병이 지나갔다. 장티푸스는 우리 집에서 끝났다. 큰댁이나 동네 누구에게도 전염되지 않았다. 정말 다행이었지만, 열병은 어머니를 앗아갔다.

그리고 인민군이 총을 들고 마을로 들어왔다. 총을 든 인민군은 무서웠다. 그러나 그럴수록 나는 동생들을 돌봐야 했다. 어느 날부터인가 인민군이 마을에서 보이지 않았다. 장티푸스도 인민군도 마을을 떠났다.

그해 늦가을이었다. 집안일을 하고 있는데 뒤에서 나즈막한 소리가 들렸다.

"너가 이 집에 사는 아이냐?"

뒤를 돌아보았다. 세 살짜리 여자아이 하나 업고 조그만 옷가방 하나 든 참 예쁜 여자가 서 있었다. 직감적으로 새엄마라는 것을 알았다. "예."라고 대답을 하면서도 기분이 무어라 표현하기 어려웠다. 그래도 며칠이 지나자 자연스레 새어머니와 지내는 게 익숙해졌다.

그 당시를 생각하면 아버지가 어머니를 보내고 어린 삼남매를 보면서 얼마나 암담한 기분이었을까 하는 생각이 든다. 그래도 사람은 어떻게든 살아지더라. 이웃들에게서 중매가 많이 들어오면서 아버지는 재혼을 하셨다.

새어머니는 그때 나이 스물 여섯으로 아버지와 다섯 살 차이가 났다. 재혼 전에 세 명을 낳았는데 그 중 두 명을 데리고 집에 오셨다. 새어머니는 우리 집에 오셔서 고생 많이 하셨다. 없는 집에 전처가 낳은 우리 삼남매도 있었고, 재혼 이듬해에는 새어머니가 임신도 하셨다. 하지만 워낙 부지런하고 알뜰하신 분이라 살림은 점점 늘었다. 머슴아저씨도 우리 집에서 일했다. 우체국에 나가시는 아버지 월급도 꾸준히 들어와서 농사지을 땅도 조금씩 살 수 있었다.

새어머니가 일하러 들에 나가시면 나는 어린 동생들을 돌보며 집안일을 도맡아 했다. 이때부터 내 등에는 항상 아이가 업혀 있었다. 동생을 업고 밥을 지어 어머니가 일하는 논밭으로 나르는 일도 내 몫이었다. 등엔 아기를 업고 머리엔 밥을 이고 어머니가 일하는 곳까지 가다 보면 아기는 엉덩이께까지 내려가 제대로 걸을 수도 없는데 머리에 이고 있는 밥 때문에 추스를 수도 내려놓을 수도 없다. 저 멀리서 어머니가 보이면 큰소리로 어머니를 불렀다. 그러면 어머니가 달려와 받아가곤 하셨다.

"쟤는 이다음에 허리를 못 쓸 것이다."

내 등에 늘 아기가 업혀 있는 것을 본 이웃 어른들이 이렇게 말씀하시는 걸 들었다. 그땐 그게 무슨 말인지 몰랐다.

친동생 순진이는 네 살이었는데도 눈치가 빨랐다. 내가 새어머니가 데리고 온 아이를 업고 나갔다 오면, 순진이는 아침에 앉은 자리 그곳에 하루 종일 그대로 앉아 있었다. 밖으로 뛰어 노는 게 자연스러워야 할 네 살짜리 아이가 모든 게 조심스러워 꿈쩍을 않고 있으니 큰일이 나도 크게 날 일이었다. 먹는 것이라곤 하루 밥 세 끼, 그것도 소화를 못해 순진이는 설사만 줄줄 했다. 엉덩이에는 살 한 점 없고 엉덩이 꺼풀에 세 줄, 네 줄 주름이 잡혔다. 순진이는 그러다 위장병이 생겨 배탈이 나기라도 하면 사흘이고 나흘이고 내리 굶어야 했다. 잘 걷지도 못했다.

"아무래도 쟤는 사람 노릇 못할 것 같다."

집안 어른들은 걱정스런 마음으로 이런 말씀을 하시곤 했다.

국민학교에 들어간 순진이는 내내 잔병치레하느라 학교를 반밖에 못 다녔다. 아버지도 새어머니도 나도, 순진이가 국민학교나 제대로 마칠 수 있을지, 중학교에는 갈 수 있을지 걱정했다. 네 살부터 병치레하며 하루하루를 힘겹게 살았던 동생이다. 긴 시간이었다. 비록 반은 결석했지만 그래도 국민학교를 무사히 마친 것만으로 다행이었다.

그리고 순진이는 중학교 시험에 합격했다.

"권순진, 너 참 기특하구나."

순진이 담임선생님은 순진이에게 칭찬을 아끼지 않았다고 한다.

나는 동생 없이 혼자 노는 친구를 보면 참 부러웠다. 낮에는 늘 등에 동생들이 업혀 있었기 때문에 내가 나가서 놀 수 있는 유일한 시간은 저녁식사 후였다. 얼른 설거지 마치고 나갈라치면 순진이가 자기도 가겠다고 울었다. 순진이를 보면 마음이 약해질까봐 순진이를 돌아보지 않고 나는 뛰어나갔다. 내가 친구들과 즐겁게 놀 때 순진이는 누나를 원망하며 울었을 것을 생각하니, 지금도 마음이 저린다.

순진이는 밤에 잠잘 땐 누나 팔베개를 꼭 해야 잠을 잘 수 있었다.

친어머니가 돌아가신 후 우리 남매는 어리광부리고 떼쓰는 것을 하지 못했다. 집안 대소사가 있는 날이나 명절에 식구들이 많이 모여도 기쁘지 않았다. 우리는 오히려 소외감을 더 느꼈다.

"쟤네 엄마는 영천 장 갔대."

사촌언니들이 이렇게 말하면 우리는 기가 팍 죽었다.

우리가 자랄 땐 누구나 양말을 기워 신었다. 겨울 저녁이면 매일 양말을 기워야 했다. 내 양말, 동생들 양말을 나는 겨울밤마다 기웠다.

"애, 왜 너는 네가 양말을 깁니? 넌 바보야. 그런 것은 엄마가 하는 거잖아?"

아직 어린 친구들은 그렇게 말했다. 그러면 나는 기가 죽어서 말 한마디 못한 채 고개 숙여 땅만 쳐다봤다.

나는 새어머니를 원망하진 않았다. 새어머니는 우리에게 뭘 잘못하시거나 나쁘게 하는 분이 아니었다. 나는 그냥 새어머니가 어렵고 조심스러웠다.

중학교를 졸업하고 서울로 고등학교를 간 큰 동생이 한번은 방학 때 와서 새어머니에게 섭섭하다고 말했다. 나는 동생을 따로 불렀다.

"어머니가 하는 것이 섭섭하게 느껴지겠지만, 때로는 우리도 무심코 어머니를 섭섭하게 할 수 있다. 어머니가 본의 아니게 그런 것일 수도 있으니 그렇게 이해를 해라."

나는 동생을 타일렀다.

훗날 문득 이런 생각이 들었다.

"친어머니가 돌아가셨을 때는 내가 아직 어렸으니 아무것도 모른 채로 살았다. 그러나 지금 생각하니 그때 새어머니가 우리 집으로 오지 않으셨으면 우리는 못 살았겠구나."

아버지와 친어머니가 살 적, 집은 어려웠지만 금슬은 좋았다. 아버지가 출근하시면 어머니는 미역 등을 갖고 장사를 하셨는데 지금도 눈에 선하다. 그렇게 얻은 곡식을 숲에 두면 아버지가 퇴근하시면서 가져오셨다. 아버지는 재혼을 한 후에도 어머니를 잊지 않으셨던 것 같다. 심지어 새어머니에게도 이런 얘기를 했다고 하신다. 아버지가 그런 말을 할 때 섭섭하지 않으셨냐고 새어머니께 여쭈어 본 적이 있다.

"섭섭해도 어째, 이미 돌아가신 분인데…. 나는 살고 있으니 할 수 없지."

새어머니는 아버지를 극진하게 대하셨다.

새어머니가 오셨을 때 나는 아홉 살이 다 된 아이였다. 이미 그때는 철이 들어서 새어머니가 진짜 엄마가 아닌 건 알았다. 눈치를 보며 서로 조심했다. 크면서 아쉽고 서러웠던 적도 있었다. 새어머니가 살가운 성격은 아니셔서 말 한 마디 한 마디가 겁이 났다. 친어머니라면

왜 그러시냐고 말이라고 해보았을 텐데 그런 말도 못하고 냉가슴으로
지냈다.

밑으로 동생 다섯을 돌보면서 집안일과 밭일까지 어머니와 함께 해
야 했다. 공부를 하고 싶은 생각에 울컥할 때도 있었지만, 때는 자꾸 지
나가고 말았다.

짧은 치마와 파마의 추억

나도 내 인생을 살고 싶었다. 동생들을 업던 등을 비워 홀가분해지고 싶었다. 계속 식모처럼 그렇게 살 수는 없었다.

동네에는 한두 살 차이로 아홉 명의 친구들이 있었다. 하나 둘 결혼해 나와 다른 친구 둘만 남았다. 그때는 결혼하기 전에는 엉덩이까지 오도록 길게 머리를 땋고는 빨간 댕기로 묶고 다니다가 결혼하면 자연스럽게 파마를 했다.

친구들과는 따로 갈 데가 없었다. 동네 어른들이 못 가게 해서 이웃 마을에도 간 적이 없었다. 한번은 1학년 때 한 반에서 같이 공부하던 이웃 마을 영순이가 우리 마을까지 놀러왔었다. 참 용감하고 부럽다는 생각은 했지만 이웃 마을에 갈 엄두는 감히 못 냈다.

가끔 면사무소 옆에 영화가 들어왔다. 이때는 놓치지 않았다. 부모님 몰래 가서 보곤 했다. 워낙 낡은 필름이라서 중간중간 끊어졌기 때문에 무슨 내용인지 알 수 없었지만, 영화를 본다는 것 자체가 설레는 일이었다. 그때는 치마를 길게 입었어야 했는데, 영화를 보니 치마가 무릎까지 오는 길이었다. 영화 내용이 중요한 건 아니었다. 유명 배우들의 머리 모양이나 옷차림만 봐도 가슴이 울렁울렁했다.

긴 치마 빨간 댕기머리의 스무 살 여자에게 개화의 바람이 불었다.

도시로 가고 싶었다. 영화배우처럼 무릎까지 오는 치마를 입고 싶었다. 결혼한 친구들처럼 파마를 하고 멋지게 꾸며 보고 싶었다.

추석 명절이 다가왔다. 친구가 머리 파마하러 가자고 꼬셨다. 결혼을 하기 전에 파마를 하는 것은 안 좋게 보았는데, 영화를 보고 나서는 생각이 싹 바뀌었다. 나는 어머니를 졸랐다. 어머니는 나중에 아버지에게 야단맞지 않겠냐고 걱정을 하시면서도 돈을 주셨다. 읍내로 나가는 발걸음이 설레었다.

그러나 막상 파마를 하고 돌아올 때는 무서웠다. 아버지는 엄격한 분이었다. 밤늦게 신발 벗어들고 몰래 방에 들어가 잠을 잤다.

다음날 아침 일어나 여느 날과 같이 아침밥을 지었다. 머리에는 수건을 썼다. 아버지가 보시면 뭐라고 하실까? 걱정이 돼서 손이 떨렸다. 아침밥을 지으며 내내 허둥댔다. 결국 아버지가 보시고는 불호령을 치셨다. 아버지는 한참을 야단치다가 출근하셨다. 어머니에게는 가위를 준비해두라고 하셨다.

걱정, 걱정 어찌할 바를 몰랐다.

아버지가 밤에 퇴근해 보자 하셨으니, 그때 아버지가 분명히 가위로 파마를 잘라 버리실 것이었다. 겁났다. 그러나 파마는 계속 하고 싶었다. 파마를 지키겠다는 생각이 들수록 아버지에게 맞설 수 있겠다는 용기가 생겼다.

때마침 사촌동생이 왔다. 속리산 부근에 사시는 당숙 댁에 다니러 가잔다.

'그거 잘 됐다!'

나는 쾌재를 불렀다. 그 곳이 어디인지 얼마나 먼지 왜 가는지는 중요하지 않았다. 무서운 아버지를 피하고 싶은 마음으로, 한편으로는 파마를 지키고 싶은 마음으로 나는 얼른 따라 나섰다. 따라하고 싶었던 영화배우들처럼 무릎까지 오는 검정색 치마에 연두색 망사 저고리를 입었다. 한껏 졸아 들었던 마음은 집에 두고 나왔다.

당숙 댁은 집에서 70리 길이었다. 먼 길이었다. 아침에 나섰지만 물어물어 하루 종일 걸어야 했다. 당숙 댁에 도착하니 벌써 저녁 지을 때가 되었다. 우물가에는 아낙네들이 야채를 씻고 있었다. 내가 다가가자 아낙네들이 호기심 어린 눈으로 내게 물었다.

"어느 학교에서 오신 선생님이세요?"

워낙 산골이라서 그렇게 입던 사람이 없었기 때문에 아낙네들은 나를 학교 선생님으로 생각했던 것 같다.

그 중에는 내 또래의 한 아가씨도 있었는데, 보리쌀을 씻고 있었다. 나중에야 그 아가씨가 한 살 아래 육촌동생이라는 것을 알았다. 그때는 육촌이면 꽤 가까운 사이인데도 우리는 서로를 못 알아보았다. 집안 어른들이 여자라고 우리를 우물 안 개구리로 키웠던 탓이다.

당숙도 무서운 분이었지만 하루 이틀 지나니 괜찮아졌다. 당숙 댁에서 2박 3일을 지냈다.

하루가 지났으니 아버지 화가 풀리셨겠지, 또 하루가 지났으니 이제는 노여움이 사라졌겠지, 이런 계산을 하며 지냈다. 그러나 속으로는 계속 겁이 났다. 떠나는 날, 나는 당숙 어른을 졸라 육촌동생과 함께 가겠다고 했다. 육촌동생과 같이 집에 들어가면 야단을 덜 맞을 것 같아서 그랬다.

그러나 그건 나의 오산이었다. 아버지는 오히려 육촌동생과 들어오는 나를 보시고는 머리를 그렇게 하고 당숙 어른께 갔다고 더 많이 야단을 치셨다.

아버지는 차갑고 무뚝뚝한 경상도 남자다. 좋은 말도 툭툭 내뱉는 말투에다가 경상도 억양이어서 더욱 그렇게 느껴졌다. 아버지는 모든 사람을 그리 대하셨다.

나도 은연중에 그렇게 길러진 것 같다. 그래서 지금도 사람들과 일을 하다 보면 사람들이 나한테 깜짝 놀랄 때가 있다고 한다. 하지만 아버지뿐만 아니라 우리 마을 사람들이 다 그래서 나는 내가 말하는 게 보통인 줄 알고 살아왔다.

그런데 나와서 보니까 사람들이 여자가 애교도 많고 사근사근해야 좋다고 생각하더라. 어려운 점이 많았다. 공장을 다닐 때 직원 아저씨가 "아주머니, 나한테 억하심정 있어요?"라고 말해서 깜짝 놀란 적이 있었다.

심지어 아들도 엄마는 왜 말씀이 그러냐고 할 때가 있다. 나는 이게 보통인데 너희는 왜 그렇게 받아들이냐고 해도 이해를 못한다. 아들도 이해를 못하는데 며느리는 오죽할까.

한번은 며느리가 아프다길래 며느리가 걱정이 되어서 너는 왜 자꾸 아프냐, 걱정하는 마음을 주었는데도 며느리는 시어머니의 타박으로 받아들였다. 아들한테 여름이 엄마가 서운해 하더라고 얘기했더니 아들도 그렇게 받아들였다고 말하는 게 아닌가.

이런 식의 이야기가 많다. 나는 그런 의도가 아닌데도 매사가 이런 식이었다. 첫 결혼 실패의 원인도 이 때문이지 않을까 생각이 들었다. 고치고 싶어도 어떻게 고칠지 모르겠다.

아버지는 그렇게 차갑고 무뚝뚝하셨지만, 허튼 말은 절대 안 하시고 모든 일에 정확하신 분이었다. 아이를 귀여워하면 버릇이 나빠진다고 일부러 표를 안 내시던 분이다. 아버지가 어떠냐고 묻는다면, 무섭고 어렵다는 답밖에 할 수가 없다. 아버지가 내게 말을 걸 때는 꼭 심부름 시킬 것이 있을 때뿐이었다.

아버지는 자식들에게 매를 드는 분은 아니었다. 아버지는 아침에 일어나면 논 한 바퀴 도시고 동생들에게 공부를 가르쳐 주셨다. 동생들이 학교 다닐 때 아버지가 아침 공부를 가르치시면서 조금만 큰소리를 내어도 동생들은 울음을 터뜨렸다. 우리 자식들은 아버지가 조금만 큰소리로 말씀하셔도 엄청 겁을 집어 먹었다.

동생들은 아버지한테 배웠지만 나는 예외였다. 그때는 딸들은 공부를 안 해도 되는 줄 알아서 나뿐만 아니라 동네 친구들도 다 그랬다. 동생들이 공부한 책을 보면서 이게 저거구나, 저게 그거구나 이런 식으로 글을 조금씩 익혔다.

어머니가 바느질을 해야 하니 애기를 데리고 나가 있어라 하시면 나는 어른들이 모여 계신 이웃집으로 놀러 가곤 했다. 어른들이 빙 둘러

앉아 이야기하고 계신 방 한구석에 책이 눈에 들어왔다. 그때는 책꽂이나 책장이 없었기 때문에 책을 방바닥에 그냥 두었다. 아마도 그 집 학생들이 나가 노느라 바닥에 내던지고 간 책이었으리라. 나는 그런 책을 항상 손에 들었다.

"이 아가씨는 어디 가는 데마다 책을 드네."

사촌 올케들이 이렇게 말하는 소리도 들은 기억이 난다.

열일곱, 열여덟 즈음 새마을운동이 한창이었다. 문맹 퇴치 강조 주간이라고 동네마다 야학이 생겼다. 글을 배울 수 있다는 생각에 나는 야학에 가고 싶었지만 야학은 어른들만 갈 수 있는 곳이었다.

야학이 생기면서 소설책이 동네에 돌기 시작했고, '이수일과 심순애'가 내 손에까지 들어오게 되었다. 나는 무슨 뜻인지도 모르지만 그 것이 책이라는 사실만으로 좋았고, 너무 보고 싶었다. 누군가에게 '이수일과 심순애' 책을 빌렸다. 처음에는 글을 읽고 이해하기가 어려웠지만, 자꾸 보다 보니까 어느새 술술 읽을 수 있게 되었다.

"저걸 좀 가르쳤으면 될 뻔했는데 아깝다."

식구들은 다 자는데 밤새도록 불 켜놓고 책을 보는 딸을 지켜보신 아버지가 큰어머니들한테 이렇게 말씀하셨다고 한다.

동생과 아버지는 한문을 섞은 편지를 주고받았다. 나도 서울에 편지를 보낸 적이 있는데, 서울에 살면서 명절 등에 집에 내려가지 못할 때 쓰곤 했다. 잘 썼는지는 모르겠다. 동생이 군대에 있을 때도 보낸 적이 있다. 아버지께 답장을 받은 적은 없었다. 보내는 주소를 안 쓴 적도 있고, 동생이 내 이야기를 전하니 굳이 답장을 안 하신 것 같다.

편지 말고는 글을 쓰는 건 나와는 거리가 멀었다. 살면서 글을 쓸 이유도, 시간도, 필요도 없었다. 글을 쓴다는 것은 생각도 못했지만 특별히 글로 인한 어려움은 없었다.

파마를 하고 짧은 치마를 입고 당숙 댁에 갔던 것이 젊은 날 유일한 추억이다. 그러나 그 추억을 담은 사진은 없다. 카메라를 들고 다니던 사람도 없었고, 사진관에 갈 엄두도 낼 수 없었다. 돈도 돈이지만 사진을 찍어 뭘 하냐며 부모님이 보내지 않으셨다.

그해 국민학교 운동회가 열렸는데, 동네에서는 운동회가 유일한 볼거리였다. 나는 파마머리에 짧은 치마를 입고 나갔다. 뜻밖에 만난 어떤 분이 사진을 한 장 찍어 주셨다. 결혼 전에 찍은 유일한 사진인데 어디에 있는지는 모르겠다.

내 뜻대로 되는 것이 아무 것도 없네

먼 친척 아저씨가 아주머니 한 분을 모시고 오셨다. 내가 시집을 가야 할 곳이 무척 깊은 산골이라고 했다. 그때만 해도 모든 아가씨들이 도시로 시집가는 것이 꿈이었다. 나는 선을 안 보이려고 숨었다.

하지만 아버지가 가라 하시면 어떻게 하나, 밤새 한잠도 못 자고 고민했다. 어디로 도망을 가면 잡히지 않을까. 추풍령 쪽으로 갈까, 상주 읍내로 갈까. 그러다 아침이 되었다. 하루가 지나도 아버지께서 아무 말씀이 없으셨다. 마음이 놓였다.

늘 엄하다고 생각한 아버지기에 아버지 말씀을 거역한 적이 없었다. 내 의사와 상관없이 아버지가 누구에게 시집가라 하셔도 따라야 했다. 그 사람이 마음에 들지 않아도 아직 결혼할 마음이 없어도, 가야만 하는 줄 알았다.

내 나이 스물 둘, 당시로서는 결혼 적령기가 지나갈 무렵이었다.

몇 개월 후 외삼촌이 오셨다. 좋은 신랑감이 있으니 데리고 오시겠단다. 정말 외삼촌은 말씀한대로 며칠 뒤 신랑감과 같이 오셨다. 거기도 첩첩산중이지만 도시로 나갈 사람이라고 했다. 도시로 나갈 수 있다는 게 기뻤다.

그런데 신랑감은 왔지만 얼굴은 못 봤다. 부끄럽기도 했지만 어른들 앞에서 차마 얼굴을 쳐들고 남자를 볼 수가 없었다. 결국 결혼이 성사되었다. 집안 어른들 결정이었다. 주위 분들 말씀이 신랑감이 너무 잘생겼다고. 그 당시 영화배우 최무룡보다 더 잘생겼다고 동네가 떠들썩했다.

석 달 뒤, 6월 6일 현충일이었다. 웬 낯선 남자가 집안으로 들어오면서 나를 보고 싱긋 웃었다.

'누구지 저 남자는?'

현충일이라 아버지가 출근을 안 하셔서 아버지한테 볼 일이 있어 온 손님인가 보다 하면서도, 느낌이 달랐다.

나는 부끄러워 얼른 부엌으로 가서 콩닥거리는 가슴을 진정시켰다. 가만히 생각하니 이래서는 안 되겠다 싶어 용기를 냈다. 나는 그 사람을 방으로 안내했다. 내일 모 심으려고 다른 가족은 모두 논에 가 집에는 나 혼자였다. 잠시 뒤 어머니가 부리나케 뛰어오시더니 이렇게 말씀하셨다.

"얘야, 약혼사진 찍으러 왔단다. 어서 준비하고 같이 가거라."

읍내 사진관까지 흙먼지가 날리는 신작로 3킬로미터 거리를 걸었다. 오후의 햇살이 뜨거웠다.

사진을 찍은 후 중국집에 갔다. 그 사람이 짜장면을 시켰는데 처음 보는 음식이었다. 뭘 어떻게 해야 하는 건지 몰라 안 먹고 있었다.

"왜 안 먹어요?"

짜장면을 먹던 그 사람이 이상한 듯 내게 물었다.

"나는 이것을 안 좋아해요."

그럼 뭐라 할까? 궁색한 변명을 했다.

그런데 그 사람은 내 말을 헤아린 것인지 아닌지, 가만히 내 말을 듣더니 내 짜장면의 반을 뚝 덜어 가져갔다. 그는 다시 고개를 숙인 채 열심히 먹기 시작했다. 나는 가만히 쳐다보았다. 그의 입술이 새카맸다.

나도 먹긴 먹어야 할 텐데 입이 새카매질까 겁이 나 젓가락질을 제대로 할 수 없었다. 국수만 몇 가닥 빼먹다가 끝내 다 못 먹고 말았다.

중국집에서 나와 집으로 오는데 신발이 바뀌었다. 이건 또 어쩌지, 큰일 났네! 바뀐 신발을 신고 그냥 집으로 갈 수는 없었지만 난처해서 얼른 되돌아갈 수도 없었다. 이러지도 저러지도 못하면서 계속 걸었다. 중국집은 점점 멀어졌다. 어느 순간, 발길을 멈춘 후 고개를 숙인 채 "신발이 바뀌었다" 하고는 다시 중국집으로 갔다. 내 신발이 그대로 있었던 건 참 다행이었지만 신발을 바꿔 신고 오는데 어찌나 부끄럽던지.

그해 여름, 큰 동생이 서울에서 공부하다 실습 차 대구로 가게 되었다. 아버지도 이참에 대구에 가서 혼수감을 해야겠다고 길을 나섰다. 나는 아버지를 따라가지 못했다. 대구에 있는 사촌 남동생은 나와 동갑이었는데 결혼을 먼저 했다. 그 올케와 아주 절친한 사이라 아버지는 올케를 앞세워 대구 서문시장에 가셨다. 그 당시 양단 치마저고리, 나야가라, 비로도 등등 많은 것을 해오셨다. 아버지는 집안일만 하는 딸에게 미안한 마음이 있으셨던지, 좋은 것으로만 골라 오셨다. 아버지는 가져온 혼수감을 풀면서 큰 동생 이야기도 전해 주셨다.

"아버지, 누나는 일만 하다 가니까 좋은 것으로 많이 해주세요."

역성을 들어준 큰 동생에게 고마운 마음이 들었다.

혼인 날짜가 음력 9월 17일로 잡혔다. 여름부터 가을까지 혼수 준비에 무척 분주했다. 십자수 놓은 수예품 정리서부터 치마저고리 버선까지 가위질해 만드느라 밤새워 해도 지칠 줄 몰랐다. 십자수란, 옥양목에 가로세로 4올을 뜨는 것이다. 등잔불 앞에 친구 예닐곱 명이 모여 앉아 오순도순 꿈도 야무졌다.

9월 17일이 되었다. 전통혼례로 식을 올렸다. 이제 사진 찍을 차례인데 옆에 있던 사촌오빠가 발돋움 판을 신랑 옆에 갖다 놓더니 나 보고 거기 올라서라는 것이다. 신부가 워낙 키가 작으니까 발돋움이 필요했을 것 같다. 작은 키를 새삼 드러내서였는지, 모든 사람의 주목을 받는 것이 익숙하지 않아서인지, 발돋움 판 위에서 무척 부끄러웠다.

식을 마치고 친정에서 열흘을 묵었다. 당시 풍습은 그랬다.

시집으로 가는 날, 마당에는 가마가 와 있었다. 집에서는 짐을 꾸리느라 분주했다.

가마를 타려는데 동생 순진이가 한 마디 던졌다.

"누나, 안 가면 안 돼?"

고개를 푹 숙이고 울고 있는 동생 순진이 모습에 가슴이 미어지는 듯했다. 나도 눈물이 났다. 순진이가 불쌍하기도 하고 이렇게 가는 내가 서럽기도 했다. 내가 울음을 그치지 않자 가마는 그대로 서 있었다.

큰어머니들이 보다 못해 나섰다.

"울지 말고 가거라, 아버지가 보신다."

가마를 맨 아저씨들의 빠른 걸음에 순진이와 나의 거리는 점점 멀어져 갔다.

점심때가 되어서야 시댁에 도착했다. 가마에서 내리자 신부를 방으로 안내했다. 방안에는 손님들이 많았다. 그들은 신부를 보자 수군거렸다.

"과년해서 나이가 많다."

가마를 타고 와서인지 손님들이 방안에 가득차서인지, 과년하다는 말을 들어서인지 목이 탔다. 몸은 더 긴장이 되었다. 아무 말도 하지 못한 채 그냥 앉아만 있었다. 그때는 그랬다. 새색시는 하루 종일 다소곳이 앉아 있어야 했다.

며칠 후 신랑이란 사람은 대구로 갔다. 갓 혼례를 치룬 신부를 두고 왜 혼자 도시로 나가는 걸까? 자리가 잡히면 함께 가라고 시댁 어른들은 말씀하셨지만 언제 자리를 잡는다는 말인지, 진짜 같이 갈 수는 있기나 한 건지. 머리가 복잡했다.

그해 겨울이 가고 봄이 왔다.

이상한 생리통이었다. 어찌나 유난한지 견딜 수가 없었다. 알 수 없는 불안함이 떠나지 않았다. 대구로 신랑이란 사람을 찾아갔다. 신랑은 나를 병원으로 데리고 갔다. 의사가 진찰 결과를 말해 주었다.

"자궁이 작아서 임신은 어렵겠어요."

의사의 말이 믿겨지지 않았다. 아기집이 작아서 아기를 못 갖는다면, 그건 결혼한 여자에게 사형선고나 다름없었다. 나는 충격으로 몸을 가누기도 힘든데, 그는 별다른 말이 없었다. 그대로 시댁으로 돌아왔다.

봄이 가고 여름이 가고, 가을이 왔다.

여느 날처럼 저녁 준비를 하려는데 사촌 시동생이 왔다. 뒤이어 낯선 한복을 잘 차려입은 여사가 마당으로 따라 들어왔다. 그 여자는 어른들하고 한참 이야기를 나눴다. 시아버지라는 분이 오셔서는 복장을 뒤집었다.

"저녁식사를 같이 하도록 해라, 큰애가 학생 때 사귀던 사람이란다."

정신이 멍해졌다. 식사를 하는 둥 마는 둥 했다. 나는 이 여자가 왜 여기에서 나와 밥을 먹고 있는지 이해할 수가 없었다.

"여기는 왜 왔나요?"

내가 말을 꺼내자 여자는 기다렸다는 듯이 뻔뻔스럽게도 구구절절한 사연을 털어놓았다.

"다섯 살 난 사내아이가 있어요. 아이는 애 아빠가 군에 있을 때 태어났습니다. 그런데 제대 후 애 아빠가 온다 간다 말도 없이 사라졌습니다. 한동안 소식이 끊겨 혼자서 아이를 키웠습니다. 얼마나 고생했는지 모릅니다. 내가 고생하는 것보다도 아버지 없는 자식을 키워야 한다는 것이 어미로서 자식에게 너무 미안했습니다. 그러다가 작은댁 사는 곳을 겨우 알아서는 오늘 이 총각을 앞세워 왔습니다."

여자의 목소리 톤은 이야기가 진행될수록 높아졌다.

아이가 있다는 말에 어른들 태도가 확 달라졌다. 처음 여자가 들어

올 때는 내심 못마땅한 표정을 짓던 분들이 갑자기 상기된 얼굴을 했다. 내가 대구에 다녀온 후 애기를 가질 수 없다는 말을 했을 때의 실망하던 태도와는 완전히 딴판이었다.

나는 누구이고, 저 여자는 뭔가.

이 중요한 자리에 신랑이란 사람은 없었다.

그는 대구에서 사업을 한다며 집에는 들르지도 않았다. 무슨 사업을 하는지 어디에서 뭘 하는지 알 수 없었다. 그러면서도 친정아버지에게 가서 돈을 빌렸다. 그러면 성공해서 갚아야 하는데도 그 후 한 번 더 친정에서 돈을 가져갔다. 친정아버지는 어떻게든 사위에게 돈을 마련해 주시려고 했다. 그러나 세 번째는 친정아버지도 어쩔 수 없었다. 참다 못한 아버지가 한 마디 하셨다.

"자네 본가 아버님께 말씀을 드리고 오게. 그러면 내가 돈을 마련해 보겠네."

친정아버지도 더 이상 돈을 줄 수 없었다.

그 사람은 가만히 있지 않았다. 내가 아이를 낳을 수 없다는 험담을 하고 다녔다. 소문이 돌면서 온 동네 화젯거리가 되었다. 너무 죄송하고 부끄러워 부모님 뵐 낯이 없었다.

그는 더 이상 내 눈치를 보지 않았다.

그해 겨울, 선물 꾸러미를 들고 그 사람과 여자가 나란히 왔다. 여자는 지난번과 달리 당당했다. 여자 손에는 선물이 들려 있었다. 여자가 가져온 선물이란 걸 펼쳐놓고 좋아하는 모습을 보면서 처음으로 배신을 알았다.

그 사람은 이제 그 여자와 지내는 것 같았다. 시부모님은 아랑곳하지 않고 손주만 기다리는 눈치였다.

몇 개월 후 여름 어느 날이었다.

"왜 혼자 왔어. 아이는. 데려오지?"

그 사람이 혼자 오자 시어머니가 많이 아쉬워했다. 나는 또 무슨 소리가 나올까 싶어 가슴을 졸였다. 그런데 뜻밖의 소리가 들렸다.

"애는 없었어요. 아이 핑계 대고 우리 집에서 돈을 받아내려고 그랬대요. 어디에서 돈을 빌려 썼나 본데, 돈을 마련할 길이 없어서 그랬대요. 제가 그 집에 줬던 돈을 받아낼 수단도 없습니다."

방에도 들어가지 못하고 부엌에서 말을 들었다. 놀란 마음이 진정되었다. 이제 끝났구나. 그 여자 볼 일도 그 여자 아이 볼 일도 없겠구나. 비록 내가 아이를 갖지 못해도 무슨 수가 생기겠지.

얼마 동안 생활이 안정되었다.

그러나 그것도 잠시. 이번에는 술집 여자를 데려왔다. 여자는 임신 3개월이라고 했다. 어른들은 어처구니가 없어 노발대발했다. 이번에는 어른들도 여자를 집에 들이지 않았다. 먼저 여자한테 마음을 준 것이 나한테 미안하고 부끄러운 일인데 또 그럴 수는 없었던 것 같다.

그 사람은 집을 나가 들어오지 않았다. 일 년이 넘어도 집에는 얼씬도 하지 않았다. 나는 이리저리 수소문해서 찾아갔다. 부엌도 없는 단칸방이었다. 무작정 들어갔다. 그 여자가 있었다.

"지금 세상에 누구 남편이 어디 있나, 너 좋고 나 좋으면 되지."

기가 막혔다. 상종 못할 인간들이구나. 더 이상 내가 있을 곳이 못된다. 떠나기로 마음을 굳게 먹었다. 막막했지만 그래도 떠나야 했다.

그 길로 나와 남편 친구 집을 찾아가 나 있을 곳을 부탁해보기도 했다. 그러나 농사짓고 집안일 한 것 말고는 아무 기술도 없으니 어쩌나. 결국 시골 친정집으로 발길을 돌렸다.

마음 둘 곳이 없었다. 아침에 일어나면 안절부절, 저녁에 잠잘 때도 안절부절. 아버지가 뭐라 하시는 것도 아닌데 친정집에 있는 건 더 불편했다. 계속 있을 수는 없었다.

상주 읍내 외삼촌댁에 갔다. 외삼촌댁에 잠시 머물면서 일할 자리를 찾았다. 마침 쥬리아 화장품 외판사원 모집이 있었다. 문을 열고 들어가 상담을 했다. 상담사는 보증인을 세우라고 했다. 그리고 의성 분점으로 갈 것을 권했다. 나는 그 길로 시댁으로 가서 사정을 말씀드렸다. 시댁에서 보증을 서주었다. 시아버지의 보증서를 받아들고 이웃집 아가씨와 둘이 의성으로 갔다.

화장품 가방을 들고 거리에 나섰지만 막상 갈 곳이 없었다. 나를 아는 사람이 없는 곳이라고는 해도, 화장품 가방을 들고서는 머뭇거려졌다. 뒤를 돌아보았다. 아무도 없었다. 텅 빈 거리에 서 있어도 다시 되돌아갈 수는 없었다. 겨우 용기를 냈다. 그렇게 이삼일 나가다 보니 할 수 있을 것 같았다.

그러나 그것도 잠시. 삶의 의욕을 잃고 웃음이 없는 사람에게 일이 잘 풀릴 리가 없었다. 왜 내게 이런 일이 생긴 것인지. 아무도 없는 이곳에서 나는 무엇을 하고 있는지. 대답 없는 질문으로 잠을 이루지 못하는 날이 계속 되었다.

그해 8월 추석 명절이었다. 더 이상 같이 살 생각은 없었으나 그래도 시댁에 갔다. 시댁 분위기는 냉랭했다. 신랑이란 사람을 보니 그동안 꾹꾹 눌렀던 분함이 터졌다.

'생을 마감하자.'

다른 생각은 없었다. 아버지와 동생들 생각이 나서 망설여졌지만, 죽은 정은 멀어진다고, 잠시뿐이겠지 하고 양잿물 덩어리를 깨어 김치 잎으로 싸고 또 싸서 삼켰다. 고단했던 인생을 마무리하는 게 홀가분했다.

그런데 속에서 끓는 소리와 동시에 먹었던 것이 확 올라왔다. 목에 상처가 있어 좀 괴롭긴 해도 참을 만했다. 홀가분함은 사라지고 견딜 수 없었던 못된 현실이 다시 나타났다.

'내 뜻대로 되는 것이 아무 것도 없네.'

주저앉아 서럽게 울었다.

금호동 보세공장

앞길이 막막했다.

돌아갈 곳은 친정밖에 없는데, 아버지에게 너무 면목이 없다. 일부종사를 하지 못하고 첫 결혼에 실패한 딸 때문에 아버지는 얼마나 속이 아프셨을까. 누구보다 잘 살라고 아버지는 내 혼수감으로 당시 친구들은 구경도 못한 최고급 비단에 신랑은 제일모직 양복을 해 주시고, 이불장에 양복장까지 딸린 장롱을 마련해 주셨다. 남들은 시골 길을 걸어서 시집 가는데 아버지는 나를 가마 태워 보내셨다. '아버지, 죄송해요.' 하면서 나는 울고 또 울었지만 뾰족한 수는 없었다. 친정에는 도저히 갈 수가 없었다.

화장품 외판을 함께 하던 동료 아가씨에게 서울 어느 집에서 가정부를 구한다는 말을 들었다. 나는 그 말을 듣자마자 내가 그 집에 가겠다고 했다. 아버지에게 못난 모습을 보이지 않을 수 있는 곳이라면 어디라도 갈 수 있었다. 멀리 떨어져 내 모습을 보여 드리지 않는 것이 상책이라고 생각했다. 서울이면 친정과도 거리가 멀리 떨어진 곳이니까 자연스럽게 소식이 뜸해지고, 그러다 보면 아버지도 딸 걱정을 덜하시지 않을까 그 생각뿐이었다. 나는 무작정 상경했다.

그 집 대문을 들어서면서 문패를 보니 성이 나와 같은 권 씨여서 친근감이 갔다. 아들만 넷인 젊은 부부와 할머니가 사는 집이었다. 부부는 나를 동생처럼 대해 줬고, 할머니는 딸처럼 따뜻하게 여겨 주셨다.

그 집에서 추석을 맞았다. 명절 차례를 마친 젊은 부부는 외출복을 잘 차려입고는 나들이를 나섰다. 집을 나서는 젊은 부부의 뒷모습을 보는 순간, 와락 울음이 터지는 걸 겨우 참았다. 부부의 모습이 사라지고 나서야 나는 그 집 서재에 들어가 문을 잠그고 소리 내 울었다. 집에 계시던 할머니께서 무슨 일이냐고 문을 두드리며 물으셨지만 나는 아랑곳없었다. 눈물은 멈추지 않았다.

얼마나 지났을까. 정신을 차리고 안을 둘러보니 서재에는 책이 가득했다. 그 중 한국역사전기 전집이 눈에 들어와 손에 잡히는 대로 꺼내 보았다. 세종대왕서부터 박정희까지 한국 역사가 쭉 기록된 전집이었다. 이 책들을 펼쳐 보는데 다시 뜨거운 눈물이 쏟아졌다. 내가 지금 살고 있는 한국이라는 나라의 역사가 이렇게 이어져 있는데, 나는 그걸 전혀 모르고 살았구나, 회한의 눈물을 쏟았다. 나는 어쩔 수 없다 해도 동생들만은 나처럼 모르고 살면 안되겠다는 생각이 들었다. 돈을 모아 이 책을 동생들에게 사 줘야겠다고 다짐했다. 하지만 실천에 옮기지는 못했다. 시간 여유 없이 남의 집 일하다 보니 하루이틀 미루게 되고 그러다 잊어버리고 말았다.

어느덧 2년 반이 흘렀다.

이젠 나 혼자 살고 싶다는 생각이 강하게 들었다. 금호동 언덕에 조그만 가게가 딸린 방을 구했다. 어떤 분이 만화 가게를 해보라 해서 시작은 했지만 마음이 편치 않았다. 교과서에 집중해야 하는 학생들이 만화에 시간을 뺏기는 모습을 보니까 왠지 잘못하고 있다는 생각이 들었다. 나는 만화 가게를 접고 이웃집 아가씨를 따라 보세공장에 갔다.

보세공장은 스웨터를 만들어 외국에 수출하는 곳이었다. 기술을 배워야 했다. 기술만 있으면 먹고살 수 있을 것 같았다. 보세공장에서 스웨터의 옷 모양 만드는 일을 했다. 그때는 이런 공장이 참 많았다. 여기서 착실히 일하면 충분히 혼자 생활할 수 있겠다는 계산이 섰다.

공장은 살기 어렵고 힘든 사람이 모여 일하는 곳이었다. 임금은 보잘것없었다. 그래도 처지가 비슷한 사람들과 일을 하니 있을 만했다. 일을 하면서 많은 사람들의 이야기를 들을 수 있었다. 너나없이 가난한 사람들은 대부분 형편없는 가정생활과 남편들 이야기를 했다.

어떤 아기 엄마는 하루 종일 일하고 집에 가면 남편이란 사람은 동네 구멍가게마다 다니면서 아내 이름을 대고 외상으로 가져온 만화책과 라면땅 과자로 방만 어지럽히고 있다고 했다. 월급을 받으면 한 달 외상값을 치르고 또 한 달, 아기 엄마는 그렇게 살았다. 돈이 부족했는지 옆 사람에게 교통비와 생활비를 꾸어갔다.

아이 있고 남편 있다고 해서 다 잘사는 것은 아니었다.

혼자 사는 게 상책일 것 같았다. 공장 생활을 하면서 혼자 지내기가 외롭기는 했지만 그래도 살 만했다. 아이를 낳을 수 없는 여자가 누구랑 또 살 수 있을까. 설령 기적처럼 아이를 낳을 수 있어도 제 구실 못하는 사내를 만나면 고생이 더 심하지 않을까. 이런 위안을 하면서 혼자 생활에 익숙해져 갔다.

생활고에 시달렸으나 아버지한테 손 벌리지 않았다. 그럴 수는 없었다. 오히려 어려운 친정을 돕는 게 도리였다. 보세공장에서 열심히 일해 모은 돈으로 왕십리 산꼭대기에 방을 얻었다.

서울에서 학업을 마친 큰 동생 영창이는 신설동 전화국에 취직을 하고 결혼해서 불광동에 살고 있었다. 걱정을 끼치지 않고 혼자 힘으로 자리를 잡은 큰 동생이 든든했다.

둘째 동생 순진이는 굉장히 부지런하여 아버지가 도시로 못 나가게 붙잡으셨다. 시골에서 힘든 농사일하며 아버지 밑에서 동생은 고생이 많았다. 상주 읍내 사람을 통해 중매가 들어와 결혼을 했는데, 올케는 시누이 넷에 말투가 곱지 않은 시어머니까지 모시니 힘들었을 것이다. 그래서 내가 올케 힘 안 들이려고 학교 졸업하는 동생들을 불러 올려서 서울에 큰 방을 얻어 같이 살았다. 부드럽지 않은 새어머니와 아버지 밑에서 사는 올케에게 너무 미안했다. 그때까지 아버지가 우체국에서 일하셔서 아낙네들은 시장에 갈 필요가 없었다. 아버지는 퇴근하시면서 집에 필요한 걸 다 사오셨다. 비누 하나도 시아버지에게 부탁해야 하니 올케 입장에서는 얼마나 어려웠을까. 올케에 대한 미안함과 고마움을 끝까지 잊지 못했다.

한번은 상주에 사는 외삼촌의 둘째 아들이 중학교를 졸업했으나 형편상 고등학교에 진학할 수 없었다. 그래도 서울에 있는 누나라고 나에게 학교를 가고 싶다는 편지를 보내왔다. 친척에게 보여 주었더니,

집에 방이 많으니 올라와 살면서 학교를 준비하라고 하였다. 참 고마웠다. 나는 기쁜 마음으로 상주에 답장을 보냈다. 친척 동생은 서울에 올라와 학교를 준비했다. 당시 들어가기 어려웠던 덕수상고에 붙었다. 내가 뒷바라지를 해 주고 싶었으나 공장 일로 바빠 그럴 수가 없었다. 외할머니가 방을 따로 얻어서 이 아이의 뒷바라지를 해 주었다.

일이 많아 야근이 일쑤였고 노는 날도 없었다. 한 달에 한 번 겨우 쉬는 날이 생기면 시장을 가거나 밀린 빨래 등을 하며 보냈다. 그때는 지금처럼 멀리 야유회를 가거나 친구들과 놀러 가는 걸 잘 몰랐다. 극장이 지천에 있는데도 가고 싶지 않았고, 오로지 일만 하며 지냈다.

그렇게 지내는 중에 딱 한번 멀리 간 기억이 있다. 도봉산 절에 다니시는 이웃 아주머니가 주말에 절에 같이 가자고 하였다. 그래서 외할머니를 모시고 버스로 부여 고란사에 갔던 기억이 난다. 함께 가는 신도가 많아 버스가 여덟 대나 되었다. 그때 외할머니 연세가 일흔이 넘으셔서 사람들을 잘 따라가지 못하셨다. 속으로 '나는 늙으면 여행 안 다녀야지' 생각했다. 하지만 그때 외할머니 나이를 훌쩍 넘은 지금은 여행을 가고 싶다. 외할머니와는 참 가깝게 지냈다. 외할머니가 계실 때 재혼을 하고 아이를 낳았으면 좋았을 텐데 그 전에 돌아가셨다.

공장을 다니면서 특별히 기억에 남는 사람은 없다. 그냥 아가씨들, 아주머니들과 둘러앉아 잡담을 하거나 부지런히 일을 하던 기억만이 남았다. 오직 일만 했기 때문에 특별한 추억이 없다.

혼자서 모든 걸 해야 하니까 공부할 틈도 없고 다른 생각도 전혀 할 수 없었다.

새로운 시작

혼자 사는 게 상책인 줄 알고 지냈다. 그러나 한 해 한 해 가면서 주변에서 재혼을 압박했다. 큰 동생은 시골집을 다녀올 때면 재혼 얘기를 꺼냈다.

"누님, 재혼하세요. 아버지가 누님 걱정에 무척 야위시고 아무래도 오래 사실 것 같지 않아요."

동생 말을 듣는 순간 속이 녹아내리는 것 같았다. 나는 아버지 뵐 면목이 하나도 없었다. 그러나 동생은 아무리 면목이 없어도 그래서는 안 된다며 돌아오는 5월 29일이 아버지 생신이니 이번에는 꼭 같이 가자고 했다.

동생 말을 내가 왜 이해를 못할까? 그러나 아무래도 이 꼴로는 아버지 앞에 설 수 없었다. 생각만 해도 속이 짜르르 녹는 것 같았다.

마지못해 아버지 생신날에 맞춰 시골 친정집에 갔다. 가자마자 난리였다. 아버지는 김천에 어떤 사람이 있으니 가서 보고 오라 하셨다. 가기 싫어 몇 번을 거절했다. 그러나 집안 어른들이 다 함께 말씀하시니 어쩔 수 없이 마음의 준비도 않고 가긴 갔다.

"그래, 어떻더냐?"

아버지는 기대하는 눈치로 물으셨다. 아니라고 했더니 아버지 얼굴이 굳어졌다.

무사히 아버지 생신을 차려드리고 서울로 왔지만 고민이었다. 집에서 그리 채근한다면 또 선을 보자고 앞으로도 그럴 텐데, 아기도 생산치 못하는 여자가 어찌 재혼을 한담.

시골 친정집에 가서 선을 봤다는 얘기가 퍼졌다. 내가 선 볼 의사가 있는 것으로 비춰지자 사방에서 나섰다. 큰 동생 장모님이 나섰고, 내가 사는 신당동 이웃 아주머니들도 중매를 하겠다고 발 벗고 나섰다.

어느 날, 옆집 아주머니께서 차 한 잔 하자며 부르시기에 갔다.

"새댁, 마땅한 사람이 있으니 한번 만나라도 봐. 사내아이만 둘인데, 이혼한 지 6개월 됐대. 나이는 서른 다섯이라네, 아마 새댁과 동갑이지? 괜찮잖아, 나이 많은 홀아비도 아닌데. 그 댁은 예수님을 믿는 기독교 집안이라니 근본은 있지 않겠어?"

'예수? 기독교?'

나는 철저한 유교 집안에서 태어났다. 그러기에 한 해에 조상님들의 제사가 무려 열두 번이나 되었다. 이러한 가정에서 자랐기에 하나님, 예수님이 계시는지 전혀 몰랐다.

'예수는 누구인데 근본을 따질까?'

선 볼 사람보다도 예수가 누구인지 궁금했다. 문득 생각하길,

'가서 나도 예수나 믿고 살까?'

난생 처음 들어보는 예수님이 어떤 분인지도 모르면서 쉽게 대답이 나갔다.

며칠 후 아주머니와 함께 을지로에 있는 어느 다방에 갔다. 그쪽에서도 누님과 둘이 나왔다. 첫인상이 선했다. 마음이 조금 누그러지기 시작했다.

'아들 둘이 있으니 내가 아기를 생산치 못해도 되지 않을까?' 생각했다. 내 속으로 난 자식이 아니어도 키울 수 있을 것 같았다.

승낙을 하고 집으로 돌아왔지만 그 다음에는 무엇을 어떻게 해야 할지 몰랐다. 시간이 계속 흘렀다.

한 달 후, 재촉이 왔다. 6월 초에 혼수를 작게 준비해 그 남자가 사는 경기도 이천으로 갔다. 시어머니를 비롯해 친지들이 모여 환영해 주는 박수를 받았다.

이튿날 살 집을 둘러보니 연탄 아궁이 하나 있는 재래식 부엌에 수도도 없다. 남자만 셋 덩그러니 있었다. 을지로 다방에서 보았던 선한 인상의 남자와 아이 둘이었다. 큰아이는 초등학교 5학년이었고 둘째 아이는 4학년이었다. 큰아이는 성격이 명랑하고 활발했다. 둘째는 내성적이었다. 다행히 새엄마인 나를 잘 따를 것 같았다.

맨손으로 처음부터 시작하자, 아직 젊으니까 하는 마음 하나로 이천에 그대로 주저앉았다.

남편은 술을 무척 좋아했다. 이삼일 술을 마시면 사오일 째는 술도 밥도 못 먹었다. 육칠일 째는 일 좀 하나 싶으면 또 술을 마시기 시작했다. 남편은 반복해서 이런 식으로 생활하면서 술에 중독되었다.

술을 그렇게 마시면서도 남편은 교회를 꾸준히 나갔다. 본인도 술을 끊으려 노력했다. 나는 남편의 그런 모습에 희망을 가졌다. 조금만 기다리면 되겠지. 내가 성실하게 아이들 키우고 집안일 하면 남편이 돌아오겠지. 나는 기다렸다.

같이 산 지 5년쯤 지난 무렵이었다.

남편이 갑자기 쓰러져 혼수상태에 빠졌다. 너무 놀라 급히 택시를 불렀다. 의식을 잃은 남편을 실은 택시는 응급차처럼 달렸다. 비상 라이트 켜고 신호등도 무시한 채 서울대병원으로 직행했다.

진찰 결과 장출혈이었다. 의사는 심각한 얼굴로 술을 절대 하지 말라고 신신당부했다. 술을 또 마시면 큰일이 난다며 다짐을 받았다. 병원에 일주일 입원해서 치료를 받고 남편은 퇴원했다.

이웃 사람들에게 남편은 호인이라며 칭찬을 들었지만, 집안에선 별로 좋은 사람이 아니었다. 남편은 주머니에 돈이 없으면 성질을 내곤 했다. 스스로의 생활력은 없었다.

처음 이천에 갔을 때는 한여름이었고 정말 땡전 한 푼 없었다. 내가 서울에서 번 돈으로 생활을 할 수밖에 없었다.

그런데 가만히 보니 남편에게 빚 독촉이 계속 왔다. 전 부인이 화장품 외판원을 하다가 남편을 보증인으로 외상을 하고는 도망갔다고 한다. 그때 50만 원이면 큰돈이었는데 내가 갚아주었다. 어차피 같이 살기로 한 사람이니 내가 해결해야겠다는 생각을 했다. 남편은 걱정이 되었는지 어머니께는 말씀하지 말라고 부탁했다.

어느 날인가는 남편이 교회 목사님의 전화를 받고 나갔다 왔다. 무슨 일인지 나에게 말을 안 했는데 나중에 목사님이 얘기해 주셨다. 전 부인이 남편에게 위자료를 요구했고, 남편은 남자 체면에 못 준다는 말은 못하고 교회 어느 분에게 30만 원을 빌렸다고 한다. 그러나 한 달, 두 달이 지나도 돈을 못 갚았고, 돈을 빌려 준 교인은 목사님을 통해 돈을 갚으라고 독촉하여 결국 목사님이 나에게 와서 얘기를 한 것이다. 그래서 시이머니와 함께 일을 하여 6개월 동안 돈을 모아 목사님께 갖다 드렸다. 전 부인 위자료까지 갚아 주었다.

친정아버지가 이천으로 돈을 보내주신 적이 있다. 그러나 남편은 며칠이 안 돼서 돈을 다 쓰고 말았다. 아버지는 돌아가실 때까지 이것에 대해서는 일절 말씀이 없으셨다.

사기를 당한 적도 있었다. 이천에는 오비맥주 공장이 있었다. 누군가 남편에게 600만 원을 가지고 오면 공장 일을 하게 해 주겠다고 했던 모양이다. 나중에 알고 보니 돈이 없어도 취직이 가능한 곳이었다.

인삼 농사를 지을 때 인삼밭에 그늘을 만들어 주어야 하는데 당시에는 지금처럼 나오는 차광막이 없어서 볏짚을 가마니처럼 짜서 인삼밭을 덮었다. 우리는 그걸 만드는 일을 했다. 그러다 검은 차광막을 공장에서 만들어 파는 바람에 그 일을 접고 정미소를 차렸다. 후에 정미소를 그만두고 집과 방앗간을 판 돈으로 읍내 변두리에 있는 단독주택을 샀다. 2층에 방을 여러 개 만들어 하숙을 운영했다. 그러나 결국엔 사기 당한 돈을 갚느라고 2층 단독주택을 팔고 작은 연립으로 이사를 가야 했다.

이렇게 이사를 갈 때마다 시어머니와 시누들이 와선 내 앞으로 집을 해 놓으라고 했다. 항상 거절했는데, 연립주택만은 내 앞으로 하니 아주 좋아하셨다. 시어머니가 이렇게 내 생각을 많이 하셨다. 웬만하면 재혼한 며느리가 자기 주머니를 챙기지 않을까 걱정할 텐데 그러지 않으셔서 참 고마웠다.

'이렇게 좋은 사람들인데 왜 전 부인은 나갔을까?' 이런 생각까지 했다.

훗날, 인천에서 간병 일을 할 때 친하게 지낸 약사 아주머니가 내게 존경하는 사람이 있냐고 물었다. 나는 시어머님을 존경한다고 했더니, "세상에 시어머님을 존경하는 사람도 다 있네." 하며 놀라워했다.

시어머님은 내가 기대고 싶을 때 언제나 기댈 수 있는 분이었다. 저녁밥을 먹고 나면 시어머니는 내게 "얼른 상 들고 나가라." 하는 게 아니라, "상 저리 밀어 놓고 좀 누워라." 하셨다. 집안 대소사 때 잘 차려 놓은 음식을 함께 먹을 때는 "이게 맛있으니 먹어라." 하며 늘 챙겨 주셨다.

내가 잘못할 때도 분명 있었을 텐데 시어머니는 단 한 번도 "왜 그렇게 하느냐?" 이런 말씀을 절대 안하셨다. 나무라시는 법이 없고, 오직 칭찬뿐이었다. 딸한테 가서 며느리 못마땅한 이야기를 할 법도 한데, 언제나 좋은 것만 말씀하신다. 그러니 시누이들도 올케가 뭐든 다 잘하는 줄로만 알았다. 사람의 단점이 아니라 장점만을 보는 분이셨고 겸손하며 인자하신 분이었다.

시어머니 어렸을 때 이야기를 해 주신 적이 있다. 방이 꽤 여럿 있는 커다란 집에 사셨는데, 당시 우리나라로 기독교를 전하러 온 외국 선교사에게 방 하나를 내줬다 한다. 선교사는 거기서 동네 사람들을 모아 놓고 예배를 드렸다고 한다. 당시 어렸던 시어머니를 선교사가 몇 년 지켜보더니 미국으로 보내 공부를 시키면 좋겠다고 권했다. 하지만 시어머니는 겁이 나서 안 가겠다고 했단다. 시어머니는 그때 안 가길 잘했다고 말씀하셨다. "미국 안 가고 문철이 할아버지를 만난 것이 나는 더 좋다." 하실 정도로 시부모님 금슬이 좋았다. 시어머니의 할아버지는 봄부터 여름까지 농사짓고 가을걷이 다하고 나면 전도하러 다니셨다고 한다. 시어머니 할아버지 때부터 기독교를 받아들였으니 우리나라에 기독교가 전해진 처음부터 받아들인 집안인 것이다.

모태 신앙으로 태어난 시어머니는 평생 깊은 신앙심으로 사셨다. 며느리가 셋인데 모두 신앙을 가지지 않았다. 그런데도 시어머니는 며느리로 받아들이셨고, 절대 신앙을 강요하지 않으셨다. 며느리들은 시어머니의 삶을 보면서 자연스럽게 신앙으로 다가갈 수 있었다.

시어머니는 내게 친정어머니 같은 분이었다.

둘째 시누님은 지금 독일에 살고 계신다. 얼마 전에 한국에 와서 장성한 아들을 잘 키워 주어서 고맙다고 인사했다. 큰시누님도 조카를 잘 키워 줘서 고맙다고 하셨다.

좋은 시어머니와 시누들을 만나 참 행복했다. 아들도 이를 안다. 아들은 자기가 할머니와 고모들의 사랑을 제일 많이 받은 것 같다고 한다. 몇 해 전, 아들이 일이 있어 유럽에 갔다가 독일의 고모 댁에 들렀다고 한다. 고모가 너무 반가워하시면서 잘 돌봐 주었다고 한다. 그리고는 돌아오는 편으로 많은 선물을 보내주셨다.

그런데 애들 아버지는 이를 시기했다. 자기를 보고 살아야지 왜 시댁을 보고 사냐면서. 가만히 더 생각해 보니 시댁 식구들이 좋다고 되는 게 아니었다.

술 마시는 남편과 사는 건 힘들었다. 남편이 술을 마실수록 내 속은 까맣게 타들어갔다. 주위에서 들어 보니 남편은 잔이 채워지기 무섭게 비웠고, 길을 가다가도 주막이 보이면 꼭 술을 먹었다고 한다. 나중에는 발길이 닿는 대로 술을 먹고 집에 술을 감추기도 했다. 그때는 이미 중독이 됐던 것 같다. 시어머니는 남의 귀한 딸을 데리고 와서 고생시킨다고 늘 미안해하셨다.

재혼을 하고는 어디를 조금씩 다니기 시작했다. 전에 못 누리던 것을 이제서야 누리는구나 생각하면서 행복했다. 하지만 집안이 어려웠기 때문에 열심히 일을 하며 살았다. 그런데 무조건 일만 한다고 잘 사는 것이 아니었다. 혼자서만 죽어라 일하고 아껴서 되는 것이 아닌 것 같다. 애들 아빠가 술을 너무 좋아하고 무슨 일을 하든지 인부를 시키려고 했다. 건강도 좋지 않아 이자만 겨우 갚으면서 어렵게 살았다.

남편이 퇴원한 후 이틀이 지났는데 친구라는 사람이 와서 남편더러 주막에를 가자고 졸랐다. 남편은 딱 잘라 거절하지 못했다. 가만히 눈치를 보니 친구에게 병원 갔다 온 이야기를 하기 싫어하는 것 같았다. 그냥 지켜볼 수가 없어 내가 나섰다.

"이 사람 술 때문에 병원 갔다 온 지 이틀밖에 안 되었습니다. 병원에서 다시 또 술을 마시면 위험하다고 했으니 그만 돌아가세요."

그런데 남편 친구는 적반하장으로 나왔다. 자기가 책임진다며 남편

더러 나가자고 다시 조른다. 남편은 마지못한 듯 따라나섰다.

　병원 이야기를 듣고도 술을 마시러 가자고 하는 사람이나 같이 가는 사람이나, 그 뒷모습을 보면서 한숨만 나왔다. 너무 한심했지만 남편을 막을 수 없었다.

　그러기를 십여 년. 남편은 네 번이나 더 병원으로 실려 갔다. 다섯 번째는 아주 돌아오지 못했다.

아들

6월 초에 이천에 내려와 시간이 가는지도 모른 채 여름을 보냈다.

초가을 어느 날, 얼굴이 까매지고 입안이 까끌까끌한 게 이상했다. 밑도 끝도 없이 새콤달콤한 게 먹고 싶어 부엌 곳곳을 뒤져 보니 찬장에 예쁜 복숭아가 있었다. 깨끗이 씻어 껍질도 안 깎고 그냥 먹고 있는데 남편이 들어왔다. 무얼 그렇게 맛있게 먹느냐고 하기에 왠지 과일이 먹고 싶다고 했다. 남편이 가만히 보더니 병원엘 가자고 보챈다.

서울 신당동의 한 산부인과에 들어갔다. 여의사가 이것저것 묻고 초음파 검사도 했다. 나는 영문도 모른 채 앉아 있었다.

"이 심장 소리 들어 보세요."

의사의 말에 나는 깜짝 놀랐다. 이게 진짜인가, 꿈을 꾸고 있는 건 아닌가, 내가 정말 아기를 가졌다는 것인가? 의심이 먼저 들었다. 아기집이 작아서 아기를 낳을 수 없다는 말로 온갖 수모를 견디며 살아온 시간이 스쳐갔다. 나는 못 미더워 의사에게 사실이냐고 재차 물었다. 의사는 다시 초음파를 갖다 대더니 아기의 심장 소리를 들려 주었다.

"쿵쿵거리는 소리 들리시죠? 임신 맞습니다."

내 안에 사람이 있다니. 귀한 생명이 내 안에 들어와 자란다니. 너무나 실감이 나지 않아 그 순간에는 기쁜 마음조차 들지 않았다. 믿겨지지 않는 일이었다.

임신 사실에 남편은 크게 기뻐했다. 병원에서 나와 돌아오는 길에 남편은 과수원에 들르자고 했다. 종묘사도 함께 운영하는 곳이어서 각종 과일나무가 다 있었다. 나는 특히 씨 없는 포도가 새콤달콤 너무 맛있었다. 허리띠를 느슨하게 풀어야 할 정도로 많이 먹었다.

집으로 돌아와 평상시와 다름없이 생활했다. 그런데 석 달, 넉 달이 되어도 몸이 뚱뚱해지질 않아 혹시 잘못된 게 아닌가 걱정이 들었다. 내가 정말 아이를 가진 것인가, 날마다 의심하며 잠들었다.

시간이 흘러 일곱 달, 여덟 달이 되자 실감이 났다. 배가 부른 작은 여자가 실실 웃으며 밥을 했다.

그때부터 집에는 일이 많았다. 인삼밭 덮는 덮개 짜는 기계를 들이면서 집에서 먹고 자는 일꾼이 갑자기 늘었다. 당진에서 일하는 사람 일곱이 오고 우리 가족 넷이 합쳐 열한 식구의 하루 세끼 밥을 챙기느라 쉴 틈이 없었다.

그때는 땅값이 싸서 어머니께 받은 50만 원으로 땅 사는 데 25만 원, 집과 방앗간 그리고 공장을 짓는 데 25만 원을 썼다. 인부를 많이 써서 남는 것이 없었는데 내가 고생을 많이 했다. 그들에게 먹일 밥도 해야 하고, 손님들께 대접할 막걸리나 찌개도 항상 준비해야 했다.

어느덧 3월 중순, 큰 시누님이 다니러 오셔서 내 모습을 보시고 혀를 찼다.

"올케, 어떻게 그 몸으로 일을 하고 있어. 힘들어 안 되겠다. 얼른 짐 챙겨. 출산하러 가자."

나는 정신없이 일하느라 출산 예정일도 잊고 있었다. 시누님의 성화에 못 이겨 그냥 빈 핸드백만 하나 들고 따라나섰다. 나중에 생각해 보니 멍청하다고 할까, 바보라고 할까. 해산하러 가는 사람이 기저귀 하나 배냇저고리 하나도 준비를 안 했으니 참 한심한 엄마다.

병원에서는 시누님이 친정엄마처럼 챙겨 주었다. 시누님은 내 사정을 의사 선생님에게 이야기했다. 산모 나이가 많아 제왕절개를 하기로 했다.

곧 수술 준비에 들어갔다. 마취 주사를 맞는데 무서운 줄도 모르고 겁이 안 났다. 신당동 산부인과에서 들었던 심장소리를 떠올리면 세상 무서울 것이 없었다.

아무리 그래도 너무했다. 아픈 시늉조차 못하고, 혹시 수술 받다 잘못되면 어떻게 하나, 아이에게 무슨 문제가 생기면 어떻게 하나 이런 걱정을 시누님과 이야기라도 나눴어야 했는데…. 나는 마취 주사를 맞고 세상 근심걱정 모르는 공주마냥 그냥 잠이 들었다.

마취에서 깨어나니 셋째 시누이가 너무나 기쁜 목소리로 말했다.

"언니, 아들이에요."

옆을 돌아보니 핏덩이가 머리는 까맣고 눈은 초롱초롱했다. 이렇게 또랑또랑한데 뱃속에 어찌 있었을까 참 신기하고 놀라웠다. 문철이가 태어난 그 순간은 평생 잊혀지지 않는다.

친정집엔 큰 동생이 전화를 했다. 1977년, 그땐 시골에 이장 집에만 전화가 있었다. 이장이 전화를 받고 아버지께 급히 뛰어갔다. 이 모습을 보던 옆집 할머니가 한 소리 하신다.

"자넨 왜 그렇게 바삐 가나?"

이장이 전화 내용을 말씀드렸더니 그 할머니가 큰소리로 동네방네 소리를 쳤다.

"여기 동네 사람 다 모이세요, 순진이 누나가 아들을 낳았답니다."

할머니는 마치 자기 손주를 본 것처럼 기뻐하셨다.

이십 일 넘게 시누님들의 보살핌으로 산후조리를 건강하게 끝냈다. 아기와 함께 이천 집으로 가는 날 짐이 많았다. 올 때는 빈 핸드백 하나였는데…. 나중에 알고 보니 큰 동서님과 시누님이 모든 준비를 하셨단다.

뻔뻔하다고 해야 하나? 모자란다고 해야 하겠지.

이런 나를 시어머님을 비롯해 모든 형제들이 큰 사랑으로 아껴 주셨다. 난생 처음 사람대접을 받는다는 생각이 들어 눈물이 났다. 예수님을 믿는 집안과 불신자의 집안이 많이 다르다는 생각이 들었다.

아무래도 하나님께서 아기를 주신 것 같았다. 아기를 잉태치 못한다고 버림받고 모진 고통에 마른 막대기만도 못한 세월이었다. 죽은 듯 살았지만 결코 예수님은 나를 버리지 않으셨다는 것을 알았다.

주님은 나에게 큰 선물을 두 번씩이나 주셨다고 믿는다.

첫째, 하나님 자녀로 삼으셨고 둘째, 아기를 주셨다.

재혼 당시 남편에게 두 아들이 있어 그 아이들을 내 아들로 받아들여 그 아이들의 엄마로 살려고 했다. 그런데 막상 내 속으로 아기를 받고 보니 감회가 남달랐다. 특별한 선물인 아기를 잘 키워야 했다.

그러나 모든 것이 부족하고 아는 것이라곤 아무 것도 없는 어미였다. 어떻게 키워야 하나? 막막한 생각 끝에 예수님께 부탁드리는 수밖에 없다는 것을 알았다.

"예수님, 이 아기를 착하고 아름답게 길러 주세요."

아기를 안고 교회 가서 바닥에 눕히면서 내 입에서는 자연스럽게 이런 말이 나왔다. 그때는 신앙이 무엇인지 아무 것도 모를 때였다.

나는 지금도 그때 나의 간절한 기도를 예수님이 들어 주셨다고 믿는다. 아이가 자라면서 믿음도 함께 자라는 것이 눈에 보였다.

아들이 어느덧 유치원을 마치고 초등학교에 입학했다. 담임선생님은 나이 지긋한 여자 선생님이셨다. 우리 아이를 감당할 수 있을까, 걱정스런 마음이 들었다.

"선생님, 우리 아이는 좀 활동적이라 힘드실 거예요."

잠자코 듣던 선생님은 한글을 깨우쳤냐고 하시면서 키도 작고 하니 맨 앞에 앉히고 잘 살필 테니 걱정 말라 하신다. 마음이 놓였다.

어느덧 5학년. 어느 날 아침이었다.

"아빠, 선생님이 학교에 다녀가시래요."

애 아빠도 나도 웬일인가 궁금했다. 학교에 다녀온 남편은 기분이 좋아 보였다. 아들에게 뭔가 좋은 일이 있는 것 같아 갑자기 궁금증으로 좀이 쑤셨다. 남편은 서두르지 않고 말해 주었다. 교육청에서 영재반을 만들어 방과 후에 따로 공부를 시키는데, 우리 아들이 여기에 뽑힌 것이다.

아들을 키우면서 여름이 다 가도록 참외 하나를 못 사주었다. 하지만 다행스럽게도 스스로 공부를 열심히 했다. 보고 싶은 책이 있으면 엄마를 졸라 사 달라고 했다.

다른 건 몰라도 책은 사 주었다. 4학년 때였다. 백과사전을 사 달라는데, 애들 아버지는 책 사는 것이 허영이라며 싫어했다. 그래서 아버지 몰래 책을 사 주자 아들은 다락에 숨겨두고 책을 보았다.

한번은 교회에 강원대학교 교수님이 오셨다. 그때 앞에 앉은 학생들에게 노아의 방주에 대해 얘기하고는 아는 사람이 있으면 손을 들라고 하셨다. 아들이 손을 번쩍 들고 답을 했다. 교수님이 너 누구 아들이냐고 물으니 권 집사의 아들이라고 했다. 모르는 사람들은 권 집사가 누구냐며 술렁였다.

그날 집에 돌아가 문철이 아버지께 이 일을 이야기하니, 어디서 그것을 알았는지 물었고 아들은 백과사전에서 배웠다고 답했다. 그때서부터 아들은 숨겨 두었던 백과사전을 꺼내 놓고 당당하게 보았고, 애들 아버지도 책을 사 주는 것에 대해 별 말을 하지 않았다. 그래서 한국위인전기 전집도 사 주었다. 식모살이를 하던 집에서 밤새도록 울며보았던 그 전집을 이제 아들에게 읽으라고 사 주게 된 것이다. 남들이좋다고 하는 책들도 사 주려고 하면, 문철이는 이미 다 빌려서 보았다고 했다. 아들은 이렇게 어려서부터 책을 많이 보았다.

영재반은 5학년과 6학년 합해 모두 열 명이었다. 교육청이 주관해서 영어, 수학, 과학을 공부했고 견학도 다녔다. 덕분에 엄마들도 견학을 따라다니면서 좋은 구경 많이 했다. 결혼 전에 당시 서울에서 산업박람회가 열렸는데 마을 어른들과 새어머니, 동생도 구경을 갔다. 나는 서울에 간다는 말을 듣고 작은 양산 하나 사 달라고 부탁했는데 정말 사 오셨다. 그때 받은 노란 양산을 들고 이제는 아들을 따라다녔다.

꿈인지 생시인지, 이렇게 사는 게 믿겨지지 않았다.

광야에 홀로 서다

그러나 행복의 문 옆으로 불행의 문도 열렸다.

1992년 8월 30일, 남편이 52세의 나이로 하늘나라로 갔다. 병원에 다섯 번째 실려 간 남편은 다시는 돌아오지 못했다. 그나마 다행스런 것은 남편이 살아 있을 때 위의 두 아이를 결혼시킨 것이다. 건강하게 잘 성장한 두 아들은 아버지가 계실 때 결혼해서 살림을 나갔다. 이제 위의 두 아들은 걱정하지 않아도 괜찮았다.

그러나 한창 자랄 시기인 문철이는 고등학교 1학년, 열일곱 살에 아버지를 떠나 보냈다. 막내와 나는 드넓은 광야에 홀로 선 기분이었다.

좌절하고만 있을 수는 없는 줄 알면서도 뭘 어떻게 해서 살아야 하는 건지 막막했다. 다 갚지 못한 빚도 갚아야 하고, 애 학비도, 두 식구 먹고 살 궁리도 해야 했다.

식당 일부터 시작했다. 며칠 일하며 살펴보니 만만하지 않았다. 지금까지 우물 안 개구리로 살았다는 생각이 들었다. 생존이 아주 치열하다는 것을 느꼈다.

식당뿐만 아니라 자리를 잡을 수 있는 곳이면 어디든 갔다. 어느 날 일을 마치고 늦은 시간에 집에 왔다. 아들이 반겼다.

"엄마, 저 장학금으로 공부하게 됐으니 너무 힘들게 하지 마세요."

아들의 말에 피로가 싹 달아나고 힘이 생겼다.

우리 집은 아들이 다니는 고등학교 정문 옆에 있었다. 하교 후 창문을 열고 보면 2~3학년 학생들이 학원 차를 타고 가는데 우리 아들만 집으로 오는 게 보였다. 혼자 걸어오는 아이가 걱정스러웠다. 저렇게 학원까지 다니면서 공부를 하는데 우리 아들만 혼자 집에서 공부하면 이렇게 생존 경쟁이 치열한 세상에서 어떻게 살 수 있을지 초조했다.

아들은 걱정하는 엄마를 안심시켰다.

"엄마, 학원 간다고 공부 더 잘하는 것 아니에요. 절대 걱정하지 마세요."

아들은 빈 말로만 엄마를 위로하지 않았다. 시험 때가 되면 사나흘 밤을 꼬박 새웠다. 곁에서 그런 아들을 지켜보면서 안타깝기도 하고 기특하기도 했다.

3학년이 되었다. 1, 2학년 때와는 달리 다들 학교에서 밤늦게까지 입시 준비를 하게 되었다면서 아들은 집이 먼 아이들을 위해 밥을 하자고 했다. 학생 수는 스물에서 스물다섯. 이 많은 학생들에게 어떻게 하루 세 끼를 해먹일 수 있을까 하는 걱정도 들었으나, 아들에게 하루 세 끼 더운 밥 먹일 수 있으니 괜찮다 싶었다.

나는 당장 시작했다. 반응이 좋아서 학생들은 밥때가 되면 우르르 몰려왔다. 시끌벅적 밥을 먹고는 저녁 해를 등진 채 다시 우르르 학교로 올라갔다. 아들도 아들 친구들도 모두 고3을 무사히 마쳤다. 아들에게 따뜻한 밥을 먹이며 공부를 시킨 것만으로는 설명할 수 없는 뭔가가 있었다. 내심 뿌듯한 마음이 들었다.

나는 매일 기도를 드렸다. 아들도, 아들 친구들도 모두 원하는 대학에 가서 꿈을 마음껏 펼치기를. 밥을 하면서도 교회에서 예배를 볼 때도 늘 한결같은 마음으로 기도를 드렸다.

언덕을 넘으면 다시 언덕이었다. 아들이 대학에 꼭 가야 한다는 생각만 있었지 어느 대학에 가야 좋은지를 잘 몰랐다. 그러나 아들을 믿었기에 아들이 하자는 대로 했다. 아들은 포항에 있는 한동대를 지원했다. 아들에게 듣기로 그 대학은 기독교 신앙을 바탕으로 1995년에 세워졌다고 한다. 아들은 한동대에 마음을 두었지만 한동대에 합격하려면 성적이 상위권에 가까워야 한다면서 긴장했다. 안심하고 있을 수 없어 한동대 말고도 낮추어 다른 두 대학에 원서를 내고 기다렸다. 기다리는 중 차례차례 합격통지서가 날아들었다. 마지막으로 한동대에서도 합격통지서가 왔다.

나는 천하를 다 가진 것 같아 기쁘면서도 어찌할 바를 몰랐다. 집안 어른들도 내 일처럼 무척 기뻐하셨다. 집안 어른들은 대학에 합격한 것보다도 한동대에 합격한 것을 더 쳐 주었다. 예수님을 우선으로 하며 인성 교육에 중점을 둔다는 그 대학 총장님의 말씀을 이미 들으셨다고 했다. 집안 어른들의 과분한 공치사까지 듣자 괜히 우쭐한 마음마저 들었다.

아들이 이사 얘기를 꺼냈다. 대학 입학을 앞두고 엄마가 홀로 있는 것이 걱정되었는지 할머니와 고모가 계시는 부천으로 가면 어떻겠냐고 했다. 아들은 엄마가 그곳에 있으면 좋을 것 같다면서 할머니와 고모에게도 의사를 전했다. 두 분도 의기투합해서는 서둘러 이사할 집을 구해 주셨다.

드디어 입학식 날이 되었다. 학교 측에서 경기도와 서울의 학생과 부모님을 위해 관광버스 여러 대를 준비해 주었다. 문철과 나 그리고 문철의 큰고모까지 우리는 그 차를 타고 한동대로 갔다. 차에서 내리는데 총장님께서 기다리고 계시다가 일일이 악수로 맞이해 주셨다. 지난해 이어 올해 두 번째 입학식이라고 했다.

입학식장에 앉아 있으니 든든한 마음이 들었다.

여기는 믿음을 바탕으로 하는 곳이다. 나는 아기집이 작아 아기를 생산치 못하던 여자였다. 성경이 너무 어렵고 목사님 설교도 이해가 되지 않아 예수님이 어떤 분인지도 몰랐는데도 예수님은 아들을 특별한 선물로 주셨다. 예수 믿어 아들을 얻었고 예수님께 기도드리며 아들을 키웠으니 한동대도 아들을 남부럽지 않게 키워줄 것이라 믿었다.

다행히 첫 등록금은 할머니께서 손주에게 축하 선물이라면서 주셨다. 그렇게 입학은 할 수 있었지만, 지금부터는 등록금이 문제다. 대학 등록금 마련은 내 힘으론 도저히 불가능한 일이었다. 그러나 아들의 앞길을 막을 수는 없었다. 누구에게 알아 보았더니 일 년에 천만 원 가까이 든다고 하는데, 나에겐 백만 원도 없었다. 예상치 못한 건 아니지만 급하면 작은 집이지만 팔 각오였다. 무조건 아들을 입학시켰다.

앞으로 이 큰 돈을 어떻게 마련한담?

주위에서 많은 분들이 볼 때 무모하다 하지 않았을까. 나 역시 대책 없다고 생각했다. 무엇이든 할 수 있었지만 오늘 당장 무엇을 할 수 있을까. 어떤 경우든 남에게 짐은 되지 않아야 하는데. 그러나 배운 것 없고 나이 먹은 내가 할 수 있는 일은 무얼까.

벼룩시장 신문을 펼쳐 놓고 구인 광고를 보는 중 간병인 모집에 눈이 멈춘다. 신문을 찢어 들고 인천 간병인 사무실을 간다니까 큰시누님이 따라나섰다. 나를 물가에 세운 아이처럼 마음을 써 주시는 큰시누님은 어떻게 지리도 모르면서 길을 나서냐며 같이 가잔다.

간병인 사무실에 도착해 사무원에게 단도직입적으로 물어 보았다.

"이 일을 하면 우리 아들 대학 등록금 할 수 있어요?"

할 수 있다는 사무원 말을 듣자 그 자리에서 무조건 가입했다.

이튿날 인천 기독병원으로 일 가라는 전화가 왔다. 그런데 간병인이 무엇을 하는 사람인지 몰랐다. 아픈 사람을 어떻게 간병해야 하는지 알지도 못하는데, 어떻게 아무런 교육도 없이 당장 가라고 하는지 앞이 캄캄했다. 그러나 지체할 것 없이 무조건 병원에 가야 했다.

환자분 옆에 앉았다. 무엇을 해야 할지 모르니 그냥 몇 시간이고 앉아 있기만 했다. 보다 못한 다른 환자 가족이 내게 다가와 소변 주머니 비우는 법을 가르쳐 주었다. 나는 그 분이 너무나 고마워 일 마치고 저녁식사를 대접했다. 그렇게 하루이틀 하다 보니 요령이 생겼다.

다섯 달 정도 일하니 다음 학기 등록금이 충분했다.

"하느님, 감사합니다."

나는 너무나 기쁜 마음에 힘든 것도 모르고 무조건 열심히 일을 했다. 첫째는 큰댁 어른들 걱정 안 끼쳐 좋았고, 둘째는 누구 도움도 필요하지 않아 기뻤고, 셋째 내가 할 수 있으니 떳떳했다. 간병 일이 힘들다는 것은 아무런 문제가 될 수 없었다.

그러나 등록금만 마련된다고 공부가 저절로 되는 것은 아니었다. 용돈도 있어야 하고, 공부하려면 책도 사 봐야 할텐데 이를 어쩐담. 아들은 공부하고 싶은 책 한 권 제대로 사지 못하는 눈치였다.

"얘야, 어렵게 지내더라도 남에게 절대 돈 빌려 쓰지 마라. 없으면 엄마에게 전화해, 빌려도 엄마가 빌릴 테니. 어렵다고 빌려 쓰다 보면 습관이 될까봐 그래."

뭐든 부지런하게 하는 아들이 책도 마음껏 사서 공부하고 싶었을 텐데 에미가 되어가지고 아들 손에 필요한 돈을 쥐어주지 못해 마음이 무거웠다. 그래도 아들이 누구에게 돈을 빌려서는 안 된다는 생각은 확고했기에 아들에게 신신당부를 했다.

한 번은 교수님과 중국 가는데 백십만 원 경비를 담임 교수님이 주신다는 얘기를 들었다. 그 얘기를 듣고 가만히 있을 수 없었다.

"아니야, 엄마가 줄게. 교수님 힘들게 하지 마."

교수님의 선의를 모르는 것은 아니었다. 그러나 도움도 빚이라는 것을 알았기에 내가 힘들더라도 아들에게 빚을 지우고 싶지는 않았다.

아들은 2학년 1학기를 마치고 군에 입대했다. 군 생활을 멀리 강원도 철원에서 하면서도 아들은 엄마에게 면회를 오지 말라고 했다. 그러나 최전방 부대에서 일하는 아들을 보지 않고서는 마음이 놓이지 않았던 나는 이듬해 봄, 무작정 면회를 갔다.

시외버스 터미널에서 택시를 잡아타고 부대 정문 앞까지 들어갔다.

마침 보초를 서던 아들이 택시를 보고는 누가 면회 오는구나 하면서 지켜보고 있는데, 택시 문이 열리면서 엄마가 나오는 것을 보고 깜짝 놀랐다고 한다. 엄마 걱정에 면회를 오지 말라고는 했지만 그래도 막상 택시에서 내리는 엄마를 보고서 한 걸음에 달려와 엄마를 안아주었다. 기뻐하는 아들을 보니 나도 기뻤다.

부대에서는 외박을 해도 좋다고 허락을 해 주었다. 아들과 나는 부대를 나와 숙소를 정하려고 했는데 돈이 부족했다. 군인 아들을 옆에 세워둔 엄마가 우물쭈물해 하는 모습을 본 주인 아주머니는 마음이 안 됐는지 부족한 대로 달라고 했다.

아들은 부대에서 나오면서부터 기분이 좋았다. 방에 들어가니 목욕도 할 수 있었고 텔레비전도 볼 수 있었다. 군대 생활하느라 지친 아들은 따뜻한 물에 피로를 풀 수 있었다. 텔레비전을 같이 보면서 아들의 환한 얼굴을 보니 마음이 놓이면서도 아들이 이렇게 좋아하는 걸 왜 진작 오지 않았나 마음도 아팠다.

이튿날은 주일이었다. 아들과 같이 부대로 예배 드리러 갔다. 부대 안 교회가 크고 잘 지어져 좋았는데, 창문에 커튼이 없는 게 마음에 걸렸다. 철원이 어떤 곳인가? 텔레비전에서 일기예보가 나올 때면 마음이 아팠다. 전국에서 철원이 제일 춥다는데 이 추운 곳에 커튼 하나 없다니. 교회 안에 가득 찬 국군 장병들이 유난히 추워 보였다.

집에 와서도 그 생각이 마음에서 떠나지 않아 부천시장 커튼 가게마다 기웃거려 보았지만 내 힘으로 감당하기 어려울 것 같았다. 병원

일을 하면서 옆 환자의 어머니와 이야기를 나누었다. 이 분이 서울의 큰 교회 권사님, 이야기를 들으신 권사님이 교회에 커튼 하시는 집사님 내외분께 말씀드려 보겠다며 기다려 보라신다.

그 다음 주일에 권사님께서 하시는 말씀, 철원 교회가 어느 정도 큰지 사진이라도 보았으면 하신단다. 아들에게 편지를 했다. 며칠 후 사진이 왔다. 커튼 사장님이 보시고 교회가 큰 편이라며 크게 두 뭉치를 주시면서 돈은 한 푼도 안 받으시겠다고 극구 사양을 하셨다. 정말 고마웠다.

세상에 이런 일이 있다니. 커튼을 부쳐 놓고 생각해 보니 하나님은 일을 이렇게 하시는구나, 주님의 사랑을 또 다시 체험할 수 있었다.

아들이 군에 있을 동안은 한숨 돌릴 수 있었다. 몇 년 전에 은행 대출 받은 것 갚고는 복학 준비를 할 수 있었다. 제대한 아들이 복학하려는데 친정 큰 동생이 아들을 불러 신문에 싼 것을 두 뭉치 주었다. 펼쳐보니 등록금이랑 용돈이란다. 몸 둘 바를 몰랐다.

부천에서 같이 사시던 시어머니가 다시 이천으로 가시게 되었다. 시어머니는 혼자만 못 가겠다고 하시며 나를 데려가려 했지만, 나는 이천은 좁은 지역이라 일자리가 없다고 거절했다. 어머니는 내가 혼자 있으니 외로울 것이라고 걱정하셨지만, 나는 병원을 다니며 바쁘게 간병인 일을 하면서 외로울 새가 없었다.

수원에서 며칠간 간병 일을 마치고 전철로 돌아오는 어느 날이었다. 전철 창문으로 지난날이 지나갔다. 하나씩 하나씩 붙잡아 살펴보았다.

아기집이 작아 여자구실 못한다고 쫓겨나 세상을 그만 살자며 서럽게 울던 장면이 지나갔다. 눈물이 올라왔다. 다 지나간 일인 줄 알았는데 감정이 남아 있었다. 재혼해서 임신했다는 말을 듣고서 이게 꿈인가 생시인가 믿을 수 없던 시간도 지나갔다. 노란 양산을 들고 아들을 따라다니던 모습도 스쳐갔다.

남편을 먼저 보내고 아들을 키운 시간은 저절로 기도가 되어 입에서 흘러나왔다.

"하나님, 만 입이 있어도 감사밖에 드릴 것이 없습니다."

문득 감사함이 밀려왔다. 신앙은 사람이 해야 한다고 되는 게 아니다. 하나님이 이끄시는 것이다. 드넓은 광야에 홀로 선 보잘 것 없는 나를 하나님이 보시고 이끌어 주셨다.

귀농

아들은 큰 어려움 없이 대학을 졸업하고 광고회사에 들어갔다. 아들이 직장을 갖자 마음이 바빠져 결혼을 재촉했다. 그러면서도 아무것도 내세울 것 없고 가진 것 없으니 어떤 여자가 아들에게 마음을 줄까 걱정으로 마음을 졸이기도 했다. 요즘 아가씨들은 이것저것 꼼꼼히 따져 보고 남자의 배경도 본다는데, 그런 것 생각하면 막막한 것 투성이었다.

이런 얘기를 하면 아들은 염려 말라며 모든 여자가 다 그런 것은 아니라고 했다.

어느 날 퇴근하고 집에 돌아온 아들이 사귀는 여자친구가 있다면서 "한번 보세요." 한다. 이름은 최수영, 문철의 대학 한 해 후배였다. 참 예쁘고 똑똑해 보였다.

결혼 날짜를 5월 29일로 잡고 준비는 저희 둘이 한다기에 맡겼다.

그런데 이게 웬일인가? 신랑 신부가 식장에서 입을 예복이 전통 한복도 아니고 양복도 아닌 개량 옷이라며 보여 주는데 너무 황당했다.

신부는 드레스가 아니라 검정치마에 연두색 상의로 수수한 생활 한복이었다. 내일이 결혼식인데 이 일을 어쩐다. 당장 이 밤에라도 드레스 맞추라고 아들과 밤새 실랑이를 했지만 아들은 요지부동이다. 남들 다 한다고 틀에 박힌 것처럼 할 필요가 없단다. 고집을 꺾지 못한 채 나는 무거운 마음으로 결혼식장에 갔다.

교회에서 식을 올렸다. 하객들은 난생 처음 보는 결혼식이었다며 축하를 해 주었다. 체면도 섰고 아들 내외가 교인들에게 인정을 받은 것 같아 안심이 되었다.

일 년 후, 첫 손주 여름이가 태어났다. 천하를 다 얻은 기분이었다.

"주님, 감사합니다."

하나님은 아들을 주었고 아들을 원하는 대학에 입학시켜 주었다. 하나님은 아들 대학 등록금을 충분히 마련할 만한 일자리를 주었고, 아들이 군대를 무사히 마칠 수 있게 돌봐주셨다. 아들 직장을 주셨고 아들에게 배필도 주셨다. 그리고 이제 손주까지 주셨다. 모든 것이 하나님의 손길이었다.

그런데 좋은 일만 있었던 것은 아니었다. 건강에 문제가 생겼다.

여름이가 태어난 직후에 다리가 당기고 걷기가 힘들었다. 신경외과에 갔더니 허리협착증이라며 수술을 해야 한다는 것이다. 빨리 수술받고 또 일을 해야지 하는 급한 생각에 그만 며느리가 산모라는 것을 깜빡 잊었다. 산후조리를 잘 하도록 아이 아빠가 산모 옆에서 도와야 하는데도 아들은 나를 간호하느라 밤낮 병원에 있었다. 산모 혼자 아이 돌보느라 몸조리도 제대로 못하게 한 것이 늘 마음에 걸렸다. 나중에 들으니, 아기가 엄마 뱃속에서 편안히 있다가 세상 밖에 나오니 무엇이 불편한지 많이 울었다고 한다. 며느리에게 많이 미안했다.

살면서 아들이 하는 일은 무엇이든 믿었다. 그러나 도저히 믿겨지지 않는 일이 생겼다.

어느 날, 아들 내외가 충남 홍성으로 간단다. 홍성에 있는 풀무학교 전공부에 입학해서 2년 배우고 농사를 짓겠단다. 아닌 밤중에 홍두깨 같은 소리였다. 시골로 내려가겠다니, 나는 스무 살에 결혼을 한다며 농촌을 떠나 도시로 나온 후 단 한 번도 생각해 보지 못한 일이었다. 이 일을 어쩌나. 아들만은 고생 없이 살기를 바랐다. 농사일이 얼마나 어렵고 힘든 일인지 어떻게 설명해야 알아들을까. 농사는 아무나 하는 게 아니라고, 시골에서 잔뼈가 굵어도 할까 말까인 일이라고 해도 막무가내였다. 지금부터 잔뼈 굵게 만들면 된다고, 자기들을 한번 믿어 달라고 아들 내외는 나를 설득했다. 도무지 요지부동이었다.

잘 다니던 회사를 왜 그만두는지, 아무 연고도 없고 농토를 구입할 형편도 안 되는데 시골로 왜 내려가겠다고 고집을 피우는지, 너무 답답하고 어처구니가 없어 울기만 했다. 아들 내외는 우는 나를 설득하고 걱정하지 말라며 달랬지만 그럴수록 가슴이 꽉 막혀 왔다.

나만 답답한 것이 아니었다. 시누들도 문철이가 대학까지 졸업해서 왜 귀농을 하느냐고 안타깝게 물었다. 그랬더니 문철이는 엄마가 가르쳐서 그런 거라고 했단다. 내가 너무 걱정을 하니 조카딸이 이런 말을 해 주었다.

"너무 걱정하지 마세요, 생각이 있겠죠. 앞으로 20년을 본답니다."

나는 그 말이 이해가 되지 않았다. 더 이해가 되지 않는 것은 며느리도 귀농을 좋아한다는 것이었다. 여자가 농촌이 좋아 농촌으로 살러 가겠다는 말이 믿겨지지 않았다.

결국 내가 졌다. 아들 내외는 홍성으로 내려갔다. 그렇게 무정할 수가 없었다.

이번에 자서전을 쓰면서 같이 쓰는 분들에게 이런 얘기를 들었다.

"여름이 할머니는 성실로 뭉친 분이다. 초혼에 실패하고 많이 힘드셨을 것이다. 당시 여자는 일부종사를 해야 한다는 문화가 있었기에 이부종사를 하는 게 어려웠을 것이다. 그때 문화에서는 큰 벽이었다. 그 벽을 넘어 재혼해 성실히 살아오면서 지금의 권정렬이 되었다. 그런 성실함이 주위에서 인정을 받았을 것이다."

성실하게 살아온 시간이 허망했다. 더 이상 힘을 내며 살 수가 없었다. 건강검진을 받으러 병원에 갔더니 병원에서는 우울증이라고 했다.

할 일 없이 우두커니 있는 것이 내겐 고문이었다. 어느 날 셋째 시누님이 오셔서 나를 보더니 아이들 곁으로 가서 손주를 돌보는 것이 좋겠다고 하셨다. 이 말을 전해 들은 아들 내외는 대찬성이었다. 자식 이기는 부모 없다는 말이 맞았다. 내가 마음을 바꿨다.

그해 4월, 이삿짐을 싣고 홍성군 홍동면 구정리로 내려왔다.

와서 보니 40년 전 농사법과 지금 농사법이 많이 달랐다. 못자리서부터 모심고 김매고 벼베고 바심하는 것까지. 농촌에서 자란 나도 어리둥절한데 과연 아이들이 할 수 있을까 불안했다.

이사오고 며칠 후, 콩을 심으려고 조그만 텃밭으로 가니 이웃에 사는 김정자 씨가 아직 이르다며 모심기가 끝나야 한단다. 무뚝뚝하고 통명스러운 경상도 여자인 나에게 충청도 양반인 김정자 씨는 친절하게 먼저 다가와 주었다. 계절마다 적절한 시기에 무엇을 심어야 하는지 김정자 씨가 성심껏 가르쳐 주어 많은 것을 배울 수 있었다. 타향이라는 느낌은 서서히 없어졌다. 홍동에 내려와 구정리 마을에 살면서 만난 김정자 씨는 내게 훌륭한 농사 선생님이었고, 나이는 나보다 세 살 어리지만 지금도 절친한 친구처럼 지내고 있다.

일년, 이년 지나다 보니 옆에 묵은 밭에 풀을 뽑고 무엇이든 심어도 된다기에 참깨, 들깨, 고구마 등 여러 가지 남이 심는 것을 따라 심었다. 무더운 여름, 김을 매고 가꾸느라 힘이 들었다. 그래도 참깨 수확을 하니 알알이 잘 영글어 마치 찹쌀 같다는 이웃의 칭찬을 들으니 나도 할 수 있구나 자신감이 생겼다.

이렇게 농사지은 땅콩, 참깨, 들깨, 고구마 등 우리 가족이 넉넉히 먹고도 남을 정도가 되었다. 직접 농사를 지어 보니, 대규모로 하는 사람은 오히려 판매가 수월한데 우리처럼 작은 농가들은 그렇지가 않았다. 땀 흘려 가꾼 농산물을 제때 제값에 팔 수 있기를 바라는 생각은 농민이라면 모두가 희망하는 것이다. 하지만 소농이 더 힘들고 어렵다는 걸 느꼈다. 시장에 조금씩 내다 파는 것 외에는 판로가 없어서 남은 농산물은 이웃과 나눠 먹더라도 묵히거나 썩히는 게 나오기 마련이었다.

며느리 수영이가 도시에 사는 친구들에게 직거래로 판매를 해보면 어떻겠냐고 제안했다. 한 달에 두 번, 농사지은 것을 소비자들에게 보내면 된단다. 혼자 하기에는 벅찰 것 같아 김정자 씨에게 상의했더니 한번 해보자고 한다. 우리의 '할머니 보따리'는 그렇게 시작되었다.

김정자 씨와 함께 3년 정도 '할머니 보따리'를 도시 소비자들에게 보냈다. '할머니 보따리'를 하면서부터는 버리는 게 없고, 수고한 만큼 다만 몇 푼이라도 쥘 수 있었다. 도시 소비자들은 얼굴을 아는 생산자의 농산물을 받으니 믿을 수 있고, 우리는 건강한 먹거리를 그들에게 보내면서 보람도 느끼고 기쁘게 농사지을 수 있었다. 같이 하는 김정자 씨도 '할머니 보따리'를 참 좋아했다.

김정자 씨나 나나 시골 우물 안 개구리로 살아왔기에 판로를 개척한다는 건 생각도 못했다. 수영이가 학교 선후배들이 소비자가 되도록 주선해 주고 농산물 포장해서 택배 기사를 부르는 일까지 도맡아 해 주었기에 가능한 일이었다.

수영은 또 '할머니 보따리'를 받는 분들에게 매번 편지를 써서 농산물과 함께 보냈다. 2011년 3월 24일 첫 번째 보따리 편지를 시작으로 2013년 3월 20일 마흔 여덟 번째 마지막 편지를 보냈다. 편지에는 보따리에 담아 보내는 할머니들의 농산물을 하나하나 소개하고, 김정자 씨와 내가 농사짓는 이야기를 썼다. 김정자 씨는 수영이가 보낸 편지를 모두 복사해서 지금도 고이 간직하고 있다. 마지막으로 보낸 편지의 한 부분을 소개하고 싶다.

어느새 정말 마지막 할머니 보따리를 보내 드립니다. 만 2년을 뒤돌아보니, 힘든 기억도 있지만 빙그레 웃음이 나네요. 애호박 자라는 때를 기다려서 보따리 보낼 날을 정하면, 그 사이에 오이는 늙어서 노각이 되고, 날짜 맞춰 콩나물 키우다 보니 10킬로그램이 넘는 콩나물 시루를 들고 따뜻한 아줌니 댁 안방과 추운 엄니 댁 방을 오갔던 일. 겨울에 보내려고 정성스레 찌고 말려 둔 감잎차를 겨울에 펼쳐 보니 벌레가 생겨 무용지물이 된 일. 와야 할 비가 오지 않아서 열무 씨앗을 세 번이나 다시 뿌렸는데도 결국 싹이 나지 않아 결국 이웃 농부네서 구해 왔던 일. 새벽 한 시까지 냉이와 도라지 다듬었던 일….

마지막 소감을 여쭤 보았더니, 엄니께서는 "내가 건강했으면 더 오래 할머니 보따리를 하고 서로서로 좋았을텐데 아쉽다."라는 말씀을 전해 주셨어요. 우리가 농사지을 수 있는 것 위주로 보내다 보니, "받고 싶지 않은 먹거리도 있었을텐데 잘 받아 주셔서 감사하다."는 말씀도 하시고, 김정자 아줌니께서는 "아쉬운 것도 많은디, 참말 고맙지." 라고 하셨어요. 보따리 식구 여러분들도 '아쉽고 고맙다'는 말씀을 전해 주셨지요. 고맙습니다.

허리 굽고 등도 굽은 할미에게 농사일은 힘이 부치기는 했으나 가을이면 고구마, 들깨, 콩 수확을 하고 손주들과 아들 내외 온 가족이 경운기 타고 집으로 오는 길이 흐뭇하기만 했다.

농사를 한 번도 짓지 않았던 애들인데 방법을 아는 게 듬직했다. 시골은 도시처럼 생활비가 들지 않는다. 논밭을 두고 도시로 나간 사람들이 많아 동네에는 쉬고 있는 땅이 여기저기 있다. 나만 부지런하면 먹고살 수 있겠다는 생각을 했다.

홍동에 내려오고 한 해가 지나 여름이 동생 여울이가 태어났다. 얼마나 예쁜 활력소인지 모른다. 그 해에 논을 샀다. 규모는 작지만 우리에게는 재산 목록 1호가 되었다. 아들은 논일, 나는 밭일을 했다. 제법 농사꾼 모양이 났다.

몇 해 전 여름휴가 때 성주산 계곡으로 온 식구가 갔다. 산장에 짐을 풀고 수영장으로 내려가 여름이와 여울이가 튜브를 타고 엄마 뒤를 따라다니는 모습을 지켜보았다. 엄마 오리가 아기 오리를 데리고 한가로이 호수를 누비는 것 같았다.

숙소로 들어와 저녁식사를 하고 우리 가족 다섯이 오순도순 하룻밤을 묵고 아침에 창문을 열고 밖을 내려다보았다. 깊은 산 계곡 맑은 물이 콸콸 쏟아지고, 사람들은 가벼운 옷차림으로 산책을 하고 있다.

"이것이 지상낙원인가."

내 말에 아들 내외 활짝 웃는다.

집과 벗을 만나다

홍동에는 귀농 가정들이 많기 때문에 집 구하기가 어렵다. 나는 구정리에 있는 낡은 옛날 집을 빌려 살았다. 여름에는 곰팡이와 벌레 때문에 힘들고 겨울에는 유독 추운 집이었지만, 혼자 지내는데 이만한 곳이라도 감사히 여기며 살았다.

아들 며느리는 '추운 집'이라는 별명이 붙은 그 집에서 내가 사는 게 늘 마음에 걸렸단다. 어머니 집을 지어 옆에서 함께 살자고 기회가 날 때마다 말했다. 아들 며느리 집 짓느라 고생이 많았는데 무슨 돈으로 또 집을 짓겠는가. 나는 괜찮으니 그런 소리 말라고 몇 번이고 말했다.

그러던 어느 날, 아들이 논을 팔기로 결정하고 내놓았단다. 그 논이 어떤 논인가. 우리 온 가족의 재산 목록 1호가 아니던가.

"어머니가 먼저지 논이 먼저가 아니예요."

아들은 그렇게 말했다.

농부로서 실감나게 논일하면서 온 가족이 정말 많이 기뻐했는데 그 논을 팔아 집 지을 종잣돈을 마련하겠다는 것이다. 여름이는 논을 판다는 말에 눈물을 글썽여서 더욱 마음이 찡했다. 논을 팔고 나면 서운해서 어떡하냐는 내 말에 아들은 이렇게 말한다.

"집이 하나 생기잖아요."

아들과 같은 시기에 귀농한 풀무 전공부 동기 재혁 씨가 먼저 집을 지었고, 아들 집은 그 옆에다 지었다. 그리고 거기 남은 자투리 땅에 내 집을 짓기로 했다.

아들네 집을 패시브하우스로 지어 준 희범 씨가 일을 맡아 주었다. 패시브하우스는 열 효율이 좋은 집이라고 한다. 나는 우리 집이 너무 작아서 집 짓는 목수들에게는 제대로 된 벌이가 되지 않을 게 너무 미안했다.

그런데 희범 씨는 일하는 시기가 좀 어중간할 때 이 집을 짓게 되어 팀원들도 일할 수 있어서 좋았다고 말한다. 우리 듣기 좋으라고 한 말이겠지만 그렇게 말해 주니 고마웠다. 집을 짓는 기간 내내 즐겁게 일하는 희범 씨 모습이 기억에 남는다. 참 좋은 사람이다.

2019년 겨울, 깨끗하고 따뜻한 새 집으로 이사했다. 홍동에 내려와 구정리 '추운 집'에서 산 지 십 년만이었다.

며느리는 키가 작은 내가 편하게 쓸 수 있도록 주방 씽크대 높이를 낮게 조절해 주고 창문에 예쁜 커튼까지 달아 주며 세심하게 신경을 써 주었다.

이제 더 이상 곰팡이와 벌레와 싸우지 않아도 되는 집, 문을 열면 갓골 논이 한눈에 내려다보이는 집에서 살게 되었다. 바로 옆에 아들 며느리 집이 있으니 언제든 얼굴을 볼 수 있어 정말 감사하다.

새 집을 지어 이사를 한 기쁨은 말할 수 없이 컸지만, 홍동에 내려와 십 년을 살던 구정리 마을에 정도 많이 들었다. 특히나 구정리에 살면서 만난 정우 할머니와 헤어지는 걸음이 아쉬웠다.

구정리에 살던 어느 날, 길 건너편 집으로 할머니 한 분이 새로 이사를 왔다. 정우 할머니라고 했다. 아들 문철이 다닌 풀무학교 전공부 농사 선생님이신 장길섭 선생님의 어머니라고 했다. 장길섭 선생님의 큰 아들 이름이 정우여서 다들 '정우 할머니'라고 불렀다.

정우 할머니는 엄청 정갈한 분이다. 집에서 인절미를 굴려도 콩고물 하나 바닥에 안 묻힐 정도다. 음식도 잘하시고 생활이 정갈하신데 무엇보다 마음이 깨끗하시다. 옆에서 배우는 때가 많다.

정우 할머니와 나는 서로 아침저녁으로 왔다갔다 하고 별 것은 아니어도 주거니받거니 하며 지냈다. 정우 할머니와는 마음이 잘 통했다. 마음에 있는 말을 할 수 있는 사람이 가까이 있다는 건 정말 커다란 행복이다. 말을 들어 준다고 해서 상대방이 나를 치유해 주는 게 아니다. 말을 하는 그 자체가 스스로를 치유해 주는 것이다.

정우 할머니와 나는 둘 다 혼자이고 젊어서 고생을 많이 한 것도 비슷했다. 사정이 닮아서일까 우리는 서로를 믿는 마음이 컸다. 다른 사람한테는 하지 못하는 어렵고 힘든 이야기들을 정우 할머니에게는 언제나 터놓고 말하면서 지냈다.

내가 구정리를 떠나 갓골로 이사를 하게 되자, 정우 할머니는 자신이 어떻게 할지를 모르겠다 하셨다.

정우 할머니는 홍동에 오기 전에 딸이 있는 천안에 사셨는데, 홍동으로 이사올 때 같은 교회 다니던 분이 정우 할머니 앞에서 막 울더란다. 서로 터놓고 지내다가 정우 할머니가 떠난다고 하니 울음이 터진 것이다. 정우 할머니는 울기까지 할 일인가 속으로 생각했다. 그런데 내가 이사를 간다니까 정우 할머니가 눈물이 나더란다. 천안을 떠날 때 정우 할머니를 보고 울던 그분이 '아, 이래서 그때 그 양반이 울었구나' 생각이 들었다고 한다.

사는 동네는 달라졌지만 요즘에도 정우 할머니와 자주 만난다. 날이 춥지 않고 따뜻한 오후에 만나는데, 우리가 만나는 장소는 면소재지에 있는 애향공원이다. 정우 할머니는 구정리에서 걸어오시고 나는 갓골 우리 집에서 걸어가면 서로 거리가 비슷하다. 애향공원에서 만나 간단한 기구로 운동도 하고, 의자에 앉아 이야기도 나눈다. 걸어서 오가는 그 자체가 서로에게 운동이 된다. 집에 혼자 있으면 말을 할 필요가 없고, 말을 안하면 밥을 먹어도 소화가 잘 되지 않는다. 그럴 때 만나 말을 나눌 수 있는 친구가 가까이 있는 것이다.

홍동에 와서 맘 놓고 벗할 수 있는 사람, 정우 할머니. 내 말을 들어주는 사람이 있다는 게 너무너무 감사하다. 그리고 내가 남의 말을 들어 줘서 그에게 조금이라도 위로가 되는 게 너무 감사하다.

정우 할머니와 지내면서 사람은 늙으나 젊으나 친구가 있어야 된다는 생각을 한다. 마음에 있는 말을 할 수 있고 들어 줄 수 있는 친구가 없는 사람은 얼마나 쓸쓸할까. 정우 할머니를 만난 나는 운이 좋다.

독서와 성지순례

홍동에 내려오기 전에는 도서관이라는 것을 몰랐다. 그런데 이곳은 좁은 지역인데도 도서관이 많았다. 갓골에 밝맑도서관이 있고, 풀무학교나 여성농업인센터에도 도서관이 있다.

농촌에 왜 이렇게 도서관이 많아야 하는지 처음에는 이해가 되지 않았는데, 홍순명 선생님 말씀을 듣고 이해할 수 있었다.

"농사를 하려고 귀농했어도 농사만 지어서는 안 된다. 농사도 짓고 책도 보고 글도 써야 한다. 일만 하면 소가 된다."

아들과 며느리는 내가 읽으면 좋겠다고 생각하는 책을 골라 주었다. 아들과 며느리가 골라 주는 책들을 위주로 읽었다. 책을 볼 기회가 많아졌다.

권정생 선생님의 작품을 여러 권 읽었다. 그 중 『몽실언니』와 『강아지똥』을 재미있게 읽었다. 『몽실언니』를 읽으면서 몽실언니 이야기가 내 삶과 비슷하게 느껴졌다. 몽실언니를 충분히 이해할 수 있었다. 몽실언니가 어머니를 따라가서 혹독한 새아버지를 만난 것, 새어머니가 낳은 동생을 끔찍하게 여겼던 게 공감이 갔다. 나도 몽실언니처럼 동생들을 업어 키웠다. 새어머니가 낳은 동생들이었지만 그래도 남의 어머니가 낳았다는 생각은 없었다. "내 동생이다, 내 핏줄이다."라는 생각이 들었기 때문에 몽실언니가 이해가 갔다.

『토지』와 『태백산맥』도 재미있게 읽었다. 주위에선 『태백산맥』이 어려운 책인데 그길 읽을 수 있겠냐고 거정도 했지만, 별로 어려운 건 없었다. 『토지』도 마찬가지였다. 분량이 많긴 했지만 장면 하나하나가 잘 이해되었다. 같이 책을 읽은 분들과 답사를 간 적도 있다. 『토지』를 읽을 때 마음이 가던 장면들이 있었는데, 책에서 본 장면들이 실제로 있었다. 그런데 지금도 잘 이해가 되지 않는 것은, 길상이가 주인댁 딸과 결혼하는 장면이다. 길상이는 부인한테 따뜻하게 애정을 주지 않았다. 아쉬웠다. 답사를 가서 생각해 보니, 신분이 문제인가 싶은 생각이 들었다.

본회퍼의 책을 읽으면서는 많이 놀랐다. 본회퍼는 독일인이고 목사이신 분인데 전쟁을 반대했다. 전쟁을 멈추려면 히틀러 측 사람들을 퇴치해야 한다고 생각하고는 히틀러 암살을 모의했다. 그렇게 많이 배우고 신앙심을 가지신 분이 히틀러 정권을 무너뜨리려면 살인을 해야 한다고 고뇌하는 점이 의아하고 놀랍고 대단했다. 본회퍼의 부모님들도 놀라우신 분들이다. 신앙심도 깊었다. 그분들은 아들의 모든 일을 이해했다. 마지막에는 옥살이를 하다가 실오라기 하나 걸치지도 못한 채 사형을 당하셨다는 것이 너무 안타까웠다. 신앙인은 이렇게 자유를 위하고 남을 사랑한다는 것이 놀라웠다.

이승진 사모님이 성지 순례를 주선하셔서 이스라엘에도 다녀왔다. 이미 허리가 굽은 할머니지만 가고 싶었다. 내심 가고는 싶었지만 망설임도 있었다. 그런데 오히려 아들네가 더 가라고 해서 기뻤다. 며느리는 시내에서 6만 원짜리 신발, 일회용 카메라, 지팡이 등을 바리바리 싸주며 다녀오라고 했다.

난생 처음 외국에 가는 것이었다. 아부다비 공항에서 비행기를 갈아탔다. 공항이 아주 특이하게 생겨서 사진을 찍어 아들네에게 보여주기도 했다.

가이드를 따라다니기 바빠 설명을 미처 다 못 들은 것이 지금도 아쉽다. 음식 먹는 것은 좀 불편했다. 향이 진한 것은 잘 못 먹었는데 배고픈지도 모르고 다녔다. 같이 다니던 교인들은 허리 좀 펴고 다니라고 했다. 나도 허리를 펴고 당당하게 걷고 싶지만, 이미 굽은 허리인 걸.

그런데 신기한 일이 벌어졌다. 성지순례 5일 차에 허리가 펴진 것이다. 매일 걷다 보니 펴진 것 같다. 페트라(사막에 있는 고대 도시)에 갈 때는 차를 탈 수 없어서 우리 일행은 한 시간을 걸어가야 했다. 나는 충분히 걸어서 갈 수 있었다.

성지순례 열흘 동안 너무 행복했다. 광야도 볼 수 있었고, 갈릴리 호수에서 배도 탈 수 있었고, 사해바다에는 수영복을 입고 들어가기도 했다.

이천에서 교회를 다닐 때, 목사님께서 나한테 기도를 하라고 시킨 적이 있다. 내 입에서는 "광야 같은 내 심령에 성령을 부으소서."라는 기도가 나왔다. 그런데 '광야'가 뭔지 몰랐다. 모르면서도 "광야 같은 내 심령"이라고 기도했다. 이스라엘 성지순례를 하면서 '아, 이게 광야구나!' 알았다. 광야는 허허벌판, 풀 한 포기 없이 끝도 없는 메마른 땅이다. 메마른 심령을 왜 광야 같다고 하는지 비로소 알게 되었다.

홍동에 오지 않았다면 이스라엘 성지순례는 생각도 못했을 것이다. 내 일생에서 최고의 여행이었다.

할머니 반찬가게

홍동농협 로컬푸드 매장에 있는 '할머니 반찬가게'는 나의 일터다.

처음에는 '할머니 장터'라는 이름이었다. '할머니 장터'는 홍순명 선생님의 제안으로 시작되었다. 언젠가 일본에 다녀오신 홍순명 선생님이 일본 농촌의 할머니들이 하는 장터 이야기를 해 주셨다. 텃밭에서 농사지어 먹고 남은 재료를 버리기에는 아깝고, 그걸로 집에서 하듯이 반찬을 만들어 동네에서 싼값에 파는 장터를 연다는 것이었다. 우리 마을에서도 한번 해보면 어떻겠냐고 제안하셨다.

나를 포함해 일곱 명의 할머니들이 의기투합했다. 처음에 우리는 마을활력소에서 '할머니 장터'를 열었는데 그때만 해도 마을활력소는 사람들 발길이 뜸한 곳이었다. 그래서 밝맑도서관 회랑으로 자리를 옮겨 한 달에 두 번 '할머니 장터'를 열었다.

그러다 홍동농협 하나로마트가 '로컬푸드'라는 이름으로 리모델링하면서 새롭게 문을 열었는데, 그곳의 반찬 코너를 할머니들이 맡아서 해보면 어떻겠냐는 제안이 들어왔다. '할머니 장터'는 한 달에 두 번 열었기에 상시로 반찬을 만들어 팔 수 있는 공간이 생기는 것은 우리에게 반가운 소식이었다.

'할머니 장터'는 '할머니 반찬가게'가 되어 로컬푸드 매장에 자리를 잡았다. 농협에서 주방 시설을 마련해 주었고, 우리는 로컬푸드 매장에 나오는 마을 농산물을 구입해 반찬을 만든다.

몇 년 전부터는 홍성 사회복지관 노인일자리 사업의 지원을 받아 회계 관리와 식재료 도매 구입 등 실무적인 도움을 많이 받고 있다. 사회복지관 지원 사업을 연결시켜 준 사람은 이번영 씨다. 할머니들이 모여 일하는 모습을 좋게 봐 준 것 같다. 복지관 사업은 1년 단위로 심사를 해서 연장 여부를 결정한다. 그래서 매년 연말이면 이듬해 다시 지원을 받을 수 있을지 조마조마하다. 다행히 올해도 잘 통과되어서 지원을 계속 받게 되었다. 서로가 감사한 일이다.

'할머니 장터' 시작할 때부터 지금까지 총무 일을 맡고 있는 이재자 씨가 정말 고생을 많이 한다. 자다가도 벌떡 일어나 빠뜨린 걸 적어 놓는다는 재자 씨가 없었다면 '할머니 반찬가게'는 지금까지 이어지지 못했을 것이다.

'할머니 반찬가게'에서 일을 할 수 있다는 게 얼마나 고마운지 모른다. 많은 돈은 아니지만, 이 나이에 내가 일해서 돈을 벌 수 있는 곳이 마을에 있다는 게 감사한 일이다.

그런데 돈을 벌 수 있는 것보다도 더 감사한 게 있다. 나이 들어 집에만 들어앉아 있으면 사람 구경도 못하고, 할 일이 없으니 몸은 늘어지기만 한다. 하지만 반찬가게에 일하러 가서 할머니들이 모이면, 집에서 있었던 이야기도 할 수 있고 이번 주에는 무슨 반찬을 어떻게 할까 이야기도 나누게 된다. 매장에 왔다갔다 하는 사람 보는 것도 큰 재미다. 젊을 때는 사람 구경하는 재미를 몰랐는데, 이렇게 나이를 들어보니 알겠다. 반찬가게를 지나는 사람이 먼저 인사를 건넬 때도 있고, 내가 아는척을 할 때도 있다. 그러다가 친해진 사람들도 있어서 반찬가게 앞에서는 조용할 겨를이 없다.

반찬 코너의 빈 자리가 생기면 '이번에는 뭘 해서 채우지?' 생각한다. 김치처럼 늘 한결같은 것도 있어야 하고, 가끔 새로운 것도 있어야 한다. '이런 걸 해보면 어떨까?' 혼자 생각할 때가 많다. 그러다가 어떤게 떠오르면 일단 집에서 해본다.

봄에 죽순이 올라올 때 잘라다가 껍질을 벗겨 삶고 말린 다음 볶아서 반찬을 만들어 봤는데 반응이 좋았다. 그러면 이번에는 죽순을 나물로만 해볼 게 아니라 해파리냉채처럼 만들어 보면 어떨까 생각해서 해보았는데, 그것도 사람들이 좋아했다. 내가 만든 반찬을 맛있게 먹어 주는 사람들이 있다는 게 너무 기분 좋고 보람을 느끼게 한다.

물론 반응이 별로인 경우도 있다. 그럴 때는 또 다른 걸 해봐야지 생각한다. 맨날 똑같은 것만 반복해서 만드는 것보다 실패를 하더라도 이것저것 해보는 게 재밌다.

다른 할머니들이 하는 걸 보면서도 많이 배운다. 나는 저걸 해볼 생각을 못 했는데 잘 만들어서 내놓는 걸 보고 배운다. 그러면서 나도 할 수 있는 게 늘어난다. 새로운 걸 계속 시도해 보면서 서로서로 배우게 되는 것 같다. 그래야 반찬가게도 계속 발전할 수 있을 것이다.

반찬을 만들면 용기에 담아 비닐 포장을 한 다음 마지막으로 가격 스티커를 붙여야 한다. 이 스티커는 그때그때 컴퓨터에 반찬 이름과 가격을 입력해서 나오게 되어 있다. 농협 직원을 찾아가 말했다.

"80년 전에 태어난 사람이 이거 어떻게 젊은이들처럼 잘 알겠어. 모르는 게 당연하잖아. 좀 가르쳐 줘."

농협 직원은 웃으면서 친절하게 가르쳐 주었다. 핸드폰 쓰는 법은 여울이가 아무리 가르쳐 줘도 모르겠던데, 가격 스티커는 이제 혼자서 뗄 수 있게 되었다. 반찬가게 하면서 배운 게 참 많다.

봄과 가을에 한 번씩 반찬가게 사람들 다 같이 쉬는 날을 정해 나들이를 간다. 하룻밤 같이 지내면서 윷놀이도 하고 맛있는 것도 먹는다. 너무 좋은 시간이다. 단순히 돈 버는 것을 넘어서서 관계들이 맺어지기 때문이다.

물론 서로 안 맞을 때도 있고, 그래서 언짢을 때도 있다. 다 다른 사람들이 모인 거니까 그럴 수밖에 없다. 하지만 언짢은 마음을 표현하지 않고 계속 갖고 있으면 안된다. "빨리 풀어라." 반찬가게에서 나이가 제일 많아 '형님' 소리를 듣는 내가 하는 말이다. 그렇게 풀다 보면 어느새 서로를 이해할 수 있게 된다.

반찬가게에 나가는 날은 일주일에 평균 사나흘이다. 이틀 쉬고 하루 일할 때도 있고 대중없다. 서로 사정을 잘 아니까 내가 쉬는 날이어도 바쁜 사람 있으면 바꿔 주기도 한다. 오전에 가서 일을 하고, 늦어도 오후 두세 시면 일을 마치고 집에 온다. 하루 종일도 아니고, 일주일에 사나흘 일하는 거라서 나이 많은 사람한테는 적절한 일자리다.

반찬가게에 나가는 날이어서 준비하고 있는데, 아는 사람이 전화를 했다. 나는 서둘러 이렇게 말한다.

"지금 반찬가게 가야 돼. 나중에 다시 전화할게."

상대방은 그러냐며, 할 일이 있어서 갈 데가 있는 게 참 다행이라고 말해 준다.

'할머니 반찬가게'는 내 생활의 활력소가 되었고, 정말 좋은 추억을 많이 남겨 줬다.

반찬가게에 새로 들어오고 싶어 하는 사람들이 제법 있는 것 같다. 누군가 "나도 거기에서 일할 수 있을까?"라고 물으면, "아이고, 여기 들어올 사람 줄을 섰어!" 농담을 할 정도다.

이 일을 한 지도 어느새 8년이 되었다. 요새는 혼자 생각으로 이제 물러나야겠다 싶다. 내가 이곳을 통해 받은 만큼, 이제 또 다른 우리 마을의 '할머니'들이 반찬가게를 이어갈 수 있도록 하는 게 내 역할이 아닐까.

나의 신앙

나는 성장하면서 교회를 한 번도 본 적이 없었다. 그런 내가 교회를 다니기 시작한 건 남편을 따라서였다. 남편이 예수 믿는 사람이라기에 결혼을 결심했다. 예수님이 무엇을 하는 분인지도 모르고 예수님을 어떻게 믿어야 하는지도 모르면서, 무턱대고 '나도 가서 예수나 믿고 살아야겠다' 다짐하고 짐을 챙겨 이천으로 갔다.

온 가족이 다 모인 자리에 목사님이 오셔서 예배를 드렸다. 나는 목사님이 하는 말씀을 도무지 이해할 수 없었다.

며칠 후, 주일이 되었다. 나는 교회에 갈 엄두가 나지 않아 망설이고 있는데 남편이 얼른 가자며 서두른다. 교회에 들어가 자리를 잡고 앉았지만, 내 손에는 성경도 찬송도 아무 것도 없다.

예배가 시작되고 목사님이 설교를 하시는데, 말씀 중에 "앞에는 홍해가 가로놓이고 뒤에는 애굽 군대가 온다"고 하신다. 대체 '홍해'는 뭐고 '애굽 군대'는 무엇인가. 모두 처음 듣는 말이었지만 누구에게 물어볼 수도 없었다. 소외감을 느낄 때가 많았다.

그 다음 주일이 다가오는 게 부담스럽기만 했다. 바쁜 일이 생겨 주일에 교회를 못 가는 날이면 마음이 편했다. 하지만 다음날이면 시댁에서 전화가 온다. 주일날 교회에 다녀왔느냐고 물으신다. 시댁 어른들을 비롯해 주변 사람들은 "무조건 성경 열심히 읽고 교회 열심히 다니면 축복받는다."고 했다.

그러나 성경책은 너무 어려웠다. 예수님이 성경책에 있다는데 예수님이 어떤 분인지 모르니 도무지 예수님을 어떻게 믿어야 하는지 알 수 없었다. 누군지도 모르면서 무작정 믿을 수는 없었다. 갈등이 심했다. 하지만 예수님을 믿고 살겠다고 약속했기에 주일마다 무조건 교회에 가서 남이 하는 대로 따라했다.

"주일 성수는 물론 매일 새벽기도와 금요 철야 예배 등 모든 공식 예배를 빠짐없이 나와야 축복을 받는다."

목사님은 이렇게 말씀하셨다. 나는 피곤하고 힘들어도 교회에 열심히 나갔다. 성경책 열심히 보고, 교회 열심히 나가고, 십일조 열심히 하면 하나님이 잘 살도록 해 주신다니까 그것만 생각했다.

간병 일을 할 때는 병원에 밥그릇은 안 가지고 가도 성경책은 꼭 가지고 갔다. 성경책이 무거워서 가지고 다니기가 힘들었는데, 열두 권으로 나눠 만든 성경을 구한 뒤로는 편하게 들고 다니면서 읽을 수 있었다. 열두 권 성경을 하나 병원에 갖고 가면 한 주간 보게 된다. 일하면서는 볼 짬이 없고, 밤이면 성경을 가지고 주방으로 가서 혼자 불 켜놓고 봤다. 그렇게 보다 보면 두세 시간이 훌쩍 지나갔다. 구약에서 신약까지 일 년이면 다 읽을 수 있었다.

하지만 그때도 나는 뜻을 알고 읽은 건 아니었다. 무슨 말인지는 모르지만 글자는 아니까 그냥 자꾸 읽었다. 그렇게 읽은 세월이 십 년이다. 뜻은 모르고 읽었지만, 그 시절 성경을 읽은 게 나의 신앙생활을 받쳐 준 밑거름이 된 것 같다. 그때 가지고 다녔던 열두 권 성경은 지금도 소중히 간직하고 있다.

내가 간병 일을 했던 인천 병원은 산업재해 환자들을 주로 보는 곳이었다. 어느 날, 사고로 하체 마비가 된 환자가 휠체어를 타고 나에게 오더니 대뜸 이렇게 묻는다.

"아줌마, 아브라함이 왜 자기 집을 떠나서 나왔어요?"

나는 순간 '나도 모르는 것을 나한테 물으면 어떡하나?' 속으로 생각하면서도 입에서는 답이 바로 나왔다.

"그거는 아브라함이 살던 고향은 우상을 많이 섬기는 곳이기 때문에 하나님이 아브라함을 나오라고 한 거에요."

그 환자는 "그래요?" 하고는 나를 지나갔다.

나는 괜히 아는 척을 한 게 아닌가 고민이 시작된다. 아브라함이 집을 떠나 나왔다는 성경 구절을 읽기는 했지만, 뜻을 알려고도 하지 않고 누가 알려 주지도 않았다. 그저 글자를 읽었을 뿐인데 그걸 가지고 잘난 척을 했다는 생각이 들었다.

그런데 나중에 홍순명 선생님께서 말씀하시는 걸 듣고 그때 내가 대답한 게 틀리지 않았음을 알았다. 나는 '아, 이게 바로 예수님이 믿음을 길러 주시는 방식이구나.' 생각했다. 뜻을 모르면서도 대답이 저절로 나오게 만든 것은 나의 능력이 아니었다.

비슷한 일이 또 있었다.

전신마비로 누워 있는 젊은 환자를 간병할 때였다. 내 입에서 이런 말이 나왔다.

"예수님 믿으세요. 그래서 위로를 받으세요."

그 환자는 황당하다는 듯 이렇게 말했다.

"어디서 서양 귀신을 가지고 와서 나한테 믿으라고 해요? 서양 귀신은 아줌마나 믿으세요."

나는 차분하게 대답했다.

"예수님은 서양 귀신이 아니에요. 예수님은 역사예요. 우리가 서기 몇 년이라고 말하잖아요? 그게 바로 예수님이 오신 때부터 역사를 세는 거라구요."

내 입에서 '역사'라는 말이 튀어나왔다. 역사를 알지도 못하면서 또 아는 척을 하고 말았다. 이 부분 역시 홍순명 선생님 말씀을 통해 사실임을 알았다.

그때 당시 나는 교회에서 '권사'라는 직분을 가지고 있었다. 이름은 거창하지만 교회를 다닌 연도 수가 많으면 권사 직분을 받을 때였다. 권사라는 이름을 가진 사람이 그런 대답도 하지 못했다면 교회 다니는 사람에 대한 신뢰가 떨어졌을 것이다. 내가 이뻐서 그런 대답을 할 수 있게 해 주신 게 아니고, 믿지 않는 사람들을 구원의 길로 이끌기 위해 내 입을 통해 그런 말씀을 주신 거라고 믿는다. 그때 그 아줌마 말이 맞구나 그럴 때가 있을 것 같다.

그렇게 교회 문턱을 드나드는 세월이 어느덧 삼십 년.

홍동으로 이사와서는 아들을 따라 풀무 일요 집회에 나갔다. 풀무 학교에서 주일마다 열리는 무교회 집회였다.

농촌에서는 예수님 만나는 게 한결 쉬웠다. 일을 하면서 성경을 많이 볼 수 있었다. 주일 집회에서는 홍순명 선생님이 성경을 참 쉽게 이해할 수 있도록 말씀을 해 주신다. 귀농하기 전에는 성경 말씀이 어렵기만 했는데, 홍동에 와서는 성경 말씀이 조금씩 내 안으로 들어오는 것을 느꼈다.

여기 교회는 헌금을 많이 내라고도 하지 않고 성경을 풀어서 잘 말씀해 주신다. 마르틴 루터의 뿌리부터 가르쳐 주셔서 이제 성경을 바로 알고 들어가는 것 같다. 밖에서는 권사, 집사, 목사 등이 있는데 여기는 이런 교회 직분이 없다. 그런 건 모두 신앙과는 상관이 없는 계급형이기 때문에 여기는 그런 것 없이 신앙생활을 한다는 것이다. 이게 바른 신앙인 것 같다. 홍동에 오기를 잘했다고 생각했다.

풀무 집회에 참석했다가도 중간에 그만두는 사람이 있다고 한다. 기존 교회에서 하는 말씀과는 많이 다르기 때문일 것이다. 그런데 여름이 할머니는 그런 게 없다고 하는 말을 들은 적이 있다. 나는 처음 집회에 나갈 때부터 이상하다는 생각은 들지 않았다. 가만히 들어 보면 다 맞는 말씀이었다.

내가 다녔던 교회 목사님들은 "성령 받으라, 축복 받으라, 예배 시간 빠지지 말아라, 헌금 많이 하고 봉사 많이 하라."고 말씀하셨다. 그런데 풀무 집회에서는 그런 말을 하지 않는다. 오직 하나님 말씀을 따라 바르게 사는 것을 말할 뿐이다.

기복신앙이라는 말을 입으로 많이 했지만 '기복'이 뭔지 뜻을 몰랐다. 풀무 집회를 다니고 책을 보면서 알았다. "하나님, 제게 복을 주세요, 사업 잘 되게 해 주세요, 우리 아들 대학 가게 해 주세요." 이런 기도가 기복신앙인 것이다. 그런데 이러한 기복신앙은 진정한 신앙이 아니라는 것이다.

진정한 신앙은 하나님 말씀에 순종하는 것임을 알았다. 하나님 말씀에 순종하려면 어떻게 살아야 하나? 나보다 못한 사람, 어렵고 힘든 사람을 보면 도와 줘야 한다. 남을 업수이 여기지 말아야 한다. 남을 헐뜯거나 흉보지 말아야 한다. 욕심 부리지 말고 나누면서 서로 도우면서 살아야 한다. 이렇게 사는 게 신앙이고, 하나님이 바라는 것이다.

이런 깨달음을 풀무 집회에 다니면서 얻었다.

삼십 년을 바깥에서 교회 생활하다 풀무 집회에서 홍순명 선생님 말씀을 들어 보니, 홍순명 선생님 말씀이 맞다는 생각이 들었다. 나는 홍순명 선생님 말씀에 푹 빠졌다. 홍순명 선생님을 잘 모르기는 하지만, 풀무 집회에서 선생님을 뵈면서 정말 좋으신 분이라고 생각한다. 홍순명 선생님은 풀무학교에 계실 때부터 지금까지 공적인 삶을 사셨다. 풀무 집회에서 말하는 진정한 신앙의 삶을 사는 분이라고 생각한다. 무교회를 만든 일본의 우찌무라 간조, 책을 통해 알게 된 김형석 교수님 등 하나님 말씀에 순종하는 삶을 실제로 사는 분들을 알게 되었다. 이런 분들을 알게 된 것은 내게 큰 행운이다.

독일의 메르켈 총리가 쓴 책을 보니까 그 사람처럼만 나라를 이끌면 걱정이 없겠다는 생각이 들었다. 높은 자리에 있으면서도 욕심 부리는 게 하나도 없다. 오로지 나라를 위해서 공적인 삶을 사는 분이었다. 그렇게 하니까 독일 사람들이 표를 줘서 계속 총리를 하고 있다. 김형석 교수님도 메르켈 총리를 칭찬하면서 나라 일을 하려면 메르켈 총리처럼 해야 한다고 하셨다. 욕심 없이, 편견 없이 나라 일을 하니까 지금의 독일이 세계적으로 강한 나라가 되었다고 한다. 나는 메르켈 총리의 책이 하도 좋아서 세 번을 읽었다.

'몽학 선생'이라는 말을 여러 번 보고 들었다. 참 궁금했다. '몽학 선생'은 어떤 사람인가? 유대인들이 나라를 잃고 포로가 되어 바빌론으로 가게 되었다. 포로 중 학식 있는 자들을 바빌론의 높은 자리에 있는 사람 자녀들을 가르치는 일을 시켰는데, 이 일을 한 사람을 '몽학 선생'이라고 한다는 것이다. 선생은 선생이지만 종이다, 바빌론의 종. 자신의 의지와는 상관없이 개 돼지 취급을 받으면서 살아가야 하는 처지인 것이다. 나라 잃은 설움이 얼마나 컸을까 안타까웠다. 우리도 일제강점기 때 그런 비참한 일을 겪지 않았는가.

'홍해'와 '애굽 군대'가 무엇인지도 모르던 내가 이제 '몽학 선생'이 어떤 사람인지도 알게 되었다. 풀무 집회에서 홍순명 선생님 말씀을 듣고, 집에서 책을 읽는다. 집회 말씀에서 몰랐던 부분이 책에 나오기도 하고, 책을 읽으면서 궁금했던 부분이 집회 말씀에서 나오기도 한다. 집회 말씀을 들었기 때문에 책을 이해할 수 있고, 책을 읽었기 때문에 집회 말씀이 더 잘 이해되기도 한다. 궁금하던 게 책이나 말씀을 통해 해결되었을 때는 너무 기쁘다.

나이 칠십이 넘어서야 이런 것들을 알게 되다니 좀 억울하기도 하다. 하지만 지금이라도 알게 된 것이 나는 눈물나도록 고맙다. 나를 깨워 주신 홍순명 선생님에게 너무 감사하다. 홍순명 선생님 말씀을 듣고, 책을 보고, 성경도 꾸준히 읽고, 홍동에 와서 만난 분들과 성지에도 가보고… 그러면서 많은 것을 알았다. 너무 감사하다.

예수님이 나와 함께 해 주신다는 걸 알았을 때는 홍동에 와서다. 삶을 놓으려고 했던 그 순간, 내가 먹은 약을 그렇게 깨끗하게 다 토해 내도록 한 힘은 아무리 생각해도 예수님이 아니고는 이해할 수가 없다. 바로 그 순간부터 예수님은 나를 지켜보셨고, 나를 사랑하셨기 때문에 그렇게 깨끗하게 치유해 주셨다고 믿는다. 남들은 무슨 소리냐 할 수도 있겠지만, 내 몸과 마음에 일어났던 그 느낌은 분명했다.

최근에 여름이 외할머니께서 내가 읽을만한 책들을 여러 권 보내 주셨다. 신앙생활에 도움이 되는 너무 좋은 책들이다. 머리맡에 항상 책을 두고 앉아서도 읽고 누워서도 읽는다. 그러다 졸리면 잠이 들었다가 깨면 또 책을 본다. 그래서 내 방에는 밤새도록 불이 켜 있다.

이런 좋은 책들이 내게 전달되어서 참 고맙다. 책을 보면서 '아, 예수님을 이렇게 믿어야 하는데…'라고 생각하지만 알면서도 잘 안 된다. 은연중에 욕심을 부리기도 하고, 깜빡하다 보면 남의 말을 하고 있다. 행동으로 옮기지도 못하면서 맨날 책을 읽어서 무엇 하나 싶기도 하지만, 그래도 훌륭하게 사신 분들의 책으로 내 부족함을 메워 나가고 있다.

남편을 따라 교회를 처음 나갔고, 홍동에 와서는 아들을 따라 풀무 집회에 나갔다. 나의 신앙생활은 삼십 대 중반부터 시작해 어느덧 나이 여든이 되는 지금까지 내게 가장 커다란 힘이 되었다. 예수님을 믿는다는 건, 서로 도와가며 협력해서 선을 이루는 것이다. 많이 부족한 사람이지만, 예수님을 믿는 사람으로 남은 삶을 살아가고 싶다.

마무리하며

며느리에게 고맙다. 넉넉지 않은 살림에도 지리산과 제주도를 비롯해 이스라엘 성지순례 등등 여러 곳을 여행하도록 마음을 써 주었다. 넉넉하지 않은 집에 시집와서 알뜰하고 검소하게 생활하는 며느리 모습을 볼 때마다 참 감사하다.

내 등에 업혀 자란 둘째 동생 순진이는 어느새 칠십을 바라보는 할아버지가 되었다. 동생은 전국에서 맛 좋기로 유명한 포도농사를 짓는다. 해마다 두 상자씩 보내온다. 지난봄엔 여름이 엄마에게 전화해서 한 마디 한다.

"질부, 우리 누님 잘 모셔 줘서 고마워."

모두가 함박웃음이었다.

돌이켜 보면 평생 일을 하고 살았다. 내가 일을 하지 않으면 입에 밥이 안 들어갔으니까, 어쩔 수 없이 일을 해야만 했던 형편이었으니까. 그렇게 일을 한 게 몸에 배서일까, 일을 하지 않으면 뭔가 잊어버린 느낌이다. 일을 안한 날이면 '오늘 하루는 밥값도 못했다'는 생각이 든다. '이렇게 귀한 시간을 헛되게 보냈다'는 생각도 든다.

아들은 "몸도 아픈데 왜 그렇게 일을 하시느냐?" 걱정이다. 허리는 굽고 무릎이 아파 제대로 서서 일을 하지도 못하지만, 그렇다고 마냥 집안에 앉아 있는 내 모습은 용납이 안 된다.

밭에 뭔가를 심어 놓고 뒤돌아보면 보기 좋다. 김을 매놓고 보면 깨끗해서 좋다. 심은 게 조금씩 자라는 모습을 보면 너무 좋다. 수확할 때는 얼마나 보람이 있는지 모른다. 그렇게 수확한 것들로 식구들 먹는 모습 보면 또 너무 좋다.

홍동에 와서 농사를 짓고 '할머니 반찬가게' 일을 하면서 지내온 세월이 고맙다. 남의 집 식모살이까지 했던 사람이 아들 며느리 옆에서 집까지 지어 살고 있다. 아들 며느리 내외가 서로를 이해하며 잘 지내고, 손자 손녀 건강하게 잘 크고 있으니 나는 이게 제일 잘 사는 거라고 생각한다. 돈이 많아 잘 사는 게 아니다. 이런 모습 다 봤으니 나는 행복하다.

내 이야기를 막상 책으로 낸다고 하니 선뜻 내키지 않았다. 이렇게 부끄러운 삶을 구태여 세상에 왜 내놓아야 하는가 나는 스스로에게 물었다. 그러던 중에 김대중 대통령 자서전을 읽었는데, 자신의 어머니가 첩이라는 이야기가 있었다. 그분은 한 나라의 대통령인데도 자기 어머니가 그렇다는 것을 당당하게 쓰셨고, 이 사실을 세상에 처음 밝힌다고 했다. 그 이유는 자서전이기 때문이었다. 자서전에는 숨기는 게 없어야 한다는 것이다. 그 책을 읽고 나도 그 생각에 동의했다.

서울에서 홍동까지 오셔서 자서전 작업을 이끌어 주신 이영남 선생님은 세상살이가 다 같을 수 없다고 말씀하셨다. 살아온 과정은 누구나 다 다르기에 각자의 삶은 그 나름대로 의미가 있다고 하셨다. 그 말씀이 힘이 되었다.

"어머니가 이렇게 쓰신 것만 해도 고맙습니다. 쓰시느라 수고 많이 하셨어요." 며느리 수영이는 책으로 내기 부끄러워하던 내게 용기를 주었다.

아들이 풀무 전공부를 다니고 풀무 집회를 나갔기 때문에 자서전을 함께 내는 분들과 어울릴 수 있었다. 고마운 인연에 감사를 드릴 뿐이다. 이제 나는 아무 욕심이 없다.

화보

동생들. 큰 동생이 당시 국민학교 졸
업하고, 작은 동생이 입학할 때. 내가
가지고 있는 제일 오래된 사진이다.
내 어릴 적 사진은 없다.

동생들 학교 운동회 때 동네 친구들과 함께 찍은 사진이다. 다
들 양산을 들고 있는데, 당시 양산이 크게 유행해 시골 마을 아
가씨들도 하나씩 장만했던 걸로 기억한다. 맨 오른쪽이 나(위).
이십 대 때 친구들과 길게 땋은 머리를 기념하자며 찍었다. 그
때는 시집을 가면 으레 파마를 했기 때문에 시집을 가는 친구
가 마지막으로 긴 머리를 남기고 싶어했던 것 같다(아래).

큰 동생 결혼식을 서울에서 한 뒤 고향 집에서 잔치를 했다.
오른쪽에서 세 번째가 나, 내 왼쪽에 한복을 입은 사람이 큰
동생 영창이다.

삼십 대 초반, 금호동 보세공장을 다니던 시절 동료들과 덕소에 놀러
가서 찍었다.

금호동 시절, 당시 절에 다니시던 외할머니를 모시고 여러 사람들과 부여 낙화암에 갔다. 서른 두세 살 때.

언제 어디서 찍었는지 정확한 기억은 없다.
정미소를 그만두고 이사 가면서 저 검은색
조끼를 사 입었던 기억만 난다. 아마 문철이
가 대여섯 살 때인 것 같다.

이천에서 정미소를 할 때 남편과 함께.

친정아버지 회갑 때 남편과 같이 인사드리는 모습.

큰아들 결혼 때 남편과 나란히 폐백을 받았다. 남편과 나는 동갑이었다.

위는 아들 문철 백일 때. 아래는 손자 여름이.

시어머니 생신 때 돌 지난 문철을 데리고
갔다. 사진에서 문철을 안고 있는 사람은
문철의 큰고모다. 문철은 고모들 사랑을 많
이 받았는데, 특히 큰고모는 "문철이를 주
머니에 넣고 다니고 싶다."고 할 만큼 어릴
때부터 많이 아껴 주셨다.

"주머니에 넣고 다니고 싶다"고 했던 문철이
어느새 자라 대학을 입학하던 날, 큰고모는 당
신 눈으로 문철이가 대학 입학하는 모습을 꼭
봐야 겠다며 와 주셨다. 왼쪽이 큰고모님.

문철이 다니던 유치원은 집에서 이 킬로미터 정도 떨어진 데 있었다. 당시 이천의 우리 집은 마을과 외따로 떨어져 있었고, 작은 댁 딸아이가 같은 유치원에 다녀서 보통은 아빠가 차에 태워 작은 댁까지 데려다 주면 거기서 그 집 딸아이와 함께 유치원에 갔다. 인도가 잘 되어 있지 않은 시절이었기에, 나는 문철이에게 항상 "가생이로 살살 다니거라." 당부를 했다. 그런데 어느 날은 문철이가 집까지 혼자 걸어왔다. 나는 어떻게 혼자 걸어왔느냐고 놀라서 물었다. 그러자 문철이가 "엄마, 가생이로 살살 왔어."라고 대답했다. 문철이는 어려서부터 의젓했다.

문철이 여섯 살 때, 유치원에서 자연농원으로 소풍 가서 찍은 사진.

문철이 초등학교 5학년 때 영재반에 들어가 공
부하던 때, 교육청에서 제주도 여행을 보내 줬
다. 제주의 자연과 문화 유적들을 사진으로 찍
고 숙소에 돌아와 책을 찾아 보면서 열심히 필
기하던 문철이가 기억난다.

문철 초등학교 졸업식 때.

문철 고등학교 졸업식 때. 왼쪽부터 문철 큰형, 문철, 큰형수, 나, 작은형,
작은형수.

대학생이던 문철과 부천 집에서. 젊어서부터 이십 년 가까이 안경을 썼다. 그런데 안경을 써도 잘 안 보여서 병원에 갔더니 백내장이라고 한다. 수술을 한 뒤로는 안경을 벗게 되었다.

병원에서 간병 일을 하던 시절. 대학을 다니던 문철이 병원으로 찾아와서 함께 찍은 사진이 남아 있다.

문철 대학 졸업. 문철이 다닌 한동대학교에는 학교 안에 교회가 있어서 1학년 때에는 거기서 예배를 드린다. 그리고 2, 3학년 때에는 외부 교회로 나가서 봉사도 하고 전도도 하게끔 한다. 문철은 바닷가 근처 어느 교회로 가게 되었는데, 거기서 신앙생활을 열심히 했나 보다. 그 교회 목사님과 교인들이 대학 졸업을 축하하러 와 주셨고, 훗날 문철이 결혼을 할 때에도 오셔서 축하해 주셨다.

나의 시어머니(왼쪽). 96세로 돌아가신 시어머니는 생전에 항상 성경을 머리맡에 두고 계셨다. 손주들을 곁에 앉혀 놓고 성경에 나오는 인물들 이야기만 하셨다. 어머님은 문철이를 너무 사랑해 주셨다. 문철이 큰아버지(오른쪽)는 치과 의사로 일하면서 자비로 아프리카 선교를 하실 만큼 독실한 신앙인이셨다. 사진은 남편의 산소에서 추모 예배를 드릴 때 큰아버지가 말씀을 하시는 모습이다. 남편을 일찍 떠나 보내고 혼자가 된 내게 큰 힘이 되어 주신 시어머니와 문철 큰아버지 두 분에 대한 고마움을 늘 기억하며 산다.

큰집 오빠가 편찮으시다는 소식을 듣
고 고향 집에 갔다. 마침 집에 오빠가
계셔 사진을 한 장 남길 수 있었다.

가족들과 지리산 여행. 모처럼의 여행이었
는데, 나는 감기가 심하게 걸려 애먹었던 기
억이 있다.

담양의 유명한 메타세콰이어 길에서. 사는 게 풍족
하진 않았어도 아들과 며느리가 마음을 써 주어 이
런 나들이를 가끔씩 했다. 아들 내외에게 고맙다.

가족 모두 오서산 계곡으로 놀러 갔던 어느 여름.

손녀 여울이 돌 때 사돈 식구들까지 다 모였다. 며느리 수영이 사진을 찍어 줬다. 며느리를 잘 키워 주신 대구의 사돈 어르신들이 고마울 때가 많았다. 맨 오른쪽 바깥사돈은 작년에 하늘나라로 떠나셨다. 맨 왼쪽 안사돈이 보내 주신 좋은 책들을 받아 감사히 잘 읽고 있다.

홍동에 내려와 농사를 지으면서 손주 여름이와 여울이가 어릴 때 함께한 시간이 많았다. 내가 논둑에서 냉이를 캘 때면 여울이는 옆 길에 앉아 놀고, 집 앞에서 팥을 고르고 있으면 여름이가 신기한 양 바라본다. 어느 날, 내가 논둑에서 민들레를 캐는데 굵고 기다란 뿌리를 쑥 뽑은 걸 여름이가 옆에서 보고 있다가 그 뿌리를 들고서는 "심봤다!" 하고 외쳐 한바탕 웃던 기억이 난다. 그렇게 두 아이는 홍동에서 자랐다.

논둑 옆 길가에 맨발로 앉아 놀던 여울이는 어느
새 훌쩍 자라 초등학교 6학년이 되었고, 여름이는
중학교 2학년이 되었다. 작년 봄에는 여울이가 할
머니 일 돕는다며 고추를 함께 심었다.

홍동에 처음 내려와 모든 게 낯선 때, 구정리 옆집에 사는 김정자는 농사 선생님이자 친한 벗이 되어 주었다. 함께 '할머니 보따리'를 여러 해 하면서 우리는 더욱 가까워졌다.

이스라엘 성지 순례는 잊을 수 없는 추억
이 되었다. 천국 열쇠를 쥔 베드로 동상
앞에서 김정자와 함께.

예수님을 믿는다는 건, 서로 도와가며 협력해서 선을 이루는
것이다. 많이 부족한 사람이지만, 예수님을 믿는 사람으로 남
은 삶을 살아가고 싶다.

나의 삶을 뒤돌아보며

1판 1쇄 펴낸날 2021년 5월 31일
1판 2쇄 펴낸날 2021년 12월 21일

지은이 권정렬
펴낸이 장은성
만든이 이영남, 김수진
인 쇄 호성인쇄

출판등록일 2001.5.29(제10-2156호)
주소 (350-811) 충남 홍성군 홍동면 광금남로 658-7
전화 041-631-3914
전송 041-631-3924
전자우편 network7@naver.com
누리집 cafe.naver.com/gmulko

2013년 5월 17일,

이승진 선생님 댁에서 첫 모임이 있었습니다.

그 날은 따뜻한 햇살이 창을 통해 1층 거실로 들어왔습니다.

어떤 영화의 대사 중에

"복사꽃이 피었던 것만 기억한다"는 대사가 있습니다.

저는 갓골자서전을 떠올릴 때면

몇 년 전 갓골에서 만났던 따뜻한 햇살을 기억합니다.

프롤로그

2차 세계대전 당시 폴란드의 작은 농촌 마을에 유대인들이 살고 있
었다. 농사를 짓고 아이들을 키우고 이웃과 어울리며 지내던 사람들에
게, 예루살렘으로 순례를 다녀오는 것은 이번 생을 떠나기 전에 꼭 해
야 할 일이었다. 그런데 농사는 매번 바빴고, 암소가 낳은 송아지를 돌
봐야 했으며, 신고 갈 구두가 마땅치 않았다. 한 해 두 해 미루었다. 그
러나 순례의 시간이 오기 전에 나치가 먼저 마을에 들이닥쳤다.

송아지는 옆집에 부탁해도 되었고, 헌 구두를 신고 갈 수도 있었을
텐데.

아우슈비츠 수용소로 끌려간 사람들은 떠날 수 있을 때 떠나지 않
았음을 후회했다.

갓골자서전 작가들은 헌 구두를 신었다. 모나미 볼펜을 들고 방에 있는 헌 노트에 생각나는 것부터 쓰기 시작했다. 송아지는 옆집에 부탁했다.

2013년 5월 17일, 갓골에 있는 이승진 선생님 댁에서 첫 모임이 열렸다. 따뜻한 햇살이 창을 통해 1층 거실로 들어왔다.

일기를 써본 적은 있지만 자서전은 처음인데 쓸 수 있을까? 편지 몇 통 말고는 살면서 글이라곤 써본 적이 없는데 책 한 권 분량의 자서전을 쓸 수 있을까? 나야 할 말이 있다지만 생면부지의 사람들이 이런 이야기를 들어 줄까? 부끄러움을 세상에 내놓는 부끄러움을 어떻게 감당할 수 있을까?

모여 앉은 사람들은 질문을 경쟁적으로 내놓았지만 답은 없었다. 일정에 맞춰 써나간다는 사실 하나만 넓은 평원에 홀로 우뚝 솟은 태산처럼 서 있었다. 어떻게 써야 하느냐보다는 시작되었다는 사실이 중요했다. 자서전은 인생을 닮았다. 펜을 잡으면 그것을 신호로 쓰는 법이 찾아온다.

여행 계획은 여행지에서 세우기로 했다.

작업 과정

본격적인 모임은 밝맑도서관 2층에서 이어졌다. 과정은 다음과 같았다.

1

연대기를 썼다

연대기는 태어난 날부터 지금까지를 연대순으로 적어나가는 것이다. 갓골자서전 작가들은 두 번에 나눠 썼다. 혼인 전까지 연대기를 먼저 쓴 후 혼인 이후의 시간을 썼다. 단숨에 쓰기에는 살아온 시간이 많아서이기도 하지만, 두 시기의 언어와 정서가 다르다는 점도 있었다.

연대기 형식은 단순하다. 한 해 한 해 다시 그 시절로 돌아가 관찰하면서 그때 있었던 일을 적는 것이 전부이다. 그러나 막상 쓰기 시작하면 이런 의문이 든다. 이 많은 것 중에서 무엇을 써야 하는지, 반대로, 아무리 노력해도 기억나는 것은 몇 개 되지 않는데 이걸 어쩌지. 따로 매뉴얼은 없을 것 같다. 무엇을 선택해서 쓸지, 무엇을 더 기억해서 쓸지는 순전히 쓰는 그 사람에게 달렸다.

그럼에도 몇 가지 고려할 점을 살펴본다면, 첫째 성공보다는 좌절을 쓴다. 좌절을 쓸 때는 성공의 양념으로 삼지 않는다. 좌절한 것은 좌절한 것이라 쓴다. 좌절을 쓰면서 우리는 보다 낮아질 수 있고 보다 인간적일 수 있다. 잘난 체 하는 글을 읽는 것만큼 거북한 것도 없다. 정치인들의 선거 출마용 자서전이나 회고록이 잘 팔리지 않는 이유, 사실성에 의심을 받는 이유는 필력보다는 실패를 감추려는 태도 때문이다. 실패를 기록할 때 자서전은 진실해진다.

둘째, 생각나는 것부터 쓴다. 좋았던 기억, 지우고 싶은 기억 가리지 않고 공평하게 쭉 쓴다. 인생의 중요한 사건을 정리하는 것은 연대기를 다 쓴 다음에 하는 것이 좋다.

셋째, 연대순으로 적는 규칙을 준수한다. 기차가 한 역 한 역 지나야 이탈하지 않고 종착지로 도착하듯이, 연대순으로 꾸준히 써야 살아온 인생이 보인다.

갓골자서전 작가들은 순서에 맞춰 한 사람씩 연대기를 써 가지고 왔다. 써온 사람이 낭랑하게 낭독을 하면 나머지 사람들은 가만히 들었다. 낭독이 마무리되면 대화를 나눴다.

연대기 시간에는 대화가 중요하다. 무엇이 대화일까? 대화에는 당신은 왜 그 모양이냐고 침 튀기는 논쟁은 없다. 대화는 다른 사람을 이해하고 배우는 것이다. 상대의 경험이 그 사람의 신념에 어떤 영향을 끼쳤는지를 찬찬히 듣고, 그 경험을 진실되고 타당한 것으로 받아들이는 것이다.

혼자 쓸 때는 나 혼자 힘들게 살았다는 생각이 든다. 그러나 돌아가면서 낭독하고 대화를 나누다 보면 꼭 그런 것만은 아니라는 것을 알게 된다. "다른 사람의 신발을 신고 십 리를 걸어 보지 않고는 그 사람에 대해 말하지 말라."는 속담이 있다. 이 속담에 등장하는 다른 사람은 그때 그때 다르다. 자서전을 같이 쓰는 동무일 수도 있고, 자기와 함께 살았다는 이유로 자서전에 등장하는 사람일 수 있다. 누군가의 배우자 이야기를 들으면 그 거울에 비춰 내 배우자를 살펴보게 된다. 그리고 자기 자신일 수도 있다. 타인은 나를 비추는 거울이다.

모임이 끝난 후 집으로 돌아간 갓골자서전 작가들은 더 썼다. 이미 발표를 마쳤다고 해도 지난번 발표로 연대기 작성이 끝난 것은 아니었다. 두더지 게임의 두더지처럼 묻혀 있던 사건이 이곳저곳에서 튀어나왔다. 서른 살 때 있었던 얘기를 꺼내면 스무 살 때 있었던 얘기도 따라 나오고, 스무 살 얘기를 쓰면 그 전에 써 놓았던 서른 살 얘기가 달라졌다. 쓴 것을 지우고, 쓰지 않았던 것을 보충하고, 이미 쓴 문장을 다시 고쳐 썼다. 포스트잇이 덧붙고 A4 용지도 삽입되면서 처음의 단정했던 공책이 복잡해졌다.

그러나 두더지 게임을 무한정 할 수는 없었다. 글은 결국 마감이 쓴다는 말이 있다. 첫 만남 때 약속했던 원고 마감일이 다가왔다. 쓰려고 들면 한없이 쓸 수 있지만 그 다음으로 가기 위해서는 마감을 해야 했다. 펜을 내려놓자 연대기(자필 원고)가 완성되었다.

2
자필 원고는 속속 그물코 출판사로 모였다

그물코 편집자들이 일일이 타이핑해서 컴퓨터 파일을 만들기 시작했다. 읽을 수 없는 단어나 이해하기 어려운 문장은 밑줄을 긋고 물음

표를 쳐두었다. 긴 글도 있었고 상대적으로 짧은 글도 있었다. 긴 글은 대학 노트 한 권이 넘었다. 이번에 책으로 나온 자서전은 자필 원고의 글이 다 반영된 것은 아니다. 이런 점까지 감안하면 컴퓨터 파일을 만드는 것은 꽤 힘든 작업이었다.

주정자 선생님의 자필 원고는 큰아들이 직접 타이핑 작업을 했다. 들리는 바에 의하면, 절반의 시간은 울었다 한다.

낭독 후의 대화를 녹음한 파일도 있었다. 쓴 것 못지않게 많은 얘기가 녹음 파일에 있었다. 이 중 일부는 녹취록을 만들었다. 녹취록 작성은 한 구술 연구자(노영주)가 해주었다. 연구자는 자서전의 중요성, 여성 구술의 필요성, 이 지역의 의미를 잘 이해했기에 기꺼이 참여해서 자기 시간을 내주었다. 녹취록은 여행 가방에 챙겨 넣은 비상약처럼, 이후 이어지는 작업에서 요긴하게 활용되었다.

3

다음은 연대기를 이야기로 다듬는 작업이 이어졌다

연대기가 봄부터 가을까지 잘 자란 벼라면, 이야기 작업은 바심(벼베기-탈곡-정미)이다. 생각나는 것을 연대순으로 적어둔다는 점이 연대기의 요지라면, 이야기 작업의 요지는 글의 흐름을 잡아 순서를 재배치하는 것이다.

이승진 선생님의 이야기 작업은 문학 교사로 재직 중인 딸이 맡았다. 진행 과정을 정리한 글의 일부를 인용한다. 연대기에서 이야기로 전환되는 과정이 잘 정리되어 있어 이야기 작업의 과정과 의미를 파악하는 데 도움이 될 것 같다.

> 2014년 말쯤엔가 엄마가 꽤 긴 글을 내게 보여주었다. 엄마의 글은 한 권의 책이라기보다는 여러 편의 조각글이었다. 엄마가 쓰신 말투나 문체는 가능하면 건드리지 않으면서 글을 흐름에 맞춰 편집하고, 사실 관계를 다소 확인하며 다듬었다. 다듬은 글을 메일로 보내면 엄마가 그걸 읽고 조금씩 보충해 주셨다. 그것을 2015년 5월 정도까지 대충 다듬어서 드렸다. 그런데 마을 출판사에서 출판한다고 했던 계획이 별다른 진척이 없어 시간만 흘러갔다. 2017년 올해 마침 시간이 생겨 엄마 글을 좀 더 다듬어 보기로 했다.
>
> — 홍진숙,「엄마의 자서전을 읽고」

작가에게는 자기 고유의 문체가 있다. 이야기 작업에서 중요한 것은 자서전 작가의 문체를 유지하는 것이다. 그러나 이야기 편집자는 책을 읽을 독자를 위해 조심스럽게 개입했다.

첫째, 복문을 두세 개의 단문으로 나누었다. 이번 갓골자서전 작가들은 작업을 하면서 박완서의 자서전(『그 많은 싱아는 누가 다 먹었을까』, 『그 산이 거기 정말 있었을까』)을 읽었다. 박완서의 문장에는 복문이 주는 묘미가 있다. 갓골자서전 작가들의 연대기 문장에도 이런 묘미가 있었다. 그러나 사실을 간결하게 전달하기 위해 단문이 더 나을 것 같은 판단이 들 때면 복문을 해체해 단문으로 다시 썼다.

둘째, 앞뒤 연결을 위해 편집자가 문장을 삽입한 경우도 있다. 이는 부드럽게 넘어가기 위해 맥락상 문장이 하나 추가되면 좋겠다는 선의였다. 그러나 지옥으로 가는 길은 선의로 포장된다는 말이 있다. 편집자가 추가하는 문장은 위험할 수 있다. 단순히 읽기 편한 문장으로 바꾸는 차원을 넘어 '해석'이 될 수도 있기 때문이다.

역사는 그때 어떤 일이 있었냐고 하는 사실만으로 구성되는 것은 아니다. 그것을 현재적 시점에서 어떻게 평가하느냐 하는 해석이 있어야 역사이다. 무엇을, 어떻게, 어디까지, 어떤 점을 고려해서 쓸지는 역사가의 해석에 따라 달라진다. 자서전 작업도 일종의 역사 서술이다. 어떤 것은 써야 하는 줄 알면서도 그 사건을 어떻게 받아들여야 할지 몰라 망설이다가 끝내 쓰지 못하거나, 두루뭉술하게 처리하고 넘어가기도 한다. 어떻게 해석하느냐에 따라 어떤 역사가 나올지가 정해진다.

작가의 해석이든 편집자의 해석이든 해석은 간단한 문제가 아니다. 편집자가 취할 수 있는 방법은 자서전 작가와 의논하며 자의적 해석을 줄이는 것일 것 같다. 자서전 작가에게 해석은 필수 불가결한 측면이지만, 이야기 편집자에게 해석은 맥락의 원활한 연결에 관한 의견을 전하는 것에 그쳐야 한다.

이야기 작업의 전체 과정을 요약하면 다음과 같다.

① 이야기 편집자는 글의 흐름을 잡고 문장을 교정하고 글의 순서를 재배치하면서 1차 편집본을 만들었다. 이때 그물코에서 나온 구술

책(조유상 편집, 『할머니라 쓰고 그녀라 읽는다』, 2014)을 많이 참조했다. 구술은 직접적으로 상세한 대화를 나눌 수 있다는 장점이 있는 것 같다. 이야기 편집에 구술 자서전을 활용할 수 있었던 것은 뜻밖의 행운이었다. 이야기 편집 과정에서 큰 도움을 받았다. 이 자리를 빌어 구술 작업에 참여한 분들에게 감사한 마음을 전하고 싶다. 이야기 편집자는 1차 편집본을 자서전 작가들에게 전달했다. ② 1차 편집본을 받은 자서전 작가는 읽고, 수정하고, 삭제하고, 가필하며 보완했다. 직접 글로 쓴 분들도 있었고 구술을 한 분들도 있었다. 구술은 그물코 편집자와 이야기 편집자가 분담했다. ③ 이야기 편집자는 무거워져 되돌아온 글을 다시 정리하며 2차 편집본을 만들었다. ④ 자서전 작가는 2차 편집본을 다시 읽고 수정했다. 이로써 이야기 편집본이 최종 완성되었다.

4

이제 책을 만드는 마지막 손길이 남았다

그물코 편집자가 책 편집을 시작했다. 그런데 여기에서는 출판용 원고로 다듬는 과정보다는, 5년의 작업 과정을 관리했다는 점이 더 중요할 것 같다.

갓골자서전 작업은 당초 2013년 5월에 시작했으니 예정대로라면 2015년에는 책이 나왔어야 했다. 그러나 이야기 편집자가 정당한 이유 없이 자기 사정을 내세워 질질 시간을 끌면서 3년이 지체되었다. 책은 주인 잃은 개처럼 갓골을 배회했다.

주인 잃은 시간을 보살핀 사람은 그물코 편집자였다. 안부를 묻고, 편지를 왕래시키고, 지체되는 이유를 찬찬히 설명하며 더 기다려보자고 했다. 자서전 작가들의 열망과 이야기 편집자의 방관 사이에서 양자의 대화를 주선하면서. 이 뿐이 아니었다. 가가호호 방문을 했고, 자필 원고를 컴퓨터 파일로 만들었고, 이야기 편집본을 만들 때는 구술에 참여해 직접 구술을 하고 녹취록을 작성했다.

생색이 이야기 편집자의 몫이었다면 기록되지 않은 시간을 묵묵히 지탱하는 것은 그물코 편집자의 몫이었다. 기록되지 않는 시간은 기록되지 않았지만 자서전 작업을 같이 했던 사람들의 마음에는 남아 있을 것 같다.

마을 기록

이번 갓골자서전은 '마을공동체문화연구소(이하 마문연)'의 마을 기록 프로젝트로 시작되었다. 마문연은 창립 이래 마을 기록화 사업을 꾸준히 추진했다. 그 중에는 '마을지' 사업이 있었다. 마을지는 마을 단위로 그 곳에 어떤 사람들이 사는지, 어떻게 사는지, 무엇을 하며 사는지, 어떤 이야기가 있는지를 꼼꼼하게 조사해서 기록하는 작업이다. 2010년에 발간된 『김애마을』(마실이학교 지음, 충남 홍성군 홍동면 마을지, 금평리, 그물코 출판사)을 예로 들어 보면 다음과 같다.

> 마을 연혁이나 각종 기구에 대한 조사를 비롯해 마을에 있는 모든 집을 방문해 사람들을 직접 만나 집안의 내력을 듣고 농사 현황을 조사했으며 사진 자료를 모으는 등 꼼꼼한 대면 구술 작업을 통해 이루어졌다. 무더운 8월의 더위 속에서 김애마을에 펼쳐진 인간의 삶을 알아보려는 저자들의 노력 덕분에 그 마을에 살지 않는 사람들까지 마을일들을 제법 소상히 알게 되었다. 우리는 지금까지 단 한 번도 쓰인 적 없는 한 마을의 역사책을 가지게 된 것이다.
>
> – 백승종, 「농촌 마을의 역사 그리고 아카이브」

인간의 역사는 기록의 역사이다. 다른 동물은 따로 기록을 남기지 않는다. 그러나 인간은 꽤 오래 전부터 기록으로 자기가 누구인지 왜 그것을 했는지를 말해왔다. 지역에 대해 말하려면 기록이 있어야 한다. 마문연 마을 기록 프로젝트는 이런 말을 하는 것 같다. '기록이 없으면 지역도 없다.'

마문연은 마을 역사책 프로젝트를 하면서 마을 기록의 범위를 넓히기 시작했고, 이 과정에서 자서전 작업도 시작했다. 이번 갓골자서전에는 풀무학교의 역사, 모두랑의 역사, 비누공장의 역사, 중앙약국의 역사, 지금은 지역의 전설이 되어 있는 성서 읽기 모임의 역사, 무교회 집회의 역사, 밝맑도서관의 역사 등이 들어 있다.

많은 사람들이 모두랑에서 밥을 먹었다. 그러나 모두랑의 역사는 잘 모른다. 모두랑의 밥이 왜 맛이 있는지, 추어탕과 칼국수 메뉴에 어떤 이야기가 들어 있는지, 어떻게 편안한 마음으로 담소를 나누며 먹을 수 있는지, 식당 문을 닫으면 모두랑은 무엇일 수 있는지. 기록이 없으면 알기 어렵다.

풀무학교에서 식당은 중요한 장소이다. 그런데 무엇이 식당을 중요한 곳으로 만드는 것일까? 식당 엄마가 어떤 사연으로 식당 엄마가 되었는지, 식당 엄마와 학생들은 어떤 이야기를 나누었는지, 식당 엄마가 힘들어했던 애환은 무엇이었는지. 이런 내용이 공식 역사에는 들어가기 어렵다.

갓골자서전에는 단체의 공식적인 역사 서술에 등장하기 힘든 역사가 들어 있거나 때로는 일치하지 않는 내용도 들어 있다. 물론 갓골자서전의 일부 내용은 공식 역사 안에 들어가야 할 것 같다. 갓골자서전을 읽는 것은 지역의 역사를 다른 방식으로 읽는 것이다. 내용적인 것도 중요하지만 정서적인 것도 중요하다. 갓골자서전은 공식 역사 서술에서는 시도하기 힘든 정서가 들어 있다. 뒤로 깊게 스며 있는 정서를 읽으려면 갓골자서전을 읽을 일이다.

한 권의 공식 역사로 만족할 수는 없다. 한 사람이 열 권의 책을 읽는 것보다 열 사람이 한 권의 책을 읽는 것이 더 낫다는 말이 있다. 지역에 사는 사람들이 각자 자기가 살아온 시간을 정리하는 기록은 마을 기록을 풍요롭게 한다. 갓골자서전은 마을 역사를 보다 폭넓게 기록한 마을 기록이 될 것 같다.

지역에는 진작부터 기록 바람이 불고 있었다. 마실통신, 홍동 허스토리, 풀무학교 고등부 아카이브반, 마을 기록자 양성 과정, 씨앗마실, 구술, 기록 농사 등. 꽤 많은 편이다. 이런 기록 바람은 기록물(대상)에서 불어오기보다는 기록을 대하는 사람(태도)으로부터 불어온다. 갓골자서전은 지역에서 불고 있는 기록 바람이 있어서 가능했을 것 같다.

기록 농사를 짓고 있는 한 농부는 다음과 같은 말을 한다.

'기록은 기억을 지배한다'는 말을 '기록은 기억을 재배한다'로 바꾸어 말하고 싶습니다. 작물과 땅을 함께 돌보고, 해마다 좋은 씨앗을 골라 키우듯이 내 머릿속 기억도 기록을 통해 돌보고 농사짓는다는 개념이 바로 기록 농사입니다. 꾸준히 기록을 남기고, 좋은 기록을 되새기는 기록 농사를 통해 앞으로 나아가는 성장의 힘, 자신을 지키고 버텨내는 성찰의 힘을 길러 봅니다.

– 꿈이자라는뜰 엮음, 『텃밭일지 농사달력』, 그물코.

작물은 지역의 풍토와 농법에 맞게 자란다. 유기농인가, 관행농인가에 따라 벼는 다른 의미로 산다. 마을 기록도 기록 농사를 짓는 사람의 기록하는 태도와 방법, 지향에 따라 동일한 징보와 동일한 외관을 지니고 있더라도 달라진다. 기억은 봄날의 땅을 닮았다. 농부가 어떤 농법을 취할지, 어떤 작물을 심을지, 어떤 꽃을 가꿀지에 따라 기억은 달라진다. 좋은 기억을 농사짓는 기록 농사가 많아지기를 바란다고, 갓골자서전은 말한다.

포함의 역사

한국 여성의 심리 구조를 '포함'의 시선으로 이해하는 심리학 연구가 있다. 이 이론은 '포함'이라는 행동 단위로 인간을 이해한다. 한국 여성들은 엄마가 되면 남편과 부모와 자식을 자기 마음과 머리에 품고 사는 특성이 있다고 한다. 문제의식은 다음과 같다.

젊은 시절에는 서구 심리학으로 우리의 행동을 해석할 수 있다고 여겼다. 그런데 실제로 서구 심리학 이론대로 살아보려 해도 잘 안 되는 걸 경험했다. 결혼하고 시집 식구들과의 관계를 익혀가면서 삐걱거리고 명쾌하게 풀리지 않는 일이 있다는 걸 느꼈다. 특히 엄마가 되고 나서는 더욱 힘들어졌다. 서구 이론대로 아이의 독자성을 키우고 창의성을 살리라는 글을 읽고, 쓰고, 강연을 했다. 그런데 책을 덮고 정작 내 아이를 보면 도루묵이 되었다. 자녀를 엄마 자신과 떼어놓고 독립된 존재로 봐주지 못한다. 나와 다른 특성을 지니고 있는 아이가 딴짓하는 것을 참아주지 못하는 것이다.

– 문은희, 『엄마가 아이를 아프게 한다』, 예담, 2017.

문은희는 사십 대 후반에 영국으로 유학을 갔다. 연구 주제는 엄마들의 속병이었다. 지도 교수와 의논하고 주제를 진척시키면서 영국 엄마와 한국 엄마의 차이를 분명히 알았다고 한다. 예를 들어, 자식을 대학에 보내는 태도에서 영국 엄마는 대학을 자식의 문제로 이해한다. 자식이 원하고 능력이 되면 가는 것이지 엄마가 안달복걸하며 속병을 앓을 필요가 없다는 것이다. 그것은 엄마의 인생이 아니다. 그러나 한국 엄마는 자식이 고3이면 엄마도 고3이 된다. 대학은 엄마의 인생으로 깊숙이 들어온다. 엄마가 어떻게 하느냐가 자식의 대학 진학과 밀접하게 연결되어 있다는 이유로 엄마는 자식의 대학 진학에 관여한다.

비단 대학 진학만 그런 것은 아니다.

> 자녀가 건강이 나쁘면 우리 엄마들은 '내가 잘못 해먹여서'라든가 '내가 잘 건사하지 못해서'라고 자신을 탓한다. 하지만 그곳 엄마들은 '아이가 몸이 약하게 태어났다'고 한다. 성격에 문제가 있다고 해도, 우리는 '맞벌이 하느라고 잘 돌보지 못했다'고 하거나 별별 이유를 들어 자기 때문이라고 반성한다. 그런데 그쪽 엄마들은 '아이의 특징'이라 말한다. 성적 문제도 '집안 사정이 나빠 좋은 과외를 시키지 못했다'고 죄책감을 느끼는 우리 엄마들과 달리 그쪽은 '애가 능력이 그뿐이라며 그렇게 재단되어 나왔다(cut out to be)'고 설명한다.
>
> — 문은희, 앞의 책.

영국 엄마의 사랑이 부족하다는 말은 아닌 것 같다. 영국 엄마이기도 한 지도 교수는 끝내 연구의 결론에 동의하지 못했다고 한다. 반면, 문은희는 한국 엄마로 살면서 겪어온 시간을 서구 심리학으로는 이해하지 못했다. 서구 심리학은 개인을 행동 단위로 본다. 그러나 문은희는 느끼고, 행동하고, 판단하고, 움직이는 모든 행동의 단위를 포함(자기가 포함하는 사람들, 자기에게 중요한 사람들)으로 보았다. 문은희는 갓골자서전 작가들과 나이가 엇비슷하다.

포함의 관점에서 갓골자서전을 읽으면 잘 읽힌다.

갓골자서전에는 친정 식구들(친인척 포함), 남편, 시댁 식구들(친인척 포함), 자식들 이야기의 비중이 높다. 갓골자서전은 개인보다는 가족이라는 단위의 역사이다. 그러나 자서전 작가들이 가족을 대표해서 가족사를 쓴 것 같지는 않다. 자서전 작가들은 자기의 역사를 쓰려고 했는데, 그럴수록 가족 이야기를 더 깊게 쓸 수밖에 없었다. 포함이라는 행동 단위를 이해하지 않으면 왜 이렇게 역사를 쓸까 하는 의문에서 벗어나기 어렵다.

갓골자서전 작가들은 어떻게 자기 삶에 중요한 사람들을 포함하면서 살아왔는지를 쓴 것 같다. 자신이 어떻게 그 사람을 포함시켰는지, 그 사람이 어떻게 포함되지 않았는지, 포함되면서 자신이 어떻게 변형되었는지, 포함되었음에도 그 사람은 어떻게 변하지 않았는지가 중요한 문제였다. 인생은 여기에 있었다.

영국 엄마는 아이를 열여덟 살까지만 책임을 진다. 그러나 한국 엄마에게는 그런 제한이 없다. 갓골자서전에 등장하는 자식들은 엄마의 자서전에서 다시 살고 있다. 초중고는 어떻게 다녔는지, 대학은 어떻게 들어갔는지, 직장생활은 어떤지, 전직을 했다면 왜 전직을 해야 했는지, 결혼은 했는지, 배우자는 누구인지, 결혼해서 낳은 자식은 어떻게 키우는지 등에 대한 세세한 내용이 들어 있다.

어머니에게 포함되어 어린 시절을 보낸 사람은 자라면서 점차 자기 안에도 포함하는 사람들이 많아져 간다. 엄마가 될 때쯤 되면 머리는 하나이면서 마음에 포함된 사람의 수는 꽤 많아진다. 자녀, 남편, 시집 식구, 친정 식구, 이웃이 모두 다 자신의 작은 머리 안에 들어앉아 있다. 한 머릿속에 머리가 많이 들어 있는 괴물이다.

– 문은희, 앞의 책.

중요한 것은 행동 단위 안에 들어 있는 요소들을 충실히 쓰는 것이다. 갓골자서전의 서술 범위는 포함이라는 행동 단위이다. 자식뿐만 아니라 부모(어린 시절부터 죽음의 순간까지), 남편(만나는 순간부터 지금까지), 자식(낳은 순간부터 현재까지), 가족 외의 중요한 인물(만남의 순간부터 지금까지)이 서술 대상이다.

개인보다는 포함이 갓골자서전의 독법이기를 바란다. 성취하는 개인의 드라마보다는, 중층적인 관계를 돌보며 살아온 사람의 가만한 이야기로 읽으면 좋겠다. 갓골자서전 같은 포함의 서사가 자서전의 범위를 넓혀줄 것이라 기대한다.

에필로그

이런 생각이 든다. 말할 수 없는 고통은 없었을까? 막판까지 말하지 않으려는 갈등은 어디까지였을까? 기록에는 침묵이 동행한다. 침묵이 없이는 기록도 없다. 기록하면 할수록 침묵의 심연은 커진다. 모든 것을 다 말할 수는 없다. 사실을 있는 그대로 쓰기는 더 어렵다. 과거에 어떤 일이 있었느냐보다는 그것을 어떻게 이해하고 정리하느냐가 중요하다. 아직 정리되지 않은 일들은 침묵 속에서 더 정리가 되어야 할 것 같다. 지금 말할 수 없는 것에 대해서는 침묵해야 한다.

이제는 내 속이 조금 조용해졌다

갓골자서전

이제는 내 속이 조금 조용해졌다

주정자

그물코

차례

사다코네 집

1945년 음력 2월 19일, 나는 일본에서 태어났다. 대개의 아기는 머리부터 거꾸로 나온다는데, 나는 태어날 때 발이 먼저 곧게 나왔다 하여 곧을 정(貞)자를 써서 정자(貞子: 일본 이름은 사다코)라 이름을 지었다고 했다.

증조할아버지를 비롯한 대가족이 일본에 건너가서 살고 있었다. 그 당시에는 조선에서 일본으로 건너가 살 길을 찾던 사람들이 많았는데 우리도 많은 친척들과 함께 일본으로 갔다고 들었다.

본래는 홍동면 운월리 운곡에서 증조할아버지를 비롯하여 할아버지와 할머니 그리고 아버지의 육남매까지 아홉 식구가 살았다. 그러다가 아버지만 결혼을 한 뒤 어머니를 포함 열 식구가 일본으로 건너가서 살게 된 것이다.

일본에 간 지 3년 만에 언니가 일본에서 태어났고 이름은 기미코(君子)였다. 언니가 태어나고 2년 뒤에 내가 태어난 것이다. 사다코가 태어나던 그 해에 조선이 해방이 되어 아직 아무것도 모를 때 우리 가족은 5년 만에 다시 조선으로 돌아오게 되었다.

일본에서 태어난 사다코는 지금도 고향을 일본 '토코야마시'라고 기억하고 있지만, 진짜 그런 이름의 지역이 있는지 정확하게 모른다. 왜냐하면 정확한 지명을 알려 줄 분들은 이미 돌아가셨고, 고모들의 이야기 속에 '토코야마'인지 '요코야마'인지 들었던 기억이 전부이기 때문이다.

우리 가족은 일본에서 돌아와 충남 홍성군 홍동면 문당리 안마을에 자리를 잡았다. 나중에 안 것이지만, 온 가족이 일본까지 건너가 살게 된 것은 가난으로 굶주리다가 그 가난을 이겨 낼 수 없었기 때문이었다. 주변 사람들이 많이 그렇게 했는데 친척 몇 집이 같이 갔다고 했다.

일본에 건너가기 전 처음부터 가난하지는 않았다. 증조할아버지께서 마흔에 혼자 되신 후 있던 재산을 많이 탕진하여 삼대가 가난 속에서 살았다고 했다. 주씨 집성촌인 운곡에서 살 때 할아버지 삼형제는 많은 고생을 하셨고, 사다코 아버지도 어려서부터 먹을 것이 없어 허기를 채우지 못할 때가 잦았다. 가난은 쉬이 물러가지 않았다. 얌전하고 자존심이 강하셨던 할머니는 저녁거리가 없어도 동네 이웃이 부끄러워 빈 솥에 물만 붓고 불을 지펴 굴뚝에 연기를 피웠고, 다 빻은 보리쌀을 퍼내고 난 후 아직 보리가 많이 남아 있는 것처럼 계속해서 빈 절구질을 하시기도 했다는 이야기를 하신 기억이 있다.

먹을 게 없으니까 한 번은 작은아버지가 동치미를 썰어 놓고 밥도 없이 먹고 있다가 우리 아버지가 들어오자 함께 먹자고 하더란다. 이미 철이 들었던 아버지는 그 상황이 너무 기가 막혀 동생을 끌어안고 울음을 참을 수 없었다는 이야기도 해 주셨다. 우리 아버지는 형제를 끔찍하게 여기셨고 작은아버지들과 같이 일하면서도 의견이 대립되어 싸우는 것을 보인 적이 없었다고 할머니는 늘 말씀하셨다. 삼형제가 힘을 합하여 열심히 일을 해서 먼저 둘째 작은아버지가 집을 지어 이사하셨고, 몇 년 후에 막내 작은아버지도 집을 지어 분가시키고는 그렇게 좋아하실 수가 없었다.

사다코네 아버지 삼형제는 모두 정이 많았고 생활력이 강했다. 사다코네 고모 세 분은 출가했지만 아버지 삼형제는 계속 한동네에 집을 짓고 살면서 일본에서 배운 대장간 일을 시작하여 조금씩 살림이 나아지기 시작했다. 각자 분가하여 따로 살기는 했지만, 한 대장간에서 의좋게 일을 같이 하시고 그곳에서 만든 농기구를 동네 마차에 싣고 가서 홍성 장이나 광천 장에 내다팔아 돈을 나누면서 살았다. 삼형제 모두 부지런하고 재주가 좋아 나중에는 각자 대장간을 하나씩 차리게 되었고, 서로 종류별로 분담하여 만든 전문적인 농기구를 장에 내가곤 하셨다.

한번은 아버지를 따라 홍성 장에 갔는데, 그 큰 홍성 철물점 사장님이 아버지께서 내려놓는 호미와 낫을 받아 들면서 이렇게 말씀하셨다.

"주 씨 삼형제가 맹글어 오는 연장은 영낙이 읎슈. 주문한 걸 다 해 오느라 욕봤슈."

이 말을 들으니 나도 모르게 어깨가 으쓱하고 자랑스럽기도 했다. 그날도 아버지는 철물점 앞에 작은 포장을 치고서 전을 열어 연장을 팔았는데 생각보다 일찍 팔렸다.

"허어! 우리 딸이 따라와서 그런가? 일찍 팔렸구먼."

자리를 접고 장터 국밥집에서 국밥을 사 주셨다. 아버지는 선짓국을 주문하셨다. 내 국밥에 고기가 얼마나 많이 들었던지 그 정도면 우리 집에서는 물만 더 붓고 끓이면 세 명 이상이 충분히 먹을 양이었다.

늦은 점심을 먹고 아버지는 생선전에 가서서 할머니께서 좋아하시는 조기 한 꾸러미와 식구들이 같이 먹을 동태 다섯 마리를 사가지고 돌아오셨다. 아버지는 자전거를 가지고 가셨기 때문에 평평한 길에서는 자전거 뒤편에 나를 태우기도 하시고 언덕길은 아버지 자전거를 함께 밀면서 집에 왔다.

나는 그날은 아버지가 하나도 안 무서웠고 자랑스럽기만 했다.

나의 아버지

얼마 전까지만 해도 나는 '아버지' 하면 남들처럼 기막히게 고마운 분이나 훌륭한 분으로만 기억되지 않았다. 우리 아버지는 한없이 무서운 분이었기 때문이다. 하루는 아버지가 작은아버지와 주고받는 이야기를 대장간 뒤편에서 들었다.

작은아버지께서

"형님은 애들한테 너무 엄하신 거 같으유."

하시자 아버지가 큰 소리로

"딸이 많은 것도 창피한 일인데 지지배들이 제멋대로 하고 다니면 더 창피한 일이니께 단속을 잘 해야 되는겨."

하는 것이었다. 나는 그때 무서운 아버지를 조금은 이해할 수 있었다. 산 너머 큰 동네에서는 젊은 남녀가 눈이 맞아서 부모 몰래 집을 나갔다는 등 흉흉한 소문이 많았기 때문이다.

머슴 아저씨와 대장간 일을 하시면서 아버지는 주로 일본에서 젊었을 때 겪은 이야기를 많이 하셨다.

일본에서 대장장이 일을 배운 것이 손끝이 야무진 아버지한테 제대로 맞아떨어졌던 것 같다. 아버지는 일본에 있을 당시 그 마을의 대표되는 일본 사람이 아버지의 성실함을 인정하고

"앞으로는 기술을 배워야 살 수 있다. 대장간 일을 배워라. '쓸모없는 쇠붙이'를 달구고 늘려서 여러 가지 쓸모 있는 도구를 만드는 것은 부자가 되는 일이다." 라고 하면서

"대장장이와 엿장수는 점점 늘려서 만드는 거라서 흥할 수밖에 없다."는 얘기를 들었다고도 하셨다.

우리 아버지는 열심히 기술을 배웠고 그 동네에서 성실하다고 인정을 받아 한국 사람들의 반장을 보셨다고 했다. 다행히 우리 가족이 살았던 일본 마을의 사람들은 한국 사람들한테 친절해서 크게 고생은 안 했다고도 하셨다. 그래서 우리 아버지는 생전에 일본을 꼭 한 번 가보고 싶다 하셨지만 그 꿈을 이루지 못하시고 떠나셨다.

대장간 일은 점점 잘 되어 작은아버지들은 각자의 집 옆에 대장간을 지어 독립해 나가셨고, 우리는 머슴을 두고 대장간을 운영하게 되었다.

하루는 아버지의 숨겨진 이야기를 들려주셨는데 나도 처음 듣는 소리라서 깜짝 놀랐다. 아버지는 운월리 운곡에서 아주 가난하게 사셨기 때문에 국민학교도 못 가고 가까운 산에서 나무를 하거나 밭에서 일만 했다고 하셨다. 그런데 홍동국민학교에서 운곡으로 가는 학생들이 '가장 무서워한 사람이 우리 아버지 주병모 씨였다'는 말에 나는 깜짝 놀랐다.

아버지는 가정 형편상 학교는 못 들어갔지만, 삼태기에 흙을 담아 가지고 거기에 글씨를 써 가며 겨우 언문을 깨우쳤다고 하셨다. 홍동 국민학교에서 운곡이나 운용리를 가는 산에서 나무를 하다가 학생들이 지나가면

"누덜 학교 갔다 오네?"

"오늘 뭘 배웠냐? 한 번 보여 줄래?"

하고는 상대방의 의견도 듣지 않고 무조건 책보를 빼앗아 책을 읽기 시작했다고 하셨다. 재수 없이 우리 아버지께 책보를 빼앗긴 학생은 아버지가 그 책을 다 읽어야 되돌려 주기 때문에 그냥 기다리는 수밖에 없었다는 것이다. 아버지는 그 당시에 키도 컸고 싸움도 누구에게 지지 않았다고 하시면서 글을 그렇게 배웠다고 하셨다. 근방에 그 소문이 퍼지자 홍동국민학교를 다니는 학생들은 한결같이

"오늘 집에 가다가 주병모를 만나면 큰일인디…."

라고 하면서 산길로 직접 가지 않고 일부러 먼 길로 돌아 집으로 가곤 했다는 말씀도 하셨다.

"지금 생각하면 내가 몹쓸 짓을 많이 했다니께. 하지만 그때 그렇게 안 배웠으면 낫 놓고 기역 자도 몰렀겠지?"

하시면서 겸연쩍게 웃으시던 모습 앞에서는 나도 모르게 눈물이 핑 돌고 아버지가 안쓰러워 보이기도 했다. 그 이야기를 들은 후에는 아랫집 아저씨가 군대 갔을 때 우리 아버지가 아주머니 대신 편지를 써 주시는 걸 보면서 아버지가 참으로 자랑스러웠다. 또 국졸도 아니신 아버지께서는 책을 잘 읽으셔서 사랑방에 계신 할아버지와 할머니께

저녁이면 누런 표지의 소설책을 읽어 주셨고, 중학교 다니는 동생들이 가끔 교과서 속에 들어 있는 한문을 물어 보면 척척 맞추시는 분이었다. 아버지께서 하시던 말씀이 생각난다.

"나도 배웠으면 제대로 '민서기(면직원)'라도 한자리 하면서 멋지게 살았을 텐디…."

이 말씀을 하실 때마다 나도 따라 가슴속에서 늘 중얼거리던 말이 있다.

'내가 중학교라도 나왔더라면….'

하루는 홍성중학교에 입학한 다섯째 동생이 집에 들어오자마자 아버지께 여쭈어 보았다.

"아버지, 저는 38번 주종숙인데 선생님이 출석을 부르시더니 '딸 그만이구먼!' 해서 친구들이 웃어서 되게 창피했슈."

"그런데 54번 친구도 성은 다르지만 종숙인데 아무 말도 않고 그냥 넘어갔는데 왜 그랬을까유?"

그때 아버지께서 동생에게 자세히 일러 주시는 걸 보고 또 놀랐다.

"너는 종 자가 끝 종(終)자이니 딸 그만이라 하셨을 테고, 네 친구는 쇠북 종(鍾)자였을 테니 딸 그만이라고 안 하셨을 것이다."

이런 아버지의 모습을 보면서 나도 국졸인 것을 후회만 하지 말고 책이라도 읽고 더 많은 것을 배워야겠다고 마음먹었다.

그런데 아버지께서 한글은 책보를 빼앗으면서 배웠다 치지만, 한문은 어떻게 배우셨을까 지금도 궁금하다. 입춘만 되면 아버지는 입춘대길(立春大吉)을 문종이(창호지)에 붓글씨로 크게 써서 마루 한가운데 기

등과 대문에 붙여 놓고 팥죽을 흩뿌리며 한해의 평안을 빌기도 했다.

그 시대에 최선을 다하신 아버지가 지금은 조금씩 이해가 되고 나의 흐려진 인생길에 부모만 원망해 오던 일들이 부끄럽게 느껴지기도 한다.

어머니와 열두 남매

우리 주 씨네 집에는 아들이 귀했다. 나와 언니는 일본에서 태어났고, 한국으로 돌아온 다음에는 그 아래로 또 여동생 둘이 생겼다. 증조할아버지를 비롯한 할아버지와 할머니, 아버지와 어머니랑 딸만 넷이 함께 살던 중 마침내 다섯 번째로 남동생 '관로'가 태어났다. 아들을 바라던 집안에 큰 경사가 아닐 수 없었다. 그러나 백일이 지나 경기를 앓았는지 그 당시 손 쓸 새도 없이 그만 남동생은 다른 세상으로 떠나고 말았다.

다섯째로 아들을 낳아 좋아하던 모든 가족의 슬픔도 한없이 컸겠지만, 특히 어머니는 아들을 잃은 슬픔에 한동안 잠을 이루지 못하며 슬퍼하셨다. 그야말로 하늘이 무너진 아픔이었다. 하지만 어머니는 어른들이 계셔서 눈치를 보느라 마음 놓고 울거나 누워 있지도 못하고 누구의 위로를 받을 여유도 없었다.

어머니의 고향은 우리 집에서 한 시간 정도 걸어가면 닿는 홍동면 운용리였다. 육남매 중 셋째 딸로 태어난 어머니는 농사짓는 평범한 가정에서 귀여움을 받고 자랐다. 어머니의 중매 이야기가 오고 갈 당시 외가에서는 이미 우리 아버지 '주병모 씨'를 알고 있었다고 한다. 외삼촌을 비롯한 그 동네 사람들이 홍동국민학교를 다닐 때 우리 아버지께 책보를 한두 번 빼앗긴 적이 있어서 이미 고약한 사람으로 소문이 나 있었던 것이다. 그러나 외할머니께서는

"책보를 빼앗은 것은 돈을 빼앗은 것과는 다르다. 호랑이도 제 새끼는 잡아먹지 않는다."

고 하시면서 그 결혼을 성사시켰다는 뒷이야기를 어머니한테 들은 적이 있다.

어머니가 시집 오셨을 때 살림도 잘하시고 반찬도 잘하셔서 어른들의 칭찬을 독차지했다고 하셨다. 아버지도 장에 나가시면 생선이랑 반찬거리도 잘 사오셨지만 '십리사탕'을 사가지고 오셔서 어른들 몰래 어머니한테 주시곤 했다. 문제는 딸만 계속 낳아 대를 이을 아들이 없다는 것이었다. 당시 우리 외할머니는 경우가 바르시고 정이 많으셨다. 우리들이 외갓집에 놀러 가면

"누덜 엄마가 무슨 죄라냐? 내가 전생에 죄를 많이 지었나벼. 내 대신 죄를 뒤집어 썼능개벼. 딸만 계속 낳고 있으니…."

하시면서 눈물을 소매 끝에 적시곤 하셨다. 외할머니께서는 남동생이 하늘나라로 간 뒤로 사돈어른들을 뵐 면목이 없다면서 한동안 우리집에 오시질 않았다.

반대로 우리 자매들은 십 리가 넘는 외갓집을 자주 놀러갔다. 외갓집에서는 일본에서 태어난 우리 두 자매를 일본 이름으로 불렀다.

"가만 있자 큰아이는 기미코, 작은아이는 사다코라 했는데 누가 사다코냐?"

라는 질문을 많이 하실 정도로 우리 둘이는 키가 거의 똑같고 생김새도 구별하기 어려웠던 것 같다. 한 번은 외할머니 회갑연이 있던 날이었는데 아버지께서 우리 둘에게 노래를 불러보라고 하셨다. 언니는 우물쭈물하고 있는데 나는 부끄러운 줄도 모르고 노래를 불렀다.

> 몽실 몽실 꽃밭에는 꽃봉오리
> 다시 몽실 나비들은 꽃밭에서
> 꽃을 빨고 노래하며…

나는 지금도 이 노래 전부를 다 기억하지는 못하지만 가끔 흥얼거린다. 그때 외삼촌과 친척들이 칭찬을 많이 해 주어서인지 나는 어릴 때부터 노래하는 것을 부끄러워하지 않았고 늘 즐겁게 불렀다. 지금도 노래 부르는 것을 참 좋아한다.

우리는 여름방학이 되면 자주 외갓집에 놀러 갔다. 우리 집에서는 딸이 많아 귀여움을 받지 못했지만, 외할머니와 외삼촌은 우리 자매들을 반기고 예뻐해서 언제나 외가에 가는 것을 좋아했다. 또 우리 밭에서는 볼 수 없는 참외와 원두막이 있었고, 집 앞 마당가에는 새콤한 살구나무도 한 그루 있어서 우리를 반겨주곤 했다. 외삼촌은 조카들을 위해 아침 일찍 일어나 구럭을 메고 밭으로 가서 참외와 수박을 가득 따왔고, 우리 자매들은 원두막에서 외사촌 형제들과 빙 둘러 앉아서 순서대로 노래를 불러 가며 참외와 수박을 맛있게 먹었다. 우리 자매들은 외사촌 형제들과 사이가 무척 좋았다. 우리들이 모이기만 하면 마치 참새들처럼 얼마나 소란스럽게 재잘거렸던지 외갓집 옆집에 사는 할머니들은 우리를 보고는 한 마디씩 하시곤 했다.

"너희 집에 쌀과 보리가 다 떨어져서 참새들이 모두 외갓집에 몰려왔나 보다."

이렇게 할머니들이 놀려대시곤 했지만 전혀 고깝게 들리지 않았다.

외갓집 옆에 사는 덕희 오빠 집 옆에는 밤나무가 있어 가을이면 함께 밤을 많이 주웠다. 주워 온 밤을 헌책을 찢어 여러 겹 싸매고 아궁이의 남은 불에 구워 먹고 나면 모두의 얼굴은 숯검댕이가 칠해져 마치 거지 같아 보였다. 우리 집에는 오빠가 없었기 때문에 우리 자매들은 덕희 오빠를 무척 따르며 놀았고, 오빠도 우리를 많이 귀여워해 줬다.

우리 외가에서는 어머니가 시집을 잘 갔다 생각했고 아버지도 처가에 최선을 다하셨다. 아버지께서는

"넘들한테 대접을 잘 받으려면 먼저 대접을 잘 해야 하능겨."

라는 깔끔한 할머니의 가르침에 최선을 다하셨다. 처가에서 아버지는 '든든한 사위'로 많은 인정과 대접을 받았다.

우리 집안은 아버지 삼형제가 열심히 일하셔서 생활에 걱정이 없었고, 작은아버지들도 분가해서 모두 살림이 괜찮았지만 해결되지 않는 걱정거리가 있었다.

아버지 삼형제 모두 대를 이을 아들이 없다는 것 때문에 어른들의 걱정이 이만저만이 아니었다. 얼마 지나지 않아 둘째 작은아버지 댁에

아들이 먼저 생겼고, 우리 어머니는 천금처럼 얻은 아들(관로)을 먼저 보낸 후 딸을 또 둘 낳아 딸만 여섯이 되었다. 이렇게 딸만 있다는 것은 그 당시 풍속으로 칠거지악(七去之惡) 중 하나로 엄청난 일이었다. 더군다나 할아버지가 장손이고 아버지도 장손이었으니 작은아버지들보다 대를 이을 손자를 보는 일이 우리 집안의 가장 시급한 일이 아닐 수 없었다.

마침내 할아버지께서는 중매를 통해 손자를 낳아 줄 젊은 분을 집에 들이기로 결정하셨다. 할머니의 친정 오빠 소개로 작은어머니를 맞이하게 되었다. 무척이나 더워서 견디기 힘든 어느 여름 날, 검정 나일론 치마에 하얀 저고리 차림의 작은어머니가 할머니를 따라 들어오셨다. 나는 아무 생각 없이 얼굴이 뽀얀 작은어머니가 참 고와 보였다. 나의 어린 마음속에는 미지의 문을 여는 것처럼 약간의 흥분도 있었다. 물론 이 상황을 소꿉놀이처럼 순수하게 받아들인 것은 아니었다.

이 일이 생기기 전, 나는 친구 집에 동생과 함께 놀러 간 적이 있었는데, 친구 어머니가 친구 남동생의 고추를 내보이며

"너희 집엔 이런 고추 달린 동생이 없어 걱정이지?"

하며 자랑했다. 내 동생은 화를 내며 집에 돌아와서는 할머니께 콩 한 말 내다 팔아서 고추를 사다 주면 안 되겠느냐고 졸라댔고, 그 후로 우리는 그 친구 집에 다시 가지 않았다. 그 날 고추를 사오라는 동생의 말을 어머니는 옆에서 다 듣고 계셨다. 나는 어머니의 심사가 어땠을지 어린 마음에도 잘 알 수 있었다. 꺼림직한 모습으로 어머니를 보고 있었는데, 작은어머니가 오신 날도 우리 어머니는 같은 표정이셨다.

작은어머니가 오시던 날, 우리 어머니는 부엌에서 점심상을 차리면서 내내 우셨다. 얼마나 울었던지 눈이 다 부었지만 아버지가 무서워서 아무 말도 못하셨다. 작은어머니는 아래채에 자리를 잡았다. 한 집에 두 여자가 한 남자와 같이 산다는 것이 지금은 이해할 수 없는 일이다. 하지만 당시 풍속으로는 대를 이을 아들이 있어야 한다는 사실 앞에서 모든 게 허용되고, 딸만 낳은 우리 어머니는 죄인 아닌 죄인이 될 수밖에 없었다.

작은어머니가 오신 후 우리 어머니는 잠을 이루지 못하셨다. 불안하기만 했던 어머니는 칭얼거리는 여섯째 동생(꽁지)을 구박하면서 스트레스를 풀어야 했고, 그럴 때마다 나는 여동생 꽁지를 안방에서 데리고 와 꼭 안고 잤다.

우리 어머니는 엄한 시부모님 밑에서 많은 농사일과 큰 살림에다 많은 딸자식을 키우고 있었다. 하루 종일 논밭에서 일하시고 저녁이면 딸들의 저고리를 꿰매랴 삼베를 짜랴 고된 나날의 연속이었지만 아들을 못 낳은 죄인으로 모든 걸 참으며 살아야 했다.

작은어머니는 길쌈을 잘하셨다. 할아버지와 할머니는 그런 작은 며느리를 예뻐했다. 어머니는 시간이 갈수록 점점 신경이 날카로워졌다. 그러나 나이 때문에 눈도 침침해지며 바느질도 어려워했다. 무엇보다 우리 어머니에게는 아들이 절실히 필요했고, 이 모든 사태는 아들이 없어서 생긴 결과이니까 아들만 있으면 다 해결될 일이었다.

그러던 어느 날, 어머니는 아들을 갖기 위해 쌀 한 말, 미역, 양초, 돈 등을 챙겨 절에 공양드리러 길을 나섰다. 삼십 리가 넘는 길이라고 했다. 나는 어머니가 너무 안쓰러워 따라나섰다. 어머니는 절실했다. 삼십 리를 걷는 도중 거의 쉬지 않았다. 쉴 때는 공양드릴 물건이 든 자루를 땅에 놓으면 부정 탄다 하여 무릎에 안고 쉬고, 가끔 바위 위에는 올려놓아도 절대 땅에는 내려놓지 않았다. 절에 도착하자 어머니는 불공이 끝날 때까지 쉬지 않고 절을 했다. 절에 가서 공양을 드려야 아들을 얻을 수 있다고 많은 사람들이 권해서 절을 찾아간 것이다. 그때 나는 절에 가면 입구에 그려져 있는 그림(사천왕상)이 너무 무서웠다. 하지만 아무 내색도 하지 않고 불공을 드리는 엄마가 너무 가엾어서 아침 일찍 따라가서 종일 불공을 드리고 저녁에 돌아왔다.

절에 다녀온 후 엄마는 며칠간 걸음걸이가 불편했고 심한 어려움을 겪었지만 내색하지 않고 잘 참아내셨다.

"백일기도를 해야 효과가 있다는디…."

하시면서 매일 가지는 못했지만 백일을 마음에 두고 자주 절에 가서서 공양을 올리고 절을 하며 빌었던 것이다. 내가 몇 번을 따라갔고, 언니는 집에서 어머니 대신 살림을 했다. 어느 땐가는 어머니 대신 할머니가 절에 가서 불공을 드린 적도 있었다.

그러던 중 태기가 있어 열 달 만에 고추 달린 아들을 낳았다. 마침 그때 나는 밖에서 놀다 여섯째 동생을 업고 집에 들어오는 길이었다.

작은어머니가 방에서 급히 나오시며 큰 소리로

"형님이 아들을 낳으셨다."

고 하셨다. 나는 업고 있던 꽁지를 마루에 내려놓고 한 걸음에 가까운 셋째 작은아버지 댁으로 달려가 득남 소식을 전했다. 셋째 작은어머니는 덩실덩실 춤을 추시더니 곧바로 둘째 작은아버지 댁으로 달려가셨다. 참으로 큰 경사가 일어난 것이다. 할머니는 새끼줄에 검은 숯덩어리를 가끔씩 끼우고 빨간 고추는 총총 끼워 금줄을 대문에 다셨다. 우리들은 동네를 뛰어다니며

"우리 엄마가 아들을 낳았어요."

라고 외쳤다. 이웃 어른들도 무척 좋아하셨다. 아홉 집밖에 없는 우리 동네에는 순식간에 득남 소식이 퍼졌다.

안방에 누워 있는 남동생! 온 가족이 기다리던 아들 귀남이!

감히 우리는 쉽게 가서 볼 수가 없었다. 작은어머니는 분주히 세숫대야에 뜨거운 물을 나르시고, 할머니는 방안에서 이리저리 바쁘게 움직이셨다. 우리는 윗방 쪽문을 열어 작은 이불 속에 있는 아기를 겨우 볼 수 있었다.

"아! 아기가 보인다. 진짜 이쁘다."

라고 소리쳤더니 기진맥진한 어머니가 땀으로 흠뻑 젖은 머리를 가지런히 정리하면서 싱긋이 웃으며 아기를 바라보시던 모습이 지금도 선하다.

나도 모르게 눈물이 나왔다. 언니와 나는 쪽문을 닫고 서로 두 손을 잡고 소리 내어 엉엉 울었다. 아마도 언니와 나는 '이제 우리 엄마는 살았구나.'라는 생각을 똑같이 했던 것 같다.

남동생 형로(어머니가 불공을 드리러 가던 절의 스님이 지어 준 이름이다)는 여자 형제들 틈에 끼어서였는지 사내놈이 예뻤다. 지금은 농사를 짓느라 얼굴은 시커멓게 탔지만, 이목구비가 또렷하고 남자다운 맛보

다는 예쁜 어릴 적 모습이 남아 있다.

그 후 어머니는 딸 둘을 더 낳아 우리 형제는 모두 아홉 남매가 되었다. 딸 여덟에 아들 하나!

우리 어머니가 아들을 낳고 다섯 달 뒤 작은어머니도 아들을 낳았다. 그리고는 작은어머니는 산 너머 문산쟁이에 집을 지어 이사를 가셨다. 아버지는 홍성 장에 갔다가 돌아오시는 길에 우리 집보다 가까운 작은어머니 집에 가시곤 했다. 철부지였던 우리 구남매는 아버지께서 작은 집에 가시는 날이면 해방된 것 같은 자유를 누리게 되어 은근히 작은 집에 가시기를 원했지만, 어머니의 마음은 어땠을지 그때는 생각조차 할 수 없었다. 작은어머니는 그 후 아들을 둘 더 낳아 아들만 삼형제를 두게 되어 우리는 모두 열두 남매가 되었다. 지금은 작은 집 큰 동생이 건강이 안 좋아 먼저 하늘나라로 갔고, 열한 남매가 잘 살고 있다.

작년 아버지 추도 예배 때 누군가가

"아버지께서는 두 집 살림을 하면서 얼마나 힘드셨을까?"

라는 말을 꺼냈다. 살림은 넉넉하여 살기는 괜찮았겠지만 두 여자를 사이에 두고 크게 가정불화가 없었던 것은 어머니와 작은어머니도 훌륭하셨겠지만 아버지께서 주관이 뚜렷하고 공정성 있게 하신 때문이라는 생각이 든다. 우리가 감히 어머니나 작은어머니의 마음을 헤아릴 수는 없지만, 우리 열한 남매가 지금껏 서로 연락하며 잘 지내는 것은 하늘나라에 계신 세 분 덕분이 아닐까 싶다.

나는 둘째 고모 편

　우리 할머니는 아들 셋과 딸 셋 육남매를 두셨다. 우리 아버지를 시작으로 나란히 아들 둘을 낳으시고 다음으로 딸을 셋 낳으셨다. 우리는 어렸을 때 세 분 고모를 많이 좋아해서 같이 몰려다니면서 놀았다.

　딸 여덟 중에서도 큰언니와 나 그리고 셋째가 고모 셋과 늘 붙어 다녔다. 마침 고모가 셋이어서 저절로 편이 갈리곤 했다. 큰언니는 큰 고모 편, 나는 둘째니까 둘째 고모 편, 셋째는 당연히 셋째 고모 편이었다. 우리들과 고모들의 나이 차이는 크게 나질 않아서 어린 동생들보다 고모들과 더욱 가깝게 지내고 여러 가지 추억거리도 많았다.

　큰 고모는 성격이 씩씩하고 부지런하셔서 하시는 일마다 정확하고 일이 빨랐으며 손끝이 아주 야무져 그야말로 큰딸 같았다. 우리 큰언니는 조용하고 다소곳하여 고모가 하라는 대로 열심히 따라하는 착한 조카라서 둘이 성격이 잘 맞았던 것 같다.

　둘째 고모는 명랑하고 우스운 소리도 잘하며 장난이 심하여 내가 무척 따랐다. 또 늘씬한 키에 예쁘게 외모를 꾸미는 데 관심을 갖고 있는 둘째 고모가 나의 호기심을 건드렸는지도 모른다. 나는 둘째 고모가 무조건 멋있어 보였고, 고모처럼 따라하기를 좋아했다.

막내인 셋째 고모는 정이 많았고 아주 개구쟁이 같은 면도 있어서 우리들에게 작은 골탕을 먹이고는 혼자 깔깔 웃으며 즐거워하기도 했는데, 역시 정이 많은 셋째 동생과 잘 어울리는 한편이었던 것 같다.

큰 고모는 은하면에 사셨다. 일이 빠르고 경우가 바른 분으로 말씀이 곧고 인정이 많으셔서 우리들이 결혼 후에 가끔 찾아가면 마늘이며 양파며 아낌없이 주시는 분이었다.

둘째 고모는 우리 세 자매 중에서도 나를 특히 더 귀여워하셨다. 고모가 시집가기 전까지 나를 늘 업고 다니셨고, 소꿉놀이 할 때는 나와 꼭 한편이 되어 나를 응원하고 도와주시곤 했다. 비가 올 때면 도랑에 호박 줄기로 자매들과 '보싸움'을 했는데, 둘째 고모는 내 둑을 높이 쌓아 주고 큰 호박 줄기 끝을 작은 돌멩이로 막았다가 둑 안에 물이 가득 차면 결정적인 순간에 돌멩이를 빼 버려 큰물이 흘러가게 하여 큰언니나 동생의 둑은 흔적도 없이 무너져 흘러내리곤 했다. 그러한 지혜를 가르쳐 준 분이 바로 둘째 고모라서 비가 오거나 굵은 호박 줄기를 볼 때면 고모가 더 그립다. 지금은 요양병원에서 투병하고 계신데 찾아가 뵙지도 못하고 조카 노릇 제대로 못하는 나의 상황이 죄송스럽기만 하다.

둘째 고모는 광천읍 매헌리 매바위라는 동네의 부잣집으로 시집가셨는데, 둘째 고모가 보고 싶어지면 자주 찾아가곤 했다. 그럴 때마다 고모부는 껌이랑 사탕이랑 과자를 수북이 사 주시곤 했다. 저녁이면 광천극장에서 영화 구경도 시켜 주셨는데, 깜깜한 커튼을 밀어내고 들어가서 더듬더듬 자리를 찾아 앉아 영화를 보노라면 얼마나 신기하고 재미있던지 꿈만 같았다. 며칠을 놀다 집으로 돌아오는 길이면 고모는 항상 마당 끝에 나와 서서 산모퉁이를 돌아 내 모습이 보이지 않을 때까지 하얀 앞치마를 두르고 바라보며 손을 흔들어 주시던 기억이 생생하다. 집에 돌아올 때마다 고모가 한 보따리씩 챙겨 주신 개구리참외의 달콤한 맛은 지금도 잊을 수 없다. 그때 우리 식구들이 할머니랑 할아버지를 포함하여 열한 식구였으니, 아마도 개구리참외를 반쪽씩은 겨우 나눠 먹을 수 있었을 것이다.

우리 둘째 고모는 자손이 귀한 삼대 독자 집안에 시집가셔서 아들 넷과 딸 셋을 낳아 시부모님께 많은 사랑을 받고 계셨다. 고모부도 매사에 일을 잘 하시고 시원시원한 성격으로 처갓집인 우리 집에 오시면 아버지와 술상을 마루에 놓고 밤이 가는 줄 모르고 즐거워하셨던 기억도 난다.

셋째 고모는 나와 다섯 살밖에 나이 차이가 나질 않는다. 어려서는 셋째 동생 편이었다는 기억만 나고 특별한 것은 없었다. 하지만 내가 결혼한 후 6년 만에 남편을 여의고 아들 셋 데리고 고향으로 내려왔을 때, 많이 가련해 하시고 고추장을 가득 담아 항아리째 나눠 주는 등 고모의 사랑을 표현하고자 많은 노력을 하신 것이 애틋한 기억으로 남아 있다. 지금은 막내 고모도 많이 늙으셔서 안타깝기만 하다.

뻐꾹 노래

나는 일곱 살에 국민학교 입학을 했다. 그때만 해도 어른들은 아이가 태어나면 곧바로 호적에 올리는 게 아니었다. 왜냐하면 그때는 병원이 별로 없었고 아이들이 태어나서 아프기만 하면 수를 쓸 수가 없이 쉽게 죽어 나갔기 때문에 1년이나 2년 지난 다음에 호적에 올렸기 때문이다. 그런데 나는 내가 태어난 해가 해방된 해이고 일본에서 돌아온 해인데, 아버지께서는 나의 출생 신고를 곧바로 하셨던 것이다.

우리 교실에는 대부분 나보다 나이가 한 살이나 두 살 더 많은 그래서 친구라고 하기 어려운 친구들이 많았다. 당시는 나이가 줄거나 호적이 잘못된 경우도 많았기 때문이다.

일곱 살에 입학하게 된 나는 키도 작아서 언제나 맨 앞자리에 앉았다. 운동장에서 조회를 하면 키가 작은 순서대로 나란히 줄 세우는데 맨 앞에 섰기 때문에 다른 친구들처럼 '앞으로 나란히!' 할 때 손들어 보는 일을 6학년까지 한 번도 못해봤다. 우리 반에는 나보다 네 살이나 위인 언니와 오빠도 있었다. 친구들은 호적 나이가 줄어 서류상 동갑이지 모두 키가 크고 어른스러웠다.

일곱 살짜리가 아침에는 언니를 따라 학교에 가지만 오후에는 언니와 끝나는 시간이 다르기 때문에 혼자서 투덜투덜 십리 길을 걸어와야 했다. 동네에는 내 또래 친구가 하나도 없었다. 학교를 오고 갈 때마다 참 외로웠다. 큰 비가 오면 아침에 쓰고 간 우산은 벌뜸쯤 가면 찢어져서 옷이 흠뻑 다 젖기 일쑤였다. 우산이 없어 시멘트 포대를 쓰고 간 적도 있었다.

하루는 물살이 센 도랑을 혼자 건너다가 빠져 간신히 손에 잡힌 나뭇가지를 붙잡아 목숨을 건진 일도 있었다. 비가 많이 오면 언니나 다른 사람들을 기다렸다가 서로 손을 잡아 의지하며 도랑을 건넜는데, 그날따라 혼자 건너다가 죽을 뻔한 것이다.

어릴 적 학교 길은 늘 외로웠고 십리 길의 국민학교를 다니는 것에 대한 좋은 추억이 없었다.

3학년 때였을까? 잘 기억은 안 나지만 벌에 쏘여서 혼이 난 적도 있다. 그날은 토요일이어서 언니랑 옆집 언니랑 모처럼 같이 집에 가게 되었는데, 상반월 산모퉁이를 돌아가는데 갑자기 '윙' 소리가 나더니 검은 뭉치 하나가 날아들었다.

"벌이다!"

언니가 소리치자 우리는 '으악' 소리를 내면서 뛰기 시작했다. 마구 쏘아대는 벌들을 우리는 어떻게 할 수가 없어서 그만 웃옷을 벗어 흔들어 가며 계속 뛰었다. 한참을 뛰다 보니 벌은 따라오지 않았지만 우리 셋의 얼굴은 엉망이었다. 냇물에 가서 세수를 하고 나니 벌을 쏜 자리가 퉁퉁 붓기 시작하며 따가워 견딜 수가 없었다. 벌뜸에서부터 뛰기 시작하여 겨우 집에 도착하여 할머니께 말했더니, 부엌에서 된장한 숟가락을 떠오셔서 얼굴에 발라 주셨다. 언니와 나는 얼굴이 '분텡이'가 되어 화끈거리고 따가운 것을 어떻게 할 수가 없이 두어 시간을 보냈다. 엄마는 그날도 밭에서 풀을 매고 계셨기 때문에 우리의 얼굴을 볼 수가 없었다. 저녁나절이 되자 밭에서 돌아오신 엄마가 우리를 보시고는 깜짝 놀라면서 난리를 피셨다.

"빨리 샘에 가서 다시 빨랫비누로 씻고 오너라."

엄마는 수건으로 얼굴을 씻어 주시고는 무언가를 떼어내고 계셨다. 그때까지도 우리 얼굴엔 벌침이 몇 개 붙어 있었던 것이다. 그날 저녁 우리는 제대로 잠도 못 자고 괴로워했으며 엄마가 밭일에만 열중하시고 우리한테는 너무 소홀하다는 생각에 많이 야속하기도 했다.

나중에 안 사실인데, 상반월 산모퉁이의 벌집은 우리보다 앞에 가던 옆 동네 남자애들이 장난삼아 벌집에 돌맹이를 던져 쑤셔놓고 도망을 갔다는 것이다. 이렇게 나는 국민학교와 관련된 추억은 모두 생각하기 싫고, 좋은 것은 한두 가지밖에 생각이 나지 않는다.

나는 학교 수업 중에 특별히 음악과 미술을 좋아했다. 내가 친구들보다 한두 살 어렸기 때문에 국어, 산수는 더 못했을 수도 있다는 생각이 지금에서 든다. 5학년 때 나는 합창부에 뽑혔다. 합창부를 맡고 있던 김희중 선생님은 얼굴도 잘 생기고 맘도 좋으셨으며, 우리를 친절하게 가르쳐 주셨고 많이 사랑해주셨다. 학교 공부가 끝나고 그 선생님 교실에서 연습할 때면 나는 자랑스럽기도 하고 기분이 좋아서 목이 쉴 정도로 연습을 열심히 했다. 약 이주일 정도 연습을 하고 김희중 선생님의 인솔 하에 홍성고등학교 강당으로 가게 되었다. 나는 그때 처음으로 강당이라는 곳에서 노래를 불렀다. 우리 홍동국민학교 학생들 몇몇은 와빠리(흰 칼라가 달린 검은 웃옷)를 입고 나머지 학생들은 제각각 옷을 입었는데, 어느 학교인지는 몰라도 그 학교는 옷을 똑같이 입고 나와서 노래를 불렀다. 나는 그런 모습을 처음 보면서 참으로 신기하기도 하고 부럽기도 했다. 마치 어린 천사들이 생글생글 웃으면서 노래를 부르는 것 같았다. 우리는 학교에서 연습한 '뻐꾸기' 노래를 열심히 불렀다.

> 뻐꾹 뻐꾹 뻐꾸기의 노래가
> 뻐꾹 뻐꾹 은은하게 들리네

나는 두 손을 꼭 맞잡고 박자에 맞춰 살짝 몸을 흔들면서 노래를 부른 건 생각이 나는데, 대회에서 몇 등을 했는지는 기억 나지 않는다. 아마도 기억에 남을 정도로 우수한 등수는 못했던 것 같다.

좋은 기억 중에 둘째로는 작은아버지의 휴가가 생각난다. 나는 작은아버지 두 분이 모두 어려웠고, 그 분들 앞에만 서면 부끄러워 말도 잘 못했다.

6학년 초여름이 시작될 무렵, 둘째 작은아버지가 군복 차림으로 우리 국민학교를 찾아오셨다. 군대를 늦게 가신 둘째 작은아버지가 휴가를 나오는 길에 조카인 나와 같이 집에 가려고 학교까지 오셨다는 것이다. 하얀 여름, 군모를 쓰고 나타난 작은아버지의 모습이 정말 멋있어 보였다. 작은아버지를 보는 순간 나는 부끄러웠지만 그렇게 멋진 작은아버지가 나랑 집에 같이 가려고 학교를 찾아왔다고 생각하니 친구들이랑 선생님께 자랑스러웠다. 나는 얼마나 기분이 좋았던지 상반월을 지나고 벌뜸을 지나 문산쟁이를 돌아 집까지 왔을 텐데 아무 기억이 없고, 작은아버지의 여름 군모랑 상냥스런 얼굴의 미소만 생각난다. 나는 그때 우리 아버지보다 작은아버지가 더 미남이라는 것을 알았다.

내가 국민학교를 졸업하던 무렵에 우리는 새 집을 지었다. 다섯 칸 전후좌우 퇴(집 안의 앞뒤나 좌우로 가까이 딸려 있는 빈터)를 놓은 집이었다. 그 집은 목수와 우리 아버지가 함께 짓고 계셨다. 목수 아저씨가 책임자셨고, 우리 아버지는 흙에 물과 지푸라기를 넣어 반죽을 하신 다음 흙손으로 벽을 바르셨다. 나는 아버지 곁에서 허드렛일을 도와드렸는데 어떤 때는 힘들기도 했지만 집의 기둥이 세워지고 흙벽이 올라가면서 하루하루 달라지는 모습이 신기하기도 하고 부잣집이 된다는 것에 한없이 기분이 좋았다.

지금도 문당리 본가에 가면 옛날 추억이 새록새록 떠오른다. 뒤꼍 화단의 돌담을 쌓을 때는 내가 돌을 날라 드렸는데, 아버지의 지혜로운 손끝의 흔적이 스치면 그럴싸한 돌담이 되었다. 그야말로 우리 동네에서 제일 좋은 집을 짓게 된 사실에 뿌듯했다.

새로 지은 집에서도 할아버지는 여전히 손녀들이 밖에서 노는 것을 싫어하셔서 사랑방 문을 열고는 소리치셨다.

"이놈의 지지배들! 왜 이렇게 떠드냐? 당장 다른 데로 가!"

매번 무섭게 하실 때면 창피하기도 했지만, 나는 동네에서 제일 좋은 집에 살고 있다는 것이 여간 기쁘지 않았다.

풀무질

　내가 국민학교를 졸업할 당시에는 남자들은 여러 명이 진학을 했지만, 여자는 우리 문당리에서 최 부잣집 딸 하나만 중학교로 진학했다. 옆 동네 화신리에서는 과수원집 딸 하나만 진학하는 상황이었다.

　나는 중학교에 가고 싶었다. 하지만 아홉 남매 중 둘째 딸인 나는 어떤 핑계나 이유를 댈 것도 없이 당연히 국졸만 해야 하는 형편이었다. 감히 내 생각을 말할 자신이나 용기도 없었다. 더군다나 큰딸인 언니도 한마디 자기 표현 없이 국졸만 했다. 국민학교를 졸업하고 대장간에서 풀무질을 하는 게 언니와 내가 할 일이었다.

　처음에 아버지는 작은아버지들과 같이 대장간 일을 하시니까 큰 어려움은 없었지만, 풀무질을 위해서는 작은 아이가 필요했다. 언니가 졸업을 하고 나니 자연스레 언니가 풀무질을 했고, 그 다음으로 내가 졸업을 하니 풀무질은 내 차례가 되었다. 그때 언니는 부엌에서 엄마를 도와드리면서 가까운 곳에 양재 기술을 가르치는 곳이 처음 생겨서 그곳에 다니기 시작했다. 풀무질은 나의 주된 일이 되고 말았다.

꼼짝없이 대장간에서 풀무질을 하고 있을 때 가장 듣기 싫은 소리가 있었다. 옆집 큰 마당에서 아이들이 노는 소리였다. 풀무질은 크게 어렵지는 않았지만, 아궁이 속 불을 꺼뜨리거나 자리를 옮겨서는 절대 안 되는 일이었기 때문에 지루하기 짝이 없었다.

우리 아홉 남매 중에 풀무질을 안 한 사람은 하나도 없다. 지금 생각하면 그 풀무질을 하면서 우리 아홉 남매는 가장 소중한 인생 공부를 한 것이 아닌가 싶기도 하다.

국민학교를 졸업하고 대장간에서 아버지를 도와 드린 지 1년이 지난 어느 날, 풀무학교에서 통지문이 집으로 왔다. 풀무학교 중등 과정에 오라는 내용이었다. 가고 싶었다. 나도 교복 입고 가방 들고 학교 다니면서 미래를 설계하고 싶었다. 하지만 졸업하고 1년이 지났지만 대장간 상황은 변함이 없었다. 배움의 과정은 꿈에서나 가능했다. 가방을 들고 친구들과 중학교에 가는 꿈을 여러 번 꾸었다.

지금 기억으로는 국민학교 졸업하고 열일곱 살 때까지 풀무질을 했던 것 같다. 셋째 동생부터는 풀무학교에 진학을 하게 되었다.

중학교 다닐 나이의 십 대 소녀가 대장간에서 여러 해를 보내면서 무엇을 계획할 수 있었을까? 아버지의 대장간을 이어 받아 더 큰 대장간으로 키워야 한다는 야망을 품어야 했을까? 나는 어린 소녀였다. 아버지가 허락하지 않는 일을 할 용기는 감히 낼 수 없었다.

그렇긴 하나 내 안에는 다른 씨앗이 자라고 있었다. 아버지의 불호령도 대장간의 거대한 불길도 그 씨앗을 태울 수는 없었다.

여러 해 대장간에서 쳇바퀴 일과를 거듭하던 중이었다. 하루하루가 너무 지겨웠다. 나는 다른 곳으로 눈길을 돌리고 싶었다. 마침 옆집 친구(2년 후배인데 나이는 같았다)가 공장에 다니는 것을 보고 불현 집을 떠나고 싶은 생각이 들어 집을 나서기로 작정했다. 누구와도 상의하지 않고 친구하고만 몰래 약속을 하고 혼자 보따리를 쌌다. 대장간 상황을 잘 알고 있었기 때문에 도망칠 시간이 언제인지 나는 치밀하게 계산했다. 아버지가 나흘 동안에 걸쳐 만드신 물건을 장에 팔러 나간 사이, 나는 한 손에는 보따리를 들고 또 한 손에는 희망을 잡고 친구와 광천역으로 뛰어갔다.

죄를 지은 듯 쿵쾅거리는 가슴을 안고 우리는 열차에 올라 출발하기만을 기다리고 있었다. 사람들이 하나 둘 올라탔고 승무원은 출발 신호를 보내는 것 같았다. 우리는 노량진으로 가기로 했지만 노량진이 어디인지보다는 미지의 세계를 향한다는 설렘과 두려움이 전부였다. 빨리 기차가 출발하기만을 기다리고 있는데 초조한 마음과는 달리 광천역 플랫폼의 시간은 더디 흘러갔다.

그때였다. 느닷없이 우리가 타고 있는 기차 칸으로 사람들이 기세 좋게 들이닥쳤다. 할아버님께서 광천 부근에 사시는 고모부와 함께 헐레벌떡 뛰어 들어오신 것이다. 어찌 알게 되었을까? 나는 얼른 의자 뒤편으로 머리를 숙여 숨어 보았으나 소용이 없었다. 고모부의 억센 팔에 잡혀 나는 열차에서 내려와야 했다. 풀무질을 하면서 품었던 미지의 세계를 향한 꿈은 그 순간 사라졌다. 잠시나마 나를 설레게 했던 그곳에 나는 결국 가지 못했다.

집으로 돌아왔다. 이제부터는 아버지가 두려웠다. 한 마디 상의도 없이 무작정 집을 나간 딸을 아버지는 용서치 않을 게 뻔했다. 저녁에 아버지에게 맞을 생각을 하니 끔찍했다. 장에 다녀온 아버지는 무궁화 회초리를 해 놓으시고는 방안으로 들어오라는 말에 나는 기가 죽어 들어갔다. 아니나 다를까, 아버지는 자초지종을 듣지 않으시고는 네가 어떻게 그런 일을 다 했냐며 막 때리기 시작했다.

"이 놈의 지지배가 세상 무서운 줄 모르고 집을 나가?"

나는 억울하면서도 겁이 나 벌벌 떨며 매를 맞았다. 그러나 때리는 사람이 있으면 말리는 사람도 있는 법. 다행히 할머니가 막아서며 말리셨다. 할머니 덕분에 많이 맞지는 않았다. 우리 아버지는 할머니의 말이라면 모두 들어주는 소문난 효자였다.

지금 생각해 보면 아버지에게도 나에 대한 미안한 마음이 있지 않았을까. 딸을 학교에 보내지 않고 대장간 일을 시키는 아버지 마음 한 켠에 뭔가 걸리는 것이 있었을 것 같다. 아버지도 어쩌면 말려주는 사람을 기다렸을지 모른다는 생각도 들었다.

그 일이 있은 뒤부터 아버지는 가끔 장에 다녀오시면 풀무질의 대가로 용돈을 주셨다. 나는 받은 돈을 조금씩 모았고 그 돈으로 닭을 사 키우고 계란을 팔아 다시 돈을 모았다. 학교를 다닐 수는 없어도, 노량진으로 갈 수는 없었어도 나는 여전히 대장간을 벗어날 궁리를 하면서 돈을 모았다.

그 이후로도 풀무질을 계속 했는데 어느 날 아버지께서 국민학교를 갓 졸업한 남자애를 하나 데리고 와서 풀무질과 대장간 잔심부름을 하기로 했다.

그 즈음 친구들이 양재학원이나 미용학원 다니는 모습을 보니 너무나 부러웠다. 이번에는 양재학원이 내 마음을 흔들었다. 양재학원을 아버지 몰래 나갔지만 이번에도 역시 아버지께 들켜 버렸다. 또 다시 안방에 불려 들어갔다. 단단히 혼날 각오를 하고 심호흡을 크게 한 다음 방으로 들어갔다. 아버지를 제대로 볼 수 없었다. 곧 떨어질 불호령과 매질을 초조하게 기다리고 있었다. 그런데 어찌된 영문인지 아버지가 조용히 말씀을 하셨다.

"그래, 너도 모아 놓은 돈이 있으니 열심히 다녀 봐라."

눈물이 핑 돌았다. 아버지가 나를 사랑하고 인정해 주신다는 생각이 들자 그동안 대장간에서 쌓인 고생이 눈처럼 스르르 녹아 버렸다.

대장간을 향하던 나의 발걸음은 이제 양재학원으로 향했다. 막상 양재학원에 갔지만 생각보다 배움이 쉽지만은 않았다. 양재학원에서 가르치는 선생님이 얼마나 무섭고 까다로우셨는지 올을 잘못 박아 놓으면 꿰맨 올을 모두 뜯어 놓았다. 처음엔 자신이 없고 적응이 잘 되지 않았지만 며칠 배우다 보니 선생님의 속마음도 알게 되었고, 똑 부러지는 성격 또한 마음에 들었다. 한 작품씩 끝낼 때마다 보람과 만족감이 더해갔다.

양재학원에서 여섯 달 공부하고 졸업한 후 아버지와 어머니의 적삼을 처음 작품으로 만들어 드리고, 동생들 원피스도 하나씩 만들어 주었다. 양재학원을 졸업한 후에 나의 관심거리는 온통 옷 만드는 것밖에 없었다. 더 신나는 것은 다섯째 동생의 스커트를 만드는 데 성공한 것이다. 양재학원에서도 가르쳐 주지 않은 '후리아스커트'를 내 생각대로 만드는 데 성공한 것이다. 어느 날 어머니의 부서진 양산을 보고 양산의 천을 떼어내 그대로 본을 떠서 후리아스커트를 재단하여 만든 것이다. 하루는 다섯째 동생이 학교에서 돌아와서는 말했다

"언니, 나 내일부터 양산 치마 안 입고 갈 거여."

"왜? 누가 치마가 이상하다고 흉보던?"

"아녀, 치마가 이쁘다고 자꾸만 돌아보라고 해서 계속 돌았더니 어지러워 죽겠어."

내가 만든 치마 폭이 360도 조금 안 되니, 계속 돌면 동그란 치마가 보기 좋게 돌아가 보는 사람은 희한하고 예뻤던 것이다. 우리 식구들은 양산 치마를 생각해 낸 것이 참으로 기특하다고 많은 칭찬을 해 주셨다.

그 후 옷을 만드는 게 무조건 어려운 것은 아니란 생각이 들었고 못 입게 된 헌 옷이 있으면 살며시 뜯어서 펼쳐 보고 그대로 본을 떠서 재봉질하면 신기하게도 비슷한 옷이 나왔다. 칭찬은 계속 되고 동네 어른들이 천을 사오셔서 부탁을 하는 경우도 생겼다.

딸부잣집 아버지와 그 딸들

딸들이 나이가 차게 되자 아버지는 걱정이 많으셨다.

"딸 많은 것도 흉인데 이 딸들이 행실을 바르게 하지 않고 돌아다니면 동네 부끄러운 일이다."

라고 말씀하시면서 아버지께서는 딸들 단속을 철저히 하셨다.

우리 자매들은 큰딸부터 모두가 학교에서 돌아오면 호미 들고 밭에는 나갔지만, 동네 마실이나 외출은 생각조차 못하고 살았다.

어느 더운 여름날, 저녁을 먹고 나서 바깥마당 밀대방석에서 다림질을 마치고 집안으로 들어오는데 아버지께서는 안방 모기장 안에서 밖을 내다보고 계셨다.

"왜 네 언니는 들어오지 않느냐?"

사실 언니는 다림질을 끝내고 아버지께서 주무시는 줄 알고 옆집 언니랑 과수원으로 복숭아를 사러 간다고 떠난 뒤였다. 아버지의 갑작스런 질문에 나는 당황하여 사실대로 말했다.

"옆집 언니랑 복숭아 과수원에 갔슈."

그러자 아버지가 버럭 소리를 지르시더니

"당장 불러 오너라."

불호령이 떨어졌다. 마침 셋째 동생 예로가 동네 마실 다녀오던 중 아버지와 마주쳤다.

"너는 또 어디 갔다 이제 오냐?"

아버지는 옆에 있던 대나무 빗자루를 들고 후려치며 야단을 치셨다. 너무 놀라 예로와 나는 아랫집 뒷간으로 후다닥 뛰어 들어가 숨었다. 숨어서 벌벌 떨고 있는데 둘째 작은어머니께서 아버지의 고함소리에 올라와서

"서방님, 친구들과 놀러갔는데 너무 걱정하지 마세요. 우리 애도 같이 갔슈."

라고 아버님께 잘 말씀드리니 아버지는 집안으로 들어가셨다. 뒤늦게 살며시 온 언니와 동생 우리 셋은 아버지한테 혼이 날까 두려워 그날 밤을 아랫집 뒷간에서 떨고 있다가 새벽 두세 시쯤 겨우 집에 와서 잠을 잤다. 동생은 겁이 많아서 뒷간에 있는 동안 똥장군에 올라가서 새벽까지 내려오지 않고 쭈그려 앉아 있었다.

언니와 셋째 예로는 아버지 모르게 놀러 다니면 자주 들키곤 했는데, 나는 아버지가 장에 가신 틈을 타 친구들과 수덕사를 구경하고, 어떤 날인가는 저녁에 가설극장도 구경하고 돌아와 대밭 사이로 몰래 들어와 들키지 않았던 적도 있다. 돌이켜보면 아버지는 딸들이 잘못되지 않게 하시려고 그리 무섭게 하셨던 것 같아 지금에서야 감사하게 생각한다.

언니는 스물 셋 되던 해, 재 너머 큰 동네의 대학 졸업한 청년에게 시집을 갔다. 언니가 맡아 하던 일은 고스란히 내 몫이 되었다. 아침에는 빨래를 자배기에 이고 가서 동네 샘에서 빤 다음 삶아 풀칠해서 말리고, 저녁에는 다리미로 다림질하는 일상이 계속되었다. 일꾼을 얻어 일하는 날이면 일꾼들 밥까지 해내느라 온종일 땀을 흘리곤 했다.

우리 집 옆에는 팽나무 한 그루가 있었는데 그곳이 우리의 쉼터였다. 그때는 선풍기 같은 전기 제품이 없고 나무그늘이 유일한 쉼터였다. 5월 단옷날이면 동네 총각들이 몇 날 몇 일을 모여 짚으로 동앗줄을 꼬아 그네를 매었다. 낮에는 동네 아이들이 온종일 그네에 매달려 있고, 일이 끝난 저녁이면 동네 처녀 총각들이 5월 내내 그네를 뛰고 놀았다. 동네 처녀 총각들이 줄 서서 자기 차례를 기다리며 재잘거리고, 총각들이 그네를 아주 세게 밀어주면 처녀들은 기겁을 하면서도 깔깔대며 좋아했다.

5월 보름쯤 되었을까, 그날따라 달이 밝고 시원해서 그네타기가 아주 좋았다. 초저녁잠이 많으신 아버지께서 주무시는 틈을 타 우리 자매는 슬그머니 나가 합세하곤 했다. 그날은 아버지께서 시끄러운 소리에 깨어 보니 딸 둘이서 동네 처녀 총각들과 놀고 있으니 노발대발 하시는 것은 당연한 일!

"이 놈의 새끼들, 잠도 안 자냐? 시끄러워서 잘 수가 읎네."

소리소리 지르면서 작대기를 들고 팽나무 밑으로 뛰어오셨다. 모두들 도망가느라 정신이 없는데 마침 우리 동생이 그네에 타고 있으니 나는 도망갈 수도 없고 그 자리서 무릎을 꿇었다. 동생은 아버지가 휘

두르는 작대기 사이로 몇 번을 왔다갔다하는 그네에 매달려 쩔쩔 매더니 그네에서 뛰어내리다가 그만 넘어지고 말았다.

"그만 들어와서 자라."

우리는 그날 죽는 줄 알았는데 동생이 떨어지면서 쩔쩔매던 모습이 안쓰러웠는지 그냥 넘어가 주셨다. 그날 밤 나는 아버지가 한없이 고마웠다.

많은 추억거리를 남겨 준 팽나무가 몇 년 전 태풍에 꺾이고 이제는 그 모습이 사라져 아쉽다.

눈이 내린 날

언니가 결혼하고 4년이 지나니 혼사가 들어왔다. 한 번은 아버지께서 선을 보고 오셨는데 저녁 일찍 들어오셔서 할머니께 말씀하시는 걸 들었다. 남자 집에 갔는데 집이 깨끗하고 외양간에 소는 매여 있지만 어딘지 모르게 외양간이 깨끗하고 소만 잠깐 빌려다가 매 놓은 것 같이 어색했다는 것이다. 신랑감은 양복점을 한다고 하는데 순진해 보이며 괜찮아 보였고, 점심을 차려 왔지만 마음에 들지 않으셔서 조금만 드시고 왔노라고 말씀하셨다.

그 후 얼마 지나지 않아 친척 한 분이 오셨는데 홍북면에 신랑감이 있다고 하시며 얘기를 나누시더니 장날 만나기로 하여 선을 보게 되었다. 아버지께서 남자 집에 선보러 가셨는데 집안은 꾸밈없이 수수했고 집 가세는 좋지 못한 것 같았지만 신랑감이 일하다가 들어와서 절하는데 남자만은 괜찮았다고 하셨다. 아버지는 그 남자를 보고 오셔서

"모래사막에 갖다 놔도 살만한 사람이였슈!"

라고 할머니한테 말씀하셨다. 마침 그 동네에 우리 친척이 살고 있

어서 물어봤더니 그 분의 평도 후했다고 하셨다. 그 친척 동생은 아버지를 보고

"형님 따님은 어떤지는 모르나 그 집하고 혼인하면 괜찮을 거유."

라고 했다고 말씀하셨다. 나는 그 말을 부엌에서 쪽문을 통해 엿듣고 가슴이 떨렸다.

며칠 후 우리 집으로 중매쟁이가 시어머님과 신랑감을 모시고 함께 오셨다. 남자는 자전거를 타고 와서 마을 어귀에 먼저 도착해 기다리다가 만나 같이 들어왔다고 했다. 첫눈에 훤칠하고 잘 생겨 보였다. 나는 그날 분홍 치마저고리를 입고 처음 뵙는 시어머님께 절을 했다. 그리고는 다소곳이 앉았다. 신랑감과 나는 서로 마주보고 앉았다. 둘이는 서로의 얼굴도 제대로 보지 못한 채 시간은 흘러갔다.

날이 어두워지자 남자가 일어서면서 내 정면 얼굴을 보지 못했다고 사진을 한 장 달라고 해서 나는 사진을 한 장 건네주었다. 시어머님께서는 친척인 중매쟁이 집에서 주무시고 남자는 늦은 저녁에 자전거로 돌아갔다.

'내가 마음에 들었을까? 나는 그 남자가 참 믿음직해 보였는데….'

저녁 내내 속으로 중얼거리다가 늦게서야 잠을 이루었다. 나중에 들으니, 그 남자는 돌아가는 길에 여러 차례 자전거를 세우고는 라이터 불을 켜 내가 준 사진을 보았다고 했다.

우리 식구들 모두 그 남자를 마음에 들어 했다. 그리고 나는 시어머님의 교양 있는 모습에 무엇보다도 마음을 빼앗겼다.

선을 보고 간 뒤로 아버지께서는 그 남자와 집안에 대해서 이리저

리 알아보시면서 바로 소식을 전하지 않았다. 남자는 선을 보고 간 저녁, 다음 날도 아닌 그날 저녁에 마음을 담아 편지를 써서 두 통을 보내왔다. 편지 두 장에는 빽빽하게 정리된 글씨가 쓰여 있었다. 나는 여러 번 반복해서 읽었다. 지금은 한 문장도 기억이 나지 않지만 자기는 다 좋다고, 잘 되면 좋겠다는 내용이었다.

그러나 아버지는 한 달이 지나도 소식을 전하지 않았다. 나는 듬직해 보였던 그 남자가 좋았지만, 연애도 아니고 중매인데 내가 편지를 보내 좋아하는 마음을 전할 수는 없었다. 기다리다 못해 내가 아버지께 그 집에서 기다릴 텐데 가부간의 소식을 전해야 되지 않느냐고 말씀드렸다. 그 말에 아버지는 내가 시집가고 싶어 하는 말이라 여기신 것 같았다. 어느 날 저녁상을 물리고 부엌으로 상을 들고 나가는 등 뒤에서 아버지가 안방에서 할머니께 하시는 말씀이 들렸다.

"어머니, 둘째도 신랑감이 맘에 드나 본데 식을 치뤄야겠슈."

가을 늦은 저녁이었다. 선을 본 남자 정대일용 씨와 친구 한 분이 가방에 사주와 치마저고리 두 벌을 예쁜 보자기에 싸 가지고 찾아왔다. 갑자기 온 손님으로 우리 집은 당황하여 이내 닭을 잡고 과수원에서 사과를 사오고 약간의 부침개를 하여 약혼식을 간단하게 치뤘다. 친구 분은 저녁 때 돌아가고 신랑감인 정대일용 씨는 우리 집 사랑방에서 일꾼 아저씨와 함께 잤다.

우리 집에서는 갑자기 찾아온 일행에 많이 놀랐지만 아버지는 금방 이해하시고 많이 좋아하셨다. 왜냐하면 선을 보러 간 날도 누가 온다고 해서 꾸미거나 감춘 흔적 없이 그 집 마당에 고추를 널어놓고 맞이

한 걸 좋게 생각하고 계셨기 때문이다.

나는 언니가 제대로 약혼식을 했던 것을 알고 있기 때문에 내 약혼식도 그 정도는 해 주시겠지 생각했다. 그러나 갑작스런 남자 쪽의 방문으로 내가 꿈꾸던 약혼식은 사라진 것이다.

다음 날 우리는 약혼 사진을 찍으러 광천으로 갔다. 아침나절에 집을 출발하여 광천에 도착하니 어느새 점심 때가 다 되어 점심을 먼저 먹었다. 나는 겨우 두 번 만나서인지 아직 부끄럽고 서먹서먹한데 비해, 남자는 자신감이 있어 보이고 분위기를 살리려 노력하는 모습이 든든함마저 들었다. 나는 부끄러워 점심을 먹는 둥 마는 둥하고는 약혼 사진을 찍고 걸어서 집으로 왔다. 다른 때는 광천까지 갔다 오면 꽤 몸이 피곤하고 다리가 아팠는데 그날은 아무렇지도 않았다.

산 너머 큰 마을에 사는 중매쟁이를 통해 혼인날이 1969년 음력 정월 초닷새 날로 잡혔다고 연락이 왔다. 시부모님 예단은 시어머님 옷 한 벌, 시아버님 덧저고리 정도로 간소하게 준비하기로 했다. 당시 혼수는 치마저고리를 몇 벌 씩 해가는 게 관례여서 형편 좋은 집안에서는 열 벌 넘게 하는 집들도 있지 않았나 싶다. 혼인날이 얼마 남지 않았을 때 예단을 맞추기 위해 아버지와 함께 서울로 올라갔다. 모 다방에서 남편 될 대일용 씨를 만나 예단을 맞추었다. 그날 이후로는 자유를 갖게 되었다. 약혼 전에는 한없이 엄하기만 하셨던 아버지께서 자유롭게 만나게 해주시고 장날이면 서로 만나 이야기도 하고 점심도 먹고 어떤 때는 영화를 볼 수도 있게 되었다.

마침내 정월 초닷새 날이 되었다.

내 나이 스물 다섯. 그날은 눈이 많이 내렸다. 새해를 축하하기 위함이었는지 혼사를 축하하기 위함이었는지 지난밤부터 내린 눈이 발목까지 쌓여 있었다. 온 천지가 새하얗고 모든 것이 멈춰 버린 듯 주변이 조용하기만 했다. 자동차가 다닐 수 없었는데도 혼사를 축하하기 위해 많은 사람들이 걸어서 와주셨다. 눈이 너무 많이 와서 우왕좌왕 따뜻한 차도 내오지 못했지만 축하하러 온 손님들은 시끌벅적 혼례식을 기다리셨다.

사람들은 결혼하는 날 눈이 많이 내리면 부자 된다는 덕담도 해주었지만 나는 괜한 걱정이 들었다. 내 인생에 내릴 눈이었을까? 꽃이 피는 봄날이었으면 어땠을까? 왠지 모르게 눈길을 헤치고 살아갈 날들이 다가오는 것 같은 느낌도 들었다.

둘째 고모가 화장을 시켜 주시는데 나도 모르게 눈물이 자꾸 나왔다. 고모들은 나를 다독여 주었다.

"시집가는 날 왜 울어? 예쁜 화장 다 지워지겠다."

결혼식을 잘 치르고 첫날밤을 우리 집에서 지내는데 막내 동생 미희가 언니하고 자겠다고 베개를 들고 들어오려는 것을 누군가가 말렸더니 울고불고 난리를 피워서 어머니가 달래느라 애를 먹었다.

다음날 아침도 눈이 내렸다. 정월의 추위보다는 내린 눈이 길을 막는다는 것이 더 신경 쓰였다. 이제 시댁을 가야 하는데 어떻게 갈 수 있을까? 눈이 오지 않았으면 택시를 타고 갔을 것이다. 그러나 눈이 그렇게 많이 내린 날은 택시가 우리 집까지 올 수 없었다. 집에서는 겨우 트럭을 준비하여 짐을 싣고 가려고 했는데, 신랑이 곧장 가지 말고 광천에 들러 머리를 다시 만지고 가자 했다. 그래서 우리는 트럭을 타고 광천에 도착하여 머리를 만지는 동안 눈이 그치기 시작했다. 거리에는 서서히 자동차들이 움직이기 시작했다. 미장원에서 머리를 얌전하게 만진 후 홍성읍내까지는 트럭으로 나가서 장롱과 혼수를 실어 먼저 보내고, 우리는 택시를 타고 폼 나게 가자고 제안하는 신랑이 한없이 믿음직스러웠다.

나는 시집갈 때까지 집에서 살림만 했고 사회생활을 해보지 않아 아무것도 모르는데, 이 사람은 참으로 시원시원하게 일 처리를 잘하는구나 생각하니 기분이 너무 좋았다.

후행은 작은아버지와 함께 갔다. 당시는 혼인 때 가족 중에서 신랑이나 신부를 데리고 가는 사람을 후행이라고 했다. 예로부터 '색시 후행을 가면 서까래를 세어 보고 온다'는 속담이 있다. 신부의 후행으로 신랑 집에 가면 그 집의 살림이 넉넉한가 어떤가 하는 것부터 살펴보고 돌아온다는 말이다. 막상 도착하여 택시에서 내려 보니 가세는 좋은 편이 아니고 평범하였지만 손님은 꽤 많았다. 정성껏 차린 큰 상 두 상이 들어왔다. 후행 일행을 위한 회향상으로 한 상을 차렸고, 신부를 위해 색시상이라고 또 한 상을 차려 주신 것이다. 그 차린 것을 모두 깨끗한 창호지로 싸서 가마니에 넣어 두 가마니를 친정집으로 보냈다.

식사를 하는 둥 마는 둥 하고 나는 안방 아랫목에 앉아 있는데 처음 보는 시누이가 들어오셨다. 피부가 어찌나 곱고 예쁘던지 나는 슬며시 기가 죽었다. 나중에 들었는데 후행 따라온 둘째 고모부가 시누이를 봉숭아꽃보다 더 예쁘다 하며 자랑을 하셨다는데, 우리 신랑은 나를 어떻게 생각하고 있을까 궁금하기도 했다.

시부모님께서는 며느리 들인 것을 참 좋아하셨다. 한동네에 사시는 큰 시어머님께서도 날마다 찾아오셔서 귀여워해 주셨다. 사흘 뒤 친정에 인사하러 가는데 시아버님과 시어머님은 추운 날씨에도 불구하고 우리가 보이지 않을 때까지 바라보고 계셨다. 자매 많은 집에서는 생각지도 못한 사랑을 받고 있음을 느꼈다.

시간이 지나면서 밥맛이 이상하고 화장품 냄새를 맡기가 힘들었다. 처음에는 임신인지 잘 몰랐다. 새색시가 아침 일찍 화장하고 어른들께 아침 문안 인사를 하는 것이 보통이었는데 이상하게 화장품 냄새 때문에 화장하기가 싫어졌다. 하지만 입덧이 그다지 심하지 않아 시댁에서는 몇 달간 임신한 것을 알아채지 못하셨다. 임신 사실이 밝혀지자 시부모님이 너무 좋아하셨고, 혼인 후 곧 임신하게 되어 더 귀여움을 받게 되었다.

신혼 생활

시댁은 농사짓는 집안이었다. 시댁에서는 정월에 쌀 몇 십 가마 방아를 찧어 놓으면 집안 형편이 어려운 이웃 아저씨들이 몇 가마씩 미리 가져가고, 그 대신 바쁜 농번기에 시댁 일을 도와주고 있었다. 시댁의 전답은 마당 아래로 4천 평이 펼쳐져 있었다. 농번기에는 정월에 쌀을 빌려갔던 이웃들이 몰려와 모심고 김매고 피사리 하는 등의 농사일을 해결해 주었다. 나는 어머니와 함께 식사를 준비하는데 참 힘겨운 일이었다.

시아버님은 해방 전에는 홍북면에서 금광을 많이 할 때 면 서기로 일하셨고, 해방 후 일본인들이 쫓겨가자 지인과 함께 금광 사용권을 사들였다. 당시로는 꽤 많은 재산이었다. 그러나 이승만 정부가 들어선 후 토지 재분배로 어쩔 수 없이 소작인들에게 토지를 나눠주게 되었다. 그렇게 많은 재산을 빼앗겼던 탓에 아버님은 화병이 생겨 내가 시집을 간 그때까지도 약을 복용하고 계셨다.

하루는 시아버님이 나를 방으로 들어오라 하시더니 아버님의 지난

이야기를 들려주셨다.

6.25전쟁이 일어나 북에서 내려온 무리들이 집 세간을 다 차지하고 당신을 잡아 가두었다고 하셨다. 아버님은 홍북지서(충남 홍성군 홍북면)에 갇혀 고문을 당하면서 이런 수모를 당할 바에야 차라리 죽어버려야겠다고 마음먹고 십여 미터가 넘는 우물에 거꾸로 뛰어들었다고 하셨다. 뒤늦게 발견한 인민군이 시아버님을 건져내었지만 이미 아버님이 죽었다고 판단하여 지서 한 구석에 버려두었다고 했다. 그런데 아버님은 기적처럼 다시 깨어나 경계가 허술해진 틈을 타 덕산에 있는 가야산으로 도피했다. 시아버님은 석 달을 산에서 도피 생활을 했다. 하루는 하도 배가 고파 저녁에 불 켜진 집에 먹을 것을 동냥하러 들어갔는데 마침 그 집의 제삿날이었다. 아버님은 제사를 위해 모인 형제들이 나누는 이야기를 우연히 엿듣게 되었다.

"내일은 정삼준(시아버님 함자)이를 잡으러 홍북면 사람들이 가야산으로 몽둥이를 들고 가기로 했다."

그 말은 듣는 순간 우리 시아버님은 허기가 싹 가셨고, 또 어디로 도피해야 할 걱정으로 어찌할 바를 몰랐다고 하셨다. 그래도 정신을 차려야겠다고 생각하신 시아버님은 산으로 가지 않고 추수가 끝난 논바닥에 볏짚을 깔고 일단 논에서 자야겠다고 생각했다. 볏짚을 모아 쌓고 있었는데 그곳에 닭이 계란을 수북이 낳아 놓은 것을 발견하여 계란을 주워들고는 논 한복판 짚더미 속으로 숨어들어 잠을 주무셨다.

다음 날, 날이 밝자 면민 사람들이 몽둥이를 들고 산으로 올라가는 것을 보셨다고 했다. 시아버님은 이렇게 말씀하셨다.

"하늘이 돕지 않고서야 어떻게 이런 일이 있을 수 있을까?"

"내가 만약 배가 고팠지만 견딜 수 있어 산에 하루 더 머물렀다면 나는 그들에게 잡혔을 것이고, 또 다른 집도 아닌 그 제삿집에 숨어들지 않았다면 어떻게 되었을까?"

"제삿날이었지만 전쟁 난리 통이라 만약에 그 집에서 제사를 미루었다면 어떻게 되었을까?"

"제사에 모인 사람들이 다른 이야기를 했더라면…."

시아버님의 말씀을 듣고 있으려니 모든 것들이 기적만 같았다.

긴 도피 생활 끝에 마침내 인민군은 북으로 밀려갔고 아버님은 본래의 집으로 다시 돌아올 수 있었다.

전쟁이 끝나고 상황은 완전히 바뀌었다. 인민군을 도와 시아버님을 붙잡으려 했던 면민들의 목숨이 반대로 위태로워졌다. 인민군을 도와 부역했다는 것은 당시로서는 죽음이었다. 면민들은 아끼던 개와 돼지를 잡아가지고 아버님을 찾아와 살려 달라 애걸했으며 시아버님은 원한을 품지 않았다 하셨고, 시아버님 도장 하나에 많은 분들이 목숨을 부지할 수 있었다고 했다.

우리 손녀 고운이가 한 살 때 나와 고운이가 교통사고로 병원에 입원한 적이 있다. 같은 방에 입원해 있는 옆 침대 할머니를 병문안 오신 점잖은 할아버지와 얘기 끝에 시댁이 홍북면이고 시아버님 존함을 대었더니 그 할아버지께서 깜짝 놀라시며 시아버님이 대단하신 분이었다고 하시며 내가 모르는 이야기를 들려주었다.

시아버님은 전쟁이 끝난 후 홍북국민학교 상하분교인 용봉국민학교를 지을 때 아랫집을 뜯어다가 목재를 기증하셨다. 아랫집을 뜯어 목재를 마련하긴 했지만, 가정집과 학교는 규모나 용도의 차이가 났기 때문에 고생을 많이 하셨다. 더 많은 목재가 필요했던 시아버님은 생각 끝에 산으로 올라갔다. 그리고는 필요한 양의 소나무를 맘껏 베어 왔던 것이다.

그때는 소나무 한 그루만 베어도 법에 걸릴 때였는데, 학교를 짓는다고 허가도 없이 소나무를 그렇게 베었으니 관에서 가만있을 리가 없었다. 결국 시아버님은 홍성경찰서에 불려가 취조를 받게 되었다. 경찰은 전후 사정은 듣지 않고 법을 위반한 것만 따지면서 윽박질렀다. 경찰에 화가 난 시아버님은 취조 도중 지서장 앞에다가 의자를 집어던지며 이렇게 역정을 내셨다.

"나 개인을 위해 한 것이 아니고 지역 학교를 마련하고자 내 집을 뜯어 받쳤어도 모자라서 소나무를 베었다."

조금도 위축되지 않던 우리 시아버님이 보통 분이 아니셨다며 병원에서 만난 할아버지는 회상에 잠기는 얼굴이었다.

결혼하고 두 달이 지났을까? 남편은 장남이라 가끔 시동생 방에 건너가 자곤 했다. 남편은 어린 동생을 많이 챙겼고 나도 남편의 마음이 이해가 되면서 결혼 전에 막내 동생과 같이 자던 생각이 나 친정 식구들이 눈에 어른거렸다. 그 중에서도 막내 동생이 제일 보고 싶었다. 마침 시댁 옆에 사는 홍성여중 2학년 학생이 우리 다섯째 동생과 같은 반이어서 시댁과 친정의 연락을 서로 할 수 있었다. 막내 동생이 너무 보고 싶어서 쪽지를 썼다.

"아버지, 막내 동생이 너무 보고 싶습니다. 다음 장날에 홍성장까지 데려 오시면 시아버님이 데리고 들어오신다 합니다. 막내 좀 데리고 나오세요."

막내 동생은 아버지의 자전거를 타고 와서 홍성 장에서 시아버님의 자전거로 바꿔 타고 우리 집에 왔다. 그런데 그날 저녁 시아버님이 돌아가셨다.

장에 다녀오신 시아버님은 배가 아프다고 하시면서 화장실을 자주 다니셨다. 시아버님은 너무 괴로워하셨다. 그날따라 시어머님은 며느리가 시집 온 후 처음으로 시누이 집에 잠시 다니러 가셔서 집에 계시지 않았다. 어디가 어떻게 아픈지 말씀하시면 약이라도 사왔을 텐데 새 며느리에게 괜한 걱정을 끼치지 않으려 생각하셔서인지 아버님은 앓고 계신 증세를 알리지 않고 혼자서만 괴로워하셨다. 나는 이러지도 저러지도 못한 채 발을 동동 굴렀다. 결국 시아버님은 저녁 때 남편이 들어오자마자 돌아가셨다.

너무 허망했고 시집 온 지 얼마 되지 않았으니 사람들은 말하기 쉽게 '복 없는 며느리'라고 하는 것 같아 서럽고도 창피했다. 하필이면 막내 동생이 보고 싶어 데리고 온 날 상을 당했으니 아주 난감했다. 다섯 살짜리 막내 동생을 옆집에 겨우 재우고는 이튿날 친정아버님께 부고를 알리는 쪽지를 보냈다. 조문을 마친 아버지께서는 잠시도 지체하지 않고 동생을 자전거 뒤에 태우고는 뒤도 돌아보지 않고 산모퉁이로 사라지셨다. 나는 그때 아버지 등에 꼭 붙어 있던 막내 동생의 모습을 바라보며 얼마나 울었는지 모른다.

시아버님이 하시던 모든 집안일은 남편이 맡게 되었다. 그런데 남편이 많이 힘들어했다. 초가을 벼 수확을 채 시작하지 않았을 무렵이었다. 고등학교 3학년이던 시동생이 학비와 생활비가 필요하다고 했다. 농촌에 후하게 남겨 놓은 생활비는 한 푼도 없는데 이를 어찌할까 궁리 끝에 혼인 예물이던 금반지 한 쌍을 금은방에 잡히고 돈을 마련해 주었다. 몇 달 후 벼 타작을 마치고 금반지를 되찾고자 갔는데 너무 늦게 간 탓에 결혼 반지를 찾지 못한 채 집으로 돌아왔다.

산달이 차올랐다. 출산일을 정확히 모르는 가운데 어느 날 갑자기 배가 아팠다. 남편에게 말했더니 고기를 먹으면 순산한다고 동네에서 잡은 돼지고기를 사왔다. 남편은 가위를 소독하며 아기를 받을 준비를 했다. 시어머님은 겁이 많으셔서 벌벌 떠셨다. 다행히 한동네 살던 큰어머님께서 오셨다. 오후 3시경부터 진통이 시작되어 저녁 8시에 출산했다. 태어나서 처음 겪는 그 산고의 고통은 어찌 표현할 수가 없다.

아들이 태어났다. 이름을 일민(一珉)이라 지었다. 시어머님이 얼마나 기뻐하셨는지 모른다. 기저귀 하나 나오면 이내 빨아 양지쪽 빨래줄에 너셨고, 산후조리가 중요하다시며 갓 지은 밥과 쇠고기, 굴, 조개 등 다양한 재료로 국을 끓여 주셨다. 당시 사과가 참 귀한 시절이었는데 사 놓으시고, 찹쌀로 만든 강정과 땅콩으로 만든 땅콩엿 등을 간식으로 주셨는데 음식 솜씨가 참 좋으셨다. 삼칠일 동안 호강했고 아이도 건강했으며 남편은 더할 나위 없이 기뻐했다.

새로 태어난 아이와 듬직한 남편과 농사짓고 사는 것이 행복했다. 가난했지만 서로를 위하며 사는 것이 하루하루 참 좋았다. 그런데 남편은 농사일을 힘들어했다. 결국 이듬해 친척에게 아래 집을 내어주며 농사일을 맡기고 서울에 취직하게 되어 어머님과 함께 상경했다. 나는 서울에서 살게 될 집을 마련할 때까지 시골에 남아 있기로 했다.

시동생은 고등학교를 졸업하고 김대중 대통령의 선거운동에 참여한 것 같았다. 관련 책자를 돌리고 본인이 자필하고 프린트해서 돌린 것이 반공법에 걸려 홍성교도소에 수감되었다. 남편은 서울에 올라가 있고 나는 어머님과 함께 일민이를 업고 면회를 다녔다. 수감된 지 석 달여 만에 병보석으로 출소하게 되었지만, 그동안 사식 넣어 줄 형편이 되지 않아 시어머님이 많은 고생을 하셨다.

남편이 서울로 올라간 후 나는 한 살짜리 아들과 둘이 살게 되었다. 당시 다섯째 동생이 20리길이나 되는 홍성여중에 걸어 통학하고 있었는데, 우리 집에서는 홍성여중이 30분 정도 되는 곳에 있어서 함께 지내기로 했다.

심심풀이로 돼지새끼 두 마리를 사다 길렀는데 돼지는 하루가 다르게 무럭무럭 잘 자랐다.

하늘 없는 서울

가을이 다 되어 시어머님이 서울에서 내려오시고 나는 일민과 함께 상경했다.

서울로 이사하는 것이면 시골 땅을 팔아 돈을 어느 정도 마련해서 갔어야 했지만 감히 땅을 팔 엄두는 낼 수 없었다. 수중에는 달랑 30만 원이 있었다. 그러나 그 돈으로는 서울에서 집을 장만할 수 없었다. 우선은 시누이집에서 단칸방 신세를 졌다. 조카 남매와 심부름을 하던 아가씨가 한방에서 지내고, 우리 세 식구가 또 한방에서 몇 달을 함께 지냈다.

그러다 성북동 산동네에 방을 얻어 이사했다. 산꼭대기에 있는 방이었다. 물이 잘 나오지 않아 급수할 때 받아 놓고 사용했다. 툇마루도 아주 좁았다. 하루는 일민이가 툇마루의 쪽마루에 앉아 놀다가 앞으로 넘어져 그만 밥솥에 이마를 부딪쳤다. 그때 생긴 흉터가 지금도 남아 있다.

일민이가 두 살이 되고 둘째를 갖게 되었다. 첫째 때와 달리 유독 입덧이 심했고 밥을 먹지 못할 정도로 힘들었다. 그해 겨울 다시 성북동 시장 쪽으로 시누이 가족과 함께 이사하게 되었는데 입덧도 심한 상태에서 시누이가 직장에 나가게 되어 시누이 살림도 함께 하게 되니 많이 힘들었다.

둘째 영민(英珉)을 낳은 후 이번에는 왕십리로 이사하게 되었다. 그 뒤 언니네 가까운 곳에서 살다가 언니 집으로 이사했다. 그곳 산부인과에서 새벽 0시쯤에 셋째를 낳았다. 남편은 딸을 기대했지만 셋째가 또 아들이어서 못내 서운한 표정을 지었다. 그러나 시어머니는 너무 좋아하시면서 애 낳느라 애썼다고 산후조리 수발을 들어주셨다. 시어머님이 고생을 많이 하셨다.

시골에서 계속 살았다면 아들이 셋이어도 여유 있게 키우면서 집안 일도 해나갔을 것 같았다. 서울은 적응하기 힘든 곳이었다. 아들 삼형제를 키우면서 서울이라는 곳의 형편을 잘 몰랐기에 시장에 갈 때도 애들 아빠와 함께 다녔다.

셋째 우성(宇盛)을 임신하고 있을 때 시동생은 결혼한 후 사업 자금한다고 하여 논 일곱 마지기를 팔아 가져갔으나 1년여 만에 잘못되었다. 그 뒤로 남편은 시골 재산을 모두 정리해서는 통장을 내게 맡겼다. 그런데 시동생이 또 다시 시골에 부동산을 한다며 재산 정리한 통장을 달라고 했다. 시동생에게 통장을 주면 모두 없애고 말 것 같아 나는 주고 싶지 않았다. 이 일로 남편과 싸우게 되었는데 남편이 내 등을 후려치는 게 아닌가. 문제가 된 통장을 집어 던지고 일민이를 데리고 집을 나왔으나 남편은 이내 쫓아왔고 완강한 힘에 이끌려 되돌아왔다.

시골집을 비롯해 모두 정리했던 돈 약 200여만 원이 통째로 시동생의 부동산 사업 자금으로 넘어갔다. 몇 년 가지 못해 시동생은 또 그 돈을 모두 탕진했다. 그걸로 끝이 아니었다. 논 다섯 마지기를 내 명의로 이전해 둔 것이 있었는데 그마저도 필요하다 하여 다 내주었다. 그때 나는 셋째가 뱃속에 있어 만삭이었는데 서울에서 택시로 홍북면사무소에 인감도장을 가지고 다녀왔다. 이제 우리 집 재산은 한 푼도 남지 않게 되었다.

그 후 언니와 함께 살던 집에서 또 다시 이사했다. 50만 원에 산꼭대기 집 방 두 칸을 얻어 시어머님과 함께 생활하게 되었다. 가진 것 없었어도 아이 둘을 데리고 애들 아빠와 손을 잡고 집 앞을 나설 때 마음만은 흐뭇했다.

애들 아빠는 참 가정적이었다. 쉬는 날이면 집안 청소며 서랍 정리까지 해주고, 시장에서 생선을 사오면 깨끗이 다듬어 주었으며 이불 담요 빨래도 도맡아 했다. 직장에서 돌아와 식사를 한 후에는 시어머님 방에서 형제간의 얘기를 하는지 저녁마다 시어머니 방을 들렀다가 넘어오곤 했다.

이제 이대로 살면 되었다. 시골 땅 판 돈은 모두 사라졌지만 돈이야 살면서 벌면 되었다. 산꼭대기에서 불편하게 사는 것도 참고 지낼 수 있었다. 없이 살며 고생해도 앞으로의 미래가 희망적어서 참을 수 있었다. 시아버님이 돌아가신 후 서울에 올라와 정착하기까지 혼란스러운 점도 많이 있었지만 생활이 점점 안정되었다. 비로소 그 모든 혼란이 정리되고 제대로 사는 것 같았다.

그날 저녁도 남편은 시어머니와 얘기를 나누고 언제 내 옆에 왔는지 잠결인데 남편의 잠꼬대에 잠을 깼다. 놀라 불을 켜고 남편이 꿈을 꾸는가 하여 흔들어 깨웠지만 아무리 깨워도 남편은 일어나지 않았다. 너무 당황해서 시어머님께 말씀드렸더니 꿈꾸는가 보니 깨워라 하셔서 재차 깨웠지만 남편은 깨어나지 않았다. 잠시 후 남편의 얼굴이 새까매지더니 코에서 피가 흘러 내렸다.

나는 방을 뛰쳐나가 마당에 나가서 소리쳤다.

"우리 애 아빠가 이상해요."

옆방에 세 들어 살던 사람들이 다 깨어 모였지만 소용이 없었다.

불현듯 스치는 생각이 있었다. 병원이 그리 멀지 않은 곳에 있었기 때문에 나는 잠옷 바람에 맨발로 뛰어나가 의사를 깨웠다. 의사를 모시고 왔는데 심장마비라는 사인을 말하는 게 아닌가! 순간 의식을 잃고 말았다.

일민이 여섯 살, 영민이 네 살, 우성이는 태어난 지 여덟 달 되었는데 어쩌란 말인가?

시어머니와 아들 셋을 데리고 전세 놓았던 50만 원과 퇴직금 50만 원을 남기고 무심한 내 님은 그렇게 가버렸다. 서른네 살의 남자가 어머니와 처자식을 줄줄이 남기고 세상을 떠났다. 갑작스런 남편의 죽음으로 나는 정신을 차릴 수 없었다. 정신을 차려 보면 장례식 준비로 웅성웅성하고 모두가 불쌍하여 나를 위로하면 함께 붙잡고 울다가 계속해서 정신을 잃곤 했다.

장남 일민이는 마침 그해 설날에 양복 한 벌을 사 줬는데, 시어머니께서는 일민이가 '맞상주'라고 하시면서 맞지 않는 베옷 대신에 양복을 입히라고 하셨다. 일민이는 아빠가 돌아가신 걸 아는지 모르는지 새 양복을 입으라고 하니까 얼른 입고는 수돗가에 가서 머리에 물을 묻히고 가지런히 빗어 내리며 거울을 보고는 만족스런 표정을 짓더라는 것이다. 그 모습을 보고 있던 조문객들은 소리 내어 함께 울었다고 한다.

"저 녀석이 맞상주? 저렇게 어린 것들을 두고 떠나다니….."

너도 나도 한마디씩 하고는 호주머니를 뒤져 천 원짜리 한 장씩을 일민이의 양복 호주머니에 찔러 주었는데, 이 철없는 아들은 갑자기 모이는 천 원짜리 헤아리기를 몇 번이고 반복하면서 호주머니에 넣었다 뺐다 하더란다. 그 모습이 가장 가슴 아팠다고 훗날 다섯째 동생이 말해 주었다.

남편의 직장이었던 서울시청에서 벽제에 장지를 마련해 주어 장례를 무사히 치를 수 있었다. 나는 계속 정신을 차리지 못해 벽제 산소에도 가질 못했다.

하늘은 무너졌고 앞날이 캄캄했다. 오로지 죽고 싶다는 생각밖에 없었지만 아이들을 생각하니 지푸라기라도 움켜잡아야 했다. 그러나 어디서부터 어떻게 시작해야 할지 도무지 갈피를 잡을 수 없었다.

살아가야겠다

삼우제를 지낸 다음날부터 직장 취직 문제로 상복을 입고 하얀 핀을 머리에 꼽고 여기저기 뛰어다녔다. 이제 울 겨를도 없었다. 처음에는 갑작스런 일이 일어나 정신을 잃고 쓰러지곤 했지만, 장례를 치르고 나니 이제는 어머니와 세 아들을 위해 이를 악물고 살아야겠다는 생각이 들었다.

감사하게도 서울시청에서 내 취직 자리를 알아봐 주었다. 그러나 배움이 부족해 사무직은 할 수 없었던 나는 당시 시청 관할이었는지 어린이대공원의 관리직으로 추천되어 취직되었다. 이때 나는 내가 중학교에 진학하지 못했던 것이 못내 아쉽고 부모님이 또 원망스러웠다.

남편이 하늘나라로 간 후 고달픈 생활이 이어졌다. 아침 일찍 식구들의 밥을 해 놓고 출근했다가 퇴근해서 돌아오면 허리가 굽으신 시어머님과 아이들의 눈이 쑥 들어가 있었다. 언제까지 이렇게 살아야 할지 슬펐다. 당시 몸도 좋지 않아 기침이 나곤 했다. 남은 우리 식구 모두에게 힘든 시기였고 한동안은 죽고 싶다는 생각을 떨칠 수 없었다.

남편은 참 내성적인 사람이었지만 사람을 깊이 사랑할 줄 아는 사람이었다. 남편은 나를 많이 사랑해주었다. 물론 부모 공경도 끔찍했고 자식 사랑이나 동기간 사랑도 지극했다. 남편은 쉬는 날이면 여느 남자들처럼 놀러 나가지 않고 집안일을 도와주었다. 아내가 애들하고 너무 시달린다고 일요일만이라도 편히 쉬어야 한다며 많이 도와주고 다정다감하게 아내를 위하던 사람이었다. 그렇게 자상했던 남편과 지낸 시간이 꿈만 같았다.

대공원 업무는 아침 일찍 출근하여 화장실 관리를 맡아 보는 것이 전부였다. 내가 맡은 곳은 한적한 곳이어서 일은 어렵지 않았다. 그러나 아이들과 함께 걸어오는 가족을 보면 혹 남편이 아이들과 함께 찾아오는 것 같아 착각하기 일쑤였고, 밤에 골목길을 걸어가는 구둣발소리는 남편이 퇴근해서 돌아오는 소리로 착각한 것이 한두 번이 아니었다. 도대체 정신을 차릴 수가 없었다.

그렇게 모두가 힘든 생활을 근근이 이어가던 중 시어머님이 너무 힘들어하셔서 네 살 난 둘째 영민이를 친정에 보내기로 했다. 당시로는 달리 다른 선택을 할 수 없었다. 일민이는 학교에 보내야 했고 막내는 너무 어렸기 때문이다. 친정에 보낸 둘째 영민이가 너무나 보고 싶고 영민이에게 미안한 마음에 너무 괴로웠다. 친정어머니가 잘 돌보고 계셨지만 늘 일이 많아 바쁘셨고 네 살배기가 농촌 실정을 알 리 없었다. 하루는 그 어린 것이 외양간 옆에 있는 소 오줌독 위에 개구리를 잡는다고 들어가 빠져서 큰일 날 뻔했다는 얘기를 들었을 때는 가슴이 미어졌다.

친정어머니도 힘들어하시니 친정어머니에게만 맡겨둘 수가 없었다. 하다못해 다시 서울로 올라왔다. 그때 마산에 살던 넷째 동생의 주선으로 다섯째 동생이 방송통신대학 공부를 하면서 국민학생들 과외를 하고 있었는데, 어느 날 서울에 올라와 우리의 딱한 사정을 보고는 둘째 영민이를 데리고 간다 했다. 다섯째 동생이 공부하랴 과외 학생 가르치랴 영민이 돌보랴 고생이 많았다.

나중에 들은 얘기지만, 다섯째 동생이 우리 영민이를 마산에 데리고 간 이유는 불쌍한 언니의 형편도 딱했지만 세 손자를 돌보면서 쩔쩔매시던 할머니의 굽은 허리가 너무 안쓰러워 자기가 데리고 갈 용기를 내었다는 것이다.

영민이는 옆집에 살던 동갑내기 남자애들과 잘 어울려 놀았다. 하루는 이 아이들이 가게에 가서 돈을 내고 빵을 사서 먹었는데 영민이는 돈을 내는 것은 못보고 자기도 덩달아 빵을 하나 꺼내 먹었더란다. 가게 주인은 영민이를 딱하게 여겨 말도 못하고 이모인 다섯째 동생에게 사실을 얘기하여 민망하게 만든 적도 있었다는 이야기를 나중에 들었을 때 가슴이 타들어가는 것만 같았다.

영민이는 마산에서 1년을 다섯째 이모 밑에서 같이 지내다가 학교 입학을 앞두고 서울로 올라왔다.

처녀인 다섯째 동생이 영민이를 1년이나 돌봐 준 것은 지금도 잊을 수 없다. 다섯째 동생은 그때의 인연으로 지금까지 영민이에게 많은 관심과 사랑을 주고 있으니 고마울 따름이다.

왕십리에서 직장이 있는 구의동까지 출퇴근을 하는데 멀미가 너무

심했다. 구의동으로 이사를 갔다. 주인은 살지 않고 독채 전세를 얻은 분이 우리에게 방 한 칸과 부엌을 또 전세로 내놓은 집이었다. 갓 지은 집이라서 큰 불편은 없었으나, 독채 살던 분이 집 관리를 잘 못한다며 집 주인이 팔아야겠다고 나가달라 하여 또 이사를 할 수밖에 없었다. 반지하에 방 두 칸을 얻었다.

하루는 대공원 벤치에 앉아 쉬고 있는데 누군가에게 들은 "주 예수를 믿으라."는 말이 귓전에 울려 문득 교회에 가야겠다는 생각을 했다. 어려서 주일학교에 다닌 적이 있었다. 성경 사도행전 16장 31절 "주 예수를 믿으라. 그리하면 너와 네 집이 구원을 받으리라." 이 말씀이 귓전에 울렸다. 같은 동네 사는 친척 동생과 중곡동 장로교회에 나가게 되었다.

교회에 가면 맨 앞자리에 앉았다. 목사님의 설교를 들을 때마다 모든 말씀이 나를 두고 하는 것 같아 설움이 북받쳤고 우는 게 일이었다. 참 많이 울었다.

어느 겨울이었다. 그날은 두터운 검정 옷을 입었던 것 같다. 수요 저녁예배를 드리고 돌아오는 길 밤 9시쯤이었던 것 같다. 신호등이 녹색으로 바뀌어 횡단보도를 건너던 중 미처 나를 보지 못했는지 달려오는 택시가 날 들이받아 날아오르는 기분이었다. 그리고는 정신을 잃었다. 이튿날 깨어 보니 병원이었다. 머리가 많이 부었고 어깨를 다친 것 같은데 영 몸을 움직일 수가 없었다. 내가 다니는 어린이대공원 소장님이 병문안을 오셨는데 나중에 알고 보니 그분은 영락교회 권사님이셨다. 소장님 부부가 함께 오셔서 기도를 해주시고 가셨는데 직장에서 말단 청소부에 불과한 나를 찾아와 주시니 너무나 황송하고 감사했다. 서울에서 살고 있는 형제들이 찾아왔고 어려운 형편에 처한 나를 물심양면으로 도와주었다.

교통사고를 당하고 입원한 병원은 개인 병원이었다. 치료를 받았지만 너무나 고통스러웠다. 고통 중에 부러진 어깨뼈가 붙지 않은 사실을 뒤늦게 알게 되어 다시 을지로에 있는 백병원에 입원했다. 백병원에서 허리의 뼈를 어깨에 이식하는 수술을 받았다. 8개월을 더 고생해야 했다. 시어머님은 굽은 허리 추스르기도 힘드실 텐데 병수발 하랴 아이들 챙기시랴 너무나 고생이 많으셨다. 죄스러웠다. 병원에 누워 있는 내게 비할 것이 못되었다. 친정 식구들과 시누이가 도와주었지만 사는 것이 너무 힘들었다.

방 두 칸을 얻었으나 두 칸이 필요치 않아 하나는 세놓고 살다가 어린이대공원 옆 동네로 다시 이사하게 되었다. 주인집 아이들이 형제였는데 우리 아이들하고 한 살 아래 터울이었다. 안주인이 사람이 좋아서 세 들어 사는 집 같지 않았다.

일 년쯤 되었을까? 안주인은 좋은 집으로 이사 간다고 같이 가자고 해서 그리 멀지 않은 집으로 함께 이사하게 되었는데 세를 올려 받지도 않았다. 앞마당에 잔디와 정원이 있는 전망 좋은 집이었다. 거실도 우리 방하고 통해 있는데 마음대로 통하게 하고 안주인은 매사에 우리에게 호의적이었다. 여름이면 정원에 고무통 몇 개를 놓고 아이들이 물장난할 수 있도록 해주는 등 정말 좋은 분이었다. 시어머님과도 서로가 도움을 주며 잘 지내셨다.

안주인과는 추억이 많다. 하루는 안주인이 동사무소 직원에게

"젊은 아줌마가 시어머니 모시고 고생을 하시는데 뭐라도 도와주라 부탁해야겠다."

고 하는 말을 들었다. 며칠 후 직원이 나왔는데 나는 절대 '영세민'은 하기 싫다고 분명하게 거절했다. 사진을 달라고 하여 무심코 주민등록 사진을 내주었다.

며칠 후 5월 8일 어버이날이었다. 그날도 출근하려고 도시락을 가지고 막 나가려는데 구의동사무소 직원이 찾아왔다. 손에 든 도시락을 놓고 빨리 자기 따라 오라고 하여 무작정 동사무소로 따라갔다. 대형 버스가 기다리고 있었다. 안에는 할아버지, 할머니가 많이 타고 계셨다. 버스에 타라는 동사무소 직원의 재촉에 아무 영문도 모른 채 버스에 올랐다. 버스는 시민회관 별관에 도착했다.

행사장 안내를 맡은 직원이 다짜고짜 왜 늦게 왔느냐, 옷차림이 그게 뭐냐고 말했다. 다른 사람들은 한복을 입고 머리에 고데를 하고 예쁘게 하고 왔는데 나는 검정 바지에 흰 블라우스 차림이었다. 성동구 11개 동에서 뽑힌 '장한 어머니들' 중에 나를 대표로 상 받는 연습을 시켰다. 아무 영문을 몰랐던 터라 시키는 대로 했지만 도대체 감을 잡을 수 없었다.

당시 구자춘 서울시장이 열한 명을 세워 놓고 '장한 어머니' 시상식을 했다. 상품이 있었다. 상품을 받고 내려오니 주최하는 곳에서 점심도 주고 공연도 할 거라고 했다. 그러나 나는 직장에 손님이 많이 오는 날이어서 시상식만 마치고 뒤돌아 나왔다. 대공원에 돌아와 상품을 열

어 보니 시장 이름이 박혀 있는 탁상시계였다. 내 사나운 팔자에 주어지는 상이라 생각하니 쓴웃음이 나왔다.

어느 날인가 직장에서 퇴근하는데 식은땀이 나면서 쓰러질 것 같았다. 집에 돌아와 시어머님께 힘들고 식은땀이 난다고 말했다. 시어머님은 시장에 가서 닭 한 마리 사다 고았고 저녁 늦은 시간이라 나만 한쪽 다리를 떼어 먹게 하셨다. 이튿날 아침을 준비하는데 고아 놓은 닭냄비를 열어 보니 아무것도 없었다. 전날 밤 주인집 고양이가 다 먹어버린 것이다. 뒤늦게 이 사실을 알게 된 안주인은 키우는 닭 세 마리가 있었는데 고맙게도 암탉을 잡아주었다. 안주인은 마음이 곱고 좋은 분이었다. 종종 우리 아이들까지 데리고 어린이대공원에 와서 놀다 가곤했다. 마음 씀씀이가 넓은 분이었다. 일 년인가 그 곳에서 살았다.

그때는 너무 없이 살아서 아이들에게 용돈이란 것을 주어 보지 못했다. 광장국민학교를 다니던 일민이가 종종 시어머님의 지갑에 손을 대었다. 한번은 여름이었는데 퇴근하여 집에 돌아와 보니 일민이가 집에 들어오지 않아 밤잠을 설치고 교회에 새벽기도 하러 갔다. 교회 옆 공터에 돗자리 깔고 어떤 할아버지가 주무시는데 일민이가 그 옆에 웅크리고 잠들어 있었다. 얼마나 반가웠는지 모른다. 집에 데려와 자초지종을 물으니 뚝섬 유원지에 돈 몇 푼 가지고 놀러가서 물놀이했는데 속옷이 젖어 혼날까봐 들어오지 못했다며 울먹거렸다.

남편이 하늘나라로 간 지 몇 년이 흘렀다. 대공원 일은 화장실 관리에서 식물원 식물을 관리하는 일로 바뀌었다. 청소하는 일에 비하면 많이 편한 일이었다. 교통사고를 당해 몸이 아팠고 아이들 일로 속 썩으면서 살았지만 그런대로 서울 생활은 차츰 자리를 잡아갔다.

그 무렵 남동생 형로가 시골 풀무학교 기숙사로 내려오는 게 좋겠다고 전해왔다. 어떻게 하는 게 좋을지 고민이 되었다. 어떤 이는 아이들 교육시키려면 도시에 살아야 한다 했고, 어떤 이는 친정 가까운 곳에서 애들과 함께 살면 좋아진다고 하는 이도 있었다.

그러던 어느 날, 시골에서 보리밭 길을 리어카를 끌고 가는 꿈을 꾸었다. 좁아서 도저히 갈 수 없는 길인데도 한 여자가 리어카를 끌고 걸어가는 꿈에서 깨어 가만히 생각하니 시골로 가는 것도 괜찮을 것 같았다. 하늘 없는 서울에서 사는 것보다는 그 편이 나을 것 같았다. 귀향하기로 결정했다.

가을 어느 날, 시골로 가기 위해 이삿짐을 싸는데 형제들이 찾아왔고 시댁 큰 당숙도 오셨다. 시어머님은 시누이 집으로 가기로 하셨으나 아이들과 헤어지는 것이 못내 서운하여 우셨다. 고맙게도 안집 주인은 쌀 한가마니를 살 수 있는 돈을 해 주었다.

그 해 일민 열 살, 영민 여덟 살, 우성 다섯 살이었다.

풀무학교 숨비소리

스물다섯 살에 결혼해 서른한 살에 남편을 먼저 하늘나라로 보냈다. 그리고 서른네 살에 아이 셋을 데리고 고향으로 다시 내려왔다.

풀무학교는 우리를 따뜻하게 맞아주었다. 풀무학교 기숙사 식구는 서른 명 정도였는데, 나무를 해 와서 가마솥에 불을 때고 밥을 해 먹었다. 그때 보수는 삼만 원이었지만 아이들과 함께 기숙사에서 생활하니 따로 식비는 들어가지 않으니까 조금씩 돈을 모을 수 있었다.

주옥로 선생님, 홍순명 선생님, 황연하 선생님, 최성봉 선생님 내외분을 비롯하여 풀무 식구들로부터 많은 도움을 받았다. 서울 어린이대공원의 일보다는 어려웠지만 아이들과 함께 지낼 수 있어 참 좋았다. 명절이면 주옥로 선생님은 찾아오셔서 아이들 양말 사 주라고 꼭 봉투를 놓고 가셨다. 홍순명 선생님 사모님과 임인영 선생님에게도 많은 도움을 받았다. 애들 아빠 기일이 되면 임인영 선생님이 오셔서 같이 기도와 위로를 해 주셨다. 이승진 사모님은 저 어린 것들 데리고 어떻게 살 거냐며 내 손을 꼭 잡고 밤늦게까지 기도해 주셨다.

기숙사 일은 쉽지 않았지만 기숙사 학생들과 지내는 것 자체가 즐거운 일이었다. 정승관 선생님과 오홍섭 선생님은 당시 총각 선생님이었고, 김희옥 선생님은 처녀 선생님이셨는데 기숙사에서 좋은 사감 역할을 해 주셨다. 학생들과 함께 청소하고 정리하지만 제대로 되지 않을 때가 많았는데, 그때마다 김희옥 선생님은 광과 부엌을 묵묵히 치워 주셔서 너무 고마웠다.

풀무학교에서 영어를 가르쳤던 미국 분 캐빈 선생님은 외국 분이면서도 마음을 많이 써주었다. 기숙사 김장이나 장을 담을 때 몸살이 나곤 했는데 그 당시는 큰 연탄을 사용했고 헛간에서 그 무거운 연탄을 나르는 게 보통 힘든 일이 아니었다. 캐빈 선생님은 힘들어하는 내 모습을 언제 보았는지 내가 없는 사이에 항상 큰 연탄을 열 장씩 부엌에 옮겨 놓아 주곤 했다. 나는 그런 캐빈 선생님이 너무 고마워서 광목 실로 다이아 무늬를 넣은 메리야스를 짜 준 적이 있다. 당시 캐빈 선생님은 몸에 살이 없어 내가 짜 준 메리야스 실이 살에 배겼는가 보다. 자기 등을 손으로 가리키며 "엄마, 아파요." 말하면서도 그 옷을 아주 좋아했다.

당시 풀무학교 기숙사에서는 먹는 게 부실했다. 고기라고는 한 달에 동태 한 번 먹으면 잘 먹는 거였다. 가마솥에 누룽지는 기숙사생에게 더 없는 간식이었다.

우리 세 아이는 시골생활을 마냥 즐거워했다. 생각하면 감사한 일이 아닐 수 없다. 큰아들 일민이는 초등학교에서 반장도 하고 일요일에는 교회도 나가면서 서울에서보다 훨씬 명랑해졌다.

나는 매주 일요일 풀무학교에서 열리는 무교회 집회에 참석하게 되었는데, 여느 교회 같지 않고 예배를 드리는 것이 달랐다. 처음에는 서울에서 다니던 교회와 비교가 되어 이상했으나 곧 이 모임이 진실한 모임이란 것을 느낄 수 있었다. 주옥로 선생님은 보기에도 인자하시고 정말 사랑이 많으셨다. 아랫사람들에게도 겸손하고 인자하게 사랑으로 대하셨다. '아, 예수 믿는 사람들은 다 저럴까.'라는 생각이 들 정도였다.

풀무학교에서는 일 년에 두 차례 무교회 전국 집회가 열렸는데, 아이들을 위한 성경 학교도 함께 운영해 아이들이 좋아하니 나도 식사를 준비하며 참석할 수 있었다. 집회에서 노평구 선생님 말씀을 들으면서 내가 저런 분하고 한자리에 있다는 게 너무 감사했다. 무교회에서는 모두들 정말 진지하게 한 말씀 한 말씀을 전해 주시니 집회 갔다 오면 정말 은혜스러웠다. 집회를 통하여 하루하루 감사한 마음이 가득해졌고 생활의 어려움조차 이겨낼 수 있는 힘이 되었다.

당시 풀무학원 이사장은 일심병원 원장이셨던 최태사 선생님이었다. 최 선생님은 눈이 왔는데도 힘든 일을 한다며 산꼭대기에 있는 기숙사를 찾아오셔서 위로해 주시곤 했다. 그 후로 나는 아플 때 서울 일심병원에 다니곤 했는데, 최 선생님은 정말 인자하셨고 여러 사람들을 돌봐주시는 좋은 분이셨다. 몸이 아픈 우리들 몇몇이 몰려 가면 금방 낫는 것 같이 말씀을 하셨다. 더욱이 당시 일심병원에는 풀무 수업생들이 간호사로 있어서 우리는 편안히 병원을 이용할 수 있었다. 내가 기숙사에 있는 3년 동안 최 선생님은 학교에 다니러 오시면 꼭 기숙사를 찾아오셔서 어려운 일 한다고 위로해 주시고 건강은 좀 어떻냐고 물어 주셨다. 아플 때 일심병원 갔다 오기만 하면 최 선생님의 정성과 치료로 몸과 마음의 병이 다 나았다.

지금 풀무 교사로 있는 김현자 선생님은 그때 고3 학생이었는데 몇 개월 같이 살았다. 무엇을 먹던지 다 맛있다며 내게 용기를 북돋아 주면 나는 남아 있는 누룽지로 고소한 시간을 함께 보내기도 했다.

홍순명 선생님은 우리 가족은 물론 학생들에게도 인자하셨고 점잖으셨다. 홍 사모님 또한 형제같이 돌봐주시고 가족처럼 의지하게 도와주셨다. 이외에도 유명약국 이승자 사모님, 최어성 선생님 내외분 등 많은 분들로부터 잊지 못할 감사의 도움을 받았다.

풀무 기숙사에서의 3년 생활은 그렇게 많은 분들의 도움으로 행복한 시간을 보낼 수 있었다. 진정한 하나님을 알게 되고 성경에 눈을 떴다. 이 모든 것이 하나님의 은혜가 아닐 수 없었다.

모두랑 세월

어느 날 홍동면 소재지에 있는 함석집을 판다는 소문을 들었다. 아이들은 점점 커 가고 있었고, 약한 몸에 풀무학교 기숙사 일이 힘에 부쳐 계속 지낼 수가 없었기에 결단을 내려야 했다.

알아 보니 구백만 원이 필요했다. 그간 모아온 돈으로는 좀 부족해서 변통을 했다. 친정아버님이 오십만 원, 정승관 선생님으로부터 오십만 원, 다섯째 동생한테 육십만 원을 빌려 집을 살 수 있었다.

이렇게 해서 1982년 풀무 기숙사에서 홍동면소재지로 이사했다. 꿈속에서 늘 그리던 집을 사게 된 것이다.

우리가 산 집은 지붕은 함석이고 자전거를 고치는 상점이었는데, 나는 그냥 살림집으로만 생각해서 그 집을 산 것은 아니었다. 장사를 겸해 볼까 해서 집을 샀는데 무턱대고 덜컥 집을 사놓고 보니 장사라는 것은 해본 일이 없어 난감했다. 그래도 막상 시작한 것 열심히 해보겠다고 마음을 먹었다.

가게 이름을 '모두랑'이라 지었다. 이번에도 풀무학교의 도움이 있었다. "모두가 함께한다"는 뜻의 '모두랑'이라는 이름을 풀무학교 수업생인 이번영 씨가 정해 주었다. 그리고 당시 풀무학교에서 목각을 가르치시던 이창우 선생님은 모두랑 상호를 목판에 새겨 개업 선물로 주셨다. 이 목판은 모두랑 가게 안에 늘 걸려 있었다.

라면과 핫도그로 장사를 시작했고 곧 칼국수와 비빔밥을 팔았다. 아이들 교육상 저녁 장사는 되도록 피했고 술도 취급하지 않으려고 노력했지만 농촌 식당이라서 쉽지 않은 일이었다. 장사하는 일이 힘들었으나 그래도 칼국수는 잘 팔렸다.

식당이 그런대로 잘 운영되어 생활이 점차 안정되었다. 고맙게도 아이들은 학업에 열중하고, 시누이와 사시던 시어머님도 다시 모실 수 있게 되었다.

시어머님은 홍북에 있는 절에 다니시며 불공을 드리셨지만 좋은 일이 없었다며 열심히 읽던 불경 대신 성경을 찾으시면서 말씀하셨다.

"우리 며느리가 혼자 살면서도 용기를 잃지 않고 열심히 사는 게 하나님의 힘이라는 생각이 들었다. 한 집안에 두 신을 모신다는 것은 옳지 않으니 내가 너 믿는 하나님을 믿어 볼란다."

어머님의 조용한 말씀에 너무 고마워서 마음속으로 한없이 울었다. 우리 어머니는 보통 사람들처럼 가끔 절에 가서 불공을 드리는 것이 아니라, 두꺼운 불경을 머리맡에 놓으시고 날마다 몇 장씩 읽는 분이 셨기에 나는 더욱 가슴이 미어지고 한편으로는 시어머님의 그 결단이 한없이 감사했다. 그날로부터 어머니는 불경이 있던 자리에 성경을 올려 놓으시고 쉴새없이 읽으시면서 쌓인 한을 풀어 가시는 것 같았다.

풀무 식구들을 비롯하여 홍동 지역 여러분들, 동창들, 정농회 회원님들의 관심과 도움이 없었다면 어려운 과정을 이겨낼 수 없었을 것이다. 부족한 가운데 모두랑 식당을 애용해 주었기에 내 삶이 이어질 수 있었다. 홍성군 중고등학교 선생님들, 청운대와 혜전대학교 선생님과 학생들이 많이 오시고 홍동 면민들이 모두랑을 많이 찾아 주셔서 장사가 잘 되었다. 내 삶에 정말 잊지 못할 지역의 손님들이다. 모두랑 추어탕이 다른 식당과는 다르게 맛있다며 멀리서도 찾는 분들이 계셨다. 도움을 주신 모든 분들의 가정에 하나님께서 함께하시기를 간절히 소망하며 기도한다.

혼자의 몸으로 모두랑을 운영하면서 세 아들을 키우고 보기 좋은 이층 건물로 부러움을 사기도 했는데, 모두랑의 뒤끝은 좋지 않았다. 둘째 아들의 잠깐의 허욕으로 나의 모든 고생과 보람이 고스란히 담겨 있던 모두랑이 떠나갔지만 후회하지는 않는다. 아깝게 모은 전 재산이 날아갔다 해도 그동안 나에게 친절하게 해 준 사람들에게 빚을 지지 않고 잘 정리한 것만도 감사할 일이다. 생각하면 기가 막히는 일이고 한없이 안타까운 일이지만, 내 자식과 관련된 일들이 조용히 해결된 것만도 다행이고 우리 자식들에게는 지울 수 없는 큰 교훈으로 남아 있기를 바라는 마음이다.

나의 자랑이자 재산

부족함이 많은 속에서도 우리 세 아이는 몸도 마음도 잘 커갔다. 어느 해인가 가정의 달 5월에 아이들이 중학교와 초등학교를 다니는데 두 학교에서 상 받으러 오라 해도 가지 않았다. 바쁜 하루 일과를 쪼개어 학교에 가는 것도 어려웠고, 전에 상 타 본 경험이 있어 그런 일로 남들 앞에 서는 것이 싫었다.

첫째 일민이는 공부를 잘하는 편이었다. 서울서 광장초등학교 다닐 때도 반에서 15등을 했고, 홍동에 와서는 초등학교와 중학교 때 반장을 하기도 했다. 중학교를 졸업하고 남편의 모교인 홍성고등학교에 입학했다. 입학시험도 잘 봐서 600명에 23등으로 입학했다. 그런데 입학한 후에는 주춤하기 시작해 성적이 100등까지 떨어졌다. 1학년 1학기를 마치더니 병이 나서 홍성의료원에 입원하게 되었는데 학교 친구들은 여럿 병문안을 왔으나 담임 선생님은 오시지 않아 아쉬웠다.

그런데 풀무학교에서는 많은 분들이 병문안을 와 주셨다. 이때 일민이는 학교를 옮길 생각을 했던 것 같다. 여름방학이 끝나고 바로 풀무학교로 전학하겠다고 했으나 학교에서 반대하는 모양이었다. 부모 동의가 있어야 한다고 하여 홍성고등학교를 찾아갔다. 마침 교장실에 풀무학원 수업생 이병학 선생님이 계셨다. 이병학 선생님은 풀무학교도 괜찮은 학교라고 학교 측에 설득해 주셔서 풀무학교로 전학하게 되었다.

일민이는 풀무학교 졸업하고 대학 시험을 치렀으나 합격을 못하여 재수를 시켰다. 서울 종례 동생 집에서 몇 달인가 기숙하면서 학원을 다녔는데 어느 날 행방을 모르게 없어졌다고 연락이 왔다. 일주일이 지나도 소식을 몰라 잠을 설치고 먹지도 못해 일을 할 기력이 없었다. 대천에 계신 유원상 선생님(풀무집회에 다니시던 무교회 선생님)께서 찾아오셔서 속상한 얘기를 들어주시고 새벽 2시까지 함께 예배를 드렸다. 잠깐 책상에 엎드려 잠이 들었다가 일어나 보니 선생님이 안 계셨다. 유 선생님은 아침 대접을 받을 것이 폐가 될까 걱정되어 몰래 가신 것이었다.

유원상 선생님은 여기저기 수소문하여 "모친이 위독하여 서울 모 병원에 입원해 있노라." 거짓 전보를 쳤다. 이 소식을 듣게 되어 일민이가 돌아왔다. 그간 무엇 하였더냐 물었더니 순창에 사는 노비봉 선생님 댁에 찾아가 기거하며 공사판 노가다도 하고 농사일도 했다고 했다. 일민이는 그 후로 공부를 하지 않고 여러 직장을 다니다가 군 입대를 해서 홍성교도소 경비교도대에서 군 복무를 마쳤다.

나는 그 후로 심장병이 생긴 것 같다. 남들이 싸우는 것만 봐도 심장이 뛰고 속상한 일이 생기면 심장이 거칠게 뛰었다. 일 년여 약을 복용했다.

이제까지 어미에게 듣기 싫은 말 한마디 한 적 없고 아비 없이 자라서 기를 펴지 못한 큰아들 일민이. 아무 것도 없는 집안에 시집와서 이제껏 고생만 한 큰며느리 경순에게 정말 미안한 마음이다. 시골 일을 해본 적 없을 텐데 유기농업을 한다면서 몸뻬 바지 입고 장화 신고 이리저리 뛰어다니며 힘들어하는 모습을 볼 때 가슴이 아프다 못해 시리다. 큰아들 내외가 분가하여 지금까지 집 장만도 못하고 어렵게 생활하는 모습을 보면 마음이 아프다. 그러나 사람을 살리는 유기농업을 통해 좋은 먹을거리를 생산해 내는 며느리의 모습이 한편으로 장하다. 다만 너무 욕심 내지 말고 몸 생각도 하면서 농사일을 했으면 하는 바람이고, 시어미가 되어 아무 도움을 주지 못해 미안할 따름이다.

장손녀 고운이는 어려서부터 영리하고 예쁘게 자라서 홍성여고와 혜전대학을 졸업하고 지금은 서울여자간호대학에서 2학년 과정을 공부하고 있다. 형편이 넉넉지 않은 가운데서도 열심히 공부하여 자기의 진로를 잘 찾아나서는 손녀딸이 정말 대견스럽고, 할머니 건강을 늘 챙기고 걱정해 주는 마음이 기특하다. 믿음직스럽고 건강하게 잘 자라는 손자 농인이의 모습을 볼 때는 또 다른 든든함으로 참으로 흐뭇하다. 농인이는 대전에 있는 침례신학대학 2학년에 재학 중이고, 모든 면에 흥미와 재능이 있다. 특히 정직하고 교회도 열심히 다니고 있으니 하나님께 감사드린다. 하나님께서 크게 쓰시리라 믿고 기도한다.

둘째 영민이는 언변이 좋고 노래도 잘했다. 초등학교 때 공부는 중간이었지만 정직하고 선생님의 귀여움을 많이 받았다. 중학교 가서는 같은 반에서 공부를 잘하는 여자 친구들을 의식했는지 한때는 막 파고 들면서 열심히 공부했다. 반에서 20등을 하던 아이가 10등을 하더니 5등까지 올랐다. 홍성고등학교에 갈 수 있는 성적이 되었다. 홍성고등학교를 졸업하고는 형편상 대학 진학을 하지 못했다. 애들 작은아버지가 운영하던 웅변학원에서 몇 달 일했지만 오래 하지 못했고, 셋째 이모인 예로 동생이 경영하는 자연식품에서도 일했지만 오래가지 못했다. 그러다가 영민이는 홍동면 면사무소 방위로 군 복무를 마쳤다.

뭐든 잘하는 아들이었지만 어렸을 때 엄마와 떨어져 지낸 것이 상처였는지 마음을 쉽게 잡지 못했다. 일을 지속적으로 하기보다는 노는 것을 더 좋아했다. 제대로 마음을 잡지 못하고 돌아다니는 아들을 불러들여 풀무학교 전공부(풀무학원에서 운영하는 2년제 농업학교)에 다니게 했다. 농사를 짓고 살면서 마음을 잡기 바랐는데 전공부를 졸업하고서도 쉽게 정착하지 못했다. 하지만 다행히도 전공부에서 제 짝을 만났는데, 마음씨 착한 아이였다. 영민이에게 주신 가장 큰 축복이었다.

풀무학교 전공부 2년 과정을 통해 인연이 된 둘째 영민이와 며느리 윤선이는 다석, 다훈, 다연 삼남매를 두었다. 친정아버님의 가르침을 잘 받아 성품과 마음 씀씀이가 곱고 삼남매를 지혜롭게 잘 기르고 있다. 둘째 며느리는 할머니 밑에서 커서 그런지 순하고 그 고운 천성으로 남편에게 싫은 소리 한 마디 못한다. 영민이가 아직 안정된 일자리를 찾지 못해 둘째 며느리가 고생하고 있어 마음이 아프다. 하지만 잘 참고 견디면 하나님이 이 가정을 버리지 않고 인도해 주시리라 믿고 그렇게 되길 간절히 기도한다.

막내 우성이는 초등학교 때부터 미술을 잘했다. 그러다 4학년 때부터 양궁을 배워 그 한 길로 쭉 나아갔다. 중학생이 되어서도 양궁을 계속 했는데, 어느 날은 너무 힘들어하는 기색이 역력했다. 그때 양궁을 같이 하는 우성이 친구 어머니로부터 자기 아들이 쓰러져서 병원에 다녀왔다는 전화를 받았다. 우성이를 불러 학교에서 무슨 일이 있었느냐 물었더니 말하지 않았다. 시어머님이 "우성이가 바지를 벗고 거울에 엉덩이를 비춰 보더라." 하셨다. 결국 우성이는 아무에게 말하지 말라며 바지를 내렸는데 엉덩이에서 허벅지까지 매를 맞아 피멍이 맺혀 있었다. 그 모습을 보니 심장이 내려앉았다. 너무 놀라 당장 학교로 찾아가 양궁이고 뭐고 다 때려치우라 하고 싶었지만 꾹 참아야 했다. 아들과 한 약속을 어길 수 없었고 더군다나 우성이가 양궁을 배우고 싶어하는데 그럴 수가 없었다. 그 일이 있은 후, 우성이가 매를 많이 맞으며 열심히 배워서 그랬는지 대회에서 상을 타오는 횟수가 잦았다.

중학교 졸업할 때 대전체고에서 우성이를 스카우트 하려고 했으나 마침 그때 논산체고가 처음 생겨서 그리로 진학했다. 논산체고를 나온 후에는 경남대를 들어갔고, 대학을 다니면서 양궁 국가대표로 활약했다. 경남대를 나온 후에는 인천시 계양구청 소속 선수 생활을 했다. 선수 생활을 마치고는 태릉선수촌에서 고등부 국가대표 선수들을 가르치는 코치로 활동하다가 지금은 중국에서 활약하고 있다. 아빠 소리도 한번 못하고 자란 막내가 속 하나 썩이지 않고 잘 자라주어서 고맙다.

초등학교 때부터 지금까지 양궁인으로 성실하게 맡은 책임을 완수하기 위해 노력하며 남에게 신세 지지 않고 자기 힘으로 성장한 막내 우성이와 대전이 고향인 셋째 며느리 이지민은 예쁜 딸 이안이를 낳았다. 셋째 며느리가 몸이 약해 걱정이지만 내조 잘하고 손녀 이안이를 잘 기르고 있어 고맙다. 앞으로도 서로 더욱 아끼고 사랑하며 믿음으로 기도하며 생활하길 간절히 기도한다.

고운, 농인, 다석, 다훈, 다연, 이안이 모두 건강하게 자라고 있어 고맙고 앞으로도 예쁘고 건강하게 자라 주기만을 하나님께 기도드린다.

잘 자라 준 세 아들이 나한테는 가장 큰 자랑이고 재산이라 말할 수 있다. 아들 삼형제와 세 며느리, 여섯 손주들이 모두 건강하여 감사하다. 오로지 자식들이 잘 되기만을 하나님께 기도하며 살아왔다. 이제는 우리 세 아들의 가족 모두 하나님께 기도하며 의지하는 가정이 되는 것이 나의 마지막 소원이다.

산 중턱 외로운 집

세 아들이 어엿하게 크고 모두랑 식당도 그런대로 운영이 잘 되고 있었다. 그런데 어느 날부터 허리가 아프고 기운을 차리기가 힘들었다. 식당 일이 고된 탓일까 생각하다 영 나아지질 않아 홍성의료원에 갔다. 진찰 결과 자궁에 혹이 있어 수술해야 한다 하여 갑자기 수술을 받게 되었다. 열흘쯤 입원하여 치료 받고 집에 돌아왔으나 회복이 되지 않아 식당을 외사촌 여동생에게 이년간 세를 놓고, 남동생 형로가 목장을 할 때 지어 놓았던 빈집에서 요양을 하게 되었다. 내 몸이 불편하니 시어머님은 다시 시누이 집으로 올라가시게 되었다.

홀로 기거하게 된 산 중턱 작은 집은 이웃이 멀었고 아이들도 없으니 외로웠다. 비가 내리는 날은 외로움이 더했다. 그럴 때면 나약한 마음을 다잡으려고 간절히 기도를 드렸다.

하나님, 고요한 이 산장에 비가 내리고 있습니다.
주님, 오늘도 저희 곁에 계신지요. 주님만을 의지하고 하루 또 하루 지내지만 너무도 적적해서 외롭기만 합니다. 주님께서는 항상 저의 곁에 계시는데 저의 마음 가운데 아직도 믿음이 적기 때문에 항상 감사와 찬송이 나오질 않습니다.

주님, 이 약하고 죄 많은 인간에게 함께 하소서. 늘 감사할 수 있게 도와주소서. 언제나 내 마음 속에 주님께서 찾아 주시고 마귀 사탄 틈 타지 말게 하시고 성령으로 보살펴 주소서. 저는 약하고 쉽게 넘어지며 주님을 외면하기 쉬운 인간입니다.

하나님 아버지, 오늘도 도와주심을 감사합니다. 이 시간도 주님을 생각하게 해 주시고 아버지와 대화할 수 있는 시간을 주시니 감사합니다. 죄로 인해 죽을 수밖에 없는 인간을 우리 구주 예수님의 십자가 보혈로 구원하여 주심을 감사합니다.

오늘도 마귀 사탄 틈타지 말게 하시고 성령으로 도우소서.

혼자 지내면서 하루라도 지난날을 돌아보지 않은 날이 없었다. 앞으로 어떻게 살아야 할지 앞이 깜깜할 때, 『내촌 전집』을 읽기 시작했다. 어떤 날은 밤을 새워가며 읽었다. 막막하기만 한 내 앞에 내촌 선생님의 말씀은 환한 등불이 되었다. 내 마음은 감사로 가득했다.

나보다 먼저 풀무학교 기숙사 엄마를 하셨던 임명숙 형님은 무교회 집회원이시고 지금은 공주에 사시는데, 늘 내게 힘이 되어 주셨다. 언젠가는 "부서져서 깨닫는 것이 십자가의 도니라."라는 글귀를 직접 붓글씨로 쓰셔서 보내 주셨다. 형님이 써 주신 글귀를 내내 보면서 감사하게 기억하고 있다. 외딴 집에서 홀로 지내던 날에 형님 생각을 많이 했다. 어느 날 밤은 잠이 오지 않아 형님께 편지를 썼다.

형님께 드립니다

추수의 계절인 가을, 아침저녁으로 쌀쌀한 날씨입니다. 그동안 형님께서 건강히 직장에 나가시는지요. 이곳에 저는 기도하여 주시는 덕분에 무사히 지내고 있습니다. 우리 삼형제도 저희들 맡은 바 건강히 충실하고 있습니다.

형님은 몸도 약하시고 직장 생활이 어려우실 텐데도 주님의 도우심과 믿음으로 씩씩하게 생활하고 계시겠지요. 저는 오랜 시간 헤매었습니다. 인간이기 때문일까요. 믿는다고 말로만이지 믿음이 없기 때문에 헤매었습니다. 하기 집회 이후로도 몇 달 동안 저는 세상적인 생각에 고민하고 괴로운 생활을 했지요. 그러나 우리 하나님은 그 고난을 통하여 평안을 주십니다.

유원상 선생님 엽서를 읽고 쓰고 하면서 이제 조금이나마 하나님께서 우리를 얼마나 사랑하시는지 성서를 통해 알 수가 있습니다. 유 선생님 엽서에 "우리는 생활이 예배가 되고 우리는 성전"이라는 말씀을 이제서 깨우치게 되었습니다. 지난날들이 죄에서 벗어나지 못하고 헤매었습니다.

요즘엔 감사와 찬미로 주님께서는 항시 도와주시고 언제나 같이 하심을 믿습니다. 짐승들도 다 잘 자라고 있고 개들이 새끼 나서 열다섯 마리가 되었습니다. 다 하나님께서 주신 것이겠지요.

언제 시간 없으신지요. 밤을 좀 땄습니다. 시간 내어 다녀가세요.

존경하는 시어머님

시어머님이 다시 시누이 집으로 가신 지 일 년여 지났을까? 시어머님이 드신 음식이 잘못되어 병원에 입원하셨다는 소식이 왔다. 일간 병문안을 가야겠다고 마음먹었는데 노환이 겹쳐 병원에서 퇴원하여 시누이 집에 계신다고 다시 연락이 왔다.

가만히 있을 수가 없었다. 군 복무 중인 일민이에게 외박을 나오라 통을 넣어 함께 찾아갔다. 시누이도 식당을 하고 있었고 살림살이가 어려웠다. 시어머님은 작은 골방에 난로를 켜고 누워 계셨는데, 의식은 있으나 눈을 뜨지 못하시고 식사를 전혀 못하는 상황이었다. 애처롭고 불쌍한 마음에 울컥했다.

돌아가실 날이 얼마 남지 않았다고 느꼈다. 돌아가실 수 있는 준비를 해야겠단 생각이 드는데 시골 식당 집은 이미 세를 놓았고 내가 살고 있는 외딴집으로 모실 수도 없는 노릇이었다. 이리저리 궁리하다 애들 작은아버지에게 통을 넣어 작은아버지 집에 모시고자 했지만, 그 또한 쉬운 일이 아니었다.

김희옥 선생님을 비롯해 풀무학교 선생님들이 "집이 작으면 어떻느냐, 그곳에 모시는 게 좋을 것 같다."고 하셔서 모시게 되었다. 모든 걸 풀무학교 식구들이 결정해 주셨다. 결국 내가 요양하고 있는 외딴집 단칸방으로 모실 수밖에 없다고 결론을 내렸다.

일민이와 함께 밤새 시어머님을 간호하고 이튿날 일민이가 귀대해야 해서 내려왔다. 다시 방위 받고 있는 영민이를 앞세우고 서울에 올라가 시어머님을 모시고 내려오는데 봉고차가 너무 흔들려 나는 시어머님을 꼭 껴안고 오면서 북받쳐 오르는 슬픔을 참을 수 없었다.

외딴집에 도착한 후 의식이 미미한 시어머님은 미음을 드려도 잡수시지 못했다. 그날 저녁 교회 식구들이 찾아와 예배를 드리는데, 시어머님은 눈은 감은 채 음성이 나오지도 않지만 입술은 찬송가를 따라 부르셨다. 이튿날 친정아버님이 찾아오셔서 인사하시는데 알아보시면서 분명치 않은 작은 목소리로 죄송하다 하시며 입을 움직이셨다.

사월, 봄이 싹트는 시기였고 뒷산에 진달래가 이곳저곳 피었다. 진달래꽃을 꺾어다 시어머님께 드렸더니 손으로 꽃잎을 잡으시고 콧등에 대며 감사하다고 말씀하셨다. 봄처럼 환한 얼굴로 회복되셨으면 하는 마음이 생겼다. 우성이와 일민이가 보고 싶다 하셨는데, 우성이는 멀리 경남대학에 다니고 있고 일민이는 군 복무중이어서 오지 못한다고 말씀드렸다.

친정아버님은 곧 돌아가실 것 같으니 마음의 준비를 해야겠다고 하시며 장지 문제를 알아보기 위해 내려가셨다.

해가 서쪽으로 기울어 어스름이 내릴 즈음, 시어머님의 호흡이 이상해졌다. 영민이가 시어머님을 꼭 껴안고 의식이 돌아오길 바랐지만 그만 영민이 무릎에서 돌아가시고 말았다. 하늘이 무너져 내리는 것만 같았다.

어떻게 일을 대처해야 할지 몰라 걱정하고 있는데 아버지와 남동생 형로를 비롯한 친정 식구들이 와서 도와주고 밀알교회 목사님과 황창익 집사님이 시어머님의 염을 해 주셨다. 풀무 식구들을 비롯하여 동네 분들이 찾아와 문상해 주셨고, 고덕면 오추리 시댁 아주버님께서 장지를 내 주셔서 그곳에 모셨다. 풀무학교 선생님들과 친정 식구들이 장지인 고덕으로 향했고, 장지 가까이 가서는 꽃상여를 메고 험한 길을 가느라 모두가 고생하셨다.

일민이는 시어머님 돌아가신 날 곧바로 청원 휴가를 나오게 되어 둘째 영민이와 함께 상주 역할을 했다. 우성이는 외국에서 열리는 양궁 대회에 참가했던 터여서 오지 못했다.

처음 선을 본 날부터 지금까지 늘 며느리를 위해 주셨던 분, 내가 기댈 수 있는 유일한 분이었다. 시어머님이 계시지 않았다면 그 험한 세월을 어찌 헤쳐 올 수 있었을까? 그런 분을 또 다시 내 앞에서 떠나보내는 심정이 한없이 아프기만 했다.

나는 수술로 편치 않은 상황에서 시어머님 장례를 마치고 나니 몸이 천근만근이었다. 모두랑 식당 보증금 받은 걸로 전에 지어 놨던 목장을 치우고 소 열 마리를 키우게 됐다. 암소 다섯 마리는 내가 샀고, 남동생 형로가 다섯 마리를 사서 키웠다. 형로는 집 가까이 목장을 지어 다섯 마리를 가져가고 우리 소만 남았다. 소들이 잘 자라서 새끼를 가진 것 같은데, 방목을 해서 키웠기 때문에 언제 새끼를 낳을지 몰라 걱정이 되었다.

그러던 어느 날, 나가 보니 한 마리가 새끼를 낳았다. 어미가 새끼를 낳으면 가까이 두고 혀로 빨아 깨끗이 씻어 주어야 하는데, 우리 송아지는 멀리 한쪽 귀퉁이에 있는 소 똥물에 빠져 있었다. 송아지를 깨끗이 씻겨 어미 곁에 갖다 줘도 발로 탁탁 차 버리는 것이다. 젖도 주지 않았다. 어미가 보살피지 않으니 할 수 없이 나는 우유를 사다 먹이고 영양제도 놔 주고 했는데, 송아지는 죽을 것만 같았다. 나머지 네 마리 암소가 며칠 간격으로 한 마리씩 새끼를 낳았다. 어미 젖을 먹는 송아지들 사이에 첫째 송아지를 살짝 끼워 놔두면 어미들이 젖을 주겠지 하는 생각에 슬그머니 집어넣어 봤다. 그런데 네 마리 어미도 어떻게 아는지 차 버리고는 젖을 주지 않았다. 너무 불쌍해서 첫째 송아지를 붙들고 많이 울었다. 첫째 송아지는 내가 주는 우유만 겨우 받아먹고 자랐기 때문에 늦게 나온 송아지들보다 훨씬 작았고, 우유를 주는 내가 어미인 줄 아는지 나만 졸졸 따라다녔다.

넉 달을 키워 네 마리 송아지를 팔게 되었는데, 첫째 송아지는 제일 작으니까 한 달을 더 키워 마지막에 팔았다. 첫째 송아지를 제일 마지막에 장에 내가는 날에는 정도 들고 너무 가엾어서 많이 울었다. 그 뒤로는 소를 키우기가 힘이 들어 다 팔고 말았다.

이년간 요양을 마치고 세 주었던 모두랑을 되찾아 식당 일을 계속하게 되었다. 일민이와 영민이는 제대하고 집을 떠나 직장을 잡았고, 우성이는 국가대표 양궁선수가 되었다. 이제 걱정거리는 없었다.

기도로 지내는 날들

세월은 그렇게 흘러갔다. 모두랑을 하면서 삼십 년을 지냈다. 고되고 힘든 시간이 많았다.

그 세월 동안 나는 누구에게도 손을 벌리지 않고 살려 노력했다. 그렇지만 알게 모르게 신세를 진 분들이 너무나 많다. 친정아버지가 쌀 주시는 것은 가져다 먹었지만, 형제들한테도 도움을 받지 않으려 노력하며 살았다. 엄마인 내가 당당해야 자식들도 당당할 수 있다고 믿었기 때문이다.

가끔 주변에서 "혼자 살기 너무 힘드니 누구 마땅한 사람 있으면 의지하며 살지 그래?"라고 위로해 주는 친구들도 있었다. 내가 풀무학교 기숙사에 왔을 때 나이가 서른네 살이었다. 한창 때라면 한창 때였다. 하지만 그때도 누굴 사귀거나 의지하고 싶은 그런 걸 못 느꼈다. 비록 여자 혼자 몸으로 자신은 없었지만 후회되게 살지는 않았다. 그저 애들하고 잘 살면 좋겠다는 일념으로만 살았다.

풀무학교 기숙사를 나오면서 산 함석집도 나이를 먹었다. 그 집에서 아이들이 컸다. 아이들이 직장을 잡고 제 짝을 찾아 새 삶을 시작할 때쯤 아이들이 컸던 함석집도 제 운명을 다해가고 있었다.

큰아들 일민이가 직장생활 하던 중 집에 들어와 함석집 자리에 2층 집을 새로 짓기로 했다. 집 지을 돈이 여유가 없어 신협에서 대출을 받아 어렵게나마 짓게 되었다. 일민이는 며느릿감 박경순을 데리고 왔다. 성격이 확실하고 어디 내놔도 살 수 있을 생활력도 갖춘 나무랄 데가 없는 며느릿감이었다. 양가 상견례를 하여 혼인날을 잡았다. 풀무학교의 배려로 풀무학교 강당에서 결혼식을 올리게 되었다. 마침 풀무학교의 국화 축제가 있어 국화가 만발한 청명한 가을날이었다. 홍순명 선생님께서 주례를 맡아 주셨고, 많은 지역 주민들이 찾아와 축하해 주셔서 결혼식을 잘 치를 수 있었다.

새로 지은 집에서 새 며느리와 함께 살게 되어 너무나 기뻤다. 며느리는 2층에서 피아노 교습을 했고, 나는 일민이와 함께 1층에 식당과 치킨점을 운영했다. 이듬해 며느리가 출산하게 되었는데 딸이 귀한 집안에 첫 손녀 고운이를 안겨 주었다. 하나님의 은혜가 아닐 수 없었다. 손녀가 얼마나 이쁘던지 세상을 다 얻은 것 같았다.

인생은 새옹지마인가. 고운이가 곧잘 걷게 되었을 즈음이었다. 평소 존경하던 지인이 도의원에 출마하여 나는 고운이를 업고 유세장에 찾아가 응원하고는 같은 동네 사는 아줌마 차를 얻어 타고 돌아오는 길에 교통사고가 났다. 고운이를 무릎에 앉히고 뒷좌석에 앉은 나는 다리가 부러졌고 아래턱이 아팠다. 천만다행으로 고운이는 머리에 타박상만 입어 조금 부은 상태였다. 하나님이 도우셨다.

사고 소식을 듣고 일민이와 며느리가 달려왔다. 응급차에 실려 갔던 고려병원에서 홍주병원으로 옮겨 부러진 다리에 엉덩이뼈를 이식하는 수술을 받았다. 부러진 부위가 무릎 쪽이어서 오랜 기간 고생하며 재활 치료를 받았지만 완쾌되지 못하여 결국 다리를 조금 절게 되었다.

퇴원하여 통원 치료를 받던 중에 풀무학교 황연하 선생님 모친께서 집에 오라 하여 찾아갔다. 연세가 많으셨고 나무를 때는 부엌에서 연기가 나는 속에 녹두죽과 검정깨죽을 쑤어 주시는데 얼마나 고마운지 눈물을 감출 수가 없었다. 시어머님을 뵙는 것 같아 자주 찾아가 뵈었다. 딸이 없으셨던 터라 속에 있는 얘기도 나누곤 했다. 믿음이 강하셨고 확신 있는 기도로 신앙생활을 하셨는데 찾아뵐 때마다 은혜가 되었다. 지금은 하늘나라에서 주님과 함께 계실 거라 믿는다.

살면서 두 번의 교통사고를 겪었다. 서울에서는 의식을 잃었고, 홍성에서는 손녀가 다쳤을까 두렵기만 했다. 모두랑에서 일하면서는 자궁에 혹이 있어 수술을 받았다. 아들의 행방을 알 수 없어 가슴만 치다가 심리 치료도 받았다. 병원에서 보낸 시간이 많았다. 몸 이곳저곳이 병원을 거쳐 지금 내 몸이 되었다. 신체적 고통은 잊고 지낼 수 있다. 그러나 삶의 심적 고통은 여전하기만 하다.

어느 맑은 날, 자궁 수술을 받고 홀로 지낼 때였다. 1991년 10월 18일. 마흔일곱 살 되던 해에 이런 기도를 드렸다.

하나님, 가을입니다. 여러 곡식을 수확하는 계절에 춥지도 덥지도 않은 일기를 허락하시고 무한한 사랑을 베풀어 주시니 감사합니다.

이곳 반월에 온 지 7개월에 접어듭니다. 콩을 따면서 지금까지의 신앙의 결실을 생각하게 되었습니다. 저의 신앙이 이 알곡과 같은 신앙생활이 되었는지 지난날을 돌아볼 때 저는 쭉정이 신앙이었습니다. 하나님께서 이곳으로 불러 주시어 저희들에게 무엇을 원하고 계신지 요즘에야 조금 깨닫게 됩니다. 어제 저녁에 몸살로 몸이 많이 불편했는데 자고 나니 조금 덜합니다. 왜 제 몸은 이렇게 항시 건강치 못할까 생각을 해보며 주님께 간절히 기도합니다. 언제나 약한 나의 몸이지만 불평하지 않으려 합니다. 죄로 인하여 죽어야 할 몸인데 주님께서 이제까지 보호하시고 생명도 연장해 주셨으니 병도 감사하게 됩니다. 무슨 일이 닥친다 해도 불평하지 않겠다고 마음을 다잡습니다.

주님, 변치 않는 신앙으로 잡아 주십시오. 마귀는 틈을 타 우리를 노리고 있습니다. 오늘도 성령님께서 붙들어 주시고 우리 삼형제 맡은 바 충실하게 붙들어 주세요. 오늘도 저를 위해 기도해 주시는 분들 위에 함께하시고 우리 모임 각 가정에 주님 함께하시길 기도드립니다.

돌아볼수록 쭉정이 신앙에 마음만 부끄러웠다.

그때나 지금이나 나에게는 아무 힘이 없다. 기도밖에 할 게 없어 기도를 드리며 살아왔다. 나 혼자 잘나서 신앙이 내게 온 것이 아니었다. 내가 아무리 절실하게 하느님을 찾았어도 곁에서 신앙으로 함께 해 준 분들이 없었다면 소용이 없었음을 잘 안다.

효도 당번

문당리 친정어머니께 안부 전화를 드렸다.

"몸뗑이가 여기저기 다 쑤시고 뱃가죽이 등짝에 붙는 거 같아 잠을 잘 수가 없으니 오래 살 것 같지 않구먼."

어머니의 갑작스런 말씀에 가슴이 덜컹 내려앉았다. '혹시 어머니도 친정아버지처럼 갑자기 돌아가시는 게 아닐까?'

저녁 때 시간을 내어 문당리에 가 보니 어머니는 전화할 때와는 다르게 앞마당에서 냉이를 캐고 계셨다. 어머니는 나를 보더니 여기저기 가리키면서 온몸이 다 아프다고 말씀하셨다.

'나도 이제 늙다 보니 온몸이 안 아픈 데가 없는데 여든 넘으신 우리 어머니야 얼마나 더 불편하실까?' 나는 속으로 생각했다.

그날따라 주름 가득한 어머니의 얼굴과 앙상한 팔뚝을 보니 가련하기 짝이 없었다. 그리고 며칠이 지났을까, 다섯째 동생한테 편지가 왔다. 아들이 있을 때 컴퓨터로 다음 카페(모루돌과 망치)에 올린 내용을 자세히 확인하라는 것이었다. 내용은 다음과 같았다.

여러분! 살다 보면 형제자매끼리 좋은 날이 더 많지만 때로는 싸움도 하고 미워하는 마음이 생길 때도 많이 있습니다. 그러나 서로가 사랑하고 관심 갖는 형제자매이기 때문에 일어나는 일들이라 생각이 돼요. 우리는 모두가 각각 곳곳에서 그래도 존경받고 신뢰받으며 남들의 모범으로 열심히 살고 있습니다. 이제 새해에는 우리 형제자매끼리 서로의 허물과 부족을 채워 주면서 서로 사랑만 하며 살도록 다함께 노력합시다. 그래서 생각해 낸 것이 효도 당번을 운영할까 합니다. 이제 부모님 중 어머니 한 분만 살아계시는데 교대로 당번을 정하여 효도 당번을 하자는 것입니다.

효도 당번의 목적은

1 늙으신 어머님이 살아계실 때 조금이나마 도움을 드리고자

2 늘 모시고 사는 남동생 내외의 고통을 이해하고 협조해 주고자

3 다 같이 모시는 하나님 보시기에 아름다운 참 그리스도인이 되기 위해 또 돌아가신 다음에 후회하지 않는 삶을 살기 위해서입니다.

통지를 받고 며칠 뒤 마침 넷째 동생의 집들이가 서울 잠실에서 있어서 여덟 자매가 모인 자리에서 효도 당번을 하기로 만장일치 결정이 되었다. 큰언니부터 막내까지 매주 토요일에 문당리를 방문하여 맡은 당번을 하기로 하고, 만약 당번을 하지 못할 때에는 서로 바꾸거나 벌금을 내어 자매 회비로 넣기로 했다. 다섯째 동생이 효도 당번 총괄 책임을 맡았다.

효도 당번은 4년 넘도록 잘 운영되었다.

큰언니가 당번하던 날, 아침 일찍 목욕까지 하시고 깨끗한 옷을 갈아입으시고는 어머니는 현관을 나오시다 발을 헛디뎌 하늘나라로 가셨다. 때를 기다리신 것처럼 마침 큰언니가 효도 당번을 하고, 올케는 처음으로 울릉도를 구경 보내시고, 남동생은 일본에서 유기농업을 하는 제자의 학위식이 있어서 다니러 간 사이에 어머니는 소천하셨다.

홍성의료원에서 아들 며느리를 기다리면서 5일장을 잘 치뤘다.

동네 사람들은 말씀하셨다.

"엄마는 천국 가셨을 꺼여. 큰딸이 당번하는 날 가신 걸 보면 다 준비하셨다가 가신 게 틀림없어."

"너무 서운해 하지들 말어. 늘 자식 자랑이 많으셨다니께. 우리들이 늘 부러워했지."

다섯째 동생이 효도 당번을 너무 강경하게 밀고 나가서 어떤 때는 너무 심하다고 뒤에서 수군거리기도 했는데, 평안히 눈을 감으신 어머니의 얼굴을 보면서 '우리가 할 수 있는 최선을 다해 모셨구나.' 하는 생각으로 서로 위로받고 고마워했다.

유일한 남동생과 올케

아홉 남매 중 청일점인 형로는 어려서 귀여움을 많이 받고 자랐다. 이런 환경에서 자란 사람은 자칫 자기만 알고 남을 위할 줄 모르는 사람이 될 수 있다.

그러나 형로는 다행히 집을 떠나 풀무학교에서 신앙을 배우고 훌륭하신 선생님들께 올바르게 사는 법을 배웠다. 풀무학교를 나온 사람이 다 훌륭한 사람이 된 것은 아닐 것이다. 그러나 형로는 풀무 정신을 이어 받으려고 많은 노력을 했다.

형로는 1970년 중반부터 유기농업을 시작하여 한눈팔지 않고 한 길로 농사를 짓고 지역 사회의 일을 맡아 하면서 남을 위할 줄 아는 마음이 더 커진 것 같다. 언제나 농촌 지역을 위한 일을 열심히 하고 있다. 무엇보다도 신앙이 깊고 지역에 대한 열정이 크며 사랑이 많으신 홍순명 선생님께서 지도해 주셔서 형로가 오늘날 이렇게 의미 있는 일에 매진할 수 있게 된 것이 아닌가 생각한다.

형로의 아내인 정예화 올케는 우리 할머니 계실 때 시집와서 아버지와 어머니 잘 모시고 편안히 장례까지 잘 치른 외며느리이다. 여덟이나 되는 시누이들 밑에서 어려울 때도 많았을 텐데 믿음 생활로 집안을 잘 지켜 주었다. 지금도 나는 올케에게 신세를 많이 지고 있다. 그저 올케가 고맙고 또 고마울 뿐이다. 올케의 수고와 헌신이 우리 친정을 더 무난하게 하는지도 모른다. 큰 조카 하늬는 아버지 뒤를 이어 열심히 농사를 짓고 있고, 아들 둘과 딸 하나를 낳았다. 시집 간 조카딸은 아들을 하나 낳아 잘 기르고 있다. 이들의 오붓한 가정을 보면 남동생의 많은 노력도 있지만, 시집와서 30여 년 넘게 열심히 살아온 올케에게 하나님께서 내려 주신 축복이 아닐까 싶다.

처음 해본 현장학습

다섯째 동생한테서 어느 날 전화가 왔다.

"언니 현장학습 안 갈래요?"

뜬금없는 질문에 나는 어리둥절해서 아무런 대답을 하지 못했다. 요즘 학교에서는 '소풍'이나 '원족'이란 말을 쓰지 않고 '현장학습'이란 이름으로 우리가 알고 있는 소풍을 간다는 것을 이때 알았다.

다섯째 동생의 아들이 회사에서 강원도 평창에 있는 알펜시아 리조트 2박 3일 이용권을 상품으로 탔다면서 함께 가자고 연락이 온 것이다. 그동안 아홉 남매가 다 같이 여행을 간 적이 없고, 일 년에 두 번 부모님 추도 예배 때에만 모두 모여 예배드리고 음식 나눠 먹는 게 전부였다.

평창 동계올림픽이 끝난 지 일 년 뒤여서 은근히 기대가 되고 평창이라는 곳이 궁금해졌다. 참석하겠다고 연락하고, 한동안은 핸드폰의 카톡 소리에 신경을 써야 했다. 나는 핸드폰으로 겨우 전화만 할 수 있는 터에 '카톡 카톡' 소리를 내니 더듬더듬 내용을 읽을 수 있었다.

초등학교 교사였던 다섯째 동생이 빈틈없는 현장학습 계획서를 준비했다. 현장학습의 목적부터 2박 3일 일정표는 물론, 비용과 준비물 하물며 재능 기부 내용과 기부할 물품 안내까지 자세하게 물어서 정리했다.

나는 쌈장과 쌈 배추 그리고 안 쓴 핸드크림을 기부하겠다고 알려주었다. 가기 전 날, 나는 된장과 고추장을 섞어 쌈장을 만들고 헛간에 아껴두었던 배추를 꺼내 노란 속만 다듬어서 챙겼다. 안 쓴 핸드크림은 예쁜 포장지에 싸 두었다.

다음 날, 장조카 하늬의 차를 함께 타고 평창으로 갔다. 저녁 때가 다되어서 해가 서산으로 넘어갔는데도 주변은 온통 새하얀 눈과 가로등 불빛으로 대낮처럼 밝았다. 오고가는 사람들도 많아 별천지에 온 느낌이었다.

홍성을 비롯해 평택, 양평, 서울, 화천에서 모두 스물 네 명이 모였다. 그야말로 대가족이었다. 우리 식구로는 화천에 살고 있는 영민네 가족이 모두 참석하여 나를 포함해 여섯 명이었다.

도착하자마자 다섯째 동생이 2박 3일 동안 지킬 일을 아이들과 함께 큰소리로 낭독하고, 일정표를 여기저기 붙여 놓았다.

다섯째 동생의 엄한 일정표대로 모든 일이 순조롭게 이루어졌다. 아이들은 처음에는 주의 사항을 지키느라 많이 불편해 하면서 짜증을 내더니만, 금방 질서 있는 분위기로 바뀌는 게 신기했다. 늘 어리광만 부리던 우리 손자손녀도 눈치를 보면서 규칙을 지키려고 노력하는 모습이 우습기도 하고 대견스러웠다.

나는 가끔 동네 분들이나 친구들과 놀러 가 봐도 이 모임처럼 엄하게 규칙을 지키며 놀아 보긴 처음이다. 때로는 짜증이 나려고도 했지만 식사 때마다 기도 당번을 정해 기도를 하고, 저녁에는 예배를 드리고 하루를 반성하는 시간을 가지면서 많은 은혜를 받았다.

자투리 시간을 이용해 각자의 재능을 발휘하는데 제법 그럴싸한 작품이 나오는 것을 보며 기분이 좋았다. 아이들이 동화 구연 발표를 하는데 어찌나 그럴싸하게 표현하는지 아주 귀엽고 장해 보였다. 심사위원장을 맡은 큰 형부가 심사평을 발표할 때, 아이들은 2박 3일 가운데 가장 귀를 쫑긋하고 열중했는데 상품을 받고는 한바탕 웃음바다가 되었다. 다섯 명의 상품 크기가 모두 달랐는데 뜯어 보니 똑같은 상품인 것이었다.

2박 3일을 제대로 먹고 지내려면 경비가 많이 드는데, 각자 준비해 온 기부 물품이 있고 회비도 조금씩 내서 가족 모두 신나는 시간을 보냈다. 본래 리조트 하루 사용료가 150만 원이라는데, 조카가 이용권을 상품으로 탔다는 것도 참으로 감사한 일이었다.

마지막 일정은 선물 교환이었다. 어른 아이 할 것 없이 좋은 선물을 고르려고 신경 쓰는 모습이 재미났다. 우리 둘째 손자는 무조건 큰 상자를 골랐는데, 그 속에는 크리넥스 두 통이 들어 있어서 다들 웃음을 터트렸다.

준비를 철저히 해 준 동생 덕분에 부족할 것 없이 즐거운 2박 3일을 보냈다. 학창 시절에 경험해 보지 못한 현장학습을 나이 들어 가족들 덕분에 실컷 체험했다.

한 왕자와 8공주展

홍동면사무소에서 운영하는 평생교육 프로그램 가운데 셋째 동생 예로가 지도하는 문인화 반이 있다. 대부분 여자 회원들이고 남자는 서너 분이 참여한다. 예로는 어려서부터 서예와 그리기를 잘해서 학교 대표로 군에서 주최하는 대회에 나가곤 했다. 나는 대회까지는 못 나가 봤지만 그리기에 관심이 많았다. 서울서 홍동으로 이사 온 셋째 동생은 홍성에서 서울로 일주일에 이틀씩 미술 강의를 다니고 있었다.

그러던 어느 가을날, 홍동거리축제 때 동생이 낸 그림을 보고 면사무소 직원 분이 부탁을 했다.

"서울까지 가지 말고 고향에서 재능 기부 좀 해 주슈."

예로는 쾌히 승낙하고 문인화반을 시작했다.

나와 큰언니를 포함해 송풍마을에 사는 열두 명이 시작했다. 처음에는 붓으로 선 긋기와 몇 가지 기초만 반복 연습해서 별 재미가 없었는데, 며칠 지나자 사군자(매화, 난초, 국화, 대나무) 체본을 보고 그대로 그리다 보니 조금씩 비슷하게 그려졌다. 재미도 있고 선생님이 한 번 손을 잡아주면 그럴싸해지는 게 점점 재미를 느끼게 되었다. 나는 문인화 그리기에 취미를 붙여 갔다. 모두랑 식당 문을 닫고 저녁 늦게 연습을 하다 보면 의자 옆에 화선지가 수북이 쌓여 갔다.

나는 동생의 그림 중에 참새 작품을 많이 좋아한다. 엄마 참새와 아빠 참새를 중심으로 여러 새끼 참새가 있는 그림인데 그 풍경이 참 행복해 보인다. 동생의 참새 그림을 보고 있으면 우리 아홉 남매가 떠올라서 미소가 저절로 나온다.

나는 사군자 기초를 배우고 나서 동생의 참새 그림을 따라 그려 보고 싶었다. 그런데 선생님인 동생은

"언니, 너무 급하게 서두르면 잘 안되니 우선 매화부터 열심히 하고 난 다음에 참새를 그려 봅시다."

라고 말하고는 차분하게 수업을 이어 나갔다. 나는 속으로 '그까짓 거 그냥 가르쳐 주고 동생이 조금만 손봐 주면 안 되나?' 중얼거리면서도 동생 말을 따라 열심히 그렸다.

비싼 화선지를 여러 장 버리면서도 동생이 그려 준 체본과는 비슷하게 되질 않았다. 매화나무를 열댓 개쯤 그리고 나니 마음에 드는 나무가 그려졌고, 매화꽃은 따로 작은 화선지에 송이송이를 다르게 그려 본 다음 큰 종이로 옮겨 보니 그럴싸했다. 참새 세 마리 중 왼쪽 한 마리만 내가 그리고, 오른쪽 두 마리는 선생님인 동생이 내 손을 잡고 그려 주어서 작품이 완성되었다. 한없이 기분이 좋았다. 동생이 손봐 준 것은 생각도 안 나고 내가 이 그림을 완성했다는 사실에 대만족했다.

이제 완성된 그림에 제목과 그린 사람의 호를 적을 순서가 되었다.

나는 제목을 '매화'라 썼다. 그리고 동생이 내 호를 '청송(靑松)'이라 지어 주었다. 소나무처럼 늘 푸르고 굳세게 살라는 의미란다. 나는 동생이 지어준 호를 몇 날 몇 일 연습하여 그대로 썼다.

'내가 이런 그림을 그리다니! 내 호가 '청송'이라니?' 꿈만 같았다. 슬그머니 자랑하고 싶기도 했다. 주변 친구들에게 보여 주고, 아들 며느리가 왔을 때도 자랑을 했다. 모두들 인사치레로 하는 칭찬인데도 나는 너무 기분이 좋았다.

붓을 잡는 시간이 잦아졌다. 식탁 옆에는 화선지가 점점 높이 쌓여 갔다. 처음에는 화선지를 아끼느라 제대로 그릴 수 없었는데 자신감이 생기니까 두려울 게 없었다. 지금 생각하면 부끄럽지만, 연습용으로 그린 작품을 이웃에게 나눠 주기도 했다.

양평에 사는 다섯째 동생은 초등학교 교사를 퇴직하고 미술 강의를 다니면서 틈나는 대로 그림을 그리고 있었다. 그러던 어느 해, 동생의 작품과 제자들의 작품을 모아 양평문화원에서 전시회를 성황리에 열었다.

동생은 우리 아홉 남매도 전시회를 한번 해보자고 제안했다. 형제들은 만장일치로 찬성했다. 한 사람이 세 작품씩 내기로 하고, 일을 제안한 다섯째 동생이 총 책임을 맡기로 했다.

나는 전시회를 한다는 말에 진짜 반가웠지만, 막상 작품을 꺼내 보니 내놓을 만한 것이 없었다. 전시회를 위해 다시 그리기로 맘먹고 선생님인 셋째 동생을 찾아가 귀찮을 정도로 개인 과외를 하다시피 했다. 먼저 그려 놨던 매화와 소나무와 대국을 다시 정리하고, 전부터 그리고 싶었던 새우를 그리기 시작했다.

소나무를 그릴 때는 솔잎을 그리면서 너무 재미있었지만, 굵은 소나무 기둥을 그럴싸하게 그리기는 참으로 힘들었다. 하지만 소나무 가지의 흔적과 껍질을 표현하니 진짜 소나무 같아 보여 다행이었다.

대국을 그릴 때는 좀 자신이 생겨서 제대로 그린 것 같았다. 꽃을 그릴 때는 공식대로 잘 그려 나갔는데, 국화잎을 표현하기가 어려워 동생 선생님의 도움을 많이 받아서 완성했다.

마지막으로 그린 들국화는 여러 색을 써서 화려한 느낌을 표현했는데, 이 작품을 그릴 때 제일 행복했다. 다른 작품에 비해 부족한 면이 많지만, 이 작품이야말로 선생님 도움 없이 나 혼자서 최선을 다해 그린 작품이라 자랑스러웠다. 청초하고 그윽한 향이 아름다운 들국화처럼 나의 앞길도 그렇게 곱기를 기도하면서 그린 작품이다.

전시회 준비가 척척 이루어졌다. 도록의 겉표지와 각자의 프로필 정리는 다섯째 동생이, 초대하는 글은 여섯째 동생이, 축하하는 글은 하나뿐인 올케가 써 주어서 마무리를 했다. 우리 아홉 남매가 힘을 합쳐 준비한 전시회의 제목은 '한 왕자와 8공주전'이었다.

드디어 전시회 날이 되었다. 전시회 첫날은 흔히들 그 지역의 군수나 문화원장을 초대해 귀한 말씀을 듣는데, 우리 아홉 남매는 상의 끝에 모두의 스승인 홍순명 선생님 부부와 풀무 졸업생 중 고향 대표로 이번영 님 그리고 재경 대표로 이운학 님을 초대해 말씀을 들었다. 그날 점심은 문화원에서 가까운 다섯째 동생 집에서 준비했는데, 우리 나머지 자매들은 각자가 잘하는 음식으로 점심상을 더욱 풍성하게 만

들었다. 존경하는 홍순명 선생님 부부와 풀무의 대선배님들을 모시고
함께 하는 점심이어서 참으로 행복했다.

대개의 전시회 도록에 싣는 축하의 글은 그 지역 기관장이나 유명
인사가 하는 걸로 알았는데, 우리 전시회 도록에는 올케가 축하하는
글을 써 주었다.

축하하는 글

주씨 집안에 시집온 지 벌써 35년이 지났습니다.
시집올 때 시할머니와 시부모님, 시누이가 8명이라는 말에
저의 친정엄마는 한숨만 계속 쉬셨지요.

뒤돌아보면 시할머니, 시어머니, 시아버지 세 분과
우리 아이들까지 4대가 함께 살기를 17년!
층층시하의 시집살이는 물론 유기농업과 바른 농촌 만들기에
모든 열정을 쏟는 남편의 뒷바라지까지
힘들고 바쁘게 살아왔습니다.
깐깐하고 깔끔하셨던 시할머님!
손재주 많으신 시아버님!
정이 많고 음식 솜씨 좋으신 시어머님!
그리고 재주 많고 열정적이며 에너지가 넘치는 시누이님들!
그동안 서로 부대끼며 살아온 나의 가족들이었습니다.

그렇게 많은 시간이 지나 어찌어찌 살다 보니
저도 엄마가 되고 할머니가 되어 있네요.

지금까지 지내온 시간들 가운데 힘이 되었던 가족들이 있었고
특히 시집살이 잘 견딜 수 있도록
여러 가지로 배려해 주셨던 형님들!
지금 생각해 보면 아쉬운 것도 많지만
감사한 것도 많은 시간들이었습니다.
노래, 그림, 글, 서예, 음식, 공예 등
모든 면에서 자랑할 것이 많은 가족들입니다.
이제 감성적이고 열정적인 자녀들이 모여
다음 세대의 역사를 전시회로 선을 보이심을 축하드립니다.
형님들, 아가씨들, 그리고 나의 서방님!
이번 전시회가 참으로 뜻 깊은 행사인 줄 압니다.
이제는 세상의 모든 것들 차곡차곡 내려놓고
하나님 주신 달란트를 맘껏 발휘하시고 건강만 하세요.
더 사랑하고 더 베풀며 더 행복하게 살아가는
주 씨네 9남매가 되시기를
하나밖에 없는 며느리는 기도합니다.
다시 한 번 축하드립니다.

2017년 6월 26일

며느리 정예화 올림

전시회 도록을 받아 본 한 친구는

"정자 씨, 전시회 도록을 통해 자기네 올케의 형편도 제대로 알겠더라. 올케의 글이 축하의 마음 듬뿍 담긴 한 편의 작품이던데!"

하면서 칭찬을 아끼지 않았다.

이렇게 특별하게 만들어진 전시회 도록은 사백 권을 만들었는데, 아홉 남매가 각각 서른 권씩 가져갈 수 있었다. 도록을 주고 싶은 사람을 헤아려 보니 서른 명은 훌쩍 넘을 것 같았다. 홍동에 내려가서 가까운 지인들에게 도록을 선물하며 너무 뿌듯했다. 지금도 도록을 펼쳐 내 프로필과 그림이 실린 페이지를 볼 때마다 나는 꿈만 같다.

전시회는 이주 동안 열렸다. 전시회 중간 토요일에 직장에 다니는 자녀들이 모여 각자 자기 엄마에게 축하 화분을 건네주고 함께 식사를 하면서 이야기를 나눌 때는 정말 보기 좋았다.

화천에 사는 둘째 아들 영민이와 며느리가 손주 셋을 데리고 전시회에 왔다. 예쁜 화분도 사가지고 와서 축하해 주어 한없이 기분이 좋았다. 큰며느리는 전시 마지막 날 와 주어 내 작품을 홍동까지 실어다 주는 일까지 맡아 주어 고마웠다.

셋째 동생 덕분에 문인화를 칠 년여 배우고, 이름도 어마어마한 작품 전시회에 그림을 출품해 보기도 했다. 지금도 '홍동 문인화반'에서 함께 그림을 그리는 사람들은 한 집안 식구처럼 사이가 좋다. 기회가 주어진다면 '기도하는 예수님'이라든가 '양을 치는 목자' 같은 기독교 성화를 흉내 내보고 싶다.

자기 안에 지닌 재능을 맘껏 풀어낼 수 있다는 것이 얼마나 커다란 행복인지 절실히 느꼈다. 살면서 늘 배우지 못함에 대한 한이 맺혀 있었다. 늦은 나이에 그림을 배우고 전시회에 참여하면서 자신감이 생겨났다. 그림을 가르쳐 준 동생은 어떤 스승보다 감사했고, 그림을 그리면서 만난 벗들은 어떤 친구보다 정다웠다. 학교는 오래 다니지 못했지만, 더 많이 배우고 감사한 시간이었다.

나는 참으로 행복한 세상에 살고 있다는 것을 알게 되었다.

모두모두 고맙습니다

지금까지 내가 살아온 길을 돌아보면 참으로 파란만장한 세월이었다. 하지만 내 주변에는 늘 내가 기댈 수 있는 분들이 곳곳에 계셨다. 그분들이 없었더라면 아마 나는 지금 이 세상 사람이 아닐 수도 있다. 서른 초반에 혼자되어 살아온 길을 인도해 준 분들을 기억하는 것이 지금 내가 할 일이다. 가슴에 묻어두고 고마움만 간직한 채 살아왔다. 이제는 그 마음을 전하고 싶다.

시댁 큰집 시아주버님은 큰 회사 경비를 맡고 계셔서 시간적인 여유가 별로 없었는데도 애들 아빠가 떠난 뒤 장례식을 치르는 큰일부터 시작하여 어렵게 살고 있는 우리 집을 종종 찾아와주셨다. 오실 때마다 가세를 돌봐주셨는데, 숫돌까지 사다가 칼을 갈아 주실 때는 시아버님 같이 느껴져 고마웠다. 내가 서울에서 살 때 서울시장으로부터 '장한 어머니상'을 받은 걸 아시게 된 시아주버님이 상 탄 것을 보자고 하여 보여드렸더니, 정씨 가문 족보에 올려놓겠노라 하고 그 이듬해에 족보에 올리셨다.

그 후로도 여러 차례 방문하시어 이것저것 알뜰히 챙겨 주셨다. 하지만 산다는 것이 무엇인지… 나를 아껴 주고 마음을 써 주시던 사람들은 늘 나를 앞서 가셨다. 시아버님도 남편도 그랬는데 이번에는 시아주버님이었다. 오래 앓으셨던 지병으로 돌아가셨다는 소릴 듣고 장례식에 찾아가 참 많이 울었다.

그동안 여러 모로 고생이 많았던 애들 작은아버지는 용인에 자리 잡고 잘 살고 계시니 참으로 다행이다. 젊으셨을 때는 사업에 실패하여 고생을 많이 했지만, 요즘 들어 하시는 사업이 잘 되고 조카인 우리 아들 삼형제의 버팀목이 되어 용기와 희망을 불어넣어 주시니 감사하다. 애들 작은아버지 가정에 하나님의 은혜가 충만하기만을 간절히 기도한다.

작은집의 일섭, 종섭, 종진 동생들이 다 잘 살고 있었지만, 일섭 동생이 병으로 고생하는 모습을 볼 때 많이 안타까웠다. 일섭 동생은 고생만 하다가 천국에 갔다. 종섭 동생도 늘 어려운 처지에 있는 내게 고기며 과일이며 사들고 찾아주어 너무 고마웠다. 지금 하고 있는 사업이 어려움에 처해 있다고 들었는데 잘 참고 견디어 성공하는 삶이 되길 기도한다.

셋째 제부 이환종 님은 내가 서울에 살 때 교통사고를 당해 고생하는 처지를 안타깝게 여기고 물심양면으로 도와주었다. 교통사고 합의를 보는 자리에 누군가 같이 가 줘야 하는데 그때 제부가 와 줬다. 상대방이 화를 내면서 억지를 쓰는데도 제부는 절대 큰소리를 내지 않고 끝까지 다 듣고서는 자기의 주장을 차분히 말해 일이 잘 해결되도록

해 주었다. 지금까지도 그 고마움을 기억하고 감사의 마음을 표현하고자 나름 애쓰고 있다. 제부는 또한 같은 무교회 집회원으로 서로 마음이 통했다. 제부는 체구는 작으나 마음이 넓고 속이 깊으며 매사 하는 일에 근면하고 성실하여 귀감이 된다. 지금은 뜻한 사업이 잘 풀리지 않아 어려움에 처해 있으나 지혜롭게 이 어려움을 잘 감당해 내시리라 믿으며 그렇게 되길 하나님께 기도할 뿐이다.

나에게는 혈육은 아니지만 잊지 못할 남동생이 하나 있다. 친동생 형로의 동창 이은문은 내가 풀무학교 기숙사에서 생활할 때 일 년인가 함께 지냈다. 우스갯소리를 잘하고 재미있는 동생이었다. 그때 인연으로 지금까지 매년 명절 때마다 과일과 고기를 사들고 찾아 주며 물심양면으로 위로를 해 주고 있다. 은문 동생은 우리나라에서 손꼽히는 양초 공장을 운영하고 있다. 내 생전에 은문 동생에게 받은 은혜를 갚을 길이 없을 것 같다. 다만 그 동생의 사업이 계속 잘 되기만을 기도하고 있다.

성경에 나오는 아브라함의 자식처럼 우리 형제도 작은집을 포함하여 열두 남매이고 모두 열심히 믿음으로 살고 있어 감사한 일이다. 앞으로도 서로 사랑을 나누며 우리 모두의 삶이 더 깊은 신앙으로 이어질 수 있기를 간절히 기도할 뿐이다.

"믿음은 바라는 것들의 실상이요, 보이지 않는 것들의 증거니(히브리11:1)."

이 말씀이 내 생애에서 기도의 증거로 남아 나의 가족과 친지와 여러 사랑하는 분들에게 전해졌으면 좋겠다.

하느님이 하신 일

이 부족한 사람이 자서전을 쓴다고는 했지만 돌아보면 부족한 점이 한없이 많다. 칠십 평생의 부족하기만 한 나의 삶을 늘어놓은 것 같아 부끄러운 일지이만, 하나님께서 일찍이 이 부족한 죄인을 택하여 믿게 해 주시고 수 차례 죽음에서 건져내심에 뜻이 있었을 것이다. 그것이 무엇인지 잘은 모르지만, 하나님께서 자녀로 삼아 주시어 지금 이 삶은 내가 산 것이 아니라 모든 어려움과 고난의 역경을 감당해 주신 주님의 은혜에 비롯한 것임을 확신하며 감사의 기도를 드릴 뿐이다.

풀무학교와 무교회를 통해 알게 된 인생의 스승들이 계셨기에 나는 내 삶을 지금까지 이어올 수 있었다. 평생 잊을 수 없는 분들이다.

대천에서 전도 생활하셨던 유원상 선생님은 종종 홍동을 방문해 주셨는데, 믿음이 부족한 내게 큰 스승이셨다. 삶이 힘들고 지칠 때면 울면서 유원상 선생님께 전화를 드렸다. 선생님은 혼을 내시다가도 성경을 보라 권하시며 성경 구절을 적으라고 하셨다. 마음의 위안을 받은 적이 한두 번이 아니었다.

숨이 차오르고 쓰러질 것 같이 힘들어질 때는 식당 문을 걸어 잠그고 대천 유원상 선생님 댁을 찾아갔다. 버스 타고 광천으로 가서 대천 가는 기차를 한 시간 타고 대천역에서 내린다. 거기서 다시 버스를 타고 대천해수욕장 거의 다 가면 선생님 댁이 있었다. 찾아갈 때마다 매번 반기셨고 두 시간 정도 예배를 인도해 주셨다. 그 때마다 나에게 도움이 되는 성경 구절을 찾아 위로해 주셨다. 예배를 마친 후 일러 주신 성경 구절을 노트에 적으면서 사흘 정도 쉬면 가슴에 뭉쳐 있던 것이 풀렸다. 잊지 못할 신앙의 선생님이다. 유원상 선생님의 사모님은 내가 가는 날이면 늘 맛있는 반찬을 정성을 다해 준비해 놓고 기다리셨다. 갈 때마다 너무나도 황송한 대접을 받았다.

여름과 겨울, 일 년에 두 번 무교회 전국 집회에서 뵙는 노연태 선생님은 셋째 동생을 통해 극진한 사랑을 주셨다. 약사이신 선생님은 침도 놓아 주시곤 했다. 내가 아이들과 고생하며 산다고 하시며 찾아와 위로해 주셨고 몇 통의 위로 편지도 받은 적이 있다. 선생님 편지에는 이런 말씀이 적혀 있었다.

"모든 일은 하나님이 하시는 일입니다. 순종하고 따르십시오."

"우리의 삶이 다 하나님의 사랑입니다."

노연태 선생님을 뵈면 마음이 참 편했다. 모두랑 식당을 할 때도 오시면 우리의 마음을 다 받아주셨다. 노연태 선생님도 일찍 상처를 하시고 어려움이 참 많으셨는데, 옹졸한 나를 위로해 주시고 늘 용기를 주셨다.

언젠가 내가 선생님께 "우리 애기아빠가 시동생의 사업이 실패했기 때문에 그 상심으로 일찍 가게 되지 않았나 하는 생각을 했어요."라고 말했다. 선생님은 "그건 하나님이 하신 일입니다. 하나님이 주정자 씨를 당신의 딸 삼으려고 데려가신 겁니다."라고 말씀하셨다. 그 말씀을 듣고 부터는 시동생을 미워하지 않게 되었다. 하나님이 하신 일이었다는 마음으로 정리를 하니, 마음이 가뿐하고 감사가 생겨났다.

유원상 선생님과 노연태 선생님 두 분은 나에게 과분한 사랑을 베풀어 주셨고 이 시간에도 하늘나라에서 나를 위해 기도하고 계실 것 같다. 이제는 나 또한 멀지 않아 사랑을 베풀어 주신 두 분 옆에 갈 수 있게 되기를 간절히 기도할 뿐이다.

무교회 전국 집회를 통해 일 년에 두 차례 만나는 믿음의 형제분들 모두 잊을 수 없는 분들이다. 어려움에 처해 있는 나에게 지혜로운 삶을 이야기해 주시고 물심양면으로 용기를 주신 믿음의 형제 여러분들에게 늘 감사한 마음이다.

『우찌무라 간조 전집』 가운데 15권을 번역하신 김유곤 선생님도 무교회를 통해 만난 신앙의 스승이다. 그분이 쓰신 책 『영원한 복음』을 곁에 두고 여러 번 읽었다. 나는 선생님을 직접 뵌 적은 없다. 그분의 책을 읽고 감명을 받아 편지를 드렸고, 선생님이 답장을 주셨는데 이렇게 서신 교환으로만 20년 가까이 선생님과 교류를 했다. 믿음 위에서 이루어진 선생님과의 서신을 귀하게 간직하고 있다.

잊을 수 없는 이가 또 있다. 노비봉 씨 내외는 풀무에 뜻이 있어 오게 되어 만나게 되었다. 참으로 정직하고 마음이 따뜻한 분들이다. 내 아들들이 함께 지낸 적도 있는데 물심양면으로 많은 도움을 받았다.

지금은 상주에 살고 있으며 해마다 전화해서 내 근황을 살펴주니 감사한 일이 아닐 수 없다.

홍순명 선생님은 오랜 기간 풀무 집회를 인도하셨다. 풀무학교를 정년퇴임한 후에도 지역의 자녀들을 위해 교육의 장에서 여전한 열정으로 활동하신다. 하늘 없는 서울에서 살다가 서른 네 살 때 풀무학교 기숙사로 오면서 홍순명 선생님을 만났다. 그 후로 많은 보살핌을 받았다. 신앙이 깊고 지역에 대한 열정이 크며 사랑이 많으신 홍순명 선생님은 내게 늘 도움을 주셨다. 홍순명 선생님을 만난 것은 하나님의 큰 은혜라 아니할 수 없다.

풀무학교 기숙사에서 일할 때 흙냄새가 좋았다. 풀무 집회와 무교회 집회에서 만난 분들 중에는 농사를 짓는 분들이 많았다. 그분들은 신앙과 믿음을 바탕으로 농사를 짓는 분들이었다.

신앙과 믿음을 바탕으로 농사짓는 사람들의 모임인 정농회는 오래 전부터 홍동에서 모임을 이어왔다. 바른 농사하는 일이 정말 힘들고 어려운 길이지만 아름답게 느껴져 이 분들을 응원하는 마음으로 몇 년 전에 나도 정농회에 가입했다. 일 년에 두 번 정농회 전국 모임이 있다. 여기에 참여하는 분들이 정말 존경스럽다. 하늘을 이고 유기농업에 매진하는 이 모임과 이 분들이 있기에 이 나라에 희망이 있다고 감히 생각한다. 남동생 형로가 이 모임에 매진하는 것을 보았을 때 하나님의 은혜라 생각되었고 감사했다.

요즘은 무교회 신앙을 열었던 우찌무라 간조의 『내촌 전집』을 다시 펴고 그 책 속에서 많은 은혜를 받고 있다. 그 세계가 깊고 넓어 밤을 새워가며 읽기도 한다. 책 속에서 진리를 찾을 때마다 내 생의 어두운 밤길을 비추는 등불이 된다. 내촌 선생님의 말씀은 내게 살아갈 수 있는 힘의 원동력을 가르쳐 주셨다.

지나간 내 삶을 되돌아보면 숨 막히는 괴로움이 많았고 생각하기조차 싫을 만큼 험악한 길이 많았다. 하늘 없이 사는 줄만 알고 투정하며 살아왔지만, 하늘을 만들어 줄 사람들이 곳곳에서 기다리고 있다가 언제나 도와주셨다는 것을 이제야 알게 되었다.

'이 모든 것이 다 하느님이 하신 일인 것을….'

내가 잘났다고 지금까지 혼자 하려다 보니 그렇게 힘이 들었다. 내 것은 아무것도 없었고 내가 하려고 해서 된 것도 없었다. 모두 하느님이 하신 일이었다. 아직도 입으로만 하나님을 찾고 한없이 부족한 생활을 하고 있지만, 기도와 순종만이 내가 도착할 삶이라 믿는다.

이제 내 속이 조금은 조용해졌다.

자서전을 내신 어머님께

자신의 일생을 회고하며 정리하고자 하는 생각은 누구나 가지고 있는 것 같습니다. 어머니께서 살아 오신 일생을 돌아보는 글의 초고를 맡아 정리하면서, 한편으로는 지난날 저의 모습을 돌아보는 계기도 되었습니다.

어머니의 일생을 회고하면서 참으로 긴 여정과 견디기 힘든 고행의 연속이 지금도 진행되고 있음에 맏아들로서 해야 할 도리를 다하지 못하고 있는 것에 가슴이 아픕니다.

많이 배우지 못하신 어머니께서 자서전을 쓰셨다는 사실만으로 존경스럽습니다. 매끄럽지 못한 부분이 있어도 어머니가 자랑스럽고, 낱말이 적재적소에 인용되지 않아 이해가 잘 되지 않아도 어머니가 자랑스럽습니다. 잘 하셨습니다. 존경합니다.

밝맑도서관에서 진행한 자서전 쓰기 작업에 어머니가 참여하실 수 있던 것도 감사하고, 함께 배우고 써 가며 즐거워하신 어머니의 친구들에게도 감사를 드립니다. 이 작업을 맡아 해 주신 이영남 선생님과 출판사 선생님께도 무한한 감사를 드립니다.

여러분은 처음 생활방식, 곧 속이는 정욕으로 썩어가던 옛사람을 벗어버리고, 여러분의 마음을 영으로 새롭게 하여, 참된 의와 진리로 하나님을 닮아서 창조된 새 사람을 입으십시오.

– 에베소서 4장 22절~24절

성경 말씀에서 거듭남은 구원의 시작이고, 성도로서 삶의 출발과 하나님의 자녀로서 얻는 축복이며, 천국으로 들어서는 첫 순간부터 내 속마음이 변화를 받아 새롭게 태어난다고 풀이되는 것 같습니다.

믿음 생활과 신앙을 늘 강조하신 어머니의 권유는 과하지 않은 바람이고, 한 가닥 희망인 것을 느끼고 있습니다.

자식의 도리를 하고자 시도한 것이 불발에 그치고 실의에 빠져 있을 때, 어머니의 말씀과 기도는 저의 본분을 다시 찾는 계기가 되었습니다. 이러한 어려움을 통해 거듭남을 깨닫게 되는 것 같습니다.

하나님께서 세상을 이처럼 사랑하사 독생자를 주셨으니, 누구든지 저를 믿으면, 멸망 받지 않고 영생을 얻으리라.

– 요한복음 3장 16절

어머니의 삶을 담은 이 책을 통해 제가 하나님 말씀에 귀 기울이게 된 것이 이미 예정된 것 같습니다.

돌이켜 볼 때 저희 가정은 참 많은 분에게 소중한 도움을 받았으며 감사하게 생각하고 있습니다.

이제 앞으로 남은 시간은 그 소중한 도움을 돌려 드리는 삶을 살겠다고 다짐합니다. 그렇게 이루어질 것과 성경 말씀 공부를 통해 진리를 깨닫고 행동으로 옮길 수 있는 삶으로 거듭나기만을 기도합니다.

- 맏아들 일민 올림

젊은 나이에 아빠와 예상치 못한 이별을 하시고 아들 셋을 자신보다 더 아끼며 온갖 고생이란 고생을 다하신 우리 어머니!

어머니 속을 가장 많이 애타게 한 제가 감히 어머니 자서전에 글을 올린다 하니 참으로 부끄럽고 죄송스럽습니다.

어려서 저는 마산 이모님 댁과 홍성 외가댁에서 자랐지요. 그래서인지 마산과 홍성의 어린 시절 기억들이 아직도 남아 있고, 우리 가족과의 기억은 별로 없습니다.

형편이 어려워서 삼형제 중 저를 보내야 했던 어머니의 심정을 생각하면, 지금에서야 그 아픈 마음을 조금은 알 것 같습니다. 풀무학교 기숙사에 취직하셔서 우리 삼형제를 먹여 살리셨고, 그 안에서 많은 고난과 아픔이 있었지만 주변 선생님과 사모님들의 위로와 풀무 일요 집회를 통해 잘 참고 견디셨습니다.

외할아버지와 주변 분들의 도움으로 홍동 소재지로 옮겨 모두랑 식당을 시작하셨고, 거기에서 언 삼십 년이라는 세월을 모진 풍파와 함께 견디시어 오늘의 저희가 있습니다.

어머니께서는 언제나 "하나님 말씀이 세상의 전부"라 말씀하셨지요. 어린 시절 그 말씀을 저는 정말 이해하지 못하고 방황하며 어머니 속을 많이도 상하게 했습니다.

자식 셋을 키우는 아빠가 되어서야 어머니의 그 말씀이 얼마나 절실한 심정으로 하신 것인지를 알게 되었습니다.

지금 저는 제가 출석하는 교회 목사님과 친구처럼 때로는 형제처럼 지내며 신앙의 끈을 놓지 않으려고 애쓰며 살고 있습니다. 이것이 얼마나 큰 축복이고 은혜인지 모두 어머님의 기도 덕분이라 생각합니다.

입버릇처럼 말씀하신 어머님의 "오직 신앙뿐이다"라는 말씀이 이제는 이 세상 그 어느 것보다 소중하게 여겨집니다.

어머니의 생을 여기에 짧은 글로 표현한다는 것이 참 많이 부족하다 생각됩니다. 무엇보다도 어머니의 고난과 역경은 하늘에서 모두 보상 받으시리라 믿습니다.

이젠 어머니의 건강과 하나님과의 소통으로 남은 일생을 부디 행복하게 이어가시길 진심으로 기도하며 부족하지만 몇 자 올립니다.

어머니, 둘째 아들도 이제 정신 차리고 하나님의 자녀로 세 아이의 아빠로 어머니처럼 하나님을 의지하며 열심히 살아가겠습니다. 저를 위해 더 많이 기도해 주시고 건강하게 오래오래 사십시오. 죄송합니다. 사랑합니다.

- 많이 부족한 둘째 아들 영민 올림

제가 태어날 당시, 우리는 서울 성동구 하왕십리에서 전세를 살았다는데 그때는 너무 어려서인지 전혀 기억이 나질 않습니다. 여섯 살때 어렴풋이 생각나는 것은 어머니께서 어린이대공원에 다니셨고, 친할머니와 두 명의 형들하고 큰 방 하나에 모두 같이 지낸 기억입니다.

여자 혼자 몸으로 서울 생활을 꾸려 가기가 얼마나 힘들었으면 어머니의 고향인 충남 홍성으로 이사를 가서 풀무학원에서 기숙하는 학생들의 식당 일을 맡아 고생을 다하셨지요. 이 년 뒤에는 홍동면 소재지에 자전거포 자리를 사서 모두랑 식당을 차리시고 본격적으로 홍성생활을 시작하셨습니다.

어머니는 식당을 하시면서 대다수 손님들이 지역 사회의 아는 분들이어서 힘들지 않다고 하셨지만, 식당일이 그리 녹록하진 않았을 것입니다. 어떤 손님들은 늦게까지 남아 술까지 마시니, 어머니는 지친 몸으로 잠자리에 들 때 너무 힘들어 하셨습니다. 그런 상황에서도 간절히 주님께 자식들을 위해 기도하며 잠드실 때가 많았던 기억이 납니다.

정신없이 뛰어놀기만 좋아할 시절의 어린 저는 열두 살 때 체육 선생님의 권유로 양궁을 시작했고, 부모님이 좋은 신체 기능을 물려주신 덕에 시작하자마자 재능을 인정받았습니다. 홍동중학교 삼 년을 지나고, 논산에 있는 충남체육고등학교로 입학하면서 양궁 선수로 급성장할 수 있었습니다. 성적도 좋았고 대학도 사 년 장학생으로 마쳤으며, 사 년 동안 국가대표 생활, 이 년의 상무 생활, 칠 년의 실업팀 생활 등을 거쳤습니다. 이 모든 것은 자식을 위해 쉬지 않고 늘 간절히 기도하신 어머니의 정성이 있었기에 가능했다 생각합니다.

스물 아홉 살에 선수 생활을 접고 지도자 생활을 시작하면서 지금까지 이십 년 가까운 세월 동안 인천 선인고 코치, 국가대표 상비군 코치, 인천대 감독, 중국 상해 시 감독 등을 지냈습니다.

시간이 너무 빠르게 흐르는 사이 어느새 어머니는 건강이 더 약해지시고 많이 늙으셨더군요.

가진 재주가 운동이어서 중학교 이후로 타 지역으로 나와 매년 바쁜 시합 스케줄로 지내는 동안 어머님과 같이 보낸 시간이나 추억이 없는 불효자로 살았습니다.

얼마나 대단한 것을 얻겠다고 이렇게 바삐 허우적대며 살았는지… 이렇게 글을 쓰며 뒤돌아보니 이기적인 아들이 외롭게 살아 오신 어머님께 송구스러워 고개를 들 수가 없습니다.

나이 서른에 홀로되신 어머님!

자나깨나 자식들 걱정에 평생을 그렇게 살아 오신 울 엄마!

자식이 그 어떤 말과 행동으로 어머니께서 평생 주신 것에 대한 보답을 할 수 있겠습니까?

앞으로 막내가 할 수 있는 것은, 어머니와의 '행복한 추억을 만들어 가는 것' 이것만이 티끌만한 보답이 아닐까 생각해봅니다.

늘 고단하고 가슴 졸이며 자식들 걱정에 사셨을 어머니! 막내에게는 누구보다 든든하고 사랑 듬뿍 주시는 훌륭하신 어머니셨습니다.

만나면 항상 해 주시는 어머니의 말씀, "선수들에게 주님이 주신 사랑으로 가르쳐라." 이 말씀을 늘 명심하며 살고 있습니다. 더욱 건강해지셔서 막내를 지켜봐 주시고 기도해 주십시오.

엄마, 사랑합니다!

– 막내 아들 우성 올림

형제들의 한마디

첫째

왕십리에서 서로 의지하며 가까이 살다가 혼자된 후로 많이 고생하며 살았는데, 언니인 내가 큰 도움이 되어 주질 못해 늘 안타까웠고 지금껏 굳세게 살아 줌이 더없이 고맙구나. 남은 여생은 더욱 건강히 잘 보내자.

셋째

숱한 역경 속에서도 언니가 잘 이겨 낼 수 있었던 것은 주님께서 늘 붙잡아 주셨음입니다. 힘든 상황에서도 오로지 언니가 주님 붙잡고 기도해 온 힘이라 생각하며 박수를 보냅니다. 지금껏 언니께 힘이 되어 주지 못함을 늘 죄송하게 생각합니다.

넷째

젊은 나이에 홀로되어 아이들 키우며 열심히 잘 살아온 둘째 언니! 참으로 장하십니다. 이제는 아프지 말고 건강한 노후를 보내시고 지금까지 주님만 믿고 살았듯이 하늘나라 갈 때까지 더욱 굳게 사세요. 사랑합니다.

다섯째

언니, 잘 살아 오셨습니다. 제가 처녀 때 언니한테 돈을 꿔 줬는데 결혼할 때 안 갚을까봐 걱정했었어요. 그런데 그 돈을 다 갚는 것을 보고 놀랐고, 그 돈을 주는 대로 다 받았던 제가 철이 없었음이 지금까지 창피하고 한없이 부끄럽습니다.

여섯째

언니의 자서전 초고를 읽어 보면서 구구절절 깊은 깨달음이 있었습니다. 어려운 환경 속에서도 누구한테 의지하지 않고 오직 기도의 힘으로 살아 왔음을 읽었습니다. "모두 하나님의 은혜"라고 말하는 언니의 고백 앞에 고개 숙여 감사와 존경을 표합니다.

일곱째

누님, 멋집니다! 자서전 출간을 축하드려요. 어려운 시대와 환경을 잘 이겨 내셨음을 감사드리고, 남은 여생도 하늘을 우러러 부끄럼 없이 앞으로도 더욱 감사하는 삶이 계속되시길 기도합니다.

여덟째

언니의 자서전 출간을 축하드립니다. 아무나 하지 못하는 일을 언니는 참으로 잘 해내셨습니다. 열심히 살아온 언니의 삶에 위로의 박수를 보냅니다. 늘 믿음 안에서 더욱 씩씩하고 건강하게 사시길 기도하겠습니다. 사랑하고 축복합니다.

아홉째

예쁜이 둘째 언니! 어릴 때부터 저를 유난히 예뻐해 주신 우리 언니!

언니 생각을 하면 마음이 짠해 옵니다. 언니의 삶은 힘들고 아픈 고난이 많았지만, 곱게 익어가는 이쯤에 자서전을 쓰셨다니 존경하고 사랑합니다.

화보

사는 동안 든든한 힘이 되어 주셨던 시아버님과 시어머님(위),
친정 부모님(아래).

왼쪽이 나, 오른쪽은 홍동면 화신리에서 사과농사 짓는
이후근 씨 고모. 우리는 당시 홍동국민학교를 같이 다
녔다. 내가 이삼 년 선배인데 어떻게 둘이 같이 사진을
찍었는지는 기억 나지 않는다. 아마도 오른쪽 옆으로 보
이는 바구니에 음식 싸가지고 홍동국민학교로 놀러 갔
던 듯하다.

학원 친구들과 함께. 맨 오른쪽이 열일고여덟 때의 나.

동네 소꿉친구들과 수덕사에서. 맨 왼쪽이 나.

선을 본 날, 서로 얼굴도 제대로 못 보고 헤어지는데 사진을 한 장 달라고 해서 이 사진을 줬다. 집으로 돌아가는 어두운 밤길에 남편 은 라이터 불을 켜고 이 사진을 보고 또 보았다고 한다.

약혼 사진

결혼 사진은 이게 유일하게 남아 있다.

앞줄 왼쪽 첫 번째가 시어머니, 시어머니 앞
에 어린 일민이. 그 옆에는 시누이의 딸과 아
들이다. 뒷줄 왼쪽이 나, 내 옆에 금자. 시어
머니는 부모 없이 딱한 처지인 어린 금자를
데려다 키워 시집까지 보내셨다. 내가 시집
갔을 때 금자는 열 살이었다.

굉장히 곱고 예뻤던 시누이(왼쪽).

맨 왼쪽이 남편, 그 옆에 나는 어린 일민이를 안고 있다. 맨 오른쪽은 형부,
가운데 언니와 시누이도 있다. 다 함께 고궁 나들이를 갔던 듯하다.

문당리 친정 집 뒤뜰에서. 왼쪽이 남편, 오른쪽이 나.
장독대 위에 앉은 일민이. 내 앞에는 언니 딸 효선이.
효선이는 지금 캐나다에 살고 있다.

어린이대공원에서 일하던 시절(왼쪽). 당시 세 들어 살던 주인집 아주머니와
아이들에게 대공원 구경 시켜 준다고 와서 함께 찍었다(오른쪽).

주인집 아주머니는 우리를 가족처럼 대해 주셨다. 주인집도 우리도 아들만 있어서 서로 잘 어울려 놀았다. 집 앞마당에서 여름날 물놀이를 하는 아이들. 고무통에 들어가 있는 세 녀석이 일민과 영민, 우성이다.

당시 서울시장이던 구자춘 시장에게 성동구 대표로 '장한 어머니상'을 받았다. 남편을 떠나 보내고 힘들게 살던 시절, 영문도 모른 채 상을 받았는데 지금 돌이켜 보면 어려운 처지의 나를 도우려 했던 주변 사람들의 마음이 고맙기만 하다.

어린 시절의 나를 특히 귀여워해 주셨던 둘째 고모(가운데). 오른쪽에 앉아 계신 분은 큰 고모다. 베틀 앞에 앉아 베를 짜는 나. 사랑으로 돌봐 주신 고모들을 잊을 수 없다.

친정아버지 회갑 때 모인 열두 남매. 앞줄 가운데가 나.

풀무학교 기숙사 식당 일하던 시절. 지금보다 시설은 훨씬 열악
했지만 하늘 잃은 서울에서 앞날이 막막하던 때 다시 홍동 고향
으로 내려와 일하게 된 풀무학교는 큰 힘이 되었다.

풀무학교 뒷동산에서 어느 봄날에 막내 우성이와 함께.

풀무학교 영어 회화 교사로 온 캐빈. 식당
엄마로 일하던 나를 많이 도와 주었다.

캐빈은 풀무학교 교사를 그만두고 세계 곳곳을 다니며 일했는데,
한국에 올 때는 꼭 홍동에 들렀다. 이 때는 캐빈의 부모님도 함께
오셨다. 나는 풀무학교 식당 엄마를 그만두고 모두랑을 할 때였다.
홍순명 선생님도 함께 사진을 찍었다. 왼쪽부터 홍순명 선생님, 캐
빈 어머님, 나, 캐빈, 캐빈 아버님.

눈이 많이 내린 날, 모두랑 식당 앞에 눈사람을 만들어 놓았다. 풀무학교 일
을 그만두고 모두랑 식당을 하면서 지역의 많은 분들에게 큰 사랑을 받았다.
지금 저 건물에는 1층에 치킨집, 2층에 동네마실방 뜰이 있다.

외딴 집에서 요양을 하던 때. 몸을 추스르고 소를 다섯 마리 키웠다. 유난히 나를 따르던 송아지와 함께 찍은 사진이 남아 있다.

송풍 살면서 언니처럼 제일 친하게 지낸 원성자(왼쪽)와 함께. 남편
과 함께 홍동 양조장을 오래 운영한 원성자 님은 지금은 홍동에서
이사를 나가 다른 곳에 살고 있지만 가끔 연락하며 지낸다.

홍동국민학교를 같이 다닌 동기들. 앞줄 맨 오른쪽이 나. 둘째 줄 오른쪽에
서 두 번째는 친구 이재자.

풀무학교 고등부에서 열린 무교회 전국 집회 때. 인생의 스승으로 등불이 되어 주셨던 많은 어른들을 만날 수 있는 자리였다. 앞줄 왼쪽에서 네 번째가 노연태 선생님.

믿음이 부족한 내게 큰 가르침을 주시고, 어려운 일이 있을 때마다 위로가 되어 주셨던 유원상 선생님 내외.

주옥로 선생님은 인자하시고 정말 사랑이 많으셨다. 아랫사람들에게도 겸손하고 인자하게 사랑으로 대하셨다. '아, 예수 믿는 사람들은 다 저럴까.'라는 생각이 들 정도였다.

신앙이 깊고 지역에 대한 열정이 크며 사랑이 많으신 홍순명
선생님은 내게 늘 도움을 주셨다. 홍순명 선생님을 만난 것은
하나님의 큰 은혜라 아니할 수 없다.

황연하 선생님 어머님. 교통사고를 당하고 통원 치료를 받던 중에 황연하 선생님 어머님께서 죽을 쑤어 주시는데 고마워 눈물이 났다. 찾아뵐 때마다 은혜가 되었던 분으로 평생 잊지 못한다.

어려운 순간 때마다 풀무학교 선생님들의 도움을 많이 받았다. 교육과 신앙의 삶에서 만난 고마운 분들이다. 왼쪽부터 김종진, 정승관, 이재자, 나, 이승진, 김희옥 선생님.

무교회 전국 집회 때 뵙는 신앙의 선배들은 큰 힘이 되었다. 왼쪽부터 황연하 선생님, 나보다 먼저 풀무학교 기숙사 엄마를 한 순종이 엄마, 국희종 선생님 사모님, 대천 박유순 님, 나.

『우찌무라 간조 전집』 15권을 번역하신 김유곤 선생님 내외. 무교회 신앙 잡지인 《성서신애》에 실린 선생님의 글을 읽고 감동해 서신 교환을 한 때가 이십 년 전이다. 직접 뵌 적은 한 번도 없지만, 깊은 신앙심에서 우러나오는 글을 통해 가깝게 느껴지는 분이다.

아들 삼형제와 함께. 왼쪽부터 첫째 일민, 둘째 영민, 막내 우성.

막내 우성이 군 복무하던 때 식구들과 면회를 갔다. 뒷줄 왼쪽에 둘째 영민, 군복을 입은 우성이 오른쪽으로 큰며느리 경순, 큰아들 일민은 어린 고운이를 안고 있다.

첫 손녀 고운이와 손자 농인이. 눈에 넣어도 아프지 않을 아이들이 어느새 훌쩍 자라 고운이는 날마다 할머니 안부를 묻는 전화를 한다. 농인이는 2020년 겨울 군에 입대했다.

둘째 손주들. 왼쪽부터 다훈이, 다석이, 다연이.
지금 강원도에 사는 둘째 영민 식구들이 몇 해 전,
나와 함께 홍동에서 살던 어느 겨울 집 앞에서.

막내 우성이가 외국에서 열린 양궁 대
회에 출전하고 오는 귀국길에.

막내 손녀 이안이.

우성이가 양궁 선수로 활약할 때 신문에 난 기사를 소중하게 간직하고 있다.

형제자매 식구들이 모여 강원도 평창 리조트에서 1박 2일 즐거운
시간을 나눴다.

목요 독서 모임 식구들. 함께 책을 읽은 지 어느덧 삼십 년이 지났
다. 왼쪽부터 노의영, 이승자, 이승진, 나, 이재자.

'한 왕자와 8공주展' 도록에 실린 나의 작품(위). 여동생의 지도로 그림을 그리고, 형제들을 비롯해 온 가족이 합심해 전시회까지 열었다. 잊지 못할 추억이 되었다. 아래 사진은 모두랑 식당에서 그림 연습을 하는 나.

내 것은 아무것도 없었고 내가 하려고 해서 된 것
도 없었다. 모두 하느님이 하신 일이었다. 아직도
입으로만 하나님을 찾고 한없이 부족한 생활을
하고 있지만, 기도와 순종만이 내가 도착할 삶이
라 믿는다.

이제는 내 속이 조금 조용해졌다

1판 1쇄 펴낸날 2021년 5월 31일
1판 2쇄 펴낸날 2021년 12월 21일

지은이 주정자
펴낸이 장은성
만든이 이영남, 김수진
인 쇄 호성인쇄

출판등록일 2001.5.29(제10-2156호)
주소 (350-811) 충남 홍성군 홍동면 광금남로 658-7
전화 041-631-3914
전송 041-631-3924
전자우편 network7@naver.com
누리집 cafe.naver.com/gmulko

우리 삶은 연습이 없다

갓골자서전

우리 삶은 연습이 없다

이재자

그물코

차례

잘 고른 밭

나의 어린 시절 1(홍동)

내가 가장 좋아하는 색깔의 옷을 입은 진달래가 군데군데 피어 있었다.

봄이 오면 먼 산 안동네까지 가서 한겨울 동안 준비했던 진달래를 따먹었다. 이곳저곳 붉은 색깔을 쫓아다니면서 실컷 먹었다. 먹다 남은 것을 집에 가지고 오면 엄마가 화전도 해 주었다.

"혼자 산에 다니면 안 된다. 용천배기가 나타나 사람 간을 세 사람 것을 빼 먹으면 낫는다는 말이 있단다. 절대로 혼자 다니면 안 된다."

엄마는 언제나 다짐을 받았다.

그러나 별 친구도 없고 먼 데 사는 친구들은 집 일이 많으니 나는 그런 데 시간을 쏟을 수가 없었다. 하얀 꽃 쫓아가면 찔레꽃 순이 있고, 고이성(싱아)도 꺾어 먹고, 보라색 쫓아다니면서 꿀도 빼먹고, 목화 딸 때면 어린 목화 다래도 맛있기만 했다.

산과 밭으로 마냥 뛰어다니며 즐거운 시간이었다.

우리 집 뒷산에서 쭉 올라가면 외딴 함석집이 산 밑에 한 채 있었다. 쭉 이어진 뒷산을 타고 다니며 나는 혼자서 산딸기를 열심히 따먹었다. 멀리에서 붉은색이 조금이라도 보이면 나는 쫓아갔다. 틀림없는 산딸기였다. 한 움큼 따서는 먹고, 또 위로 위로 헤매면서 실컷 따먹었다. 시간도 모르고 거의 눈에 띄지 않을 때서야 양손 가득 가지고 집에 돌아왔다.

"얘, 그걸 많이 먹으면 꼬무락지(뾰족하게 부어오는 작은 부스럼, 종기) 난다. 그만 먹어라."

난 꼬무락지 나는 체질이었다. 살성(피부)이 안 좋아서 모기에 조금이라도 물릴라치면 꼭 꼬무락지가 나곤 했다. 엄마의 걱정을 몰라서도 아니고 간식이 부족을 느껴서도 아니었다. 그걸 쫓아다니며 따는 재미가 있었다. 새콤달콤한 그 맛 때문에 꼬무락지는 안중에도 없었다.

어느 날인가, 중학교 여름방학으로 기억되는데, 언니가 오천에서 미장원 할 때였던 것 같다. 놀러 갔었다. 싱싱한 생선과 드넓고 오염되지 않은 푸른 바다가 매력적이었다.

바다 모기는 육지 모기보다 훨씬 악랄했다. 오른쪽 무릎에 물렸는데 그게 화근이 되어 큰 종기로 번졌다. 그 다리를 이끌고 집에 오니 성이 나서 퉁퉁 부었다. 엄마는 우리 집 앞 논둑에서 느릅나무 껍질을 캐서 망치로 잘게 찧었다. 그러자 그 곳에서 끈적끈적한 것이 나왔다. 나는 그걸 비닐에 싸서 무릎에 대고 헝겊으로 친친 감고 앉았다 누웠다 하다가 화롯불 피워서 그 연기를 마루에 엎드려서 쏘이기도 했다. 그러면 신기하게도 다 나았다. 당시는 어린이들에게 부스럼(종기)이 많았다. 그 때는 이명래고약이 만병통치약처럼 쓰였다. 이명래고약은 노란 기름종이에 싸여 있는 까만 고약이었다. 그것을 온기에 녹여 환부에 붙이면 고름은 쏙 빠지면서 상처가 아물었다. 그러나 이명래고약을 당시 시골에서는 구할 수 없었다. 연기가 어떤 효과를 냈을지 모르지만, 우리 집 유일한 특효약은 느릅나무 껍질이었다.

홍동 집은 면사무소 앞 삼거리에 일자집이었고, 아래채에는 정미소가 있었다. 방이 쭉 나란히 세 개, 마루 끝에는 부엌이 있다. 부엌 쪽문을 열면 마을 두레박 샘에서 물 길러 붓고 쓰는 크고 둥근 물구멍이 박혀 있다. 세 양동이 정도 드는 물두멍이다.

면사무소에서 홍성 쪽으로 내려다보면 삼거리가 나오고, 왼쪽은 면소재지에서 파워가 대단하신 부자댁 술도가가 자리 잡고 있다. 그 댁마님은 말 붙이기가 어려운 상대지만 자기와 마음이 통하는 이들과는 친밀한 상대였다. 마을 사람과 법적 대응이 있었던 모양인데, 언변이 좋고 자기주장이 강하며 억지가 센 분이었다. 그 댁과 우리 집은 거리상 가까웠고 서로 그리 어렵게 지내진 않았다. 그 댁 할머니께서는 날보고 '왕눈이'라 부르며 귀여워해 주셨다.

그 아래 쪽 내려다보면 지금까지 성실히 대물림하여 경영하는 이발관과 맞은편에는 이층집으로 잠시 후 등장하는 호랑이할머니가 사는 집이 나온다. 지금의 로컬푸드 자리는 물논으로 겨울에는 썰매장이 되고 면소재지 여러 분들의 스케이트장이 되었다. 물에 빠져 우는 소리, 썰매 시합하면서 우승한 친구들의 환호 소리, 어른들의 응원 소리 등으로 아수라장이건만 이 즐거움은 시간을 잡을 수 없었다.

봄과 가을, 상당히 넓었던 면소재지 마당이 우리의 놀이터였다. 자치기, 고무줄놀이(무찌르자 오랑캐), 땅 뺏기, 그리고 연날리기도 즐거웠다. 여름이 될라치면 맑은 앞 냇가 진흙으로 된 미끄럼틀이 재밌고, 물속으로 텀벙 빠져 들어가는 스릴 있는 놀이였다. 몇몇 여자 친구들은 빤스만 입고 물장구치고 노래 부르고 놀다 보면 어느새 짓궂은 남자 친구들은 냇둑에 벗어 놓은 옷과 고무신을 모두 감춰 버리는 거다. 난 감해하는 그 모습을 보고 싶은 심사였다.

면소재지 마당에서 놀다가 집으로 돌아오는 길은 그냥 지나치는 법이 없었다. 지금 갓골어린이집은 장티푸스 환자를 격리 수용하는 병막이었다. 그 곳을 지나치면 우리 과수원 원두막이 보였다. 나는 그 곳을 지나치지 않고 올랐다. 아저씨들은 사과, 배 그리고 참외, 수박을 따서 원두막으로 올려주었다. 옛날 개구리참외는 참 꿀맛이었다. 과수원은 가시 울타리로 둘러쳐져 있었다. 그러나 가시 울타리가 즐거움을 막지는 못했다. 동네의 짓궂은 아이들에게도 그 곳은 즐거운 놀이터였다. 아이들은 가시 울타리를 헤치고는 과일을 서리해서 먹었다.

하여간 마냥 즐거웠다.

우리 집은 냇가 가까이 있어서 홍수가 나면 움푹 들어간 부엌으로 물이 들이닥쳐 양동이에 바가지가 동원되곤 했다. 팔괘리 풀무학교 뒷산 우거진 숲에는 늑대와 노루 같은 애들이 병아리 잡으러 인가까지 내려오곤 했다. 뒷산에서는 한식 때가 되면 제사 음식이 푸짐했다. 우린 떡 한 쪽씩 얻어먹으려고 제사상이 차려지자마자 줄지어 산등성이로 오르곤 했다.

어린 시절의 나는 귀염둥이였다. 주위 어른들의 사랑을 독차지했다.

서너 살쯤이었을까? 밤에 단잠을 자다가 오줌이 마려웠다. 낮에는 숙제해 놓고 식사 시간도 챙기지 못할 정도로 공사다망히 뛰놀기 바쁘다. 오줌이 마려웠지만 일어나기 귀찮아 무지근히 '될대로 되라' 그냥 누워 있는 사이 사건이 발생했다.

옷과 요에 뜨끈한 감촉이 느껴졌다. 창피 무릅쓰고 할머니께 이실직고했다.

"아가, 이리 오너라."

할머니는 뒤로 돌아서라면서 내게 키를 씌워 주시는 거다.

"이층집 할머니 댁에 가서 소금 꿔간 것 좀 받아 오너라."

"네."

나는 씩씩하게 대답하고 이층집 할머니 댁으로 갔다. 불 때고 계시던 호랑이할머니에게 다짜고짜 "소금 주세요."하니, 할머니는 소금은 커녕 부지깽이로 나를 마구 때리는 거다. 아니, 기가 막혀서. 빌려간 소금이나 줄 것이지, 부지깽이가 웬 말인가? 부지깽이로 맞은 것보다 원망과 억울함이 더 아팠다. 크게 소리내어 울며 집으로 돌아오던 기억이 난다. 그때는 도저히 이해가 안 되고 야속하기만 했다. 꿔간 소금은 어디 갔을까?

가끔 할머니가 부침을 해서 접시에 담아 주옥로 선생님(풀무학교 공동 설립자) 댁에 갖다 드리라 하신다. 우린 서로 다투어 가려고 했다. 징검다리 건너서 그 곳에 가면 할머니가 단수수를 토막 내서 끈으로 묶어 주시기 때문이다. 그 맛은 사탕에 비할 바가 아니었다.

어느 날, 사촌들과 함께 실내에서 숨바꼭질이 한창이다. 급하게 숨는다는 것이 마루에서 부엌으로 들어서는 쪽문을 확 밀다가 사촌 동생이 그만 물이 가득한 물두멍에 거꾸로 박혔다. 두 살 아래 사촌 재석이었다. 재임 동생이 기겁을 하며 소리쳤다.

"쪼근(작은)오빠 빠졌어!"

우리는 함께 달려들어 한 명씩 교대로 거꾸로 박힌 다리를 잡아 끌어 보았지만 소용없었다. 오히려 더 깊이 오르락내리락 하여 상황만 어렵게 만들 뿐이었다. 누군지 기억나지 않지만 어른들에게 달려가 도움을 청했다. 다행히 어른들이 달려와 겨우 건져 낼 수 있었다. 물에 빠진 생쥐가 되어 숨을 헐떡이며 입술은 새파랗게 질려 있었다. 그때 여러 형제들과 한동안 훈육을 들어야 했다. 지금은 상상하면서 웃음이 나오지만, 그 당시는 황당한 일이었다.

한 번은 이런 일이 있었다. 네 살 아래 동생이 아기 때였다. 엄마가 홍원리에 있는 외가댁으로 조그마한 보따리를 들고 동생을 업고 나서는 것을 보았다. 아마도 내가 네다섯 살 때인 듯하다. 엄마는 홍동국민학교 뒤 운동장 위로 죽 걸어 올라가셨다. 나는 급하게 준비를 완료하고 뒤떨어질세라 얼른 몰래 뒤쫓았다. 엄마는 얼마 동안 앞에 가시면서 못 보셨는데, 고개 위 방앗간 근처에서 뒤를 돌아보셨다.

"아가, 너 왜 쫓아오니? 어서 집으로 가."

"싫어, 나도 갈래."

"아녀, 못 간다."

"싫어, 내가 걸어갈 거야."

"안 돼. 거기 식구가 많아서 못 데리고 가."

"많으면 더 좋지. 만나면 재밌잖아."

"그게 아니야. 빨리 집에 가. 할머니한테 가서 맛있는 사탕 달라고 해."

"싫어, 나도 좀 데리고 가면 되잖아."

"안 돼."

"옆집 정자도 엄마 따라갔대."

줄다리기가 계속되고 가속도가 붙으면서 감정도 함께 속도가 붙어서 둑에서 회초리까지 동원되었다. 그래도 몇 대 맞으면 데리고 갈 줄 알았는데, 남에게 폐 끼치는 것을 무척 싫어한다는 이유로 끝까지 관철이 되지 않았다.

'내가 가면 얼마나 반겨 주실까? 오빠들이 맛있는 버섯구이도 해 주고 나를 예뻐하여 어쩔 줄 모르는데….' 엄마를 이해할 수 없었다.

몇 대 맞고 뒤돌아섰다가 엄마가 저만치 가면 뒤따라갔다. 그렇게 몇 차례 하다가 울고불고 또 우는 사이에 나도 엄마도 지쳐 버렸다. 결국 그렇게 가고 싶은 외가댁에는 가지 못했다. 데리고 가면 될 것을 끝내 고집하신 엄마가 그토록 야속했던 적은 지금까지도 전혀 없었다.

외가댁에 가면 버섯을 따다 호박잎에 싸서 숯불에 구워 먹는 것이 너무 맛있었다. 그리고 공주처럼 나를 떠받들어 주는 외사촌 오빠들이 좋았다. 그날따라 나를 반기는 오빠들의 손길이 그토록 그리웠다.

엄마 고향은 첩첩이 산으로 둘러싸인 홍원마을이다. 외가댁은 우리

보다 훨씬 부유했다.

외할아버지는 농사일을 하시면서 목수 일까지 하시느라 객지를 많이 왕래하셨다. 성품이 차분하고 온순하셨다. 외할머니와는 성품이 대조적이었다. 차분하시고 가족에 대한 책임감이 강한 분이었다. 농사일을 아내에게 맡기시고 외지로 목수 일을 다니셨다. 건축에 대한 남다른 관심과 솜씨가 있으셨던 것 같다. 어떤 분인가 살면서 궁금했다. 그러나 외할아버지를 생존에 두세 번 뵌 것이 전부이니 그 분을 잘 몰랐다. 엄마 치매 오기 전인 90세 초반에 나는 급히 기록해두어야 한다는 생각으로 어머니께 당신의 친정아버지에 대해 여쭤본 적이 있었다.

"나 어릴 때 아버지가 외지에서 일하다 오시면 야수교 말씀을 자주 하셨어. 그게 뭔지는 몰랐는데 요새 생각하면 예수교가 아닌가 싶다."

엄마는 잠시 스쳐가는 말로 이런 얘기를 해 주셨다. 그때는 아직 기독교가 한국에 들어오기 전이었을 텐데 외할아버지는 어떻게 기독교를 알고 있었을까.

외할머니는 추진력이 있고, 사리가 분명하며, 책임감이 강하고, 깔끔하셨다. 내가 어렸을 때 우리 집에 가끔 오셨다. 외할머니는 밭에 삼을 많이 심어서 길쌈을 하셨다. 마을 분들과 품앗이로 했는데, 어느 날 몇몇 동네 분들과 함께 일하다가 잠시 들어가더니 한참 뒤에 나와서는 하던 일을 계속하셨다고 한다. 산기가 있어 자기 방으로 가서 분만을 하고는 아무 표시도 없이 계속 일하셨다는 것이다. 함께 일하던 분들은 아무도 눈치 채지 못했다고 한다. 산모의 몸조리는 사치라고 여겼던 것 같다. 그저 자기에게 맡겨진 일을 소처럼 해내는 것 외에는 별다른 생각이 없었다.

외할머니는 가끔 우리 집에 오셔서 빨래를 걷어다 발로 밟아서 말려 놓으셨는데, 다림질을 하듯 판판했다. 요즘 사람들은 잘 모르겠지만, 당시 면 종류의 옷은 세탁해서 풀을 먹이고 촉촉이 마르면 판판하게 개어서 밟아 놓으면 다림질한 것과 같았다. 그래야 구김살 없이 입을 수 있었다. 외할머니는 늘 그렇게 섬세하게 손질을 해 주셨다. 외할머니는 엄마가 가끔 해 드리는 신식 옷을 입고 흐뭇해하셨다. 외할머니는 신식 옷을 사 드리면 보자기에 곱게 싸가지고 가시다가 인기척 없는 야산에 올라 새 옷을 입고 댁으로 가셨다고 한다. 외가댁은 정리 정돈이 잘 되어 있는데, 외할머니는 우리 집에 오시면 당신의 옷이나 버선, 지팡이를 흐트러짐 없이 챙기셨다.

엄마 위로는 언니와 오빠가 있었다. 동생은 몹시 잘생긴 귀염둥이였는데 어렸을 때 홍역을 앓다 죽고 말았다고 한다. 그래서 엄마는 동생을 늘 그리워하셨다.

엄마는 어린 시절 정신이 이상한 동네 아이를 놀리다가 그 부모님이 쫓아 나오면 삼밭에 숨어서 찾아다니는 다리를 쳐다보고 동정을 살펴 피했다 한다. 늦여름에서 가을로 접어들면 엄마는 논에 가서 새 보는 일을 하루 종일 했단다. 기껏해야 누룽지가 유일한 간식이었다. 그렇게 지루한 일의 연속이었건만 그 일에서 벗어난다거나 달아날 생각이 엄마에겐 없었다.

묵묵히 일만 하던 엄마도 친구들이 홍동국민학교에 간다기에 함께 가고 싶었다. 그러나 외할아버지가 적극적으로 반대하시는 바람에 끝내 학교에 못 갔다. 대신 엄마는 야학을 몇 개월 다녔다. 그 덕으로 지금은 찬송가와 성서를 읽을 수 있다.

엄마는 열 일곱 살 때 당시 열 다섯인 아버지와 결혼했다. 두 분은 곧 결혼할 사이인데도 서로 대면도 하지 못했다. 열 다섯 호기심 많은 신랑은 규수의 모습이 못내 궁금했는지, 미래의 처가 뒷산에 올라앉아서 언제쯤 처녀가 나올까 하고 하염없이 기다렸다. 그러나 만날 수도 없었고 또렷하게 얼굴을 볼 수도 없었다. 열 다섯 신랑은 끝내 먼빛에서 (멀리서) 모습만 쳐다보고 돌아와야 했다. 그때는 그랬겠지. 아버지의 얘기를 들을 때면 이 장면에서 아련함이 든다.

우리 집 식구는 할머니와 10남매(사촌 둘 포함), 일꾼 등 대식구였다. 할아버지에 대한 직접적 기억이 내게는 없다. 할아버지는 내가 태어나기 전에 돌아가셨다. 할아버지는 마을에서 서당 훈장을 하시며 자녀들과 마을 사람들을 가르쳤다고 한다. 당시 우리 집안은 논과 밭, 임야가 많고 남부럽지 않게 살았다.

그런데 할아버지가 금점(金店)을 하시면서 가세가 기울기 시작했다. 금점이라는 게 금을 캐는 것인데 잘 될 때는 일확천금이겠지만 그렇지 않은 경우가 훨씬 많았다. 재산이 많이 낭비되었다. 엄마 몰래 할아버지께서는 쌀 항아리에 한 말 두 말 쌀을 사다 부어 주셨단다.

사촌들과 대식구가 살아가기 위해 아버지께서는 자전거포 심부름부터 시작하여 작은 자전거포를 경영하고 정미소 심부름 하시다가 나중에는 정미소를 직접 하시게 된다. 그 덕분에 우리는 농토를 확장하고 일꾼을 두 명 둘 수 있었다.

그 많은 식솔들은 각각 역할을 분담해서 생활했다. 엄마는 손재주가 있으셔서 피복을 담당했다. 옷감을 필로 사다가 재단하고 꿰매 빨강 치마, 노랑 저고리를 만들어 주셨다. 할아버지는 바느질을 잘 못하시는 할머니 대신 솜씨가 있고 손재주가 아주 좋은 며느리를 얻어 무척 좋아하셨다. 할머니는 가끔 엄마의 전설을 들려주셨다. 결혼 직후의 일이었다고 한다. 할머니는 갓 결혼해 들어온 며느리에게 곧장 두루마기감을 내놓고는, 마름질을 위해 이웃집 할머니를 데리러 나가셨다. 엄마는 그 사이에 지체 없이 마름질해서 꿰매기 시작했다. 두루마기가 금세 완성되었다. 얼마 후 돌아온 할머니는 엄마의 솜씨를 보고는 감탄을 한 나머지 대단한 칭찬을 했다. 두루마기 작업은 저고리보다 훨씬 더 어려운 작업이었다.

둘째와 셋째 엄마는 할머니의 손맛을 따라 식사를 담당했다. 손위 고모는 반에서 1, 2등을 할 정도로 명석했다. 작은고모는 몰래 숨어서 교회에 출석했다. 그때는 아직 집에서 기독교를 받아들이기 전이었다. 들키면 아버지가 작은고모를 무척 혼냈다고 한다. 작은고모는 "아버지보다 오빠가 더 무서워서"라고 추억하셨다. 집안의 장남이던 아버지는 가족 소대장 노릇을 했다. 쉬운 일은 아니었을 것 같다.

우리 집은 삼거리에 있어서 가게 터로 적격이었다. 면사무소 앞 삼거리(지금은 사거리가 되었다)에서 큰 식품 가게를 했다. 당시 설탕을 큰 사발 한 개씩 퍼서 팔았는데, 아버지가 출타하신 틈을 타서 남녀 몇 명을 초청하여 빙 둘러 앉아 18킬로그램짜리 들통에 담긴 설탕을 퍼 먹었다. 잠시 후 아버지가 회초리를 들고 쫓아 오셨다. 난 아버지의 화나신 모습에 겁에 질려 할머니가 학교 모퉁이 조그만 밭 매러 가신 곳으로 도망쳤다. 범인을 못 잡고 모진 놈 곁의 언니만 고발한 죗값을 치렀다고 한다. 화가 잔뜩 나신 아버지의 모습을 그때 처음 보았다. 정말 무서웠다.

나의 어린 시절 2 (월림리)

열 살 때 우리 집은 홍동에서 광천 월림리로 이사를 갔다. 아버지에게 홍동은 고향이건만 6.25가 쓸고 간 상처로 고향을 떠나야 했다. 월림리는 지금은 광천읍 소속이지만 당시에는 홍동면의 맨 끝자락 마을이었다. 열 명 넘는 대가족의 안식처로 마련한 월림리 집은 기역 자로 위채는 방이 셋, 마루가 딸린 곳이었다. 부엌은 무척 컸다. 부엌에는 불 때는 솥이 걸려 있었고 중간에는 쌀뒤주와 뒤편에 김치 저장 창고와 일하는 아저씨 아래채가 붙어 있었다. 집 앞 둥근 화단에는 조부 때부터 대물림한 두 그루 단감나무가 흑장미 옆에 버티고 있었다. 풍작일 때는 거의 두 접(200개) 이상을 수확해 온 식구가 포식할 수 있었다. 지금까지의 맛 본 단감 중에 최고 크고 맛있는 감이 열렸다.

우물가에도 단감나무 두 그루, 뒷산 높이 서 있는 밤나무 몇 그루, 그 옆 산에는 대나무가 무성해 참새들의 보금자리였다. 그 많은 참새 떼가 먹이를 찾아 뒷고래(마을 이름)로 줄지어 날아가는 걸 보고 엄마는 한 폭의 그림으로 묘사하곤 했다. 한 마리가 먼저 가서 "얘들아, 뒷고래로 이동하자. 거기 오늘 씨 뿌리거든." 하면 모두 단합하여 줄지어 대이동을 했다.

집에는 일꾼이 두 분 있었다. 맨 끝방에 보일러 장치를 하고 5~6층으로 쌓아 올린 사면 모두 보온을 해서 갓 깨어난 병아리를 부화장에서 들여와 키우기 시작했다. 병아리 모이와 물주기, 똥 치우기, 보일러 온도 보기는 모두 우리들 몫이었다.

작은 과수원에는 배, 사과, 복숭아, 토마토, 참외, 수박이 가득했다. 비바람이 휩쓸고 가면 석이 동생과 나는 바께스(양동이)를 들고 과수원에 나갔다. 우리는 떨어진 과일을 한 바구니 가득 채웠다. 과수원 과일은 수익이 아니라 식구들 간식거리 정도였다. 간식은 풍부했다. 사촌 동생은 먹을 게 많아 행복해 했다.

아버지는 칼칼하고 확실한 성격이었다. 아버지는 밭작물을 심을 땐 월간 잡지《농민생활》을 구독하셔서 센티미터를 재서 앞뒤 좌우로 정확하게 심고, 벼는 소독을 해서 심었다. 마늘이나 양파 같은 밭작물도 모두 간격을 맞춰서 심었다. 엄마와 할머니는 옛날에 그렇게 안 해도 잘 살았는데 꼭 그렇게 해야 하냐며 아버지가 듣지 않을 때 투정을 하셨다. 아버지의 의지대로 우리는 콩으로 개량메주를 쒀서 먹기도 했다. 그때도 할머니와 엄마는 달갑게 여기지 않았다. 그러나 철저히 작업반장 지시에 따라야 했다.

우리는 앓아서 자리에 눕기 전에는 열심히 일해야 했다. 지시 사항은 틀림없이 해야 하고, 아버지 보시기에 만점을 맞아야 했다. 자수성가하신 아버지는 남달리 생활력과 독립심이 강하셨다. 십여 명 넘는 대식구를 거느리시는 가장이었기 때문이리라.

아버지는 술과 담배를 안 하셨고, 그런 걸 하는 사람들을 이해 못 하셨다. 장날에 생선 한 박스 사면 온 식구가 5일을 포식하는데, 왜 그 돈으로 몸에 해로운 술을 마시는가? 장날에 주막집마다 들러 행인들 붙잡아 들이고 건강 해치고 돈 없애고 시간 낭비한단 말인가? 아버지의 주장이었다.

장날이면 광천시장에 싱싱한 생선이 많았다. 꽃게, 갈치, 고등어 등등 식탁은 풍성했다. 아버지는 장날이면 가족을 위해 싱싱한 생선을 사오셨다. 집에 있는 우리는 밥을 준비했다. 가마솥에 하얗게 댁긴(절구통에 절구대로 찧어서 껍질을 벗기는 것) 보리밥, 보리밥 속에 흰쌀을 속박아 콩 몇 개 넣어서 할머니와 아버지 진지 먼저 뜨고 우린 대바구니에 퍼 담았다. 찬은 밭에서 나는 야채와 아버지가 장에서 사온 생선이었다. 여름이면 넓은 부엌에 밀대 방석을 깔고 온 식구 중 여성 동무와 아이들 둘러앉아 식사를 했다.

나는 엄마의 부엌일을 도왔다. 아침 일찍 왕겨 불 때는 게 내 일이었다. 나는 엄마를 따라 식사당번 나가기 전에 숙제를 깔끔하게 완료하고 책보자기도 싸놓고, 완전 준비를 마치고 나갔다. 그게 내 성격이었다. 그런데 네 살 아래 동생은 나와 성격이 대조적이었다. 동생은 성격이 직선적인데 일할 때는 꾀가 많고 느긋했다. 안방은 부모님 쓰시는 방이자 식당이 되는 곳인데, 밥 먹기 전에 방을 치우는 것은 동생 몫이다. 그런데 부엌에서 밥상(14~15명)을 차려 가지고 두레상이 들어오면 방은 아직 식당이 되지 못했다. 동생은 절반밖에 방을 안 치우고 신문

조각이나 만화책을 들여다보고 있었다. 평퍼짐하게 앉아서 태평세월이었다.

이 당시는 사촌 동생 재희와 나, 올케언니 셋이서 취사 당번이었고 나머지 동생들은 방, 마루, 앞 꽃밭, 뒷 꽃밭을 구역을 정해 오빠의 지시에 복종해야 했다. 아버지와 달라서 잘못하면 벌을 서야 하고 그 대가를 치러야 했다. 헌병 출신이신 오빠는 엄격 그 자체로 아버지보다 더 어려웠다. 그래도 아버지 방법보다는 오빠의 방법이 교육적이라고 먼 훗날 생각해 본다.

동생 때문에 어린 시절 재미있게 지내기도 했지만, 속도 많이 썩었다. 동생은 비가 와도 절대로 뛰질 않는다. 동생은 이런다. "왜 빨리 앞질러 가서 그 비까지 다 맞느냔 말이야?" 팔팔하면서 참 느긋한 그 애 성격은 나와는 정반대여서 화가 나기도 했지만, 어떤 때는 부럽기도 했다.

동생과 얽힌 일화는 더 있다. 산등성이에 목화를 널어놓으면 며칠이 지나 하얗게 피어오른다. 우리 둘은 열심히 땄다. 그때마다 동생이 영화나 책을 본 이야기를 열심히 하느라 시간 가는 줄 몰랐다. 엄마는 우리에게 목화는 딸들이 시집 갈 때 이불솜이 되니 꾀부리지 말고 열심히 따라고 했다. 훈이동생은 딸 다섯 낳고 난 귀한 아들인지라 집에서 귀염둥이였다. 동생은 엄마에게 아주 귀엽게 따져 물었다.

"엄마, 누나 하나 시집보내려면 대체 몇 년을 따야 해요?"

엄마가 "3년은 따야지." 하니 동생은 손가락으로 3 곱하기 5를 한다. 이렇게 15년을 계산해내고는, "아이구, 난 그것 못하겠네." 하고 도망쳐 버렸다. 그때 그 시간이 그대로 머문다면 얼마나 행복할까? 하는 생각도 가끔 든다.

생일이 되면 엄마는 계란 두 알씩 삶아서 주셨다. 나는 아끼지 않고 단숨에 먹어 버렸다. 그런데 동생은 쪼개고 또 쪼개고, 감추고 또 감추며 아주 알뜰했다. 어느 날, 동생이 계란 두 개를 장롱 위에 숨겨 놓고 밖으로 나가는 걸 봤다. 나는 인기척이 거의 사라지는 시점에서 두 개 모두 먹어 치웠다. 잠시 후 돌아온 동생은 자기 계란이 없어진 것을 알고는 성질을 부리며 팔딱거렸다. 그러나 아무리 동생이 야단법석을 부려도 글쎄, 먹는 걸 본 사람도 없고 하등에 증인 확보가 안 되니 나는 철저하게 모르쇠로 일관했다. 이 사건은 훗날 5~6년이 지나서야 밝혀 졌다. 공소시효라고 하는가? 그땐 자유스럽게 먹을 수 있을 때니까 무죄 처리가 되었다.

형제가 많았지만 싸움은 많이 하지 않았다. 그런데 나보다 다섯 살 위 언니와 동생은 의견 충돌이 잦았다. 동생은 9년이나 차이가 나는 왕언니와 사사건건 부딪쳤다. 그럴 때면 난 옆에서 "고양이와 개구면." 하면서 슬그머니 웃고 지나갔다. 동생과 왕언니의 충돌이 심해져 열이 심하면 나는 이쪽저쪽 변호사 노릇해 보지만 별 효과가 없었다.

동생과 내가 가끔 싸울라치면 아버지가 회초리를 찾으시는 동안 둘은 탁 튀어서 담 밑에 숨는다. 그리고 거기서 또 따지는 것이다. 자기주장이 센 동생이 거의 이기는 편이었다.

내가 태어날 때 집안은 바쁘고 가족 간에 화목했다.

한 방에서 여럿이 자는데 왜 그리 웃음이 나왔는지 모르겠다. 킬킬

거리며 한 사람이 웃으면 모두 삽시간에 전염이 되어 온 방에 웃음소리가 가득했다. 아버지가 "잠 좀 자자." 그러면 참다가 터지는 웃음은 그칠 줄 몰랐다.

나는 3남 5녀 중 셋째로, 위로 오빠와 언니가 있고 아래로 여동생이 셋, 남동생이 둘이다. 바로 위 오빠는 홍역을 앓다가 끝내 일어나지 못하여 나는 태어날 때부터 가족들의 각별한 염려와 사랑을 받았다. 숙부님들은 방아를 찧다가도 우리 애기 살았나 죽었나 와서 들여다보고 그랬다. 가끔 서울 가시면 구두를 사오셨고 고운 색동옷도 입혀 주셨다. 중학교 때는 방과 후에 집으로 직행하여 공부와 집일을 도와야 했고, 연이 동생은 탁구 치고 늦게서야 집에 오곤 했다. 나의 이런 선택은 대학 다니는 오빠께서 학교와 집만 생각하고 옆 길 쳐다보지 말라는 엄한 명령에 영향을 받았기 때문이다. 어릴 때부터 많은 형제들에 대한 글을 써서 책 한 권 쓰고 싶은 생각을 해 왔다.

나는 잘 고른 밭에서 자랐다.

유리구슬

나는 국민학교(초등학교) 다닐 때 키가 작았다. 앞에서 2~3번에서 벗어나 본 기억이 없다. 작은 체구에 눈이 유독 새까맣고 커다랬던 나는 무용을 좋아했다. 한 학년이 끝날 즈음 학예 발표회가 있었다. 화자, 정자, 재자 이렇게 우리 셋이 뽑혀 '토끼와 거북' 무용을 연습했다. 그러나 우리 셋 모두 무대에 오를 수는 없었다. 어느새 탈락된 정자가 내게 푸념했다.

"애, 너는 부잣집 딸이라 그래."

정자는 커다란 눈, 새까만 눈동자, 둥글넓적한 얼굴을 가진 아이였다. 정자는 요즘도 내게 말한다. "너는 그 무렵에도 점심에 따뜻한 밥을 놋그릇에 먹었잖아?" 정자는 그것도 부러워했다.

그때 나는 깜짝 놀랐다. 나는 내가 부잣집 딸이라고 생각한 적은 없었고, 무용과 음악을 잘해서 뽑힌 줄로만 알았기 때문이다. 아마도 선출 기준은 공정하지 않았을까 생각한다.

그런데 문제가 발생했다.

집에서 무용복을 못해 준다는 것이다. 형제가 사촌까지 10여 명이나 되었으니 무용복을 새로 맞춰 입는다는 게 사치였다. 그러나 그건 내 알 바가 아니었다. 꼭 관철을 시켜야겠는데… 곰곰 생각하다가 담임 선생님이 나서 주시는 게 좋겠다는 결론을 내렸다. 선생님은 종현 마을에 사는 여선생님이었다. 우리 식구와는 잘 알고 집안끼리도 가깝게 지내는 사이였다.

다음날 아침, 담임 선생님께 강력하게 주장해 달라고 부탁을 드렸다. 선생님은 퇴근길에 우리 집에 들러 필요성을 강력히 주장해주셨다. 이렇게 되자 집에서도 달리 어쩔 수 없었는지 승낙했다.

어렵게 얻어 입은, 옆으로 빨간 줄이 있는 흰 바지와 위에는 세라복을 입고 삼촌이 서울서 사다 준 빨강 구두까지 신고는 무대에 올랐다. 정말 신나게 무용을 했다.

국민학교 3학년 때 집이 홍동에서 월림으로 이사하면서 나도 대평 국민학교로 전학했다.

전학가기 전날 산수 시간이었다. 정자가 빌려간 삼각자 세트를 아직 돌려 받지 못했다. 좀 생각을 했다. 삼각자 세트는 어린 내게 참 중요한 물건이었다. 그냥 갈 수가 없었다. 꼭 받아 가지고 가야 한다는 결심에 나는 정자에게 말했다.

"얘, 내 삼각자 줘. 나 내일 전학 가."

정자는 놀란 눈치였으나 아무 말 없이 자리에서 일어났다. 몇 시간 후에 삼각자를 가져왔다. 지금 생각하면 마음이 아프다. 어떻게 구했을까? 분명히 집에 갔다 왔을 텐데 그 애 집은 학교에서는 먼 문당리에 있었다. 어린 것이 얼마나 난처했으면 그 먼 길을 다녀왔을까?

대평국민학교는 홍동국민학교 분교였다. 운동장도 작았다. 전학 첫날, 분홍 인조견 치마저고리를 입고 학교에 갔다. 동생은 1학년, 나는 3학년이었다. 우리 보호자는 준규 아저씨였다. 교실에 들어서자 아이들이 빙 둘러서서 맞이해 줬다. 부끄럽기도 자랑스럽기도 했다.

당시 나는 선생님들한테 귀염을 많이 받았다. 학교 어린이 문집에도 나의 조그마한 글이 실리게 되었다. '뭉게구름 가는 곳'이라는 제목이었다.

하지만 대평국민학교 기억에는 아픔이 있다.

어느 날부터인가 아이들은 나를 따돌리기 시작했다. 기성회장 딸 최영순이란 아이가 주동이었다. 여학생 한 사람도 내 편은 없었다. 우리 학급은 남자 8명, 여자 6명이었다. 하물며 한동네 친한 친구까지 포섭되었다.

나는 쉬는 시간에 운동장에서 놀지 못했다. 학교 뒤뜰에서 혼자 놀다가 수업 종소리를 못 들어 늦은 적도 있었다. 등하교 시간에도, 노는 시간에도 누구 하나 내게 말 붙이는 친구가 없었다. 나는 선생님한테 미움을 받아도 친구들과 잘 지냈으면 좋겠다는 생각이 간절했다. 집에 가면 아버지한테 전학시켜 달라고 떼썼다. 너무 속상했다.

나는 키가 작아 맨 앞줄에 앉았다. 옆에 보니 1원짜리 지폐가 한 장 떨어져 있었다. 주울 때는 선생님께 드리려 했는데, 어느새 내 주머니에 넣고 말았다. 잠시 후에 옆 친구가 돈을 찾았다. 그때 내놓을까? 했으나 그렇게 되면 내가 훔친 것이 되어 버릴 것 같아 끝까지 숨겼다. 이

것이 지금도 부끄럽다.

6학년이 되었다. 중학교에 진학하기 위해 과외 공부를 시작했다. 전 깃불 켜고 밤까지 남자 5명, 여자 2명이 했는데 우리 동리에서 여자아이는 나 혼자였다.

수업이 끝나고 집에 올 때면 깜깜한 밤이었다. 길은 아주 희미하게 보였다. 대평리에서 빙질 사이로 접어들면 곧바로 오른편 산 밑에 상여집이 있었다. 그곳을 지날 때는 남자아이들은 가만 있지 않았다.

"어헤야 어헤야 이제 가면 언제 오나."

남자아이들은 상여 나가는 흉내를 한껏 내고는 막 뛰어 달아났다. 나도 열심히 뛰었지만 도저히 그 발걸음을 따라갈 수 없었다. 나는 눈은 크고 키는 작고 겁은 많았다. 온몸에 소름이 쫙 끼쳤다. 너무 무서웠다. 집에 와서 부모님께 울며불며 이야기했다. 해결책을 찾는 것은 아버지와 엄마 몫이었다. 영수 엄마와 우리 엄마는 둘도 없는 짝꿍이라고 할 정도로 친했다. 그 후로는 남자친구들의 장난은 없었다. 그 루트를 통하여 다소의 효과를 본 듯하다.

당시는 학교로 미국에서 보내준 구호물자가 나왔다. 구호물자가 학교에 오면 우리는 나란히 서서 심지(제비)를 뽑았다. 종류는 다양했지만 내 마음에는 플라스틱 필통과 돼지 저금통이 들어왔다. 심지나 보물찾기에서 좋은 성적이 나온 적이 한 번도 없었다. 이번에도 마찬가지로 그 흔해 빠진 유리구슬이었다. 담임 선생님이 우리 부모님과 잘 아는 분이니까 좋은 것 주실 줄 알았는데 너무 속상했다. 그러나 학교에서는 티를 못 내고 집에 와서 다리 뻗고 울었다.

"언니가 좋은 것 가져오면 줄게." 엄마는 다정하게 나를 달래셨다.

잠시 후 언니가 왔는데 똑같은 유리구슬을 받아왔다.

"우리 자매들은 모두 재치가 없나?"

유리구슬은 학급 규칙에 의해 심지를 뽑아 받게 된 것이고, 선택은 나 자신의 일이었다. 내가 선택한 것에 대하여 이의를 제기해 봐도 소용이 없는 일이었다. 어린 마음에서 그저 억지 부림을 한 것이었다. 다른 물건을 갖고 싶은 마음에만 골몰한 채, 구슬을 가지고 놀 생각은 하지 못했다. 비록 원하지 않았던 유리구슬이라도 그것을 가지고 어떻게 재미있게 놀까? 구상해 보고 그나마 고맙게 생각한다는 것은 상상치 못했다.

내가 받은 유리구슬은 내가 원치 않은 것이었지만, 그런 환경을 이겨낼 용기가 없었던 건 아닐까? 생각이 든다.

편물

   광천여중은 우리 집에서 2킬로미터 정도 떨어진 광천읍에 있었다. 집에서 가방을 메고 광천 가는 큰길까지 15분 정도 걸어 나가면 자갈길을 만났다. 이 길은 청양, 장곡 방면에서 광천으로 향하는 큰 길이다. 자갈길을 10~15분 걸으면 장고개가 나왔다. 지금은 평범한 2차선 도로로 보이지만 그때는 장고개가 참 높았다. 그리고 고개에 주막집이 있었다. 그곳은 시골 아저씨들의 활동 무대였다. 길 왼쪽은 나무가 듬성듬성 있는 숲이었다. 3년 내내 자갈 많은 길을 30~40분 걸어 다녔다.

   이 길을 나중에 아버지 자전거로 몇 번 오간 적이 있다. 결혼 후 고향을 떠났다가 다시 고향에 돌아와 생활할 때였다. 가끔 병원에 가려고 아버지의 자전거 뒤에 탔다. 그때도 여전히 자갈길이라서 아버지는 자갈을 피해 갓길로 조심스럽게 자전거를 몰았다. 뒤에 앉아 아픈 엉덩이를 만지면서도 아버지는 지금 얼마나 어렵게 운전하실까 하는 생각에 마음이 아팠다.

   그 시절 중학생들은 교복을 입었다. 맞춤은 값이 기성복의 두 배나 됐다. 아버지는 맞춤집에 가자고 하시지만, 나는 돈 생각해서 그냥 기성복으로 결정했다. 밀양지인데 싸지나 구레바가 좋은 것이었다. 난 하여간 밀양지 기성복도 감지덕지 감사하게 입고 다녔다.

어느새 2학년 2학기가 되었다. 아버지가 학부모회의 참석 차 학교에 오셨는데, 등판이 노랗게 빛이 바랜 내 교복을 보시고 곧장 양복점(그땐 여학생 교복도 양복점에서 맞췄다)으로 데리고 가서 최고 좋은 구레바로 큼직하게 맞춰 주셨다. 동생들이 물려 입어도 새 옷 같았는데 나중에 보니 구렁방아 같이 홀렁했다. 그러나 난 아버지 사랑에 감사 또 감사였다.

가끔 등교 후 비가 많이 내리는 날이 있었다. 지금처럼 일기예보를 확인하고 등교하는 일이 없었다. 그때마다 시내 아이들은 가정부가 우비와 우산, 장화까지 다 가져다 준다. 시내 아이들 전체는 아니었으나 그땐 그렇게 생각되었다. 장곡 친구들은 버스 타고 가는데, 난 꼬박 그 비를 다 맞고 집에 와 보면 속옷까지 모두 젖었다. 투정을 부렸다.

광천여중에는 광천 아이들과 장곡 아이들이 많았다. 대평에서는 나 혼자였다. 대평국민학교 다닐 때 나는 가장 작았기에 첫 번째에 섰는데, 광천여중에 가니 세 번째였다. 장곡 친구 중에 네다섯 번째 되는 김계순이 있었다. 그 애는 전기회사 소장님 장녀였다. 지병이 있는 친구라서 모두들 그 애를 피했다. 학교 교실에서 몇 차례나 발작을 일으켰기 때문이다.

계순이는 매우 예의 바르고 착했다. 쉬는 시간에 두레박으로 물을 길러서 먹는데, 자기가 길러도 꼭 나를 먼저 준다. 내가 "너 먼저 먹어."

하면 번번이 자기 먼저가 아니고 날 먼저 준다. 전염병도 아닌데 왜 이 친구는 이렇게까지 날 배려하는 것일까? 이해가 안 되었다. 그 일이 반복되니 나중에는 부담도 되고 짜증도 났다. 계순이는 매사가 겸손한 성품이었다.

가사 실습을 하면 기구가 구비되어 있질 않아서 집에서 모두 한두 가지씩 가져와야 했다. 난 하얀색 큰 접시를 가져갔다. 끝부분에 남색 두 줄 무늬가 그어진 것이었다. 실습이 끝나고 각자 자기 것을 찾는데 광천에서 건어물 장사하는 집에 사는 순애와 싸움이 벌어졌다. 서로 한 개의 접시를 가지고 자기 것이라고 우겼다. 한참을 실랑이하는데 다른 친구가 다가와 접시 뒤를 뒤집었다. 거기에는 까만 점이 하나 있었다.

"자, 이게 누구 것이냐?"

친구가 나에게 따져 물었다. 난 지는 게 자존심 상해서 확인 안했지만 그냥 내 것이라고 우겨대고 가져왔다.

학교 오는 길에는 양 옆으로 숲이 있었다. 우측 편 소암리 숲속에는 지붕만 조금 보이는 집이 한 채 있었다. 중학교 때 실력이 대단하시고 유머가 많으신 뚱뚱하신 수학 선생님이 살던 집이었다.

3학년 교실에는 오르간이 있었다. 하루는 수업 시작종이 울린 걸 모르고 열심히 오르간을 치면서 친구들과 노래를 부르고 있었다. 친구 한 명이 선생님 오시는 걸 보고 "얘들아, 선생님 와~와~와."라고 소리치며 교실로 들어왔다. 선생님이 들어서자마자 "이년들아, 내가 소냐?" 하시는 것이었다. 소가 쟁기질할 때 "워~워~워~" 하며 몰던 때였다.

우리 담임 김향순 선생님은 대학 졸업하고 미국 유학을 하셨고 실력이 좋으신 분이셨다. 서울 모 교회의 장로님 딸이었고 미모의 여교사였다. 젊은 총각 선생님이 뒤를 따랐으나 선생님은 눈 하나 깜짝 안 하셨다. 선생님은 신앙도 깊었다. 영어 시간에 수업 시작하면 선생님은 우선 어제 일기를 영어로 말씀해 주시고 우리도 그렇게 하라고 유도해주셨다. 기본이 되는 발음기호와 문법, 회화도 지루하지 않게 공부할 수 있었다. 차츰 영어가 재미있고 흥미로웠다. 우리들의 수학 시간에는 가끔 회초리가 있었지만 영어 시간에는 회초리가 들어올 구석이 전혀 없었다.

자연스레 자발적으로 공부에 임하게 되었다. 신앙은 그분 모습으로 조용히 내게 전달되었다. 그 시절을 잊을 수 없다. 선생님의 너무도 훌륭하심 속에서 잘 자랄 수 있는 큰 나무의 싹을 광천여중 시절 나는 키웠다. 엄마 다음으로 정을 담뿍 받은 선생님을 잊을 수 없다. 스승의 날이면 으레 그 분을 그리워했다. 감사하는 맘, 존경하는 맘으로 여러 차례 찾아 뵙길 소원했으나 실천치 못했다. 그 시절은 과거 속으로 흘러갔다.

광천여중 졸업식 날 아버지도 일꾼 아저씨도 안 오셔서 난 혼자였다. 학업 우수상은 노력 부족으로 못 탔지만 3년 정근상(하루 결석)을 탔다. 상품으로 자루 달린 손거울을 받아서 졸업장 들고 집에 와 보니 대학 재학 중인 오빠가 와 있었다. 나도 모르게 화가 벌컥 났다. 오빠를 원망하면서 졸업장과 거울이 깨지지 않을 정도의 강도로 던져 버리면서 투정을 부렸다. 오빠가 올 수 있었는데도 오지 않았다는 생각이 들자 중학교 졸업식에 혼자 있었다는 게 서글퍼졌다. 그러나 오빠는 앞에 나서길 싫어하는 '안방사내'라는 별명의 소유자였다.

졸업 후 진로가 고민이었다. 아버지가 공주사범에 시험이나 보라고 강력히 주장하셨다. 나는 친구와 같이 응시했는데 예상과 같이 불합격했다. 여건 탓은 할 것 없으나, 중학 때 기초 공부를 열심히 하지 못했던 것은 사실이었다.

공주사범은 그렇다 쳐도 홍성여고가 있었다. 다행히 시험에 합격했다. 홍성여고는 광천여중을 다니면서 늘 꿈에 그리던 학교였다. 내 힘으로 내가 가고 싶던 곳을 갈 수 있다는 사실에 참 기뻤다. 홍성여고 이후에 펼쳐질 인생을 그리면서 들떠 있었다.

그런데 문제가 생겼다. 그 해는 우리 집이 구정리 이승진 사모님(풀무학교 홍순명 선생님의 부인) 댁에서 연재가 좋은 집을 뜯어서 새로 집을 짓는 해였다. 방 셋, 큰 부엌, 나뭇간, 아래채 그리고 축사가 있던 큰 기와집이었다. 큰 공사를 하느라 집에 돈이 쪼들렸다. 집 형편상 등록금을 낼 수 없었다.

등록금 마감 전날이었다. 아버지는 안방에서 나는 웃방에서 밤새도록 울며 지샜다. 홍성여고가 내게는 꿈에 그리던 학교였으나 아버지는 집안 형편을 생각하지 않을 수 없었다. 나는 아버지 말에 거역을 않고 자랐다. 그래서인지 아버지도 딸들 중에서 나를 제일 예뻐하신 것 같다. 돈이 없어 딸을 학교에 보내지 못하는 아버지 심정도 복잡했을 것 같다. 그래도 야속했고 서글펐다. 아버지는 아들은 대학까지, 딸들은 중학교까지만 가르치기로 예정하셨다.

그때 다섯 살 위 언니는 미용 학원을 경영하고 있었다. 나는 언니 재력이 어느 정도 되는 걸로 생각했다. 아버지에게 희망을 거두었을 때 언니가 엄마와 소곤소곤 했다. 나는 그 모습을 보면서 실낱같은 소망을 품었다. 그러나 그건 터무니없는 바람이었다. 지금처럼 은행에서 학자금을 대출해 주는 제도도 없던 시절이었다. 홍성여고는 내게 오지 않았다.

2년 정도 어수선한 집일을 도왔다. 집에는 기와 공장, 양계, 약초 재배, 작은 과수원 일이 산재해 있었다. 그런데 아버지는 주선만 하시고 엄마가 뒷수습을 일꾼과 같이 해야 했다. 부엌일이 몰려도 아버지는 도움 하나 없이 늦었다, 찬이 맛이 없다, 투정만 하시니 아버지가 미웠다. 장날에 일꾼을 얻어서 일하는 날이면 장에 갔다 오는 친구들을 큰 잔치 난 것처럼 불러들였다. 그러면 불이라도 때주시던지, 상을 번쩍 들어가던지 할 것이지 아버지는 아무 것도 하는 일 없이 박한 평가로 몰아세우기만 하셨다. 엄마는 얼마나 힘이 드셨을까? 일이 바쁠 땐 옆에서 손 하나의 도움이 큰데, 몰아세우면 손이 허둥지둥 정신이 없게 되는 걸 난 결혼 생활을 하면서 너무나 많이 경험했다.

언제까지 집안일만 돕고 있을 수는 없었다. 나는 피아노를 배웠다. 처음 시작할 때는 엄마가 아버지 몰래 한 달 레슨비를 마련해 주셨다. 엄마는 교육열이 높은 분이었다. 내가 피아노를 배운 곳은 삼육고등학교였다. 산길로 가면 30분 거리의 조용한 길에 있었다.

처음에는 바이엘을 배웠다. 참 재미있었다. 난 소질이 좀 있구나 하는 생각이 들었다. 그러나 체르니로 들어가면서부터 어려워졌다. 다른 교습소에서는 흥미를 돕기 위해 가끔 동요곡을 가르쳐 주었지만, 중간에 그런 것 치면 학습에 지장이 있다면서 삼육고 교습소는 정통을 고수했다. 처음 곡을 받을 때처럼 매번 곡을 받으면 어려움이 있었지만, 난 묵묵히 배웠다. 바쁜 시골 생활인데도 빠짐없이 출석했다.

중간에 사정이 있어서 한 달의 공백이 있었다. 그땐 새벽에 교회에 가서 한 시간씩 연습을 했다. 겨울 새벽에는 난로도 없어 손가락이 얼었다. 피아노가 아닌 오르간일지라도 언 손가락을 입김으로 호호 불면서 계속했다. 한 달 후에 레슨을 하는데, 선생님에게 칭찬을 들었다. 그때 배우던 것은 체르니, 하농, 소나티네 등이었다. 집에 피아노가 있었으면 진도가 쭉쭉 나갔을 텐데, 너무 아쉬웠다.

처음엔 백지에 악보를 그려 놓고 손 연습을 하기로 했다. 우릴 좀 가르치다가 선생님이 곡을 연주하시면 눈을 지그시 감고 입은 꼭 다물고 고개를 끄덕끄덕 하면서 도취하신 모습이 지금도 선하다. 그 모습이 내게는 커다란 동기 부여가 되었다. 나는 명곡과 찬송가까지 자유롭게 칠 수 있길 소망했다.

체르니 30번을 겨우 끝냈을 즈음 피아노를 계속할 수 없는 사정이 생겼다. 내게 결혼이 임박해 오고 있었던 것이다. 선생님은 결혼 후에도 수업을 중단하지 말고 계속 할 것을 권고했다. 배우자도 결혼하면 피아노는 배울 수 있게 하겠다고 약속했지만, 결혼 후 내 삶에 피아노는 터무니없는 일이었다.

우리는 고모님을 비롯해 결혼한 오빠 식구들(3년 정도 함께 살았지만), 사촌들, 일꾼들 합쳐 열 다섯 식구가 살았다. 의식주는 남달리 부유한

편이었지만 아버지에게 10남매나 되는 자식의 교육은 큰 짐이었다.

손위 언니가 학교를 마치고 미용으로 자립을 했다. 중학 졸업 후에 엄마는 나에게 언니 따라 미용을 배우라 권고하셨다. 환경 상으로는 그 길이 내게 수월할 수 있었지만 나는 동의하지 않았다. 나의 적성이 아니라 생각했다.

엄마는 내게 이런 말을 가끔 하셨다.

"네 언니는 사막에 내놓아도 살아나올 수 있는데 너는 맨날 책만 보고 있으니 비가 와도 맷방석 떠나가는 줄 모를 아이다."

엄마 말이 맞을지 모르나, 나는 내게 주어진 엄마 심부름에 게을렀던 적은 없었다. 할머니는 책만 보는 내게 "대통령 아내가 될라나?" 가끔 말씀하시곤 했다.

지금은 약으로 파마를 하지만 그 당시는 불파마로 했다. 나는 심부름하면서 언니의 고충을 보아왔다. 그것도 그것이지만 다른 이유가 컸다. 그땐 가발이 없었기 때문에 미용을 배우는 단계에서 내가 미용 모델이 되어야 했다. 내 머리가 미용 모델이 되는 것도 싫었다. 지금이야 가발이 생겼지만 어린 십대 후반의 나로서는 머리 파마하는 게 몹시 싫었다. 머리를 자르고 파마한 내 모습을 상상하는 것만도 끔찍한 일이었다. 나는 양 갈래로 머리를 가지런히 따고 다녔다.

궁리 끝에 편물을 시작했다. 1년 정도 두 명이 개인 지도를 받고 곧장 개업을 했다. 기술자는 같이 배웠어도 나보다 훨씬 잘했기에 그와 함께 광천에다 편물점을 냈다. 철도 없고 사회 경험도 없이 뛰어들었다. 편물점이라고는 했지만 방 하나 얻어 가지고 하는 것이었다. 기술자는 나이도 있고 나보다 실력이 좋아서 비록 내가 주인이었지만 주도권은 오히려 기술자가 갖고 있었다.

편물에 대해서는 좀 더 얘기를 하고 싶다.

내가 여섯 살 때, 6.25가 났다. 여섯 살이지만 12월생이니 양력으로는 다섯 살이었다. 주재소에서 공습경보로 사이렌이 울렸다. 영문도 모르고 할머니 손잡고 면소 뒤편 방공호로 온 마을 사람들이 숨었다. 해제 사이렌 소리가 울릴 때까지 우린 숨을 죽이고 기다려야 했다. 동족상잔의 비극이 시작된 것이다. 어린 나이에 뭐가 뭔지 모르지만, 하여간 우리 집은 어수선했던 기억이 있다.

작은아버지 둘이 6.25 때 돌아가셨다. 아버지는 죽은 동생의 자식 둘을 맡아서 키우셨다. 할머니는 그때부터 속앓이가 생기고 술을 조금씩 드시면서 울음으로 세월을 보내셨다. 가끔 이산가족 상봉을 보면 삼촌들 생각을 했다. 잠시 헤어지면 다시 만날 수 있을진대 혹시 그렇게 나타난다면 사촌들이 얼마나 행복하게 살 수 있을까? 하는 막연한 희망을 해본다. 어떤 역경 속에서도 살아만 있다면 만날 수 있고 새 생활, 안락한 생활이 시작됐을 것인데 실상은 많이 달랐다. 얼마나 많은 전쟁고아들에게 불행이 닥쳐왔던가.

숙모는 십 년을 수절하며 자식을 키웠다. 숙모는 보리 이식하다가 내가 생전 이 일로 뒤치다꺼리하다가는 아이들 교육도 못 시키고 난감하니 삼남매 중 장녀만 데리고 기반 잡는다면서 무작정 상경하셨다.

우리 모든 식구들은 너무나 큰 충격이었다. 떨어진 두 사촌과 우리 모두는 마음의 상심이 이루 말할 수 없었다. 숙모는 숙모대로 힘들지 않았을까? 식당에서 궂은일도 하고, 숙박업도 하고, 갖은 고생으로 남아 있는 우리보다 더 큰 고통을 감내하셨을 것이다.

난 엄마께 사촌도 친자식과 똑같이 해야 한다고 말씀드렸다.

"먹고 입는 것은 똑같이 한다. 그러나 마음에서 우러나오는 사랑은 힘들다."

난 이해가 안 됐다.

"너도 자식 낳고 길러 보면 엄마를 이해할 거야."

엄마는 솔직히 말씀하셨다. 엄마는 바느질 솜씨가 좋아서 집안의 피복을 담당하실 때 언제나 조카들에게도 당신의 친자식과 똑같이 옷을 만들어 주셨다.

사촌 동생들 중에는 두 살 아래 남동생 재석이가 있었다. 국민학교 때 반에서 1,2등을 다퉜다. 동생은 중학교 졸업하고 정미소 일을 돌보다가 아버지 몰래 군(해병대)에 자원입대했다. 어린 나이에 힘든 정미소 일을 도우며 고생했다. 서둘러서 자기 길을 찾겠다는 일념 하에 단행한 것 같다.

아버지는 조카들을 동등하게 키우려는 결심을 하셨을 것이다. 그러나 많은 우리 형제들을 키우면서 아버지도 심히 버거우셨을 것 같다. 그러면서도 오빠와 똑같이 교육시키려고 다짐하셨을 것이지만 그것이 실현되지 못했다. 사촌 동생은 고등학교 진학을 하지 못했다. 지금 생각하면 가슴 아픈 추억이다.

조카가 훈련이 끝난 어느 날 아버지는 조카 면회를 갔다. 아버지가 면회를 가서 만나는 장면은 영화의 한 장면을 연상하게 한다. 아버지는 면회 다녀오셔서 자상하게 이야기를 해 주셨다. 아버지 없는 조카 잘 건사 못하고 어린 것이 자원해서 군 입대했다고 생각되어 둘은 부둥켜안고 얼마간 우셨다고 했다.

사촌 여동생은 엄마가 언니만 데리고 갔다는 원망과 엄마를 그리워하는 마음으로 늘 그늘진 얼굴이었다. 성격이 강하고 도전적이었고, 일도 깔끔히 하면서 책임감이 강했다. 동생은 숙모님을 애타게 기다리면서 지냈다.

나는 사촌 동생들을 오냐오냐하고 다 받아주었다. 반면 내 위의 친언니는 교육적으로 철저해서 옳고 그름을 따져 이야기를 하는 편이었다. 그래서인지 사촌 동생은 나를 엄마처럼 생각하고 따랐다.

편물을 하기 전부터 난 사촌 동생들을 위해 그들과 일생을 함께하고 싶은 생각이 있었다. 내가 자립할 수 있는 경제적인 여건만 되면 '전쟁고아들 데리고 살아야지' 하는 생각도 했다. 그런 생각으로 한때 청주에 있는 고아원에서 근무한 적이 있다. 몸이 안 좋아서 청주 형부가 데리러 왔다. 이런 생각은 사촌들과 같이 생활하면서 생긴 것 같다. 편물을 선택한 데에는 이런 이유도 컸다.

언니가 자립을 했으니 나로서도 자립이 시급했다. 편물을 하면서 가축 몇 마리 키워 자립해서는 사촌 여동생 중학교 학비도 마련해 주고 싶었다. 편물 가게를 마치고 집에 오면, 토끼 두 쌍과 닭 열 마리 정도 풀 뜯어 먹이면서 나도 좀 돈을 만들 수 있을 것 같았다. 국민학교 졸업할 사촌 동생의 중학교 학비는 할 수 있을 거라는 희망에 부풀었다. 그러나 편물점을 해서 돈을 벌지는 못했다. 자립에 성공하고 경제 능력을 갖출 수 있었다면 그 동생과 일생을 함께할 수 있었을지도 모른다는 생각으로 편물을 시작했다. 나이 열 일고여덟에 기술자를 두고 시작했으나, 그 사람은 사회 경험도 있고 기술이 뛰어났던 데 비해 난 소질이 있는 것도 아니고 경험도 없었다. 일하면서 허수아비 사장이란 생각으로 힘들었다. 내심 힘들어하시는 부모님에게 도움이 되어 짐을 조금이라도 감당하고 싶었지만 그것도 뜻대로 되지 않았다.

베르디의 개선행진곡 아이다

어느 날 동생이 풀무고등학교 원서 들고 먼 길을 뛰어왔다. 미리 이야기를 한 것도 아니고 언질을 준 것도 아니었다. 전혀 예상하지 못한 뜻밖의 일이었지만, 난 3년을 함께 했던 편물 기계를 다락에 얹었다.

"아버지, 저 학교 가겠어요."

긴 머리 양 갈래로 딴 나는 무작정 밀어붙였다.

"얘, 너 지금 나이가 몇인데 학교에 간다는 거냐?"

옆에 계시던 엄마는 어이없어 했다.

이제 곧 스무 살이다. 정상적으로 학교를 들어갔으면 졸업할 나이였지만 나는 괜찮았다. 나를 강렬하게 끌어당기는 바람이 풀무에서 불어왔다.

머리는 양 갈래로 길게 따 내렸고, 회색과 검정색으로 짜진 것에 털이 달린 코트를 입은 숙녀가 고등학교 1학년이 되었다. 학교에 처음 도착했을 때 풍경이 선하다. 앞 운동장(지금은 정원이 되었지만)에서 몇 안 되는 남녀 학생들이 체조하고 있었다. 그때 1회 김은숙 선배는 동생 재연과 동급생인데 쫓아나와서 맞이해 줬다. 머쓱한 나로서는 언니처럼 포근함을 느꼈다.

나와 동생 둘, 이렇게 세 자매는 풀무학교에 다니느라 자취방(홍동 사거리 근처)을 얻어 생활했다. 주말에는 이십 리 길을 걸어서 홍동에서 월림리까지 일주일 먹을 찬을 머리에 이고 날랐다. 그 길은 자갈 깐 길이었다. 홍순명 선생님의 종례가 길어질 때면 밤이 찾아왔다. 집으로 돌아가는 길이 무서웠다. 늦게 집에 도착하면 소름이 쫙 끼쳐 땀이 범벅이 되곤 했다.

풀무 생활은 즐거웠다. 공부도 독서도 일도 어디에 지지 않을 정도로 열심이었다. 초창기에는 작업이 많았다. 교실 짓기, 터 닦기, 자갈 옮기기 등등. 남학생들(1~2회)은 지게를 지고 등교했다고 한다. 우리 여학생들은 세숫대야에 자갈 담아 나르고 언덕 깎는 일을 했다.

한번은 작업 중에 이런 일도 있었다. 곡괭이로 언덕을 깎던 학생이 나의 오른손 중앙 부분을 내리쳤다. 근육 밑에는 하얀 살이 있는 게 창자같이 흐물흐물하게 보였다. 급히 읍내 병원으로 가야 했으나, 버스도 자가용도 없어 나갈 길이 없었다. 피는 계속 흘렀다. 하는 수 없이 수의과 출신인 채규철 선생님이 꿰매 주셨는데 지금도 손등 상처가 선명하다.

우린 학업에도 게을리 할 겨를이 없었다. 다들 열심히 공부했다. 나는 뒤늦게 공부를 시작한 탓으로 새벽까지 학업에 열심이었다. 중학교 때 기초 실력을 제대로 쌓지 못해서 수업을 따라가려면 남보다 더 많은 시간이 필요했다.

풀무학교 선생님들의 열정과 희생이 전해졌다.

주옥로 선생님은 성서를 1일 1장씩 읽는 습관을 들여 주셨다. 3년 동안 성서 한 권을 마스터할 수 있었다. 일반 교회에서 못 배운 깊은 공부였다. 지금까지 신앙으로 일관하는 삶의 기초였다.

국어는 홍순명 선생님이 직접 편집한 교재로 배웠다. 그때 배운 브라우닝의 시 '봄날 아침(The Year's at the Spring)'은 지금도 가끔 되뇐다.

일년은 봄

때는 아침

아침은 일곱 시

언덕 기슭에 이슬이 방울방울

종달새 날아오르고

달팽이 가시나무 위에

하나님 위에 계시니

세상은 모두 태평하다.

패스탈로치의 『린하르트와 게르트루트』(가정 교육의 중요성을 역설한 교육 소설. 악의 추방과 가난의 근절을 주제로 한 농촌 소설이기도 하다.)도 소개받아 후일 내가 결혼하면 아이들 교육의 좋은 모델이 될 것이라고 생각했다. 선생님은 세계적인 고전들을 추천하는 목록도 길게 프린트해서 내주셨다. 나는 열심히 찾아 읽었다. 그 덕분에 지금까지 40여 년 간 목요 모임이 지속된 것 같다. 목요 모임에서는 성서, 신앙 선배들의 문

집과 장편소설인 『태백산맥』과 『토지』를 읽었다. 모임 식구들은 홍순명 선생님을 모시고 문학 기행을 다녀온 적도 있다. 지금은 돋보기 신세를 지고는 있지만, 건강이 허락하는 한 책은 여전히 삶의 동반자일 것이다. 풀무학교 수업, 그리고 40여 년 이어진 목요모임을 하면서 독서를 생활화하게 됐다.

나 어릴 때 살던 집에는 최성봉 선생님이 사셨다. 윗방에 우리 세 자매가 셋방을 살게 됐다. 사모님은 깔끔하시고 음식을 맛깔나게 하셨다. 가끔 얻어먹는 장아찌나 반찬은 우리에게 진수성찬이었다. 엄마처럼 너무 많은 사랑을 받았다. 최성봉 선생님은 체육을 맡으셨다. 홍순명 선생님이 엄마 같은 역할을 하셨다면 최 선생님은 아버지 역할이었다. 선생님은 엄격하고 강인하게 우릴 훈육하셨다. 여학생들이 지적을 많이 받았던 것 같다.

채규철 선생님의 영어 시간은 장문의 헬렌 켈러를 외웠다. 못 외우는 학생은 여자 남자 할 것 없이 회초리에서 조금 더 굵은 것으로 치마든 바지든 상관없이 맞았다.

음악 시간에는 계연순 선생님에게서 명곡을 많이 배웠다. 선생님은 월림침례교회 목사님 사모님이었다. '무궁화'라는 풀무학교 초창기 수업생 모임이 지금까지 지속되고 있다. 거의 40여 년이 되는 것 같다. 무궁화 모임 회원들은 여전히 학교 이야기를 많이 한다. 풀무에서 배운 영향으로 신앙생활을 하고 있는 집사, 권사 그리고 무교회 회원들이다. 2002년, 무궁화 회원 열 명이 회비를 모아 유럽 여행을 갔다. 우리에게는 풀무에서 배운 명곡이 있었다. 우리는 영국의 템즈강에서 배를 타고 즐거워하며 학교 때 배운 노래를 함께 불렀다. 음악 시간에 배운 명곡이 저절로 흘러나왔다. 가장 즐거웠던 모습으로 기억된다.

풀무학교에는 성적 미진아들이나 나처럼 학업 시기가 늦은 지각생들이 가끔 있었다. 풀무학교 설립의 뜻을 이해하는 부모의 권유로 온 이들도 더러 있었다. 풀무는 신앙과 노작 교육을 중요시했고, 남녀공학이었다. 당시로는 드문 일이었다. 남녀공학은 서로의 협력을 배우는 큰 장점이 있었다. 어려운 일은 남학생들이 서로 맡고, 쉬는 시간 사모님들이 힘겨운 일 하시면 스스로 도와드렸다.

우리 집은 풀무와 인연이 깊다. 우리 10남매 중 여섯이 풀무 출신이다. 딸 넷은 창업하고, 둘은 중도에 풀무를 떠났다.

풀무학교… 시골 작고 조용한 학교는 강한 카리스마를 간직한 매력적인 곳이었다.

간밤에 천연색 꿈을 꾸었다. 어느 깊은 산 아랫자락 맑은 물속에 색색의 물고기들이 아름답게 비치는 햇빛에 반사되는 장면을 보았다. 천연색 꿈은 내게는 오랫동안 머무는 아름다움이었다. 그것은 무엇을 의미하는 것일까?

학급 회의 시간이었다. 학급 회비를 마련하자는 안건을 냈다. 토끼를 키워서 기금을 마련해 청소 도구나 꼭 필요한 물건을 준비하는 데 쓰자는 의견이었다. 풀무에 오기 전부터 가축을 키우는 습관이 있었던 나는 자신이 있었다. 버려지는 야채나 과일 껍질, 콩깍지 같은 것은 사료로 쓸 수 있었다. 풀무학교 정신과도 맞는다고 생각했다. 동물을 키우면서 공생하는 법을 배울 수 있다고 생각했다.

안건을 낸 내가 "테끼 멕여서 기금을 만들자."는 말을 하자 어디선가 목소리가 들려왔다.

"테끼가 뭐야, 토끼지."

목소리로 눈길을 돌렸다. 누군가 혼잣말을 하고 있었다. 그것은 그저 표준어와 사투리의 차이를 지적한 것이었다. 그런데 툭 던지는 그 말에 관심이 갔다.

풀무학교는 2학년 여름방학 때 현장 실습을 나간다. 나는 서울 천호동에 있는 영아원으로 나갔다. 양계촌이던 동네에서 운영하는 곳이었다. 영아는 열 명 정도였는데, 두 아이만 어리고 모두 국민학교 학생이었다.

현장 실습 끝내고 인천의 한 병원에서 맹장 수술을 받았다. 수술 후 병실로 옮겼는데, 병원에서는 링겔도 없고 물솜으로 입을 적셔 주지도 않았다. 밖을 내다보았다. 언덕길에 짐을 가득 실은 리어커가 보였다. 남편은 끌고 부인은 뒤에서 밀고 오르고 있었다. 그들은 물을 마음껏 먹을 수 있는 행복한 이들이구나 라는 생각을 했다. 행과 불행이 물 한 사발 실컷 마실 수 있는가 없는가의 표준이었다. 목 타는 경험, 물의 고마움을 처음 느낄 수 있었다.

병원에 있는 동안 친구에게서 한 통의 편지를 받았다.

"속한 쾌유를."

병실로 찾아온 간단한 사연이 너무 고마웠다.

그 친구는 잘 생긴 얼굴은 아니었다. 후일 그 동생에게서 이런 이야기를 들었다. 아버지가 "넌 참 못생긴 편이다." 그러면 "아버지 닮아서 그래요." 대꾸했다고 한다. 우리 집 반응도 비슷했다. 우리 집 식구들도 모두들 머리가 모났다 해서 그 친구를 '모탱이'라고 불렀다.

창업 후 동생들을 돌보던 어느 날이었다. 자취방에 있는데 싸리문 앞에 친구가 찾아왔다. 가방을 메고 좀 멋쩍은 듯이 말했다.

"나 지금 공부하러 가."

"어디로?"

"겹겹이 산 속으로."

"음, 딴 생각 말고 열심히 해."

그리고 어딘가 산속으로 들어간 후에는 소식이 거의 두절되었다. 그때 공부하러 들어가서 등잔불 밑에서 3시간 정도 잠자는 시간 빼고는 공부에 매진했다고 그의 형제들이 이야기하는 걸 들었다.

크리스마스 이브였다. 나는 그때 아버지가 벌려 놓으신 일을 도와드릴 예산으로 집에 있었다. 연락이 없이 나를 찾아왔다. 나는 지금의 생활, 미래의 설계 같은 것을 서투르게 말하지 않았다. 씨앗에 물 주고 거름 주면서 관계가 더 자라기를 바랐고, 뜻한 바가 사소한 일에 방해 받지 않고 열심이길 바랐다.

그저 우편배달부가 가장 기다려졌다. 우편배달부가 전해주는 편지로 서로의 관계가 조금씩 자랐다. 받은 편지는 특별한 상자에 담겼다.

난 어렸을 때 주위에서 연애 사건으로 자기 아버지로부터 혹독하게 매 맞는 것을 보았다. 연애나 이성 교제에 대한 나의 생각이 굳어졌고 왜곡된 가치관에 갇히게 된 것 같다.

그러나 어떤 새로운 싹이 솟아나는 시기가 내게 왔다. 아직까지의 생각에서 상상 못할 감정이 날 휘감았다. 인간의 감정은 어떤 계기가 있을 때는 전혀 다른 방향으로 급진전한다는 걸 다시 느낀다.

내 친구는 어느 날 라디오의 전파를 타고 베르디의 〈아이다〉 중 '개선 행진곡'을 들려줬다. 나는 넘어야 할 난관이 첩첩이 쌓여 있는 압박감에 떨었다. 나이는 들었으나, 순진한 생각에 오랫동안 머물 수밖에 없었다.

난 서로를 위해 마음 정리의 필요를 느낀다. 잠시의 감정일 뿐 비현실적이고 먼 훗날 순진한 한 처녀는 아마 불행이 찾아올 수도 있지 않을까? 하는 두려움도 있었다. 내가 존경하는 선생님들의 권유도 한 몫을 했다. 무엇보다 결정적인 선택은 어린 나이에 부모 거스르고 혹독히 고생하는 모습이 큰 역할을 한 것 같다.

그러나 부모님과 형제들에게 난 공개적이었고 아버지 사랑을 받고 인정받았기에 솔직히 말씀드릴 수 있었다. 그 외에도 가끔 남자 친구들에게 편지 오면 형제들에게 공개했다.

마지막 편지 교환하자고 내가 제의했다. 피아노가 끝나면 삼육 뒷산을 걸어오는 길이 직선 코스였기에 거기서 만나자고 제의했는데, 끝까지 답장이 없었다. 무척 기다렸는데 답이 없는 것은 원하지 않은 일일까? 아니면 회피하는 것일까? 상상만 오랫동안 해 왔다.

관계를 정리하려고 했다. 그러나 아무런 답이 없었다. 몹시 기다렸는데 애가 타고, 화도 났다. 난 그런 식으로 우유부단하게 처리하는 걸 싫어하는 성격이었다. 하염없이 기다려도 편지조차 없는 사람을 계속 기다릴 수 없었다. 그래, 만날 생각이 없으니까 답이 없겠거니 하고 혼자 포기한 채 마음을 달래야 했다.

그러나 사실은 그게 아니었다. 내게 온 편지를 언니와 동생이 받고 나에게 전해 주지 않았던 것이다. 내가 마음을 정리했으면 하는 마음에서 편지를 주지 않았다.

전말을 훗날 알게 되었다. 꽤 시간이 흐른 후에 언니는 내게 고백했다. 그러나 그때 그 편지는 나에겐 중요했고, 서로 정리하기 위해서 만나야 했지만 매듭을 짓지 못했기 때문에 내게는 상처로 남았다.

몇 년 후 나는 다른 사람과 결혼을 했다. 깔끔하게 마음을 정리해야 했다.

내가 결혼을 준비하고 있을 때, 그 친구가 다른 한 친구와 함께 우리 집에 찾아왔다.

"결혼한다매?"

난 깜짝 놀랐다. 그 친구에게 내가 결혼한다는 얘기를 하기 싫었다. "아니." 하고 나는 그대로 방으로 들어갔다. 그것이 마지막 만남이었다.

얼마 후 결혼 선물로 『의학대백과사전』과 구두 티켓이 집으로 왔다. 네 살 아래 동생이 그랬다.

"언니, 아버지 오토바이 동호회에서 보낸 거래."

동생은 서로 상처로 남을 일은 없어야 한다는 생각으로 그랬을 것이다.

그 사전은 첫 아이 임신 초기부터 육아에 대해 교과서 역할을 했다. 비록 툭 던진 말에서 시작된 관심은 그렇게 멀어졌지만, 마지막 순간에 전해진 선물은 내 삶을 후원해준다는 의미를 담고 있었다. 속으로는 나 때문에 공연히 부담이 되지는 않을까? 공부하는데 방해가 되진 않을까? 걱정스런 마음도 있었다.

오랫동안 가슴앓이를 하며 살았다. 모든 것을 가슴에 묻고 오랜 시간 시달렸다. 마음 깊은 곳 한 구석이 정리되지 못한 상태로 남아 있었다. 대화를 나눌 수 있는 상대가 있기를 바랐다.

사람의 감정이 그렇게 오랫동안 일관할 수 있을까? 그 좌절은 너무나 큰 상처가 되었다. 우울증에 시달릴지도 모른다는 생각이 엄습해 오곤 했다. 그때 더 큰 불행이 찾아올 수도 있지 않겠냐며 주변의 반대를 설득하고 내 주장을 폈다면 어땠을까? 나는 그렇게 하지 못했다.

그때의 좌절이 현실의 눈을 멀게 하고 추상적인 행복과 환희만을 꿈꾸게 했던 것일까? 난 왜 그리 그 집착에서 벗어날 수 없었을까? 그 집착이 내 생애를 지배한 이유는 뭘까? 과거에서 헤어 나와 굳세게 현실에 충실하게 사는 것이 가장 현명한 처사 아닐까? 의문은 꼬리를 물고 나를 떠나지 않았다.

마지막으로 편지를 교환하고 깨끗한 감정 결산을 못한 것은 모두 나의 두 자매가 큰 몫을 담당한 크나큰 공로자였다. 나를 사랑하는 두 자매의 깊은 의도는 감사한 마음 그지없지만, 긴 시간 동안 좁은 공간에 쓸어 넣어진 것은 사실이다.

당시 충족 못시킨 부분을 지금 시점에서 충족시키고 싶은 생각은 불가능하고 원하지도 않는다. 한때 공허는 교만이란 탈을 쓰고 엄습했고, 교만이란 올가미가 날 잡아 끌던 시기가 있었다. 내 주위에서 가장 떳떳하다 자부하고 하나님 앞에서 한 점 부끄럼 없는 삶이라 자신만만했던 시기에 교만이란 거대한 놈이 날 엄습하여 꼼짝달싹 못했던 시기였다.

교만이란, 무서운 악마 같아서 내 힘으로는 도저히 헤어 나올 수 없고 안간힘을 쓰며 오랫동안 고투했으나 결국 하나님께 의지하면 빠져나올 수 있다는 가르침이 있었다. 겸손의 자리에 정착하여 하나님께 순종하는 삶을 위해 기도했다.

친구를 염려해주는 후원자의 길도 아름다운 모습이 아닐까? 조용히 학문에 매진하여 자기 길을 굳게 헤쳐 나가길 간절히 기도하고 염려하는 것이 내가 할 수 있는 최선의 일이었다.

작아지는 나

풀무학교를 창업했다. 풀무학교는 졸업 대신 창업이라는 말을 쓴다. 새로운 배움, 새로운 일을 향한 출발점이 되라는 뜻이 담겨 있다. 3년을 공부한 후에는 창업 논문을 쓴다. 서투르지만 성서의 여인들을 주제로 창업 논문을 썼다. 성서 논문은 누가복음을 썼다. 창업하는 날은 성서를 한 권씩 받는다. 나는 닥친 모든 환경에서 최선을 다하는 삶을 다짐하면서 성서 한 권을 받아들고 창업했다.

창업 후 내가 간 곳은 김해에 자리한 '베데스다원'이었다.

마음의 상처는 아직 아물지 않았고, 떠나고 싶었다. 나는 그동안 그 친구에게 받은 편지를 다락 깊숙이 넣어두고 집을 떠났다. 나는 가족에게 냉혹했다. 복잡한 것을 모두 뒤로 하고 잊고 살고 싶었다. 그리고 결혼에 대해 더 생각하고 싶지 않았다.

베데스다원에는 친구가 먼저 가 있었다. 경수는 풀무학교 2회 수업생, 나보다 1년 선배였다. 외모를 꾸민다거나 미에 대한 감각이 없이 자기 주관이 뚜렷한 친구였다. 고집이 있었다고 해야 할까?

베데스다원에는 20여 명의 농아들이 있었다. 전원 기숙사 생활이었다. 국민학교 과정이었으나 우리보다 나이 많은 남학생들도 있었다.

원장님은 다리가 불편하신 분이었는데 미국에 치료차 가셨다. 원장님 남편이 총무로 있었다. 어린 딸이 같이 생활하고 있었다.

교사는 세 사람이었다. 친구는 주임 교사 역할을 하면서 가장 힘든 1~2학년 담임을 맡았다. 남자 선생님은 3~4학년, 가장 쉬운 5~6학년은 내가 맡았다.

청각 장애가 있어 말을 할 수 없는 아이들이었지만 우리는 구화를 권장했다. 수화는 가끔 급할 때만 쓰게 했다. 한 번은 수업 시간에 한 학생이 "선생님!"하고 나를 불렀다. 서투른 발음이었지만 목소리에는 자신감이 묻어났다. 그것은 자기가 최고라는 자부심, 다른 친구들과 비교해서 나는 이만큼 말할 수 있다는 자신감이었다.

이런 일도 있었다.

"선생님, 집으로 전화 좀 해 주세요."

6학년 예쁜 김정은은 부잣집 딸인 것 같았다.

"네가 하거라."

내가 구화로 대답을 하니 정은이가 어리둥절해 한다. 이때 수화로 하지 않은 것이 얼마나 다행인가. 농아들에게 전화란 무용지물인 것이다. 이처럼 아이들과 생활하면서 "너희들은 농아다."라는 생각이 내게는 거의 없었다.

학생들은 두 명씩 식사 당번을 하여 조리를 도왔다. 큰 사고가 난 적이 있었다. 큰 양은솥에는 국이 가득했다. 둘이서 내려놓다가 한 친구가 그만 손을 놓아 버렸다. 솥을 들고 있던 아이의 발등에 펄펄 끓은 국이 쏟아져 아이는 큰 화상을 입었다. 상대방 친구는 원장의 총애를 받고 가장 아끼는 황금수라는 아이인데 졸업식에서 답사를 준비 중이었다. 너무 당황하여 동리 병원에 리어카에 싣고 다니면서 치료를 했다. 빠른 쾌유를 빌며 치료에 임했다.

다른 아이들도 마찬가지지만 특히 이 아이들은 누가 잘못하면 고발이 빗발친다. 한 번은 담배 고발 사건이 있었다.

"선생님, OO가 담배를 피웠어요."

"나빠요." 나쁘다는 말은 우리가 생각하는 정도가 아니었다. 아이들은 이 말을 큰 욕으로 생각하고 썼다.

남자 선생은 빼고 우리 둘이서 식사 후에 모두 자리에 앉혔다. 담배 피우는 시늉을 한 두 아이에게 한 개비씩 줘 불을 붙여 주면서 연기는 코나 입으로 내뿜지 못하게 막게 했다. 잠시 후 얼굴이 창백해지면서 두 아이가 쓰러졌다. 우리는 깜짝 놀랐다. 꼭 죽는 것 같았다. 우리는 두 아이를 얼른 업어서 방에 눕히고 심호흡을 시켰다. 다행히 아이들이 일어났다. 남자 선생의 지시대로 했는데 대형 사고를 낼 뻔했다. 아이들은 그저 종이로 접어서 담배 피우는 시늉을 한 것이었다. 담배가 해롭다는 것을 알려준 교육이 되었다. 그 후에는 아이들 사이에 담배 피우면 죽는다는 인식이 생겼다.

힘든 일도 있었다. 소아마비에 농아인 열일곱 살 남자아이는 고아이기 때문에 방학 때면 다른 시설로 가게 되었다. 다른 곳으로 보내려고 목욕을 시켜야 했다. 친구는 일이 많으니 내가 맡았다. 열일곱 살 남자아이는 벌써 성인처럼 신체가 발달했다. 어린 여선생이 다 성장한 남자의 몸을 씻긴다는 것이 너무 어려운 일이었다. 그러나 나는 교사로서 그 일을 하지 않으면 안 되었다. 그 애를 보내고 친구에게 얘기했다. 친구는 "내가 씻길 걸." 하면서 나를 위로해 주었다.

친구는 무슨 일이든 힘들고 궂은 일은 도맡고, 좋고 쉬운 것은 내게 맡겨 주었다. 나는 친구로부터 상당한 보호를 받고 사랑을 받는 입장이었다. 친구는 정이 많고 상대방을 편안하게 해 주면서 마음이 든든한 성격이었다. 어려운 일이나 좋지 않은 일은 언제나 자기가 해야 하는 줄 알았다.

내게 닥친 운명에 최선을 다한다며 다짐하고 집을 떠나왔지만 상처는 여전했다. 착잡한 시기였다. 이때 친구가 많은 위로가 되어 주었다. 친구와 잘 지냈다. 우리는 일생을 함께 살자고 다짐했다.

친구는 채규철 선생님의 추천으로 베데스다원에 와 있었다. 어느 날이었다. 풀무학교에서 우리를 가르쳐주셨던 채규철 선생님이 교통사고로 큰 화상을 입었는데, 간호할 사람을 구하고 있었다. 친구가 그 일을 하게 되어 상경했다.

의지하던 친구가 떠나자 베데스다원이 텅 빈 듯했다. 친구가 떠난 얼마 후 원장이 미국에서 귀국했다. 그리고 1년이나 되었을까? 원장은 오래 함께 일하길 원했으나 나는 뿌리쳤다. 베데스다원은 내 마음이 뿌리를 내릴 곳이 아니었다.

나는 상경해 친구가 채규철 선생님을 돌보고 있던 서부이촌동에 자리를 잡았다. 우리는 다시 숙식을 같이 했다. 친구는 장애인 개인 지도 교사를 했고, 나는 채규철 선생님의 청십자의료조합에서 근무했다.

청십자의료조합은 장기려 박사님께서 시작하셨고, 큰 조력자로 풀무학교 영어 교사였던 채규철 선생님이 덴마크에 다녀오신 후 국내에서 처음으로 시작된 의료조합이었다. 장기려 박사께서 적극 후원하셨고, 2회 수업생 황학석 씨와 5회 수업생 정해열 씨가 오랫동안 함께 했다. 홍동에도 얼마 전 '우리마을의료생협'이 생겼다. 나는 의료생협의 뿌리를 청십자의료조합으로 생각한다. 우리마을의료생협의 의사로 있는 이훈호 선생이 풀무 집회(풀무학교에서 매주 일요일 열리는 무교회 집회)에 참석하여 홍순명 선생님과 여러 차례 의논하는 것을 보았다.

당시 청십자의료조합은 한 건축 설계 회사와 사무실을 같이 쓰고 있었다. 나는 의료조합에서 잡무를 맡았다. 그때 잠깐의 기간에 사회생활을 하면서 처음 접해 보는 것들을 체험할 수 있었다. 그러나 의료조합에서 생활했던 것보다는 채규철 선생님 댁에서 친구와 생활했던 것이 내게는 중요했다.

사실 이때도 우리는 일생을 함께 살자는 다짐을 했었다. 처음에는 별 어려움 없이 얼마가 지났다. 그런데 함께 살아 보니 쉬운 일이 아니었다. 그때 나는 심리적으로 너무나 나약한 상태에 있었다. 이런 상태로 사는 게 힘들었다. 나는 내 스스로 움츠러들었고, 점점 나만의 좁은 공간으로 스스로를 가두었다.

친구는 훗날 가끔 찾아오던 풀무학교 1회 수업생과 결혼을 했다. 채규철 선생님은 다른 제자와 재혼을 해서 돌봄을 받았다.

내게 점점 닥쳐올 운명은 나를 기다리고 있었다.

결혼… 나의 운명

서울 생활을 접고 부모님 곁으로 왔다. 부모님은 내 결혼을 무척 염려하시면서 초조해하셨다. 나는 결혼할 생각이 아직 없었다. 그러나 상황이 그렇지 않았다. 바로 아래 여동생은 나보다 네 살 아래였다. 동생에게는 연애하는 상대가 있었는데 결혼이 서둘러지니 그 당시 시골에서는 언니가 동생보다 늦게 시집가면 안된다고 생각하여 부모님은 여간 초조하셨던 게 아니었다.

중매가 들어왔다. 주위 목사님들이 목회자를 주선하고 나섰다. 부모님은 목회자는 생활상의 불안정과 정신적인 부담으로 반대하셨다. 그 당시 언니가 개척교회 전도사와 결혼하여 집에서는 상상 못할 고생을 하고 있었다. 당시 언니는 농사지으면서 똥지게 지고 닭도 기르면서 계란을 시장에 내다 팔고 교회에 붙어서 방 한 칸 들여 살면서 자급전도를 시작하는 시점이었다. 이 모습을 지켜보셨던 부모님, 목회자의 길은 가시밭길이고 고생하는 딸을 또 두고 싶지 않아 하셨다.

나도 이런저런 경우를 생각하여 응하지 않았다. 결혼할 마음도 없었지만 직업 목회자와 상인은 싫었다.

여동생 결혼 날짜는 임박해오고 있었다. 부모님은 점점 더 조급해하셨다.

어느 수요 예배를 마치고 오신 어머니가 점촌침례교회의 한 집사님 댁 청년을 소개하셨다. 중매가 들어온 가정은 교회당이 세워지기 전부터 큰 댁 방에서부터 목회를 시작했고, 교회 설립 시 사촌댁과 함께 기초를 함께하신 가정이었다. 점촌(경북)에서 아무개 집안이라고 하면 모르는 이들이 없을 정도로 신앙, 경제적 안정과 학식을 겸비한 댁이었다. 그 당시 사촌댁은 자식을 서울 명문대와 해외 유학까지 시키셨으니 교육열이 대단한 집안이었다.

결혼하기 전에 몇 차례 집에 다녀갔다. 남편 집안은 철물, 유리 상회를 크게 했다. 위로 형님이 계셨는데 형님은 대를 이어 수석 장로 직분을 맡고 있었고, 형수님도 권사로 성실하고 진실한 신앙인이었다. 두 분은 직분을 잘 감당하면서 생활이 철저했고 독립심이 강했다. 신랑감은 대학을 졸업하고 해외개발공사라는 곳에서 일한다고 했다.

중매를 서는 목사님은 결혼을 권유하셨다. 부모님은 신앙이 있는 집안이고 학벌도 있고 직장도 괜찮다며 흡족해하셨다. 그러나 자세히 알아보지는 않으셨다. 우린 우리 가족이 다니는 교회 담임 목사님의 중매 말씀을 100퍼센트 믿고는 결혼을 받아들였다.

두세 달 왕래하다가 1971년 6월 24일에 결혼했다. 내 나이 스물 아홉이었다.

남편은 6남매 중 늦둥이 막내였다. 아버지가 본인이 아홉 살 때 갑자기 돌아가시어 형님 손에서 자랐다. 형님은 아버지 역할을 담당하며 대학 교육까지 시켜 주셨다. 엄마가 무조건적으로 막내를 싸고돌자 아버지 역할을 해야 했던 형님이 굉장히 어려워했을 정도였다. 시어머님은 큰아들이 막내에게 교육적 충고라도 할라치면 막내아들 역성을 들며 대노하시곤 했다고 한다. 어떤 때는 어머님이 밥상을 마당으로 내던질 때도 있었다고 한다. 아마도 시어머님은 역성을 들어주는 것이 당신이 할 수 있는 유일한 교육과 사랑이라 생각하신 것 같다.

결혼해서 명절에 큰댁에 가면 어머님께서 연탄을 간다고 하시며, 방금 갈은 연탄을 다시 가시는 걸 보면서 지금 생각하면 치매 시작 아니었나 싶다. 부지런하셔서 새벽 일찍 일어나셔서 큰길 옆에 가게인데 그 앞을 멀리까지 청소하셨다. 손수 길쌈하신 무명을 막내며느리 주신다고 고이 간직하셨다가 큰시누에게 맡겨서 지금까지 간직하고 있다.

결혼 초 딸아이 백일을 며칠 앞둔 어느 날, 시어머님은 애기가 보고 싶으니 "서울 아들한테 가자."고 하셨지만, 결국 못 보고 돌아가셨다. 임종을 지켜드리지 못했다.

남편의 큰누님은 나의 친정아버지와 동갑이었다. 큰누님은 막내에게 많은 사랑과 관심을 쏟으셨다. 자식을 6남매나 두셨지만 아들 하나 더 두었다 생각했다고 한다. 대학 다닐 때 숙식을 함께 하고 용돈도 주시면서 부모 같이 챙겨 주셨다. 남편은 아버지를 일찍 여의어서 그런지 큰매형을 아버지처럼 의지하며 짧은 사랑을 받았다고 한다.

둘째누님 내외는 경북 마전에서 방앗간과 농사를 하던 부자댁이었다. 둘째누님은 말씀이 적으시고 은은한 사랑을 해 주셨다. 매형은 마치 아브라함 같은 독실한 신앙인이셨다. 결혼하고 두세 번 뵌 것 같은데, 그때마다 남편을 앞에 앉혀 놓고 염려와 충고로 말씀하셨다. 둘째 누님 내외분도 막내 동생을 많이 보살펴 주었다.

셋째 누님은 남편을 일찍 여의고 오랫동안 한복집을 하면서 사셨다. 알뜰하시고 성실히 살면서 좋은 신앙의 본이 되는 조용한 분이시다. 늘 우리를 염려해주셨다.

서울 이태원에서 살던 넷째 누님은 아들 하나 낳고 남편이 갑자기 돌아가셔서 혼자 양장과 한복집을 하시면서 이태원에 이층집도 장만하셨다. 아들을 대학원과 외국 유학까지 뒷바라지해서 대학 교수를 하고 있다. 교회 집사로 신앙과 생활력이 대단하신 분이었다. 훗날 우리 결혼 후의 상황을 판단하시어 사업 자금도 빌려주셨다. 막내 동생에 대한 관심이 가장 많았다. 바로 밑 동생을 각별히 극진하게 보살피며 큰 영향을 끼친 공로자이시다. 뒷날 내가 비누공장에서 일할 때, 샘플로 시댁 형제들에게 한 박스씩 선물했다. 그때 넷째 누님은 이태원 대형마트에서 10여 박스씩 몇 차례나 납품을 할 수 있도록 도와주셨다. 참 빈틈없고 흔들림 없으신 우리의 후원자셨다.

결혼해 보니 남편은 착실하게 돈을 벌어 가족을 부양하는 사람은 아니었다. 결혼 전에 친구와 사업을 하다가 부도가 난 상태였다. 해외에서 텔레타이프(teletype. 부호 전류로 송신한 통신문을 자동으로 문자 기호로 바꾸어 수신기에 인쇄하는 기록 장치)를 수입해서 판매하는 사업을 했다는 얘기를 들었다. 시숙은 동생 몫의 유산도 잘 관리해주셨다. 그런데 원래 계획은 결혼 후 유산을 주려고 했으나, 동생이 사업한다며 급히 달라 하니 처음에는 반대하다가 끝내 내어주었다고 한다. 여러모로 걱정하시다 결정한 것이었다.

나는 결혼 후 한 동안 유산 상속에 대해서 전혀 몰랐다. 후일 우리 생활이 난감할 때도 그런 걸 따져서 받아내어야 한다는 생각은 거의 없었다. 시숙은 어린 동생을 키워 대학까지 보냈고 사업 자금을 대주었다. 시댁 형제가 6남매나 되는 상황에서, 그 정도 받은 것은 제대로 받았다고 생각이 되었다.

결혼 직후 내가 딛고 서 있는 현실을 깨달았다. 남편은 사업 실패하고 결혼도 못한 채 갈팡질팡하며 정신적 고통이 고조에 달했을 시기였다. 그런 불안한 상황에 나와 결혼을 한 것이다.

언젠가 결혼 전 우리 집에 왔을 때 남편이 나에게 이런 질문을 했다.

"내가 리어카를 끈다면 어떻게 하겠냐?"

난 "물론 뒤에서 힘껏 밀어야 한다."고 힘주어 말했다.

과거의 사업 실패, 정신적 고통에 연연해서는 안 된다. 우리의 삶에서 과거는 그리 중요치 않다. 결혼을 앞둔 두 사람에게 빚은 없으니 우리 식구만 자립하면 된다. 누구 하나 우리가 도와야 하는 다른 식구가 없다. 둘의 마음이 하나 되어 일구어 나가는 게 중요한 것이자 책임이었다. 우리 둘의 문제이기에 자립해야 했다.

친정인 월림리에서 큰애를 출산했을 때는 내가 서른한 살이던 1973년 8월이었다. 할머니와 어머니가 산파 역할을 해 주셨다. 아버지는 대문 앞에 오토바이 대기해 놓고 급하면 산파를 모셔오려고 준비하고 계셨다. 그러나 입덧이 심했던 터라 아이가 크지 않기에 집에서 순산을 했다. 50년 만의 더위라 하는 한여름에 어머니는 집안일로 바쁘신 틈에 내 일까지 담당해주셨다. 한 달 산후조리하고 애기 데리고 상경했다. 갓 태어난 첫 아이(딸)를 안고 무엇이든 해야 했다.

나는 그동안 생각했던 것을 다 접고 바로 생활 전선에 뛰어들었다. 싫고 좋고 따질 겨를이 없었다. 시누이에게 100만 원 빌려 보광동 사거리 초등학교 근처에 문구점하기 적당한 가게 터를 찾았다.

상술은 좋지 못했지만 열심히 했다. 살림방이 좀 떨어져 있기에 젖먹이는 만년필 진열장 뒤 나무로 만든 과일 상자에 담요를 깔고 침대 대용으로 눕혀 놓았다. 모유 수유하다가 손님이 오면 깜짝 놀라 젖을 뺀 채 얼른 손님 맞이를 했다. 애기는 서럽게 울었지만 어쩔 수 없었다. 그 와중에 손님은 이것저것을 찾느라 부산했다. 손님이 많은 아침 시간에는 집 주인 집사님께서 아기를 데려다 돌봐주셨다.

장사를 마친 피곤한 하루, 밤잠을 잘 들지 못했다. 옆에서는 남편의 잠꼬대 소리.

"저 놈 잡아라."

"저 자식 저거 한 대 맞고 싶으냐."

아마도 사업하면서 받은 스트레스 때문이 아니었을까? 잠꼬대 소리가 너무 무서워 잠을 잘 수 없었다.

남편은 결혼 후 처음에는 아침에 출근하고 저녁에 퇴근했다. 그런데 월급을 가져오지 않았다. 남편이 내기 바둑을 하느라 기원을 다닌다는 사실을 나는 몰랐다. 어리숙하고 현실적이지 못했던 나는 나중에서야 알게 되었다.

나는 시누이(넷째 누님)가 빌려준 돈 100만 원을 밑천 삼아 열심히 가게 일을 해나갔다. 돈을 벌면서 시누이에게 원금과 이자를 갚아 나갈 계산을 했다. 4~5개월 정도 경과했을 때 원금 100만 원을 갚을 수 있었다. 이자는 약간 부족했지만 조바심이 나서 형님(시누이)께 대단한 실례이지만, 남편에게 원금과 이자를 보냈다. 전액 계산을 못했지만 다음 달에 갚을 생각이었다. 지금 생각하면 형님께서 난감하셨을 것 같다. 내가 철부지였다는 생각이 든다.

그런데 남편은 우리가 시누이에게 갚아야 할 이자 일부를 화투판에 가서 탕진했다. 나는 시누이에게 이자를 못 드려 죄송한 마음이었고, 시누이는 남동생 때문에 올케가 고생하는 것을 미안해했다.

아무리 가까운 사이라도 돈 계산은 분명해야 했다. 생각 끝에 남편한테 주소를 물어서 전에 동업하던 대학 동창 집에 애기 업고 찾아갔다. 어떻게 그런 용기를 낼 수 있었는지 잘 모르겠다. 그만큼 생활의 절박함이 내게 닥쳐왔기 때문이었다. 집은 안양에 있었다. 삼간 옴팡간이라더니 그런 집에서는 등잔불을 켜고 살았다. 그 댁 부인은 출산한 지 얼마 되지 않은 산모였다. 하룻밤 자면서 사정을 이야기했다. 그러나 그 집 형편은 더 어려웠다. 그 댁 부인은 애기 낳고 미역국도 못 먹고 있었다. 내 사정을 이야기할 겨를이 없었다. 미역 몇 꼭지 사주고는 그대로 단념하고 돌아왔다.

다시 마음을 다잡았다. 이것저것 가릴 처지가 아니었다. 적극적으로 장사를 하지 않을 수 없었다. 초등학교 앞이라서 학용품과 그날그날 학생들이 수업을 위해 준비해야 할 것을 미리 알아서 구비했다. 학용품과 사무용품은 곧잘 팔렸다. 처음 장사였지만 장소도 좋았고 그런 대로 빚도 갚아나가며 문방구를 잘 운영했다.

그런데 장사가 잘 되니 복덕방에서 가게 주인을 꾀어서 우리에게 가게를 내놓으라는 것이었다. 나는 남편에게 월세를 좀 올려 주고라도 눌러 있자고 주장했다. 그러나 남편은 자존심 때문인지 다른 곳을 수소문하고 다녔다. 아내의 의견은 아랑곳 않는 경상도 사나이의 고집은 도저히 꺾을 수 없었다. 나는 기왕에 벌어진 일에 임하는 적극성은 있었으나, 가게 터를 알아본다든가 물건을 구입하는 일까지는 엄두를 못 냈다. 자리를 잡아가는 문방구를 내놓고 이사를 해야 했다. 참 현명하지 못하고 어수룩했던 자신을 지금에서야 자책해 본다.

이사를 한 후에도 문방구를 했다. 이번에는 마포구 공덕국민학교 근처였다. 주변에는 사무실도 있어서 남편은 학교와 사무실을 염두에 두었다. 그러나 이번에는 첫 번째와 달리 부실했다. 방은 섬 같이 흉흉했다. 계단을 올라가 방 몇 개가 있고, 또 계단을 올라가야 원룸이었다. 우리 식구가 살기엔 불편했다. 앞길은 간선도로였지만 시장을 이어주는 통로여서 차의 위험이 있다. 좁은 가게를 블록으로 막고 커튼을 치고 석유 곤로를 놓고 살았다.

둘째를 업고 간간히 식사를 허둥지둥 하면서 가게를 보니, 애기는 감기로 코밑이 성할 날이 없었다. 한번은 애기 얼굴에 열꽃이 피었다. 어른들은 홍역이니 따뜻하게 해 주라고 했다. 그러나 이틀 동안 보채기만 할 뿐 아무 것도 먹지 않았다. 그런데도 애기를 업고 가게를 보았지만, 더 이상 참을 수 없어 병원을 찾았다. 병원에서는 홍역이 아니라

특발성 피부염이라 했다. 집에 돌아와 『의학대백과사전』을 보니 불치병일 수도 있다고 했다. 너무나 상심되고 겁이 났다. 애기를 위해서라면 무엇이라도 할 수 있었으나, 가난한 젊은 엄마가 할 수 있는 건 별로 없었다. 애기를 업고 병원을 오가는 며칠 동안 입이 탔다. 그런데 뜻밖에도 차도가 있기 시작하더니 애기 얼굴이 깨끗해졌다.

서른 세 살이던 1975년 둘째를 친정집에서 출산했다. 가을로 접어들던 9월이었다. 첫째를 낳을 때는 50년만의 더위라고 불릴 정도로 더운 여름이라 고생이 많았는데, 이번엔 더위는 면했다. 친정집은 과수원과 논밭 일도 바쁜데, 출산한 딸까지 보살펴주어야 했던 부모님은 분주하셨다.

남편은 이때도 밖으로 돌았다. 우리 가게는 시장 바로 앞이었다. 시장을 기반으로 살아가는 단란한 가족을 볼 때면 마음이 아려왔다. 시장 가까운 우리 가게에서 하루 종일 리어카 끌고 야채 장수하는 부부를 볼 수 있었다. 모두 다 팔고 저녁 때면 빈 리어카에 아이들 태우고 끌고 밀면서 무슨 이야긴지 정답게 나누는 모습을 보곤 했다. 가족은 가난하고 바쁠수록 서로 돕고 이해하고 협력하는 것이 본연의 모습 아닌가? 부러운 모습이었다.

더 이상 내 힘으로 견디기 어려웠다. 역부족으로 갈팡질팡하다가 급기야 오빠에게 연락했다. 이런 문제를 감정을 앞세워 대립해서는 안 되기 때문에 오빠는 남편을 잘 타일러 달래 놓고 떠났다. 그러나 이 일이 있은 후로 계속해서 이 사건을 들추면서 나를 추궁했다. 큰소리나 매 맞는 것도 모르는 겁 많은 나로서는 무섭고 힘든 하루하루였다.

근처 섬유 회사에 물건 납품한 것이 몇 달 동안 대금 결제가 안 되고 있는 터에 어릴 때 고향에서부터 알던 오빠 친구 분을 만났다. 사정 애길 하니 일을 성사되키려면 술값 5천 원을 달라고 했다. 그래서 꽁꽁 꿍쳐 놓았던 현금을 순수한 마음으로 100퍼센트 믿고 선뜻 꺼내 줬다. 그러나 그걸 받은 후 그 사람은 한 번도 나타나지 않았다. 나는 그런 이름조차 몰랐는데 '브로커'라는 것이다. 일정한 직업 없이 떠돌면서 남의 돈 넘보는 사람을 말하는가? '벼룩의 간을 빼먹지'라는 말이 무색했다. 끝내 그 돈은 못 받고 말았다.

1977년, 결혼 6년차에 전농동 서울시립산업대 앞으로 이사했다.

큰 가게에 문구와 식품을 겸했다. 어느 날 김포 사는 숙모가 찾아오셨다. 마침 둘째가 동네 친구들 자전거 타는 것을 "나 좀 한 번 타보자." 면서 하루 종일 뒤쫓아 다니는 걸 보시고 자전거를 사 주셨다. 며칠을 타고 놀다가 가게 앞에 세워 둔 자전거가 저녁 때 없어졌다. 큰 도로 옆에 있던 집에는 방과 가게 뿐이고 창고가 따로 없는 비좁은 곳이었기에 길가 가로수 앞에 자전거를 세워 놓을 수밖에 없었다. 아이는 혼자서 며칠 동안 이 골목 저 골목 찾아다녔다.

"엄마, 기도해도 왜 자전거 못 찾아?"

아이는 시무룩해서 걱정이 이만저만이 아니었다.

"응, 곧 찾을 수 있을 거야."

나는 아이에게 믿음을 주는 말을 해 주었다. 확신은 없었으나 임시 변통의 수단으로 이렇게 대답할 수밖에 없었다.

그로부터 이틀이 지났다. 아이가 내 손을 마구 잡고는 가게 밖으로 끌고 갔다. 난 영문도 모르고 쫓아가 보았다. 남의 집에 세워 놓은 것을 보고 저게 자기 자전거라는 것이다. 주인 아저씨는 "골목에서 애들이 타다가 놓고 간 것을 챙겨 놓았다."고 했다. 다행이었다. 아이가 집요하게 노력해서 잃어버렸던 자전거를 다시 찾았다.

내가 외출한 사이에 어릴 때 함께 살던 사촌 동생이 다녀갔다. 사촌 동생은 풀무학교를 다닐 때 엄마를 찾게 되었다. 동생은 곧장 풀무학교를 중퇴하고 상경했다. 그리고는 얼마 후에 제 오빠 친구와 결혼했다. 그런데 성격 차이 탓으로 자주 다투었던 모양이다. 사촌 동생을 생각하면 마음이 아프다. 어려서 아버지를 잃고 엄마와도 떨어져 지내 사랑이 결핍된 상태로 어린 시절을 보냈다. 나는 편물을 하면서 동생의 결핍을 메워 주고 싶었다. 그러나 누구도 결핍을 메꿔줄 수는 없었다. 누구든지 자신이 환경을 만들어가는 것일진대 외롭게 지내던 동생은 아들 하나 얻고는 스스로 젊은 나이에 세상을 훌쩍 떠나버렸다. 나를 못 만나고 간 뒤였다. 너무 안타까웠다.

장미가 아름답게 피는 5월이었다. 옛이야기하며 살자던 모든 약속은 꿈이 되어 버렸다. 그때 외출하지 않았다면, 외출하지 않고 동생을 만났다면 동생이 위로를 얻고 계속 살아갈 수 있는 용기를 낼 수 있었을까? 언젠가 숙모는 동생에게 이런 말씀을 하신 적이 있다. "언니가 아니고 엄마라고 하거라." 숙모는 아이들이 국민학교 다닐 때 아이들을 큰집에 맡기고는 상경했다. 그래서 사촌인 우리 형제들이 같이 살면서 좀 보살펴주었다고 해서 그런 과분한 표현을 하신 것이다. 그러나 숙모의 이런 말씀도 동생의 죽음과 함께 메아리가 되어 사라지고

말았다. 어린 시절 강하게 패인 상처는 어른이 되어도 좀처럼 메꿔지
지가 않는 것인가.

오랫동안 불 꺼진 창 아래 앉아 아쉬움 속에서 떠난 동생을 생각했
다. 동생이 그리웠다. 그리움이 깊어갈수록 좀 더 잘하지 못한 기억도
같이 떠올라 그리움과 반성이 반복되었다.

그때 나는 신경성 위염으로 고생하고 있었다. 보건소에 가서 진찰
하고 복강경 수술을 했다. 그때는 사회적으로 아이 하나 낳기 운동이
한창일 때였다. 나는 이미 둘을 낳았으니 준비도 없이 덜컥 수술을 했
다. 수술 후 택시 값 절약하려고 버스를 탔다. 그러나 버스를 타서는 안
될 일이었다. 세 정거장 타고 오다가 쓰러질 뻔하고 집에 와서 이불 피
고 눕고 말았다. 누워서도 가게를 봐야 했다. 나는 남편에게 미역 국거
리 고기를 좀 사다 달라고 부탁했다. 그러나 고기 사러 간 사람은 3~4
시간 걸려서야 왔다. 참 난감했다.

다시 또 이사를 해야 했다. 이번에는 영등포였다. 빈번한 이사에 지
쳐 버렸다. 살림 짐도 만만치 않고 문구와 식품 꾸러미는 너무 많았다.
그때는 콜택시가 처음 시작될 무렵이었다. 이사한 곳은 버스 정류장
근처 조그마한 방이 붙어 있는 가게였다.

큰아이는 여섯 살, 작은아이는 네 살이었다. 큰아이는 영등포침례
교회에서 운영하는 유치원에 다니게 되었다. 크리스마스가 다가왔다.
아이들에게 추억을 만들어주고 싶었다. 남편에게 산타 할아버지가 되
어 달라고 부탁을 했다. 남편이 시장에 물건하러 가기에 아이들 선물
을 이리저리 생각하다가 조립식 나무 블록을 떠올렸다. 아이들이 직접

만들고 부수고 할 수 있어 창의력을 기를 수 있는 장난감이었다. 이미 두 번이나 사 주기도 했다. 크리스마스 때 교회 새벽송이 끝나면 으레 문에 걸려 있는 선물이었다. 남편에게 장난감 가게에 가서 나무 블록을 사다 달라고 부탁하고는 산타 할아버지 역할도 비밀로 해 달라고 일러 놓았다. 그러나 시장에 갔다 와 떼 온 물건을 내려놓으면서 아이들이 뛰어오자, 남편은 숨겨 두어야 할 나무 블록을 아이들에게 얼른 줘 버렸다. 원래 계획은 그게 아니었는데….

"산타 할아버지가 너무 바빠서 아빠 만나서 전해 달라 하더래."

난 얼른 상황을 돌려놓았다.

"응, 많이 돌아다녀야 하니까 바빠."

아이들도 그렇게 믿는 눈치였다.

가끔 청주 목사님(형부)이 집에 들러 기도해 주시고 사진도 찍어 주시곤 했다. 말씀이 적으신 형부는 사랑이 많고 인내심이 있으신 인자한 분이셨다. 어느 날인가는, 내가 바삐 일하는 동안 두 아이 사진을 찍어 주신 모양이다. 차분한 누나와 개구쟁이 남동생이 안 찍으려고 몸을 빼는 듯한 사진이 남아 있다.

버스 정류장 근처 가게라 늦게까지 가게를 봐야 했다. 담배는 일주일에 50~60만 원씩 판매 되는 분주한 곳이었다. 하루는 손바늘 20~30박스가 필요하다는 손님이 찾아왔다. 없어서 돌아갔는데 사나흘 후에 바늘 도매 장수가 오더니, 요즘 이걸 섬유 공장에서 많이 필요로 한다, 물건이 딸려서 야단이라 했다. 그러나 그건 믿어지지 않는 일이었다. 모두 다 사기꾼과 한패들이었다.

어느 날은 젊은 청년이 공장에서 일하는 차림으로 급하게 이것저것 찾아 내놓았다. 그렇게 부산을 떨다가 차츰 선반 위에 있는 것을 찾기 시작했다. 잘 팔리지 않는 물건은 선반 위에 진열해 두었다. 나는 의자 밟고 올라서서 물건을 내리다 문득 어떤 생각이 들어 뒤돌아보니 그 사람이 금고 가까이 가 있는 것이 보였다. 얼른 내려가서 그쪽으로 갔다. 이번에는 콩나물을 찾았다.

"우린 그런 것 없다."

내가 말하니까 그 청년이 옆 가게 가서 사 달라고 말을 바꿨다. 그 순간 못된 짓 하는 좀도둑이란 생각이 머리를 스쳤다. 그렇게 못하겠으니 얼른 나가라고 야단을 쳤다. 그런데 갑자기 적반하장 식으로 거스름돈을 요구했다.

"뭐라고? 언제 당신 내게 돈 줬어?"

나는 발끈해서 청년을 가게 밖으로 내쫓았다. 사실 약간 무섭기도 했으나 그 청년도 어설프긴 매한가지였다. 가끔 이런 일이 있던 시기였다.

당산동에서 양평사거리로 지하철 공사가 시작되었다. 우리 가게는 위치상 뜯겨 나가야 했다. 또 옮겨야 했다.

신정동 사거리로 옮겼지만 가게 형편상 영등포 큰형님(시누이) 댁에서 한 달간 신세를 지고 살게 되었다. 큰형님은 엄마처럼 우릴 염려하시고 사랑을 주셨다. 형님은 책임을 다 못하는 동생 탓으로 늘 미안한 생각을 하셨다.

한 달 신세를 지고 독립했다. 신정동 사거리 맞닿은 곳에서 식품과 문구를 겸하는 꽤 큰 가게에 방이 딸려 있었다. 크긴 하지만 아늑하지 않고 음산한 집이었다.

이번에는 과일과 식품을 겸했다. 과일은 생물이라서 새벽 일찍 싱싱하고 똑 고른 크기를 선별해서 잘 구입하는 요령이 필요했다. 그러나 이때도 내가 나서서 도매상 가서 물건을 구입해야겠다는 생각은 감히 하지 못했다. 그저 남편이 해 온 물건을 열심히 파는 것이 내 책임이라고만 생각했다.

남편은 새벽에 과일 도매상에 가서 좋은 상품을 구입해야 했다. 그러나 언제나 늦게 일어나 도매상에 갔으니, 좋은 물건은 이미 다 나가고, 좋지 않은 물건만 사가지고 왔다. 과일 재고가 쌓이기 시작하고 수박 같은 것은 장마철에 곯아서 반품이 들어오기 시작했다. 걷잡을 수가 없었다. 그러나 남편은 대책을 세우지 않은 채 오히려 담배나 비싼 과일을 축내며 지냈다. 잘 팔리지 않는 물건이 재고로 쌓이기 시작하자 장사를 접어야 할 시점에 다다르게 되었다.

새벽이면 눈물 흘리며 기도했다. 신경 안정제를 복용할 정도로 버티기 힘들었지만 그래도 애들 생각하며 신앙으로 견디고 살아야 했다.

그렇게 서울에서 10년을 지냈다. 나는 망설임이 극도에 달했고, 유일하게 가끔 홍순명 선생님과 편지 왕래가 있었는데 서울 오시면 만나 뵙고 상담을 하고 싶었다. 신정동에 살 때 찾아오셨다. 가게에 앉아서 몇 마디를 한 것 같다. 선생님은 고개를 푹 숙이시고 아무 말씀도 없이 안타까워하시면서 버스에 오르셨다.

바로 위 언니가 청주에 있었다. 언니는 청주에서 목회하는 남편과 살면서 부설 유치원을 운영하고 있었다. 언니는 대담하고 큰일을 잘 처리하는 유형이었다.

"청주로 와라."

언니가 적극적으로 나서주었다. 언니는 위험과 고난을 끌어안을 것을 결심하고 동생 좀 살려 보겠다는 일념으로 우릴 끌어들였다. 언니가 고마웠다. 나는 언니와 의논하여 청주로 옮기기로 결정하고 빠른 속도로 추진했다.

청주로 이사한 후, 나는 유치원에서 잡무 일을 하고 남편은 가축을 조금 시작했다. 가축을 하는 것도 쉽지 않았다. 산양을 키우려니 마땅한 장소를 물색해야 했기 때문이다. 우리는 청주에서도 3년 동안 네다섯 차례 이사를 거듭하다가 드디어 산자락에 있는 집에 정착할 수 있었다. 나는 낮에는 유치원에서 일하고 일이 끝나면 집으로 돌아가 가축을 돌봐야 했다.

양은 종자가 좋은 것으로 세 마리를 사왔다. 퇴근하여 지게 지고 뒷산에 오르면 아카시아가 우거졌다. 우리 양들은 이걸 좋아했다. 두 짐을 해서 엑스 다이에 밟지 못하게 시설해서 올려 놓으면 낮에 풀을 좀 먹고 부족한 것은 밤에 채울 수 있었다. 양은 초식 동물이라서 양질의 풀이면 좋고 사료는 비 오는 날이나 젖 짤 때나 필요하기 때문에 사료 값은 절약되었다.

젖을 짤 때는 털을 잘 빗겨 주고 쓰다듬으면서 따뜻한 타올로 젖을 마사지해 주었다. 이럴 때면 양들은 기분이 좋아 보였다. 처음에는 좀 단단하지만 마사지를 충분히 하고 짜면 쉽게 짤 수 있다. 유방이 부드러워지면서 수월하게 양질의 젖을 얻을 수 있다. 우리 양 중에 루디나는 가장 사랑하는 식구가 됐다. 두 아이들은 루디나를 제일 좋아했다. 산에 올라 삭정이를 주워다가 화덕에 병 소독하고 양젖을 소독하여 배달하고 나면 날이 벌써 어둑어둑해졌다.

양젖 배달은 아이들이 맡아 주었다. 산동네는 큰애가 맡고, 아파트 쪽은 둘째가 맡았다. 큰아이는 참을성 많고 말수가 적었다. 자기 맡은 구역을 얼른 배달했다. 일을 잘 했다.

그러나 둘째는 배달을 하기에는 벅찬 나이였다. 배달하고 집에 오려면 외딴집을 거쳐 논을 지나 산길 위로 걸어서 와야 했다. 둘째는 그 길을 다 오지 못한 채 외딴집 담에 기대어 울고 서 있었다. 나는 며칠이 지나서 동네 아저씨가 얘기해줘서 알게 되었다. 동네 아저씨가 둘째 아이를 보다 못해 몇 차례 데려다줬다는 것을 나중에 듣고, 둘째에 대한 마음 아픔과 동네 아저씨에 대한 감사함이 함께 들었다. 어린 자식들에게 배달 일을 시킨 어미의 가슴은 뭉개졌다.

양젖을 짜는 일이 만만치 않았다. 몇 십 년 후에 오른손 손목에 병이 나서 수술을 했다. 당시는 정신적으로도 불안 상태였다.

한 가정에 한 사람의 영향은 큰 것이다. 한 사람이 자기 몫을 못하면 가족 전체가 고생하고 고난이 뒤따른다. 남편은 자기 몫을 못해 주었다. 이번에는 친정아버지가 나섰다. 보다 못한 아버지는 남편을 따로 떼어서 집으로 데려가셨다.

사실 아버지는 결혼 초기부터 이미 내 사정을 알고 계셨다. 결혼 후 2년이 지났을 때 신촌에서 아버지를 만난 적이 있다. 나는 아버지에게

만 원을 꿔 달라고 했다. 생활비가 없었다. 어렸을 적부터 아버지는 내가 뭐 필요하다고 하면 왜 그러느냐는 말씀 한마디 없이 그냥 모두 주셨다. 아버지는 한 번도 딸을 다그친 적이 없었다. 그런데 그때는 왜 그러냐고 물으셨다. 그 말씀을 듣는 순간 참 서운했다. 아버지는 직감적으로 딸이 고생한다는 생각하셨던지 다른 말씀을 하셨다.

"너, 짐 싸라."

그러나 나는 아버지 말씀을 따를 수 없었다. 그땐 어떻게든 살아야 했다. 앞이 보이지 않고 막막해도 장사 열심히 하면서 오로지 자식만 바라보고 살면 되는 줄 알았다.

청주에서 남편을 데려간 아버지는 남편에게 일머리를 가르쳐 보려고 하셨던 것 같다. 걸음마를 시켜 볼까? 아버지는 남편을 친정집에서 오래전부터 일하던 문씨 아저씨와 같이 일하게 했다.

문씨 아저씨는 약간의 정신 장애가 있지만 성실하고 부지런하신 분이었다. 누구보다 열심히 일하는 분이었다. 상대방이 함께 일하고 인격적으로 대해 준다면 참 점잖은 분이셨다. 그러나 그 반대로 자기만 일 시키고 상대방이 일을 안 하면 주인이나 어느 누구에게도 욕하고 대들었다.

함께 일하던 남편과 아저씨의 관계가 좋지 못했다. 서로 싸우는 일이 종종 있었다고 한다.

"청주 매형, 꾀가 많아. 아주 나빠."

문씨 아저씨는 같이 일하던 남편에게 이런 평가를 내렸다. 남편은 다시 집으로 돌아왔다. 남편은 건축 현장에 다녔다.

그때는 산양뿐 아니라 돼지도 키울 때였다. 돼지 몇 마리를 남의 돈사 빌려서 키웠다. 나는 낮에는 유치원 근무, 밤에는 돼지를 돌보았다. 부지런히 일했지만 돈은 벌지 못했다. 당시 양돈하는 사람들은 돈을 벌었다. 역시 돼지새끼 사오는 일은 내 몫이 아니었다. 우리 집은 돈을 벌지 못했다. 이 글을 쓰는 나는 지금 나 자신을 무척 미워하고 있다. 미련했던 내 모습을.

가축을 해도 둘의 의견에는 너무 많은 차이가 있었다. 나는 우리가 지금은 돈이 없으니 하나에서부터 경험 쌓으면서 시작하자는 의견이었다.

"남자가 돼 가지고 쪼잔하게 이렇게 해서 되겠느냐, 크게 해야지."

남편은 남부럽지 않게 빚이라도 내서 남자 사기를 높여 시작해야 한다고 했다. 어떤 일을 시작할 때는 자기 능력(경제력과 노동의 한계)에 맞게 시작해야 한다고 보았기 때문이다. 나는 아주 작은 시작이어도 그래야 한다는 생각이었다. 그러나 생각의 차이로 어려웠다. 결혼 후 줄곧 이번 한 번만, 한 번만 늘 이렇게 속아 살아왔지만, 이번에도 남편의 고집을 꺾지는 못했다.

남편은 내게 사정사정 했다. 빚을 얻어 오라는 것이다. 빚을 내서라도 크게 시작하면, 그러면 이제는 열심히 한 번 해보겠다는 다짐을 했다. 남편은 평생 뜬구름을 좇았다. 꾸준히 자기 자리 지키면서 일하면 언젠가는 커질 수 있을 건데, 남편은 그러지 않았다. 남편은 돈을 따라잡으려고 안간힘을 쓰며 살았지만 돈을 잡을 수는 없었다.

종자가 좋은 새끼돼지를 소개 받아서 나는 돈을 구해 줬다. 몇 번은 시세가 좋아서 좀 재미있게 키우고 팔고 했다.

그런데 어느 날 남편은 새끼돼지 사서 알고 지내던 어떤 사람의 돈사가 비어 있어서 맡겼다는 거다. 미심쩍었다. 수소문해 그 돈사 주인이라는 사람과 통화가 되었다. 역시 새빨간 거짓이었다.

1987년 10월 3일이었다. 결혼 16년차, 나는 마흔다섯 살이었다.

나는 공휴일이니 그 집 돈사에 가보자고 남편에게 제의했다. 이미 다 알고 있는 사실이었지만 달리 선택의 여지가 없었다. 언니는 말렸다. 꼭 그래야 하냐는 것이었다. 그러나 언제 터져도 터지고, 당해도 내가 당해야 하는 줄 알았기에 나는 실행했다. 돈사에 가서 남편의 거짓말을 확인했다. 나는 곧장 집으로 가지 않고 유치원에 밀린 일을 하러 갔다. 언니의 만류에도 유치원을 퇴근해 집으로 돌아왔다.

남편은 "남편 얼굴에 흑칠했다."며 집에 들어서자마자 소리치며 다짜고짜 때렸다. 코에서 피가 덩이째 쏟아졌다. 나는 부엌 하수도에 가서 수건으로 나오는 피를 막았다.

언제부턴가 신경 안정제를 먹지 않으면 잠들 수 없었다. 결혼 초부터 이 결혼은 잘못되었다고 생각했다. 되돌리고 싶었다. 나는 이 운명을 받아들일 수 없었다. 그러나 아이들이 걸렸다. 이럴 때마다 어렸을 적 아버지 없이 엄마와 떨어져 고아처럼 지내던 사촌 동생들이 생각났다. 애들을 고아로 만들 수는 없었다.

나 하나 삭히고 살면 되는 줄 알고 참고 살았다. 그러나 언제까지 이래야 할지, 더 이상 참고 사는 것이 의미가 있는 것인지, 아이들에게 어떤 것이 더 좋은 것인지, 점점 비좁은 공간으로 나는 떠밀려 들어갔다.

폭력 소식을 접한 부모님이 오셨다. 나는 이혼을 추진하려고 했다. 그런데 아버지가 말리셨다. 당시 아버지로서는 딸을 이혼녀로 결론 짓기는 그리 쉽지 않으셨을 것 같다. 아버지는 남편을 잘 타이르고 가셨다.

다시 힘을 내야 했다.

청주시 산남동으로 이사를 갔다. 교회 집사님에게 돈을 빌려 돼지 백오십 마리 정도 키울 수 있는 하우스 짓고, 우리 네 식구 집도 보온 덮개로 지은 집을 마련했다. 외관은 오죽찮지만 살기에는 별 불편 없었다. 처음으로 내 집이라고 하는 공간이 생겼다. 양 두 마리, 개 다섯 마리, 돼지 백오십 마리를 먹이기 시작했다. 유치원에서 늦게 퇴근하면 짐승들이 기다리고 있다. 짐승 밥 주기, 식구들 건사하기. 이렇게만 생활하면 자리를 잡을 수 있겠다는 희망이 생겼다.

그러나 남편은 달라지지 않았다. 오히려 남편은 조용한 곳에 이사 와서 맘 놓고 기원 출근했다. 내기 바둑을 하던 남편은 차츰 돼지도 양도 개도 사료도 팔아 치웠다. 산 속 조용한 곳이니 다른 사람 눈치 볼 것도 없었다. 남편 입장에서는 감시하는 사람이 없으니 손쉽게 팔아 치웠다.

더 이상은 희망의 끈을 잡을 수 없었다. 마지막 남은 미련을 버렸다. 딸은 중학교 3학년, 아들은 중학교 1학년이었다. 나는 아이들 등교 시간에 결연하게 말했다.

"너희들 집에 돌아오면 엄마는 없다. 오늘 할아버지 집으로 짐 가지고 간다."

아빠가 너희들 데리고 가는 것을 허락하지 않아서 엄마는 작전상 먼저 가니 꾹 참고 기다리라 하고 아이들을 학교에 보냈다. 아이들은 울고 불며 학교에 갔다. 지금이라도 '엄마는 가지 않을 게'라고 할까, 망설임이 생겼다. 그러나 더 이상은 그럴 수 없었다. 긴 시간 반복된 경험은 돌아가지 못하도록 나를 몰아세웠다. 아이들도 그랬을 것이다. 속히 너희들을 데리러 오겠다는 약속을 하면서 아이들을 떼어 놓았다.

엄마가 떠난 날, 어린 것들 둘은 서로 붙들고 울고 달래고 하는 걸, 옆에 살던 언니가 보고는 셋이서 무척 울었단다. 얼마나 슬펐던지 언니는 아버지에게 "60이 다 된 딸만 챙기지 말고 손주들 생각 좀 하라." 고 울면서 항의하기도 했다. 지금도 그 생각만 하면 가슴이 미어진다.

아이들은 엄마 없는 산속에서 2주 동안 아빠하고 라면 끓여 먹고 살았다. 먹는 것도 학교 다니는 것도 아이들 생활이 정상일 리가 없었다. 남편은 때로는 학교 가는 아들의 가방도 감추고, 등교하는 아들을 뒤쫓아 돌팔매질을 하기도 했다. 아들은 남의 집에 숨어 위기를 모면하면서 그 순간을 빠져나왔다. 옆에 사는 큰이모는 집 동정을 살피러 산을 기어 다니면서 작은아이 가방 챙겨 주고 함께 했다.

보다 못한 친정 동생(아이들에게는 막내 이모)이 아이들을 데려갔다. 동생이 고생이 참 많았다. 자기 아이들은 어리기에 조카들 때문에 새벽밥하고 도시락까지 싸서 한 달 정도 데리고 있었다. 시어머님이 와 계셨던 모양인데 얼마나 난처했을까. 다행히 이모부도 조카들의 처지를 헤아려서 잘 대해 주었다. 너무 감사할 뿐이다.

아버지, 오빠, 남동생은 일신상의 큰 문제를 고심하며 일의 실마리를 주선해 주었다. 언니와 여동생들은 아이들 보살핌과 등록금까지 챙겨 주었다. 어려운 상황에서 친정 식구들의 도움을 받았다. 남의 도움 받는 것을 즐겨 하는 사람 어디 있으랴만, 도움이 절실했다.

낮에는 친정어머니 일을 도와드렸고, 밤에는 이불 속에서 부모님 안 듣도록 밤새 울었다. 남겨 두고 온 두 아이들 때문에 사는 게 아니었다. 2주 동안 친정에 있었던 시간은 지옥 자체였다.

남편은 가만히 있지 않았다. 두 형님을 대동하고 아들을 앞세우고 왔다.

그동안의 나는 누구였던가? 해야 할 결단을 오랫동안 하지 못한 채 지긋하게 다시 도전하고 또 반복했다. 미련하고 미련할 정도로 참고 또 참으며 나 하나의 희생이 온 가족을 구할 수 있을 거라는 막연한 믿음을 붙잡았다. 그렇게 10여 년을 살았다.

남편은 내가 따라 나설 줄 알고 날 데리러 온 것이지만, 이번에는 나도 달랐다. 아들을 보고 마음이 약해지지도 않았다. 소극적이고 우유부단했던 여자가 아니었다.

찾아온 남편을 매몰차게 대했다. 세 사람(남편 포함)까지 책임질 수는 없었다. 두 아이들까지가 내 책임이었다.

"내게 닥친 운명에 최선을 다한다."

나는 이 신념을 안고 풀무를 떠나 세상으로 나갔다. 어떤 환경에 처해도 자기 길이라 생각하면 최선을 다함이 나의 본분일 거라는 일념 하에 살아온 것 아닌가?

나는 두 자식을 데리고 고통스러운 시간에서 걸어 나와야 했다. 한 없이 비좁아지던 그 공간에서 뛰쳐 나와야 했다. 어려웠고 신중한 대신 돌이킬 수 없는 일이었다. 사방이 고독했다. 생을 건 이 결단 앞에서 나와 함께 할 자는 아무도 없었다.

변신

보험 회사

별거를 시작했다. 아이들 생각을 해도 앞으로 혼자 살아갈 생각을 해도 막막했다. 처음에는 부모님께 폐를 끼쳤다. 집을 얻을 형편도 되지 않았으니, 부모님 집으로 들어갔다. 막막한 나에게 부모님은 큰 위로이며 버팀목이었다. 그러나 아이들 교육비와 앞으로의 생활 전반을 내 힘으로 일궈 나가야 했다.

궁리 끝에 홍동에 사는 이승진 사모님께 연락을 해서 만났다. 사정을 이야기했다. 사모님은 많이 안타까워하셨다. 한편으로는 살 궁리를 같이 의논해 주셨다. 마침 사모님은 삼성생명 보험 회사에 근무 중이었다. 사모님 소개를 받아 보험 일을 시작했다.

파격적인 변신이었다. 무형의 상품을 파는 보험 일이라니, 내 성격상 도저히 할 수 없을 것 같았다. 그러나 보험은 자본 없이 뛰어들 수 있는 장점이 있었다. 우리 형제들은 "사내가 못나 급기야 마누라 보험

가방 둘러메게 하는구먼." 하면서 마음 아파했다. 그러나 달리 선택의 여지는 없었다.

철저한 교육에 의해 기본 활동을 시작했다. 컴퓨터를 이용하여 각 개인의 생활 설계서에 의하여 계약자에게 필요한 것을 찾아 권하는 것이었다. 보험은 장기간 돈을 내야 하기 때문에 이런 걸 꼼꼼히 따지는 사람들은 보험 들기를 거부했다. 사실 보험에서 가장 중요한 것은 계약자와 설계사 사이의 신뢰다. 나의 이익만을 생각하고 욕심을 부리면 몇 십 년 후에 계약자에게 손해를 끼치기 때문이다. 나는 보험을 하면서도 상호 신뢰와 상호 이익을 중요시 했다.

한 번은 월 20만 원짜리 적금을 계약했다. 그런데 다음 날 1,500원을 보장성 보험료로 추가하면 보장에 차질이 생기게 된다는 걸 알게 되었다. 즉시 소장과 상의했다. 소장은 영업소와 나에게 지장이 생길 수 있으니 묵인하라고 했다. 영업소 방침도 그랬다. 일순간 설계사의 잘못이 계약자에게 미치는 손해를 나는 곰곰이 생각해 보았다. 보험은 유사시 보장 때문에 가입하는데 아무리 계약자가 상세히 모른다 해도 그럴 수는 없었다.

한동안 갈등이 있었지만, 나는 소장에게 통보하고 내근 아가씨와 둘이 청약을 철회하고 다음에 재계약을 했다. 이 일을 계기로 내근 아가씨와 신뢰가 생겼다. 그 후로 내근 아가씨는 어느 달엔가 내가 책임액이 좀 부족하면 나도 모르게 적금을 나한테로 넣어 주곤 했다. 좋은 조건으로 얼마든지 할 수 있었을 텐데…. 후에 그걸 알고 너무 감격했다.

이승진 사모님은 당시 1반 지구장이었다. 1반 지구장은 신임을 받고 모범적인 위치였다. 사모님은 소장이나 국장까지도 신임하고 의지하는 듬직한 사원이었다. 그러나 사모님에게도 애환이 있었다. 사모님은 가끔 어려운 활동 중 무시당하는 일을 접했을 때 너무 어려워하셨다. 사모님은 다른 사람에게 손해를 끼치면서 돈 버는 일을 하지 않으려 하셨고, 보험 회사는 이런 사모님을 이해하려 들지 않았다. 그러나 사모님은 남에게 피해를 주면서 자기 이익을 챙기는 사람이 될 수는 없었다. 보험이란 것이 계약자 필요에 의해 자진해서 계약하는 경우가 가끔은 있으나, 대부분 설계사와의 관계에서 뗄 수 없는 부득이한 계약을 하는 경우가 많다. 따라서 동정을 받으면서 남에게 누를 끼친다는 것은 우리로서는 용납할 수 없는 일이었다.

조용히 만날 기회만 있으면 사모님은 어서 여기서 빠져나올 궁리를 하셨다. 결국 사모님은 내가 입사 3년 되던 해에 퇴직했다. 사모님이 퇴직하자 순식간에 나는 엄마 떨어진 어린애 꼴이 되었다. 사모님은 나가서 기반 닦고 날 부르기로 했다. 사모님이 퇴직한 후 1년 정도 더 하다가 나도 뒤따라 보험 회사를 퇴직했다.

보험 설계사 생활을 하면서 모은 돈으로 지금 살고 있는 집터를 매입할 수 있었다. 원래 이 땅은 친정아버님의 과수원이었는데, 그때는 세 사람 정도가 분할해서 보유하고 있었다. 갓골에 논 500여 평을 구입했고, 몇 년 후에 집을 지었다. 어수룩했지만 많은 계약자들의 도움으로 작은 종잣돈을 마련할 수 있었다. 개척하여 계약을 맺는 일도 더러 있었으나 거의 연고 판매였다. 본인에게 별 필요 없는 일이라도 날 도와준다는 차원에서 가입을 한 것이 많았다. 그것을 생각하면 계약자 모든 분들에게 감사할 따름이다. 그러나 남에게 부담 주는 직업인 보험을 붙잡고 있을 수 없었다.

풀무학교와 비누 공장

보험 회사를 나온 후 풀무학교 고등부 식당에 출근했다. 풀무학교는 학생 전원 기숙사 생활을 하고 있었다. 학교 근처에 사는 학생들까지도 기숙사에서 생활했다. 이런 공동체 생활은 사회에 나가서도 훗날 가정을 꾸려 가정생활을 할 때에도 좋은 영향을 크게 미칠 수 있으리라 생각한다.

보험 일은 무형 상품 판매지만, 식당 일은 단순 노동이자 즐겨 손맛을 내는 일이다. 조리에 어눌한 나로서는 익숙지 못하였지만 이승진 사모님과 배우면서 일에 임했다.

우리는 자투리 시간에 아이들 간식으로 야채 효소를 담았다. 총동문회 수업생들 중에 유기 재배하는 농부들이 가끔씩 생협에 납품하고 다소 규격에 못 미치는 B급 야채를 줘서 그것 수거하는 작업도 해야 했다. 차츰 새로워지는 젊은 조리사들은 그 일을 버겁게 생각했다. 풀무학교 식당 일은 일반 학교 조리 일보다는 일이 많았다. 채소밭에서 야채를 직접 따와 요리를 해야 하는 일이었기 때문이다.

아이들과 생활은 재미있었다. 풀무학교 수업생인 나에게 나이 어린 학생들은 학교 후배였다. 식당 일을 하면서도 후배들과 대화를 나누려고 노력했다. 이성 교제 문제로 고민하는 후배들과는 여러 차례 의견을 나눈 적도 있었다.

농사가 처음인 아이들은 파를 뽑아 오라면 양파모를 모조리 뽑아 오기도 하고, 오이를 따 오라 하면 갓 맺는 호박을 모두 따 왔다. 도시에서 살다가 처음 시골 생활을 하기 때문에 생소했을 것이다. 규칙을 위반한 학생들이 벌로 일주일 내내 식사 당번을 하면서도 즐기면서 그러나 반성하면서 일하는 모습은 여유가 있어 보였다. 초창기에는 학교 생활 전체가 활기차고 철저했었다.

차츰 자리를 잡아갈 즈음이었다. 풀무학교에 관계된 재생비누 공장이 생기게 되었다. 폐식용유가 하천에 버려지면 환경이 오염되고 합성 세제는 계면 활성제와 유해한 재료가 함유되기 때문에 인체에 해를 끼친다. 그래서 폐식용유로 만든 재생비누 사업이 필요하다는 것이었다. 나는 이 일을 맡게 되었다.

마침 시댁인 점촌 큰댁에 들렀다가 점촌침례교회 여선교회에서 폐유를 이용하여 덩어리 비누를 만드는 팜플렛과 샘플을 얻어 왔다. 권경희 사모님(풀무학교 오홍섭 선생님 부인)도 비누 팜플렛을 4-H에서 구해 와 둘을 참고하여 한면숙 사모님(풀무학교 최상업 선생님 부인)과 셋이서 우리 집 뒤뜰에서 덩어리 비누를 처음 만들어 써 보았다. 폐유를 이용하면서 시장에서 가성소다만 구입하면 손쉽게 만들 수 있겠다는 판단이 섰다. 옛날 할머니가 콩깍지 태운 재를 이용하여 비누를 만들던 기억도 조금은 나서 자신감도 생겼다.

김종진 선생님(전 풀무학교 서무과장)과 내가 공장으로 파견되었다.

일본 미나마따는 체르노빌과 함께 세계 2대 공해 지역으로 알려진 곳인데, 오카다란 신학생이 풀무를 방문하여 연결이 되었고 기술을 배울수 있었다. 기계는 김종진 선생님이 도면을 보고 직접 만들었다. 기계를 만드는 과정에서 일본 나가오까(미나마따 비누 공장 공장장) 씨의 도움이 컸다.

폐유를 모으는 일이 관건이었다. 우리는 치킨집, 학교, 사회복지 시설 등을 다녔다. 홍성, 광천, 대천, 서부, 평택 군부대까지 다녔다. 우리가 만든 비누를 주고 폐유를 수거해 왔다. 기름은 18리터 정도의 무게에서 50리터까지 큰 것도 있어서 트럭까지 올리려면 힘이 들었다.

직원들이 기름 수거, 기름 내기, 정수 작업, 비누 제작, 판매까지 모든 것을 다 해야 했다.

세탁용 가루비누를 만드는데, 초기에는 기계화가 미비해서 덩어리진 것이 많았다. 덩어리진 것을 분쇄하려면 망치로 두드리고 이리저리 고치느라 시행착오가 빈번했다.

김종진 선생은 일하다가 손가락이 부러지는 사고가 있었다. 혼자서 하는 단순 작업이지만 돌덩이처럼 단단히 굳은 덩어리를 망치로 깨는 작업을 해야 했다. 아버지와 오빠는 그 모습을 보고 위험하다며 여자가 할 일이 아니라고 많은 염려를 하셨다.

가루비누를 제작할 때의 일이다. 2톤 되는 화로에 정수된 폐유를 호스를 이용하여 붓고 가열을 했다. 이때 기름을 이용했다. 마침 공장장은 학교에 비누 배달하러 가서 나 혼자 기름 솥을 가열했다. 그런데 그만 얼마가 지나자 기름이 넘치기 시작하는 것이었다. 나는 우선 불을 끄고 솥에 물을 넣었다. 그러나 좀처럼 멎지를 않는다. 혼자 불 때다가 이런 대형 사고가 난 것이다. 엎친 데 덮친 격으로 솥은 높이 걸려 있어 나는 정신없이 몇 차례를 계단을 오르내리면서 발을 동동 굴렀다. 그때 공장장이 와서 다행히 큰 사고로까지 번지지는 않았다.

가루비누 제작은 간단한 일이 아니었다. 솥에 기름과 가성소다를 넣으면서 가열하고 차츰 두부 만드는 것과 같이 반응이 시작되면 옅은 불로 줄이고 반응을 자주 살펴야 한다. 이때 솥에서 끓는 것을 살피려면 머리를 솥 안으로 숙여야 한다. 1톤 가량의 가루를 2~3차 분쇄하고 큰 건조대 위에서 기계 입구를 삽으로 퍼서 넣어 주면 미세한 가루가 온몸을 뒤덮곤 했다.

물론 마스크와 방독면을 이용했건만 위험을 무릅쓴 작업이었다. 재생비누 이용자에게는 이로운 일이지만, 제조자 편에서는 내 몸을 망치기 십상이었다. 뒷모도(조력공. 작업 현장이나 인력 사무소에서는 조공이나 잡부로 통칭)야 하여간 별 노력 없이 단순 작업이었지만 직접 냄새와 반응을 살피면서 독성을 마셔야 했으니, 이건 코로 눈으로 독성이 침투되는 위험스런 작업이었다.

덩어리비누는 가루비누와 공정이 비슷한데 큰 호스를 통하여 케이스에 붓는 작업이다. 비누가 뜨거울 때 부어야 하므로 두꺼운 수건으로 호스를 싸서 어깨에 메고 조심스럽게 케이스에 부어야 한다. 한시도 쉬는 시간이 허락되지 않았다. 적당한 온도 하에서 신속하게 진행되어야 호스 안에서 굳지 않기 때문이다. 새벽부터 불을 때기 시작하여 별이 총총 나거나 말거나 일은 진행되었다. 솥 안의 재료가 모두 없어지는 시간에야 끝이 났다.

고체 부엌비누 역시 덩어리비누와 공정이 비슷했다. 야자유가 가미되어 반응이 끝나면 케이스에 담는 작업이다. 이 역시 일찍 시작했고 탱크가 완전히 비어야 그 날의 작업이 끝났다. 중간에 멈출 수 없었다. 다시 굳기 때문이다. 그래서 졸면서라도 작업을 해야 했다. 이때마다 홍순명 선생님 내외분과 그 따님인 홍화숙 선생이 도움을 주었다. 이승진 사모님은 그렇지 않아도 바빴다. 풀무학교 기숙사 일 끝내고 간간히 농사도 지어야 했고 자식들도 키워야 하고 집안 대소사도 챙겨야 했으니 얼마나 바쁜가. 그러나 그러면서도 시간을 쪼개어 많은 도움을 주었다.

같이 일할 직원이 필요했다. 체력의 한계를 절실히 느꼈기 때문이다. 잠시 한 청년이 일을 좀 한 때도 있었으나 그 청년은 경제적인 문제로 계속 일하지 못했다.

판매도 큰일이었다. 만드는 것도 중요하지만 판매처를 확보하지 못하면 소용이 없기 때문이다. 이리저리 판매처를 늘려 나갔다. 풀무 학부형, 환경운동 단체, 이태원 대형 마트, 대전 월평복지관, 진천 성공회 교회 몇몇 곳, 강원도 산악회. 비단 여기에서 그치지 않고 우리 가족 십여 명에게도 비누 세트를 한 박스씩 증정했다. 이태원 사시는 형님(넷째 시누이)은 대형 마트에 샘플로 기증하셨다. 특히 덩어리비누가 반응이 좋아서 한 번에 열 박스 내외로 주문이 들어오곤 했다. 주문이 들어오면 우리는 직접 배달을 했다. 한동안 많은 양을 판매할 수 있었다.

일본 견학

재생비누 공장은 생활협동조합(생협, 풀무학교 교직원이 조합원으로 참여) 형식으로 운영되었다. 생협은 우리보다 일본이 앞서 있었다. 우리는 일본에서 생협 형식으로 운영되는 비누 공장을 견학하기로 했다.

1996년 1월 일본 여행을 떠났다. 홍순명 선생님 회갑을 기념한 여행이기도 했다. 홍순명 선생님 내외분, 김종진 선생님, 나, 청주 이재숙 씨(비누 공장 후원자) 등 다섯이 일행이었다.

일본에 도착한 첫 날, 우리는 미나마따 공장을 견학했다. 이 공장은 심각한 수은 중독으로 인한 피해를 절감한 이들이 모여 합성 세제가 인체에 미치는 영향에 대한 대안으로서 설립되었다. 공장 대표 되시는 묵직한 마스나 가구나오 씨, 유기농 판매와 가정에서 가공하시면서 비누 일도 돌보는 부지런하고 늘 뛰어다니시는 오자와 다다도 씨와 부인 등 3명과 만나 오자와 씨의 특별 요리로 푸짐한 대접을 받았다.

다음날 우리는 준비해 간 음식으로 식사하고 오자와 씨 댁에 갔다. 그 댁에서 우리는 분에 넘치는 많은 대접과 사랑을 받았다.

이윽고 우리는 후쿠오까에서 신간센을 탔다. 9시간이 걸려 동경에 도착했다. 도착한 시간은 오후 6시였다. 우리가 사흘 동안 지낼 선교프라자(한국인 경영)로 향했다. 우리는 경비를 아낄 겸 식대를 최소화하기 위해 음식을 많이 가져갔다. 여행 중에 실감하는 음식의 무게는 대단했다. 그래도 음식을 꺼내 먹을 때는 즐거웠다. 마침 유학 중인 조득환 씨와 만나서 우리는 푸짐한 한국 음식으로 포식을 했다.

다음 행선지는 30분 거리에 있는 조반센 가시와 역이었다. 우리가 이곳으로 향한 것은 비누 공장을 견학하기 위해서였다. 이 공장의 조합원은 120여 명인데 공장 시작하기 전 조합원을 먼저 조직했다고 한다. 공장 대표는 나까오까 씨였다. 이 분은 활동적이고 짜임새 있게 공장 경영을 하고 있었다.

공장 견학에 앞서 우선 심각한 물의 오염 상태를 직접 하천 현장에 가서 봤다. 합성 세제에서 나오는 거품을 한눈에 보고 하천 밑바닥에 깔려 있는 심각한 오염 물질들이 강으로 흘러 들어가고 있었다. 재생 비누 공장은 이런 심각하고 절박한 상황에서 시작되었다는 것을 말하지 않아도 알 수 있었다.

우리와 달리 이곳에서는 시청 환경과가 폐유 모으는 데 적극 협력한다는 말을 들었다. 환경과는 주기적으로 폐유를 모아 주는 한편, 그 폐유로 만든 비누를 적극 홍보해 주었다. 우리는 수질 검사도 해보았다. 수질 검사는 관청이나 개인이 뜻이 같아 함께 협력이 잘 이뤄지고 있었다. 그들은 날마다 철저히 하천 상태를 살피고 사진으로 찍어 연구를 지속적으로 하고 교육도 하고 있었다.

공장에는 봉사자들이 있었다. 이들은 교대로 나오는데 하는 일이 광범위했다. 기름 수거, 비누 제작과 판매까지 여러 사람의 협력이 잘 이뤄지는 모습을 현장에서 목격하니 참 부러웠다. 우리가 만난 일본인들은 좋은 뜻에는 몸을 아끼지 않고 적극적이었다.

우리 일행은 저녁에도 바빴다. 여성단체, 소비조합 몇 곳, 연합회 검사실을 방문하는 한편, 실장이자 의학 박사인 사가시다 씨도 방문했다. 이곳 생협 조직은 인원이 23만 명으로 검사실 운영, 미생물, 합성 세제, 식품 연구실을 운영했다. 우리는 사가시다 씨와 대화를 나눴다. 합성 세제와 순비누와의 비교에 대해, 당시 성황리에 판매되는 암웨이 제품의 실험에 대해. 암웨이 제품이 무공해, 저공해라고 하는 것은 모두 허위 선전이라고 했다. 그는 자기 연구실의 실험 결과를 토대로 암웨이 제품은 상당히 심각한 공해 제품이라고 주장했다.

다음 날, 우리 일행은 조득환 씨를 가이드로 모시고 동경시청 45층 옥상에 올랐다. 동경 시내를 한눈에 볼 수 있었다. 사진을 찍었다. 사진으로는 비행기에서 육지를 볼 때와 같이, 그렇게 크고 대단하게 느꼈던 사람들이 하나의 작은 점으로 보였다. 이 모습을 보면서 나는 하나님과 인간의 관계를 연상했다. 하나님 보시기에 우리는 작은 점 하나에 불과하지 않을까?

우리 일행은 비누 공장을 견학하기 위해서만 일본에 간 것은 아니었다. 우리는 동경을 구경한 후 다음 행선지로 향했다.

다음 행선지로 떠나는 아침 우리는 일찍부터 서둘렀다. 동경에서 니가다현까지 가서, 다시 사바다마치로 갔다. 역에 도착하니 사도 선생님이 우리를 마중했다. 선생님이 우리를 위해 싸온 도시락으로 우리는 역에서 간단히 식사를 했다.

우리가 가야 할 곳은 독립학원이었다. 교장 선생님과 서무과장님이 직접 봉고를 몰고 역으로 나왔다. 듣기로는 학교에서 역까지 거리가 천안에서 홍성 거리(자동차로 1시간이 좀 넘는 거리)라는데, 그 먼 길을 직접 마중 나왔다는 것이 감사했다. 우리는 가면서 일본 와서 처음으로 눈에 덮인 길을 치우는 제설차들을 보았다. 제설차들이 열심히 제설작업을 하고 있는 길을 헤치며 독립학원으로 갔다.

독립학원은 풀무학교와 오래 전에 자매결연을 맺은 곳이다. 이런 인연으로 일찍이 사진이나 비디오로 보고 동경하던 곳이었는데, 직접 볼 수 있어 흥분이 되었다. 산 위의 납골당까지 학생들이 눈을 치우고 길을 뚫어 놓아서 편히 오를 수 있었다. 우리는 여기 학원을 사랑하고 헌신한 몇몇 분의 영전 앞에서 기도 드렸다. 하나님의 군대라는 일치감이 밀려왔다. '그래, 이제부터는 환경운동 대열에서 다른 신앙의 동지를 만나는 것이다. 인간 환경운동의 장으로 들어가는 것이다.'

마스모토 하나꼬 음악 선생님을 만났다. 선생님은 얼마 전 돌아가신 시모님 우메꼬 선생님이 쓰신 시들과 서예 작품을 그대로 소장하고 계시면서 늘 기도하고 계셨다. 그곳 선생님은 모두 학원 안에서 살고 1년에 2~3회 집에 다녀오는 정도였다. 나오키 축산 선생님(독립학원 졸업생)은 축사 앞 눈을 치우고 있었다. 젖소 여섯 마리를 당번 짜서 관리하고(사료 주기, 축사 청소, 젖 짜기 등등) 거기서 나오는 우유는 학생들이 충분히 먹을 수 있었다. 건초도 그곳에서 직접 만들었다. 짜임새 있고 계획적이며 철저한 실천을 보았다.

저녁에 환영식이 있었다. 몸빼 차림으로 지휘하시는 마스모토 하나꼬 음악 선생님이 인상적이었다. 듣던 대로 학생들은 구석구석에서 몇 명만 모여도 잘 조화된 합창으로 노래하며 즐겁게 생활했다. 전교생이 우리를 환영하는 4부 합창은 아름다운 선율과 잘 다듬어진 하모니였다. 흡족한 영감 자체였다. 우리는 그들과 똑같은 감동에 젖었다. 이런 아름답고 고요한 중에 가슴에 와닿는 감동은 일생을 통해 그리 흔하지 않다.

다음 날 식사 후 차 마시며 학생 대표들의 선물과 근처 선생님의 선물을 받았다. 하나꼬 선생님은 "왜 이렇게 시간이 빨리 지나는지 모르겠다."면서 몹시 아쉬워하셨다. 차를 타고 떠나올 때 작별의 악수를 하고 우리 일행은 차에 오르고 그들은 눈 내리는 길목에 서서 작별의 노래를 불러 주었다. 그 순간은 그들과 함께 하나가 되는 아름다운 교제와 작별의 순간이었고 평생 잊을 수 없는 모습과 감동이었다.

일본 방문은 현장 실습에 중점을 둔 여행이었다. 일본에서 돌아온 후 비누 공장에는 변화가 생겼다. 우선 미나마따에서 제작한 기계를 설치했고, 몇 달 후에는 대구에서 개최된 환경 포럼에 참여했다. 일본 방문 때 우리에게 강의를 해 준 사카시다 교수가 환경 포럼에서 실험 결과를 보고하면서 환경오염이 인체에 미치는 결과를 상세하게 이야기했다. 마지막 토론회에서는 환경보존회 부회장 임숙경 씨가 진실의 부재, 환경 마크의 문제점 등 잘못에 대한 신랄한 비판을 했다. 재생비누 공장을 현장에서 운영하는 우리도 발표에 참여했다. 이번 환경 포럼이 분명히 좋은 모임이었지만 더 실제적인 제조 과정에서의 문제점이 기탄없이 다뤄졌다면 하는 아쉬움을 발표했다.

재생비누 공장 일을 하면서 심신에 어려움이 많았다. 아무래도 비누 일을 계속할 자신이 없었다. 나는 이승진 사모님과 상의해서 비누 일을 그만두고 풀무학교 기숙사 일을 시작했다. 사모님, 내 후배, 그리고 나까지 셋이서 풀무학교 기숙사 일을 했다. 처음에는 엄두가 나질 않아 두렵기도 했지만, 부대끼며 경험해 보니 금방 익숙해졌다.

홍성으로 다시 돌아와 보험 일도 하고 비누 일도 하고 풀무학교 일도 했다. 아이들을 키워야 하는 책임을 다해야 했기에 무엇이든 해야 했다. 어떤 일이든 게을리 해서는 안 되는 것이었다. 원래 타고 나길 약한 체질이지만 어렵다고 주저앉아 있을 수는 없었다. 그때는 모아 놓은 것 없이 아이들을 키워야 해서 수입의 80~90퍼센트가 애들에게 들어갔다. 경제적으로 늘 쪼들렸다. 방을 얻거나 등록금을 내야 할 때는 대출을 받아야 했다. 바로 밑에 동생이 두서너 번 등록금을 대주기도 했다. 그래도 결혼 초에 라면 한 봉지 살 수 없던 처지를 생각하면 부자였다.

그러나 내게 있어서 비누 공장 일이나 풀무학교 식당 일은 단순히 경제 생활을 위한 것만은 아니었다.

비누 공장 일은 우리 지역의 홍동천을 살리는 일이기도 했다. 폐유를 그냥 하천으로 흘려 보내면 환경오염이 심각해지고, 결국 그 피해는 나를 비롯해 우리 아이들에게까지 갈 것이기 때문이다. 비누를 써 본 동네 아주머니들은 질이 좋고 값도 저렴하다면서 많이 찾았다. 홍동에서 모은 폐유를 재활용해 덩어리비누를 만들어 쓰는 일은 자라는 아이들에게 좋은 일이라고 생각했다.

풀무학교 식당 일은 풀무의 선생님들과 사모님들, 지역 수업생들과 재학생들 모두와 소통하는 일이었다. 특히 먼 후배들과 함께 산 기간은 내게 중요했다. 그때 썼던 식당 일기에는 여러 에피소드가 담겨 있다. 재주는 없지만, 식당 일기를 언젠가 책으로 내고 싶던 적도 있었다.

아이들 하나하나를 파악하고 내가 도울 일이 무엇일까 하는 고민과 노력이 필요했다. 한참 성장기를 지나고 있는 아이들에게 교사와 부모가 아닌, 그 시기를 풀무에서 지낸 선배 입장에서 나눌 수 있는 대화가 필요했다. 풀무 식당 일을 했던 시간은 그렇게 아이들과 진정으로 소통할 수 있던 시기였다.

신앙

나의 신앙생활

망설여진다.

신앙에 대해 쓰려고 펜을 잡았으나 무엇을 써야 하고 어디에서부터 시작할 수 있을까?

나를 신앙의 세계로 이끌어 준 신앙의 선배들이 여럿이다. 그들의 영향으로 나는 신앙을 키우며 삶을 지탱할 수 있었다.

어렸을 적 가끔 배앓이를 했다. 할머니가 동네 사시는 무당을 초청해서 경을 읽었다. 무슨 소린지 모르지만 나를 아랫방에 눕혀 놓고는 장시간 무슨 소리를 하고, 작은 북 같은 걸 두드리면서 읽었다. 무당의 한 단락이 끝나면 할머니는 쌀 한 보시기를 내놓았다.

"넉넉히 퍼 붜."

무당은 내가 아픈 것보다는 할머니가 내놓은 쌀에 더 신경을 쏟는 것 같았다. 이 장면은 평상시 못 보던 일로 나의 뇌리에는 떠나지 않는 의문이었다. 아직 기독교가 우리 집에 오진 않았으나 나는 교회 주일학교는 다니고 있었다. 기독교라는 새로운 문명이 오기 전에 만신(무당)은 오래 전부터 우리 삶을 지켜온 문화였다. 식구들이 아프면 할머니께서는 무당을 불러 굿하고, 집에서 기르는 돼지 분만을 앞두고도 돼지집 앞에 촛불 켜서 작은 상에 밥 한 그릇 떠 놓고 빌던 기억이 난다. 어린 시절에는 몰랐지만 그 장면은 아픈 내 몸을 사이에 두고 두 세계가 만나는 시간이었다.

난 어릴 때 엄마와 두 숙모와 함께 홍동감리교회에 다녔다. 주옥로 선생님의 전도를 받고 교회에 다니게 되었다. 어른들은 성서 공부를 열심히 했던 것 같다. 주일학교 때는 크리스마스에 즐거웠던 기억, 미국에서 들어온 구호물자로 반코트를 얻어 입은 기억, 창정에서 몇몇 교사들이 가르쳐 줬다는 기억뿐이다.

열 살 때 월림리로 이사하면서 자연스럽게 가까운 침례교회에 다니게 됐다. 당시 6학년 담임이던 이영태 선생님은 우리 교회 집사였고 후일에 서울 상명국민학교 교장으로 정년을 한 분이신데, 그 선생님의 영향을 어렴풋이 받은 것 같다. 결혼 초, 서울에서 어렵사리 살아갈 때 상명국민학교 뒤뜰을 걸으면서 직업을 전환해 보라는 제안을 해 주시기도 했다. 학교 근처에서 아이들 간식을 만들어 장사를 해보라고 하셨다. 육체노동이지만 생활에 도움이 될 거라는 말씀이었는데, 내게는 어울리지 않는 제안이라 무산되었다. 하지만 당시 내게 닥친 어려운 상황에서 시급한 충고를 해 주신 기억이 난다.

중학교에 들어가 만난 담임 김향순 선생님을 기억한다. 서울 태생으로 대형 교회 장로의 딸이었고, 영문과 출신으로 외국 유학을 하셨다. 신앙을 겸비한 미모의 처녀 선생님, 선생님을 좋아하고 존경했기 때문에 자연스레 영어 공부에 대단한 흥미가 있었다. 신앙은 그분의 가슴에서 가슴으로 전달되기에 충분했다. 총각 선생님들의 유혹도 많았던 걸 기억한다. 자기 주관이 확실하면서 외유내강하신 선생님으로 남아 있다.

신앙을 처음 접하고 마음으로 키우던 시기에 6학년 담임 선생님과 중학교 김향순 선생님 두 분의 영향이 대단히 컸던 것 같다.

그 당시 월림침례교회에는 청년들이 많았다. 모두 공부도 활동도 열심히 하던 전성기였다. 한글도 모르던 사람들이 혼자 공부하여 성서를 줄줄 읽는 것을 보았다. 오르간까지 칠 수 있어서 찬송가도 잘 쳤다. 학교 교육은 부족한 분들이었지만 신앙심은 대단했다고 생각된다. 후에 목회자, 사모가 된 사람도 여럿 있었다.

나는 중학교 3학년 때 침례를 받게 되었고, 죽음과 부활의 상징이란 것을 침례 문답으로 어렴풋이 알게 되었다. 회개란, 오른쪽으로 쭉 가던 사람이 정반대 왼쪽으로 확 돌아서서 가는 것이라고 월림침례교회 주득로 목사님이 해 주신 말씀이 인상 깊었다. 방학을 이용하여 이동통신 신학을 공부할 수 있었다. 침례 신학교 교수님들이 각 곳을 순회하면서 성경학교를 열어 강의하는 형식이었다. 그때 나는 우리 월림교회 몇몇 주일학교 선생님들과 같이 참가했다. 우리는 구약 사기, 공관 복음, 바울서신, 주일학교 지도법을 배웠다. 언니와 둘이 함께 다녔다. 주일학교 지도법 노트한 것을 밤늦게까지 정리했던 기억과 목사님이 간추려 못해 주신 걸 탓하면서 필기한 기억도 난다. 거의 책 한 권을 베끼는 작업이었던 것 같다. 구약 레위기 공부와 바울 서신의 전도에 대한 내용이 인상 깊었다. 레위기는 제사법으로 흥미 없는 과목인데도 교수법이 능통한 목사님이 흥미 있게 지도하셨다.

주득로 목사님 내외분 이야기를 하고 싶다. 목사님은 당시는 주일학교 부장을 하고 있었다. 늦게 신학을 하셨고 고집스러운 목회자가 됐다. 처음 목회 시작할 때부터 지금까지 공주 산골에 남의 터 빌려서 밀짚으로 엮은 밀방석을 깔고 개척했다. 마을 분들 농사일을 같이 거들면서 공부 중심의 목회와 교도소 전도에 전념하셨다. 그분의 가방에는 늘 전도지가 들어 있었고, 옷이라고는 사촌 형님한테 물려받은 양복 한 벌뿐인 단벌신사였다.

주 목사님은 그때부터 지금까지 우릴 위해 한 번도 빠짐없이 기도하신다는 말을 들었다. 감사와 함께 사랑의 빚을 지고 있다는 흐뭇함을 금치 못한다. 사모님은 가난하게 살았다. 나 어릴 때 사모님께서 출산하시고 드실 것이 없어 고생하신다는 말을 들었다. 그때가 아마 라면 처음 나올 때인 듯 싶은데, 나는 라면 한 박스를 사서 머리에 이고 공주로 사모님을 찾아갔던 기억이 난다. 그때 사모님은 부자 된 것 같은 감사였다고 고마워하셨다. 요즘 알았지만 그 아기가 자라서 고등학교 교사가 됐다. 자녀들 모두 극심한 고생으로 키웠건만 지금은 모두 훌륭하게 자랐다.

많은 자녀를 두었지만 두 분은 가난했다. 그 집 아이들은 클 때는 고무신도 짝짝이, 바지 무릎이 툭 삐져나온 옷을 입고 다녔다. 하여간 아버지가 목회자로서 삶에 전념할 때, 아직 신앙에 들어서지 못한 사모님과 어린 아이들이 가난에 고생이 이루 말할 수 없었을 것이다.

신학하기 전에 일요 예배가 끝나면 우리 집에 오신 부장님과 성경 이야기며 오랜 시간 일상 이야기를 나눌 수 있었다. 그 분은 좌우로 치우치지 않고 뒤돌아보지 않으며 앞만 보고 주님과 동행하는 분이었다. 그 댁에는 산에서 나무해서 불 때는 아주 작은 방 하나가 있었다. 혼자 누울 수 있는 공간을 빼고는 모두 책으로 뒤덮인 방이었다. 삼간 옴팡간에 책으로 덮여 있는 작은 방에 불 때며, 목사님은 사택에서 혼자 살고 계신 소박한 전도자셨다. 지금도 목사님은 그 작은 사택에서 사신다. 사모님은 시내에 아파트를 장만해서 목사님이 있는 교회 사택과 두 곳을 왕래하며 지내신다.

목사님은 초기부터 공주교도소에 무료 봉사를 하셨는데, 얼마 전부터 교통비 정도의 아주 작은 사례를 받는다. 그런데 그걸 다시 환원해서 그곳 죄수들 필요에 따라 쓰고 있었다. 세습과 기업화한 대형 교회의 모습, 세속 교회는 그분과 전혀 무관함이다.

가난하고 고독한 생활 중에도 두 분은 7~8명의 많은 자녀들을 모두 훌륭히 키웠고 그 자식들은 사회 요직에서 충실히 일하고 있다. 어떻게 그럴 수 있었을까? 비록 경제적인 어려움이 있었고 문화 시설은 부재했지만, 그곳이 부유와 시기와 질투와 다툼이 없는, 하나님과만 깊이 교통할 수 있는 곳이기 때문은 아니었을까? 그 분에게 다른 시간은 멈춰 있었다. 이분을 필두로 월림침례교회에서는 지금도 경제적으로 어렵게 살고 계시지만 소박한 전도자들이 여럿 있다.

몇 년 전, 월림 출신 그 몇몇과 모임을 갖고 그동안의 생활담을 나눈 적이 있다. 오랫동안 내가 염원하던 자리였다. 그 자리에는 표 목사가 있었다. 월림교회 안수 집사님의 아들인 표 목사는 그분 특유의 전도를 하고 있었다. 병으로 인한 고생 끝에 직장을 접고는 늦게 신학하다가 사도 바울과 같은 갑작스런 회개를 한 후 생을 돌이켰다고 한다. 표 목사는 김교신도, 단테의 신곡도, 무교회에도 관심을 가지고 잘 이해하고 있었다.

그후 풀무에 와서 주옥로 선생님을 다시 만나 성서를 공부하면서 교회에서 만나지 못한 부분을 배웠다. 잠언 31장에는 현숙한 여인의 이야기가 나온다. 자기 가정 전반을 부지런함으로 일궈내고 가족들을 보살피는 여인은 남편에게 선을 행하고 악을 행하지 않는다. 그의 남편은 그 땅의 장로들과 함께하며 사람들의 인정을 받는다. "고운 것도 거짓되고 아름다운 것도 헛되나 오직 여호와를 경외하는 여자는 칭찬을 받을 것이다."라는 구절을 주옥로 선생님께서 힘주어 말씀하시던 모습이 인상 깊다. 그 당시 이런 아름다운 가정을 볼 수 있어 감사했고 각오를 다질 수 있었다. 그리고 무엇보다 풀무에서는 선생님들과 사모님들의 신앙의 생활화가 우리를 감동케 했고, 그것이 우리에게 전달되는 시기였다. 무교회 신앙은 전국 동하계 집회와 성서 잡지를 통하여 전달되었다.

내 신앙의 하늘에는 무교회 선생님들이 계시다.

결혼 초에는 유희세 선생님의 집회에 선생님 제자들이 주 멤버였던 것 같다. 동생 내외와 우리 부부가 참석했다. 조그만 이층 좁은 계단을 오르면 작은 사무실에 석유 냄새가 진동하는 예배처였다. 당시 큰애를 임신했을 즈음이던 내가 석유 냄새를 너무 역겨워해 선생님께서는 무척 당황해하셨다. 추운 겨울인데도 유리 창문을 열었다 닫았다 하시던 모습이 기억난다. 그때는 어렴풋이 깊은 강의였다고만 느꼈는데, 요즘 유희세 선생님 전집을 보면서 이해가 되는 부분이 많다.

지금도 받아보는 신앙 잡지가 있다.《X의 人》('그리스도인의 사람'이라는 뜻)이라는 이 잡지는 무교회 종로 집회를 인도하시는 한병덕 선생님이 계간으로 발간하는 잡지이다. 처음 받아들었을 때는 밤잠을 설치면서 모두 읽었다. 옛날 소록도의 나환자들이 김교신 선생님의 성서 잡지《성서조선》을 갈망하면서 한 권을 가지고 함께 돌려보았다고 한다. 그들은 비록 영과 육의 고통 속에서 살았지만 하나님과 함께하는 삶이었다. 그들은 절실한 소망에 가득 찬 삶을 체험하며 살았을 것 같다.

한병덕 선생님은 교사 생활을 하시다 정년으로 퇴임하시고는 잡지와 일요 집회 강의와 가정 성서 공부를 철저히 하셨다. 나는 아이들 키우는 입장에서 선생님을 늘 부러워하고 그 깨달음을 자각하는 바이다.

잡지에는 주필하시는 선생님의 집회 공부와 가정 예배에 관한 내용과 일기가 실린다. 잡지를 읽을 때마다 자녀들에게 어느 날 갑자기 신앙을 전할 수는 없음을 깨닫게 된다. 어릴 때부터 성서를 철저히 공부하고 기도하는 가정에서 아이들을 키워야 하기 때문이다. 유태인들의 가정 교육은 이렇다고 한다. 비단 어린 시절에만 통용되는 신앙의 길은 아닌 것 같다. 평생에 걸쳐 성서를 철저히 공부하면서 키워야 함을 배운다.

큰애와 둘째에게 『어린이 바이블』을 읽히면서 키웠다. 외손주들 키울 때도 여전히 그렇게 했다.

둘째 손주가 유치원 다닐 때 일이다. 앞마당에 있는 몇 그루 감나무가 겨울 동안 죽어 있는 듯하더니 봄이 돌아와 어느새 연두색 잎이 뾰족하게 나와 있는 걸 보고는 이렇게 말했다.

"할머니, 감나무를 보면 부활이 정말 있는 것 같아요."

아주 의미 있는 고백을 손주에게서 들었다. 자연을 통해 관찰하면서 나온 부활의 의미가 어린 마음에 새겨진 것 같다. 요즘에는 텔레비전에서 유니세프 광고가 나오면 "난 저런 광고 보면 부담되네."라고 한다. 지나치지 않고 '마음에 담는' 것에 대견함을 느낀다. 둘째 손주는 몽실언니를 좋아한다. 어릴 때부터 어려운 친구들을 도울 수 있길 바란다.

그 외에 《성서신애》,《성경말씀》,《성서신앙》,《성서한국》등의 무교회 선생님들이 펴내시는 잡지를 보고 있다. 이 잡지들은 여념 없이 마구 삶을 살다가 어느 순간 나 자신을 뒤돌아보고, 주님이 원하시는 그 원점으로 되돌아 가게 만드는 역할을 해 준다.

서울에서 여섯 차례나 이사 다니면서는 생계 유지 위해 장사하느라 여념 없었다. 옛날 편물점 하면서 내가 싫어하는 상업에 눈이 뜨였다고나 할까. 상술은 없으나 열심히 그 일에 전념하지 않으면 안 되었다.

1988년에 고향으로 돌아왔고, 2년 정도 후쯤 풀무 무교회 일요 집회와 독서 모임을 하게 됐다. 특히 무교회는 주일 지키기와 십일조 헌금을 강요하지 않지만, 성서를 공부하면서 자연스레 실천하게 되는 점이 특유의 정신인 듯하다. 어느 날 학교를 찾은 관광객들의 인솔자가 "여기는 십일조도 안 내고… 제도 교회와는 다르게 자유롭고 독특한 집회다."라고 하는 말을 들었다. 우리 선배와 선생님들은 십분의 일이 아닌 그 이상의 헌금과 온 생애를 바쳐서 직업에 충실하고 신앙에 철저하심을 나는 보았다.

무교회 멤버들과 성경 공부를 했는데, 특히 매주 목요일에 만나는 목요 모임에서 성서와 고전 독서를 통해 귀중한 경험을 많이 했다. 이제 목요 모임은 세월이 흘러 어느덧 '할머니 모임'이 되었다. 목요 모임이 처음부터 할머니 모임은 아니었다. 10년, 20년 시간이 지나면서 우리는 이제 백발이 되어 가고 있다. 우리는 거의 매주 목요 모임을 했다. 박원순 씨의『세기의 재판』은 우연히 내가 읽고 추천해서 함께 읽었다. 책에서 의로운 자들의 억울한 죽음을 보면서 다양한 죽음의 형태를 보았다.『태백산맥』과『토지』등 대하소설도 읽었다. 내용이 다 기억으로 남진 않아도 우리의 영양분으로 남겨진다. 요즘에는『내촌 전집(20권)』을 두 번째 읽고 있다. 독서를 통해 목요 모임을 함께하는 우리는 새벽으로 저녁으로 내촌과 함께 생활하고 있다. 목요 모임은 내가 홍동에 돌아온 사십 대 중반 이후부터 내 삶을 든든하게 지켜준 버팀목이었다.

심적 고난이나 병석에서 신앙의 교과서처럼 옆에 두고 읽은 책은 믿음의 선배 김애은 의사의『은혜의 길』이었다. 함석헌, 김교신, 노평구, 송두용, 국희종, 박석현, 유희세, 이진구 선생님. 이 분들의 전집도 꾸준히 읽었다. 유희세 선생님의 구약 연구, 신약 연구, 시편, 종교와 인생 등을 공부하는 것이 큰 축복이었다. 특히 욥기와 이사야서는 큰 공부가 되었다. 그 분들의 생애와 신앙을 들여다보면서 그럼 나는 어떤가 하는 의문에 빠져들었다. 그 분들은 신앙의 선배이기도 했고 인생의 선배이기도 했다. 그 분들을 나와 대입시켜 나가면서 나는 내게 닥쳐지는 삶의 고단함을 만났다.

가장 어려웠던 몇 년 전, 내 힘으로는 도저히 해결할 수 없는 때 하나님이 개입하셨다.

"두려워 말라."

내가 하나님 앞에 단독자로 서서 두려움에 떨 때 내게 들려주는 이런 음성을 들었다. 하나님은 내게 당신께 전적으로 의지하도록 권유하셨다.

홍동살이

월림리 친정에서 살다가 2년 후 1990년 8월, 운월리 홍순명 선생님 댁으로 세 식구(나와 자녀 둘)가 이사를 했다. 아이들은 별거 직후 내가 데려와서 키웠다. 나는 보험 판매를 하고 있었다. 큰애는 고등학교를 다니고 있었고, 작은아이는 중학교를 다니고 있었다. 홍 선생님은 염소 집도 짓게 해 주고 안방도 내주셨다. 홍 선생님 댁은 사모님이 기숙사 일을 맡으셔서 학교로 들어가셨다. 이승진 사모님과 홍순명 선생님 두 분의 보살핌이 컸다.

1999년 12월 8일에 갓골에 집을 지었다. 보험을 하면서 번 돈을 종 잣돈 삼아 갓골에 500평을 미리 사 놓았던 터였다. 감리는 이운학 씨 가 맡아 주었고, 홍순명 선생님의 염려가 많았다. 처음으로 내 집을 짓 는다는 것은 너무나 감격이었다. 마침 동생이 건축 착수금 일부를 도 와주었고, 건축비 이외의 부대 비용이 많이 들어서 보험을 해약하고 일부는 농협 융자를 받았다.

그런데 어느 날 남편이 카드 빚이 있으니 돈을 500만 원 해내라는 것이다. 빚 갚아 달라는 것은 내게는 청천벽력이었다. 실은 남편이 결 혼 후 처음으로 3년 정도 직장생활을 할 때가 있었는데, 그때 한 달에 40만 원씩 적금을 열 달 부었다. 집 잔금 시 빚을 내느니 그 적금을 해 약해서 쓰고 차츰 적금을 하자고 남편에게 제의했다. 남편이 동의를 해 주어서 400만 원을 집 짓는 데 쓰게 되었다. 남편은 그걸 빌미로 500 만 원을 강요했다. 어쩔 수 없이 대출을 받아 남편 손에 500만 원을 쥐 어 주었다.

돈을 받아가지고 떠난 사람이 몇 시간 후에 다시 왔다. 이성을 잃은 상태였다. 왜 그러는지 이해되지 않았다. 오랜만에 온 남편을 붙잡지 도 않은 서운함에 그랬는지. 그런데 상황이 심상치 않았다. 우리로서 는 어떻게 할 수 없었다. 겁에 질린 딸이 월림 삼촌에게 급히 전화를 했 다. 이제 동생 내외가 개입했다. 동생이 처음으로 본인이 어려웠던 이 야기를 자초지종 했다. 축산하면서 대형 화재, 수지 타산이 어려워 사 료 대금으로 어려움, 사기꾼들에게 속았던 일 등등.

"그때 난 나 하나 죽고라도 가족은 살려야겠다는 생각이 머리를 스쳤다."

동생이 이렇게 진심어린 입장을 이야기하니 남편의 맘이 스르르 가라앉으면서 안정을 찾는 것 같았다. 폭력으로 번질 뻔했던 사태는 그렇게 진정되었다.

남편은 자기 노후가 걱정되었는지 내게 3,000만 원을 요구했다. 나는 남편에게 경제적 뒷받침을 해 줄 수 있는 형편이 안 되었고, 그럴 필요도 없었다. 내가 역부족이니 모두 포기하고 두 손 들고 각자 자기 노후를 책임져야 한다는 결론을 내리고 통보했다. 이것이 큰 노여움을 산 것 같다. 그러나 두 아이 책임이 막중하니 나로서는 별 도리가 없었다. 별거한 남편의 노후까지 책임을 져야 하는 것은 경제적 책임 이상 정신적으로 온 가족에게 괴로움만을 주는 일이었다.

남편은 내게서 돈을 받을 수 없게 되자 사방으로 화풀이를 했다. 홍 선생님 댁에는 교육을 어떻게 시켰길래 이러냐고 했고, 오빠에게는 부모가 없으니 부모 역할을 담당하라고 했다. 내 동생들에게 동정표를 받고자 전화를 빗발치게 했다. 집으로는 위협적인 폭언을 했다. 아들, 딸한테 전화를 해서 돈을 보내라고 했다. 아버지로서 할 도리가 아니었다.

그런 화풀이는 이제는 더 이상 노후를 기댈 수 없게 됐다는 것에 대한 보복을 하려는 행동이었다. 남편은 자기가 외톨이가 되었다고 생각한 것 같다.

아는 법무사 말로는 지금도 남편에게 3,500만 원이란 카드 빚이 있다면서 집으로 압류가 들어오니 빨리 조치를 취하라고 했다. 이런 일은 생소한 일이지만 이때 할 수 있는 조치는 모두 뛰어다니면서 해 놓았다. 이제 나는 두 아이들과 내가 정신차려야 한다는 다짐뿐이었다. 동생한테 상의하니, 집에 압류가 들어오기 전에 서류상 호적 정리를 하는 것이 방법이라고 동생이 남편에게 권유했다. 다행히도 남편은 어쩐 일인지 수긍했다. 그래서 서류를 접수했다.

남편은 자기 혼자 힘으로는 절대로 못 일어날 사람이라는 것을 나는 잘 알았다. 다른 선택의 여지가 없었다. 남편이 스스로 거기서 헤어나와 자기 노후 대책이라도 할 수 있어야 한다고 생각했다. 남편 본인의 몫을 더 이상 내가 감당하지 않겠다고 마음을 굳게 먹었다.

당시 남편은 안산에서 혼자 생활하고 있었다. 시집 장조카가 남편을 만나고 홍동에 들렀다. 남편은 모든 것을 가족 때문이라고 탓하고 있다고 했다. 조카는 불안한 마음에 어떤 일이 닥칠지 모르니 접근 방지라도 해서 혹시 있을지 모를 불의의 사고를 방지해야 한다고 했다. 연약한 나로서는 하루하루 불안감에 휩싸였고, 남편이 언제 찾아올지 알 수 없었다.

남편은 우리 가족에게 복수심이 가득했던 것 같다. 조카의 말대로 남편의 그간 생활 전모를 정리해두었다. 그렇게 무서운 나날이었지만 이 상황을 회피할 생각은 하지 않았고, 내가 겪어야 할 일이라고 생각했다.

하루에도 몇 차례씩 우리 가정이 풍비박산 되는 것을 상상하면 끔찍했다. 내 생애가 이 시점에서 마감이 될 지도 모른다는 두려움이 엄습했다. 뒤에서 뚜벅뚜벅 구두 소리가 나서 돌아보면 아무도 없었다.

가슴이 몹시 뛰었다.

스물아홉 살에 결혼해 40년 세월을 지내면서 평안한 적이 없었다.

나는 소박하게 살고 싶었다.

부유하고 화려한 그런 꿈은 없었다. 좋은 저택에 호화스런 가구들, 넘치는 옷가지 같은 것은 내게 상상조차 없었다. 만약 내가 그런 게 소망이었다면 한때 중매 들어온 동대문시장 도매상 주인이나 석공 사장에게 시집을 갔을 것이다. 학교 때 『린하르트와 게르투르트』의 가정 교육을 들은 적이 있다. 페스탈로치는 이 소설에서 악의 추방과 가난의 근절을 말하면서 가정 교육의 중요성을 말했다. 나도 소박한 삶 속에서 자연스런 교육과 아이들을 키우며 사는 모습을 꿈꿨다.

할머니장터의 한 멤버인 김정자에게 볼 일이 있어 그 집에 전화를 하면 "정자 잠시 나갔네. 돌아오면 전화하라 할게."라고 부드러운 대답이 들려온다. 김정자의 남편은 나의 국민학교 동창 최범노 씨이다.

친구 부부처럼 나는 정감 있는 부부로 살고 싶었다. 내가 바쁠 때 아무 말 없이 설거지를 할 수 있는 남자, 이건 내 동생 남편의 작은 배려이다. 아침에 일어나 따뜻한 물 한 잔 같이 마실 수 있게 찻잔에 부어 주는 남자, 이것도 동생 집에서 봤다. 주일 아침이면 가족들과 함께 교회로 향하는 남자. 앞마당 싸리비로 싹싹 쓸고 정원의 잡초를 뽑고 고운 꽃들을 가꾸는 남자. 새벽에 같이 일어나 하나님께 기도하고 성서를 읽으며 찬송할 수 있는 그런 남자. 종일 힘들게 일하고 저녁에 서로 등을 토닥여 주는 그런 남자….

남편의 죽음

어느 날 안산병원에서 전화가 왔다. 남편이 기원에서 2시 경에 갑자기 쓰러져 입원했다며 뇌졸중이라고 한다. 전화를 받고 막막했다. 어떻게 어디서부터 수습해야 할지? 머리가 복잡했다.

2급 복지사인 조카와 상의하니 면사무소 복지사와 상담하라고 권유했다. 막막해 어쩔 줄 몰라 할 때 이 말을 듣고 나는 홍동면사무소 사회복지사를 찾았다. 담당 사회복지사와 몇 차례 만나면서 일의 실마리가 풀리기 시작했다. 사회복지사는 내근 때나 외근 때를 막론하고 상담에 친절히 응해 줬다. 내가 안심하도록 상세한 조언을 해 주었다. 무척 감사했다. 복지사 덕분에 복지 제도 혜택도 받을 수 있었다.

결혼 생활이 이러하니, 오랜 세월 동안 시댁 식구들과는 왕래가 없었다. 그런데 큰댁 장조카는 두 가정의 다리를 놓는 역할을 해 주었다. 족보를 만드는 일이라든가 혹은 우리 가정의 화합을 위하여 양편을 이해하면서 중간 역할을 해 주었다. 장조카는 시댁 식구 중 처음으로 우리 집을 방문했다. 장조카는 내가 이렇게까지 아이들과 살고 있는 것을 대단하게 여겨 막내 삼촌을 설득해 보려고 무진 애를 썼다. 그러나 아늑한 한 가정을 꾸려 나갈 책임감도 없고, 그저 뜬구름 잡는 먼 세계에서 살아온 남편은 바뀌지 않았다. 사람은 누구나 잘 바뀌지 않는다. 그러자 장조카는 나에게 이제 삼촌을 포기하라며 협력을 아끼지 않았다. 나는 조카에게 친동생처럼 흉금 털고 상의를 할 수 있어서 의지가 되었다. 마음을 써 주었던 조카가 정말 고마웠다.

조카와 복지사를 통해 방법을 찾은 나는 이제 마지막 책임이라 생각하고 병원비를 부담했다. 그러나 병실에서 꼼짝 못한 채 쓰러진 사람의 손을 잡는 데도 무서웠다. 집으로 데려올까? 하는 마음도 들었으나 그럴 수 없었다.

그렇게 요양병원에 있던 중 남편은 치매가 왔다. 상황이 더 힘들어졌다. 뇌졸중에 치매까지 겹쳐 결국 요양보호사를 두고 돌보게 되었다.

내 운명이었다. 자식들에게까지 어려움을 끼친다는 것은 용납이 안되었다. 자식들은 아버지의 일이지만 내가 살아 있는 동안은 나의 책임이었다. 물론 큰일이 닥칠 때마다 딸 내외와 상의하고 서류라든가 법적 조치로 수고가 많았다. 그러나 나의 책임은 내가 짊어져야 하기 때문에 경제적 책임은 여전히 내 몫이라 생각했다. 숙소 방세, 병원비 일부 등등 3년여 동안 가끔 찾아가 손잡아 주고 병문안 다녀왔지만 남편은 정신도 육체도 더 쇠약해져만 가고 있었다.

요양병원을 다녀올 때마다 내 몸도 마음도 쇠약해졌다. 혼자서 감당키 어려운 정신적 고통이 밀려왔다. 홍 선생님 내외분은 그럴 때마다 나의 큰 위로와 힘이었다. 부모님은 물론이고 형제들 모두 한 몸처럼 나를 염려하고 걱정해 주었다. 주변에서 도움을 주는 분들에게 감사한 마음도 커졌다.

후반기에 접어들면서 더 초조해졌다. 남편은 가망이 없어 보였다. 가까운 요양병원으로 옮기고자 은하면에 있는 장수양로원에 찾아가 상의했다. 추진이 잘 안 되어서 오빠와 둘이서 서둘렀다. 아직 손주들도 못 보았으니 가까이 오게 하여 주말에 찾아보게 하고자 고심을 했다. 그런데 이것저것 걸리는 바가 많아 잘 되지 않았다.

그러던 중 2009년 1월 30일 남편이 타계하게 되었다.

장례를 치르고 집에 돌아왔다.

갓골의 겨울 논밭에는 황량한 바람이 불었다. 바람에 눈발이 날렸다. 남편은 홀가분하게 갔을까? 마지막까지 아내를 원망하며 갔을까?

내가 꿈꾸었던 노후 생활은 집 뒷밭 150여 평과 200평 남짓한 정원에서 남편과 함께 농사를 짓는 것이었다. 남편이 농사는 잘 모르지만 정농회에 가입해서 경험 쌓으면 뒷밭과 앞 정원은 감당할 수 있을 것 같았다.

지금 우리 정원에는 왕보리수나무, 모과, 이팝, 마로니에, 산딸, 소사, 목련, 장미, 수국, 벌개미취, 목백일홍이 자라고, 소나무 다섯 그루는 큰 그늘이 되었다. 봉숭아, 채송화 등등이 제철 따라 피고 지고 있다. 여름이면 수세미가 거실에 그늘을 만들어 준다. 배, 복숭아, 감, 밤, 대추도 있다.

나는 남편이 착실히 살면서 아이들 돌봐 주고 정원도 가꾸고 마당도 쓸고 하면서 노후를 지낼 수 있길 간절히 바랐는데…. 노년 준비는 중년부터 철저히 준비하며 가꾸고 정신상의 미약이나 육체상의 건강을 항상 운명처럼 받아들이는 것이라고 한다. 남편과 그렇게 노년을 보내면서 삶을 정리하며 죽음을 준비하고 싶었다.

나는 남편을 존경했을까? 남편은 어떤 마음이었을까? 40년 가까운 시간, 우리에게 남은 것은 무엇일까?

중년을 행복하게 지내는 방법을 책을 통해 보았다. 그저 만나고 싶을 때 진심으로 위로해 주고 남녀 관계를 초월해 예의를 갖추며 마음의 상처도 이야기할 수 있는 사람을 친구로 대하는 것이 진정한 관계일 것이다. 기본은 존경이다. 나와 친구가 될 수 없었던 사이라면 그것은 내가 상대를 실망시켰거나 내가 상대에 대해 갖고 있던 존경심을 상실했기 때문이다. 그리고 존경심을 갖지 못한 상대는 진정한 관계가 아닐 것이다.

하여간 내 책임의 한계를 느끼면서 그의 임종까지 내 책임으로 알고 최선을 다하길 원했다. 떠난 지금 생각하면 아쉬움이 남는다. 모든 무거운 짐을 홀로 지려고 했기 때문에 그렇게 힘이 든 것이리라. 모두 맡기는 신앙이 내게 부재했던 것에 대해 자책해 본다.

사도 바울처럼, 어느 순간 전격적으로 회심하는 것을 동경했다. 신앙은 1+1=2가 아니고 무한대일 수도 있다고 생각한다. 나는 가끔 내 남편에게 "우리의 삶에 연습은 없다."라고 주장해왔다. 본 게임에 임한 우리는 일일일생(一日一生)을 살아야 한다고 주장했다. 연습은 없지만 회개는 받아 주신다고….

50여 년 전, 나는 풀무를 창업하면서 내게 닥친 운명에 최선을 다하자는 다짐을 했다. 내게는 신앙이 있었고 어린 시절부터 받은 사랑이 있었다. 비록 험난한 시간이 나에게 오더라도 최선을 다해 사랑과 신앙의 삶을 살아갈 수 있을 것이라 믿었다. 풀무에서는 수요일 아침에 전교생 예배 시간이 있었다. 동급생 김병선 씨는 나중에 연변과학기술대학교 도서관장으로 오래 근무한 친구인데, 그가 당시 예배 때 "우리가 회개하고 얼마만큼 시간이 흐른 뒤에 뒤돌아보면 다시 원점으로 돌아와 있습니다."라고 하는 고백을 들었다. 늘 이런 생활의 연속이었던 것 같다.

나는 남편을 설득시킬 수도 좋은 길잡이가 될 수도 없는 나약한 존재였다. 그를 이해하고 사랑해 주지는 못했다. 최소한의 일상생활로 의무를 겨우 해내는 정도였다. "내 힘에 벅찬 상대"라고 단정할 수밖에 없었고 두 아이의 엄마로서 안간힘을 써야겠다는 결심이었다. 언젠가 남편은 나에게 "부유한 사람과 결혼했으면 참 잘 살았을 텐데."라고 말했다. 내게 있어서 가난이 우리를 어렵게 한 것은 아니었다. 서로의 신뢰와 사랑과 측은지심의 부재와 무책임이 상황을 악화시켰다. "우리가 우리에게 죄지은 자를 사해 주신 것 같이 우리 죄를 사하여 주시고" 하며 주기도문을 늘 외운다. 나는 그 엄청난 죄를 하나님에게 사함 받았건만 나는 남을 용서치 못한 자였다.

신앙으로 무르익은 사람들이 있다. 그분들은 생활 자체가 신앙이었다. 나는 풀무학교에서 일하면서 풀무학교 선생님들이 학생들을 차별하지 않고 보살피는 모습을 볼 수 있었다. 그리고 학교 식당에서 함께 일했던 이승진 사모님, 최 사모님의 생활은 가난하지만 감사와 은혜와 사랑 속에서 살았다. 학생들을 내 자식처럼 귀하게 대해 주셨다. 선생님들의 적은 급여로 가난한 가정생활을 책임져야 하는 사모님들은 힘에 벅찬 육체적 노동으로 힘들었지만, 그런 걸 느낄 겨를도 없이 생활인으로 살아 오셨다.

하나님 앞에 단독자로 서서 가만히 나를 본다.

나는 신앙 속에서 사신 사모님들과 달랐다. 신앙이 없는 사람 중에도 헌신적으로 뒷바라지 잘하는 사람이 있다. 매를 맞으면서도 끝까지 배려하는 사람들도 많다. 그러나 나는 이쪽도 저쪽도 아니었다. 불행했던 과거를 내 삶의 밑거름으로 쓰지 못했다.

　전국 무교회 집회 때 유희세 선생님이 무릎 꿇고 땀방울을 흘리면서 기도하고 계신 모습을 잊을 수 없다. 그 모습은 죄의식으로 인한 겸손하신 신앙의 모습이었다. 나는 결혼 생활이 너무 어려워서 유희세 선생님 내외분을 찾아 뵌 적이 있었다. 사모님은 좀 참고 남편을 이해하고 두 아이를 위해 살아야 한다고 하셨다. 나는 그 말씀에 따랐다. 지금 생각하면 두 아이가 유치원, 초등학교 1학년 때니까 그렇게 가정을 지킨 것을 다행으로 생각한다.

나의 책읽기

　우리 할머니들은 목요 모임에서 『내촌 전집』을 읽고 있다. 전에도 한 번 읽었으나 얼마 남지 않은 생애에 다른 책보다는 『내촌전집』을 다시 읽는 것에 의미를 두고 시작했다. 읽을 때마다 새롭다. 옛날에 경험치 못했던 죄의식이 떨려오면 새벽마다 울었다.

　성 어거스틴의 이야기를 읽었다. 성 어거스틴은 마니교에 있을 때 죄를 자각하지 못했다. 참회하기 얼마 전 성령의 역사라 생각된다. 그는 참회하고 옛일을 들췄다. 남의 집 담 밑의 병아리 한 마리 잡아먹은 기억을 되살려 내면서 고백하는 어거스틴의 모습을 읽으면서 단계를 거쳐 참회할 수 있음을 절실히 느꼈다. 성 어거스틴에 따르면 교만이란 것은 엄청난 죄다. 사탄이 가장 좋아하는 무기이자 하나님이 가장 싫어하는 것이라고 한다.

새벽에 일어나 마태복음을 읽는다. 여러 번 읽은 구절이지만, 예수께서 베드로에게 이야기한 용서할 줄 모르는 종의 비유를 나는 늘 생각한다. 1만 달란트 빚진 자가 주인에게 간청하여 모두 탕감 받고 나오다가 자기에게 1백 데나리온(1달란트는 6천 데나리온) 빚진 동료를 붙들어 목을 잡고 족치니 그 동료가 엎드려 간구하지만 허락하지 않고 옥에 가두었다. 주인이 이 사실을 알고 "악한 종아, 네 빚을 모두 탕감하여 주었는데 내가 너를 불쌍히 여김과 같이 너도 네 동료를 불쌍히 여김이 마땅하지 아니하냐."면서 대노하여 그 빚을 다 갚도록 그를 옥졸들에게 넘겼다. "너희가 형제를 용서하지 않으면 하나님께서도 너희에게 이같이 하리라." 이 말씀은 각자의 삶을 결산할 때에 우리에게 주시는 하나님의 엄중한 경고가 아닐까?

얼마 전, 요한 크리스토프 아놀드가 쓴 『왜 용서해야 하는가?』를 읽었다. '결혼과 용서' 부분을 읽으면서 용서는 결혼 생활을 건강하게 하며 더불어 사는 삶을 강조한 본 회퍼의 글을 읽었다.

"권리를 주장하지 마십시오. 상대방을 탓하거나 판단하거나 비난치 마십시오. 상대방의 잘못을 끄집어내려고 하지 마십시오. 있는 그 모습 그대로 받아들이고 매일 진심으로 용서하십시오."

그동안 내 생각대로 남편을 바꾸려고 안간힘을 쓰느라 어렵게 살아왔다. 나의 십자가를 지고 상대방을 인정하는 태도가 없었기에 힘이

들었던 것이다. 문씨 아저씨(남편과 잠시 같이 일했던 아저씨)는 혼자 자기 몸을 씻지 못했다. 내가 만약 문씨 아저씨에게 왜 씻지 못하느냐? 왜 옷을 더럽히느냐? 라고 질책한다면 이것은 부당하다. 그건 정신적인 문제로 아저씨의 잘못이 아니기 때문이다. 나는 문씨 아저씨를 그 정도 인정하고 수용했다. 남편을 대하는 태도에도 그런 게 필요했던 것은 아니었을까? 남편의 흠을 탓하기 전에 하나님 앞에 나의 잘못을 먼저 고백해야 했다. 그러나 이제 글을 마무리하는 이 순간에서야 이런 사실을 자각할 수 있는 여유가 생겼다.

오래 전부터 딸네 식구가 광천도서관에서 책을 빌려다 보고 있다. 이번에는 내 것을 빌려다 줘서 『나이듦의 수업』이라는 제목의 책을 접하게 됐다. 7명의 저자 가운데 한 분인 심리학자 김태형 선생은 책에서 '꼰대'가 아니고 '꽃대'로 늙을 수 있는 방법을 이야기한다. 누가 꼰대인가? 고집불통, 폐쇄적이고 변화하려 하지 않으며 소통도 잘 안 되는 사람을 꼰대라 한다. 남의 말을 안 듣고 고집부리며 자기만 옳다고 생각하는 어른, 젊은 세대에게 권위적으로 대하는 어른을 꼰대라고 부른다. 내 자식과 손주들이 나를 의지하고 어려운 일 있으면 의논하는 상대, 아이들에게 지혜로운 사람, 따뜻하고 인자한 어른으로 꼰대 소리 안 듣고 아름다운 꽃대로 늙어갈 수 있기를 바란다.

그동안의 내 삶에 대한 재평가를 하고 새로운 나로 거듭남이 필요하다. 나의 책임을 회피했던 것들, 나로 인해 남에게 상처 줬던 것들, 미련스럽고 순진했던 모든 어린 시절들, 내가 남에게 이용당했기에 손해 봤다는 배신감들, 속아서 살아온 생애를 원망했던 일들…. 과거라는 무덤에 모두모두 묻어 버리고 용서하고 용서받고 청산하고 아름다운 모습으로 조용히 떠날 수 있기를 바란다.

잊을 수 없는 두 사람

문씨 아저씨

문씨 아저씨는 내가 어렸을 때부터 우리 집에서 일했다. 아저씨에게 옛날 일 물으면 자기는 세브란스병원 정신과 치료 받았다는 것부터 시작하여 부인은 우체국 근무, 나이는 1927년생, 집은 평택, 쉬운 영어, 일어, 명곡, 찬송, 역사, 지리 등등 가끔씩 튀어나왔다.

아저씨는 일은 잘하면서도 스스로 몸을 씻지 못했다. 아버지가 목욕시켜 주었다. 그러나 아저씨는 목욕하고 깨끗한 옷을 입혀도 짐승 집을 기어 다니면서 청소하는 궂은일 하다가 금방 새 옷을 다 똥칠하고 다녔다. 그러다 보니 평생 옷 한 번 못 갈아입은 사람처럼 살았다.

아저씨는 참 똑똑한 분이었는데 숫자에는 약했다. 시계를 못 봤다. 숫자에 약한 것과 몸을 씻지 못하는 것 빼고는 늘 무슨 일이라도 부지런했다. 명절에 용돈 드리면 그냥 주머니에 넣고 다녔다. 돈을 쓸 줄도 모르고 욕심도 없었다. 집에서 일하던 다른 아저씨들은 가끔씩 계란을 빼돌리고 정미소에서 곡식도 축냈다. 그러나 아저씨에게는 이런 검은 생각이 없었다.

밭일을 늘 했다. 씨 뿌리고 그 위에 다른 씨 또 뿌리고, 산이나 들에서 꽃나무 캐다가 화단에 심고, 그렇게 부지런히 일했다. 그러다가 행인들이 길 물으면 턱을 쭉 내밀고 친절히 말했다.

"그 위로 쭉 가세요. 히히히."

행인이 한동안 쭉 가다가 다시 내려와서 "아저씨, 거기가 아닌데요." 하면

"어, 이상하다. 쭉 가면 나오는데. 히히."

이런 식이었다. 악의가 전혀 없는 분이었다. 과일밭 매다가 행인들이 "하나 따서 던져 봐." 하면 친절하신 우리 아저씨는 웃저고리에 한가득 풋과일이나 익은 거나 상관없이 덤까지 더해 줘 보냈다.

나중에 아버지가 갑자기 돌아가시는 바람에 목욕은 엄마 몫이 되어 버렸다. 그러나 연로하신 엄마에게는 역부족이어서 내가 가끔씩 가서 씻겨 드렸다. 처음에는 정말 못하겠어서 등 밀고 앞은 물 끼얹어 드리면서 좀 중요한 부분 가리키면서 "씻어요, 깨끗이." 하면 두어 번 훑고서 "다 했어." 대충이다.

내가 버스를 타고 가끔 아저씨에게 가니까 버스만 지나면 아저씨는 밖을 내다보았다. 내가 안 보이면 "홍동 누나 안 오네." 하면서 서운해 하더란다. 다음날 가면 "누나, 왜 이제 왔어?" 하면서 반가워한다. "누나가 뭐요, 딸 같은데. 현주 엄마라고 해요." 하니, "아녀, 그렇게 하면

안 돼, 히히."

아저씨는 참 순박하신 분이었다. 평생 우리 집에서 일하신 아저씨의 노후를 마땅히 돌봐 드려야 했다. 그러나 아저씨를 끝까지 모실 형편이 되지 못했다. 하는 수 없이 오빠와 상의하여 양로원을 생각하게 된다. 젊은 날 우리 집에서 수고를 많이 하신 분을 끝까지 모시는 것이 도리이지만, 오히려 집에 계시게 하면 더 불편하고 도와 드려야 할 도우미도 여의치 않았다. 동생은 양로원 보내드리는 것을 반대했지만 결국 양로원 모시기로 결정했다.

양로원으로 모시던 날은 슬펐다. 목욕하고 새 옷으로 갈아입고 차를 타니 드라이브라도 하는가? 아무 것도 모르는 아저씨는 마냥 즐거워하셨다. 자신의 행선지가 어딘지, 왜 이러는지 전혀 감을 잡지 못한 채 마음이 들떠 있었다. 드디어 은하에 있는 장수양로원에 도착하니 같은 연배의 할머니, 할아버지들이 나와 계셨다. 시내에서 외진 곳으로 조용하고 공기가 좋고 넓은 공간이었다.

나는 좋은 곳이라는 위안도 있었으나 아저씨를 양로원으로 모신 후 마음은 여러 모로 착잡했다. 가끔은 전화도 하고 찾아뵙기도 했으나 처음의 생각과는 달리 차츰 해이해졌다. 내 책임을 누군가에게 전가시켰다는 생각이 들어 죄스러웠다. 젊은 나이에 가족을 못 찾아드린 것, 잘해 드리지 못한 것들이 꼬리를 물었다.

아저씨의 양로원 생활을 전해 들으면 아저씨 특유의 모습이 떠올랐다. 양로원 원장님이 혼잣말로 '내일은 낚시나 갈까?' 했는데, 다음 날 아저씨는 옷을 단정히 입고 차 앞에 기다리고 계시더란다. 한 번은 "화단에 풀이 많구나. 정리해야겠구나.” 했는데 다음 날 새벽에 보니 아저씨가 말끔히 화단을 정리했더라고 한다. 아저씨가 집에서 생활하던 모습 그대로다. 부지런하고 궂은일을 맡아 했던 아저씨. 이렇게 일을 잘 도와주고 착한 아저씨는 원장의 총애를 받았다.

지장골 복숭아가 한창인 시절이 돌아왔다. 팔 수 없는 비품이 많이 나왔다. 나는 과수원 주인과 상의하여 양로원으로 복숭아를 보내드렸다. 양이 많아 트럭으로 이동했다. 다음 해에도 양로원으로 보내드릴 수 있었다.

불현듯 아저씨가 보고 싶었다. 한동안 아저씨를 찾아가지 못했다. 이번에는 아저씨를 집으로 모셔 밥이라도 대접하고 싶었다.

“문씨 아저씨 꼭 모시고 오라.” 나는 사람들이 복숭아를 싣고 떠나는 편에 다짐을 넣었다.

음식을 준비하며 아저씨를 기다렸다. 그러나 아저씨는 오지 않았다.

“아저씨 돌아가셨어요.”

이럴 수는 없었다. 나는 임종을 지키지 못했다. 가시는 길에 한 번 손이라도 잡아 드렸어야 했다. “아니 왜 연락도 안 해주었냐.”며 양로원에 원망하는 마음도 생겼다. 그러나 이제 와 누구를 원망할까.

아저씨 가시기 전에 지난 일 찬찬히 이야기도 하면서, 나는 아저씨에게 사과드릴 부분을 말씀드리면서 죄스런 마음을 조금이라도 풀고 싶었다. 만나지 못한 동안의 양로원 생활도 이야기하고 싶었는데. 무관심한 내 자신을 스스로 나무란다 해도 무슨 소용이 있을까? 아저씨는 홍동 누나를 얼마나 기다렸을까?

천국에 가서 아저씨를 만나면 아저씨는 뭐라고 하실까?

"누나, 왜 이제 왔어! 보고 싶었어." 하겠지.

우린 사는 동안 당장 해야 할 일은 그때그때 해야 한다. 시간은 무한하지 않기 때문이다. 순수했던 아저씨의 모습을 잊을 수 없다.

모란 언니

어릴 적 우리 집 뒤쪽 언덕에 작은 집이 있었다. 터도 건물도 모두 남의 땅이었다. 작은 집의 엄마는 일찍 돌아가셨다. 어느 날 그 분의 묘 앞에 새하얀 백로 서너 마리가 와서 놀고 있었다. 마을 사람들은, "생시에 그 아주머니가 '백로야 잘 있거라' 라는 노래를 잘도 부르더니 죽어서 백로가 된 게 확실하다."고들 했다.

작은 집의 아버지와 두 딸과 아들은 갈 곳이 없었다. 나의 아버지가 기와 공장 옆에 작은 터를 줘서 아들은 기와 공장에서 일하게 되었다. 가장이신 아버지는 우리 뒷산으로 생솔가지 몇 가지 꺾어다 눈을 홀홀 털어 말리면서 때는 거다. 내가 "아저씨, 나무를 미리 해서 말린 다음 쌓아 놓고 포장으로 덮어서 땔감을 미리미리 해 놓아야지요." 하니까, "언제 그걸 그렇게 복잡허게 헌댜." 하신다. 우리 집에서는 도저히 이해할 수가 없었다.

작은 집의 모란 언니를 나는 좋아했다. 언니는 나를 데리고 뒷산 옆산 올라서 삭정이를 꺾어 큰 짚단만큼 해서 새끼줄로 멜빵을 만들어

놓고는, 짚단 한 개만큼도 못한 내 것에다 빠른 손놀림으로 보태서 어깨에 매어 주었다. 나는 그걸 걸머지고 언니 뒤를 따라 내가 쌓아 놓은 삭정이 단에 놓았다. 단이 차츰 커가는 재미가 아주 쏠쏠했다. 가을에 벼 베고 나서 촉촉한 논에 들통을 들고 동전만큼 둥그런 원을 손가락으로 후벼 파보면 그곳에는 반드시 우렁이가 움츠리고 앉아 있었다. 들통 가득 채운 언니는 작은 깡통에 겨우 몇 마리 잡은 나를 보고는 얼른 내 그릇을 채워 주었다. 그런 재미로 언니의 사랑을 듬뿍 받고 우린 너무 친한 사이가 되었다.

그런데 언니는 행복하게 살지 못한 것 같다. 언니의 아버지는 돌아가셨고 남동생은 스스로 목숨을 끊었다. 작은 동생은 서울로 시집갔고 모란 언니는 홍원리 가난한 집으로 시집을 갔다. 삼간 옴팡간은 면할 수 없었고, 그나마 상 농군 남편은 일찍 돌아갔고 아들은 정신 이상자가 되었다. 언니는 속앓이가 있어서 담배로 맘을 달랬다 한다.

내가 풀무학교 기숙사 식당 일을 할 때였다. 쌀쌀한 날씨였다. 일 마치고 오토바이 타고 급하게 집으로 달리고 있었다. 언뜻 다리 건너 오른쪽 소비조합 앞에 머리는 까미(뒤에다 묶어서 핀을 꽂은 모습)를 하고 흙이 듬성듬성 묻은 옷차림을 한 사람이 있었다. 그 험한 옷차림은 1960~1970년대를 연상시켰다.

나는 오토바이를 뒤로 돌려 가서 세워 놓고 "언니!" 하고 다가갔다. 그러자 언니는 몸을 뒤로 휙 돌리며 나를 외면했다. 그래도 내가 애써 뒤로 가서 "언니, 나 재자야." 하니 할 수 없이 거부는 안 했다.

"언니, 지금 어디 가려고?"

"응, 광천장에 가는 거여."

"이 보따리(헌 홑이불 같은)에 뭐 들어 있어?"

"밭둑에서 냉이 좀 캤어. 광천장에 팔려구."

언니는 자꾸 날 보고 "빨리 가, 춘데." 하며 날 밀쳤다.

"언니, 우리 집은 갓골유치원 뒤쪽에 있어. 잠시 우리 집에 가서 몸 녹이고 다음 차로 가." 했지만 절대 그럴 태세가 아니다.

주머니에서 종이를 꺼내 전화번호를 적어 주면서 "홍동 나올 때 전화하고 와, 우리 만나서 옛이야기나 실컷 하게." 하니

언닌 건성으로 "응, 응. 어서 가. 나 같은 사람 아는 척해서 고마워." 하는데 순간 눈물이 왈칵 쏟아졌다.

나는 뒤로 돌아서서 눈물을 훔쳤다.

"언니 집 앞에 홍원침례교회 있잖아. 거기 다녀 봐."

"나도 전에 조금 다녔어. 그런데 거긴 돈도 있어야 허구 주제꼴도 이렇고 해서 그만 뒀어." 언니의 대답이 쓸쓸했다.

"언니, 돈 안 내도 괜찮고 옷은 있는 거 빨아 입으면 되잖아. 그래도 꾸준히 다녀 봐. 그리고 언니 생각 모두 하나님께 기도하고 의지하고 살아." 나는 애써 언니를 위로했다.

"응, 어서 가 춘데."

"그럼 다음에 또 만나." 하고 우리는 기약 없이 헤어졌다.

그리고 많은 세월이 우리를 지나갔다.

나는 풀무학교 기숙사를 정년까지 한 후에도 이것저것 하면서 분주하게 지냈다.

작년 여름이었다. 홍원 사시는 외사촌 오빠를 만나 언니의 안부를 물었다.

"모란 언니 잘 있어요?"

"모란이 죽었어." 오빠는 담담히 말해 주었지만 나는 놀라지 않을 수 없어 되물었다.

"왜요?"

"속병이 있었거든."

이렇게 또 한 사람을 허전히 떠나보냈다.

좌표 평면상의 나의 위치는 정확히 지켜야 할 내 책임이다. 나는 그만 무관심 속에 살면서 내 할 일을 다 못했다. 문씨 아저씨나 모란 언니를 손 한 번 잡아 주지 못하고 떠나 보내버렸다는 것에 나 자신이 미워진다.

나의 어머니 그리고 자식들

엄마의 노년

엄마는 성품이 무던하셨고, 말씀은 적고 온순하시고 정이 많은 분이셨다.

엄마는 밭에서 고추 모종할 때 처음 이식하면 시들시들한 고추 모를 보며 "우리 재자도 뿌리가 잡혀서 튼튼한 고추가 열리듯 어서 그런 때가 와야 할 텐데…." 하며 딸을 염려했다.

홍동 우리 집에 오시면 밭을 매주셨다.

"너 손구락 아픈데 꽃밭하고 뒷밭 내가 매줄게, 일하지 마."

엄마는 80대 후반에도 우리 집에 가끔 오셔서 내 마음을 아프게 했다. 엄마는 내 생일에는 동태 한 마리, 콩나물 한 봉지 검정 비닐에 사 가지고 버스 타고 오셨다.

엄마에게 딸은 심장의 가시였을 것이다.

1990년, 아버지가 갑자기 돌아가시고 서울에 사는 오빠 내외가 엄마를 모시겠다고 홍성으로 내려왔다. 엄마는 그간 거처 때문에 갈팡질팡 고심했는데 그 날은 명랑하고 또렷한 음성으로 내게 말했다.

"얘, 나 아무래도 큰애와 살아야겠다."

엄마는 당신의 결정을 알려 주셨다. 결정은 그렇게 하셨지만 막상 아들 내외와 함께 사시면서 어려움도 있었던 것 같다. 본인의 삶과 아들 내외의 사고와 생활방식이 전혀 다르고, 아직 농사일에서 손을 뗀 상태가 아니라서 그랬을 것 같다. 더구나 아버지 생전에는 아버지가 가정 경제를 이끌어 가셨고 엄마는 생활비 타서 쓰시는 정도였다.

엄마를 모시던 오빠 내외가 서울 집 고치러 갔을 때 보름 가까이 엄마를 우리 집에 모신 적이 있다. 그렇게 되니 우리 집은 4대가 모여 사는 풍성한 집이 되었다. 엄마, 나, 자식들과 손주들.

엄마는 가만히 계시지 않았다. 한번은 우리 집의 꽃밭과 잔디밭을 맨다면서 정성 들여 심은 카모마일을 모두 깨끗이 뽑아 버리고 말끔한 운동장으로 만들기도 하셨다. 엄마는 윗집 할머니와 서로 운동 삼아 마을을 마실 삼아 돌아다니셨다. 그러면서도 엄마는 당신 집 마당 풀 걱정하셨다.

엄마는 용돈이 생기면 쓰지 않고 두었다가 안주머니에서 꼬깃꼬깃해진 돈을 꺼내 내게 주신다. 나는 받을 수 없었다.

"엄마, 큰며느리 고생하는데 며느리에게 주세요. 장날 맛있는 것 사다 세 식구 잡수세요."

난 엄마를 모시느라 수고하는 올케에게 늘 미안한 마음이 들어 그렇게 말씀을 드렸는데도 엄마는 요지부동이다.

"아녀, 너 돈 째는디 써라."

엄마는 이렇게 고집을 부리면서도 막내아들 걱정을 했다. 엄마는 기력이 있을 때 고추와 마늘 농사지어 조금씩 막내아들에게 주던 것을 못 주니 그게 걱정이셨다.

엄마는 노인정 출입도 어려워하셨다. 그래서 가끔씩 오빠 차로 모셔다 드리기도 했으나 가까운 홍원교회에서 하는 주간 보호를 좀 다니셨다. 이때는 치매가 약하게 시작하는 단계였다. 1년 정도 다니시다가 홍성의료원에서 하는 주간 보호에 출입하셨다. 그때 일주일 정도 본원에 입원하셨다. 엄마는 치매기가 있을 때는 외갓집 얘기를 자주 했다.

한번은 우리 집에 오셔서 외갓집 얘기를 꺼냈다.

"너를 만나면 꼭 너는 진실대로 말해줄 것을 안다. 대답해다오."

"엄마, 뭔데요?"

"글쎄, 홍원리(친정 댁) 우리 아버지 집과 논, 밭을 저희들(외사촌)끼리 나눠 가졌다니?"

"그럼 누가 가져야 하는데요?"

"우리 아들들은 하나도 안 주고 주덜끼리 가졌어. 대밭 작은아버지 계시면 내가 당장이라도 찾아갔을 텐데. 꼭 해결해야겠는데…."

"욱이(막내아들) 때문에 그러시지요?"

"응. 그 앤 부모시업(부모에게 물려받은 재산) 하나도 없고 어떻게 살지 모르겠어."

엄마에게는 자식 나이가 별 소용이 없었다. 막내(욱)는 이미 50살이 넘었고 3남매 모두를 대학까지 곧 끝낼 시기다. 나는 엄마와 보조를 맞추면서도 엄마의 기억을 상기시키려고 노력했다.

"엄마, 욱이가 성이 뭐지요?"

"김이지, 내가 김이니까."

"그럼 엄마는 아버지 성 따랐어, 어머니 성 따랐어?"

"그야 아버지 성 따랐지."

"우리 아버지는 신평 이씨, 엄마는 김해 김씨. 그러니까 막내 재욱이는 김재욱이 아니라 이재욱이여."

"아녀. 네가 모르는 소리야. 글쎄 김재욱인데 왜 개한테는 상속을 안 줘? 똑똑한 사람 없으니 그냥 송두리째 뺏기고 말았어. 어떻게 찾아줘야겠는디 어쩌지?"

"엄마, 그런 소리 마세요. 욱이가 제일 부자예요. 아들 셋 중 제일 부자예요. 훈이가 큰 집 샀고 텃밭도 큰 것 샀대요."

엄마는 아무리 그래도 상속을 못 찾아줘 끝내 아쉬워하셨다.

밤이 깊었다. 엄마는 침대로 가시면서도 석연찮아 했다. 우리 엄마는 명석하신 분이었다. 기억력이 남달랐다. 내게는 언제나 그런 엄마였는데, 이런 얘기를 나누면서 서글펐다.

엄마는 막내를 늘 마음에 두고 계셨다. 한번은 아침 일찍 엄마 계신 월림 동생네 갔다. 엄마는 고추꼭지 10근을 꼬박 앉아서 정갈하게 따셨다. 아직은 일에 전념하실 수 있었다. 빠른 손놀림으로 고추를 따시면서도 말씀은 어눌했다.

"막내 장가 들여야 허넌디. 너는 둘째딸 재자, 막내는 재욱인디…."

엄마는 치매로 고생하시면서도 이 두 명은 바뀌지 않고 꼭 맞추셨다. 엄마 마음에는 스물다섯 살 막내아들만 산다.

엄마가 병원에 일주일 정도 입원했을 때 둘째 올케가 간호를 하고 있었다. 엄마는 올케에게 신신당부를 했다.

"나 죽으면 숙모가 우리 막내 욱이를 돌봐주고 장가들여 줘."

엄마는 둘째 며느리를 당신의 숙모로 착각하시면서 막내아들을 돌봐달라고 부탁하셨다. 그때를 생각하면 늘 마음이 아려온다.

엄마는 치매가 점점 심해졌다. 엄마는 몹시 불안해하셨다. 어느 날 밤에 전화가 왔다.

"고모, 어머니가 갑자기 고모님 댁에 간다고 떼를 쓰고 계세요."

나는 올케 전화를 받고 급히 차를 타고 모시러 갔다. 집에 모시고 와서 구석구석 씻겨 드렸다. 나는 엄마를 붙잡고 찬송하고 기도를 드렸다. 엄마는 잘 순응하셨다. 엄마는 내게 은밀하게 말씀하셨다.

"저번 때 우리 친정엄마 하룻밤 함께 자고 가셨어. 나 혼자 심심헌디 지금 얼른 모셔와. 같이 자게 오라고 해. 딴 데 가면 안 되어. 대밭 시누네로 가야혀."

엄마는 외할머니 얘기를 하시다가 다른 얘기를 또 하신다.

"내가 왜 엉뚱한 곳에서 눈치 보며 산다니? 이것 내 집 아녀."

엄마는 오빠한테 한 마디 더 하신다.

"너는 이 집 관리인이야."

엄마는 이윽고 나를 보시더니 하소연을 하신다.

"열흘 동안 똥을 못 눠도 애들이 변비약도 안 사주고 기침약도 안 사

주더니 엊그제서 사왔더구먼. 지금 새벽까지 방이 따뜻하네. 군불 때는구먼. 우린 불 때는 것도 없었어. 생전 불 안 때여."

그러다가 엄마는 잠드셨다. 아침 일찍 기침하시길래 무하고 사과를 드렸다. 엄마는 맛있게 잡수셨다.

엄마를 더 이상 오빠네서 모시는 건 힘들었다. 치매로 인해 오빠 내외를 어렵게 하셨다.

병원에서 퇴원해 둘째 남동생 집으로 모시게 되었다. 겨울인데 내복 차림으로 이층에서 아래층까지 기어서 내려오셨다. 손자 명호는 부모가 외출하면 할머니의 보호자였다. 추워서 재킷을 입혀드릴까 하다가 추우니까 얼른 올라오실 것이라 생각하고 할머니를 지켜보고 있었다. 할머니는 좀 돌아다니시다가 "아이구, 추워."하면서 올라오시더란다. 손자 명호는 제 방 바로 옆방에서 지내는 할머니를 다정하게 보살폈다. 함께 누워 얘기도 해 드리고 이불도 덮어 드리면서.

시누이들은 모두 엄마를 시설로 모실 것을 권유했다. 시누이들의 말을 잘 이해했다. 그러면서 "아직은 아니야, 아직은." 하면서 미루었건만 여기에 다다랐다. 결국 엄마를 시설로 모셔야 했다.

70여 명을 함께할 수 있는 청양의 한 요양원으로 엄마를 모셨다. 미리부터 알아 놓았던 곳인데 둘째 며느리가 모시느라 수고가 많았다. 둘째 내외와 막내 욱과 함께 요양원에 모시게 됐다. 많은 세월 동안 오빠 내외가 수고 많았다. 치매 시작부터는 맘고생을 많이 했을 것이다. 돈이 없어졌다든지, 약을 안 사다 준다든지, 자꾸 큰길로 마실 가신다든지….

요양원으로 떠나는 날, "워디 간댜" 하시는 엄마를 보자 눈물이 왈칵 쏟아졌다. 요양원에 도착하니 "또래가 많아서 심심친 않겠네." 하신다. 당신이 살 곳을 알고 계신 듯했다.

둘째 내외가 수속하는 동안 욱이는 엄마 손을 꼭 잡고 손등을 다독이고 또 다독이면서 안심시켜 드렸다. 아마도 동생은 그 많은 세월 동안의 엄마 사랑을 되새겼을 것이다.

8남매 이름을 부르게 해드렸다. 그러나 우린 그간 엄마 수고 많이 하셨어요, 고맙습니다, 사랑해요 같은 말을 할 수 없었다. 둘째 올케에게 요양원 권유할 때 거기 모시면 올케들에게 폐 안 끼치고 덜 미안하고 홀가분할 수도 있으리라 생각했는데 오늘 왜 이리 우는지 모르겠다. 올케는, "남편에게는 100퍼센트, 형제들에게는 50퍼센트 미안할 따름이라고…." 돌아가실 때까지 묵묵히 모시려고 했다는 것이다. 그러나 모시는 동안 친부모님처럼 최선을 다했다고. 형제들이 고맙게 생각하고 나 같아도 그렇게는 못했을 거라 생각한다.

어머님을 요양원에 모셔다 놓고 돌아오며 현대판 고려장이 따로 없다는 죄의식에 나는 울었다. 염치없는 눈물은 그칠 줄 몰랐다. 우리 넷은 아무도 어떤 말도 할 수 없었다.

엄마가 요양원 가시기 전에 일주일간 우리 집에 함께 계신 적이 있다. 엄마가 아직 주간 보호에 다니실 때였다. 어두컴컴해지니 엄마는 불안해하시면서 말씀하신다.

"애, 나 홍고미(엄마의 홍원리 친정집) 가야겠다."

"왜?"

"우리 엄마 아버지 봐야 혀. 보리밭도 매고, 김장 할라먼 마늘도 까야 허구. 앞마당 풀도 뽑아야 허구."

엄마는 몸과 마음이 모두 분주하셨다. 엄마는 오빠 댁에 사시던 기억도 모두 나열하셨다. 엄마는 안절부절 하시면서 자꾸 기어서 밖으로 나가시려고 했다. 나는 간신히 엄마를 달래서 내 방으로 모시고는 책꽂이에서 『똥꽃』을 꺼내 '엄마는 똥대장'이란 이 책의 클라이맥스 장을 펴서 읽어 드렸다.

산골 밭에서 늦게까지 시간 가는 줄 모르고 일하다가 엄마 생각도 잊고 일을 했다. 깜짝 놀라 집에 와보니 마루에는 똥이 묻은 아래위 겉옷과 속옷이 쌓여 있었고, 방 안에도 돌아다니신 길 따라 똥칠이 되었다. 눈 지가 오래 됐는지 딱딱하게 말라붙었고 손에나 발에도 똥 칠갑이었다. 엄마는 불도 켜지 않고 방구석에 웅크리고 앉아서 내가 왔지만 돌아보지도 않고 돌부처처럼 가만히 있었다. 똥을 밟으며 엄마에게 다가간다. 엄마 얼굴은 반쪽 훨씬 굵어진 주름들이 얼굴을 덮고 있었다. 곁에 가서 가만히 쪼그리고 앉아서 눈높이를 맞추었다.

엄마 눈은 겁을 머금고 있었다. 자식을 향한 부모의 겁먹은 눈초리. 그것은 버림받을지 모른다는 공포였다. 엄마 어깨를 감싸고 꼭 안았다. 울컥 하고 눈물이 솟았다. 엄마가 천천히 돌아앉으며 내 팔을 잡았는데, 미끈거리는 똥의 감촉이 전해져 왔다. 엄마 얼굴에 볼을 대고 속삭였다. "어무이 똥재이." 우스웠다. 눈물이 볼을 타고 굴러 내렸다. "어무이 똥 박사." 엄마 굳었던 얼굴이 풀렸다. 엄마도 내 웃음에 감염되었는지 따라 웃었다. "어무이 똥 대장." 우리는 서로 똥 묻은 상대를 손가락질해가며 마구 웃었다. 불을 환히 밝히고 보니 여기저기 발린 똥덩이들이 몇 년 묵은 된장 같았다.

감자 놓던 뒷밭 언덕에

연분홍 진달래 피었더니

방 안에는

묵은 된장 같은 똥꽃이 활짝 피었네

엄마 옮겨가신 걸음마다 검노란 똥자국들

엄마 신산했던 세월이

방바닥 여기저기

이불 두 채에

고스란히 담겼네

어릴 적 내 봄날은

보리밭 밀밭에서

구릿한 수황 냄새로 풍겨났지

엄마 창창하시던 그 시절 그때처럼

고색창연한 봄날이 방 안에 가득 찼네

진달래꽃

몇 잎 따다

깔아 놓아야지

『똥꽃』의 저자는 '똥대장 어무이'의 임종을 다음과 같이 지켰다고 한다. 마지막 말, 아들은 연이어 유언하면서 기운 없고 전혀 기력이 없는 엄마의 심장에 자기 심장을 대고 '기'를 불어넣었다. 이것을 두 차례나 하면서 극진한 헌신의 사랑을 엄마의 꺼져가는 심장에 넣었다.

둘이 아니고 하나인 몸, 이웃을 내 몸 같이 사랑하는 실천의 삶이지 않은가.

이 새벽에 감히 그러지 못하는 내 처지에 나는 울고 운다. 책에는 "서로 손가락질 하며 웃었다"는 대목이 있다. 속으로 울고 겉으로 웃었을까? 아니면 모두 다 해맑게 웃었을까? 아마도 나 같으면 전자일 테고, 아들은 후자였을 것이다.

어머니와 단 둘이 살 곳을 만들어서 모셔야 할까? 집 정원 감나무 앞에 집을 지어야 하나? 내 구상을 두고 바로 숙 언니와 여러 번 의논을 했다. 그러나 갈등만 하다가 실천에 옮기지는 못했다.

"집에 가야지."

돌아가기 전에 엄마는 숙 언니에게 이렇게 말씀하셨다.

당장 모셔 와야 하거늘, 그런데 나는 엄마를 모시고 살 수 있을까? 내가 엄마를 모신다면 엄마 사시는 동안은 나는 없고 엄마에게 올인하는 삶인데 그럴 수 있을까? 생각과 실천 사이에 끼어 꼼짝 못하는 내 자신이 한없이 미워졌다.

내 자식들

내 자식들이 고생이 많았다. 딸과 아들. 부모 잘못 만나서 고생한 것을 생각할 때마다 내 안의 가장 깊숙한 곳에서 나는 울었다.

서울 마포구 공덕동에서 아들을 출산했다. 아이를 임신하고서 한 달 정도 친정집에 가서 지냈다. 그때 집에는 작은 과수원이 있어서 사과를 많이 먹었다. 그 때문인지 아이는 피부가 곱고 건강하게 태어났다. 뱃속에서 놀 때는 누나와는 달리 발로 탁탁 치면서 야단스럽게 놀았다. 혹시 운동선수로 크지 않을까 했다. 성별의 차이를 뱃속에서의 놀이로 알 수 있을까? 하는데 다른 이들은 성격 차이라 했다.

옆방에 살던 경상도 할머니는 마치 친손주처럼 아들에게 잘해 주셨다. 당시 우리는 섬 같은 원룸에서 살고 있었다. 장독대도 몇 집 것이 같이 있었는데 신기하게도 한 번도 층층대에서 떨어지거나 사고 난 적이 없었다. 아들은 부지런하여 각 집 장독 뚜껑을 하나씩 열고 닫고 하면서도 한 번도 깬 적이 없었다. 엄마가 늘 바쁘니 남매는 저희들끼리 놀았다. 어찌나 잘 놀던지 하루해가 짧은 것이 한이었다.

영등포구 당산동에 살 때는 옆집 3학년 문숙 누나가 잘 보살펴 줬다. 아침 문방구 일이 바쁜 틈에 엄마가 미처 챙겨 주지 못하는데도 아이는 엄마를 보채지 않았다. 저 스스로 스케치북과 크레파스를 옆에 끼고는 운동장 1학년 줄에 서서 선생님의 훈시를 듣는 것으로 하루 일과를 시작했다. 나는 아침 장사를 끝내 놓고 허겁지겁 아들을 찾아 학교에 가보면 열심히 선생님 말씀을 듣고 있는 모습을 볼 수 있었다.

아이가 없어져서 놀란 마음에 이리저리 찾아 헤맨 적이 있었다. 다행히 연락이 닿아 경찰서에서(집에서 1킬로미터 정도 떨어진) 아이를 만났다. 경찰 아저씨가 전화 거는 걸 빤히 쳐다보면서 "나도 한번 해보게 수화기를 달라."고 하더란다. 태연하고 여유가 있던 아이는 그런 상황에서도 천연덕스러웠다. 그때는 집에서 멀리 왔다던가 엄마 생각을 하는 것조차 잊어 버린 모양이다.

한번은 양평 사거리 분수대에 잠자리 잡으러 뛰어들었다. 감전 사고가 날 뻔한 아찔한 순간이었는데, 한 청년이 물에 빠진 애를 건져 줘 문숙 언니가 가게까지 업고 왔다. 신정동에서는 유치원에서 뛰놀고 싸우는 개구쟁이였다. 지금의 손주가 유치원에서 노는 모습을 보고 있으면 아들 어릴 때와 같이 개구쟁이다.

청주 남성초등학교 시절은 책을 많이 보고 방과 후에 선생님 일도 도와드렸다. 주로 역사책 본 것을 선생님께 재미있게 이야기해 드렸다 한다. 전학 시키러 학교 들르니 담임 선생님이 "태영이가 전학 가면 제가 심심하겠습니다." 하신다. 선생님은 "태영아, 외가로 가지 말고 우리 집에서 나하고 살자."고 하셨단다. 아들은 선생님에게 사랑을 많이 받은 것 같다. 초등학교 다닐 때는 굉장히 활발하고 역사책도 좋아해서 책 읽은 거 친구들에게 얘기해 주고 그랬다. 밝고 까불까불한 아이였다.

그러나 중학 시절, 명랑하고 티 없이 자란 아들에게는 너무나 감당키 어려운 시기였다. 청주로 이사해서는 산남동 움막에 살면서 자전거로 통학하던 때였다. 아들에게 그 시기는 엄마와 잠시 떨어져야 하는 아픔을 겪은 시절이었다. 비록 불과 몇 개월 동안이었지만 몇 년은 걸린 것 같다.

자식들과 다시 합쳐 살게 되면서 아들은 청주에서 홍성군 광천읍에 있는 광홍중학교로 전학을 했다. 뺑뺑이(학교를 추첨으로 배정하는 방식)로 배정 받았다. 그런데 타지에서 전학 왔다는 이유로 텃세가 좀 있었다. 홍성 서점에 책을 사러 갔다가 시간이 있어 오락실에 들렀는데 나쁜 형들에게 걸렸던 모양이다. "너, 이리 와." 하길래 쫓아가는데 좁은 길로 쭉 들어가더란다. 이상한 느낌이 들어, "지금 줄까?" 하니까, "고놈 참 눈치 한번 빠르다." 하더란다. 주머니에서 차비만 남기고 있는 것 모두 털어서 주고 줄달음질쳐서 버스에 올랐더란다. 학교에서 주먹깨나 쓰는 녀석 서넛이 방과 후 삼육 뒷산에서 만나자 하여 나갔다. 한 아이를 택하여 대결해 보니 좀 만만치 않음이 인정됐는지 다시는 그런 일이 없었다 한다.

상위권 아이들 한 반에 열 명씩 뽑아서 과외를 시키라는 담임 선생님의 제의에 몇몇이 좀 해보았다. 누나는 풀무고등학교를 쉽게 결정했으나 아들은 망설임이 많았다. 학교에서는 풀무고등학교 진학을 적극 반대했다. 반대와 망설임이 반복되며 결정은 언제나 원점으로 돌아갔다. 결국 맘이 내키지 않으나 풀무고등학교로 최종 결정했다.

풀무학교는 2학년이 되면 2주간 현장 실습을 간다. 아들은 일본 육가공하는 고발농장으로 갔다. 한번은 일터에 나갔는데 비가 오더란다. "야, 오늘은 쉴 수 있겠구나." 했더니 뒤로 돌아서라면서 우비를 입혀주면서 다른 날과 똑같은 시간 동안 꼬박 맡은 일을 했다는 것이다. 힘든 일하면서 몸과 마음이 성장하는 기회였다.

대학 진학을 위해 영어, 수학 공부를 했다. 창업과 동시에 어렵게 무역학과로 진학했다. 당시 내 친구는 경제적으로 어려우니 전문대 정도가 어떻겠냐고 제안했다. 자기 아들은 연대 의대 졸업하여 병원장이 된 엄마다. 아마 말은 못했어도 우리 형제들 모두 그렇게 생각했을 거다. 그러나 사립대를 선택했고, 아들은 재수하고 군대 갔다 와서 편입했다.

대학 공부에는 돈이 많이 들었다. 그 돈을 다 대려면 나의 조그마한 수입의 80~90퍼센트가 필요했다. 그러나 다른 생활도 있으니 수입 전부를 아들 대학 공부에만 댈 수는 없어, 자취방이나 등록금 조달할 때는 여러 번 대출을 받아야 했다. 때마다 이승진 사모님이 두말없이 보증을 서주셨다. 보증인이 필요할 땐 아랫집 주정민 씨와 최상업 선생이 함께 해 주셔서 지금도 고마움을 잊을 수 없다. 둘째 동생이 등록금을 가끔 담당해 줘서 큰 보탬이 되었다. 그 아래 청주 동생은 기도와 물심양면 도움을 줘 감사한 마음 잊을 수 없다.

아들은 대학 졸업 후 무역 회사에 입사했다. 그러나 직장 생활 초기에는 너무 고되고 힘든 나날이었다. 사장과 이사님이 아들을 무척 사랑해 줬다. 입사한 지 얼마 안 되어 주임, 과장 승진, 최연소였다. 학자금 대출은 모두 갚고 마포에 조그마한 집을 장만했다.

지난 일이지만 가장 힘든 때가 편입 준비 때였다. 눈이 아프고 머리가 아파 견디기 힘들어 한 아들은 집으로 내려왔다. 홍성의료원에 갔더니 녹내장 의심이라 하여 급히 서둘러 서울 백병원으로 갔다. 진찰 결과, 안압이 높으니 치료가 요구된다고 하여 홍순명 선생님 추천으로 구본술 박사님을 만나러 갔다. 구 박사님이 있는 병원은 신림동 성애병원이었다. 그 곳에 가서 MRI를 찍어 박사님 판독을 받았다. 박사님은 안경을 끼라고 했다. 그리고 절대 안정을 주문했다. 우선 마음을 잘 다스리고 서둘지 말고 차분히 공부에 임하라는 것이었다. 구 박사님은 여기에서 그치지 않았다. 하나님 앞에 기도하고 일을 성취하기 위해 꾸준히 여유 갖고 계획하여 성취하길 빈다는 용기의 편지를 보내주셨다. 편지를 여러 번 읽었다. 너무 감사하고 귀한 말씀이 감동적이었다. 박사님은 조용하면서 자상하시고 기도로 일에 임하시는 깊은 신앙의 실천과 실의에 빠진 환자들의 참 이웃이심을 알았다.

나의 일기에는 거의가 남편과 자녀에 대한 염려뿐이다. 그것은 하나님께 드리는 간절한 기도였다. 대부분은 아들을 위하는 기도였고 지금도 그렇게 지내고 있다. 결핍된 아버지 사랑으로 구멍 난 구석을 언제까지라도 메꿔 주고 싶은 심정이다.

남편이 세상을 떠난 후 2년이 좀 안 되었을 때 하비람('하늘의 비밀을 전하는 사람'이라는 이름의 명상 기관)에 갔다. 언제부터인가 가고 싶은 곳이었다. 혼자 찾아갔다. 집을 떠나 천안으로 가서 기차를 갈아타고 서대전에 내렸다. 역전 광장 앞에서 빨간색 버스를 타고 40분 정도 더 들어갔다.

이제부터 76시간은 온전히 내 안에 머무는 시간이었다. 휴대폰, 시계, 지갑 등 모든 소지품을 맡겼다. 이윽고 첫 모임이 시작되었는데 화나는 일을 적어 내라고 했다. 나는 내 생애에서 가장 화나는 일을 써냈다. 흉금 털고 이런저런 이유를 이야기했다. 이 작업은 과거를 정확히 바라보고 현재를 바르게 발견하며 미래를 확실하게 설계하는 시간이었다. '어떤 상태라도 그는 그고 나는 나다. 상대방을 내게 맞추려고 하지 말라.' 나는 이런 자각을 했다.

내가 하비람에서 화를 쓰고 있을 때, 딸이 편지를 보내왔다. 뜻밖에 딸의 편지를 받았다.

깨어나기 수련 중인 홍동 이재자 님 딸입니다. 수련 중인 엄마께 힘내시라고 몇 자 적습니다. 꼭 전달이 되었으면 좋겠습니다.

엄마가 결혼해서 30여 년 이상 어깨 짊어졌던 무거운 짐을 이제는 훌훌 벗어던지면 좋겠습니다. 엄마는 오랜 시간 스스로 자책하고 비난하면서 무거운 짐을 짊어졌습니다. 그러나 자책과 비난보다는 내가 할 수 있는 만큼의 노력을 다했다는 사실을 받아들이면 좋겠습니다. 그래서 자유롭게 훨훨 하늘을 날면 좋겠습니다.

어려운 상황에서 포기하지 않고 지금까지 올 수 있었던 것은 마음속 깊은 곳에 있는 신앙심 덕분이라고 생각합니다. 그래서 늘 하나님께 감사드립니다. 신앙이 없었다면 과연, 이겨낼 수 있었을까? 생각해 봅니다. 아마도 나였다면, 불가능했을 일입니다. 바보처럼 견디고 살아왔기에 지금의 귀여운 손주들이 있습니다.

일하는 딸이기에 항상 엄마한테 신세를 지고 살고 있습니다. 아이들 돌보고, 밥 챙기고, 집안일 등…. 그런데도 고맙다는 말 한 마디 제대로 하지 못하고 지내는 딸입니다. 아버지의 존재감이 없는 저로서 엄마는 내 삶에서 아주 크고 중요한 부분입니다. 어려운 형편이었을 때도, 내가 하고자 하는 일에는 무엇이든 적극적으로 물심양면으로 지원을 아끼지 않았던 것을 지금 새삼 느낍니다.

"지금 형편이 어려우니 그건 못해주겠구나."

엄마는 어려운 형편이지만 한 번도 나에게 이렇게 이야기한 적이 없었습니다. 그렇게 남매를 키우셨으니, 혼자 속으로 얼마나 힘들었을까? 밤잠을 못 이룬 날이 많았지 생각합니다.

어렸을 적, 자고 있는 이불 속에서 기도하면서 우는 엄마의 소리를 새벽 잠결에 많이 듣곤 했습니다. 이리저리 흔들어 대는 바람 때문에 뿌리를 더 단단히 내려야 했던 듯싶습니다. 그 뿌리의 근원은 신앙이라 생각됩니다. 엄마가 그렇게 힘겹게 삶을 겪어내는 것을 옆에서 본 저도 신앙을 갖고 있어서 참으로 감사합니다. 뜨겁게 그래서 쉽게 식어버리는 신앙심보다는 은은히 내 삶 속에 녹아 있는 생활인으로서 그런 신앙인으로서 살기를 원합니다.

이제 노년기를 보내고 있는 엄마는 스스로를 돌보고, 스스로를 사랑하고, 행복하고, 즐겁게 지내시길 바랍니다. 이제 자식들 걱정은 저만큼 미뤄둬도 될 것 같습니다. 조급하게 생각하지 않으면 좋겠습니다. 함께 수련하고 있는 여러분들도 어렵겠지만 힘내시고, 잘 마치시길 바랍니다.

편지를 읽으면서 많이 울었다.

참 어려운 시절이었다. 갓난 시절 딸아이는 엄마와 함께 상업에 동참해야 했다. 가게에서 하루 종일 젖 먹고 업히고 기저귀 갈고 살았으니까. 그러나 이런 생활을 지속할 수는 없었다. 다행히 살림집이 10여 분 정도 떨어져 있어서 집 주인 집사님이 아침 바쁜 시간에 뚝 떼어다가 키워 주셨다. 가게 문 닫고 집에 오면 밤 10시가 훨씬 넘었다. 고무다라이엔 빨랫감이 가득이다. 아기 기저귀와 옷들이 날 기다렸다. 아무리 피곤해도 다음 날로 미룰 수 없어 앞마당 수돗가에서 손빨래를 늦게까지 했다.

"잠 좀 잡시다." 안주인의 목소리가 방에서 들려왔다. 사모님은 특히 예민하신 분이었다. 세를 줄 때도 까다롭게 사람을 골랐다. 나는 깜짝 놀라 시계를 보았다. 12시였다. 자야 할 밤늦은 시간, 시간 가는 줄도 모르게 빨래를 하면서 주인댁에 큰 실례를 한 것에 몸 둘 바를 몰라 하던 일을 중단하고 덮어 놓았다.

그래도 딸아이는 해맑게 놀아 주었다. 이웃에 사는 꽃집 딸 정아와 층층대 오르내리고 소꿉놀이하며 웃었다. 근처에 있던 공덕초등학교 운동장은 딸아이 놀이터였다.

서울에 살 때는 자주 이사했다. 영등포구 당산동에 살 때는 유치원에 다녔다. 딸아이는 고운 한복을 단정하게 입고 발표회에 나간 적이 있었다. 그 옷은 막내 고모가 선물로 해 준 옷이었다. 그때 딸아이가 입던 곤색 우단 원피스는 지금도 아끼는 물건 중의 하나다.

딸은 청주에서 중학교 3학년 1학기까지 아빠 오토바이로 통학했다. 딸은 아빠를 어떻게 기억하고 있을까? 아빠 오토바이를 타고 학교에 오가면서 딸은 무슨 생각을 했을까? 딸의 그때 심정은 어땠을까?

내게 친정아버지는 오토바이다. 어렸을 때 아버지가 오토바이 타고 출타하시면 문씨 아저씨, 동생 연이, 그리고 나 이렇게 우리 셋은 놀기 바빴다.

"찔레꽃 붉게 피는 남쪽나라 내 고향…"

우리가 즐겨 부르던 노래였다. 문씨 아저씨도 끝까지 잘 불렀다. 아저씨는 노래를 부를 때면 뭐가 그리 신이 나는지, 지금도 아저씨가 '히히히 히히히….'하던 모습이 떠오른다. 그 시간은 우리들의 즐거운 자유 시간이었다. 마음 놓고 찔레꽃도 부르고 찬송가도 불렀다. 물론, 잠시 후 아버지 오토바이 소리가 들리면 그 소리는 모두의 행동 개시를 알리는 종소리였다. 우리는 갑자기 아무 일도 없었다는 듯 무엇인가를 열심히 하고 있었다. 그런 순간의 아버지는 엄격한 아버지였지만, 아버지의 오토바이 소리는 내 어린 시절에 축복처럼 전해진 자유였다.

아버지는 아마 홍동면에서 최초로 오토바이를 타셨을 것이다. 아버지는 노년에 이 오토바이에 엄마를 태우시고 병원으로, 한약방으로 자주 다니셨다. 내가 보험회사 수금 다닐 땐 내 자가용처럼 꼭 태우고 다니셨다. 말년에는 연세도 있으시고 힘에 겨워 하시면서 승용차를 사고 싶어 하셨지만, 갑자기 돌아가셨기에 실현 못하셨다. 아버지 오토바이 소리가 어린 시절에는 자유였다면, 별거 생활을 할 때 그 소리는 한도 없고 끝도 없는 든든함이었다.

내 딸에게는 어땠을까?

이 물음 앞에서 딸에게 미안하기만 하다.

딸은 광천여중을 졸업하고 풀무고등학교에 들어갔다. 풀무학교는 무교회 신앙을 지키는 학교다. 3년 동안 성경을 통독해야 하고 매일 아침 예배도 드린다. 신앙을 갖지 않은 학생들은 자칫 어려워할 수도 있다. 그러나 나는 아이들이 어렸을 때부터 저녁 시간에 성경을 읽어 주었다. 아이들은 어렸을 때부터 주일학교를 다녔기 때문에, 딸에게 풀무 입학은 쉬운 선택이었다.

불안정한 환경에서 초등학교 세 군데, 중학교 두 군데를 다녔으니 딸에게는 친한 친구가 거의 없었다. 그러나 풀무학교에서 친구들을 사귈 수 있었다. 나는 이 점이 참 고맙다. 철없는 남학생들은 가끔씩 며칠 학교에 오지 않는다. 그러면 담임 선생님과 여학생들이 마치 누나처럼 감싸 주고 다독거려 준다.

대학 등록은 마감 날 정승관 선생님이 수고해 주셔서 등록할 수 있었다. 아르바이트도 하고 장학금도 받으며 대학을 마쳤다. 얼마나 고생이 많았을까?

지도 교수님이 대학원에 진학해 상담학을 공부하는 게 어떠냐고 권하셨지만, 이런저런 생각으로 진학하지 않았다. 지금 생각하면, 마침 아들이 입대한 상태이니 진학을 강행했어야 했다. 이때를 생각하면 늘 후회가 된다. 딸은 졸업 후 취업하여 대전에 있다가 1998년 홍동으로 들어와서 풀무학교 후원회 일을 시작했다.

딸은 결혼 후 4년 만에 첫째 아이를 출산했다. 사위는 대전에 직장이 있기에 주말부부로 지내고 있었다. 눈이 소복이 쌓인 몹시 추운 2005년 1월이었다. 새벽에 풀무 기숙사 아침식사 마치고 집에 오니 산기가 있어서 서둘러 짐을 챙겼다. 내 차는 있었으나 눈이 많이 쌓여 운전을 할 수 없는 상황이었다. 급한 마음에 아랫집 민병성 선생께 전화하니 급히 내외가 오셨다. 길은 빙판이다. 급하지만 속력을 낼 수 없는 길이었다. 20~30분 후 홍성의료원에 도착해 급히 분만실로 들어가자마자 출산을 했다.

임신 중 유기농 식단에 신경을 많이 썼다. 그러나 아이는 황달 증상으로 이틀 동안 입원시키고 산모만 퇴원했고, 산모 도우미가 매일 왔다. 차츰 별 탈 없이 자라는데 모두 일해야 하는 실정이라서 만 1년이 되자 손녀를 여농센터 놀이방에 보냈다. 갑자기 엄마와 떨어진 아이는 엄마가 간 방향을 쳐다보며 울었다. 거의 한 달 정도는 권경희 선생이 업어서 키우다시피 했다. 권 선생은 아이가 태어나서 만난 첫 번째 선생님이었는데, 잘 보살펴 주셨다.

어느덧 손녀는 커서 홍동초 1학년을 마치고, 친구들 네 명과 2년 동안 홈스쿨을 했다. 일명 '같이놀자'. 엄마들과 함께 독서, 학습, 농사, 요리, 등산, 수영, 영어 등을 접하며 아이들은 맘껏 논다. 집 바로 옆에 있는 밝맑도서관은 아이들과 엄마들의 주요 활동 무대가 됐다.

딸아이는 겨울이 시작되는 2007년 11월에 둘째를 출산했다. 큰 눈이 내리는 1월에 비한다면 여유로웠다. 예정일보다 2주 정도 일찍 출산했지만 아이는 정상이었다. 머리가 큰 것이 특징이었다. 낮잠을 두세 시간씩 순하게 잤다. 모유가 부족해 산양유와 섞여 먹었다. 여농센터 놀이방과 갓골유치원을 다녔다. 11월생이니 동년배 중 막내였으나 성격이 명랑하고 건강하다.

둘째는 동네 어른들이나 지나가는 모르는 이들에게도 인사를 잘했다. 유치원 막바지 상급반일 때는 곤충학자가 희망이라 당당히 말했다. 벌레에 관심이 많았다. 사슴벌레 한 쌍 키우면서 관찰한 이야기를 할머니에게 늘어놓는다. 짐승도 몹시 좋아해서 토끼도 키워 보고 닭이나 오리도 키워 보았다. 유치원과 가까운 거리에 집이 있으니 방과 후엔 밝맑도서관 앞이나 생협 마당에서 친구들과 놀다 짧은 해를 아쉬워한다. 실컷 놀다 해가 지면 집에 들어온다. 밤엔 할머니와 함께 성경책을 읽고 할머니 옆에서 잠이 든다.

"할머니, 힘내세요. 우리가 있잖아요!" 손주들이 날마다 응원을 보낸다.

두 아이 엄마가 된 딸과 같이 산다. 그러나 매일 좋을 수만은 없는 일, 누군가와 함께 산다는 건 서로의 노력 없이는 힘든 일이다. 엄마와 딸 사이엔 서로 너무 잘 알다 보니, 사소한 일들로 부딪치고 상처를 주기도 하지만 서로 풀고 살기 마련이다.

"엄마, 이제 일은 줄이고 쉬면서 즐겁게 살면 좋겠어." 라고 딸은 늘 이야기한다. 제 아빠와의 찌든 생활을 가장 가까이에서 본 딸의 입장일 게다. 딸의 마음이 잘 이해된다. 그러나 나는 노후를 바쁘게 지내는 일들로 늘 휩싸여 있다.

준비된 죽음

나의 노년

요즘 내 생활에 만족한다.

나는 '홍동뻐꾸기'로 살고 있다. 우리 어린 시절엔 뻐꾸기가 앞산 뒷산에서 무척이나 많이 노래들을 했다. 요즘은 이 동네 남녀노소가 모두 뻐꾸기가 되었다. 작곡을 전공한 풀무학교 전공부 졸업생이 마을에 정착하면서 합창단이 꾸려졌다. 실력 있고 듬직한 지휘자가 있으니 합창단 구성은 일사천리로 진행되었다.

유치원 어린이에서 할아버지, 할머니까지 다양한 사람들이 섞여서 한 반 학생이 되었다. 생소한 곡을 받을 때는 힘들다. 그래도 하루 연습하고 또 하루 연습하면 차츰 부드러워진다. 유연하고 아름답게 나오는 하모니는 우리의 참 즐거움이다. 특별한 소질은 없지만 좋아하고 그저 따라 부르는 정도지만, 한 곡 또 한 곡 부르다 보면 실력이 쌓이겠거니

하며 배운다. 손주들도 홍동뻐꾸기 단원이다. 집에 와서 손주들과 함께 해보면 나보다 훨씬 음이 정확하여 또 배운다. 막내는 흥얼흥얼 노래가 귀에 익었나 보다.

홍동뻐꾸기 모임을 하는 월요일 저녁만 되면 손주들은 나보다 먼저 준비하고 나선다. 손주들과 함께한다는 것이 의미 있고, 집에서 함께 부르는 일은 너무나 즐겁다. 여러 곡을 접하게 되니 처음보다 어리둥절하지 않는 걸 보면 실력이 조금은 향상될 수 있음을 희망한다.

밝맑도서관 개관식 공연이 다가왔다. 밝맑도서관은 집에서 걸어 2분 거리에 있다. 며칠 전부터 사모님과 김치를 담갔다. 마침 사모님 댁 가족 행사가 겹쳐 도와드렸다. 드디어 공연 전날 밤이자 도서관 개관식 전날 밤이었다. 동네에 사는 행복농장 루시와 풀무학교 배지현 선생이 주동이 되어 잔치국수 고명을 준비했다. 이승진 사모님과 나는 뻐꾸기 공연을 준비하느라 여유가 없었는데, 루시와 배 선생이 애를 많이 써주었다.

개관식은 성대했다. 홍동뻐꾸기는 '10월의 어느 멋진 날', '오 샹제리제' 두 곡을 불렀다. 분위기가 좋았고 내빈도 많았다. 이찬갑 선생님(풀무학교 설립자. 밝맑은 이찬갑 선생님의 호)의 가족들도 오셔서 함께했다. 도서관을 개관하기까지 홍순명 선생님이 너무 많은 수고를 하셨다. 앞으로 홍동과 근처 모든 이들이 내 집처럼 아끼고 이용하는 좋은 장이 될 것을 기대하며 한 개의 벽돌이라도 함께하는 협력이 지속적으로 필요함을 느낀다.

홍동뻐꾸기는 동네에서 주목을 받는 모임이다. 한 영화감독이 할머니를 주역으로 해서 뻐꾸기 공연이 들어가는 영화도 찍었다. 몇 차례 공연도 했다. 우리는 홍동거리축제(11월 1일)에서, 홍성군 장곡면에서도 공연을 했다. 연습도 충분했고 새로 입단한 친구들이 많아서 즐기면서 여유 있게 마칠 수 있었다. 흐뭇하다.

지휘자는 생각보다 키는 작고 얼굴은 하우스에서 상추 딴 탓인지 까무잡잡하고 여름엔 일하다 뛰어왔는지 장화 차림일 때가 많다. 이런 모습을 볼 때마다 재생비누공장 시절 일본 독립학원 갔을 때 만난 하나꼬 음악 선생님이 떠오른다. 하나꼬 선생님이 몸뻬 입고 지휘하시는 모습은 생활 자체가 음악이었다. 우리 지휘자, 그리고 홍동뻐꾸기도 생활이 음악인 장면 속에서 노래를 하는 것은 아닐까.

홍동뻐꾸기로 살면서는 욕심도 생긴다. 늙어가지 말고 뒤로 돌아서 마구 뛰어가는 하루하루 즐기며 살고 싶다는.

둘째 손주 유치원에 보내고 오후 5시까지 시간 잘 짜서 생활하고자 한다. 생소한 오카리나보다 옛날 했던 피아노를 시작했다. 수요일은 역사 강의를 듣고, 목요일에는 독서 모임을 한다. 간간이 시간이 날 때면 여농센터 강의에 참가한다. 효소 만들기, 아로마 화장품, 몸살림 운동, 요리를 배운다. 홍동천 살리기 모임에도 참가하고, 등산도 따라 다닌다. 컴퓨터도 하고 싶다. 살림하면서 아이들 돌보고 바쁘게 돌아가는 일상이다.

얼마 전에는 할머니장터조합을 만들었다. 드디어 동네 할머니들이 모여 장터를 시작한 것이다. 텃밭에서 나온 곡식과 채소, 약간의 가공품 등을 판매하고 있다. 판매액의 10퍼센트는 적립하고, 5퍼센트는 조합 운영비로 충당한다. 또 5퍼센트는 마을발전기금으로 내놓기로 했다. 할머니조합에 참가하여 반찬 가게를 하면서 부대낄 때도 있으나 즐겨 일하고 있다.

할머니 장터는 농협 마트 안에서 올해로 8년째 반찬 가게를 하는데, 사실 일하기에는 환경이 열악하다. 특히 겨울에 반찬을 만들려면 추워서 감기에 걸리곤 한다. 작업장 공간이 있다면 할머니들이 가공을 할 수도 있겠다.

10대 소녀의 실패한 편물 경험은 그 후를 돌이켜보면 크나큰 경험이 되었다. "경험은 가장 좋은 선생이다."라는 김향순 선생님 말씀이 기억난다. 결혼하여 막막할 때 문방구와 식품점을 할 때도 편물 경험은 나에게 밑거름이 된 것이다.

좋은 물건을 싸게 구입해서 공동구매하여 나누는 일은 이제 습관이 되었다. 가을 김장철이면 생산지에서 직접 담은 새우젓 200킬로그램을 직접 사서 나눈다. 겨울이면 제주도 유기농 귤 등등 오래전부터 공동구매를 하고 있다. 공동구매 이익금으로 마을 곳곳에 협력할 일이 많다. 지금 할머니조합의 태동이었다고 생각이 든다. 장터 일은 우리의 용돈에 도움도 되지만, 무엇보다 우리 일곱 명 모두 한 사람 한 사람 소중하다는 생각을 들게 해 주어서 귀하다.

목요모임에서는 성서 공부, 내촌전집, 문학 작품 읽기를 한다. 장편소설『태백산맥』과『토지』를 읽었다. 우리는 시야를 넓혀『우애의 경제학』과『내 목은 짧으니 조심해서 자르게』도 읽으며 좀 더 넓은 삶도 경험했다.

우리가 읽은 책들은 모두 예습과 복습이 필요하다. 우리 회원은 거의 일흔이 넘은 할머니들이라 쉽지는 않다. 한 가지 이상 지병이 있는 터라 자기가 주치의가 되어 몸 관리 잘해야 한다. 너무 일에 파묻혀 소처럼 살 수는 없다. 건강 위주로 즐겁게 살아가야 하겠고, 준비 없이 당하는 죽음이 아닌 맞이하는 죽음 준비가 필요한 시점에 다다랐다.

홍동뻐꾸기에서 노래도 하고 목요모임에서 독서도 하고, 글도 (참부끄럽지만) 쓰면서 말년을 보내고 있다. 나이가 일흔 넘어서면서 엄마가 늘 하시던 대로 평안하고 깔끔한 죽음을 준비한다. 온 가족의 환송 속에서 구름떼 같은 신앙의 선배들 마중을 맞이하고 떠날 수 있기를 간절히 바란다. 제발 내 발로 자유스럽게 걷다가 맑은 정신으로 깨끗이 하나님 앞에 가길 기도한다.

이 글을 쓴 지가 거의 3년 정도 흘렀다. 오늘은 2020년 3월 6일이다. 요즘 나는 집 뒤 텃밭 농사를 접었다. 남에게 의지하지 않고 최대한 부대끼지 않게 내 힘의 한계로 할 수 있는 일들을 하자고 정했다.

옛날에 하던 피아노를 8개월 전에 다시 시작했다. 어릴 때 생각하면 손도 눈도 어눌하고 왜 신경 쓰면서까지 해야 할까? 하는 생각도 가끔 들지만, 꼭 하고 싶은 일이기에 계속 하고 있다. 진도가 느리고 무능함 탓하면서 걸음마를 하고 있음은, 노후에 취미를 놓지 말고 꾸준히 하고 싶어서이다.

오늘 받아온 숙제를 연습하고 예습으로 동요곡집에서 '아빠와 크레파스'를 연습했다. 곡을 처음 받으면 몇 시간 동안 씨름을 해야 한다.

한동안 치다가 가사에 집중하게 됐다.

어젯밤에 우리 아빠가 다정하신 모습으로
한손에는 크레파스를 사가지고 오셨어요
어젯밤엔 달빛도 아빠의 웃음처럼
나의 창에 기대어 포근히 날 재워줬어요

이 가사가 생소한 게 아니지만, 오늘은 내게 아주 생소하게 다가왔다. 아직까지 나는 남편을 진심으로 용서 못하고 교과서적인 용서를 했던 것이다. 내가 그 옛날 그를 용서했다면 이런 상태로 살아지진 않았을 것이다. 최소한의 행복으로 두 아이 귀여워하고 손을 잡아주는 다정한 아빠가 될 수 있도록 내가 중개자가 되었다면, 우리 가정은 따뜻한 정감이 녹는 즐거운 가정이 될 수 있었을 거다. 처음으로 전격적인 반대 방향의 나를 생각하게 되었다.

큰애 어렸을 때 같이 부르던 노래 제목이 뭐였던가?

어젯밤 꿈속에 나는 나는 날개 달고
구름보다 더 높이 올라올라 갔지요
무지개 동산에서 놀고 있을 때
이리저리 나를 찾는 아빠의 얼굴

이 노래 부르는 딸을 옆에서 아빠가 듣고 무척 좋아하던 기억이 있다. 아빠라는 존재감에 대한 흐뭇함이었을까? 지금 다시 닥친다면…? 장점을 노력해서 찾으려면, 그는 이성 관계에서 결백했던 것은 인정하고 그의 큰 자산이었다. 이건 짜내고 짜낸 나의 결론이다. 그동안은 어림없고 어처구니없는 일이라고, 현재의 나의 삶이 다행이라고, 찌든 삶 청산하고 즐기면서 살아가려 노력하지만, 오늘은 180도 전혀 다른 나를 데려다 놓는 시간이다.

살아 있는 동안 작은 공간에서 힘에 부대끼지 않는 적당한 노동과 취미로 눈 건강이 허락하는 한 독서와 노래와 함께 그리고 지난날의 내가 아니고 되돌릴 수는 없지만 동경하던 그 삶을 살아가고 있다. 피아노 접을까? 망설여질 때도 있으나 오늘 나는 늦게 시작한 이 수업이 오늘의 전격적 나의 마음의 변화 하나로도 충분한 보상을 받았고, 내 자리에 오게 했기에 충족할 수 있다.

내게 성령님이 오셨기에 감사하다. 아이들 손잡고 삼일공원과 전공부 뒷산 산책하면서 다정하게 노래부르며 살아갈 수 있을 것 같다.

내 자서전은 몇 차례나 망설이고 중단하다가 어렵게 진행되었다. 이 작업은 나를 돌아보고 재평가하며 현재를 살펴보고 미래에 대한 설계를 하는 데 도움이 되었다. 우물쭈물하다 갑자기 닥치는 죽음이 아니라, 준비된 죽음을 맞이해야겠다는 다짐을 자서전을 써 가면서 하게 되었다.

죽음학 연구의 한 권위자는 다음과 같은 죽음 준비를 권한다.

첫째, 유언장은 자식 위해 미리 정신 멀쩡할 때 작성한다.

둘째, 인간으로서의 존엄을 지킨 채 임종할 수 있도록 사전 의료 의향서를 작성한다.

셋째, 살던 공간과 물품을 정리한다.

넷째, 마무리되지 않은 인간관계를 매듭짓는다.

다섯째, 가족은 가는 이가 편안히 떠날 수 있도록 임종을 배려한다.

자식들에게 당부하고 싶다. 내가 몸을 가눌 수 없을 때 병원에 실려가 그저 생명 연장을 위한 의료 행위를 하지 말아 주었으면 좋겠다. 잠시 생명을 연장시킨다는 것은 효성보다는 욕심일진대, 내게는 아무 도움이 안되는 일이다. 오히려 고통의 시간만 연장하는 것이라고 생각한다. 나는 자식들이 알아주기를 바란다. 죽음은 자기 주도적으로 준비할 수 있는 일이기에 염두에 두고 실천해야 한다는 것을, 이런 나의 의사를 존중해 주기를 바란다.

물론 준비된 죽음은 비단 이것만은 아닐 것 같다. 사는 동안 나로부터 상처 받은 이들에게 깊이 사과하고 손을 잡아 주고 위로하며 굳게 살길 부탁해야 한다. 그리고 나의 영혼을 주님께 맡기고 평안히 가야 한다. 이것도 하나의 욕심이지만 말이다.

감사의 글

오늘의 내가 있기까지 부모님과 형제들의 물심양면 지원이 있었다.

내 생애 결정적인 시기마다 홍순명 선생님과 이승진 사모님의 보살핌이 컸다.

내가 가장 어려웠던 시기, 남편이 병원에 있을 때 시댁 태구 조카는 복지사로서 좋은 상담자였다. 안산 요양병원 조용하고 겸손한 김새별 실장과 홍동면사무소 사회복지사의 후원도 감사하다. 공주에서 목회하시는 주득로 목사님은 끊임없이 우리 가정을 위해 기도해 주신다.

나이 일흔이 넘은 시점에서 외로움을 달래 주는 딸과 사위는 집 구석구석 돌보며 힘든 일을 도맡는 집사 역할을 해 주어 든든하다.

딸은 늙어가는 엄마와 가장 가까이서 울고 웃고 동지로서 또 엄마의 보호자 역할로서 많은 충고를 아끼지 않는다. 태어나 지금까지 건강히 자란 두 손주들, 타지에 있으나 나의 버팀목으로 든든한 아들 모두 소중하기만 하다.

내 고향 홍동은 나에게 고마운 곳이며, 훌륭한 공간이다.

임종 시까지 우릴 도와 줄 의료생협의 헌신적인 이훈호 선생과 허리 운동 지도하는 최인숙 선생 그리고 늘 생활화하는 뜸을 가르쳐 주는 유승희 선생과 몸살림을 지도하는 조유상 선생 모두에게 감사하다. 이들 모두 내 삶의 활력소가 되어 준다.

끝으로 이 글이 나오기까지 내가 고비를 잘 넘을 수 있도록 많은 시간과 정력을 기울여 지도해 주신 이영남 선생님, 제작과 편집을 도와준 그물코출판사 장은성 사장님과 김수진 씨(건강상 잠시 중단되었다가 다시 시작했다. 할머니들이 여러 차례 시행착오를 해도 한 번도 책하거나 속단하지 않고 '참 잘한다'고 응원해 주는 좋은 역을 맡은 편집자이다. 그렇기에 완성할 수 있게 되었다), 마지막 마무리 교정을 봐준 딸 현주에게 감사의 말을 전한다.

화보

대평공민학교 졸업 사진. 여학생 여덟
명 중 가장 작은 학생이 나(1957).

광천여자중학교 2학년 때. 당시 미량지로 만든 교복은 허술했다 (1959).

중학교 2학년 때 광천침례교회 신혁균 목사님으로부터 광
천읍 소암리에서 침례를 받았다.

중학교 졸업하고 광천에서 편물을 배우던 때(1962).

풀무 고등부 입학 즈음인 것 같다. 4년 아래 동생 재연과 오빠 큰딸 미영
과 함께.

풀무 고등부 2학년 때, 1년 선배들과 현장 실습을 마치고
돌아오는 길에 풀무원 농장에 들렀다. 왼쪽 채수용, 앞줄 왼
쪽 원혜덕, 옆에 유정순, 뒷줄 오른쪽부터 정규채, 주인자,
모자 쓴 사람이 나. 내 앞에는 막내동생 재수.

당시 풀무원에서는 소와 양을
방목해 키우고 있었다.

풀무 고등부 3회 졸업사진(1968). 뒷줄 오른쪽 끝에서 두 번째가 나.

풀무학교에서 열린 전국 무교회 하계 집회를 마치고. 앞에서 세 번째 줄 맨 왼쪽 양갈래 머리를 땋은 사람이 나.

김해 농아학교 시절 즐거운 음악시간.

1970년대 초반, 김해 농아학교 교직원과 원생들. 가운데 여자 분이 원장님
이다. 남편은 총무 일을 보셨다. 맨 뒷줄 오른쪽이 나, 왼쪽이 이경수 선생.

부천 소사 풀무원 방문. 왼쪽부터 원혜영 씨, 나, 사촌 동생 재면, 재숙언니, 원경선 선생님 사모님, 동생 재연.

약혼 즈음. 뒷줄 왼쪽 두 번째 이번영, 한만설. 뒷줄 오른쪽부터 주정분, 주종숙, 나, 주혜영, 홍순명 선생님, 최성봉 선생님. 앞줄 왼쪽 주정호, 한 사람 건너 이은겸, 한 사람 건너 권태주, 주정배, 주호창.

결혼 초, 남편과 함께

결혼 초, 동생 내외와 함께

결혼 초, 상도동 집 정원에서

신혼 때 집에서.

왼쪽의 나는 큰딸 현주를 안고, 오른쪽 동생 재
연은 딸 영주를 안았다.

큰딸 현주 초등학교 입학식(1981). 서울 공덕동.
개구쟁이 동생 태영과 함께.

큰애 현주 어렸을 때 대천해수욕장으로 아버지(맨 왼쪽)와 형제들이 놀러 갔다.

둘째 태영 군 복무 시절 휴가 때.

일본 독립학원 방문. 학교 식당에서 하나꼬 음악 선생님의 지휘로 전교생이
환영의 노래를 불러주었다. 바하의 곡이었던 것으로 기억한다.

풀무비누공장에서 일하던 시절. 비누 기술
을 가르쳐 주신 일본의 오다 선생님(왼쪽)
이 방문하셨다(1990). 지금 저 자리는 우리
마을뜸방으로 쓰고 있다.

어머니 회갑 때. 뒷줄 왼쪽부터 딸 다섯, 큰 올캐언니, 막내동생 재욱, 둘째 재훈, 오빠 재갑.

어머니 생신 때 동생 재연 네 집에 모인 우리 형제들.

어머니와 함께(2001). 어머니는 성품이 무던하셨고, 말씀은 적고 온순하시며 정이 많은 분이셨다.

내게 친정아버지는 오토바이다. 아버지는 아마 홍동
면에서 최초로 오토바이를 타셨을 것이다. 아버지는
노년에 이 오토바이에 엄마를 태우시고 병원으로, 한
약방으로 자주 다니셨다. 뒤로 보이는 이층집이 월림
우리집이었다.

무궁화모임 회원 열 명이 함께 떠난 유럽 여행(2002).

성지 순례, 갈릴리 바다 배 위에서(2012). 왼쪽부터 이승진, 나, 박유순, 김정자, 권정렬.

성지 순례를 떠나는 인천공항에서 최병인 선생님 부부를 우연히 만났다. 함께 갈릴리 바다에서. 왼쪽부터 최병인 선생님, 권정렬, 나, 김정자, 박유순, 이승진, 이애주.

무교회 집회원들과 제주도에서(2015). 오른쪽부터 최어성 씨 부부, 나, 박유
순, 이승진, 이순희(동생), 손녀 서빈, 동생 교회 집사.

할머니장터 친구들과 오서산 휴양림에서.

2018년 우리 집 정원에서. 살아 있는 동안 작은 공간에서 힘에 부대끼지 않는 적당한 노동과 취미로 눈 건강이 허락하는 한 독서와 노래와 함께 그리고 지난날의 내가 아니고 되돌릴 수는 없지만 동경하던 그 삶을 살아가고 있다. (…) 사는 동안 나로부터 상처 받은 이들에게 깊이 사과하고 손을 잡아 주고 위로하며 굳게 살길 부탁해야 한다. 그리고 나의 영혼을 주님께 맡기고 평안히 가야 한다. 이것도 하나의 욕심이지만 말이다.

우리 삶은 연습이 없다

1판 1쇄 펴낸날 2021년 5월 31일
1판 2쇄 펴낸날 2021년 12월 21일

지은이 이재자
펴낸이 장은성
만든이 이영남, 김수진
인 쇄 호성인쇄

출판등록일 2001.5.29(제10-2156호)
주소 (350-811) 충남 홍성군 홍동면 광금남로 658-7
전화 041-631-3914
전송 041-631-3924
전자우편 network7@naver.com
누리집 cafe.naver.com/gmulko

돌아보니 모두 은혜

갓골자서전

돌아보니 모두 은혜

이승진

그물코

차례

출생

    나는 1939년 음력 1월 21일 아버지 이철구(李哲龜)와 어머니 이경남(李慶男) 사이에서 태어났다.

    어머니 이경남은 충남 홍성군 홍북면의 뼈대 있는 집에서 태어나고 자라, 나이 열여덟에 첫 시집을 갔다. 상대는 예산군수의 맏아들로서 배재학당을 나왔다. 당시로서는 드물게 신교육을 받은 사람이었다. 그는 부모님들이 일방적으로 결정하여 진행한 '구식' 결혼을 기꺼워하지 않았고, 어머니에게도 정을 주지 않았다. 식을 올린 지 3개월이 채 안 되어 그는 일본으로 유학을 가서 이후 소식을 끊어 버렸다. 어머니는 자식 하나 없이 달랑 혼자 남겨졌다. 시댁을 나와 10년 동안을 혼자 살았다. 친정으로 돌아갈 수는 없어서 예산에서 방직 회사를 다녔다. 낮에는 일하고 밤에는 야학에서 공부하는 회사였다. 후에는 회사 기숙사에서 사감 일을 보았다.

    외할아버지는 십 년을 자식 하나 없이 혼자 된 딸이 타지에서 고생하는 것을 그대로 두고 보기가 어려웠다. 좋은 혼처가 있으니 결정하라고 재혼을 강요하였다. 어머니는 재혼이 죽기보다 싫었다. 이부종사(二夫從事)는 여자로서 못할 일이라고 생각하던 시절이었다. 그러나 부모의 명을 거스르는 것도 큰 불효였으므로 결국 외할아버지의 강요에 못 이겨 다시 결혼을 하게 되었다. 어머니 나이 스물 일곱이었다.

나의 아버지 이철구는 나이 서른일곱에 첫 아내를 잃고, 오 년만에 어머니를 맞았다. 아버지는 당시 청양군 비봉면에 있는 천석꾼의 논밭을 관리하던 마름이었다. 그래서 남들에게는 부잣집으로 알려져 있었다. 하지만 허울에 비해 속사정은 그리 좋지 않았다. 아버지는 세 집 살림을 맡고 있었다. 큰아버지가 돌아가시어 큰집 식구들과 살림을 합쳐 살았다. 또한 오촌당숙이 돌아가셨기 때문에 그 집 살림까지 챙겨야 했다.

아버지와 결혼하자마자 어머니는 큰일을 치러야 했다. 아버지의 전 부인인 큰어머니에게서 얻은 언니들이 넷 있었는데, 첫째 언니는 결혼했고 둘째 언니는 약혼을 한 상태였다. 혼사가 다가오는데, 신경을 써 줄 사람도 여력도 없는 형편이었다. 어머니는 당신의 혼인 때 가져간 옷감으로 혼수를 장만했다. 갓 결혼한 새댁이 이러구러 혼사를 치러냈지만, 나이 차이가 많이 나는 큰어머니와 사촌올케는 어머니를 심술궂게 냉대했다.

어머니는 도저히 그 집에서 살 수가 없다고 판단했다. 그런데 어머니가 친정에 다니러 가면, 셋째와 넷째 언니가 버스정류장에 나와 어머니를 늦게까지 기다리다가, 어머니가 그날로 돌아오지 않으면 훌쩍 훌쩍 울면서 돌아가곤 했다. 마을 사람들이 어찌 그런 일이 있을까 의아하게 생각할 정도였다. 결국 어머니는 그 집을 떠나지 못했다.

외할아버지는 어머니의 사정을 듣고 고민이 많았다. 많은 생각 끝에 홍북면 대동리에 집과 전답을 마련하여 어머니와 아버지를 불러들였다. 어머니는 재혼을 한데다, 전실 딸 둘까지 딸린 몸으로 친정 근처로 오게 되어 동네 사람에게 부끄러웠다. 부끄러운 일은 더 있었다. 어느 날 아버지가 밭에서 농사를 짓다 말고 수갑을 차고 끌려간 것이다. 아버지는 친지들과 집안 간에 의리를 잘 지켜왔다. 하지만 세 집 살림을 하다 보니 형편이 어려웠다. 그리하여 지주에게 소작료 일부를 지불하지 못한 일이 있었던 것이다. 아버지는 교도소에서 일 년 정도 형을 살고 나왔다.

그 와중에 어머니는 딸만 내리 다섯을 낳았다. 아버지의 전처인 큰어머니가 네 자매를 낳고 돌아가셨는데, 후처로 들어온 어머니도 딸만 다섯을 내리 낳다보니 아버지는 상심이 컸다. 나는 어머니에게는 다섯째지만 아버지께는 아홉 번째 딸이었다.(내 위로 언니 둘은 홍역으로 죽었다.) 아버지는 3일을 아기 방에 들어오지 않았다. 그러다 한 친구 분에게서 "그 따님은 쌍 천복(天福)을 탔다."는 인사를 받고서야 마음을 돌려 나와 첫 대면을 하였다.

어린 시절

나는 어려서 어른 말씀을 잘 듣고 착했다 한다. 다섯 살 때, 이모와 작은 외할머니와 함께 덕산온천에 간 적이 있다. 똑같이 다섯 살인 여자아이들이 같이 갔다. 홍북에서 덕산온천까지는 십 리도 안 되는 길이었지만, 어린 나이에는 굉장히 멀게 느껴졌다. 중간에 천둥 번개가 치며 비가 왔다. 다른 두 아이는 무섭다며 울고 불며 난리를 쳤으나 나는 말썽 없이 얌전하였다. 어머니는 그 일을 두고두고 칭찬을 하였다. 아버지도 나를 사랑으로 잘 키워주었다. 낳았을 때 섭섭해 했던 것과는 달리, 크면서는 모진 말씀 한 번 한 적도, 매 한 번 든 적도 없다.

홍북면 대동리는 상민들이 많아 욕설과 거친 행동을 하는 경우가 있었다. 부모님은 내가 여섯 살 때 아이들 교육상, 홍동면 구정리 방죽골로 이사를 하였다. 그때 여동생 승자 밑으로 귀하고 귀한 남동생을 낳아 돌 되기 전이었다. 아버지가 반월 앞들에서 구정리까지의 땅을 관리하는 마름을 맡게 되어 방죽골 큰 기와집으로 이사하게 되었다.

이사 오던 그 다음해인 1945년, 세상에 하나밖에 없는 남동생이 홍역으로 세상을 떠났다. 하늘이 아득한 일이었다.

8월 15일에는 우리나라가 해방되었다. 토지개혁이 되었다. 당연히 마름이 필요 없게 되었으며 집을 내놓아야 할 형편이 되었다. 아버지는 호락호락하지는 않았다. 이사 시킨 것은 주인 마음이지만 집을 내놓는 것은 마음대로 되는 게 아니라며 끝까지 버티었다.

아버지는 생계를 위해 인천으로 떠나셨다. 인천에는 큰아버지의 장남 이승욱(아버지가 결혼시켜 함께 살았던 장조카)이 상업에 성공하여 살림이 넉넉했다. 아버지는 오빠 도움을 받아 장사를 해보고자 인천에 가 계시는 날이 많았다. 하지만 해본 일 없는 장사는 실패의 연속이었다.

그때쯤 청양군 비봉면에 사시는 육촌오빠(승용)와 조카(영직)가 다니러 왔다. 육촌오빠는 정말 좋은 분이었다. 당숙인 우리 아버지를 끔찍이 생각하여 명일 때나 집안 애경사에 빠지는 일이 없었다. '악화는 금년이요 적덕은 백 년(惡禍今年 積德百年)'이라는 말을 어른들에게 들어왔다. 악을 저지르면 화가 금방 돌아오고, 덕을 쌓으면 백 년까지 복을 받는다는 말이다. 오빠는 당숙인 우리 아버지가 결혼시켜 살림을 냈는데 부모에게 하듯 효를 다하였다. 아버지는 인천에 가 집에 없었지만 그래도 우리 집의 어려운 상황을 위로하려 했을 것이다.

조카가 감기에 걸린 듯 열이 나서 오빠는 하룻밤 만에 집으로 돌아갔다. 꿈에도 몰랐으나 그것이 장질부사라는 걸 나중에 알게 되었다. 얼마 안 가 어머니는 그 집 여섯 식구 중 두 아들만 간신히 살아남았다는 소식을 듣게 되었다.

서로의 정이 오갔기에 어머니는 우리도 막막한 형편이지만 조카들을 몰라라 할 수 없었다. 생각해보면 마을에서도 환영하지는 않았으리라 생각되지만, 어머니는 어른의 도리를 하는 데 용감하고 의리가 있었다. 어머니는 무당 할머니를 데리고 네 식구가 장질부사로 죽은 홍가로 갔다. 온 집안에 덮여 있던 이를 비로 쓸어 불에 태웠다. 이불이며 옷도 다 태웠다. 항아리 몇 개, 쌀 얼마를 마차에 실었다. 큰조카 태직은 열다섯 살, 작은조카 우직은 아홉 살이었다. 태직은 장질부사 후유증으로 그 뒤 다리를 못 써서 지팡이를 짚어야 했다.

큰언니 승애는 홍북국민학교 6학년을 다녔는데, 이사를 하고 나서 홍동국민학교로 전학을 시키려 했지만 학교 인원이 차서 자리가 없다 하여 학업을 계속하지 못했다. 큰조카 태직도 같은 형편이 되었다. 우리 집으로 이사 온 다음 해 작은조카 우직이 입학하였다. 부모님이 나는 다음해에 입학시키려 했지만, 내가 입학시켜 달라고 졸라서 우직과 함께 입학을 했다. 둘째언니 승심은 5학년이었다.

어려운 형편에 세 명을 학교에 입학시킨 것을 보면 어머니는 교육에 관심이 많았다. 하지만 국민학교 월사금을 내기가 너무 어려웠다. 어른 둘에 아이들 여섯까지 여덟 식구였으니 얼마나 어려운 생활이었을까? 보릿고개에 일주일을 감자만 삶아 먹은 기억이 지금까지 생생하다. 생각다 못해 한 식구라도 줄여야 한다고 생각하고 인천에 계신 사촌오빠와 상의하였다. 그 집은 형편이 넉넉했다. 1학년 말에 우직이를 사촌오빠 댁에 보내기로 했다. 그러나 어찌된 일인지 한 달도 못 되어 인(人) 동티가 났다(오지 못할 사람이 와서 변고가 생겼다는 뜻) 하여 남의 집에 보냈다. 어린 나이에 얼마나 상처가 크고 원망이 많았을까…

어머니는 우직을 인천 집에 보낸 것을 두고두고 후회하였다.

아버지는 홍동면 쌀을 사서 수화물로 부친 뒤 인천에서 받아 소매로 팔았다. 그런데 해방 직후라 수화물 관리가 잘 안 되어 애써 부친 수화물이 분실되는 일이 빈번했다. 결국 장사를 꾸준히 하지 못하고 중도에 접어야만 했다.

어머니는 생활력이 강했다. 아버지가 인천에 계실 때 집에서 키우는 닭이 낳은 계란을 몇 꾸러미씩 가지고 올라가서 팔았다. 처음에는 집의 것만 팔았지만 점점 주위에서 달걀을 사다 팔았다. 인천의 계란 값은 지방의 배나 되었다. 양반가에서는 장사를 천한 일로 생각하여 수치로 알고 있을 때였지만 어머니는 계란 장사를 하기로 마음먹었다. 동네에서는 차마 못 사고 급하면 노은골과 그 근동에서 계란을 샀다. 계란을 종이에 싸서 트렁크에 담아 기차를 타고 인천으로 갔다. 처음에는 한 트렁크로 시작했지만 나중에는 몇 트렁크씩 챙겨 갔다. 새벽 기차를 타려면 첫닭이 울기 전에 준비를 해야 했다. 큰언니 승애가 힘을 보탰다. 어머니가 두 트렁크를 지면, 큰언니가 한 트렁크를 이고 날라다 주었다.

계란으로 장삿길을 트자 점점 품목을 바꾸어 온 장식 패물, 신발, 비단 등 이익이 되는 것이면 닥치는 대로 다루게 되었다. 그때 어머니는 1년에 소 몇 마리 값을 벌었다. 몇 년 만에 집과 논을 샀다. 어머니는 남은 비단 자투리로 우리들에게 예쁘고 고운 비단 옷을 지어 입혔다.

어머니가 경제 일선에 나서면서 장사 길이 트여 집안은 점점 안정되고 형편이 좋아졌다. 큰언니 승애는 안살림을 도맡았고 아버지는 바겉살림과 아이들 관리를 맡았다. 큰조카는 나무를 하고 집안 식구들의 짚신을 삼아 대었다. 여름에는 게다(나무로 만든 샌들)를 신었는데 툭하면 게다 끈이 떨어져 맨발로 오게 되곤 했고 그나마 겨울에는 신을 수 없어 짚신이 필요했다. 짚신을 신으면 날이 궂거나 눈이 녹을 때는 버선이 젖어 버렸지만 날이 좋은 날에는 괜찮았다.

큰조카 태직이가 입대한 후 아버지는 우직이를 집으로 데려왔다. 우직이는 영종도 어느 집에 심부름을 하며 일꾼으로 지냈다. 우직은 아버지를 도와 집안일을 거들었다. 내가 중학교에 입학했을 때였다. 아버지는 우직에게 학교를 다닐 기회를 놓쳤으니 동네 서당에서 한문을 배우라고 권고하였다. 농번기에는 당연히 어려웠겠지만 우직이는 농한기에도 굳이 서당에 가려고는 하지 않았다. 중학교를 졸업하고 고등학교에 갈 때 우직이가 마음에 걸렸다. 방학 때 시골에 내려갔을 때 내가 공부를 하는 모습을 보면 속상해 하는 것 같았다. 나는 잘하지 못하는 일이라도 함께 하려고 노력했다. 개학이 되면 서울로 가지고 갈 짐이 많았다. 그때는 교통수단이 없었기에 우직이가 짐을 져서 역까지 날라다 주었다. 우직이 마음이 얼마나 안 좋았을까?(아버지가 돌아가시고 난 뒤 유언에 따라 우직이를 양손(養孫)으로 들였다. 우직이는 질부 김연순과 결혼을 했다. 질부는 우리 집안의 복이었다. 사리에 밝은 것은 어머니의 장점이었지만, 사리에 밝은 분을 시할머니로 모시기는 참 어려운 노릇이다. 그런데다 자손은 번다하였다. 시고모 여덟 명에 시이모할머니 네 분, 그 자손까지 합하여 수십 명의 손님이 드나들었다. 또 넷째 이모 내외분이 일찍 돌아가셨다. 그 밑으로 삼남매가 있었는데 막내 진복이는 나이 어려서는 며칠씩 묵어가곤 했다. (우직이는 진복이를 보며 자신이 어려서 겪었던 외로움을 생각하여 같이 살자고 한 적도 있다고 한다.) 우리 아이들도 외갓집이 가까우니 큰일 때마다 가서 며칠이고 북새통을 피웠다. 방학 때 그 식구들이 한 번 씩만 다녀가도 뒷감당하기가 얼마나 힘이 들었을까? 질부는 싫은 내색을 하지 않고 묵묵히 그 뒤치다꺼리를 다했다. 여름이면 수박, 참외, 토마토 등을 농사지었다. 그때는 여름 과일 심는 집이 드물었다. 그러니 여름이면 손님들이 많이 왔다. 더군다나 어머니는 건강도 좋지 않았다. 평생 무리하며 사신 탓이다. 그런데 조카 내외는 어머니 건강에 좋은 것이라면 뭐든지 구해 정성껏 구완을 하였다. 정말 정말 고마운 마음을 이 지면을 빌어 전한다.)

어린 시절을 생각하면 옛날 일이 아지랑이같이 아롱댄다. 어릴 때 다니던 교회는 팔괘리 과수원 옆에 있었다. 과수원은 홍동에 몇 개 안 되었다. 5, 6월이 되면 사과 접과를 했다. 어느 날인가 교회를 가느라 지나가다 보니 접과한 사과가 사과나무 밑에 쌓여 있었다. 그걸 친구들과 같이 주워 치마에 담았는데 과수원집 아들이 소리 지르며 쫓아왔다. 우리는 겁이 나서 도망을 갔다. 그는 우리를 쫓아와서 치마 안에 든 사과를 빼앗으며 회초리로 종아리를 심하게 때렸다. 피가 났다. 집으로 오면서 뫼 둔덕에 앉아 울며 기도했다. 사과를 딴 것도 아니고 떨어진 것을 주운 것인데 벌이 혹독했다. 돌이켜 생각하니 그 시절에 과수원을 하려면 엄히 단속을 해야 한다고 생각하여 과수원을 쳐다도 보지 못하도록 한 경고였던 것 같다. 그 후로 과수원을 쳐다보지도 않았다.

없이 살던 우리에겐 모든 열매가 간식거리였다. 음력 7월이면 새벽같이 등을 넘어 어둠을 뚫고 감나무 아래 떨어진 땡감을 대여섯 개씩 주워와 보리 쌀뜨물과 소금을 넣고 며칠을 담가 놓으면 떫은맛이 없어

지고 달큰해졌다. 그 감을 얼마나 맛있게 먹었는지. 보리수를 따기 위해 산을 누볐고 찔레나 멍가를 따러 돌아다녔다. 까마중이나 꽈리 역시 훌륭한 간식이었다.

초 · 중학교 시절

　어머니가 고단하긴 하였지만 집안 살림이 단단해지고 터전을 마련하게 되어 큰 걱정 없이 살기를 한두 해, 1950년 6.25 전쟁이 났다. 초등학교 5학년 때였다. 어둠을 틈타 외당숙이 큰 트렁크를 들고 우리 집에 왔다. 외당숙은 홍북면장으로 있었다. 홍북면사무소 관련 서류를 우리 집에 몰래 맡겼다. 외당숙은 황황히 떠나가시면서, 살아남기 위해 공산군이 시키면 무슨 일이든지 맡으라고 당부를 하였다.

　인민군은 옆 동네 팔괘리에 있는 만경산에 주둔했다. 그들이 주둔한 두세 달 동안 우리 국민학생들도 수업을 하지 못하고 인민군 위문단에 들어가야 했다. 사상교육을 받았고 군인들을 위문하느라 노래를 불렀다. 추석 전날 밤, 국민학생인 우리까지 동원되어 궐기대회에 참가했다. 뭔지 모를 구호를 외치고 노래를 불렀다. 밤이 깊어서야 집에 돌아왔다.

　나중에 안 일인데, 그날 공산진영에서 활동하지 않는 사람들을 모두 학살할 준비가 되어 있었다. 그러나 홍동초등학교 교사이면서 면

인민위원장이었던 이기성 선생님이 반대하였다. "인민을 살리는 정치가 아니고 사람을 죽이는 정치는 못하겠다."고 강력히 항의했다 한다. 그날 대회는 인명 살상 없이 무사히 끝났다. 그러나 같은 시기 다른 면에서는 학살이 자행되어 몇 십 명씩 사형되었다.(이기성 선생님은 수복 후 사형되었다. 사상이 다르다는 이유로 좋은 분이 희생되어 가슴 아프게 생각한다.)

어머니는 내키지는 않았지만 여성동맹부위원장이라는 직함을 받았다. 어쩔 수 없었다. 그렇지만 속으로는 공산당의 퇴진을 바라고 계셨기 때문에 이런저런 핑계 끝에 직함을 내놓았는데 그 뒤 거짓말처럼 수복이 되었다. 어떤 각본이라도 있었던 것 같았다. 다행한 일이었다. 그래도 군민증(지금의 주민등록증)이 안 나왔고, 입건이 되느니 마느니 하여 집안이 온통 어수선하고 뒤숭숭하였다. 홍북면사무소의 관련 서류함이 다락에 숨겨져 있던 사실이 감안되어 무사하게 넘어갔다.

한 가지 괴로운 추억이 있다. 나는 학예회 등의 행사에 무용을 하거나 노래를 하며 무대에 자주 섰다. 한번은 해군복을 입고 뱃놀이 무용을 하게 되었는데, 그때만 해도 옷을 사 입을 엄두를 못 내 빌려 입어야 했다. 동네에 사는 2년 선배인 상호에게 흰 바지를 빌려 입었다. 누구 것을 빌렸느냐고 하기에 상호 것이라고 했다. 그런데 당시 반장이었고 1년 선배였던 성호의 것이라고 말이 와전되어 내가 그 성호 선배와 가깝다는 헛소문이 돌았다. 후에도 계속 1년 선배들에게 놀림을 당했다. 나는 헛소문 때문에 어린 나이에 많은 상처를 받았다. 그때는 연애를 하면 큰 흉으로 생각했기 때문이다. 그 선배는 중학교, 고등학교에서도 대대장을 하고 학업도 우수했다. 대학에 가서도 찾아온 일이 있었다. 나는 전의 소문으로 받은 괴로움 때문에 만나 주지 않았다.(몇 년 전 그의 부인이 돌아가서 위문을 갔었다. 술이 만취한 상태에서 그는 옛날 이야기를 했다. "나를 좋아했다."고 했다. 그런데 대학 시절에 무슨 병에 걸렸었는데, 자기가 건강만 했으면 어떻게든 성사를 시켰을 터인데 건강 문제로 마음을 접어야 했었다는 것이다. 그 말을 듣고 보니 옛날 소문이 그저 근거 없는 말만은 아니었구나 싶었다.)

해방되던 해 이듬해 국민학교에 들어가 6.25 사변이 난 이듬해에 졸업을 했으니 나는 국민학교를 안정적으로 다니지는 못했다. 9.28 수복이 되었다. 국민학교 공부를 계속 하게 되었으나 그 일 년은 매우 어수선했다. 중학교에 갈 때가 되었다. 진학하는 친구는 백이십 명 중 예닐곱 명밖에 되지 않았는데, 나도 그 중의 하나로 끼어 홍성여자중학교에 가게 되었다. 천복을 탔다고 아버지 친구가 말씀하였던 것이 맞아떨어졌는지? 부모님께 감사한 마음이었다.

학교까지는 6킬로미터였다. 왕복으로 12킬로미터였다. 날마다 통학을 하자니 체중이 줄고 힘에 겨웠고 피곤하여 학업에도 지장이 있었다. 1년이 지나니 다리의 살이 오르고 건강해졌다.

중학교 3학년 때 아버지가 편찮으셨다. 위암이었다. 병석에서 오래 고생하시다가 3학년 가을 음력 9월 초 닷새날(10월 20일 경) 돌아가셨다. 어머니는 장사를 계속하였지만 아버지가 안 계신 자리를 메꾸면서 장사하시는 것이 그리 쉬운 일이 아니었다. 운이 꾸준히 따르는 건 아닌 모양이다. 가정 형편이 다시 어려워졌다. 친구들은 입시 준비에 열을 올렸지만 고등학교로 진학할 생각은 엄두도 내기 힘들었다.

그때 어머니가 시험 공부를 해 보라고 하였다. 시간이 얼마 남지 않았다. 준비할 수 있는 기간이 1, 2개월밖에 없었다. 전과를 꼼꼼히 보지도 못하고 대충만 훑어보았다. 어머니는 가까운 홍성여고도 있는데 굳이 서울사범이나 이화여고를 보기를 원하였다. 그런데 서울에서 신세를 지게 될 셋째 이모부가 이화여고는 댁에서 머니 수도여고를 보는 것이 좋겠다고 하였다. 자신이 없지만 특차에 서울사범, 1차에 수도여고에 원서를 냈다. 특차를 낸 서울사범의 시험 날이었다. 평소 차를 타 보지 않았는데 상도동에서부터 서울사범 있는 하왕십리까지 버스를 타느라 멀미가 심했다. 필기시험을 보는 날은 간신히 시험을 보았으나 실기시험 보는 날에는 도저히 갈 수가 없어 포기하고 말았다. 사실은 시험에 합격할 자신이 없었던 것도 같지만 떨어졌다고 해서 큰 아쉬움을 갖지는 않았다. 그때는 "선생 똥은 개도 안 먹는다."고 할 정도로 초등 교사를 선호하지 않는 시절이었다.

고등학교 시절

1차 수도여고 시험은 잘 보았다. 사범학교 시험문제와 비슷한 문제들이 많았다. 합격 통지서를 받고 기뻤다. 그때는 홍성여중에서 많은 아이들이 서울로 진학을 했다. 그렇게 무리를 하면서까지 서울로 가려는 마음은 어쩌면 허영심이 아니었을까? 어머니도 이화여고에 대한 동경심이 있었던 것 같다. 배재학당 가까이에 있는 이화여고. 젊을 때, 신식교육을 받은 남편에게 소박당한 아픔을 달래며 부러워하던 탓이었을까. 우리 형편으로는 지방 학교 뒷바라지도 힘이 들었으련만 서울 유학을 시키기로 과감히 결심하였다. 어머니는 큰 기와집을 팔았다. (그 기와집은 광천 월림리의 이찬용 씨가 사서 자기 집을 지었는데, 그 집 딸들이 뒤에 풀무학교에 다녔고 둘째 딸 이재자 씨와는 지금 갓골에서 아래윗집으로 산다.) 그리고 아랫집을 개조해서 살림집을 꾸몄다. 기와집 판 돈으로 논 세 마지기를 사고 남은 돈으로 입학금을 냈다.

어머니는 나를 특별히 사랑하였다. 고등학교 때 서울서 있던 일이다. 어머니를 따라 도매점으로 포목을 사러 갔다. 물건을 구입하고 어머니가 돈을 지불했는데 주인은 돈을 안 받았다고 주장하였다. 난감하고 떨렸다. 나는 '하나님, 이 일을 해결해 주세요.'하고 기도할 수밖에 없었다. 어머니는 "금고를 열어 보세요, 그 금액이 있을 거예요."라고 계속 주장하였다. 주인이 금고를 열었는데 딱 그 금액이 나왔다. 주인은 잡아먹을 듯이 억지 떼를 썼지만 그래도 증거가 있으니 문제가 해결되었다. 얼마나 감사한 일인지! 어머니는 내가 서서 기도하는 것을 보았다고 한다. 어머니는 하나님이 들어주신 것보다 내가 기도한 것을 더 고마워하였다.

어머니는 큰마음을 먹고 나를 서울로 보냈지만 사실 나는 고등학교 3년을 다니는 동안 너무 힘들었다. 셋째 이모부는 시청 계장이었다. 그때만 해도 공무원 월급이 아주 적었고 어떤 때는 곡식으로 배급을 주기도 했다. 이모는 닭을 치는 한편 계를 여럿 모집해서 꾸렸다. 처음에는 계가 잘 되어 집을 사는 등 재미가 쏠쏠했다. 그런데 어떤 계원이 곗돈을 펑크 냈다. 결과는 걷잡을 수 없었다. 이모는 이전 계를 수습하기 위해 다른 계를 모으고 또 모았다. 이모는 집을 자주 비웠다. 큰 집을 팔고 작은 집으로 이사하는데 파산한 계를 수습하느라 이사 준비를 할 경황도 없었다. 조석을 차리는 것은 내 몫이 될 수밖에 없었다. 그러다 보니 학업에 열중할 수가 없었고 마음고생이 많았다.

고등학교 때 친한 친구가 몇 있었다.

강영진이라는 친구는 사정이 어려워 서로 의지하며 지냈다. 차비가 아까워 상도동에서 학교가 있는 후암동까지 걸어 다닐 때가 많았다. 집으로 돌아올 때도 마찬가지였다. 그 길에 우리는 단어를 몇 개씩 외우기로 약속했다. 나는 반밖에 못 외웠는데, 어느새 그 친구는 다 외워 버렸다. 그는 공부를 아주 잘했고 이과 머리가 뛰어났다. 하지만 겸손하여 남을 배려하고 나서질 않았다. 지금까지 기억 속에 남아 있는 친구인데 졸업 이후로는 소식을 모른다. 졸업 앨범이 이후 화재가 났을 때 다 타 버리기는 했지만, 연락처를 찾으려고 맘먹었다면 어떻게든 찾을 수는 있겠지만 그만큼의 성의를 내지 못했다.

또 친한 친구로는 박순정이 있다. 순정이는 아버지가 안 계셔서 작은아버지가 순정이 가족을 책임지고 있었다. 날 보고 자기 집에 와서 살라고 했지만 사정이 뻔한데 그럴 수가 없었다. 고등학교 때 우리는 순수한 마음에 나는 농촌교육을, 순정이는 무의촌의 의사를 꿈꾸었다. 순정이는 이화여대 의과대학에 진학했고 소원대로 의사가 되었다. 그후 "아직 학생 때의 꿈이 남아 있니?"라는 내 질문에 그 애는 "그건 학생 때의 꿈일 뿐 현실은 아니야."라고 대답하였다.

고등학교 때 친구로서 여태껏 연락하고 지내는 유일한 친구는 영숙이다. 내가 영아원에 있을 때 순정이가 영숙이를 소개하여 보냈다. 영아원에서 같이 근무한 인연으로, 평생을 멀리 있으면서도 항상 옆에 있는 듯한 우정이 이어졌다. 지금은 멀리 호주 시드니에 살고 있다. 나는 주변이 없어 자주 메일도 못하지만, 마음에서 떠나지 않는 친구다. 영숙이는 결혼 생활이 순탄하지 못하였다. 이후 이건산업의 사감으로 오래 지냈다. 사생들을 잘 지도하고, 취미 활동으로 붓글씨며 수예, 요리, 포크 댄스도 잘 하여 노동부에서 인정받아 상도 많이 탔다. 2011년 호주에 갔을 때 며칠을 함께 지내다 왔다.

무교회 신앙과의 만남

어려운 형편에 나를 지탱해 준 것은 신앙이었다.

6.25 전쟁 전에 어머니를 따라 홍동감리교회에 다녔다. 전쟁 동안 나는 "빨리 공산당이 물러가게 해 달라."는 순진한 기도를 올리곤 했다. 어머니도 늘 공산당의 퇴진을 기원하는 기도를 하였다.

6.25 전쟁이 끝나고 팔괘리 출신 주옥로 선생님이 목회자로 새로 부임을 했다. 주옥로 선생님은 감리교신학교를 졸업하였지만 목사 안수를 거부하고 함석헌, 노평구 선생님과 가까웠던 분이셨다. 감리교신학교를 졸업할 때 봉선화 노래에 맞추어 주옥로 선생님이 작사한 다음 노래에 그 분의 생각이 녹아 있었다.

'사나운 비바람에 가을 풀만 욱어지고 목자 잃은 어린 양들 길을 찾아 헤맬 때 그는 맑은 시내 되고 나는 연한 풀밭 되리.'

이전 목회자와는 달리 말씀 중심으로 차분하게 교회를 이끌었다. 떠들썩하게 부흥회를 하기보다는 사경회(성서 강해와 연구를 중심으로 모인 집회) 등 성경공부를 위주로 하였다. 교인들 중에는 성령이나 신유 은

사를 강조하는 이들이 있었다. 자연히 그들과 갈등이 많았다. 결국 주 선생님은 교회를 사직하고, 몇몇 젊은 사람들과 따로 자택에서 가정 집회를 하기로 하였다.

주 선생님이 그만 둔 뒤 새로운 목사님이 부임하였는데, 성령이나 기적을 강조하며 주 선생님을 너무 심하게 비난하여 어린 마음에 갈등 이 많이 일었다. 그래서 중학교 2학년 때, 주 선생님의 가정 집회에 참 석하게 되었다. 무교회에 첫 발을 디디게 된 계기였다.

무교회는 성서 중심의 신앙생활을 추구하여 '믿음의 기초는 교회가 아니라 성서'라고 믿는다. 교회의 존재를 부정하는 것은 아니고, '기독 교 신앙의 유일한 근거는 성서일 뿐이며, 교회와 그 관습은 기독교를 담아내는 껍데기'라는 우치무라 간조의 말에서 그 특징이 잘 나타난 다. 우리나라에서는 우치무라 간조의 제자인 김교신이 '성서 위에 조 선을' 세우자는 운동을 하면서 전파되었다. 직업적 목사가 없고 모든 참여자가 그저 피동적으로 설교만 듣기보다는 능동적으로 참여하는 자세를 강조한다.

고등학교에 진학하고 나서는 서울에서 무교회 집회에 참가했다. 처 음에는 세브란스병원 에비슨 관에서 하는 함석헌 선생님 집회에 참석 하였다. 그런데 함 선생님께서 동양 철학적인 말씀을 주로 하셔서 어 린 나이에는 이해하기 어렵고 기독교 정신과 거리가 있는 것 같았다.

주 선생님께 말씀드렸더니 그럼 노평구 선생님 집회를 참석해 보라 며 소개해 주었다. 그래서 1학년 가을부터 명동에서 하는 노선생님 집 회에 나가게 되었다. 예배나 찬양 중심이 아니고, 성경공부를 많이 하고 말씀 한 구절 한 구절을 풀이해 주었다. 그리고 이 말씀으로 현실 생활에서 실천하고 말씀대로 따르는 것을 강조하였다. 나는 말씀을 잘 이해하거나 소화하지는 못했지만, 집회에 빠짐없이 참석했다. 노 선생님은 좋은 책을 소개해 주시며 진로에 대해서도 걱정해 주셔서, 나에게는 부모님과도 같았다. 나는 선생님들을 의지하는 마음으로 어려움을 견디었다. 예배에 참석하는 동안이 힘든 고등학교 생활 중 안정감을 느끼는 유일한 시간이었다.

나는 심훈의 『상록수』를 읽고 감동을 받았고, 소설의 실제 모델인 최용신 양의 생애에 깊이 매료되었다. 그래서 집회에서 "저도 최용신 양처럼 농촌교육을 하는 게 꿈입니다."라고 발표하기도 하였다. 고등학생으로서의 순진한 꿈이었지만 노평구 선생님은 나의 그런 꿈을 격려하였다.

서울에 있는 동안 나는 학교 말고는 집회밖에 가지 못했다. 창경원도 덕수궁도 모두 사회생활을 시작하고 나서야 가보았다. 일요일에 성서집회를 빠진 적이 없다. 아무리 시험기간이라도 집회에는 빠지지 않았다. 토요일에도 아무 데도 가지 않았다. 여름 하복이 한 벌 밖에 없어서 집회에 나가려면 토요일에 풀을 해서 다려놓아야 했기 때문이다. 그때 주연숙 씨가 흑석동 어느 댁에서 가사 돌보미를 하고 있었는데, 눈이 오나 비가 오나 상도동 고개를 넘어 흑석동에 들러 집회에 함께 참석했던 것이 기억이 난다.(그분은 지금까지도 집회에 함께 한다. 감사하다.) 방학 때 집회가 휴강을 한 날이 있었는데, 그때도 동대문 전철역에서 창신동 산고개길을 넘어 노선생님 댁에 갔었다. 지금 생각하니 쉬는 날 그렇게 불쑥 찾아간 것이 결례였던 것 같다. 김교신 선생님이 돌아가신 뒤지만 노 선생님과 함께 정릉 김교신 선생님 댁에 찾아간 적도 있다.

졸업 후에는 대전 선화동 유희세 선생님 집회에 참석했다. 충남대에서 집회를 하실 때는 대학생들과도 함께 했다. 유희세 선생님 댁에서 가정 모임에 참석할 때다. 김용기 장로님이 운영하시는 농민학원 학생이 있었다. 글을 꽤 잘 쓰는 문학청년이었는데, 나를 집회까지 따라왔다. 자기도 '성서연구' 지를 보겠다, 투고를 했으면 좋겠다고 말하였다. 하지만 나는 당시 이성에 대해서는 별 관심이 없었다.

영아원 생활

1957년에 수도여고를 졸업하였다. 노평구 선생님이 야간대학에 진학하라고 권유하였고 나도 그리할 생각이었지만 수복 후 얼마 되지 않아 직장 구하기가 하늘의 별 따기처럼 어려웠다. 무교회 집회에서 알게 된 이화경 선생님은 대전 대덕군 회덕면 기독교연합봉사회 내에 있는 충남영아원에서 일하셨는데, 내게 함께 일할 것을 권하여 영아원에서 3년 일했다. 전쟁 고아들, 부모에게 버림받은 어린 영혼들을 돕고 기르는 일이었다. 어린 영혼들의 사랑을 채워 주기에는 턱없이 모자라지만 그래도 어린이들을 돕는 일이 보람이 있었다.

지금 보육 시설도 어린이들을 키우는데 여러 모로 부족하겠지만 그때는 전시인지라 더더욱 열악한 실정이었다. 입히고 먹이는 것은 그래도 미국인이 경영하는 기관이라 그런대로 괜찮았지만, 부모에게 버림받은 아이들에게 사랑을 채워주기에는 많이 모자랐다. 그래도 3년이라는 세월 아이들과 함께 하였고, 같이 근무했던 동료들과도 끈끈한 정을 이어가고 있다.

그때 3년을 같이 일한 동료가 명자 언니다. 명자 언니는 모든 일이 완벽에 가까웠으며 책임자에게 사랑 받는 사람이었다. 나는 늘 명자 언니가 부러웠다. 자기 일을 완벽하게 하면서도 남을 무시하지 않으며 남에게 녹록하게 보이지 않는 성격이었다. 나는 명자 언니를 부러워하면서도 따라가지 못하는, 당당하지 못하고 자신감이 없는 나 자신을 괴로워했다. 또 책임자가 직접 채용한 가까운 사람이고 실무 책임자와 가깝다는 이유로 오해를 많이 받았고 억울한 누명을 쓰기도 했다. 딱 부러지게 해명도 못하면서 이런저런 누명을 쓰고 괴로워했다. 지금도 그 일을 생각하면 우울해진다.

명자 언니는 내가 영아원을 떠나고 결혼하던 해(1962년), 안면도 승심 언니네 가까운 곳 해변에서 있었던 전국무교회여름 모임에 참석했다. 원래 명자 언니는 언니의 어머님이 전도사이고, 교회를 다녔다. 그런데 그해 여름 우연히 집회에 참석한 것이 인연이 되어 노평구 선생님의 중매로 지금 남편인 이귀성 선생님과 결혼하게 되었다.

명자 언니는 모든 일에 빈틈이 없으며, 진실하고 현명하여 여러 형제들의 맏며느리로서 자기 역할을 잘해 낸 모범적인 며느리며 엄마였다. 홀어머니를 정성껏 모신 딸이었다고 생각하며, 노 선생님을 친아버지처럼 지극 정성으로 모시던 제자이기도 하다. 언니는 신앙 안에서의 친구요 언니였다. 학생 때의 유일한 친구인 영숙이와 더불어, 유일한 직장 동료인 명자 언니는 같은 신앙을 하며 1년에 몇 차례 만나는, 멀리 있지만 늘 가까운 친구이다.

결혼

3년간의 대전기독교연합봉사회 영아원 근무를 마감하고 집으로 돌아오는 날이었다. 노평구 선생님이 유희세 선생님 댁에 다녀가는 길이라 천안까지 동행하게 되었다.

노평구 선생님이 내게 홍순명 선생을 아느냐고 물었다. 홍순명 선생은 충남 홍성 풀무학교에 근무하는 젊은 교사였다. 풀무학교에서 무교회 집회에 참석하고 있는 동생 승자를 통해 그에 대해 들은 적이 있었다. 노평구 선생님은 "홍 선생은 참 좋은 사람이지."하고 말하였다. 마치 '언젠가 고등학교 때 최용신 양처럼 살고 싶다고 한 적이 있지 않아? 여자 몸으로 혼자 운동을 하는 것도 좋지만, 홍 선생을 뒷바라지하는 것도 농촌에 기여하는 일이 될 거야.'라는 뜻이 담긴 말같이 생각되었다.

내가 순수했던 고등학교 시절 어느 해 동기 집회에서 최용신처럼 농촌에서 교육하는 일을 하고 싶다고 말한 것을 노 선생님은 기억하고 있었다. 하지만 자신이 없었다. 나는 그때에 비해 조금 더 나이를 먹었고, 풀무학교의 사정이 얼마나 열악한지 당연히 잘 알고 있었던 것이다. 장항선으로 갈아타야 하는 천안에서, 나는 선생님께 작별인사를 드렸다. 기차를 갈아탔다. 누가 정식으로 딱히 혼담을 꺼낸 것도 아닌데, 나는 혼자서 기도했다. '하나님, 이 잔을 제게서 물려주십시오.'

홍성역에 내렸다. 어머니가 역까지 마중을 나오셨다. 시내버스가 없던 때라 짐 보따리를 이고 들고 6킬로미터나 되는 길을 함께 걸었다. 오는 길에 어머니가 말하였다. "중신이 들어왔어. 고등학교 교산데 네 친구 누구 오빠다." 서로 대면하여 만나지는 않았지만 알 만한 사람이었다. "그런데 말이야, 승자가 홍 선생이라는 사람이 실력이 있고 신앙도 깊다며 형부 삼으면 좋겠다고 하더라. 그래서 주옥로 선생님께 여쭤봤더니 그 사람과 결혼하면 평생 고생할 각오를 해야 한다고 말씀하셨다고 하신다." 겁이 났다. 어머니는 계속 말하였다. "너도 알다시피 내가 얼마나 고생하며 살았냐? 솔직히 '고생'이라는 말이 신물이 나."

한 달이 지난 어느 날, 주옥로 선생님이 주일 오후에 찾아가겠노라고 하시고 집에 오셨다. 내가 짐작한대로, 홍 선생과의 혼담을 제안하는 노평구 선생님의 말씀을 전하였다. 주옥로 선생도 이 혼담을 적극적으로 권하였다. 어머니는 반대하였다. "저는 '고생'이라는 말이 지긋지긋한 사람입니다. 제 고생을 자식에게 대물림하다니요?"

나는 노 선생님께 편지를 드렸다. "말씀해 주신 혼담은 결정하기가 너무 힘듭니다. 결혼이란 인간지대사인데, 어머니가 너무 반대하시면 하나님 뜻이 아니고 허락하시면 하나님 뜻이라고 여기겠습니다."라고.

며칠 후에 풀무학교 집회에 나갔다. 홍 선생이 영어 성서를 지도하고 있었다. 나는 영어 성경을 잘 이해하지 못했지만 그냥 참석했다. 나는 생각했다. '나한테 과한 분이구나. 그런데 과연 내가 감당할 수 있을까?' 돌아와서 어머니에게 말씀 드렸다. "홍 선생과 결혼하고 안 하고를 떠나서 저는 불신자(不信者)와는 결혼하지 않겠습니다."

어머니는 신자, 불신자를 떠나서 고생하는 데는 무조건 안 된다는 입장이었다. 그런데 결정적으로 어머니가 마음을 돌리는 계기가 생겼다. 둘째인 승심 언니가 출산하여 어머니가 해산바라지를 하러 갔다. 언니는 불신자와는 결혼을 하지 않겠다고 하며 나이가 많을 때까지 결혼을 하지 않았다. 어머니가 크게 난리를 치고 분란이 있은 뒤 언니는 결국 불신자와 결혼했다. 그런데 역시 불신자인 안사돈 어르신이 언니가 홍얼홍얼 찬송가만 불러도 소름이 끼친다면서 구박을 하였다. 그러던 분이 돌아가셨는데, 언니가 그때 힘들었던 이야기를 전하면서 내가 신앙 있는 사람과 결혼하는 게 좋겠다고 하였다. 어머니는 그 말이 타당하다고 생각했던 모양이다. 집으로 돌아오면서 목화솜을 한 짐 지고 왔다.

어머니는 어렵게 마음을 결정하고 나서도 불만이 많았다. 당신이 한 고생을 대물림하지 않으려고 어려운 형편에도 교육을 시켰건만 모든 것이 마음에 차지 않는다고 불평을 늘어놓았다. 그때는 함(예단)이라는 게 있었다. 보통은 양단 치마저고리 한 벌과 모본단 한 벌은 기본으로 하고 패물로서는 금반지, 목걸이를 넣었다. 홍 선생이 보내온 것은 쑥색 울 치마저고리 한 벌과 금반지 석 돈이 전부였다.

하지만 홍 선생 측으로서는 보는 눈이 달랐다. 그는 어머니의 심한 반응에 황당해 했다. 이찬갑 선생님도 우리 결혼을 두고 신부가 신랑에 미치지 못한다며 섭섭해 하였다고 들었다. 사실 이찬갑 선생님은 그를 사윗감으로 점찍어 놓고 여러 번 의중을 떠 보았었다. 집에 데리고 가기도 하셨다. 하지만 그는 학문하는 집안에다 최고 학부를 나온 배우자는 부담이 되어 대답을 하지 않았다고 한다. 그는 어머니가 '세속적인 겉치레'를 중시하는 것을 잘 이해하지 못했다.

여러 가지 사정으로 결혼까지의 과정이 순탄하지 않았음은 말할 나위가 없다. 언제인가 홍 선생은 페스탈로치와 부인 안나가 약혼기간 주고받은 편지에 신앙 이야기만 있다면서, 만나서도 신앙 이야기만 했다. 그런지라 우리는 결혼 전 로맨스가 없다. 한 번도 추억이 될 만한 여행도 해 보지 못했다. 그저 하나님이 맺어주심을 믿고 순종하는 마음이었던 것 같다. 제대 후 받는 예비군 교육 훈련을 받기 위해 강원도인지 홍동을 떠나 며칠 만에 돌아온 일이 있다. 그때 홍동이 텅 빈 듯한 마음이 들었다. 재미없는 약혼 남녀이지만 이것이 사랑이었는지?

약혼을 1월에 하고 4월 10일에 결혼식을 올렸다. 4월 10일, 어찌어찌해서 결혼식 날이 다가왔다. 신랑이 아침까지 꼭 결혼을 해야 하는지 괴로워하며 결혼식 참석을 내켜하지 않는 것을 보고 송두용 선생님이 꾸중을 하셨다고 한다. 결혼 과정에서 반대가 많았다는 페스탈로찌의 결혼이 생각났지만 그래도 여러 선생님들의 축복을 받으며 식을 올렸다. 노평구 선생님이 주례를 섰고, 송두용 선생님이 긴 축사를 하셨다. 또한 주옥로 선생님, 김종길 선생님, 유희세 선생님, 이찬갑 선생님 등 여러 선생님들이 참석하였다. 우리 집 마당에 멍석을 깔고 학생들이 의자를 하나씩 학교에서 들고 와서 앉아서 결혼식을 치렀다.

송 선생님이 축사하면서 "신랑 되는 홍순명은 하나님의 뜻 외에는 아무것도 모르는 바보"라고 하였다. 송월리에 사시고, 이전 홍동초등학교 교장으로 동네 유지시던 이덕준 선생님이 결혼식에 왔다가 송 선생님이 신랑을 바보라고 놀렸다며 역정을 내셨다. 사촌오빠는 울화를 터트리며 식 중간에 퇴장하였다. 외지 손님들이 약 열 명 오셨는데, 주 선생님 사모님이 손수 음식을 장만하여 손님들을 대접해 주셨다. 감사하게 생각한다.

결혼 여행도 가지 못했다. 남편이 하는 말, "항상 약혼 시절이고 신혼 같이 살면 되지 않느냐?" 위로의 말인지 핑계인지?

남편의 집안

남편 홍순명(洪淳明)의 할아버님은 한학이 깊고 필적이 좋으셨다. 진사에 급제하고 벼슬길은 오르지 않았지만 서당 훈장을 하였다. 재산은 그럭저럭 유지하였지만 집안 살림을 통 모르고 글만 해서 큰 비에 나락 멍석이 떠내려가는 줄도 모르는 식이었다고 한다.(할아버님과 성격이 똑같이 닮은 사람이 남편이라고 한다.) 할머님은 성격이 강하여 별명이 호랑이였다고 한다. 할아버님이 일찍 돌아가셔서 이후 할머님이 살림을 주장하였다.

남편은 1901년생이신 아버님 홍종철(洪鍾哲)과, 1896년생이신 어머님 이승철(李承轍) 사이에서 태어났다. 아버님은 열네 살, 어머님은 열아홉 살에 결혼하였다고 한다. 구남매를 낳았으나 따님 한 분을 결혼시키고 아래로는 여섯을 잃었다. 아버님 말로는, 할머님이 미신을 많이 믿어서 자녀들이 아프면 무당을 불러 푸닥거리만 의지하다 그렇게 되었다고 한다. 결국 남편과 손위 형님(순범) 둘만 남았다.

어머님은 너무 착하여서 누구에게도 화를 내거나 꾸짖지 못하는 천사 같은 분이었으며, 음식 솜씨가 좋았는데, 특히 장을 맛있게 담가 동네 장 담그는 집마다 오셔서 간이라도 보아 달라고 하여 불려 다녔다고 한다. 어머님의 그 착한 성격을 작은아들이 닮았다는 말을 지인들을 통해 들었다.

아버님은 머리가 좋고 한학에 조예가 깊었다. 동양 경전을 거의 암송하셨다. 글씨를 잘 쓰고 경우와 주변 실정에 맞추어 말씀을 잘하여 어느 자리에서든 분위기를 이끌어 가는 분이었다. 현실 감각도 뛰어나 살림도 잘하고 농사도 농사꾼에 뒤지지 않게 잘 지으셨다. 집안을 구석구석 정리 정돈하고 빈틈이 없었다.

자녀 교육을 시키려고 전답을 모두 팔아 원주로 이사하여 간장 공장을 차렸으나, 일제 말엽에 전쟁으로 경제가 어려워 콩 등 재료 확보가 어려웠다. 자연히 사업이 부진하였다. 결국 공장을 정리하였다. 신학문을 하거나 학교 다닌 일이 없지만 독학으로 일본말을 잘하여 일본 읍장은 언제나 통역을 아버님에게 부탁했다고 한다. 읍사무소 직원으로 취업하였는데, 호적계 일을 맡아 읍민의 원성을 받을 일은 없었다고 한다.

아버님은 해방 뒤 원주에서 횡성군 청일면 대관대리로 이사하여 6.25를 맞았다. 6.25 때 지방 사람들이 인민위원장을 강제로 시켰다. 그래서 수복 후 경찰서에 연행되어 하루를 지낸 적이 있었다. 그 지방 교장 선생님이 피난 갔다 와서 아버님의 소식을 듣고 온 동네 분들과 함께 경찰서에 가서 아버님의 무죄를 주장하여 석방운동을 하였다. 마당이 사람들로 하얗게 찼다. 사상 관계는 석방이 어렵다던 경찰서장도 아버님만 다음날 돌려 보냈다. 6.25 때 면사무소가 폭격으로 모두 타서 호적을 다시 만드는 데 힘을 썼다. 전쟁 통에 덴 바 있어 징집을 피하기 위해 아버님은 1901년에서 1900년으로 태어난 해를 당기고, 아들들은 1년이라도 군에 늦게 보내는 것이 유리하다고 생각하여 한 살씩 줄여 호적을 했다 한다. 그래서 남편은 1936년생이지만 호적상으로는 1937년이다.

그 후 지방 선거가 있어 면 위원 출마를 권유받아 출마하였는데, 선거비로 당선 감사장을 보낸 우표 값밖에 안 들었다고 하였다. 이렇게 학식과 덕망이 높았고, 주민들에게 신망이 두터웠으며 살림을 잘 꾸려갔지만 재복은 없었다. 할아버님 대에는 시골 부자 소리를 들었지만, 아버님 대에는 재산을 유지하지 못하고 서당을 하며 생활을 유지했다.

아버님은 늘 수첩에 깨알 같은 글씨로 일기를 썼는데, 나는 이것을 아직 보관하고 있다. 아버님은 아들이 노년의 부모를 두고 풀무학교에 간 것을 만류하고자 홍성에 가려고 하셨는데, 눈길을 헤치고 횡성 버스정류장으로 가다가 본인이 하고자 하는 일은 만류할 수 없다고 마음을 돌이켜 집으로 돌아갔다고 하셨다. 아버님은 아들이 강원도에서 큰 고등학교 교사직을 포기하고 풀무골에 내려온 것을 좋아하지는 않고 불평스럽게 생각은 했지만, 아들에게 직접 푸념을 한 일이 한 번도 없었다. 말년에 한동안 타향인 홍성에 와서 지냈지만, 서울 큰집으로 가서는 노인 회관에서 정년을 마친 지역의 기관장이나 유지 분들과 교분을 두텁게 나눈 것으로 안다.

남편의 성장 과정

　남편은 원주에서 국민학교 3학년 때 해방을 맞아 졸업하고 원주 농업중학교 1학년을 다녔다. 그 시절에 시아주버님(홍순범)은 원주농고에서 정태시 선생님이 지도하던 독서반에 들었다. 정태시 선생님은, 평생 영향을 받은 분으로 어머님과 김교신 선생을 꼽을 만큼 김교신 선생을 존경하던 분이다. 뒤에 풀무학교 이사장을 지냈다. 남편은 아주버님이 읽는 교재를 통해 김교신, 노평구, 함석헌, 송두용, 우치무라 간조 등 무교회 지도자들을 알게 되었는데, 이런 책들로 그의 인생의 방향을 크게 정하게 되었다.

　그 뒤 집안 사정으로 형님만 원주에서 학업을 계속하고 남편은 부모님을 따라 대관대리로 돌아가 한문 서당에서 공부를 하고 지역의 당평국민학교에 부설된 고등공민학교를 1년 다니다가 한국전쟁을 겪었다.

　남편의 증조할아버님은 삼형제였다. 아버님 집이 둘째 집인데, 큰집이 무후하기를 몇 대째, 두 번이나 큰집으로 양자를 보냈는데 이번에는 셋째 집이 아들이 없어 결국 남편이 셋째 집 아들로 입양되었다. 당숙이 일찍 돌아가시니 당숙과 아버님이 했던 약속에 따라 그리 되었다.

남편은 양어머님이 된 당숙모와 함께 살았다. 당숙모는 오매불망 양아들만 바라보고 살면서 열다섯 살부터 결혼을 재촉했다. 그런데 남편은 결혼에는 관심이 없었다. 그때 아주버님이 결핵을 앓고 있었다. 교육청에서 임시 서기로 채용되어 20리 길을 걸어 출근하면서, 얼마 안 되는 월급은 아주버님의 약과 책값으로 써버렸다. 주말이면 미군 부대가 있는 원주에 가서 미군 부대에서 흘러나온 책으로 물건을 싸 주는 아주머니들에게 신문지나 다른 종이를 바꿔 주거나, 책을 사서 아주버님께 드렸다. 6·25 때고 먹을 것이 없어 냇가에 가서 물고기를 잡아 영양 보충을 시키고 산에 가서 나무를 해서 새로 나온 신약 값을 댔다는 것을 친지들을 통해 들었다. 하지만 당숙모님의 입장에서는 마음에 딴 데 가 있는 남편이 야속했었을 것이다.

16세 때 초등학교 준교사 시험을 보았는데 120명 중에 2명 뽑는 데 합격, 17세에 고향 당평국민학교 교사로 부임했다. 고향이라서가 아니라 형의 건강을 돌봐야 했기 때문이다. 남학생들은 바지, 저고리를, 여학생들은 치마저고리를 입던 시기였고, 전쟁으로 학업이 계속하지 못했던 학생들이 많아 선생과 학생이 나이에 별 차이가 없었다고 한다.

국민학교 교사 17세 때. 이때부터 당숙모는 결혼을 서둘렀지만, 남편은 평생 공부에 더 마음이 끌려 결혼에 마음이 없었다. 결국 파양이 되어 집으로 돌아갔다. 양가는 재산도 꽤 많지만 남편은 재산에 관심

없기는 예나 지금이나 마찬가지였다. 그래서 집안에서 서둘러 양자를 다시 주선해서 여주에 있는 분을 데려왔다. 나중에 우리가 결혼해서 인사드리러 갔을 때다. 당숙모는 결혼을 서둘러 남편을 파양한 것을 후회하며 하염없이 눈물을 흘렸다.

여러 해 전에 국민학교 교사 시절 남편에게 배웠던 학생들이 찾아왔다. 모두 할머니, 할아버지가 된 사람들이 근 50년 만에 찾아온 것이다. 그들은 여러 해 담임을 한 선생님들보다 1년간 담임한 남편을 잊을 수 없어서 사방 수소문을 해서 찾아왔다고 한다. 같이 근무하던 교감 선생도 평생 잊지 못한다면서 연락을 하고 있다.

남편은 학생들을 가르치는 틈틈이 시간을 아껴 공부했다. 18세에 교육부 중등교사 자격 검정고시, 19세에 고등학교 교사 자격 검정고시에 합격했고, 3년간의 국민학교 교사 생활을 마치고 20살에 도내에서 역사가 오랜 춘천농업고등학교 교사로 발령을 받았다. 교실에 들어갔더니 남편보다 나이가 더 많은 학생들도 있었다. 학생들이 어린 선생을 얕보고 이런저런 질문 공세를 폈다. 답변을 잘 했는지 수그러졌다. 좁은 시내에도 소문이 잘 나서, 형님이 남춘천역에 내려 동생을 찾아간다고 하니, 지게 지고 지나가던 사람이 "아, 나이 어리고 공부 많은 선생이 동생이냐?"라고 하더라고 한다.

다섯 달 후 겨울 방학에 군대 영장이 나왔다. 학교에서는 편법으로 군대 가는 것을 면제할 수 있다고 했으나, 법을 어기는 일은 하지 않겠다고 하며 방학 중에 입대를 했다. 근무 중에 불침번을 서는데 더러 남편이 시간 초과를 하게 되었으나, 다음 차례인 사람을 깨우지 못하였다. 이 일을 중대장이 알게 되어 대원을 집합시키고 남편이 보초 서는 것을 면제해 주었다. 남편은 다른 일을 자청해 그 일로 대체했다고 한다. 또한 군대에서는 도난사건이 항용 있었고 자신의 장비를 도난당하면 다시 남의 것을 훔쳐 보충을 하곤 하였다. 하지만 남편은 남의 것을 훔치거나 뺏지 못하였다. 중대장이 이를 알고 웃으며 장비를 보충해 주었다. 부대 배치 뒤 먼저 입대한 제자들이 계급을 떠나 '선생님'이라고 불러 "군대에서 선생님이 뭐냐?"라고 화를 내던 상관들도 나중에는 "홍 선생"이라고 불렀다. 그때가 자유당 말기였다. 선거 때는 3인조, 9인조로 함께 여당을 찍어야만 했다. 상관은 남편을 다른 데로 출장을 보냈다. 남편 입장을 배려한 결정이었다. 군대 가면 다들 군대에 적응을 하는데 남편은 결국 자기 식으로 군대를 적응시킨 것이 아닌가 싶다. 부대에서 문집을 내고 몇몇 친구와 밤새 인생을 이야기하기도 했다. 밀양 사람으로 뒤에 부산대학교에서 역사를 가르치던 김종원과도 가까웠는데, 몇 해 전 세상을 떠났다.

남편의 풀무학교 교사 부임

충청남도 홍성군 홍동면 팔괘리 풀무학교는 1958년 이찬갑 선생님과 주옥로 선생님이 함께 세웠다. 이찬갑 선생님은 독립 운동가이며 오산학교를 설립했던 남강 이승훈의 종손자이다. 그는 남강으로부터 배운 정신을 바탕으로 온전한 교육을 하고자 하는 열망으로 가득 차 있는 교육자였다. 주옥로 선생님은 농촌 교육의 열악한 현실을 보고 목회자의 길을 미루고, 본인 소유의 땅을 내놓아 풀무학교를 세웠다. 풀무학교의 교육이념에는 오산학교의 정신뿐만이 아니라 성서위에 조선을 세우자는 김교신 선생님의 정신, 덴마크 국민을 일깨운 그룬트비의 교육사상 등이 녹아들어 있었다.

남편은 군대에 있는 동안 풀무학교 교사 채용 광고를 보았다. 그때가 풀무학교가 시작된 지 3년 되던 해다. 당시 대한교육연합회장이었던 정태시 선생님이 서울 동덕여고에 이미 자리를 잡아 놓은 때였다. 집안은 경제가 어렵고 형님은 아직 취업을 못해 부모를 부양해야만 했다. 고민하지 않을 수 없었다. 그런데 그날 성경책을 읽는데 예수가 제자들의 발을 씻어 주는 대목이 나왔다. 남편은 바로 마음을 굳혔다.

풀무에 가겠다고 노평구 선생님께 상의 드리니 "교육보다는 성경 연구와 번역을 하라."고 권하였다. (후에 이찬갑 선생님은 그 사실을 알고 노 선생님에게 불편하게 생각하셨다.) 남편은 부모님께 차마 풀무학교 교사로 간다는 사실을 말하지 못하여 대기 기간에 가 보겠다고 말씀드렸다. 서울서 노평구 선생님과 이찬갑 선생님을 만나 함께 책 몇 권 가지고 장항선 기차를 타고 홍성에 왔다. 그때가 1960년 10월 20일이었다. 그 때 풀무학교는 초가집에 흙바닥이었고, 급료는 하숙비를 내고 나면 치약 하나 살 만큼밖에 남지 않았다.

주옥로 선생님 행랑채에서 이찬갑 선생님과 함께 지냈다. 남편은 같은 방 아래위칸을 쓰면서 이찬갑 선생님께 많은 감화를 받았다. 주옥로 선생님 댁에서 세 끼 식사를 했는데, 밥상에서도 셋은 많은 이야기를 나누었다. 주옥로 선생님은 농촌 이야기도 하셨지만 주로 신앙에 관심이 많았고, 이찬갑 선생님은 신앙을 바탕으로 민족, 농촌에 대해 이야기했고, 남편은 중간 역할을 했다.

이찬갑 선생님은 남편과 두 달 반 정도를 함께 했다. 그러다가 사고가 났다. 이찬갑 선생님은 남편과 행랑채 아래위칸을 나누어 지냈는데, 선생님은 아랫방 쓰기를 극구 사양하시고 윗방을 쓰겠다고 고집하였다. 아무래도 윗방이 너무 추울 것 같아 염려하는 남편에게 이찬갑 선생님이 "여주에서 의원을 하시는 최태사 선생은 겨울에 병원 안에다 탄 연탄을 들어놓아서 공기를 따뜻하게 한다. 연탄을 넣어달라."고 하셔서, "알겠습니다."라고 말씀드리고, 새벽에 연탄재를 방에 들여놓아 드렸다. 연탄가스에 대해 너무나 무지했던 것이다.

그리고 뒤이은 이찬갑 선생님의 연탄가스 사고! 선생님은 아침일찍 일어나서 뒷산을 다녀오시는데, 그날은 움직이시는 거동은 있었으나 문을 열고 나오지 않으셨다. 사태가 심상치 않았다. 가스 중독이셨다. 가스에 대한 경험이 없고 위험에 대한 상식이 없던 탓이었다. 일단 선생님은 서울로 올라가셨다. 얼마나 놀라고 참담했을까. 남편은 사모님께 용서를 빌었는데, 사모님은 홍 선생 잘못만이겠냐며 덮어두셨다. 이찬갑 선생님은 치료 받다가 다시 내려오셨지만 완전히 회복하지 못하시고 오랜 기간 투병을 하셨다. 1974년에 결국 돌아가셨다. 이 사건으로 남편은 마음이 몹시 무거웠다. 이 일이 계기가 되어 남편은 평생 풀무에 있게 되었다고 한다. 결국 60년 가까이 학교를 지켰다.

신혼

　결혼하고 신혼살림을 시작한 곳은 홍성군 홍동면 팔괘리 665번지다. 주 선생님 댁 바로 위에 있는 초가 삼칸 오두막이었다. 이웃 주민이 살려고 지은 집인데 살기가 어려워 탄광으로 가서 비어 있는 것을 남편이 외상으로 사 놓았다. 여러 분들이 축복해 주신 돈으로 외상 집값을 갚았지만, 신혼집에 들어와 보니 숟가락과 사발 몇 개뿐이었다. 시장에 가서 부엌살림과 물두멍(큰 항아리)과 살림 도구를 구입했다. 그때는 우물물을 길어다 먹었으니 두멍은 필수였다. 부엌과 작은 방 두 개에서 차츰 마루를 놓고 벽돌을 빼서 큰방 하나를 들여 서재로 썼다.

　이웃에 주옥로 선생님 댁과 친정이 있어서 울타리가 되어 주었다. 동생 승자는 우리의 후원자 노릇을 열심히 하였다. 나는 결혼 후 최소한의 생활을 각오하고 시작하였다. 감당 못할 어려움은 없었다. 하지만 어머니 눈에는 그렇게 보이지 않는 것이 괴로웠다. 나는 늘 어머니께 빚을 진 기분으로 살았다.

　나는 절약에 절약을 했다. 월급은 적었지만 그 정도의 보수도 어려운 학교 형편으로는 최대의 배려라고 생각하여 불만은 없었다. 정확하진 않지만 화폐개혁 전 금액으로 35,000환이었던 것 같다. 당시 쌀 한 가마에 25,000환 정도였다.

울 밑에 얼마 안 되는 텃밭에 첫 해는 봉숭아며 백일홍이며 이런저런 꽃을 가꾸었다. 꽃을 가꾸는 것은 좋은 일이었지만 해가 바뀌면서 채소를 가꾸었다. 어머니의 영향인 것 같다. 주옥로 선생님 댁에서 밭 두 두둑을 주셔서 감자와 김장 채소를 심었는데 얼마 안 되는 땅이지만 살림살이에 보탬이 되었다.

첫 출산

1963년 3월 23일에 첫딸 화숙이를 낳았다. 22일 아침부터 태기가 있었지만 움직이는 것이 좋다고 하여 전날인 22일 아침부터 움직였다. 어머니가 오셔서 도와주셨다. 22일 밤이 되니 산통이 시작되었다. 진통은 20분 간격으로 좁혀지더니 다시 10분 간격으로 잦아졌다. 남편은 의학대사전을 읽더니 계속 운동하고 유동식을 먹어야 한다고 하였다. 그에 따라 달걀과 우유를 먹으며 진통을 견뎌야 했다. 밤이 지나고 새벽이 되고 다음날이 되었지만 점점 산통이 잦아지는데 조산원이 진찰을 하고 자궁이 아직 열리지 않았다 했다. 기계를 댈 경우를 대비하여 읍내에 있는 병원의 산부인과 의사가 왕진을 왔다. 다행히 저녁 8시에 자연 분만을 했다. 아이가 태어나면서 너무 고생을 해서인지 울지를 못하였다. 거꾸로 들려 몇 대를 맞고야 울기 시작했다. 어머니는 입술이 새카맣게 탔다. 다행히 아이는 건강했다. 마태복음 5장 9절 "화평하게 하는 자는 복이 있나니 그들이 하나님의 아들이라 일컬음을 받을 것임이요."라는 말씀에 따라 화숙(和淑)이라고 이름을 지었다. 아명은 콩쥐라고 지었다.

추석이 돌아왔다. 남편은 학교 일이 많아 나 혼자 화숙이를 업고 시댁으로 갔다. 가는 길은 참으로 힘들었다. 홍성서 기차를 타고 서울역에 내린 후 청량리까지 버스로 가서 원주행 기차로 갈아타고, 원주에서 다시 버스로 횡성에 가고도 이십 리 길을 걸어 들어가야 했다. 날은 캄캄해지고 산길을 몇 고개나 넘어야 하는데 걱정이었다. 횡성읍에서 둔내를 지나 산고개를 오르고 있을 때 군용차가 와서 섰다. 처음에는 겁이 났다. 타야 하나 말아야 하나 망설였으나 탈 수밖에 없었다. 운전하던 군인이 "집이 인천인데, 입대하기 전에 전철에서 만삭인 임산부가 앞에 선 것을 무관심하게 양보하지 않고 지나쳤던 것을 후회한다. 그 후 임산부나 아기 데리고 있는 부인들에게 양보심을 갖게 되었다."고 이야기해 주었다. 그는 군인 장교의 운전병인데 오늘 낮에 상사가 친구들과 산에 올라가 놀다 술이 만취하여 군화를 벗어놓고 귀대했기 때문에 상사의 군화를 찾으러 가는 길이라고 했다. 군 장교가 만취한 것은 잘못이지만 나에게는 하나님이 천사를 보내 주신 것과 같았다. 산 고갯길을 몇 고개 넘어 인가에 가깝게 내려주어 얼마나 고마웠는지, 얼결에 내려 생각하니 연락처를 알아 고마움을 전하지 못한 것이 후회가 되었다. 그 군인의 앞길에 하나님이 축복해 주실 것을 기도했다.

횡성 시댁에서 화숙이는 많은 사랑을 받았다. 두 살 위인 사촌인 익표는 끔찍이 화숙이를 좋아하고 위해 주었다. 충남은 타작할 시기가 아니었는데 강원도는 추수가 한창이었다. 거기서 먹은 맛있는 햅쌀밥이 오래도록 기억에 남는다. '산 좋고 물 좋다'는 말이 어떤 뜻인지 실감이 되었다. 나는 강원도에 가서 살고 싶었다. 며칠을 묵고 돌아오는데 어린 것을 업고 어머님이 주시는 곡식도 조금 있었다. 그런데 남편이 책을 가져오라는 부탁을 했었다. 짐이 많고 아이도 있으니 거절할 수도 있었으련만 거절하지 못하고 책을 들고 가져오면서 너무 힘들었던 것을 평생을 두고 잊지 못한다. 홍성역에 오면 마중을 나오려니 기대를 했으나 역에 와 보니 아무도 없었다. 어린 것을 업고 양 손에 짐을 들고 십 리 길을 오면서 화가 머리끝까지 치밀었다. 학교 운동장까지 오니 남편은 집에서 학교로 가고 있었다. 깜짝 놀라 달려와 짐을 받아 갈 줄 알았는데 학교에 무슨 큰 일이 있는 것도 아니었으련만 소 닭 보듯 했다. 몇 해를 두고도 그 일을 생각하면 이해가 안 갔다. 여러 모로 생각해 보았다. 학생들 보는데 짐을 받아 드는 것이 쑥스러워서였을까……? 남편은 '공과 사를 구분하는 태도'라 하지만 나는 아직도 이해가 되지 않는다.

아이들(1) 출생

홈벽돌로 닭장을 지었다. 닭을 50마리 정도 키웠는데, 알을 낳으면 장날에 이고 가서 장사꾼에게 팔았다. 닭을 기르기는 했지만 달걀은 특별한 때 외에는 먹지 못했다. 화숙이가 돌도 되기 전이었는데 아이를 재워 놓고 계란을 팔고 왔다. 두 시간이 거의 되었는데도 깨지 않고 자고 있었다.

화숙이 낳은 다음해 1964년, 둘째의 해산날이 가까워졌다. 12월 초가 예정일이라 시어머님이 해산바라지를 하려고 왔다. 일주일이 지나고 열흘이 지나도 산기가 없었다. 추위가 매서워졌다. 어머님은 건강이 좋지 않으신 듯 음식을 잡숫지 못하고 잠만 주무셨다. 결국 해산바라지를 할 자신이 없다며 중순 경에 강원도 댁으로 돌아가겠다고 하였다. 영보 아저씨(영보아저씨는 아버님의 서당 제자 분으로 친자식보다 더 지성으로 부모님을 생각하던 분이다.)가 모시고 갔는데 너무 고통스러워하셔서 업고 가다시피 했다고 한다.(시어머님은 병원 진찰 결과 대장암 판정을 받으셨다. 어머님의 병환은 이후 점점 깊어져서 결국 다음 해 4월에 돌아가셨다.)

음력 15일 보름밤 모임이 있는 날이었다. 남편은 내가 산기가 있는 것을 보고 보름밤 모임에 나갔는데, 11시가 다 되도록 돌아오지 않았다. 남편의 무심함에 화가 났다. 11시 넘어서 분만했다. 순산이었다. 그날이 12월 19일이었다. 이름을 남숙(南淑)이라고 지었다. 아버님은 강원도에서 충청도가 남쪽 멀리로 생각되었는지 남 자를 지어주었다.

해산바라지는 친정어머니가 해 주었다. 12월 말 날씨는 매서웠다. 그래도 얼음을 깨고 냇가나 우물에 가서 빨래를 해야 했다. 죄스러운 마음이었다. 어머니는 5일을 계시다가 동생 승자에게 일을 인계하고 집으로 가셨다. 승자가 일주일을 산바라지를 해 주었다. "더 하고 싶어도 한 입이라도 보태면 부담이 된다고 양식을 줄이는 차원에서 가야겠다."는 마음이었다고 한다.

추위에 해산 모가 조석을 하고 아기 빨래며 살림을 한다는 것이 지금 생각으로는 불가능한 것 같은데 살살 살림을 하다 보니 다리에 힘이 생기고 적응이 되었다. 첫 날은 못할 것 같았는데 조심조심 움직이면서 하루하루 건강이 회복되었다. 그 뒤로 겨울에 출산한 아이가 셋인데 그래도 산후조리 못해서 건강이 나쁜 증세가 없으니 감사하다.

1965년, 이덕준 선생님 댁에서 나무를 얻어 돼지 집을 지었다. 돼지 집은 지어 놓고도 돼지새끼 살 돈이 준비되지 않아 비어 있었다. 그때 동두천에 사시는 김봉국 선생님이 우리 집에 방문하셨다. 빈 돼지 집을 보고 돌아가셔서 돼지새끼 한 마리를 보내주셨다. 새끼를 6개월 기르면 비육돈으로 팔 수 있었다. 다시 새끼를 사서 비육시켜 팔면 1년에 두 마리가 된다.

그해 흙벽돌을 찍어 방 하나를 들였다. 2회 수업생 정복 씨가 방을 들이는 데 도와주었다. 후에 정복 군 삼남매 자취방으로 함께 1년을 살았다. 1년 후 정복 삼남매가 구정리로 이사하고 그 방을 서재로 쓸 수 있었다.

결혼 3년차 음력 동짓달 스무하루 날이 어머니 회갑이었다. 어머니의 도움만 받는 것이 늘 죄송했다. 회갑에 무엇을 해 드려야 할지 고민을 했다. 그 시절에는 털실로 짠 속치마와 스웨터가 유행이었다. 추운 겨울에 아주 좋은 선물이라고 생각했다. 큰마음 먹고 털 속치마와 스웨터를 해드렸다. 어머니는 어려운 살림에 과한 선물이라고 생각하시고 몹시 고마워 하셨다. 작은 것 하나에도 감동하시는 것이 어머니의 마음이었다.

어머니는 쌀 계를 하였다. 8명이었던 것 같다. 2년을 치른 20가마짜리 쌀계를 주셔서 6년을 더 치렀다. 곗돈은 1년 동안 돼지 두 마리를 길러 팔아 치렀다. 이 계로 1973년에 쌀 스무 가마를 탈 수 있었다. 신혼부터 근근이 모은 돈과 합하여 논 750평을 145만원에 샀다. 제일 기뻐하신 것은 어머니였지만, 풀무 식구들과 학생들이 함께 기뻐해 주었다. 첫해 농사는 학생들이 모를 심었고 벼 베기도 함께 해 주었다. 초기 풀무학교는 학교라기보다는 가정과도 같았다.

1967년 2월 11일에 영표를 낳았다. 어머니는 아들을 무척 기다리셨다. 딸만 위로 둘을 낳다보니 늘 걱정이었다. 어머니가 아들이 없는데 내가 딸만 낳으면 어찌하나 싶었던 모양이다. 그런데 셋째는 기다리던 아들이었다. 너무 기뻐하여서 모처럼 효도를 한 것 같았다. 경사였다.

감사한 일이었다. 어머니는 일년 중 제일 추운 때이지만 어려움을 모르고 해산바라지를 하였다. 이름을 영표(永杓)라고 지었다. '영원한 진리를 찾고 바라보며 살라'는 뜻이다. 영표는 건강하게 자랐다. 순해서 운동장이나 뫼 마당에서 놀다가도 졸리면 아무데나 쓰러져 잤다. 뒤돌아보면 너무 위험한 일이었지만 그래도 무사히 커갔다. 날렵하기보다는 순박하고 건강해서 든든했다.

1968년 11월 28일에 진숙(眞淑)을 낳았다. 진숙이는 아무 표 없이 임신이 되었다. 영표가 돌이 지나고도 아무런 임신 증상이 없었다. 조심스럽게 의아한 마음이 들 즈음에 아기 태동이 있어서 임신인 줄 알았다. 산달이 언제인지도 잘 몰랐는데 산기가 있어 몇 시간 진통 끝에 순산을 했다. 어머니는 어려운 집안에 아이들이 계속 생기는 데다 딸을 많이 낳았다고 섭섭해 하였지만 나는 하도 쉽게 낳은 아기라 섭섭함을 느끼지 못했다. 클 때도 건강하고 순둥이로 컸다. 말이 없고 책을 좋아했다.

진숙이 낳던 해에 아버님을 모셔왔다. 어머님이 돌아가시고 난 뒤에 대관대리에서 사셨으나 아무래도 우리가 모시는 것이 좋을 것 같아 모셔왔다. 처음에는 어려운 점이 많았다. 우선 아버님 옷 수발이 어려웠다. 결혼 전에 저고리 몇 개를 꿰매 보았지만 아버님 바지저고리며 두루마기 모든 것이 서툴렀다. 그리고 서로가 여러 모로 몇 달 동안 조율 기간이랄까, 적응기간을 거쳐야 했다. 하지만 아버님은 나를 딸같이 생각하시고 살림을 찬찬히 챙겨 주며 무엇이든 도와주셨다. 아버님은 유머가 많으셔서 무슨 말씀이든지 재미있게 구사하였다. 남편에게 불평을 하였지만 직접 하지는 않고 내게 푸념을 하셔서 미안함을 표한 것 같다. "버스 차장 월급도 못 받으면서 학교에서 밤낮 없이 무슨 일이 그리 많은고?" 이런 식이었다. 주옥로 선생님 사모님이 시아버님과 며느리가 어찌 그리 다정하게 지내느냐고 부러워하였다.

그때 나는 가계에 보태기 위해 양계를 하고 앙고라토끼도 열 마리 정도 길렀다. 염소를 길러 젖을 짜 먹었다. 가축 기르기만으로는 가계에 큰 보탬이 되지는 않았지만, 아버님은 늘 내 일을 도와주었다. 또 흙벽돌로 닭장 짓는 것을 주선하였다. 아버님은 어린아이들을 돌보는 것뿐 아니라 산밭에 곡식을 화초처럼 잘 가꾸고 마치 정원처럼 만들어 알차게 수확하였다. 그 밭에서 고추를 따기도 했고, 고구마를 심어 일곱 가마를 캐어 겨울부터 여름이 다 되도록 점심으로 큰 양식이 된 것을 잊지 못한다. 얼마나 고맙고 기뻤던지?

일을 열심히 하였지만 그러면서도 항상 단정한 차림이었다. 신문과 책을 읽으셨으며, 성서 잡지도 보셨다. 집회에는 나오지 않았지만, 자식들의 신앙을 이해하셨다. 말년에 막내딸 정숙이가 할아버지에게 예수 믿으라고 전도하는 편지를 보냈는데. 그걸 읽으시면서 "저만 믿는 줄 안다."고 하셨다. 본인도 마음 속으로는 믿고 계신다고 표현하신 것 아닐까?

남편은 학교는 지역사회의 중심에서 지역과 함께 커가야 한다고 생각하였다. 그래서 지역의 여러 가지 사업에 관여하였고 꾸준히 일을 만들었다. 1969년에 교내 소비조합과 도서조합을 시작하였다. 소비조합은 주로 홍성에 있는 홍남상회에서 주로 학용품을 사다가 학생들에게 공급했다. 일주일에 몇 번씩 학생들이 학용품을 구입하여 짐자전거로 운반하였다. 아버님이 맡아하시기도 하고 내가 한때 맡기도 하였다. 어떤 때는 더 들어온 때도 있어 물건 값을 되갚기도 하였다. 또 덜들어온 때도 있었는데 다음에 가서 사실을 확인하고 값을 빼기도 하였다. 이렇게 서로 신뢰로써 좋은 관계를 유지하였다. 학용품을 다루다가 뒤에는 사료와 농기구도 취급했다.

도서조합은 서울 청계천 헌책방에서 내용이 좋은 책을 골라 학생들에게 공급하였다. 책 구입은 손수 남편이 청계천에서 하루 출장을 가서 구해 왔다. 한 번은 책을 세 박스 정도 사서 가장 가까운 간이역인 신성역으로 가지고 왔는데 밤이 늦었다. 세 박스를 다 들고 올 수가 없었다. 그래서 일정 거리를 두 박스를 들고 가다 내려놓고, 다시 되돌아가서 한 박스를 더 가져오는 식으로 날랐다. 학교에 도착하니 열두 시가 넘었다. 역에다 맡겨놓고 다음에 학생들과 함께 가서 가지고 와도되련만 남을 시키는 것을 싫어하는 성격이어서 혼자 끙끙거리며 그 짐을 날랐던 것이다. 이것이 도서조합의 전신이다.

신용협동조합도 그해에 시작했다. 풀무신협 조합원 1번이 남편이다. 임실에서 신용조합을 한다는 말만 듣고, 임실조합을 방문하여 자료를 얻었다. 제일 먼저 주옥로 선생님과 최성봉 선생님 남편 셋이서 조합원이 되었다.

이것이 착실히 커나가서 6년 뒤인 1975년에는 소재지로 나와 정식으로 독립했다. 학교에서는 신용협동조합의 독립을 적극적으로 지지했다. 정규채 씨가 전무가 되고 주옥로 선생님이 이사장으로 책임을

졌다. 사채업이 성해서 고리의 이자에 쪼들리는 주민들이 많던 시절이다. 지금 풀무신협은 많은 자산을 확보하여 전국에서 가장 건전한 조합 중 하나로 알려져 있다.

1969년 연말에 드라크마 회에서 우표 수집을 시작했다. 수익금으로 농촌 의료·교육에 쓰자고 했다. 우표 100만장 모으기 운동이었다. 교지뿐 아니라 한국일보에도 기사가 나가서 전국에서 우표를 보내왔다. 남편은 다 쓴 우표 10장씩 보내온 사람들에게도 모두 감사엽서를 보냈다. 거기다 우표를 떼서 말리고 부치고……. 송두용 선생님이 오셔서 보시고 너무 시간이 아깝다고, 그 시간에 공부하라고 만류하셨다. 하지만 남편은 작은 정성이 모여야만 큰일이 된다고 말하며, 꾸준히 모았다. 100만 장을 다 모았는데 막상 받은 돈은 몇만 원 밖에 되지 않았다고 한다.

또 종이를 만들기 위해 나무를 자르면 자연이 훼손된다고 해서 폐휴지를 활용하자면서 창고에 모으기를 몇 년이나 했다. 웃으며 떠올린 기억으로는, 학생에게 홍동초등학교 쓰레기통에 가서 폐지를 주워오라고 했는데 제자가 그것만은 못한다고 해서 그만 일도 못 하느냐고 말한 적이 있다고 한다. 천안에 가서 종이재생기술을 살피기도 하고, 신문지에 습기를 가하여 농산물 포장재 만드는 기계를 영국에서 들여올 생각이었으나 학교에서 동의를 못 얻은 일도 있다. 그는 학교에 도움이 되는 일이라면 서슴지 않고 했다. 그러다 보니 집에는 밥 먹고 잠만 자러 왔다고 해야겠다.

1971년 1월 23일에 다섯째가 태어났다. 이름을 정숙(淨淑)이라고 지었다. 할아버지가 키워 주신, 안쓰럽고 귀여운 아이였다. 동네에서도 제일 사랑받는 어린이로 학생들과 모든 사람들의 귀여움을 받았다.

화장품 판매

1971년 남편이 일본 오비린 대학에서 유학 수락을 받았다. 무교회에서 학문할 사람을 기르기 위해 만든 기회였다. 남편이 성경연구를 했으면 하는 바람을 갖고 있던 노평구 선생님이 다리를 놓았다. 나는 이런 기회를 통해 이 어려움에서 벗어날 수 있지 않을까 하고 기대했다. 그리고 개인 성장의 계기로 삼고자 남편에게 가계는 내가 맡을 터이니 공부하고 오라고 권고했다. 그러나 주옥로 선생님이 학교 사정상 지금은 안 된다고 말씀하였다. 그래서 최성봉 선생님이 일본 혜천대학과 애농학교에 가게 되었다.

어쨌든 나는 그 일을 계기로 집안에 수입이 될 만한 일을 찾게 되었다. 시골에서는 별로 일자리가 없었다. 우리 집에는 화장품 외판원이 가끔 들렀다. 나는 그이를 보면서 화장품 판매를 해 볼 엄두를 내었다. 막내의 돌이 1월 23일인데 그 전 11월 말경에 아모레 화장품 대리점을 방문하여 외판원으로 등록했다.

아침 일찍 일어나서 빨래며 점심 준비를 해 놓고 판매 가방을 들고 나섰다. 10개월 된 어린것은 아버님의 몫이었다. 아버님은 불평하지 않으셨다. 아버님은 아이의 기저귀를 갈아 주고 먹을 것을 챙겨 주는 등 여러 가지로 보살펴 주셨다. 당시 큰딸은 초등학교 2학년, 둘째는 1학년, 셋째와 넷째는 취학 전이니 이 아이들을 어떻게 건사하였을까? 지금 생각하면 내가 얼마나 불효를 했는가 싶어 죄스럽기만 하다. 나중에 늦둥이를 낳아 한참 힘들어하던 정숙이는, "할아버지는 어떻게 나를 기르셨는지 궁금하다. 정말 대단하시다. 믿기지 않는다."고 했다. 또 아이들이 정말 착했다는 생각이 들어 고맙다. 지금 생각하면 어떻게 그런 엄두를 냈는지 모르겠다. 사람은 다 살기 마련일까? 지금 생각해 보면 그렇게 살기는 불가능한 것 같다. 모든 것이 기적 같다. 보이지 않는 손길이 보살펴 주셨다고 볼 수밖에는 없을 것 같다.

나는 화장품 세일을 열심히 했다. 장사 수완이 없는 나지만 꾸준함에는 남 못지않았다. 1일과 6일이면 수금한 것을 입금시키고 없는 물건을 채웠다. 하루도 빠지지 않고 판매를 했다. 판매원 중 상위권에 들어 점장의 신임을 받았다.

그때는 화장품 값을 곡식으로 물물교환을 하던 때였다. 될 수 있는 한 정당한 곡식 값을 쳐주었다. 혹시 곡식 값을 덜 쳐주었을 경우 다음에 가서 더 쳐주었다. 이렇게 하다 보니 서로가 믿음을 가지고 거래를 하였다. 같은 판매 사원 중에 됫박 위에 쇠테를 붙이면 훨씬 곡식이 많이 들어간다고 했지만, 검사필 받은 됫박을 고수한 것을 자부한다. 그래서 소비자들과 신뢰를 나누며 거래했다고 생각한다. 약 스무 명의 외판원 중에서 실적이 상위권에 있었고, 그 덕분에 가정 경제에 큰 보탬이 되었다.

일은 고단했다. 가정과 자식들을 키우고 뒷바라지를 하기가 힘들었다. 화장품 판매가 적성에 맞는 것도 아니었다. 아침에는 가방이 무거웠고, 저녁에는 화장품 값으로 받은 곡식이 많아서 머리에는 곡식을, 손에는 가방을 들어야 했다. 어느 때는 30킬로그램이나 되는 곡식이 나온 적도 있었다. 곡식은 홍성 장에 가서 팔아야 했다. 장날이면 홍성 장에 가는 마차꾼 아저씨 댁으로 미리 곡식을 운반해 놓아야 했다. 언젠가 무거운 곡식 30kg을 이고 한등성이를 넘어가 맡긴 적이 있었는데 화장품 가방은 들은 감도 없었다. 만만치 않게 묵직한 가방이 가볍게 느껴진 것은 머리에 인 짐이 그만큼 무거웠기 때문이었다.

시골집 가가 방문을 할 때에 식사하는 집에는 들어가지 못하고 다음 집 식사 시간이 지나기를 기다렸다가 식사가 끝나야 방문을 했다. 그때는 어디에서 점심을 사먹는 일은 없었다. 여건이 되지 않았다. 그때만 해도 다리를 제대로 놓지 않고 징검다리로 건너야 하는데 징검다리를 건너다가 미끄러져서 냇가에 빠진 일이 있었다. 가방의 화장품도 물속에 잠기게 되었다. 그때가 초봄이었다. 물에 흠뻑 빠져서도 남이 볼까봐 날이 저물기를 기다려야 했다.

동료들은 남편들이 실어 날라 주지만 나는 감히 부탁할 생각조차 못 해봤다. 교통수단이 없기도 하지만 나는 그런 생각을 아예 못 한 것이다. 그 후 자전거를 구입, 자전거를 타니까 훨씬 쉬웠다.

아버님이 1975년에 큰집으로 가셨다. 그동안은 화숙이 4학년, 남숙이 3학년, 영표 1학년, 진숙이와 정숙이가 할아버지와 함께 집에서 놀왔다. 아버님도 힘이 들고 이제 아이들도 컸다고 생각하신 것 같다.(아버님은 큰댁으로 가신 뒤에도 한 달에 한 번 오셔서 차근차근 집안을 정리하고 풀을 매 주고 가셨다. 아버님이 세상을 떠난 지금까지 부모님의 극진한 사랑을 생각하며 고마움과 감사를 드린다.)

진숙이와 정숙이는 병아리들처럼 따뜻한 양지쪽이나 학교 근처에서 서로 의지하며 지냈는데, 진숙이가 입학을 하면서 정숙이가 혼자 남게 되니 걱정이었다. 아침에 정숙이를 기숙사 엄마에게 맡기고 나가는데 떨어질 때가 문제였다. 울음바다가 되곤 하여 아침마다 십 원을 주면서 라면땅이나 사탕을 사먹으라고 달래었다. 이런 상황은 2년이 지나 정숙이가 초등학교 입학하면서 안정이 되었다.

1974년, 영표 일곱 살에 초등학교 입학을 했다. 일곱 살에 입학을 해서 그런지 숙제를 혼자 하지 못하고 꼭 도와주어야 했다. 아침이면 법석이었다. 밥을 하면서 숙제를 마치게 하려면 힘이 들었다. 어려서는 몇 개월의 차이가 대단히 큰 것 같다. 여름방학 전까지 아침이면 전쟁이었다. 한 학기를 마치고 2학기 들어가서는 못하면 못하는 대로 독립을 시켰다. 그래도 그런 대로 따라 갔던 것 같다. 영표는 어려서부터 혼자 자랐다. 그만큼 어려움을 많이 겪고 속이 깊어진 것 같다.

초등학교 3학년 때 일이 생각난다. 화장품 판매를 할 때다. 가방 속에 항상 돈이 있었던 것을 유심히 챙기지 못한 것이 불찰이었다. 영표가 얼마의 돈을 가져가 친구와 참외를 사 먹은 것을 알게 되었다. 그맘때면 누구나 있을 수 있는 일인데, 바르게 키워야 한다는 마음으로 엄하게 대했다. 그 후로는 그런 일이 없었다. 엄하게 대하는 것이 좋은지,

자유롭게 포용해야 하는지? 무엇이 옳은 지는 잘 모르겠다. 나는 아이들을 정신없이 키웠다. 그것을 생각하면 지금도 가슴이 아프다. 그저 잘못되지 않고 자라준 것이 감사하다.

화숙이는 건강하고 순하게 잘 자랐다. 여덟 살에 초등학교에 들어가 선생님 말씀을 착실히 따르고 공부도 열심히 했다. 그런데 아이가 2학년 때 엄마가 일을 시작하니 아이가 마음에 짐을 갖게 되었다. 내가 조금 일찍 들어와 아이들을 보살펴야 했는데 물건 팔 욕심에 한 집 한 집 더 가다보면 해가 떨어졌고, 그제야 급히 발걸음을 집으로 옮겼었다. 초등학교 시절, 엄마가 없는 집안은 화숙에게 늘 쓸쓸했다고 한다. 화숙이는 밥을 연탄에 얹어 놓고 놀다가 태우기가 일쑤이면서도 맏이라는 책임감을 무겁게 느꼈던 것 같다. 밥을 안쳐야 한다는 생각 때문에 저녁노을이 질 때면 심란해지는 마음이 중년까지 이어졌다고 한다. 착한 큰딸 화숙!

미안한 마음이 든다. 그래도 그 전에는 꽁보리밥밖에 못 주었지만, 화장품 가방을 들면서 쌀밥을 먹이고 장날이면 생선이나 과일 이라도 사 줄 수 있지 않았나 하고 그나마 위안을 삼곤 한다. 영표는 그때 무를 넣어 푹 지진 꽁치와 고등어를 좋아했는데 지금도 그렇다.

지금까지도 부끄러운 일이 있다. 화숙이와 남숙이가 초등학생 때였다. 아이들은 모처럼 홍성 나들이에 들떠 있었다. 남숙이는 독창을 하고 화숙이는 합창을 하는 대회에 나가는 날이었다. 남숙이가 20원을 달라고 했다. 아이스케이크 하나에 20원 할 때였다. 울며불며 떼를 쓰는 것을 우산대로 때린 것이 빌려 입은 화숙이 세일러복이 찢어지는 실수를 저질러 20원이 아니고 200원 옷 한 벌을 물어주는 손해를 보았다.

1976년, 화숙이가 풀무중학교를 입학했다. 그때는 학교가 어려움을 겪고 있었고 중학 과정이 폐지되기 직전이었다. 중등 과정을 마치고 고등부에 진학하여 6년을 마쳤다. 이후 여섯 아이가 모두 풀무학교를 다녔다.

다음해인 1977년에는 남숙이가 중등부에 입학하였다. 둘째 딸 남숙은 언니와는 연년생이다. 성격이 명랑하고 어떤 상황에서도 잘 적응했다. 성격이 활달하고 살갑고 인정이 많았다. 친구들과 사이도 좋았다. 항상 친구 집에 돌아다니기를 좋아하여 봄이면 진달래꽃을 많이 따와서 진달래술을 담가 노평구 선생님 약으로 보내드리기도 했다. 남숙이는 풀무학교를 참 좋아했다. 남숙이는 풀무 중등부 마지막 회였다. 남학생 네 명에 여학생은 정확하지 않으나 반원들이 몇 명 되지 않은 가운데 홍동중학교에 합격한 친구를 풀무로 빼 오기도 하는 등 풀무의 팬이었다. 가장 어려울 때 풀무학교를 다녔으면서도 학교에 대한 자부심이 대단하다. 중등부를 마치고 고등부에 진학하였다. 고등학교 1학년 무렵 신장염을 앓아 휴학을 하고 수박 단식을 2주 하기도 했다. 그 덕분에 신장염을 치료하고 건강해졌다. 의지력이 대견하다.

뒤돌아보면 아이들을 돌보는 일에 남편에 대한 언급이 없었다. 아빠로서 아이들에게 전연 무관심하기까지는 않았겠지만 나는 그 사람의 아빠 역할에 대해서는 아예 기대를 안 했던 것 같다. 그 사람은 '공인(公人)'이라는 생각에서였을 것이다. 본인도 '나는 집안 사람이 아니라 학교의 사람'이라면서 학교일보다 집안일에 관심을 갖는 것을 용납을 않고 있었다. 늘 학교일이 먼저였고, 집안일은 나중이었다. 어느 여선생이 "홍 선생님은 사모님이 길을 너무 잘못 들였다."고 말했다는 것을 들은 적도 있다. 나는 불평을 모르는 못난이였을까, 아니면 그것이 하나님이 나에게 주신 사명이었을까? 잘 모르겠다.

바깥 활동을 하면서 크고 작은 일화도 있었다. 초창기 풀무학교 교사라는 자리는 무시 받기 쉬웠다. 풀무 교사 부인을 대단하게 생각하지 않는 것은 당연한 일이다. 그래서 어느 사람이 집적거리는 행동을 하기도 했다. 지금 말하면 성추행이라고나 할까. 나는 나를 무시한 것이 아니고 남편을 무시한 거라고 생각하여 남편 앞에 무릎을 꿇리고 용서를 빌게 한 적이 있다.

화재와 이사

화장품 판매는 꾸준했다. 그때는 땅값이 지금보다는 저렴했기 때문에 결혼 초부터 근근이 모은 돈으로 지금 농협 자리 옆의 논 750평을 샀다. 벼농사를 지어 벼를 거둬들였다. 뒤주에 벼를 하나 가득 채웠다. 꿈만 같았다.

호사다마라는 말이 있던가? 1977년 11월 11일, 이리역 폭발 사건이 나던 날이었다. 그날은 홍성 장날이었다. 아침에 아이들과 옷을 사다 준다고 약속을 하고 나갔다. 장에 가서 아이들 옷을 사가지고 집에 돌아왔다. 마침 정전이었다. 안방에서는 아이들이 촛불을 켜놓고 학기말고사 준비 중이었다. 내가 돌아오는 기척에 모두 건넛방으로 몰려왔다. 옷을 입어보고 좋아하고 있는데, 무슨 소리가 들렸다. 남편이 장난하는 줄 알고 "장난치지 말고 들어오세요."라고 했으나 아무 대답이 없고 탁탁 하는 소리가 이제는 탕탕 튀는 소리로 변했다. '장작을 패나?' 싶었다. 그것이 안방에서 텔레비전 브라운관 터지는 소리였을 줄이야. 한참 뒤 내다보니 불이 안방을 환하게 집어삼키고 있었다. 아이들이 방안에서 끄지 않고 나온 초가 넘어져 나일론 장판에 불이 붙었고 그 불이 삽시간에 온 방안을 태워버렸던 것이다. 지붕 개량할 때 보온이 되라고 천정에 삭은 짚을 하나 가득 채웠기 때문에 불이 더욱 쉽게 옮겨 붙었다. 어머니가 해 주신 장이며 서랍장, 이불, 요, 어렵게 장만한 재봉틀, 텔레비전, 옷 한 벌 남김없이 다 탔다. 하늘이 노랬다.

학교 식구와 학생들, 주 선생님 집 아저씨, 선생님들 모두 양동이로 물을 퍼 날랐지만 역부족이었다. 아랫집 아저씨가 지붕에 올라가 슬레이트를 망치로 깼다. 이렇게 해서 조금씩 불길이 잡혀 가는데 소방차가 와서 불을 완전히 잡았다. 이미 살림은 다 타 버린 뒤였다. 다행히 뒤주의 벼는 안전했다. 책은 모두 밖으로 내던져 한 권도 타지 않았다. 부엌 옆으로 방을 들여 서재로 썼던 것이다.

우리는 온 식구가 1년간 학교 기숙사 뒷방 신세를 질 수밖에 없었다. 그런 와중에 막내가 임신이 된 사실을 알게 되었다. 화재로 인해 난감한데 임산부로서는 화장품 판매를 할 수가 없었다. 고민에 고민을 했다. 산부인과를 갔다. 의사는 남편과 함께 오라고 했다. 그해 동기집회 성서 모임을 주 선생님 댁에서 했다. 유희세 선생님이 하시는 구약 공부에서 신명기 강의를 들었다. 하나님의 뜻에 따를 때 최선이 이루어진다고 믿고, 뜻에 따르기 어렵다고 인간적으로 판단하는 생각을 접기로 결정했다. 1978년 3월에 화장품 판매 일을 정리했다.

어려운 일이 겹쳤다. 화재 난 다음해 일이다. 영표가 트랙터에서 떨어져 뇌진탕이 의심되어 병원에 입원했다. 그때는 트랙터가 흔치 않을 때였다. 선배가 모는 트랙터 뒤에 타고 있다가 떨어진 것이다. 선배는 급히 달리느라고 뒤에서 사람이 떨어지는 줄도 모르고 그저 작업하러 갔다. 트랙터에서 떨어진 영표는 제 정신이 아닌 채 집으로 달려왔다. 그리고 머리를 감싸고 죽는다고 울기만 하는 것이었다. 급한 대로 트럭을 타고 의료원 중환자실에 입원을 시키고 사진을 찍고 결과를 지켜봐야 했다. 구토가 조금씩 가라앉고 잠이 들었다. 하룻밤을 기도하는 맘으로 지낼 수밖에 없었다. 다행히 큰 병원 신세를 지지 않고 집으로 돌아올 수 있었다.

그러나 어려움은 절망으로만 이어지지는 않았다. "화재가 나면 부자가 된다."는 말이 있다. 시아주버님 댁에서 집터를 사라고 120만원을 주셨다.(큰집에서는 그 뒤로도 아이들이 입학할 때마다 입학금 일부를, 결혼할 때마다 큰 금액을 보태주었다. 지면을 통해 감사드린다.) 45만원을 보태서 갓골 밭 669평을 샀다. 화재가 났던 집은 남의 터였다. 100평 못 되는 좁은 공간이었고 해마다 임대료도 내야 했다. 거기에 비해 새 땅은 얼마나 넓은 터전인지. 감사 또 감사했다. 돌아보면 절망스러울 수밖에 없는 상황인데 그 속에서 도움을 주신 여러 분들과 지켜 주신 손길이 있었기에 오늘이 있었다. 집터를 사주신 큰집, 사랑이 담긴 성금과 기도를 주신 여러분에게 힘입어 위기를 넘길 수 있었다.

1978년 3월 서울 신당동 엄해식 선생님이 일식집을 헐고 양옥을 지으려 한다며 일식집을 뜯어 가라고 하였다. 나는 막내 승표를 임신하여 5개월 되었다. 최성윤 목수님의 지휘 아래 인부들 5명을 데리고 신당동으로 갔다. 같이 가신 분들은 정말 좋은 분들이었다. 열심히 집을 뜯는데, 어찌나 치밀한지 일본 사람들의 일솜씨에 감탄하기는 하였지만 집 헐기가 너무 힘들었다. 일하시는 분들의 식사를 삼양동 일심병원 뒤채에서 신당동까지 하루 세 때를 해 날랐다. 나르는 것도 어렵지만 일꾼들의 식사가 얼마나 허술했을까? 하루 점심을 풀무학원 이사이신 오영환 선생님과 김석하 사장님이 불고기를 실컷 먹게 사 주셔서 일하는 분들이 두고두고 잘 먹었다고 고마워했던 것을 잊지 못한다.

3일을 작업하여 트럭 2대에 싣고 와서 학교 운동장에 부렸다. 헌 재목을 그대로 쓰는 것은 아니었다. 손질을 해야 하는데 못 하나하나를 빼야 했다. 일꾼을 사서 하기에는 품이 많이 드니 못을 빼는 것은 집안 식구들의 몫이었다. 임산부의 몸으로 여름날 못 빼는 작업을 하기가 정말 힘들었다. 하지만 집을 지을 희망으로 더위를 무릅쓰고 작업을 하였다. 7월부터 집을 짓기 시작한 것 같다. 최성윤 목수가 지었다. 서울에 있던 그대로 설계를 하여 짓기 시작, 화재가 났던 11월 11일까지 완성하는 게 목표였는데 기한이 조금 연장되어 11월 20일이 넘어 입주했다.

다락도 넓고 대청도 넓고 방도 네 개나 되었다. 수세식 화장실은 홍동면에서 최초라고 했다. 11월 말경에 입주 예배를 드렸다. 서울서 엄해식 선생님과 오영환 선생님 사모님들이 오셨던 것으로 기억한다. 집 짓는 일을 함께 해 준 동네 분들과 조카 우직에 대한 고마움을 잊을 수 없다. 그런데 미처 생각을 못하고 기존 평수를 줄이지 않고 크게만 지은 데다 방한이 전혀 안 된 것이 흠이었다. 급하게 짓느라고 더 그랬지만 벽에 틈새가 훤하게 나서 방안에 빨래를 걸어 놓으면 휘휘 움직일 정도였다. 당시 풀무에 영어회화 강사로 왔으며 지금은 유엔 농업과 식량기구에 있는 캐빈 선생님이 석면을 한 트럭 싣고 와서 천정에 깔았다.(그때는 석면이 발암물질이라는 걸 전혀 몰랐다.) 그 뒤 보온이 조금은 되었다.

우리 집을 짓기 전의 갓골은 주정민 씨의 부모님이 사시는 집과 상엿집밖에 없었다. 바람 부는 밤이면 상엿집 함석 소리가 을씨년스러웠다. 남편은 우리집이 이주자 1호가 되어, 앞으로 마을이 만들어질 것이라고 입버릇처럼 말했다.("말이 씨가 된다."더니 학교가 들어서고 동네가 만들어지는 것을 꿈꾸었는데 그것이 실현되어 가고 있다. 어린이집, 전공부, 뜸방, 비누조합(지금은 없어짐), 도서관까지 건립된 것은 정말 꿈만 같다. "믿음은 바라는 것의 실상이요 보지 못하는 것의 증거"라는 성경 말씀이 실현되는 것이 아닌가.)

집 짓기가 시작된 7월에 막내아들 승표를 출산했다. 1978년 7월 27일이었다. 찌는 듯이 더운 때였다. 7년만의 출산이 초산보다 어려웠다. 임신중독증이 있어 산부인과에서 힘들게 낳았다. 그래도 난산은 아니었다고 생각한다.(그러나 하나님은 나를 또 한 번 시험하였다. 승표가 돌도 되기 전에 또 임신을 한 것이다. 또 출산할 용기와 힘이 없었다. 도저히 뜻에 따를 수가 없었다. 뜻에 순종했더라면 완전수인 일곱 자식을 갖게 되었을 텐데, 순종했더라면 하나님이 다 인도했을 텐데, 하는 생각과 건강이 감당 못할 때는 의사들도 아이를 지우게 한다는 두 생각 사이에서 이따금 헤어나지 못한다.) 승표(承杓)라고 이름을 지었는데, 아버지 뜻을 이으라는 의미에서 내가 지은 이름이다. 그러나 그 소망이 어떤 형태로 이루어질지는 알 수 없는 일이다. 그저 믿음으로 낳은 아들이니 믿음으로 살아가길 기도할 뿐이다.

승표는 남편이 외국에 갈 때마다 심하게 앓곤 하였다. 남편이 5개월 정도 필리핀에 연수를 받으러 간 일이 있었다. 열이 너무 심해 홍성제일병원에 갔더니 겁을 주면서 입원을 하라고 했다. 최태사 선생님 말씀을 따라 일심병원에 갔다. 복음병원 장기려 박사님이 서울에 계시니 함께 가보자고 하였다. 진찰을 하더니 안심시키면서 열이 나는 것은 병을 이기고자 하는 것인데 부모들은 겁을 내고 과하게 해열제를 주어서 아이를 약하게 만든다고 하였다. 그 말씀을 득고 놀란 가슴이 진정되었다. 몸도 차츰 나아졌다.

남편이 유럽에 갔을 때도 많이 아팠다. 무관심하다고 하지만 남편이 집을 비우면 아이가 심히 아픈 것은 무슨 뜻인지?

나는 아이들을 키우며 농사를 지었다. 가끔 남편이 아르바이트로 번역을 해서 살림에 보탰다. 남편이 번역한 책은 번역상을 받은 적도 있고 추천도서로 선정되기도 했다. 번역료도 받았다. 이렇게 그때그때 살 길을 허락하였다.

ICCO 지원

　화란(네덜란드)에서 국가 예산으로 교회를 통해 해외 원조를 하던 곳이 ICCO (개신교회 개발지원 조정위원회)다. 그 나라의 종교인구의 비율에 따라 가톨릭과 개신교를 나누어서 지원을 한다고 했다. 거창고등학교 전영창 씨와 장기려 박사가 북한에서 월남한 피난민을 의료 구제하는 일에 ICCO 지원을 받았는데, 전영창 씨가 풀무학교를 소개했다. 그때가 1977년이었다. 화란의 한국 담당 직원 두 명이 학교를 방문했다. 두세 달 만에 지원금과 지원내용을 어떤 기준으로 해야 할지 피지원국의 입장에서 같이 협의하여 정하자고 해서 아시아 대표 2명 중 한 명으로 화란에 두 번을 다녀왔다. 그때 남미·아프리카·유럽을 여기저기 돌아보고 오느라고 집을 한 달 반 정도 비웠다.

　당시 풀무학교 행정실장이었던 이번영 씨 기억으로는 그때 돈으로 1억 5천만 원 정도 된다고 했다.(ICCO에서 그때 일하던 직원이 3년 전(2014년)에 한국에 와서 풀무를 잊지 않고 찾아왔다. 그들은 지원을 하고 감사는 하지 않았는데, 풀무의 성과를 보고 매우 놀랐다. 그때 약속한 것 중에서 모든 것을 다 했고, 못 한 것은 식가공조합과 양어장 뿐인데 그것도 이제 마저 진행할 예정이다. 다른 나라를 지원하느라고 요즘에야 자기네 사무실을 마련했는데, 그 사무실에는 들어가자마자 풀무학교에서 준 선물과 인형, 감사패가 걸려있다고 말해 주었다고 한다.) 그 돈으로 학교와 갓골의 땅을 샀고 풀무생활협동조합, 갓골어린이집, 풀무학교 고등부 교실 및 농업 실습지, 농기계조합, 전공부 축사 등 여러 가지 사업을 벌이는 기초를 마련했다.

화란 회의를 마치고 독일에 들렀을 때 일이다. 무교회 집회의 김봉규 선생님 따님이 서독에서 간호사를 하고 있었는데, 그 집에서는 한국 간호사들끼리 성서모임을 했다. 그 모임에서 모금을 했다며 여비에 보태라고 남편에게 주었다. 남편은 이것을 개인적으로 쓰는 것이 마음에 허락되지 않았다. 한국으로 돌아와 어린이집을 짓기 위해 모금을 하면서 그 돈을 보탰다.

지금은 갓골어린이집이 존재가치를 인정받고 있지만 초창기에는 별로 호응하는 사람이 없었다. 그때 초등학교에서 병설 유치원이 생겨 시설과 예산을 확보하고, 자격 있는 유아교육과를 나온 선생님이 가르치고 있었기 때문이다.

하지만 김애은 선생님과 유희세 선생님, 송두용 선생님이 적극 호응을 하셨다. 독일에서 실시하는 상황중심 교육을 도입하려 연수도 받았다. 외부에서 전문가가 어린이집을 방문하기도 했다.

운월리 주정하씨가 작업을 맡아 건축이 시작되었다. 건축을 하는 데도 이견이 많았다. 수세식 화장실을 짓는다고 이사들 중 어떤 분은 사퇴를 하기도 했다. 그때만 해도 변소와 사돈집은 멀어야 한다는 생각에서였다.

이영숙 선생님과 진인숙 선생님이 아이들을 맡아 가르쳤는데 거의 무보수에 가까웠다. 독일에서 상황교육을 공부한 송갑근 씨가 어린이집 교육이 정착될 때까지 1년 정도 같이 있었다.

1980년 3월 22일부터 8일간 유네스코 국제 청년대회가 있었다. 한국유네스코와 케빈이 상의해서, 국제 유네스코 워크 캠프를 열어서 캠프 기간에 대체공업연구소를 건축하기로 했다. 터를 잡고 모든 자재를 모아놓았다. 국제회의 13개국 108명의 참가자들이 참가하였는데, 케빈이 연구소의 터를 닦고 기초공사를 했다. 남편은 아시아 분과 회의 의장으로 자금 배분 등을 했다. 15평의 집을 짓고 대체공업 책들을 수집하였다.(후에 연구소를 황연하 선생님이 맡으셨으나 성공적으로 운영이 되지 않았다. 택지로 팔아 김현자 선생 댁을 지었다. 안타깝지만 후에 태양광에 관심을 갖고 대체에너지를 보급하는데 불씨가 되었다고 생각한다.) 그때 내가 밥을 해서 지어 날랐다.

그때 갓골에 막 이사왔는데, 집에 손님이 없을 때가 별로 없었다. 늘 누군가가 와 있거나 새로 왔다. 어린이집 때문에 일이 많았다. 남편이 상황중심 교육에 대해 배운다고 독일에 한 달 반 가량 있었던 적도 있었지만, 다른 사람들이 찾아오기도 했다. 송갑근 씨도 그중 한 명으로서 우리 집에서 1년 정도 밥을 같이 먹었다.(그는 독일에서 유아교육을 공부한 사람으로서, 갓골어린이집에 자원해서 일했다. 그는 이후 스위스로 가서 박사논문에 풀무학교를 소개했다. 노엘이라는 그의 제자는 홍성에 와서 태권도를 배우기도 했다. 그의 엄마가 자신이 운영하는 빵가게 수익금을 보내주어서 도서관

건축비와 어린이집 건축기금에 정성을 보태기도 했다.)

　　나는 사람들에게 늘 밥을 대접했다. 대체공업연구소의 케빈도 3년 간 한국에 있을 때 늘 갓골에만 있었던 것은 아니지만 서울에 가 있다 가도 주말에는 거의 왔다. 케빈은 오징어채와 깻잎찜을 좋아했다. 미 국에 돌아갈 때 깨를 가지고 가기도 할 정도였다.(케빈은 벼멸구를 조사해 서 학위를 받았고 IPM 즉 종합해충방제대책을 세워서 인도네시아 대통령의 협조 하 에 그 농법을 실현했다. IPM은 리우 환경회의선언에서도 미래농업정책으로 채택되 었다. 현재 국제식량기구 아시아 지역의 책임을 맡아 활약 중이다.)

포기 각서

어린이집 부지는 ICCO 지원금으로 학교의 기부를 받았고, 건축은 모금으로 충당했으나 돈이 부족하여 동네 분이 일하신 인건비는 주지를 못했다. 나는 100만 원짜리 계를 모집하여 건축비 부족액을 갚았다. 그런데 어린이집 부설 건물이 필요하다 하여 짓고 나니 돈이 또 100만 원 부족했다. 결국 돈을 받지 못하고 다시 계를 모아 갚아야 했다.

3년 후인 1981년 식가공조합을 부설 건물에서 시작했다. 어린이집 부속건물에 빵기계를 들여놓고 어린이집 운영을 돕기 위해 식빵을 구웠다. 빵을 구워 홍성 어린이집이나 제일약국에도 배달했고, 기차를 타고 가서 서울 노원어린이집에도 배달하였다. 나는 빵을 좋아하지도 않거니와 빵 굽는 기술도 없었다. 그렇게 만든 통밀빵이 맛이 있을 리 없다. 그후 김경일씨 부인 공윤희 씨가 갓골에 와서 식가공조합을 맡아 빵을 구웠다. 후에 제빵기를 풀무 고등부 가사실에서 썼고, 지금은 풀무학교 생협 작은가게 빵집에서 쓰고 있다.

남편은 지원금이 나오면 갚아준다고 하였으나 상황은 그렇게 되지 못했다. 지원금이 나왔어도 소비자협동조합에 지원된 것이라 목적에 맞추어 집행을 해야 했기 때문에, 편법을 쓰지 않고는 이미 쓴 돈을 빼낼 수가 없었는데, 그렇게는 할 수가 없었기 때문이다. 무슨 일을 하든지 개인적 계산을 하지 않다 보니, 마을 분들에게 인건비를 지급하는 것을 우선시하고 제일 가까운 나와의 약속은 결국 지키지 못하였던 것이다.

애들 등록금을 내야 할 시기에는 그 돈 생각이 났다. 당시 대학등록금이 80만원이었다. 원망스러웠다. 집안 살림에는 통 관심이 없는 사람 같았다. 내가 이 돈을 포기하기까지는 여러 해가 걸렸다. 어느 순간 하나님 앞에 모든 것을 포기하기로 하였다. 그때 그 순간부터 마음이 홀가분해졌다. 결국 이렇게 해서 지역 평생 교육의 첫 단계인 어린이집이 잘 정착되었으니, 이후 하나님이 몇 배의 축복을 해 주셨다고 믿는다.

허리 디스크

1981년에 병이 났다. 걸음을 걸으면 다리가 당겨서 500미터도 가지 못하고 다리를 주물러야 했다. 화장품 판매하면서 너무 무리를 한 것 같았다. 집안에 비상이 걸렸다. 네 살짜리 승표는 동생 승자네 집에 맡기고, 노평구 선생님과 안병훈 정형외과에 가서 진찰을 받았다. 안 박사님이 디스크라고 하시면서 99퍼센트는 수술을 해야 한다고 하였다.

수술 결정을 하지 못하고 황연하 선생님 어머니의 권고로 기도원에 갔다. 모두 다 문제를 안고 있는 분들인 것 같았다. 나는 하나님께 매달릴 수밖에 없었다. 이틀을 기도했다. 아침에 안수기도를 받았는데, "병원에 줄 돈 일부만 헌금해도 하나님이 치료해 주신다."고 하는 말을 듣고 단념했다. 경제적 여유가 없을 때인지라 '돈'이라는 말에 이틀 만에 퇴원했다.

둘째 언니인 승심 언니네로 갔다. 한없이 눈물이 났다. 밤새 울었다. 수업생으로서 건강식품을 다루던 이환종 씨를 만났다. 이태원 지압원을 권해서 지압을 받기로 결정했다. 길동 승심 언니네서 있으면서 치료를 받았다. 효과가 쉽게 나타날 리 없다.

잠실아파트에 성명주 언니가 살고 있었다. 자기 집이 넓으니 오라고 하였다. 너무 폐가 될까 봐 주저했으나, 적극 권하시어 잠실로 갔다. 언니는 정성을 다해 간호해 주었다. 현미밥에 케일 녹즙까지 날마다 해 주었다. 그 고마움을 늘 잊지 않고 있다. 지압을 한 달간 받았으나 현저히 차도가 있는 것을 잘 느끼지 못했다. 원장님 말로는 많이 좋아졌다고 했지만, 감각이 둔한 것인지?

집을 지으면서 쌀계를 모았었는데 계원에게 계를 태워 줄 날이 다가왔다. 계를 하기 위해 내려와야 했다. 계를 하고 다시 서울에 올라오기로 약속하고 운동 치료를 할 것을 환종 씨와 약속하고 집으로 왔다. 곗돈을 넘기고 생각하니 난감했다. 더 이상 치료할 돈이 없었다. 나는 하나님께 떼를 쓰기 시작했다. 며칠 단식 기도를 시작했다. 하염없는 눈물이 나왔다. 강짜를 썼다. "돈도 안 주었는데 고쳐 주지 않으면 어찌합니까?"

집에서는 남편이 아침이면 녹즙을 하고 다같이 현미밥을 먹었다. 아이들에게도 토끼풀을 뜯어 녹즙을 먹으라고 했는데 어린 정숙이는 퍼렇게 거품이 이는 쓰디쓴 녹즙을 먹지 못하고 몰래 버리기도 했다고 했다.

그러던 중 황연하 선생 어머니가 한산에 있는 약 잘 짓는 한약방에 가 보기를 권했다. 지푸라기라도 잡아야 할 형편이었다. 약을 지으러 가기 전날 꿈을 꾸었다. 높은 산에 샘이 있는데 파란 맑은 물이 약수같이 보였다. 그 물을 시원하게 떠 마셨다. 나는 꿈을 잘 꾸지 않거니와,

꾸어도 한참 자고 나면 잊어버린다. 유독 선명하게 꾼 꿈은 막내 태몽으로 밤나무를 갖다 심은 일이다. 이번이 두 번째로 선명하게 남아 있는 꿈이었다.

다음 날 한약방에 갔다. 한의사는 자세한 진맥과 증세를 물어보고는 한약 한 제를 지어 주었다. 황연하선생 어머니 댁에서 하루를 묵으면서 뜨거운 기도를 받았고 약을 정성껏 달여 먹었다. 나을 것 같았다. 우편으로 한 제를 더 주문하여 먹었다. 차츰차츰 건강이 나아지며 그해 가을걷이를 살살 할 수 있었다. 서울에서 받은 지압 효과도 겸했지 않았나 싶다.

나는 우리 논밭을 유기농법으로 농사지었다. 애농학교 교장이신 고 다니 준이찌 선생님의 방한을 계기로; 풀무원 원경선 선생님이 유기농을 실천하셨고, 풀무학교도 그 영향을 받았다. 원경선 선생님은 학교 이사셨고, 학생들이 교육 실습을 풀무원으로 가거나 풀무원 식구(김종북, 장금실 등)가 교사로 오기도 하는 등 서로 교류가 활발했기 때문이다. 원 선생님은 농사를 지으면 전쟁과 가난이 없어진다는 것, 우리는 현미식을 해야 한다는 것을 강조했다. 당시 풀무 수업생이면서 자연식 관련 일을 하던 이환종 씨가 남편에게 의뢰하여 일본 자연식 관련 도서 몇 권을 번역한 적도 있었다. 그래서 자연스레 자연식을 실천했다.

보험 판매

1982년 5월에 보험 활동을 하게 되었다. 어찌어찌하다가 어느 분에게 붙잡히다시피 보험 회사에 입사했다. 나는 적성 상 보험 사원은 도저히 못한다고 생각했었다. 화장품은 현물(유형 상품)이기 때문에 소비자들에게 다가가기가 쉽고 판매도 쉽다. 그러나 보험은 무형 상품이다. 보험 판매는 화장품에 비해 수단도 있어야 하고 상품 설명을 잘해야 하는 고단수의 일이다. 나는 언변도 재치도 말수단도 없었다. 80년대만 해도 보험에 대한 인식이 좋지 않았다. 연고 판매에 의존했고 마음에 내키지 않지만 사원을 보고 인정 상 드는 일이 많았다. 나는 남에게 부담 되는 일은 정말 못할 일이라고 생각했다. 하지만 어찌어찌하여 삼성생명에 입사하게 되었다. 내가 경제 활동을 해야 한다는 부담 때문이다. 다행히 갓골어린이집이 개원하여 승표를 맡길 수 있어 정숙이때보다는 안심이 되었다.

시작하면 열심히 하는 성격이라 꾸준하게 활동했다. 실적이 나쁜 편은 아니었다. 첫 해에 풀무학교 교사 봉급을 넘어서게 되었다. 충남 서부 지방 홍성 영업국 산하에는 약 열 개의 영업소가 있다. 영업소마다 대여섯 개의 반이 있다. 나는 입사 2년째에 홍주 영업소 1반지구장을 맡았다. 영업국 산하 약 100개의 반 중에서 우리 반이 최우수반이 되었다. 반원들의 협조가 잘 되고 출근 인원이 많고 실적이 좋아 연도상을 받았다. 그때 받은 시계에는 22회 연도상이라고 새겨져 있는데, 분초도 틀리지 않고 30년 넘게 잘 가고 있다. 개인 실적으로도 89년 퇴직할 때 120만원 정도를 받았으니 당시로서는 상당한 수입이었다.

물론 쓸쓸한 일도 있다. 어느 수업생이 출산을 했다고 해서 몇 번 방문했다. 가입서를 작성하고 또 대납을 한다고 약속하고 작성한 가입서를 대금과 함께 입금했다. 그 달의 책임 계약을 채워야 했기 때문이다. 다음 달에 수금을 하러 갔지만 만나지 못했다. 서울에서 하룻밤을 묵어 다음 날 다시 갔지만 아무리 기다려도 일부러 일어나지 않았다. 나중에 알고 보니 사촌 형수가 보험 사원인데 1회 보험료를 넣어 준다고 한 모양이다. 솔직히 말을 했더라면 좋았을 텐데 너무 속이 상하고 자존심이 상했다.

하지만 고마우신 분들이 더 많았다. 도와주는 차원에서 여러 분들이 가입했다. 학교와 관련된 분들과 수업생, 친척 모두 고맙다. 마음 같아서는 일일이 찾아뵙고 인사를 하고 싶지만 그러지 못하고 있다. 구본술 교수님 사모님이 보험을 가입하시면서 주위 분들에게 권고하였음을 고맙게 생각한다. 또 수업생 가정인데 수업생이 보험을 싫어해서 허행했으나 부인이 남편 모르게 연락하여 가입해 준 경우도 있다. 나중에 남편도 알고 부인에게 오히려 고맙게 생각하였다.

다만 어린 승표가 보살핌 없이 자라게 되어, 어린이집이 끝나면 누나들이 있는 풀무학교에 가서 폐가 된 듯하다. 다섯 살이면 부모의 보살핌을 받아야 할 나이인데, 아직도 마음이 짠하다.

아이들(2) 성장

　그동안에 화숙이가 풀무학교 중등부와 고등부를 졸업했다. 창업 후 대입 검정고시를 통과해야 대입 시험을 치를 수가 있었다. 수학 과목이 과락이 되어 몇 번을 본 뒤 합격했다. 이과와 수학 적성은 아닌 모양이다. 1984년, 대학에 진학했다. 남편은 자기 한 몸을 위해 사는 것은 보람이 없다며 사회에 도움이 될 수 있는 직업을 갖기를 권유했다. 그때만 해도 잘 알려지지 않았던 특수교육과를 택해 대구대에 진학했다. 대구대는 특수교육과가 처음 시작되었던 학교다. 형편상 아르바이트를 해야할 상황이었기 때문에 야간을 지망하였다. 화숙이는 자취를 하며 아르바이트를 해서 어렵게 대학을 마칠 수 있었다. 같은 반에 윤희라는 학생이 있었는데, 그 집에서 옆방을 내어 주고 자식처럼 생각해 주었다.

　그런데 지금 생각하면 내가 너무 모자란 엄마였던 것 같아 미안한 일이 있다. 화숙이는 집에 오면 농사지은 쌀을 몇 말씩 버스에 싣고 갔다. 무거운 쌀을 대중교통으로 가져가는 것이 얼마나 힘이 들었을까?

후에 화숙이 허리가 좋지 않을 때면 그때 무리해서 그런 게 아닐까 생각된다.

화숙은 졸업 후 상주에 있는 특수 학교에 취업이 되었다. 매달 생활비를 보태 주어 동생들 학비에 많은 보탬이 되었다. '맏딸은 살림 밑천'이라는 말을 실감하게 했다. 1년 뒤에는 순위고사에 합격하여 서울 길음초등학교로 발령을 받았다. 동생들과 자취 생활을 하며 가장 노릇을 했다.

1985년 남숙이가 고등부를 졸업했다. 남숙이는 대구에 있는 일심사라는 인쇄소 겸 출판사에 취직했다. 화숙이가 막 대구대에 입학한 해였다. 우리 형편에 둘을 대학 공부시키기는 너무 벅차기도 했지만 우리 지역에 출판사가 필요하니 출판 일을 배우라는 뜻이었다. 언니는 진학을 했는데 자기는 취직을 시켜도 불만이 있을 법도 하건만 부모의 뜻에 순종하여 불평도 않고 일을 하러 떠났다. 하지만 몇 달이 못 되어 아무래도 대학을 가야겠다고 새벽반을 다니면서 공부했다. 학력고사 점수도 꽤 잘 나왔다. 하지만 4년제를 택하지 않고 전문학교를 택한 것은 집 사정을 생각해서 그랬던 것 같다. 1986년에 대구 보건전문대학 물리치료과로 진학을 했다.

남숙이는 화숙이와 함께 자취를 했다. 파장에 떨이로 거저 얻듯 채소며 과일을 싸게 사서 자취생활을 알뜰하고 지혜롭게 했다. 학교 다니는 중 아르바이트도 하고 고생을 하면서 잘 참고 학업을 마쳤다. 1988년에 졸업했다. 졸업 후 병원 물리치료사로 취업이 되었다. 그동안 홍동양조장 원성자 사모님이 용돈을 주신 것을 잊지 않는다. 보살펴 주신 대구 집회 권태주 선생님, 박완 선생님, 진익열 선생님께 이 지면을 통해서 감사를 표한다.

1986년에 영표가 재수를 거쳐 경희대학교 영어교육과에 입학했다. 영표는 홍동중학교를 나왔다. 풀무학교 중등부가 폐지되었기 때문이다. 1982년 영표가 고등학교 진학을 할 무렵에 풀무학교는 고등부까지도 존폐의 위기에 놓여 있었다. 많은 친구들이 읍내나 대전으로 진학하였고, 또 선생님들이 방문하여 홍성고등학교를 권유하였다. 하지만 아버지를 설득하지는 못했다. 영표는 풀무 진학을 영 내켜하지 않는 상황에서 아버지가 "내 자식을 못 넣을 학교라면 폐교되어야 하지 않느냐?"고 설득하여 결국 풀무학교에 입학하게 되었다. 그해 입학한 학생이 겨우 일곱 명이었다. 영표는 친한 친구도 없었고 학교는 공부할 분위기가 되지 않았다. 영표는 실망한 나머지 공부를 안 했다. 2년 동안 운동만 했다. 영표는 고등학교 졸업 후 재수를 했다. 서울에 계시는 백진앙 선생님이 운영하시는 한벗회에서 숙식을 하며 학원을 다녔다. 1지망으로 경희대 역사과를, 2지망으로 영어교육과를 택했는데, 영어교육과에 합격했다. 진학을 했지만 고등학교 때 판판이 논 후유증이 있는데다 1학년 때부터 운동권에 가담하여 공부를 따라잡기 힘들었다. 2학년이 되어서는 운동권에서 책임있는 일을 맡게 되었는데 그 과정에서 회의를 느끼고 군에 입대했다.

영표는 규율이 가장 센 특공대로 배치를 받았다. 갖은 어려운 훈련을 받으며 동료들을 괴롭히는 선임하사에게 반항하다가 어려움을 당하기도 했다. 하지만 신의가 깊은 선배의 도움으로 군대의 엄한 벌은 면했다. 군 복무를 마치고 복학을 하였으나 방황을 많이 했다. 동아리인 타임반은 꾸준히 열심히 참석했지만 학교생활에는 적응을 하지 못했다.

그때 나는 풀무학교 기숙사 식당일을 하고 있었는데, 식당 일을 잠시 접고 영표의 자취방에서 한 달을 살았다. 경희대학교 영어교육과 한학성 학과장님께 몇 번이나 찾아가서 선처를 빌었다. 아버지가 일방적으로 밀어붙여 힘들었던 사정이며 고교시절 지내온 이야기를 말씀드렸다. 그분의 도움과 배려로 정말 어렵게 학업을 마칠 수 있었다.

나는 영표의 학창시절 내내 영표를 위한 기도로 신음하며 살았다. '기도의 자식은 망하지 않는다'는 희망을 버리지 않았다. 하루는 밤이 깊도록 돌아오지 않았다. 나는 기도했다. "하나님, 영표를 건져 주시면 제 장기를 바치겠습니다." 영표는 자정이 넘어 새벽에 들어왔다. 영표를 잡고 간절히 기도했다. 힘을 주소서, 힘을 주소서.

영표 졸업식에는 여태껏 아이들의 졸업식에 한 번도 가보지 않았던 남편까지 참석하여 축하하였다. 감사한 마음에 장기기증센터에 연락을 했다. 하나님께 드린 약속을 지키기 위해서다. 검사를 했는데 신장기증부적격체로 판정을 받았다. 소변에 혈뇨가 나온다고 했다. 신장기증은 할 수 없었지만 다른 모든 장기와 시신 기증을 약속했다.

영표는 수원고등학교에 취직했다. 영표는 좋은 교사가 되기 위해 많은 노력을 했고 최선을 다해 지도하여 학교에서도 능력을 인정받았다. 그간의 방황을 통해 방황하는 학생들을 이해하고 감싸 안는 사명을 주신 것으로 생각된다. 사립학교에 있다가 지금은 공립학교로 옮겨 근무

한다.

1987년에 진숙이가 한국외국어대학교 한국어교육과에 입학했다. 진숙이는 어려서 말이 없고 착했다. 어렸을 적 아버님이 콩바심을 하실 때, 튀어나간 콩을 끝까지 착실하게 주웠다고 칭찬을 하셨다. 눈이 사시인지라 초등학교 2학년 때 구안과의원에 계신 구본술 박사님께 수술을 받았는데 보채지도 않고 차분하게 참고 견뎠다. 입원실 어른들이 모두가 그런 착한 아이를 처음 보았다고 칭찬하였다. 또 혼자 놀며 책 읽기를 좋아했다. 풀무학교에 근무하는 정승관 선생님은, 국민학교 때, 풀무학교 도서관에 있는 문고판 책을 영표와 함께 모두 읽었다고 진숙이가 '풀무학교 도서관 모범 회원'이라고 말하였다.

홍동국민학교를 거쳐 홍동중학교를 졸업했다. 진학 문제 때문에 담임 선생님이 우리 집에 드나들었다. 대전으로 진학을 권유했으나, 오빠가 진학할 때 겪은 사실도 있고 해서 당연히 풀무학교로 들어갔다. 진숙이가 입학하던 1983년에는 다행히 풀무학교가 문교부의 학력 인정을 받게 되어 검정고시를 보지 않고도 진학 자격이 주어지는 첫 해였다. 홍동중학교에서 친구들이 이십여 명 이상 지원하였다. 그럼에도 풀무학교가 내적으로 상당히 어려운 시기였다. 그래도 진숙은 학교생활을 착실하게 했다. 라디오로 방송 통신 강의를 충실히 듣는 등, 혼자서라도 진학 준비도 소홀히 하지 않았다. 그런 결과 당년에 대학에 합격했다. 선생님과 지역에서는 재수하면 서울대라도 갈 수 있을 것이라면서 모두 기뻐했다.

대학 진학 후 운동권에 너무 열심히 가담하여 염려시킨 것 말고는 큰 문제가 없었다. 민주화 운동은 당시의 성장통이었다. 아르바이트를 하여 부모 부담을 덜어주고 학업도 차질 없이 하였으며 어려운 학생들을 돕는 야학에 나가 봉사 활동도 열심히 한 것으로 알고 있다. 임용고시에 좋은 성적으로 합격하여 3월 초에 첫 발령을 받았다.

정숙이는 대학 진학에 어려움이 많았다. 1991년 이화여대 특수교육과에 입학했다. 재수를 하면 명문대에 갈 수 있을 것으로 생각했지만 시험지옥은 그리 쉽게 열리지 않았다. 아버지나 엄마는 자기 실력에 맞춰 진학할 것을 권했지만 요지부동이었다. 삼수를 하면서 신경쇠약과 우울증 증세가 겹쳤다. 공부를 계속 하기가 어려울듯하여 집으로 데리고 오려 했으나 학원 선생님이 정숙이 상태가 심각한 것은 아니라고 용기를 주었다. 선생님 말씀에 따라 얼마 남지 않은 기간을 채워 시험을 보았고 합격했다.

대학 진학 후 이화여대에 잘 적응하지 못하여 어려움을 겪고 있던 중 서울 제자교회에 인도되었다. 그 교회는 신입 교인에게 지도자가 붙어 지도하는 체제였다. 정숙의 지도자는 이은주라는 언니였는데, '나를 제일 사랑하는 이는 세상에 엄마와 그 언니'라고 생각될 정도로 정숙에게 위로가 되는 존재였다. 이런 사랑과 성경공부, 기도를 통해 정숙은 하나님 사랑을 깨달았다.

밤 깊은 시간에 전화가 왔다. 정숙이었다. 하나님의 은혜와 사랑을 깨달았다고 기뻐하는 내용이었다. 감사한 마음이 들면서도 혹시 너무 감정적이지는 않은가 염려도 되었으나 그 후로 편안해지고 학교생활과 교회 생활을 잘한 것으로 안다.

나는 눈만 뜨면 "아이들의 학업을 중도하차 시키지 마옵소서." 하고 기도했다. 그 기도를 하나님 아버지가 모두 받아주었다. 어려움이 많았지만 그 어려움을 극복할 수 있게 해 주셨다.

갈등

살면서 두 가지 어려움이 있었다. 경제적인 어려움과 정신적인 어려움. 풀무학교 초창기 학교는 경제적으로 참 어려웠다. 교사 이직률도 높았다. 그러나 '진리는 스스로 선다'는 말로 버텨 나갔다. 보호자나 아버지처럼 보살펴 준 주옥로 선생님과 이사님들, 그리고 존경하는 선생님들이 힘을 주고 격려해 주어서 외롭지 않았다. 오산에서 월남하신 일심회 여러 분, 특히 최태사 선생님의 보살핌이 컸다.

경제적인 어려움은 각오한 것이지만, 정신적인 어려움 또한 많았다. 남편과 주옥로 선생님은 생각의 차이가 있었다. 그 차이는 좀처럼 좁혀지지 않았고 그로 인해 나는 많은 정신적 어려움을 겪었다.

한일 두 나라의 화해를 위해 오신 마사이케징 선생님이 다녀간 뒤 일본 무교회와 그리고 네덜란드 개혁 교회 지원 단체인 ICCO에서 꼭 필요한 때 큰 도움이 왔다. 주 선생님은 ICCO에서 받은 지원을 바탕으로 재단 구성을 계획하여 일심의원 등을 법인 재단에 포함시켰다.

그리고 정규 학교 승격을 적극 추진하였다. 주옥로 선생님은 풀무의 경제적 어려움 때문에 고충이 컸다. 재정을 책임지는 이가 경제적 안정을 바라는 마음을 어찌 말로 다 표현할 수 있을까?

그러나 고(故) 이찬갑 선생님은 과거 오산학교가 정식 학교 승격에 주력하다가 정신을 잃었다고 개탄하고 그런 일이 풀무에 일어날까 염려하였었다. 그런 역사의 기억이 있는 오산학교와 관련된 이사들, 교사들, 수업생 대부분이 정규 학교 승격을 찬성하지 않았다. 교육청에서도 인구가 줄어들고 있는 농촌에 들어올 학생이 없다면서 서류를 돌려보냈다.

남편은 설립자 선생님의 의견에 맞서지는 못하였으나, 풀무학교를 정규 학교로 승격하는데 찬성하지 않았다. 처음처럼 작은 학교로 자율성을 지키면서 건학의 정신과 본질을 살리는 데 주력하는 것이 좋겠다고 생각했기 때문이다. 우리나라 교육은 학교의 특성을 인정하지 않고 획일적으로 지시한다. 그렇게 해서는 교육을 살릴 수 없다. 정규 학교로 하려면 매 학년 두 반씩 모집해야 하는데 현실적으로 가능하지도 않았고, 학교의 특색을 살릴 수도 없다고 생각하였다. 하지만 선생님의 뜻을 대놓고 반대할 수 없는 처지에서 그저 지켜보는 수밖에 없었다.

주옥로 선생님은 정규학교 승격을 위해 할 수 있는 방법을 다 동원하였지만 잘 되지 않았다. 번번이 도교육위원회에서 서류가 반려되었다. 그 과정에서 선생님은 남편을 자신에게 반대하는 사람으로 생각하여 섭섭해 하였다. 그래서 남편의 이름을 부정적으로 들며 학교일을 외부에 공개하기도 했다.

나는 존경하는 선생님과 남편 사이에서 곤란하게 되었다. 선생님이 내게도 섭섭해 한다는 말을 전해 들을 때마다 괴로웠다.

남편은 이런저런 과정에 대해 일절 입에 내지도 않고 변명도 하지 않았다. 그는 '학교에 누가 되는 말은 하지 않는다.'는 원칙을 가지고 있다. 의견 차가 있더라도 학교 일을 밖에 나가서는 말하지 않는다.

나 역시 답답한 말을 하고 나면 더 힘들어진다는 사실을 터득하게 되었다. 인간에게는 말을 하지 않는 것이 상책이고, 모든 것을 하나님께 기도하고 해답을 얻어야 한다는 것을 알면서도 가슴에는 멍이 들었다. 늘 가슴이 답답하고 침울했다. 어쩌면 내 안에는 심한 우울증이 있는 것도 같다. 인생에는 힘들고 괴로운 일이 많다. 고해(苦海)라 하지 않는가. 모든 것을 주님께 담담하게 맡기면 되는데, 그토록 힘들었던 것은 불신의 결과이리라. 그분과의 대화 불통으로 오는 벌이겠지.

선생님은 1987년 정규학교 승격에 반대하는 이사회와 교사회를 해체하려 했다. 새로운 이사회를 위해 영신상호신용금고 회장 김일창씨를 영입하기로 했다. 그는 고향산천이라는 큰 요정을 운영하고 있었고, 당시 대통령의 동생인 전경환과 친하게 지내면서 정계진출을 고려하는 사람이었다. 도덕성이 불투명하고 풀무학교를 지원하겠다는 의도 자체가 의심되는 사람이다 보니, 교사들이 초창기부터 돕던 일심회를 버리고 자본가에 의존하는 데 반대하는 내용의 대자보를 붙이기도 했다. 남편은 대자보를 붙이는 데 관여하지 않았다.

어쨌든 우리는 주 선생님의 뜻대로 학교를 떠날 수밖에 없었다. 풀무원 원경선 선생님이 풀무원으로 오라고 하였다. 아이들 학비며 생활비 얼마를 주기로 약속까지 하였다. 남편은 고민을 하며 내키지 않는 결정을 했다. 나는 살림을 정리하고 짐을 쌌다.

그런데 다음 날 아침 모든 것이 뒤바뀌었다. 김일창 씨가 관여하던 금융기관에서 고객의 돈 수십 억을 빼돌려 유용한 혐의로 법정 구속이 된 것이 텔레비전 화면에 크게 보도되었다.

주 선생님이 퇴진하고 남편이 1991년부터 교육을 책임지게 되었다. 무거운 짐이었다. 책임자가 된다는 게 얼마나 어려운지 절감했다. 남편은 정말 사심이 없고 모든 것을 공적으로만 생각하는 사람이다. 학교를 위해서라면 모든 것을 다 바치고자 하는 마음을 하나님도 아실 것이다. 하지만 학교의 어려움을 감당하기에 너무 카리스마가 부족했다. 생각은 좋지만 통솔력이 전혀 없어 협력을 얻기 어려운 성격이다. 그는 교육의 이상만 바라보고 나갔다.

학교를 이끌어가는 데에는 재정적인 책임이 따랐다. 수업생이나 여유 있을 듯한 분들에게 부탁하기도 하고 차입해서 쓰고 갚는 일을 하는데 그런 수완이 없는 그는 가끔 나를 동원, 동행시켰다. 한 번은 서울 서초동에 식당(촌집보쌈)을 경영하는 수업생 정풍진 씨를 찾아간 일이 있었다. 찾아온 용건을 꺼내지 못하고 머뭇거릴 때 차마 입이 떨어지지 않는 말을 내가 꺼내야 했다. 500만원을 빌려주면 몇 달 안에 갚겠다는 조건을 내놓았다. 정 씨는 흔쾌히 빌려주겠다고 약속했다. 1회 수업생 재연에게도 여러 차례 신세를 졌다. 어떤 때는 성사되지 않을 때도 있었다. 그럴 때면 주 선생님의 어려움이 이해되었다. 찾아가기 전 선선히 꾸어 주거나 도움을 준 분들도 있었는데 이 지면을 빌어 감사를 드린다.

"내가 부족하기 때문에 하나님이 다 하셨다." 남편이 늘 하는 말이다. 이사회를 줄곧 맡아 학교 정신을 이어 가는 데 큰 힘이 되었던 최태사 선생님이 돌아가셨다. 이후 오영환 선생님 중심의 일심회와 후원회가 어렵게 운영을 맡았다.

일찍이 오영환 선생님은 일심병원과 길음동 건물을 학교 재단 기금에서 뺄 수 없는 형편이 되자, 길음동 건물을 팔아 삼양동에 일심회관을 세웠다. 거기에서 나오는 임대료 수입을 풀무학교 운영에 보태셨다. 어려움 가운데 운영을 맡아주신 오영환 선생님과 일심회 회원들에게 풀무의 가족으로서 감사드린다.

주 선생님은 퇴진하고 《성서생활》지를 출간하고 향토사학자로 활약하셨다.

그러다 선생님이 건강이 나빠졌다. 치매 판정을 받았다. 선생님은 어린아이, 천사와 같이 부드러워지셨다. 나는 그때 기숙사 식당 일을 보고 있었다. 우유나 무슨 음식이든 갖다 드리고 싶었다. 선생님은 아무리 하찮은 것이라도 고맙게 받았다. 하나님이 선생님을 평안으로 이끄신 것을 볼 수 있었다. 어린아이와 같지 않으면 하늘나라에 들어가지 못한다는 성서 말씀이 생각났다. 그 가운데 전공부 건축 기공식에도 참석해 풀무교육의 연장을 말없이 축하해 주셨다. 개교식에는 참석하지 못하시고, 조용히 운명하셨다.

나는 믿는다. 선생님이 천국에서 평안히 쉬실 것을! 선생님이 어려운 학교를 위해 자나깨나 수고하신 것에 감사드린다. 또 "진리는 스스로 선다." 등 귀한 정신적 유산을 남겨 주셨다. 머지않아 선생님과 대면할 때 서로 기쁘게 만나리라 믿는다.

남편이 10년간 교장으로 학교를 맡으면서 겪은 어려움은 이루 말할 나위가 없다. 그가 학교를 맡았을 때 학교 상황은 바닥을 쳤다. 하지만 그는 누구에게도 어렵다는 말을 하지 않고 희망적인 말만 했다. 그는 어려움이 있다 하여 포기하는 허약한 존재는 아니었다. 지는 듯하면서도 초심을 버리지 않고 근본적인 문제만 생각하였고, 소걸음이지만 앞을 향해 수긋하게 걸었다. 나는 그가 사심이 없었다는 것을 하나님께서 아시고 인도해 주셨다고 믿는다.

교육계에서 대안학교에 대한 관심이 높아지고 풀무학교가 대안학교의 효시로 주목을 받기 시작한 것은 이오덕 선생님, 이현주 목사님 등 생각이 앞서가는 학부모들의 영향이 컸다. 전국에서 학생들이 들어왔다.

교육개혁위원회 위원이자 학부모이신 전풍자 씨가 열악한 학교 재정을 걱정하여 국가 지원을 받아보라고 하였다. 몇 년을 고민했다. 도교육위원회에서는 입학 정원 상 정규학교 승격은 할 수 없지만, 학력 인정은 할 수 있다고 했다. 남편이 교장으로 있던 10년 동안 교사들 급료를 한 달도 미룬 적은 없었다. 하지만 퇴직을 앞두고 누군가의 고생을 덜어야 한다는 생각으로 국가의 지원을 받기로 했다. 그때가 퇴직하기 2년 전이었던 것 같다. 사실 교장을 맡을 때 학교를 단기 농민교육기관으로 전환하자는 말이 나온 적도 있었다. 그런데 그럴 일은 없었다. 더 체질이 튼튼해졌다. 감사하다.

지역에서 일하기

보험일은 잘 되는 편이었다. 하지만 나는 "30만 원만 주면 이 직장을 그만두겠다."고 늘 기도하였다. 그만큼 나에게는 힘든 일이었다. 1989년 전공부 자리에 바른식품이 시작되었다. 당시에 전공부의 경제 자립을 돕기 위해 세우겠다고 했던 일이었다. 나는 보험 일을 미련 없이 그만 두었다. 중요한 것은 '소득'이 아니고 '의미'라고 생각했기 때문이다. '하나님의 뜻에 합당한 선택을 하면 그 다음 일은 하나님이 이끌어 주시리라.'라는 작은 믿음이 결단을 내리게 했다. 어쩌면 그 결단은 생각할수록 무모했다. 집안에 대학생이 세 명이었다. 영표, 진숙이, 정숙이.

하지만 하나님은 무에서 유를 창조하시는 분이었다. 승자네 제부가 추천하여 진숙이와 영표가 로터리 장학금을 받았으며, 홍정표 선생님의 친구 분이 장학금을 두 번이나 주었다. 취업 후 원금을 내놓아 후배들에게 주는 대여장학금이었다. 아이들도 아르바이트를 하는 등 학업을 중지하지 않으려 노력했다. 남편도 번역을 하여 그 비용으로 그럭

저럭 등록금을 메꿀 수 있었다. 이 모든 것이 우리의 힘이 아니라 크신 손길이 있었기 때문에 가능했다. 과부의 밀가루 단지가 비지 않은 것 같이, 어렵지만 빚을 지지 않고 학업을 마칠 수 있었다는 것이 인간의 셈법으로는 해명이 되지 않는다.

나는 바른식품이 협동조합으로 운영되며 지역의 농산물로 가공이 되길 원했다. 하지만 실제로는 그런 생각이 계속 이어지지 못했다. 하는 수 없이 그 일을 그만 둘 수밖에 없었다. 1~2년을 집에서 농사를 지으며 보냈다.

1991년 기숙사 식당 아줌마로 계시던 수경 엄마가 자녀들의 교육 문제로 그만두게 되었다. 그분은 보수라기엔 너무 적어서, 그저 3남매가 숙식만 해결하는 정도의 금액을 받고 일했다. 아이들이 졸업하고나자 기숙사에 남아 있을 이유가 없게 되었는데 새로운 사람을 구하기 어려웠다.

나는 자청해서 그 일을 맡겠다고 했다. 학교 측에서는 보수도 얼마 안 되는 일을 차마 하라고 할 수 없어 어려워했다. 하지만 나는 음식을 맛있게 할 능력도 없으면서 용기 좋게 자진해서 그 일을 맡았다. 보수는 두 식구 식사 해결, 그리고 용돈 10만 원이었다. 기숙사로 이사했다.(부부가 한 직장에 있다는 것이 얼마나 어려운 일인지는 나중에야 알게 되었다.)

승표 이야기를 하고 싶다. 내가 보험회사에 들어갔을 때 승표는 다섯 살이었다. 일하는 엄마로서 아무래도 보살핌이 부족했던 것이 두고 두고 미안하다. 보험회사를 그만 두고 바른 식품에 합류했을 때, 승표가 5학년이었다. 그때 승표는 오락실에 재미를 붙였다. 첫 발령을 받은 신규교사가 담임을 맡았는데, 최운자 선생님이었다. 선생님은 승표의 교외 생활까지 파악하고 있었다. 오락실을 갈 시간이면 이런저런 심부름이며 공부를 시켰다. 공부를 하도록 신경을 써 준 것이다.

승표는 기숙사로 들어오기를 싫어했다. 공동식사도 싫어했다. 친구 집으로 나가는 횟수가 잦았고 마음을 붙이지 못했다. 중학교 2학년 사춘기를 맞고 있었던 것이다. 친구들과 어울리다가 한순간의 충동으로 소비조합에서 도난사건을 일으켰음을 알게 되었다. 청천벽력이었다. 다그치며 붙잡고 눈물로 기도했다. 내가 할 수 있는 일은 기도밖에 없었다. 그렇게 승표와 몇 년을 씨름했다. 어려운 시기를 그렇게 지내고, 고등부에 입학하고부터 안정이 되었다.

기숙사는 형편이 어려웠다. 기숙사장(長)을 뽑는데 공약이 '반찬 세 가지 제공' 일만치 생활이 열악했다. 부식비를 마련하느라고 지금 하우스 자리에 참깨를 심고, 바른식품 옆과 앞 밭에 감자와 콩을 심었다. 그해 참깨 농사가 잘되었다. 참깨 일곱 말을 수확했던 흐뭇함이 생생하다.(물론 주말까지 일을 시킨다고 불평하는 학생들도 있었다.)

1993년 식당과 여학생 기숙사를 신축하여 학생 전원이 기숙사 생활을 할 수 있게 되었다. 이재자 씨가 하고 있던 보험회사 일을 정리하고 식당 일을 함께했다. 복은숙 씨, 최 사모님도 함께했다. 밤이면 식당 문을 잠그고 가는데도 학생들이 유리창문을 따고 들어와서 음식물 먹기가 일쑤였다. 나이가 많다는 이유로 내가 학생들을 주의 주기도, 타이르기도 했다. 얼마나 배가 고플 때인가? 그런데 그 후 오홍섭 선생님이 사감이 된 후로 이런 일이 일어나지 않았다. 엄한 규칙이 필요했나 보다.

일 년 후 이재자 씨는 재생자연비누공장 일을 하게 되었다. 그 뒤 이재자 씨와 내가 교체하여 6년 6개월 동안 있었던 기숙사를 뒤로 하고 비누조합 공장 일을 1년쯤 했다. 비누가루 독한 먼지가 날리는 공간에서 중노동을 했다. 그런데 매출 대장을 맞춰도 맞춰도 잘 맞지 않았다. 1997년에 비누공장을 하는 일본의 미나마타 지역, 시가 현등 몇 군데 비누조합 견학을 다녀왔다. 몇 달을 하다가 내 특성에 맞지 않는 일 같아 정리하였다.

아이들(3) 결혼과 그 이후

1990년에 남숙이와 화숙이가 각각 결혼했다.

남숙이는 3월 1일에 결혼했다. 사위 이영호는 전자공학과 박사 과정에 갓 입학한 학생이었다. 영호는 공부를 잘 해서 고등학교서부터 대학까지 장학금으로 공부했다. 장학금을 절약해서 모은 돈에 조금 보태서 자취방을 얻듯 방을 얻었다. 조그마한 장롱 하나, 중고시장에서 산 가스레인지와 싱크대, 화숙이가 사준 세탁기. 검소하게 하는데도 근 1,000만 원이 들었다. 축의금으로 일부 충당하였다. 결혼식은 영천에서 했다. 김형철 선생님의 주례로 조촐하게 치렀다. 남숙이는 공부하는 신랑을 만나 뒷바라지를 하느라 수고했다. 첫 아이를 낳아 시모님(사돈 어르신)에게 맡기고 주말에는 시댁인 경북 영천을 오르내렸다. 영호가 박사 학위를 받고 연구원으로 취직되어서야 평탄한 생활을 할 수 있었다. 하지만 좋은 상황이 오래가지 못했다. 연구원 생활 몇 년 만에 창업을 하였는데, 사업이란 쉬운 일이 아니어서 모든 재산을 날리게 되었다. 우치무라 선생이 '고통이 축복'이라 하였듯이 어려움을 통해서 보다 값진 진주를 발견하길 바랄 뿐이다. 남숙은 방송 통신대학을 마치고 대학원을 졸업하였고, 지금은 노인복지시설 원장으로 일한다. 직장에서 인정을 받아 유럽과 선진지 여행도 다녀왔다. 늘 믿음으로 살아가는 것이 고맙다.

화숙이는 1990년 12월 24일에 결혼했다. 사위는 김종진이다. 무교회 집회에 성실하게 출석하는 모습을 보고 사윗감으로 좋겠다 싶어 다리를 놓아 화숙이와 만나게 하였다. 패물은 최소한으로 했다. 실반지하나를 맞추었고, 종진도 몇만 원짜리 시계 이상은 절대 안 하겠다고 하였다. 결혼식은 노평구 선생님 주례로 풀무학교 강당에서 한복에 짧은 면사포를 쓰고 했다. 아주 검소한 결혼식이었다. 새살림을 꾸릴 형편도 못되었다. 화숙이는 서울에서 직장을 잡고 있었는데 종진은 진주가 직장이어서 주말부부를 해야 했다. 화숙이는 길음동에서 동생들을 데리고 살다가 나중에 종진과 함께 홍성으로 와서야 살림을 합칠 수 있었다.

화숙이는 하나님이 아기를 주지 않으셨다. 결혼한 지 9년이나 지나 나주의 이화영아원을 통해 정현이를 딸로 입양하였다. 정현이는 복이 있었다. 처음 왔을 때 오홍섭 선생님 사모님이, 일 년 후에는 조유상 선생님이 돌보았다. A급 보육사들의 사랑을 받으며 자랄 수 있었다. 2년 뒤인 2001년에는 양지를 또 입양하였다. 화숙은 근처에 살아 울타리 같이 든든하고 사위는 아들같아 고맙다.

진숙이는 1992년 6월 6일에 결혼했다. 사위는 송주한이다. 졸업한지 얼마 되지 않은 때였다. 직장생활을 몇 년 하여 결혼 자금을 마련하기를 바랐으나 발령 받고 몇 달만에 결혼했다. 결혼식은 야외에서 조촐하게 치렀다. 신랑 신부 모두 겉치레에 신경 쓰지 않았다. 주한은 백부의 두루마기를 빌려 입고 진숙이는 언니가 입었던 한복을 줄여 입었다. 주한은 칠남매 중 장남이었다. 지하방 두 칸을 얻어 시어머님과 손아래 시누이와 시동생, 여섯 식구가 함께 지낼 것이라는 것을 나중에야 알았다. 속상했다. 내가 신혼에 절약에 절약을 했듯 고생해야 할 형편이었다. 진숙이는 어려운 집 맏며느리로서 헌신적인 삶을 살았다.

청주의 교원대학교 대학원에 파견되어 공부했는데, 겨울방학 직전에 집으로 돌아오는 길에 교통사고가 크게 났다. 놀라서 병원에 갔다. 사위가 딸을 잘 간호하는 모습을 보고 고맙고 든든했다. 다행히 경과가 좋아 정상적인 활동을 할 수 있어 감사하다.

생활이 안정되어 갈 무렵, 세 아이 중 막내가 장애를 가진 것을 알게 되어 몇 년을 휴직하며 아이를 위해 이리 뛰고 저리 뛰며 고생을 하였다. 안타깝고 눈물이 났지만 한편 그런 어려움을 통해 가정과 인생의 방향이 바뀌었음을 감사하게 생각한다. 더구나 주한이 한참 잘 나가던 출판사 일을 포기하고 장애인에 대해 관심을 갖고 육아에 적극적으로 협력하는 점이 고맙고 자랑스럽다. 주한은 아이를 잘 보살피고 참고 기다려 주며, 모범적인 가장이다. 우근이로 인하여 가족들에게 고난의 골짜기를 지난 이에게만 열리는 결속이 생겼다. 또한 이전과 차원이 달라진 삶의 변화과정을 보여 주었다.

1996년 7월 17일에 정숙이가 결혼했다. 정숙은 대학 졸업 후 임용고사에 합격, 발령을 기다리는 중이었다. 그런데 도쿄대학 박사 과정에 있는 조득환과 결혼하게 되어 양자택일을 해야 했다. 나는 일본으로 가는 것을 권했다. 하나님의 인도하심으로 도쿄로 가게 되었고, 학업을 계속하기로 결정했다. 어학연수를 몇 개월 받고 도쿄 가쿠게이대학 석사 과정에 들어갔다. 부부가 학생이기 때문에 장학금을 받을 수 있었다. 특수교육으로 유명한 츠쿠바 대학에서 박사 과정을 밟게 되었는데, 박사 과정을 시작한지 1년 후 첫 딸 가은이를 낳았다. 공부하면서 가은이를 기르기가 얼마나 어려웠을까. 아침이면 보육원에 보내고 오후에 데리고 와야 했다. 너무 어려운 짐을 지고 산 것이지만 모성애로 가능하지 않았나 생각이 든다. 득환이 학위를 마치고 일본에서 안정된 연구소에 취업했다. 2년 뒤 귀국해 대구 지역발전연구소로 옮겨 정숙이 학비를 댔다. 고마움을 전한다.

쓰쿠바 대학 학장님이 정숙이를 잘 보아서 많은 사랑과 배려를 받았는데, 나중에 알고 보니 교수님의 절친한 친구 분이 가다야마 선생님의 아드님이었다(가다야마 선생님은 한국을 많이 사랑하여 한국어 문법을 내려고 원고를 정리하던 중에 돌아가셨다. 이 문법을 남편이 교정을 보고 보충을 해서 책으로 내었다). 교수님은 신앙을 하는 분이 아니시지만, 그 친구 분이 너무 훌륭해서 기독교에 호감을 갖게 되었다고 한다. 하나님은 여러 모로 도움을 주었다. 대구대학교 교수로 채용된 것도 교수님의 좋은 평가와 지도 덕분인 것 같다.

정숙이에 이어 1996년 11월 16일에 셋째 영표가 결혼했다. 수원고등학교에 근무한지 2년째였다. 며느리 지은아는 서울시 공무원이었다. 자취방 1400만원에 둘이 돈을 더해 수원과 서울 중간인 석수에 조그마한 아파트를 얻어 신혼 보금자리를 꾸렸다. 신혼여행비를 너무 조금 주어서 지금까지도 미안한데 어려운 살림에 맞춘 지출임을 잘 이해해 주어 고맙다. 은아는 내가 첫 인사 때 달갑지 않은 눈치를 주었다고 느끼고 그 뒤 몇 번이나 그 이야기를 하면서 눈물을 보이며 서운해 했다. 내가 너그럽게 포용하지 못했던 것 같아 미안하다. 그래도 처음보다는 나중이 더 중요하지 않나 싶다.

은아는 자기 책임을 완벽에 가까울 정도로 다한다. 만며느리로서 손색이 없다. 결혼하여 남매를 낳아 길렀다. 영표가 수원에서 근무하기 때문에 서울에서 수원으로 옮겨야 하는데, 전출도 잘 되지 않았고 경기도 쪽이 근무 조건이 힘들어 사직을 해야 할까 여러 번 고민을 하면서도 잘 견디며 일했다. 방송 통신대학을 마치고 대학원도 좋은 성적으로 마쳤다. 직장에서도 '어려운 일이면 너가 해야지 할 사람이 있느냐'고 인정할 만큼 해결사다.

영표네는 이쁘고 착한 성완이와 하늘이를 동년생으로 낳았다. 성완이는 1998년 1월 4일생, 딸은 12월 13일생이다. 이 동년생 아이들을 직장을 다니면서 길렀다는 것은 더욱 기적이다. 나는 하는 일이 있어 손주들을 돌보지 못하였다. 그때 안사돈(성완이 외할머니)이 아이들을 보살펴 주었다. 그러다가 내가 잠시 일을 쉬게 되었다. 2001년 초였다. 성완이는 놀이방의 열악한 환경에서 자라고 있었는데 너무 허약해서 공기 좋은 시골에 가겠느냐고 제안했더니 어린 것이 선뜻 따라나섰다. 나는 제대로 돌보지 못하지만 할 수 있는 만큼 보살폈다. 유기농 쌀에 유기농 채소를 먹였고, 맑은 공기도 쐬였다. 그렇게 허약하던 아이가 좋아지는 것이 눈에 보였다. 그래도 주말에 제 엄마가 왔다 가면 어린 것이 몇 시간씩이나 울어 화숙이가 자동차에 태우고 12시가 넘도록 달래야 울음을 그쳤다.

그 즈음에 정숙이는 박사 과정 재학 중이었다. 일본에서 박사과정을 밟으면서 혼자서 아이를 키우다보니 몸에 무리가 생겼다. 2004년에 외손녀 가은이를 데려왔다. 여름에는 성완이 동생 하늘이도 왔다. 하늘이는 순하고 느긋해서 잘 적응했다. 화숙이가 퇴근하기 전에는 정현이까지 집에 있었으므로 우리 집은 네 명의 어린이들로 바글바글한 '어린이집'이 되었다. 2005년 성완이와 하늘이가 초등학교에 입학하면서 엄마 품으로 돌아갔다. 가은이는 2006년 말에 정숙이가 공부를 마치고 귀국하면서 돌아갔다. 그렇게 다 흩어졌지만 한 집에 같이 살면서 정이 든 아이들은 지금도 서로를 못 잊어한다.

성완이, 하늘이, 정현이, 양지, 가은이가 함께 지내던 때 우리 갓골에서는 오리농법이 한창이었다. 1994년에 남편은 창원에서 후루노 씨의 오리농법 강의가 있다고 하여 제자 주형로씨와 함께 갔다. 좋은 것이라면 받아들이는 성격인지라 오리농법에 관심을 갖게 되었다. 물론 그것을 실천하는 데는 주형로 씨의 힘이 있었다. 주형로 씨는 실천적인 달란트가 있는, 사랑하고 아끼는 제자다.

오리농을 하면서 오리망을 치고 아침저녁으로 오리밥을 주어야 하는 것은 번거로웠고, 너구리가 침입하여 오리를 죽이는 등 힘든 점이 있기도 하였다. 하지만 도농교류도 실현하고 지역 브랜드로도 자리매김한데다 아시아 농민과도 교류가 생겨서 지역이 활기를 띠게 되었다.

오리가 논을 오가며 꽥꽥거리는 소리에 아이들은 몹시 즐거워하였다.

오리농법은 이후 조류독감으로 주춤하게 되었지만, 앞으로는 청둥오리대신 흰오리로 대신하면서 새로운 부흥을 준비하고 있다. 우리나라 사람의 식문화를 고려하면, 흰오리가 고기가 연하고, 불포화지방산이 많은데다 크기가 더 커서 선호도가 있다고 한다. 그리고 논에 미꾸리, 메기 등을 넣으면 복합농법이 한국형으로 살아날 전망이다. 다시 흐뭇한 갓골 풍경을 기대해 본다.

승표는 고등부를 마치고 재수를 했다. 재수할 때 영표네 집에 얹혀 살았는데 그로 인해 신혼살이에 부담을 주기도 했다. 1998년 한신대 영어영문학과를 입학, 2001년 여름 조기 졸업을 하고 그해에 성균관대학교 경영학과에 편입했다. 무사히 학교를 마치고 녹십자에 취업했다. 몇 년 후 '마이다스'라는 중소기업으로 옮겨 열심히 재직 중이며 단란한 가정을 이루어 2008년 5월 31일 결혼을 하여 2012년에 예쁜 딸 보라를 낳고 화목하게 잘 살고 있다. 승표네 며느리 최금숙은 순진하다. 결혼할 때 내가 가지고 있는 금을 모아 예물로 쓰라고 주었다. 실은 큰며느리 때는 형편이 안 되어 패물을 못 해줬다. 그래서 큰며느리에게도 한 가지 패물을 해 주라고 하였더니 반을 선뜻 갈라 목걸이와 팔찌를 큰며느리에게 내놓았다. 욕심은 한이 없는 법. '역지사지'라는 말이 있듯이, 나의 입장만이 아니라 상대방의 입장에서도 생각하는 마음씨가 좋다. 남은 바람은 두 부부가 앞으로 믿음생활을 하는 것이다.

딸들과 달라서 두 아들은 어려움을 주어 엄마에게 많은 기도를 하게 하였다. 이런 수업료를 많이 치러서인지 아들들과 깊은 정이 들었다.

전공부 개교

전공부를 2002년에 개교했다. 거슬러 올라가면, 남편은 20년 전부터 전공부에 대해 구상하고 기도했었다. 어느 누구도 동조하지 않았고 여러 사람이 반대했다. 유일하게 노평구 선생님께서 힘을 주셨다. 화란 기금으로 학교 부지로 생각하는 땅도 모든 사람이 학교 자리가 아니라고 반대하였다. 하지만 그는 현실을 보고 주저앉는 성격이 아니다. 약한 것 같으면서도 끈덕진 집념을 보였다. 임락경 목사님이 홍동에 오신 기회에 갓골 산등성이를 보여드렸더니 건축부지로 괜찮다는 답을 주셨다. 물이 충분하여 우물도 팔 수 있다시며 희망을 주셨다.

기금은 한 푼도 없었다. 도교육위원회에서 학교를 인가해줄 아무 조건도 갖추지 못했다. 그런데 풀무학교 사정을 잘 아는 김상현 장학사가 풀무교육을 이해하여, 그 정신을 담보로 하여 허가를 해 주었다. 지금까지 그분에게 고마움을 제대로 표하지 못했으나, 20주년에는 고마움을 표해야 한다고 말한다.

전공부 책임자로 경북대학교 교수이며 대구 무교회 집회를 이끌어

온 박완 선생님을 모시기로 생각하였다. 노 선생님이 박완 선생님께 "네가 가야 하겠다."고 직접 권하셨다. 박완 선생님도 긍정적으로 생각하셨다. 대학교수의 자리를 내려놓고 여러 가지 어려움이 많은 풀무학교에 오신다는 것이 이해가 안 되었을 수도 있다.(당장 이루어질 일이 아니어서 박완 선생님은 근 10년 동안 주마다 대구에서 풀무를 오가시다가 풀무에 오시게 되었다. 든든한 힘이 되어 주신 선생님께 감사드린다.) 그해 남편은 고등부를 퇴임하고 전공부로 자리를 옮겨 10년 동안 일했다.

개교 이후 어려움이야 말로 다 할 수 있겠는가? 전공부 건축비를 사학재단에서 꾸어 후원회비에서 십여 년 동안 연차적으로 갚아나갔다. 그래도 건축비가 모자랐다. 청양농공단지에 있는 이강헌 목사님(학부모) 댁에 같이 간 일이 있었다. 반갑게 맞아주어 거한 점심을 대접받았지만 온 용건을 꺼내지 못하고 그냥 돌아왔다. 와서 나는 용기를 내어 전화를 걸었다. 실은 용건이 있어 방문했으나 꺼내지 못하고 돌아왔다고 말씀 드렸다. 내외분이 아버님과 상의해보겠다 하고 상의 끝에 9,000만 원을 보내 주었다. 이런 분들의 손길이 전공부의 초석을 놓아 주었다. 그 후 여러 소액회원들이 후원을 하여 16년 만에 건축비 4억 5천이 넘는 돈을 모두 갚게 되었다. 무일푼으로 시작했던 전공부의 원금과 이자를 모두 갚을 수 있게 된 것이다. 얼마나 감격한 일인지, 후원회원의 크고 작은 성의가 모아져서 큰일을 이룬 것이다.

나는 전공부가 개교하면서 식당 일을 맡았다. 식단을 일부러 계획하지 않고 그때그때 나오는 재료에 맞춰 요리했다. 학교 텃밭에서 나오는 재료는 풍성했다. 철이 다 든 학생들이라 낭비 없이 절약했고 어려운 일은 서로 먼저 했다. 학생들과 교사와 식당 식구가 한 식구같이 복했다.

식당 일은 항상 두 명이서 했다. 잘 기억이 나지 않으나 최정선 씨와 조영주 씨, 성인엄마가 돕기도 했고, 이성애 씨와 배지현 선생이 함께 하기도 했다. 곽현정 선생과는 함께 한 기간이 2년 채 안 되었는데, 몸이 불편해서 그만두었다. 내가 그만 둔 뒤에는 홍순영 씨와 리환이 엄마가 학생들의 언니같이 학생들의 취향에 맞게 식당을 운영해 주었다. 지금은 홍순영 씨가 수고하고 있다. 나는 나이가 많다고 특별히 극진히 대해 주었다. 식당을 그만둘 때 전공부 식구들이 '사랑의 밥'이라고 수놓아 준 액자를 고맙게 생각하며 내 방의 벽에 걸어놓고 보관하고 있다.

밝맑도서관 개관

개교 50년을 기념하여 2012년 밝맑도서관을 건축하여 지역 안의 모든 교육 기관이 갖추어졌다. 이찬갑 선생님의 자제인 이기문 선생님이 기금을 기탁하셨다. 이를 학교와 지역이 함께 쓰는 특색 있는 문화와 교육의 전당으로 삼고자 도서관을 건립하기로 했다.

이찬갑 선생님의 자손들은 선생님이 38선을 넘어오실 때 가져온 귀중한 책들도 내놓았다. 이찬갑 선생님은 사람이 빈 몸으로 넘어오기도 어려울 텐데 귀중한 책을 고리짝 둘에 담아 지고 오셨었다. 일제 치하 우리말로 된 책을 모두 없애 버리려고 할 때 감춰두고 묻어 두었던 책이었다. 그렇게 목숨을 걸고 가지고 오셨던 국보급(한 권에 1억이 넘는 책도 있었음, 초판본) 책을 자손들이 선뜻 내놓은 것이다.

도서관의 명칭을 밝맑으로 한 것에 대해 샛별(주옥로 선생님)을 배제하였다고 생각하는 사람도 있었다. 주 선생님은 역사와 향토문화 쪽에 관심이 많으셨다. 유물을 모아 문당리 생활유물전시관에 기증하기도 했다. 주 선생님의 고택을 수리하여 복원하고 학교 · 지역 역사관을 만

들려고 생각하고 있었지만 유족들과 뜻이 맞지 않아 실행되지 않았다.

도서관 운영하는데 무명의 후원자들이 큰돈, 적은 돈으로 정성껏 후원해 주셨음을 고맙게 생각하며 사무장으로부터 봉사자들까지 모두 무보수로 후원해 주셨기 때문에 도서관 빚을 갚아나가고 있다. 고맙고 미안하다.

남편은 지금도 날마다 도서관에 가 있다. 초창기에 도서조합한다고 서울에서 나르던 세 박스씩의 책이 생각난다. 책을 사랑하는 마음은 학교 안 가게, 자치센터와 마을회관을 전전했다가 도서관으로 결실을 맺었다. 몇 년 안에 도서관 옆에 생활문화공간을 만들어, 지역역사자료실, 공예문화전시실, 지역학회 자료실 등을 갖추어, 지역이 생활문화공간이 되게 할 꿈을 꾸고 있다. 아침에 밥을 먹고 도서관으로 출근해서 점심 때 잠깐 내려왔다가 저녁에 다시 올라간다. 퇴근시간이 언제인지는 모른다.

도서관 빚을 모두 갚은 뒤에 후진에게 이임하려고 하였으나, 사정상 얼마 남지 않았지만 부채를 완전히 정리하지 못한 채 인계해야겠다고 생각하여 도서관 책임을 박완 선생님께 인계하였다. 책임을 넘기긴 했지만 마음만은 늘 같은 마음이며 신앙 서적(노평구 선생님, 유희세 선생님, 이찬갑 선생님, 일본의 오바나 선생님 등)을 모아 놓은 방 하나만은 사용하고 있다. 도서관을 운영하면서 직원들 급여를 줄 수 있는 체계를 잡았으면 하는 것이 바람이지만, 아직까지 직원들의 희생으로 이어가고 있는 형편이다.

남은 일들

남편은 고등부 교장, 어린이집, 전공부를 각각 10년을 했고, 이제 도서관 10년을 채우면 할 일을 거의 마무리할 것 같다.

하지만 남은 일들이 좀 있다. 토지재단과 지역화폐, 식가공조합이 그것이다.

토지재단은 농촌에 돌아오고 싶지만 땅이 없어 못하는 이들에게 농촌에 뿌리내리는 것을 돕는 사업이다. 유기농업을 할 젊은 농민들에게 땅을 빌려 주고 농사기술도 알려줄 것이라고 한다.

처녀의 몸으로 고아들을 돌보던 김계자 씨가 평생 모은 돈 2천만 원을 낸 것을 계기로 2015년 가을에 무교회 집회의 박유순 여사님이 천만 원을 내놓았다. 이후 승심 언니와 승자가 천만 원씩 내놓았다. 또 이운학 씨가 이천만 원을 내기로 약속하였다. 거기에 남편이 돈을 한 푼 두 푼 몇 년을 모아서 일억 사십만 원이 되었다. 이를 종잣돈으로 하여 정농회에 넘길 예정이다. 2017년 8월, 정농회에서 토지재단 법인을 만들어 공식화하고 운동을 펼치기로 했다. 우선 300평씩 여섯 명의 농민에게 맡기기로 했다.

또 보통 돈에는 투기나, 돈 있는 사람이 돈을 버는 기능이 있는데, 지역화폐(마을돈)는 그런 기능은 말고 돈의 순기능만을 살리고자 하는 것이다. 마을 안에서 교환되는 돈은 중앙으로 집중되지 않고 그 지역을 활성화한다. 도서관 주변에 생활문화공간이 생기면 농민장터를 만들어 휴대폰으로 결제하는 방식으로 지역화폐를 실현한다는 것이다. 농민장터는 로컬푸드 직매장과 비교하면 더 소규모이고, 가정 텃밭에서 나오는 생산물을 다루는 것이다.

또 있다. 전공부에 식가공조합을 만드는 것이다. 30년 전 바른식품이 시작될 때 바랐던 것이 전통 장류 가공 협동조합이었다. 몇 년 전 갓골 땅에 인삼업자가 들어왔는데, 혹시라도 농약 오염 때문에 동네 유기농업이 잘못될까 봐 걱정을 많이 했다. 이제 계약이 끝나면서 그 밭을 받아 GMO 조작이 안 된 토종 콩을 심어 가공 원료로 삼으려 한다.

1980년대에 학교 자립을 위해 일본 전국 무교회집회원들이 모금한 성금이 있었다. 그 돈으로 축산을 하다가 경영이 잘 안 되었는데, 그 자리에 지금은 무인책방이 있다. 지붕이 슬레이트 지붕이라 환경오염 소지가 있어 개축하여 평생교육관을 지었으면 좋겠다고 한다. 그리고 아래층은 꽃, 친환경 학용품, 헌옷, 아나바다장터, 공예품, 책 등 복합매장을 무인판매로 운영하면 좋겠다고 이야기한다. 이런 조각들을 맞추어, 지역이 배우고 일하고 협력하는 생활의 터가 되는 게 남편의 바람이다.

기도는 많지만, 이제 나이도 나이니만큼 생각을 하나둘 내려놓을 때이다. 젊은 세대들이 배턴을 이어받아 잘 해 나가리라 믿는다.

홍동에는 여러 단체들이 있다. 여러 단체들이 연계하고 서로 돕고 잘 되길 바라고 있다. 홍동에 있는 단체만 근 20여 개다. 장곡에 협업 농장, 행복농장이 있고 꿈이 자라는 뜰, 교육농장 갓꿈, 의료협동조합, 원예조합(가꿈), 논생물연구회(논배미), 지역화폐, 씨앗은행, 적정기술 교육농장 등.

남편은 얼마 전에 신협 출자 배당금을 찾아 어렵게 수고하는 이들을 생각하고 얼마 되지 않지만 용기를 내라는 의미에서 몇몇 단체에 얼마씩 나눠주었다. 씨앗을 심는 이가 있고 물을 주는 이가 있지만 자라게 하시는 이는 하나님이다.

남편

'천재와 바보는 종이 한 장 차이'이고, '큰 나무 밑에는 그늘도 크다'
고도 한다. 사람이 백점짜리가 어디 있을까마는 남편은 가정 살림이나
사회생활은 아주 빵점이다.

여러 남매 키우는 데 이런저런 문제가 없을 수 없다. 그런데 남편은
가족에 대해 관심이 없었다. 무슨 일이 있는지 아예 모른다고 하는 편
이 맞다. 아이들 입학식이나 졸업식(장남 졸업식과 결혼 전 상견례를 겸한
진숙의 졸업식에 참석한 외에)에 참석해 본 일이 없다. 군에 면회 한 번 가
본 일이 없다.

몇 해 전에 아이들이 가족 모임을 하다 말고 "아버지는 엄마한테 다
맡겨놓고 어떻게 그렇게 우리한테 무심할 수가 있었나요?"하고 일제
히 입을 모은 일이 있었다. 남편은 아이들이 말한 모든 것을 인정했다.
그리고 말했다. "그래, 내가 아버지 역할을 못했다. 그래서 하나님이
대신 다 해 주지 않았느냐? 부족한 아버지 대신 하나님이 아버지가 되
어 주었구나. 내가 아무리 잘해도 하나님만큼은 못할 것이다. 내가 너

희에게만 관심을 가졌으면 학교에서 안 되는 부분도 있었을 것이다."
(말은 그렇게 했어도, 부모 때문에 그렇게 고생을 했건만 아이들은 아버지를 늘 이
해한다. 풀무학교를 퇴임할 때 퇴직금으로 얼마를 받았다. 그때 전공부 초기 건축
비용으로 돌리자고 영표에게 의사를 물었다. 영표가 우리 6남매가 부모님 노후 책
임을 못 지겠느냐고 선선히 대답했고 곧 전 남매가 뜻을 함께 했다. 또 옆집 정민
철 선생이 자기 집을 소박하게 지어놓고도, 우리 집이 허술하다고 미안해 하며 화
숙을 불러서 아버지 집을 지어드리는 게 어떠냐고 말한 적이 있다. 그때 여러 자녀
들이 십시일반으로 돈을 모았고, 이를 받아 통나무 건축하는 주병근 씨가 실비로
집을 지어주었다. 우리가 소박하게 살 수 있을 만큼 생활비를 불평 없이 보내는 점
도 고맙다.)

　남편은 실제적이지 못하고 경제에 대해서는 별로 생각을 안 한다.
친정 어머니는 그 점이 평생 불만이었다. 그런데 그는 한 번도 어머니
에게 섭섭함을 표하지 않았다. 얼마 전에 물어 보았다. "장모님한테 섭
섭하지 않았느냐?"고. 그는 말했다. "내가 잘못하는 것을 책하시는 것
이 당연한 일이라고 생각했다."

　사회생활을 하면서 남편의 치명적인 단점은 대인관계를 잘 못한다
는 것이다. 남의 마음을 헤아려 소통하는 능력이 절대적으로 부족하
다. 남이 오해하는 일이 있더라도 자기 생각만 정리되면 변명을 하지
않는다. 그리고 오해는 언제든지 풀릴 거라 믿는다. 그래서 오해받고
욕먹는 일이 많다.

　사실 남편은 평생 칭찬보다는 욕을 더 많이 먹고 살았다. 그런데도
"나는 칭찬받는 것보다는 욕을 먹는 것에 익숙하다. 그건 오히려 고마

운 일이다."라고 한다. 늘 "나는 부족한 사람이기 때문에 하나님이 부족을 채워 주시고 인도해 주었다. 평생을 뒤돌아보면 자기가 한 일이 아니라 크신 손길이 도우셔서 모든 일을 성취하였다."고 말한다.

남편은 무조건 공적인 사람이다. 그동안 몇 권의 책을 냈고 여러 차례 상과 상금도 탔다. 하지만 책 인세라든지 시상금을 개인 통장에 입금한 일이 없다. 강의료나 주례비를 어쩌다 받게 되면 당연히 공적인 데 쓴다. 남편은 얼마 안 되는 연금과 노령 연금 30~40만 원으로 최소한의 용돈을 쓰는데 책값과 우편요금 빼고는 후원금과 공적인 용도로만 사용한다. 이발비라든지 소소한 용돈까지 눈치 보면서 나에게 받아 쓴다. 어떤 때는 짜증이 나지만 나의 생각을 접는다. 우리는 자식들이 주는 얼마의 돈으로 남지도 부족하지도 않게 살아가고 있다.

그는 미련하게 이상만을 바라보며 살았다. 풀무에 올 때 주위 사람들에게 바보라고 지탄받으면서도 정규 공립학교를 마다하고 풀무에 왔거니와, 어려움 속에서도 자신의 이상을 포기하지 않았다. 남편의 유머 한 마디. "나는 초등학교, 고등학교 모두 판잣집을 찾아다녔다." 육이오사변으로 모두 폭격당해 판잣집을 학교로 사용했고, 풀무학교에 와서도 균등 보수를 받다가 어엿하게 보수 받을 만하면 떠났다고 말한다. 퇴임 전해부터 지원을 받았으므로 연금을 소급하여 넣었으면 퇴직금을 받을 수도 있었지만, 교사들 전원을 소급 처리하고 자기만 빠졌다. 국민연금 부은 것만 40만 원을 받는데, 이 연금이 조금 나온다 하여 노령 연금이 나보다도 적게 10만 6천 원을 받는다. 갓골어린이집도 지원을 받아 안정될 때 떠났듯이, 도서관도 자신이 떠날 때쯤 되면 안정될 것이라고 한다. 어려움을 견디면 좋은 날, 안정되는 날도 올 것이라고 생각한다.

그는 하고 싶은 일이 많다. 요즘에는 농사도 잘 모르는 이가 틀밭에 보존 농업을 하느라 열심이다. 좋은 것이라 생각되면 되든 안 되든 하려고 한다. 장점이면서 단점이고, 단점이면서 장점이다. 그래도 한 우물을 파기에 무슨 끝이 있기는 한 것 같다. 구상하는 일이 많다. 평생이 어려움의 연속이었지만, 옳다고 생각하는 일이 있으면 의견이 바로 통과되지 않는다고 포기하지 않는다. "내가 하는 일은 10년, 20년이 가야 성사된다."고 한다. 예를 들어, 전공부가 20년 전에 계획했는데 수십 년 뒤에야 어렵게 성사되었다.

그가 여러 사업에 관여하는 것에 대해, 누군가는 '신앙'이 아닌 '행위'에 치중한다고 비판하기도 한다. 하지만 그는 신앙이 있으면 자연히 행위로 나타나기 마련이란다.

또 모든 일을 긍정적으로 생각한다. 학교가 어려워 존폐 위기에 있을 때도 속마음은 잘 모르지만, 좋은 쪽으로 생각하고 실망하거나 비관하지 않고 희망적으로 생각했다. '이상 속에서 사는 사람'이다. 학교에 찾아오는 손님에게는 학교의 이상을 그리며 현재의 일로 착각하는 것 같다. 100프로 중에 10이나 20프로의 가능성을 바라보고 실망보다는 희망을 가지고 살아왔다. 어느 분이 말하기를 "풀무 이야기가 거짓말은 아니지만 현실은 아니다."라고 했다고 한다.

가정에서도 가족들의 단점보다는 장점을 본다. 나는 독서력이 부족하다. 자기가 하루에 몇 시간이면 볼 책을 며칠을 끙끙대며 보아도 한 번도 책하지 않고 칭찬을 한다. 날마다 하는 식사도 맛있게 잘 먹었다고 극구 칭찬과 감사를 한다. 두부된장찌개를 먹으면서도 "김정은도 이보다는 더 잘 먹지 못할 것"이라고 농담을 한다.

남편은 나침반과 같다. 그는 결점이 많고, 그의 일생은 가시밭길이었다. 그러나 흔들리면서 한 방향을 가리키는 나침반과 같이 늘 뜻에 어긋나지 않기를 바라기에, 어떠한 오해에도 변명에 급급하지 않고 담담히 끈질기게 살아왔다. 부족한 자에게 하나님이 함께해 주었기에 지금까지 살아올 수 있었다. 그러므로 그가 하고자 하는 일을 이룰 수 있었던 것은 일방적인 하나님의 은혜이다.

농사와 독서 모임

바른식품 일을 정리하고 농사를 전업으로 하면서 힘들지만 보람을 느꼈다. 예수님도 농사에 대한 비유를 드셨다. "한 알의 밀알이 땅에 떨어져 썩지 않으면 한 알 그대로 있고, 썩으면 삼십 배, 육십 배, 백 배의 열매를 맺는다."든지, "돌감람나무가 참감람나무에 접붙임이 되어 진액을 함께 받는 자가 되었다."는 말이 그것이다.

농사는 고마운 것이다. 작은 면적에서도 수많은 식재료가 나온다. 밭에서 나는 여러 가지 식재료는 식생활을 풍성하게 해 준다. 오이 몇 그루, 울타리 강낭콩 몇 그루에서 날마다 수확을 하면서 감사하며, 농사는 돈으로 계산되는 것이 아니란 보람을 느끼며 살아간다.

그래도 힘든 일도 많다. 논농사가 그랬다. 우리 논은 수렁논이라 기계가 마음대로 드나들지 못하여 더욱 힘이 들었다. 지금은 트랙터로 논을 콤바인으로 직접 타작을 하지만, 1990년대만 해도 벼를 베어 깔았다가 묶어서 둑에 세워 말려서 탈곡기로 타작을 했다. 어느 해에는 비가 자주 와서 벼를 베어 깔아 놓았는데 싹이 나고, 겨우 마르려고 하면 또 비가 오고 이렇게 하기를 몇 차례. 이렇게 될 때는 너무 힘이 들었다.

어느 해 캐빈 선생(스탠포드대학교에서 온 회화 교사)이 우리 논의 벼를 묶어 세우는 일을 도운 적이 있었다. 학교에 가서 "홍 선생님 댁 논이 넓어요."라고 해서 폭소했다. 논 800평이 그렇게 넓게 느껴진 것은 조건이 좋지 않기 때문이었다. 지금은 기계화가 되어서 편리해졌다.

요즘 틀 농사를 시작한 지 3년째. 남편은 열심히 밭에 쓰레기라든지 풀, 낙엽을 보기가 무섭게 가져다 덮는다. 땅이 많이 좋아졌다. 하지만 병충해가 많아 쉬운 일이 아니다. 낙엽이나 곡식대를 너무 많이 덮으면 공벌레가 많이 생겨 곡식을 갉아먹는다는 것도 알게 되었다. 농사는 미생물이 짓는다고 한다. 미생물이 많아져서 땅이 좀 더 좋아지면 병충해가 적어진다니 희망을 가져야겠다.

독서모임을 시작한 것은 정확치 않지만 1985년쯤인 것 같다. 유원상 선생님께서 풀무에 자주 오실 때이고 유 선생님 영향을 받아 우치무라 전집을 읽기 시작한 것으로 알고 있다. 그때 모인 분들은 풀무 여선생님 두 분, 사모님과 동네 분 한분도 같이 했다. 그후 여러 가지 사정으로 네 분이 빠지고, 지금은 다섯이서 모인다. 나, 동생 승자, 주정자 씨. 그리고 이재자 씨는 1990년대에 학교일에 참여하여 홍동으로 이사한 후 참석했다. 노의영 씨는 2000년대부터 참석하기 시작했다.

우치무라 전집을 읽고 김교신 전집, 노평구 전집, 송두용 전집, 이어 나오는 선생님들의 신앙전집을 보면서 어려움을 이기기도, 삶의 목표를 찾기도 하였다. 선생님들의 깊은 신앙의 경지를 다 이해하진 못하지만 우리의 삶에 큰 힘이 되었다. 읽으면서 좋았던 말씀을 다시 읽어보는 정도로 계속하고 있다.

한때 『토지』(박경리), 『태백산맥』(조정래), 『내 목은 매우 짧으니 조심하여 자르게』(박원순) 등도 읽었다. 『토지』와 『태백산맥』을 읽고 나서는 문학기행도 함께 하였다. 조정래 문학관도 관람하고 동네 분들이 태백산맥에 나오는 여러 장면을 재현하며 우리 할머니들을 특별히 반겨주는 영광을 누리기도 했다.

농한기에는 여유가 있지만 농번기에는 짬을 내서 읽는다는 것이 그리 쉽지 않다. 화요일이나 수요일이 되면 하는 일을 미루고 읽기 숙제를 해야 한다. 다급하면 밤늦게까지 읽기도 한다. 목요일이 지나면 마음이 홀가분해진다. 숙제를 제출한 학생같이.

이제 나이 탓인지 잘 기억을 못한다. 남편은 "콩나물을 키울 때 물을 주면 다 흘러내리는 것 같아도, 콩나물은 그 물을 마시고 자란다."면서 꾸준히 읽는 것이 중요하다고 격려한다. "쭉정이가 오래 간다."는 말이 있거니와 나같은 사람이 독서모임을 계속 참석할 수 있는 것을 고맙게 생각한다.

농촌생활을 하면서 이런 모임이 아니면 꾸준히 독서하는 것이 힘들다. 하지만 회원들이 같이 해서 가능하다. 모임 식구들이 형제보다 친근하다. 우리가 같이 한 시간이 30년이다. 강산이 세 번은 변할 동안 무엇이든지 나누고 함께 했다. 시편 133편의 "형제의 동거함이 어찌 그리 아름다운고."하는 구절이 떠오른다.

이렇게 나이 많은 늙은네들이 오래 독서모임을 계속했다 해서 "불

혹에 만나 칠순 훌쩍…. 책 덕분에 평생 벗으로 살죠"라는 제목으로 2015년 7월 14일자《한국일보》에 올라오기도 했다.

세계 여행

세계 여행도 몇 곳 했다.

1997년에 남편 회갑 기념으로 일본에 같이 갔다. 독립학원과 애농학교, 아시아 학원, 미나마타 비누공장을 방문하였다. 다들 환대해 주셔서 감사했다. 일본은 모든 것이 안정적이고 꼼꼼함을 느낄 수 있었고 독립학원이나 애농학교가 신앙 위에 세워진 학교라는 것을 새삼 느끼며 부러움과 존경심을 갖고 돌아왔다.

1998년에 수업생이 초청해 주어 3박 4일로 중국 북경을 가 보았다. 북경은 우리나라와 다르게 스케일이 커서 대국의 면모를 느낄 수 있었다.

2007년에 초등학교 동창들과 태국여행을 다녀오기도 했다.

이스라엘은 2012년 3월 홍동지역 무교회 집회원들과 함께 갔다. 갈릴리 길, 갈릴리 호수는 아름답거니와 경치가 좋고 땅이 기름졌다. 건너다 보이는 산이 변화산이라고 했다. 예수님이 다니시던 길, 예수님이 배를 타고 군중에게 설교하시고 물 위를 걸었던 호수라고 생각하니 감격스러웠다. 하나님이 택하신 민족으로서 예수님을 보내 주셔서 구속의 역사를 이루신 하나님의 섭리와 은혜의 손길을 느꼈다. 식당에서 예수께서 구워주셨다는 물고기인 듯 물고기 구이가 참 맛있었던 기억이 난다.

또 끝도 없는 광야를 바라보며 예수님이 광야에서 사탄에게 시험 받으시던 장면을 상상했다. 광야를 지나며 엄숙하고 숙연한 마음이 들었다. 광야와 같은 이 세상에서 하나님과의 단독자로서 시험을 이기고 하나님께 영광을 돌릴 수 있길 기도했다.

전공부에서 공부하고 호주로 간 김경기 씨가 초청하여 2012년 겨울에 호주를 일주일 다녀왔다. 김경기 씨 부인이 날마다 도시락을 푸짐하게 싸 주어 야외에서 맛있는 식사를 했다. 친구 영숙이 집에서도 3-4일 묵으면서 회포를 풀었다. 아주 극진한 대우와 선물을 받아가지고 돌아왔다. 일생 잊지 못할 여행이었다. 오페라하우스와 국회의사당, 동물원 등이 기억에 남는다. 오페라하우스는 공연기간이 아니어서 밖에서만 그 웅장한 건물을 볼 수밖에 없었다. 캔버라에서는 국회의사당을 개방해서 볼 수 있었다. 국회의사당 지붕이 잔디밭이어서 의사당이 잔디밭 밑에 있었는데 이는 환경도 살리고 국회는 국민의 밑에 있음을 상징적으로 나타내기도 한다고 한다. 의원석은 좁았지만 방청석이 넓어서 누구나 방청할 수 있었다. 자동차로 시드니에서 4-5시간을 달려서 밀크우드 농장에 도착했다. 생태적인 환경 속에 빗물을 흘려 버리지 않고 모든 나무와 농작물에 줄 수 있도록 시설을 해 놓았다. 집은 흙집으로, 대체에너지를 이용하여 살 수 있는 곳도 있고, 닭도 이동식으로 길렀다. 양어장도 있었다. 생태화장실을 이용하여 화학비료를 주지 않고 이상적인 농장을 운영하고 있었다.

페더테일 와일드라이프 동물원에도 갔다. 동물들은 사람을 전혀 무서워하지 않아 동물들의 천국같았다. 원바트라는 동물이 있다. 느린 것 같은데, 급할 때는 동작이 빠르다고 한다. 그런 모습이 비슷하다고 남편에게 원바트라고 별명을 붙여주었다. 남편은 몇몇 시간을 중고서점에서 책을 몇 박스 골랐다. 주인이 아주 좋은 책만 고른다며 특별고객이라고 좋아했다.

2014년에는 미국 캔자스 주에 안식년 차 일 년 가 있던 정숙이가 초청하여, 한 달 넘게 지내며 서부 몇 곳을 다녔다. 미국 서부 지방의 황량함은 마치 영화를 보는 느낌이었고 이런 황량한 곳에서 문화가 꽃핀 것이 신기하였다. 그랜드 캐넌에서 오묘한 하나님의 솜씨를 보고 감탄하였다. 로스앤젤레스의 박물관이라든지 미술관 모두 좋은 시간이었고 기독교 정신을 느끼기도 했다. 성경을 온 정성을 다해 필사한 것도 보았고, 미술로써 예수님의 사랑과 뜻을 표현하려고 노력했던 것도 보았다. 미국에 와서 보니 인종 박물관이란 생각이 들었다. 인간은 색깔이나 모양이 다른 것은 별 것이 아니고 정신이 중요한데, 인디언들의 생활이 너무 침체되어 있는 것이 안타까웠다. 쓰레기통을 뒤지는 어려운 이들도 보고 미국의 빈부 차이가 심하구나 생각도 하고 평등한 세상을 만드는 것이 정말 시급하게 느껴졌다.

정숙이가 이용하는 캔자스 시의 유기농 매장을 가 보았다. 메르크 협동조합인데, 온갖 유기농산물과 가공품이 풍성하게 진열되어 있었다. 시내 중학교에서 텃밭을 가꾸는데 조합원과 주민들이 지원해 주고, 그 농산물을 조합에 판매하는 등 먹을거리를 통해 학교, 조합, 시민이 함께 하는 모습이 본받을 점이었다.

남편은 웬델 베리 씨를 만났다. 미국에 오기 전부터 만나고자 했는데, 동부로 강의 차 출타중이어서 방문 일자를 잡느라 귀국 일정을 조정했다. 웬델 베리 씨는 경향신문 기자가 취재 교섭하는데도 다섯 달이 걸렸다고 하는데, 워낙 교통이 안 닿은 시골에서 조용히 농사를 지으며 사시기 때문이다. 다행히 케빈 선생이 소개한 토지협회의, 웬델 베리 씨와 친한 웨스 잭슨 씨가 우리 머무는 곳에서 멀지 않은 곳에 있어 방문했더니, 그가 한국에서 좋은 사람이 왔다며 웬델 베리 씨에게 전화를 걸어 주어 방문이 이루어졌다. 남편은 세계적인 석학이면서 농부인 그를 만난 것을 미국여행 중 잊을 수 없는 일이라 했다. 자본주의의 위기는 흙과 공동체를 살리는 농업 중심 사회로 갈 수밖에 없다면서 자신의 신념을 몸소 실천하고 사는 모습에 감명을 받았다고 한다.

웬델 베리 씨가 사는 켄터키로 가면서 도중에 오하이오 주에 있는 아미시 공동체에도 들렀다. 소박한 신앙을 지키며 가족들이 자급자족하여 농사를 지으면서 평화롭게 사는 모습은 인류의 희망을 보는 듯했다. 우리 집에서 텃밭을 가꾸고 동네에서 유기농업을 하는 것도 세계와 연결되는 중요한 일이라는 것을 느꼈다.

그나저나 아미시 공동체 방문과 웬델 베리 씨와의 만남을 위해 사위 조득환은 사흘 동안 쉬지 않고 운전을 해야 했다. 우리가 온 뒤에도 며칠을 앓았다고 한다. 미안하고 감사하다.

용서 그리고 다윗에게서 배우다

풀무 안에서 산 50년이 내게는 어려움과 은혜의 연속이었다. 남편이 제안하는 일이 많은데, 늘 수완이 없고 미숙한지라 이런저런 오해를 많이 받았다. 그때마다 나 역시 고통을 받았다.

나는 용서해야 한다고 생각하지만 늘 용서하는데 인색하기에 죄의식이 있다. 대놓고 말은 안 하지만 나를 비난하거나, 나와 생각이 다른 사람을 이해하거나 사랑하기 어렵기 때문이다.

용서는 결코 쉬운 일이 아니지만, 용서를 통해서만 나의 삶을 바로 살 수 있다고 믿는다.

내가 용서하듯 남들도 나를 용서해 주었으면 한다. 살다 보면 가슴을 짓눌렀던 문제들이 나를 우울하고 착잡하게 할 때, 내 마음대로 나를 어쩔 수 없었을 때도, 어느 순간 그 문제가 가슴에서 툭 떨어져 나갔던 일이 있었다.

항상 나의 부족함과 모자람 때문에 괴로웠지만, 부족한 그대로 나를 인정하고 감사하는 생활이 되도록 기도한다.

요즘 독서 모임에서 다윗의 사무엘서를 공부하고 있다. 다윗의 일생에서 배울 점이 많았기에 여기에 생각을 정리해 보았다.

구약 성서에서 어린이로부터 어른까지 모든 사람에게 친숙하고 많은 이야깃거리로 사랑받는 인물은 요셉과 다윗이 아닐까 한다. 요셉이나 다윗은 둘 다 축산을 직업으로 하면서 믿음을 중시하는 서민 집안의 여러 형제 중 막내였으며, 전혀 예상하지 못하던 인생의 여러 과정을 거쳐 총리 또는 국왕의 지위에 나아간다. 인생의 영광도 있었고 시련도 있었으며 인간적인 실수도 있었다. 그러나 그 풍파 많은 일생을 통하여 믿음을 저버리지 않았고, 하나님이 함께하셨으며 그들을 통하여 민족과 세계에 축복을 내리셨다.

다윗(생애 기간 기원전 1030~기원전 962)은 이스라엘 왕국에서 사울 다음 2대 왕으로 40년간 이스라엘을 훌륭하게 통치한 인물이다. 원래 하나님은 이스라엘 민족이 다른 나라처럼 왕을 구하는 것을 마땅치 않게 여기셨다. 그것은 사람들이 왕을 세우면 권력을 내세워 대궐을 크게 짓고 군인들을 거느려 백성을 억압하거나 전쟁을 해서 백성들을 살기 어렵게 하고 심지어 백성들을 노예로 만드는 결과가 너무나 분명하기 때문이다. 그러나 잘못을 해도 그들 스스로 깨달아야 하기 때문에 인간들의 선택을 존중하여 왕의 제도를 허락하게 된다.

그래서 첫 번째 왕으로 소명된 자는 사울이었다. 사울은 왕으로 임명될 때 자신은 가장 작은 벤야만 지파 중 가장 미약한 자며 하나님만을 두려워하고 그의 뜻을 따르겠다고 하였다. 그러나 막상 왕이 되어 아말렉과의 전쟁에서 승리하자 마음이 교만해져서 우상을 숭배하는 아말렉의 모든 제도와 재물을 없애라는 하나님의 명령을 어기고 양과 소 등 물질 중 좋은 것은 취하고 가치 없고 낮은 것만을 없애는 시늉을 하였다. 그리고 전쟁에서 승리한 것을 하나님이 아닌 자기의 공적으로 돌려 승리의 기념비를 크게 세우게 하였다.

이를 보고 사울을 왕으로 추천한 예언자 사무엘이 근심하여 온밤을 새우며 하나님께 부르짖었다. 그리고 사울에게 나아가 목숨을 걸고 말했다. "왕이 스스로 작게 여길 때에 하나님께서 기름을 부어 이스라엘 왕을 삼으셨거늘, 어찌하여 왕은 하나님이 악하게 보시는 이방의 우상 숭배와 그 제도들을 없애라는 말을 청종치 않고 제일 좋은 것을 탈취하기에만 급급하여 하나님이 악하게 여기시는 것을 행하십니까? 순종이 제사보다 낫고 하나님 말씀을 듣는 것이 제단에 바치는 기름보다 낫다고 하시지 않았습니까?" 그런데도 사울이 하나님의 명령보다 자기 욕심대로 행동하면서 아무 반응이 없자, 하나님은 왕위를 거두어 다윗에게 넘기기로 내정하셨다.

사람은 한 번 교만에 빠져 자기를 하나님보다 높게 여겨 버릇하면 절대 겸손의 자리에 내려오기는 어려운 것 같다. 사울은 모든 수단을 동원하여 다윗을 죽이려 하였고, 다윗은 사울을 죽일 기회가 두 번이나 있었지만 그렇게 하지 않았다. 아들람에서 다윗이 숨어 있는 굴에 사울이 들어와 볼 일을 볼 때 옷자락만 자르고 내보냈으며(왕상 24:3), 또 하길라에서 진영 가운데 누워 있는 사울의 물병과 창만 가져온 일이 그랬다. 그런 사울이 마지막에는 길보아산에서 죽는다. 사무엘하 1장을 아말렉 소년이 길보아산에서 사울의 면류관과 고리를 벗겨 상을 받으려고 다윗에게 가져왔을 때, 다윗은 하나님에게 기름 부음을 받은 이를 죽인 죄를 물어 오히려 엄벌에 처했을 뿐 아니라 슬픈 노래로 사울과 요나단을 조상하고 금식으로 슬픔을 나타냈으며, 하나님으로부터 한때 기름 부음을 받은 이에 대한 예의로 정중하게 장사를 지냈다.

이렇게 유다 지파 목동의 막내인 다윗은 하나님의 부르심으로 블레셋의 골리앗을 돌팔매로 물리쳐 나라를 구했으며, 사울의 궁정에 불려가 왕의 신임을 받고 사방의 전장에서 승리를 거두었다. 사울의 시기로 생명의 위협을 느껴 도망자의 신세가 되었지만, 사울을 미워하지 않고 하나님만 의지하여 지지자들의 성원으로 결국 왕위에까지 나가게 되었던 것이다.

왕위에 오른 다윗은 40년 동안 이스라엘을 통치하면서 하나님을 믿으며 이스라엘을 위대한 나라로 만드는 큰일을 하였다. 출애굽 이후 400년 동안 정복 못했던 시온성과 예루살렘 주변을 정복하여 이스라엘 국토를 크게 넓히고 통일하였으며, 잡다한 우상 숭배를 하는 이방신과, 국민을 노예처럼 부리는 국가 권력 가운데서 유일하게 하나님과 그 신성한 율법을 지키는 이스라엘의 정신적 사명에 충실하였다. 그리하여 당시 중동에서 아무 나라도 이스라엘을 넘보지 못하고 존경하였으며, 수 천 년의 이스라엘 역사 중 가장 번영하고 안정된 전성기를 이루었다고 한다.

그러나 왕이면 무조건 특권이 인정되어 충절로 국민의 숭배를 요구하고 축첩을 마음대로 하는 나라와 달리, 성서에는 아무리 왕이라 할지라도 하나님 앞에 저지른 다윗의 죄와 실수 그리고 그 결과도 예리하게 언급하고 있다. 우리아의 아내 밧세바 사건과 다윗의 아들 압살 롬의 반란이 그것이다.

다윗은 우리아의 아내를 범하고 그 죄를 은폐하려 우리아를 맹렬한 싸움터에 앞세워 죽게 한다. 사무엘 12장을 보면 예언자 나단이 등장 하고 다윗의 회개가 나온다. "내가 너로 이스라엘 왕을 삼기 위하여 기 름을 붓고 너를 사울의 손에서 구원하고 주인의 집을 너에게 주었으며 이스라엘과 유다 족속을 맡겼느니라. 만일 그것이 부족하면 이것저것 다 주었으리라. 그런데 어찌하여 하나님의 말씀을 업신여기고 나 보기 에 악을 행하였느냐?"

참으로 사람은 높은 자리에 오르면 방심하기 쉽고, 아무리 훌륭해 도 넘어지기 쉬운 존재라는 것을 생각하게 된다. 사람은 넘어졌더라도 잘못을 인정하지 않고 지위를 이용해 자기 잘못을 덮으려 할 수도 있 는데, 다윗은 사람의 눈보다 평생 동행하셨던 하나님의 눈을 더 두려 워하고 의지하여 자기 잘못을 즉시 인정하고 하나님에게 용서를 빌었 다. 또 그 일로 인하여 비방거리가 되고 아이가 죽는 등 일생에 아들의 반란과 여러 가지 고난과 어려움을 묵묵히 감당한다.

그러나 다윗이 분명히 남과 다른 점은, 진심으로 제자리에 돌아와 하나님에게 더욱 다가가는 생애를 보낸 데 있다. 결국 다윗은 미천할 때나 왕위에 오를 때, 순탄할 때나 자기 부족에 울 때나 하나님과 동행 하는 일생을 보냈다. 그런 신앙 때문에 구약 성서에서 요셉, 모세 예언 자들과 함께 국민들로부터 존경받고 두드러진 인물로 알려지고 있다.

다윗은 나머지 생애 동안 하나님과 국민들을 섬겼으며 하나님을 위한 성전 건축할 땅을 마련하여 아들 솔로몬에게 넘겨주었다. 그 성전은 이스라엘의 신앙의 중심지가 되었고 오늘날 기독교 유대교 이슬람 신앙의 중심 성지가 되었다. 또 다윗 왕가에서 인류를 구원할 메시아가 출현할 것이 선언되었다. 인간의 약점을 지녔지만 회개할 줄 알았던 믿음의 사람 다윗에게서 인류를 구할 메시아가 태어났고, 그 메시아는 인간이 만든 성전을 헐고 기독교 유대교 이슬람교를 비롯해 모든 인류를 하나로 뭉치게 하는 인류 구원을 실현해 주실 분이다.

다윗은 직접 악기를 연주했고 시편의 가사를 만들어 하나님을 찬미하였다. 시편에는 그의 영광 속에 부른 감사와 찬미가 있고 고뇌와 절망 속에서 부른 한숨과 부르짖음이 있다. 모두 아름답고 깊은 예술 작품으로 지금까지 애송된다. 영광과 절망, 고뇌 가운데 다윗의 음악의 주제와 대상은 하나님이었다. 그는 혼자서 음악을 연주하고 작사한 것만 아니라, 기록을 보면 4천 명의 대규모 합창과 합주단을 조직하고 전문적인 지휘자만 288명을 두었다고 한다(역대상 25:6~7). 다윗의 신앙적 영성에서 모든 사람의 심금을 울리는 깊은 예술과 문화가 창조되었던 것도 정신문화 고갈의 시대 생각할 부분이 아닐까 싶다.

다윗은 목동, 음악가, 시인, 군인, 정치가, 예언자, 왕이라는 여러 경력을 거쳤으나, 무엇보다 그 여러 가지 인생의 산봉우리와 골짜기를 겪으면서 평생 깊은 신앙의 사람이었다.

감사

얼마 전에 풀무 일요 집회에 참석하신 새 식구를 만났다. 전공부 신입생인 문철씨 부부는 캥거루가 새끼를 품듯 아빠가 아기를 안고 있었다. 아기 이름이 여름이라고 하는데, 엄마 아빠는 해맑고 평화로웠고 옆에 서 있던 할머니는 인자하였다. 할머니의 말씀에 아들 며느리가 직장에 충실하고 평범하게 사는 것을 바랐는데, 직장을 정리하고 전공부에 입학하겠다고 했다는 것이다. 그 결정에 반대했지만 "아브라함도 하나님이 가라 하시매 갈대아우르를 떠나지 않았느냐?"는 말에 더 반대할 수 없어 홍성 옥암리에 이사했다고 하였다. 나는 반가운 한편 애틋하다고 해야 할까, 나의 풀무 오십 년이 떠올라 여러 생각이 스쳤다. 여름 아빠, 엄마의 순수함에 비교하기 부족하지만 하나님의 뜻을 따르고자 하는 마음은 일맥상통하지 않았을까?

결혼할 때는 하루 세 끼 밥을 못 먹을 것을 각오했다. 하지만 최선을 다하면 하나님이 모든 것을 책임져 주신다는 것을 삶을 통해 깨닫게 되었다. 반신반의하면서 시작했지만, 하나님은 바른 길로 인도하시고 축복해 주었다. 풀무학교 초창기에 주위 사람들에게 인정받기를 기대할 수 없었다. 풀무 학교 무명 교사의 아내라는 신분은 불쌍한 처지였다. 하지만 스스로 자부심을 가질 수 있었던 것은 교육의 이념과 초창기 학생들의 학업에 대한 열정과 순수함 때문이었다. 또한 주 선생님이 가족같이 보살펴 주시고, 교사나 학생들이 모두 한마음으로 한길을 가는 대원들이어서 힘을 주고받으며 살아간 것 같다.

한편 각처에서 기도와 격려를 아끼지 않는 분들의 고마운 마음에 힘입어 이 자리까지 왔다. 송두용 선생님은 많은 성금보다도 한 학생을 보내는 것이 중요하다고 생각하여 푸른학원 학생들을 보냈다. 학생들에게 문제가 생기면 뛰어 오시던 일이며, 아이를 낳으면 기뻐하시며 상금이라고 금일봉을 주시던 마음을 늘 고맙게 생각한다.

최태사 선생님이 경제적으로 도우신 것은 풀무인이면 다 알고 있으니 더 말할 것이 없거니와, 건강에 대해서 늘 체크하고 약을 조제해 보내고 효과가 있으면 그렇게 좋아하고 끊임없이 건강해질 때까지 약을 보내 주던 그 고마움이야 어떻게 다 말할 수 있으랴. 우리 진숙이와 정숙이 돌 때 옷을 사 보내며 따님 입던 헌옷을 보내 주어서 너무 잘 입혔건만 헌옷을 보낸 것을 미안해하던 그 사랑을 어찌 잊을 수 있을까?

노평구 선생님이 교육에 관심을 가지고 전화를 할 때 30분이 짧다하던 그 음성 지금도 듣는 듯하다. 그 밖에도 박석현 선생님, 유희세 선생님, 오영환 선생님, 김애은 선생님, 박정수 할머님, 어찌 사랑을 쏟은 선생님들을 다 쓸 수 있으랴. 집에 화재가 났을 때 기숙사 신세를 질 때 성금을 보내 준 여러 선생님들, 또 집을 뜯어 가라고 하셔서 뜯으러 갔을 때 인부들에게 불고기를 배부르게 사 준 오영환 선생님, 김석하 사장님, 엄해식 선생님에게도 감사한 마음을 잊지 못한다. 덕분에 집을 지어 30년을 잘 살았다.

사랑의 빚은 국내뿐만 아니라 일본의 훌륭한 여러 선생님들에게도 많이 졌다는 것은 두말할 나위가 없다. 후지사와 선생님의 전기 설치를 비롯하여, 여러 선생님들의 사랑과 기도를 생각하지 않을 수 없다. 또 많은 성금 덕분에 어려움을 넘어설 수 있었다. 선생님들의 격려와 기도가 있었기에 50년을 지낼 수 있었다.

전공부를 통해 배출된 여러 젊은이들, 농촌에 희망을 가지고 귀농하는 젊은 분들은 우리의 큰 힘이요 희망이다. 홍동에 귀농 인구가 많은데, 그분들은 하나님이 보내 주신 이들이라고 생각하며 그분들에게 조그마한 힘을 보태야 하는 책임이 있음을 알고 격려해야겠다. 하나님이 하고자 하는 역사를 이루어 갈 것이라고 믿고 주님이 함께 하시기를 기도할 뿐이다.

"주님, 인간은 약하고 미련하지만 하나님의 크신 능력으로 역사를 이끌어 가소서. 문철 씨 가정과 그 후에 귀농한 가정들 위에 하나님 함께 하소서. 아브라함을 갈대아우르에서 이끌어 내신 하나님의 축복이 임하기를 바라며 버리는 자가 얻는다는 것을 믿습니다."

이 글에서 소개한 문철 씨는 벌써 전공부를 졸업하고 발달장애 아이들이 마을에서 더불어 살아갈 수 있도록 돕는 '꿈이자라는뜰' 일꾼으로 여러 해 일하고 있다. "캥거루가 새끼를 품듯" 안고 있었던 아기

여름이는 올해 홍동중학교 1학년 입학생이 되었다. 여동생 여울이는 홍동초등학교 5학년이 된다고 하니 세월이 얼마나 빠른가. 홍동에 와서 풀무 전공부를 졸업하고 지역에 정착하는 동안 얼마나 어려움이 많았겠는가. 비단 문철 씨 가정만이 아닐 것이다. 문철 씨를 비롯 홍동에 뿌리내리려는 젊은 가정들을 위해 기도한다.

가족들에 대한 감사

지난 일평생을 돌아보며 나의 부족과 가족에 대한 미안함을 생각나는 대로 적어 본다. 6남매를 키우면서 애들에게 고생시켜서 미안했던 일, 부모의 책임과 도리를 다하지 못한 일들이다. 부모가 부족하지만 부모를 원망하지 않고 잘 커 주어서 고맙고 대견하다.

사위들과 며느리들에게 너무 부족했던 나의 불찰을 이제 뒤늦게나마 깨닫게 됨을 큰 아량으로 받아주길 바란다.

돌아보면 김 서방에게 미안한 일이 많았음을 뒤늦게나마 깨닫게 되었음을 말하고 싶다. 김 서방이 몇 십 년을 가까이서 모든 궂은일을 다 해주고 보살펴 주었는데도 당연하게 생각했던 것을 돌아보며 미안하게 생각된다. 집안일이 있을 때마다 당연히 자기 일로 생각하여 멀리 강원도나 서울, 김포 등 장장 몇 시간씩 운전하는 일이며 이장하는 일, 성묘하는 일 등 모든 일을 당연히 할 일을 한 것 같이 불평 않고 해 준 일을 생각하면 고맙고 미안하다. 더구나 집안 고장난 것은 손만 가면 다 고쳐 주는 것을 당연시하였던 일, 미안하고 고마움을 뒤늦게나마 깨닫게 되었네. 앞으로 당연시하지 않고 고마움을 전할 수 있었으면 하네. 또 정현이와 양지를 사랑하고 잘 거둬 준 것 정말 고맙고 우리가 못한 것 위로와 사랑으로 이끌어 주실 것을 기도하겠네.

화숙이, 맏딸 노릇하느라 수고했다. 늘 든든한 딸로서 우리 곁에 있어 줄 것을 믿고 고맙게 생각한다.

정이 많은 남숙이는 부모와 형제자매에게 살갑게 대해 주고, 사촌들에게도 우애를 잘하는 것 고맙다. 시련을 견뎌준 것 또한 장하게 생각한다.

이 서방은 어려움 가운데도 믿음으로 굳게 서서 흔들리지 않음을 대견하게 생각하며 승승장구 성공하는 것보다 어려움을 참고 헤쳐 나가는 것이 귀해 보이네. 어려움도 하나님께서 주신 귀한 것으로 받을 수 있으면 복이 아니겠는가? 주성이, 주은이도 성실히 살아주어 고맙다.

영표는 장남으로서 늘 부모를 생각하는 깊은 마음이 고맙고, 성완 엄마의 쫀쫀한 살림과 알뜰함이 집안의 주초를 놓았다는 것과 동년생 남매를 잘 키웠으며 어려움을 극복하고 자기 성장과 직장에서도 자기 책임을 다한 것 대단히 고맙게 생각한다. 한 가지, 내가 미안하게 생각하는 것은 너에게 살뜰한 마음과 흡족한 배려를 하지 못함 때문에 받은 상처가 치유되었으면 좋겠다. 믿음 안에서 나에게는 엄격하고 남에게는 관대함이 우리의 삶의 태도가 될 수 있길 기도하자. 성완이, 하늘이 착실히 자라주어 고맙다.

진숙에게는 안쓰럽고 고맙다는 말밖에 할 수 없구나. 네가 결혼할 때 내가 할 수 없는 형편이었지만, 힘이 되어 주지 못했던 것 미안하고

송 서방에게 미안한데 그래도 넓은 마음으로 이해하고 어려운 가운데 가정을 잘 이끌어 간 것 고맙고 이상적으로 운영하던 출판사를 접고 우근이를 잘 보살피고, 장애인 단체를 돕는 일 또 풀무 학부모회를 잘 운영하는데 힘이 된 일, 취미생활을 꾸준히 해서 삶의 질을 높여가는 일 모두 귀한 일이라고 생각하네. 또 가정 살림을 도와주는 일도 고맙네. 범근이와 호근이 집안의 든든한 기둥으로 손색이 없는 것 하나님이 잘했다고 축복해 주신 것으로 생각되며, 우근이는 천국 문에 들어갈 때 부모님을 자랑하며 들어갈 것을 믿겠네.

정숙이는 막내딸로 어린 것을 떼어 놓고 화장품 판매하러 나갈 때 안쓰럽고 미안했던 그때를 생각하면 어떻게 자라서 풀무를 졸업하고 재수 삼수를 할 때 어려웠던 시절을 생각하면 한없는 축복을 받은 것을 감사하며 일본에서 공부하며 가은이를 기른 것, 고생한 것이 너무 안쓰럽지만 가은이가 자라서 어엿한 대학생이 되어 기쁘고 흐뭇하게 생각한다. 조 서방은 가은 엄마 학위 뒷받침해 준 것 고맙고 어려운 공부 마친 것 장하게 생각하며 미국에 갔을 때 여러 날을 운전해 아름다운 곳을 돌아보고 행복했던 일, 장인을 모시고 몇 날 며칠을 운전해 웬델 베리를 만난 일 등 모든 것이 고맙고 우리 온 후에 며칠을 앓아 누웠던 일 미안하고 고맙기 그지없네. 바쁜 중에 성경 공부를 열심히 하는 것 또한 고맙고 장하게 생각하네. 가은이 학업에 열중하며 자기 갈 길을 가게 된 것, 또 예쁜 은비가 있어서 고맙네.

승표 내외 서로 이해하며 단란한 가정을 이룬 것 고맙고, 보라 예쁘고 착하게 자라니 감사 또 감사하다. 바라기는 예수님이 그 가정에 주인이 되어 주시고 예수님의 자녀로서 귀히 쓰임 받는 가정이 될 수 있길 기도할 뿐.

내 나이 여든 고개를 넘은지 2년째, 모든 것이 부족한 자에게 은혜가 넘쳐 이렇게 6남매 모든 가정을 이끌어 주신 주님께 감사하며 모자란 부모를 원망하지 않고 자기 선 자리에서 최선을 다하고 부모에게 효도하는 가족이 있다는 것이 더없는 축복이라고 생각한다. 우리를 이끌어 주신 주님 은총을 감사하며 살아갔으면 더 무엇을 바라겠는가. 모든 것이 하나님의 은혜임을, 각자의 삶에서 하나님께 영광되는 생을 살아가기를 기도하는 마음으로 이렇게 몇 자 썼으니 기쁜 마음으로 받아 주길 바라겠네.

추신

아버지의 암 진단을 받고 온 가족이 놀랐었지.

하지만 돌이켜보니 이러한 어려움을 통해서도 감사하게 되는 은혜를 내려주심이 축복이라고 생각한다.

아버지의 병원 치료와 간호에 온 가족이 합심하여 최선을 다해 준 것을 다시 한 번 고맙게 생각한다.

김 서방이 먼 길 여러 차례 병원에 모시는 일을 당연하고 기쁘게 해 준 것 고맙고, 남숙이 집에 40일간 있으면서 날마다 병원 치료에 차질 없이 시간을 맞추어 준 이 서방과 주은이에게 고맙다. 여러 남매 물심으로 마음을 모아 날마다 진수성찬을 차려 준 것, 평생에 최대의 호강을 누리게 해 주어 고맙다.

진숙이는 주말마다 음식을 바리바리 해 와서 풍족히 지낼 수 있었다. 성완 엄마는 코로나 비상 시국에서도 음식을 정성껏 해 와 흐뭇한 시간을 보냈다. 정숙이와 승표 물심으로 신경써 준 것 고맙다. 자식들 여럿 둔 것 감사하게 생각하는 시간이었다.

아버지는 고생을 하시면서도 한편으로는 자식들의 효도를 받을 수 있는 행복한 시간이었다.

간절히 기도하는 것은, 몸이 회복되어 남은 일을 마무리할 수 있었으면 하지만 하나님께서 인도하심을 믿고 맡기는 자세여야 할 것이다.

생각해 보면, 가족이 한마음으로 간호하는 것 귀한 것이거니와 선한 사마리아인인 이웃이 있어 감사하다. 집을 비운 동안 내 집 일 같이 도와주어 고마웠다. 이것이 천국 삶이 아닌가 생각한다.

조카와 이질들이 성금을 보내준 것 고맙다. 코로나가 물러가면 반가운 만남이 있길 기대한다.

마무리하며

　이영남 선생님의 미시사 공부를 하며 살아온 이야기를 소박하게 썼던 때는 2012년이었다. 선생님의 사정과 수진 씨의 투병으로 자서전을 마무리 못하고 몇 년을 지나는 동안 애들이 제본을 해서 집안 식구끼리 나누어 보자는 의견으로 책을 냈었다. 우리 할머니들 글을 합본하기로 하여 다시 책으로 만들기로 한 지금, 이 글을 다시 내면서 그동안 생각했던 것을 조금 보충하기로 한다.

　이제 내 나이 여든 셋, 건강은 정신적으로나 육체적으로 쇠하여만 간다. 건강의 비결은 무리하지 않고 걷는 것이 가장 좋다고 하여 저녁 식사 후 30분 정도를 남편과 함께 걷는다. 걸으면서 지난 날들을 돌아본다.

　남편의 풀무 교육과 지역에서 살아왔던 모든 일을 돌아보며 60년이라는 세월이 아련히 스쳐간다. 어떠한 어려움에도 포기하지 않고 꾸준히 걸어왔던 남편의 삶을 생각하며 대견하기도 하고 안쓰럽기도 하다.

　초창기 주옥로 선생님과 이찬갑 선생님의 순수한 교육 철학을 실천으로 옮기고자 하는 열망으로 어려움을 어려움으로 생각하지 않고 정성을 다했다고 생각한다. 박정희 독재정권 밑에서도 민주적으로 이끌어 가고자 힘썼던 사실을 생각하고 일본과의 교류를 통해 또 중국어를 독학하며 학생을 지도하던 일, 이는 동양 3형제(중국, 일본, 한국)가 지난 날 서로 미워하고 원수로 여겼던 역사를 청산해야 한다는 마음이었을 것이다. 쉽지 않았지만 보람으로 남는다.

이런 과정에서 친북분자라 하여 입건될 뻔한 사실을 당시 주병찬 조합장님이 지서장을 설득하여 무마시킨 일을 생각하며 고마움과 감사를 드린다.

ICCO를 통하여 학교의 자립을 도모한 사실, 손으로 일일이 작성한 서류 몇 박스를 서재에 보관하고 있다. 밤늦게까지 매달려 있던 일이 주마등 같이 스쳐간다. 신협의 틀을 만들고, 갓골어린이집을 시작할 때 주변 분들의 협력이 없이 모금으로 또 선생님들의 헌신으로 설립하고 운영해간 일, 생활협동조합을 시작하고 식품가공조합을 꿈꾸며 양어장을 만들었지만 성공하지 못한 것을 복원해야 한다는 꿈과 오리농법을 정착시키려고 해마다 농민들과 일본을 오가며 오리농업 관련 책을 몇 권이나 번역하고 《홍성신문》에 소개하기를 여러 차례, 그러나 오리쌀 이름만 걸어놓고 수월한 우렁이농법에 치어 오리농법이 말뿐인 것을 마음 아파하며 몇 십 년을 지내면서도 그 집념을 버리지 못하고 안타까워하던 일, 정농회가 길이 막혔으나 정농생협을 부활시키려는 간절한 소망을 가지고 있다.

오리농법과 오리 가공이 이루어질 듯한 가능성이 보임에 감사하고 있다. 거슬러 올라가 전공부 설립할 때 땅밖에 터무니없는 가운데 시작을 했지만 전공부를 살리려고 무던히도 마음 썼던 일. 인간의 힘으로는 감당하기 어려웠던 일, 하지만 인간의 힘이 아니고 은혜로 이끌어졌다고 생각된다. 전공부를 설립할 때 피폐한 농촌을 살리기 위한 것이었다. 농촌을 살릴 농민을 기르기 위한 것이었다. 이런 어려운 시점에서도 초심을 버리지 못하고 꿈을 꾸고 있다. 이상적인 협동조합을 꿈꾸고 모든 삶을 공적인 이상을 향하여 모든 것을 바치고자 하는 그 마음을 하나님께서 갸륵하게 보시고 뜻을 이루어주시길 기도한다. 하나님께서는 중심을 보신다고 하셨거니와 이러한 절절한 심정 굽어보소서 할 뿐이다.

나는 아무 힘도 보태지 못하지만, 그이가 하는 일에 반대하지 않는 것이 하나님이 내게 명하신 사명으로 생각한다. 돌이켜 생각해 보면, 외톨이의 삶이었다. 그래도 굽히지 않고 지향해 온 집념이 아닌 하늘의 뜻이라면 이루어질 것을 기대하며 살 수 있었다는 것은 보이지 않는 섭리에 의한 것이었다고 생각한다.

내가 하는 일은 10년, 20년 후에나 이루어질 것이라 믿고, 잘했다 칭찬받기 보다는 비난받는 일이 대부분이다.

요즈음은 전공부를 많이 걱정한다. 또 정농회를 걱정한다. 풀무와 정농회가 함께 40년을 하나님께 약속했다. 이런 마음을 고마워하기 보다는 견제대상 1호라고 하는 것은 심히 가슴 아픈 일이다. 하지만 예수께서는 핍박받는 자가 복이 있다 하지 않았는가? 예수님은 아무 죄도 없으면서 십자가에 못 박혀 돌아가지 않았는가. 모든 것을 주님 뜻에 맡기고 수긋수긋 앞만 보고 나가야 할 것이다.

앞으로 이상적인 정농협동조합을 꿈꾸고 있다. 이것이 전공부도 살고 정농회도 살리는 길이라고 생각하고 있는 것 같다. 이것은 그동안 닦아 놓은 기반 위에 이루는 것이니 너무 멀고 험난하지 않으면 좋겠다. 하나님의 손길이 함께하셔서 남편의 꿈이 이루어졌으면 하는 것이 우리의 바람이며, 우리가 이 세상을 떠난 뒤에라도 꿈이 이루어졌으면 하는 것이 우리의 욕심이요 바람이다.

풀무 60년을 돌아보며 국내외 여러분들(무교회 여러분들과 일본의 무교회 분들, 화란 ICCO 분들)의 기도와 도움이 없었던들 지금 풀무와 지역이 있었을까 생각하며 전공부가 어렵게 시작한 일 또 많은 빚 위에 있을 때 큰 돈, 작은 성금으로 후원해 주셔서 빚을 다 갚게 된 것은 정말 잊을 수 없는 일이거니와 그런 여러분의 고마움에 보답하려는 것은 설립 정신을 살리는 일일 것이다.

전공부를 설립한 것은 건전한 농민을 길러 이상적인 농촌을 세우려는 뜻이었을 것이다. 또 농업을 살려 쇠퇴해가는 농촌을 바로 세우려는 뜻이었을 것이다. 그리고 성금을 보태 주신 모든 분들의 뜻을 살려 국제적인 체면과 사랑에 보답해야 한다고 생각하며 성금으로 지었던 건물을 복원하고 그 정신을 살리는 것을 생각하며 고심하고 있다.

저물어 가는 황혼길에 무리한 욕심이 아닌가 생각되며, 후진들에게 힘과 용기를 주어 합심하여 선을 이룰 수 있기를 기도한다.

나는 평생을 예수님을 믿고 살아지기를 바라며 살았다. 하지만 하늘 아버지의 품으로 돌아가야 할 때가 가까이 와 있는 지금에 와서도 늘 모자라고 부끄러운 삶을 살아가고 있다는 생각이 든다. "왼손이 하는 일을 오른손이 모르게 하라" 그리고 "우리가 우리에게 죄 지은 자를 사하여 준 것 같이 우리 죄를 사하여 주옵시고"라는 주기도문을 외울 때마다 마음의 가책을 느낀다.

"왼손이 하는 일을 오른손이 모르게 하라"는 것은 종이 상전에게 충성하는 것이 당연하듯이 해야 할 일을 했을 따름이라고 생각하는 태도이리라. 하지만 당연한 일을 하면서도 큰일을 한 것 같이 알아주기를 바라고, 알아주지 않으면 섭섭해하는 태도는 이 말씀과 거리가 먼 일이다.

주기도문을 외우면서 "우리가 우리에게 죄 지은 자를 사하여 준 것 같이 우리 죄를 사하여 주옵소서"라는 말씀을 대할 때마다 가책이 든다. 우리에게 죄 지은 자를 진정 사하여 준 일이 있었는지? 나에게 불이익을 준 자를 선선히 용서해 주었는지? 조금만 섭섭하게 해도 그 일에 대해 쉽사리 감정을 처리 못하고 괴로워하는 것이 나 자신의 모습임을 부정 못하는 일이다.

내 삶을 비판하는 사람에게 나의 잘못을 인정하고, 반감보다는 고마움을 느끼는 것이 진정한 용서가 아닐까? 이러한 태도로 서로를 대하면 세상은 살만하지 않을까? 서로 자기 입장만 생각하지 않고 상대방을 배려하고 사랑할 수 있으면 얼마나 아름다운 세상이 될 것인가? 이런 사랑으로 서로 감싸고 살기보다는 자기 이익을 위해서 중상모략을 일삼는 세상이 아닌가?

예수께서는 심령이 가난한 자, 애통하는 자, 온유한 자, 의에 목마른

자, 긍휼히 여기는 자, 화평케 하는 자, 의를 위하여 핍박을 받는 자가 복이 있다고 말씀하셨다. 또 "나로 말미암아 너희를 욕하고 핍박하면 너희에게 복이 있다"고 "기뻐하고 즐거워하라"고 하셨건만, 나의 삶이 그리스도를 다시 십자가에 못 박는 삶이 되지 않길 기도할 뿐이다.

우리 무교회에서 특히 믿음만의 믿음을 강조한다. 인간이 믿음이 아니고 행함으로 구원 못 받는 사실은 기독교인이면 누구나 알고 있는 사실이다. 하지만 루터 종교개혁 당시에 면제부 문제가 횡행하는 시점에서 교회의 현실을 비판하는 가운데 오직 믿음으로 구원됨을 강조한 것이 아닌지?

몇 년 전, 어느 분과 그런 내용의 대화를 한 적이 있다. 믿음과 행위의 관계는 믿음은 뿌리이고 삶은 꽃과 같다고 생각한다. 뿌리가 튼튼하면 가지와 꽃은 당연히 싱싱하고 아름다울 것이다. 우리 믿음이 주님 보시기에 건전하고 기뻐하시는 믿음인가 늘 점검하고 예수님의 정신으로 돌아가야겠다.

믿음도 하나님이 주셔야만 믿을 수 있다는 것을 여든 넘은 이제야 깨닫게 됨을 하나님께 감사 드린다. 믿음이 율법이 되어서는 안 된다고 생각한다. 루터의 후손들이 자기들의 믿음의 잣대로 수많은 유대인들의 학살을 방관하지 않았던가. 우리는 죄 중에 사는 인간이지만 예수께로 돌아가면 구원해 주신다는 것을 믿고 겸손하게 살아갔으면 할 뿐이다.

누구나 세상에 올 때는 크든 작든 귀하든 보잘것없든 사명을 받고 태어났다고 생각한다. 나는 타고난 재주도 능력도 없다. 하지만 '죄가 많은 곳에 은혜가 넘쳤다'는 말씀 같이 부족한 자에게 은혜가 넘쳐, 부족한 자의 배후에서 크신 손길이 같이 하고 인도하였기에, 부족한 나 자신만의 힘이라고는 믿기지 않는 삶을 살아갈 수 있었다. 그 감사 속에 앞으로의 삶도 황혼 저 너머의 삶도 모두 맡기면서 모자라는 글을 마무리한다.

혹시 글에서 연대라든지 사실에 대한 정확하지 않은 면이 있다고 하더라도, 그저 내가 더듬어 본 기억이고 논문이나 연구 재료가 아니니 너그러이 이해하길 바란다.

화보

국민학교에서 중학교로 진학하는 친구는 백
이십 명 중 예닐곱 명밖에 되지 않았는데, 나
도 그 중의 하나로 끼어 홍성여자중학교에
가게 되었다. 천복을 탔다고 아버지 친구가
말씀하였던 것이 맞아떨어졌는지? 부모님
께 감사한 마음이었다. 앞줄 왼쪽이 나.

홍성여자중학교 시절 친구들과 함께.

앞줄 왼쪽이 나.

교육에 대한 열망이 크셨던 어머니는 어려운

사정에도 애를 쓰셔서 나를 서울 수도여자고

등학교 보내셨다. 왼쪽 두 번째가 나.

수도여자고등학교 2학년 때. 친한 친구 종원이와 함께.

수도여자고등학교 졸업식. 뒷줄 왼쪽 끝이 나.

수도여고를 졸업하고 3년 동안 대전에 있는 충남영아원에
서 일했다. 전쟁 고아들, 부모에게 버림받은 어린 영혼들
을 돕고 기르는 일이었다. 어린 영혼들의 사랑을 채워 주
기에는 턱없이 모자라지만 그래도 어린이들을 돕는 일이
보람 있었다.

영아원 시절. 왼쪽이 나, 가운데는 노연태 선생님 사모
님, 오른쪽은 사진사로 기억한다.

영아원에서 일하는 3년 동안 함께 있었던 명자 언니(앞
줄 맨 오른쪽). 명자 언니는 모든 일에 빈틈이 없으며, 진
실하고 현명하여 여러 형제들의 맏며느리로서 자기 역
할을 잘해 낸 모범적인 며느리며 엄마였다. 내게는 신
앙 안에서의 친구요 언니였다. 나는 3년을 일하고 나왔
지만 명자 언니는 남아서 계속 일했다. 이후 명자 언니
는 노평구 선생님 중신으로 결혼을 했고, 몇 년 전 안면
도에서 열린 무교회 전국 집회에서 만난 적이 있다. 멀
리 있지만 늘 마음으로 가까운 사람이다.

영아원이 속해 있는 기독교연합봉사회에는 농민학
교, 교도소, 의족 만드는 공장 등 여러 기관이 있었
다. 봉사회 일을 마치고 나오면서 찍은 사진으로 기
억한다. 가운데가 나.

영아원에서 보낸 이십 대 초반 어느 날.

언제였는지는 기억나지 않지만 무교회 집회 후에 찍은 사진 같다. 뒷줄 왼쪽이 나, 옆에 동생 이승자, 노평구 선생님 딸, 주정운 누나 연숙, 주옥로 선생님 둘째딸, 앞줄 왼쪽에 앉아 있는 사람은 성정완이다.

구정리 친정 집에서 올린 결혼식. 앞줄 맨 왼쪽에 앉아 계신 분이 노평구, 송두용, 시아버님. 내 옆으로는 어머니, 그 옆에 애기를 안은 사람이 손위 언니. 오른쪽 끝이 주옥로 선생님 사모님. 앞에서 두 번째 줄 왼쪽 주옥로 선생님, 그 옆으로 정두영, 김종길. 정두영과 김종길 사이에 최태사 선생님.

왼쪽은 김종길 선생님. 오른쪽은 시아버님. 가운데는
이순민. 당시 우리 집에 방을 하나 들였는데 거기에 이
순민(이재자 동기) 삼남매가 살았다. 이순민 오빠가 당
시 풀무학교 기숙사를 건축했다.

풀무학교에서. 앞줄 꼬마가 홍화숙, 나는 큰아들(영표)를
안고 있고 영표 앞에 선 아이가 홍남숙. 오른쪽 끝은 유
원상 선생님 사모님, 왼쪽 두 번째 분이 노평구 선생님,
세 번째 분이 주옥로 선생님.

풀무학교 초창기 모습.

보험 일하던 시절. 왼쪽에서 세 번째가 나.

보험 일을 그만두고 풀무 고등부 식당 일을 하던 때. 지금 여자 기숙
사 자리가 식당이었다. 당시 기숙사는 기와집이었는데 나는 그 뒷방
에 살았고, 고등부 이창우 선생님 가족이 기숙사에서 생활하셨다. 뒷
줄 왼쪽이 이창우 선생님 부인, 오른쪽이 나. 앞줄 맨 왼쪽이 막내 승
표다.

풀무 고등부 기숙사 식당 일을 하던 주정자가 그만두고 모두
랑 식당을 할 즈음, 이재자와 내가 식당 일을 이어 하게 되었
다. 위 사진은 식당에서 일하고 있는 이재자와 나. 아래 사진
은 무교회 전국 집회에서 왼쪽부터 김종진, 정승관, 이재자,
주정자, 나, 김희옥. 풀무 교육과 신앙의 길에서 만난 귀한 분
들이다.

솔밭 앞이 우리 집이고, 오른쪽으로 보이는 집이 주정민 부모님 집이다. 우리 집 왼쪽으로 상여집이 있었다. 당시 갓골에는 우리 집과 상여집 그리고 주정민 부모님 집 이렇게 세 채만 있었다. 지금 갓골과는 많이 다른 풍경이다.

풀무소비조합 터 닦아 놓은 곳. 지금 행복나누기 식당 맞은편이다. 당시에는 홍동천을 지나는 다리가 있었고 저 다리를 건너 풀무 고등부로 갔다. 지금은 저 다리는 허물어 사라졌고, 그 오른쪽으로 새로운 다리가 놓였다.

풀무 고등부 기숙사 앞에서 시아버님과 함께. 아버님은 머리가 좋고 한학
에 조예가 깊었다. 경우와 주변 실정에 맞추어 말씀을 잘하여 어느 자리
에서든 분위기를 이끌어 가는 분이었다. 현실 감각도 뛰어나 살림도 잘하
고, 농사도 농사꾼에 뒤지지 않게 잘 지으셨다. 아버님 말년에 홍동에서
몇 해 함께 지낼 수 있어 감사했다.

홍동 집에서 식구들과. 왼쪽부터 남편, 나, 큰딸 홍화숙, 둘째딸 홍남숙,

시아버님, 둘째 사위.

막내딸 정숙 홍동초등학교 졸업 즈음인 것 같다. 정숙의 담임 선생님과 함께. 정숙 옆의 꼬마는 막내아들 승표다.

풀무학교에서 일하던 시절, 학교 선생님들과 함께. 앞줄 맨 오른쪽이 나.

풀무 일요 집회를 마치고 학교 본관 앞에서 가족들이 모여 찍었다.

2007년, 남편이 쓴 『들풀들이 들려주는 위대한 백성 이야기』가 《한국일보》에서 주최하는 출판문화대상 청소년 부문을 받았다. 시상식 자리에서 남편과 함께.

갓골 느티나무책방에서 남편과.

남편은 나침반과 같다. 그는 결점이 많고, 그의 일생은 가시밭길이었다. 그러나 흔들리면서 한 방향을 가리키는 나침반과 같이 늘 뜻에 어긋나지 않기를 바라기에, 어떠한 오해에도 변명에 급급하지 않고 담담히 끈질기게 살아왔다. 부족한 자에게 하나님이 함께해 주었기에 지금까지 살아올 수 있었다.

농사는 고마운 것이다. 작은 면적에서도 수많은 식재료가 나온다. 오이 몇 그루, 울타리 강낭콩 몇 그루에서 날마다 수확을 하면서 감사하며, 농사는 돈으로 계산되는 것이 아니란 보람을 느끼며 살아간다.

집 앞 텃밭에 틀을 만들고 유기물을 덮으며 갈아엎지 않는 농사를 지은 지
여러 해가 되었다. 땅이 많이 좋아졌다. 하지만 병충해가 많아 쉬운 일이
아니다. 낙엽이나 곡식대를 너무 많이 덮으면 공벌레가 생겨 곡식을 갉아
먹는다는 것도 알게 되었다. 농사는 미생물이 짓는다고 한다. 미생물이 많
아져서 땅이 좀 더 좋아지면 병충해가 적어진다니 희망을 가져야겠다.

누구나 세상에 올 때는 크든 작든 귀하든 보잘것없든 사명을 받고 태어났다고 생각한다. 나는 타고난 재주도 능력도 없다. 하지만 '죄가 많은 곳에 은혜가 넘쳤다'는 말씀 같이 부족한 자에게 은혜가 넘쳐, 부족한 자의 배후에서 크신 손길이 같이 하고 인도하였기에, 부족한 나 자신만의 힘이라고는 믿기지 않는 삶을 살아갈 수 있었다.

돌아보니 모두 은혜

1판 1쇄 펴낸날 2021년 5월 31일
1판 2쇄 펴낸날 2021년 12월 21일

지은이 이승진
펴낸이 장은성
만든이 이영남, 김수진
인   쇄 호성인쇄

출판등록일 2001.5.29(제10-2156호)
주소 (350-811) 충남 홍성군 홍동면 광금남로 658-7
전화 041-631-3914
전송 041-631-3924
전자우편 network7@naver.com
누리집 cafe.naver.com/gmulko

약속: 나의 어머니의 삶과 우리 가족의 이야기

갓골자서전

약속: 나의 어머니의 삶과 우리 가족의 이야기

이승자

그물코

차례

몸소 일어서야 한다는 생각

잡지도 못하고 놓지도 못하는 엉거주춤한 마음이 그렇게나 길게 이어진 여정에 부끄러움이 크지만, 대열에서 이탈하지 않고 걸어온 것에는 안도감이 든다.

나는 나에 대해서 내놓을 것이 없다.

내 일생을 쓰자면 재료가 되는 얘기가 따로 있다. 어머니의 삶과 우리 가족의 이야기, 일방적인 하나님의 은혜와 신앙에 관한 이야기, 그리고 내 삶에 제대로 자리를 잡지 못했던 아버지의 이야기를 통해 내가 어떻게 살아왔는지를 말해본다.

네 살 때 우리 집은 홍동(충남 홍성군 홍동면)으로 이사를 갔다. 따뜻한 봄날이었고 다들 농사 준비에 바빴다. 그 해는 1945년이었다. 8월 15일, 우리나라는 해방이 되었다. 동네 사람들은 일제 치하에서 해방이 되었다고 풍물을 치고 막걸리를 마시면서 방죽 둑에서 춤을 추었다. 이 장면은 늘 마음에 남아 있다.

이승만 씨가 초대대통령이 되었다. 이 대통령이 처음 한 일은 토지 분배였다. 지주는 하루아침에 망하고 소작농들이 짓던 땅은 각자 자기 소유가 되었다. 이것은 잘된 일이지만, 아버지가 마름 자리(땅주인을 대신해서 소작농을 관리하는 자리)를 얻어 홍동으로 이사했던 우리에게는 좋지 않은 일이었다. 아버지는 추수 한번 못 해보고 실업자가 되었다.

우리 집은 무일푼의 알거지가 되었다. 우리 가족은 얼마 동안 감자로 끼니를 때웠지만 이것도 얼마 가지 않아 동이 났다. 이후 시래기밥, 무밥을 먹었다. 말이 밥이지 밥이 아니었다. 우리 집은 생활고에 시달리게 되었다.

그때 사촌오빠가 인천에서 상업으로 꽤 돈을 벌고 있었다. 아버지는 돈벌이를 해볼 요량으로 인천으로 가셨다. 어머니는 인천에 계신 아버지 빨래를 가지고 가실 때 계란을 조금 사가지고 가셨는데 시골보다는 월등히 비쌌다. 어머니는 이것을 계기로 장사에 눈을 떴다. 돈 버는 재주가 없으신 아버지는 빈손이었다.

어머니는 인천으로 가실 때면 큰 트렁크에 계란을 종이로 하나하나 싸서 꽉 채웠다. 새벽 4시, 꽤 이른 시간에 집에서 출발한 어머니는 새벽 기차에 몸을 실었다. 쓰면서 생각하니 혹시 야간열차를 이용하기 위해 한밤중에 집에서 나가셨던 것은 아니었을까 하는 생각도 들었지만, 기억이 정확하지 않다. 당시는 양은그릇이 처음 나올 때였다. 어머니는 인천에서 오실 때는 공기, 대접, 양푼 해서 한 보따리를 사가지고 오셨다. 한 이삼 일이면 다 팔았던 것 같다.

우리 집은 부지런하고 착실한 어머니를 힘입어 일어서기 시작했다.

타이어로 만든 검정 고무신과 흰 고무신도 팔았고, 나중에는 비단 장사를 시작했다. 공주 유구의 인조견과 경기도 강화의 인조도 팔았는데 강화 옷감은 고급이었다. 고급 비단인 모분단, 양단, 비로도 여름 옷감인 갑사, 숙고사도 있었다.

어머니는 돈을 많이 버셨다. 홍동 우리 집 재산은 그때 산 것이다. 밭 1,000여 평과 논 6마지기, 대지 600평, 그리고 기와집을 장만했다. 이것이 해방 후서부터 6.25 발발 전까지 5년 동안에 벌어들인 것이었다. 6.25만 터지지 않았다면 우리 집은 갑부가 되었을 것이다.

어머니는 외할머니의 다섯 딸 중에 맏딸로 태어나셨다. 외할머니는 유학을 많이 하신 분이고 붓글씨는 명필이었다. 외할머니의 가정교육은 어른을 위주로 하는 교육이었는데 매우 철저했다. 인절미를 하면 가운데 토막은 어른상이나 손님상에 올리셨고 양쪽 가의 것은 아이들 차지였다. 어머니는 일 년에 겨우 한 번 당신 생일 날 배추김치 가운데 토막을 드셔 보았을 정도였다.

외할머니는 왜 이렇게까지 혹독하게 교육을 시켰을까?

"여자는 시집가서 살아야 하는데 남의 눈에 나지 않을 행동을 해야 한다."

어머니는 사촌들과 함께 다섯 살 때부터 한문 공부를 하셨는데, 지금으로 말하면 가정교사 선생님을 모시고 있었다. 어머니는 머리가 명석해 신동으로 소문이 자자했다.

외할머니께 철저한 교육을 받은 어머니는 혼기가 차서 결혼을 하게 되었다. 신랑감은 벼슬아치(예산군수) 집 아들에 최고학부(배제학당)를 나온 사람이었다. 집안끼리는 좋은 조건이었다. 그러나 신랑의 입장은 달랐다.

신랑은 부모의 권유에 의해 신학문을 배우지 못한 여자와 결혼을 한 것을 인정하려 들지 않았다. 어머니는 예절바름과 유식함을 갖췄지만 정규 학교를 나온 신여성은 아니었다. 결국 이 사람은 일본으로 가 버리고 돌아올 줄을 몰랐다.

어머니는 영문도 모른 채 첫사랑을 떠나보내야 했다.

그렇지만 희망을 놓지 않았던 어머니는 예산 직조회사에 취직하여 총책임자로 근무하면서 그를 기다렸다. 그렇게 십 년의 세월이 흘렀다. 더 이상은 앉아만 있을 수 없었다. 어머니는 이렇게 기다리고 있을 것만이 아니라 기어이 일본에 가서 공부하리라 결심했다. 당시 어머니 사촌오빠가 일본에서 사업에 성공하여 자리를 잡고 있었기에, 어머니는 사촌오빠의 초청 형식으로 비자를 내놓았고, 마침내 일주일 후면 일본행이었다.

어머니는 풍채가 꼭 여장부 같은 분이었다. 당시만 해도 젊은 여자가 혼자서 일본 가려고 꿈을 꾼다는 건 참 어려운 일이었다. 그러나 어머니는 진짜 눈을 크게 뜨고는 기어이 일본에 가서 신여성도 되고 첫사랑도 만나려고 하셨다.

어떻게 되었을까?

소식을 들은 외할머니와 외할아버지는 일본행을 완강히 반대하셨다. 어머니는 몇 날 며칠에 걸쳐 설득을 해보았지만 소용이 없었다. 부모님 말씀을 거역할 수 없었던 어머니는 순종해야 했다. 꿈에도 그리던 일본행은 산산이 깨어졌다. 그토록 그리던 공부는 사라지고, 만나야 했던 사람은 멀어졌다. 어머니는 울고 또 울었다 한다.

만약 그때 어머니가 부모님께 순종하지 않고 일본행을 강행했다면 어땠을까? 어머니는 신여성이 될 수 있었고 꿈에 그리던 사람과 행복한 결혼생활을 할 수 있었을까? 어머니가 신여성으로 살았다면 어떤 모습이었을까?

외할머니와 외할아버지는 재혼할 것을 종용하셨다.

신랑집에 드나드는 붓 장수 할아버지가 중매를 섰다. 그의 말에 의하면 남자가 인품도 좋고 재력가이며 유식한 사람인데, 얼마 전 상처하여 딸만 둘이 있었다. 중매를 섰던 붓 장수 할아버지는 종을 둘씩 부리고 있던 아버지를 꽤 큰 부자로 착각했던 모양이다. 그러나 속사정은 달랐다.

실체가 드러나기 시작했다.

남자의 형님은 결혼하고 자녀만 몇 명 둔 채 세상을 떠난 상태였다. 그래서 형수와 조카들, 조카며느리, 조카의 자식인 종손까지 책임져야 했다. 혼담이 오갈 때는 둘이었던 딸이 사실은 넷이었다. 이렇게 해서 총 여섯 식구가 한 집에서 살고 있었다.

재력가도 아니었다. 한산 이씨 양반가임을 내세워 일하는 것을 천하게 여겼다. 양반 처지에 노동도 못하고 돈 버는 재주도 없고 종은 둘씩 부리다 보니 빚더미에 올라앉게 되었다. 쌓이는 게 빚이었고 집안의 대소사를 챙기던 부인마저 세상을 먼저 떠나 집안의 경제적 상황은 악화일로였다.

어머니는 이런 복잡한 상황에서 새로운 인생을 시작했다. 순전히 어거지였지만, 여기에서 그치지 않았다. 혼인 후 얼마 안 있어 아버지는 빚쟁이를 피해 어디론가 사라지고야 말았다. 왜 결혼만 하면 남자들은 온다간다 말도 없이 집을 떠난단 말인가.

외할머니, 외할아버지는 후회가 막심했다. 외할아버지는 당시 홍북에서 큰 마름을 보고 계셔서 경제적인 여유가 있었다. 두 분은 어머니를 논 몇 마지기에 집을 한 채 마련해서 친정 근처인 홍북(홍성군 홍북면) 동방송으로 이사를 시켰다. 그리고는 금지옥엽 같은 딸의 고생을 면키 위해 외가에서 머슴을 시켜 나무를 지어 보냈다.

어머니는 생각하고 또 생각해보았다.

"이것이 참된 인간의 삶인가? 아니다. 이건 아니다. 남에게 폐를 끼치는 것은 안 될 일이다. 몸소 일어서야 된다."

어머니는 달빛을 이용하여 나무를 하기 시작하셨다. 하룻저녁에 두 행부 세 행부 머리에 이어 날랐다. 나뭇간에 나무를 꽉 채우고 추녀 밑까지 채우기 시작했다. 며칠 후 외할머니 댁에서 머슴이 나무를 지고 와보니 외할머니 댁보다 더 많은 나무가 쌓여 있었다.

집안 형편이 점차 나아졌다. 어지간히 빚 정리가 되자 아버지는 집으로 돌아오셨다. 홍북 생활도 자리를 잡아갔다.

다소 마음이 놓였던 외할아버지는 아버지를 홍동에 큰 마름으로 추천해주셨다. 당시 홍동의 많은 땅은 중국 사람의 것이었다. 아버지는 땅을 관리하는 마름으로 새 출발을 하기 위해 집안 식구들을 데리고 홍동으로 들어오셨다. 그러나 앞서 말한 대로 토지분배로 아버지는 마름을 할 수 없었고 집안 형편은 다시 어려워졌다. 어머니는 인천을 오가면서 상업을 해서 집안을 일으켰다.

　어머니는 청양, 홍북, 홍동으로 세 번이나 이사를 거듭했다. 어디에 있든 도저히 예상할 수 없었던 거대한 격랑이 어머니를 덮쳤다. 그러나 어머니는 몸소 일어서야 한다는 생각 하나로 닥쳐오는 삶의 고비를 넘었다.

효심 깊고 우애 좋았던 콩쥐팥쥐

나는 1942년 2월 2일 홍북면 대동리 동방송에서 태어났다. 네 살 때 홍동으로 이사해 여덟 살이던 1949년에 홍동국민학교에 들어갔다. 학교생활은 그런 대로 괜찮았다. 공부도 반에서 상위권이었고, 노래와 무용도 선수로 뽑혀서 학예회 때마다 출연했다. 무용 선수로 뽑힌 것은 승심 언니의 영향 때문이었는데, 언니의 무용 실력은 학교에서도 소문이 자자해서 나는 언니의 동생이라는 이유만으로도 무용 선수가 될 수 있었다. 학예회 때면 무대에 올랐다. 즐겁게 학교생활을 했다.

어머니가 아버지를 만났을 때 아버지에게는 이미 딸 넷이 있었다. 그리고 어머니와 아버지 사이에 딸 일곱과 아들이 생겼다. 그렇지만 딸 셋과 내 밑의 남동생은 죽고 딸 넷만 살아남았다. 나는 딸만 여덟인 집안의 막내딸이었다.

어머니와 아버지 사이에서 첫째로 태어난 딸이 승애 언니이다. 승애 언니가 태어날 무렵에는 전실의 두 딸은 출가를 한 상태였다. 남은 두 딸은 어머니를 잘 따랐다. 어머니가 어디 출타라도 하면 어린 두 딸은 버스 정류장에서 어머니가 올 때까지 기다렸다. 두 이복언니들은 착하고 책임감이 강해서 다른 사람들의 눈 밖에 나는 행동을 하지 않았다. 다른 사람들의 본이 될 만한 사람들이었다.

어머니는 명주길쌈에 가사 일로 분주하시고 큰언니들(이복언니들) 둘이서 승애 언니를 업어 키웠다. 그 동리에는 어머니 외삼촌이 사셨다. 이 외삼촌은 한학 훈장님이셨고 소문난 효자셨다. 큰언니들은 동생을 업고 날마다 외삼촌 집에 놀러 갔다. 마음씨 착한 외숙모님은 이 큰언니들을 잘 챙겨주셨다. 떡을 할 때면 차별하지 않고 언제나 손에 떡을 쥐어 주었다. 큰언니들은 어머니를 위해 떡을 남겨가지고 와서는 어머니 입에 넣어 드렸다.

큰언니들은 효심이 깊었다. 밥을 푸고 물을 솥에 부어 놓으면 이것이 숭늉이 된다. 큰언니들은 얼른 밥 먹고 서로가 빨리 나가 양푼에 물을 퍼놓고 솥바닥을 주걱으로 훑어서 어머니 앞에 갖다 놓았다.

"너희들이나 먹어라."

"아니에요. 어머니 드세요."

이런 실랑이를 벌이면서도 어머니는 흐뭇한 마음으로 드셨다.

아버지의 전처인 큰어머니는 성품이 온순하고 마음씨가 고운 분이었다고 들었다. 아버지도 마음씨가 착한 분이셨다. 언니들도 다 착해서 어머니와 정이 깊었으며 우리들과도 잘 지내고 있다. 어머니는 홍북에 살 때 큰언니들을 모두 결혼시켰다.

홍북에서 홍동으로 이사한 후 어머니는 당시 4학년이던 승애 언니를 홍동국민학교에 전학시키려 했다. 그러나 당시 학교에서는 일제 총독부의 방침이라며 자리가 없다는 핑계를 들어 전학생을 받아주지 않았다고 한다. 학업의 길이 막혔다.

승애 언니가 학교를 다닐 때 학교에서는 일본말만 가르쳤다. 그래서 4학년까지 다녔으면서도 언니는 한글을 몰랐다. 어머니는 딸을 위해 벽에 기역 니은 디귿 아야어여오요우유를 적어 놓고 한글을 가르쳤다. 기역에 아 하면 가, 가에 기역하면 각 이렇게 막대기로 짚으면서 가르쳤는데 마치 노래를 부르는 것처럼 음을 붙여 자연스럽게 익힐 수 있도록 가르쳤다. 언니는 자기 힘으로 편지를 쓸 만큼 되었다.

승애 언니는 집안의 살림밑천이자 동생들을 총 지휘하고 돌봤다. 동생들이 아프면 2킬로미터 떨어진 성산한의원에 업고 가서 약 지어다 다려서 먹이고 돌보았다. 그때 나이가 열다섯 정도였던 것 같은데, 그 나이에도 어머니를 대신한 승애 언니는 어머니 역할을 충실히 해내고 있었다.

어머니가 인천을 오가며 장사를 할 때였다. 승애 언니는 기차 시간에 맞춰 새벽 일찍 나가는 어머니를 따라 나섰다. 언니는 계란이 가득 들어 있는 트렁크를 이고 홍성역까지 걸어갔다. 내복도 시원찮았던 한겨울에도 양쪽 손으로 트렁크를 잡고 가야 했다. 손을 놓을 수 없어 한 번도 쉬지 않고 두 시간을 걸어갔다. 겨울이면 언니의 손목이 터져 피가 흘렀다.

어머니가 집에서 동네 사람들에게 토정비결을 봐주실 때였다. 어머니도 어머니 운세를 보았는데, 점괘가 불길했다. 북망산에 뗏장 이불을 덮고 죽을 운수라는 것이었다. 어떻게든 비극을 막아야 했다. 방법이 딱히 없었지만, 토정비결에 밤 12시에 청수를 떠놓고 백일기도를 드려야 면할 수 있겠다는 것이다.

효심이 지극한 승애 언니는 가만히 있을 수 없었다. 당장 그날 저녁부터 방죽골 대동샘에 상과 대접을 들고 가서는 한겨울 추운 날인데도 머리를 감고 빌고 또 빌었다. 정월에 시작한 이 일은 한동안 계속되었다. 언니는 얼굴이 노래지고 기침을 심하게 하더니 코피를 흘리며 쓰러졌다. 헛것도 나타났다. 갓 쓴 남자의 모습이 눈에 띄었다. 급기야 언니는 일어나지 못했다.

어머니는 어미 살린다고 자식 죽이겠다며 그만하자고 극구 말렸다. 그리하여 백일을 채우지 못하고 끝을 맺었다. 이때 언니는 열일곱 살이었다.

승애 언니는 어려웠던 우리 집의 기둥이었다. 어머니를 대신하여 안살림을 도맡아 차질 없이 해냈다. 동네 사람들과 품앗이하여 길쌈하고 동생들의 병간호, 세탁과 바느질까지 척척이었다. 어머니와 함께 명주옷 다듬는 방망이질 소리는 온 동네에 울려 퍼졌다. 효심이 지극하고 부지런했던 언니였다. 동네 사람들이 언니를 좋게 보아 혼담이 줄을 이었다. 국민학교 중퇴였지만 대학생과의 혼담도 오가다 아랫동네 최씨 댁 맏아들인 법대생과 결혼했다.

둘째 언니인 승심 언니는 국민학교 1학년을 두 번 다녔다. 언니는 홍북에 살 때 1학년에 입학해 공부하다가 홍동으로 이사를 했다. 어머니는 당시 4학년이었던 승애 언니와 1학년이었던 승심 언니를 데리고 홍동국민학교에 갔으나 전학이 좌절되었다. 어머니는 하는 수 없이 그 다음 해에 승심 언니를 1학년으로 다시 입학시키는 형식으로 학교를 보냈다.

승심 언니는 무용을 잘했다. 언니의 무용 실력이 좋아서 내가 나중에 홍동국민학교를 다닐 때 자연스럽게 무용 선수로 뽑힐 수 있었다.

승심 언니는 가정 형편상 중학교에 진학하지 못했다. 당시 어머니는 장사를 그만두고 농사를 짓고 계셨다. 참외, 토마토, 수박 농사며 무, 봄배추부터 가을배추까지 밭 하나에 네 가지 작물이 연속적으로 바뀌었다. 봄에 마늘 캐기 전 사이사이에서 참외, 수박 넝쿨이 자라기 시작하고, 수박 넝쿨을 걷을 때면 김장 배추가 자리를 잡았다. 배추를 딴 후에는 마늘을 심었다. 이렇게 해서 어머니는 많은 수입을 올릴 수 있었다. 그렇지만 딸들의 학비를 모두 대기는 힘들었다.

승심 언니는 대신 교회에 나가는 것으로 낙을 얻었다. 성격이 유했던 승심 언니는 화끈한 성격이었던 큰언니와 많이 다투었다. 다른 동생들은 큰언니가 시키면 빨리빨리 했지만 승심 언니는 성경책 본다면서 속도를 맞추지 못했다. 처음에는 승애 언니가 막 때리고 그래서 두 언니가 많이 싸웠다. 그런데 신기하게도 승심 언니가 교회를 다니면서부터 싸움이 뚝 그쳤다. 승심 언니는 승애 언니에게 순종해서 언니가 하라는 대로 순순히 했다. 싸울 일이 사라지자 큰언니도 심심했던지 나도 교회를 나가보자 그러면서 교회를 나가기 시작했다.

승애 언니까지 교회를 나가게 되어 우리 사형제는 나란히 교회를 다녔다. 당시 교회는 면 단위에 하나씩 있을 정도로 적었다. '교회당은 연애당'이라는 소문도 있어서 어른들은 좋게 보지 않았다. 그러나 아버지는 유교사상에 젖어 계신 분이었지만 딸들이 교회를 다니면서부터 반듯하게 행동하는 것을 보시고는 기독교에 대한 생각을 바꾸셨다.

"애들이 이렇게 행동하는 걸 보니 기독교가 나쁜 것이 아니다. 좋은 종교이다."

아버지는 제사 때도 우리에게 절을 강요하지 않으셨다.

"너네들은 예배를 드려라." 그러셨다. 그러면 승심 언니가 추도예배를 인도했다.

내가 여덟 살 때 언니들을 따라 처음 나간 교회는 팔괘리에 있는 홍동감리교회였다. 감리교신학대학을 나오신 주옥로 선생님께서 목사님으로 계셨다. 주 선생님은 목사님으로 계실 때 부흥회나 신유은사를 강조하지 않고 성경 공부를 차분히 하시니 불만인 사람들이 있었다. 그때 당시 교회는 예배가 끝나면 매미채를 가지고 다니면서 헌금을 걷었다.

그런데 어느 날인가, 주 선생님은 헌금 걷는 일을 그만두게 하셨다. 그렇지 않아도 가난했던 교회는 운영이 더 어려워졌다. 주 선생님은 월급도 타지 않으셨다. 당시 교회 권사님이나 속장님 들은 이런 파격적인 일들을 하신 주 선생님을 못마땅해하는 것 같았다. 주 선생님은 목사 직을 접으시고 선생님 댁에서 가정 예배를 드리셨다.

주 선생님 후임으로 새내기 목사님이 오셨다. 이분은 헌금 걷는 것이 주된 목표인 것 같았다. 헌금 현황이라 하여 교회원 이름을 나열하고 금액을 적은 뒤에 포도송이를 붙여 놓았다. 주 선생님과는 천지차이였다. 우리는 배울 바가 없다고 생각했다.

주 선생님 가정 예배에 참석하려고 마음먹었다. 주 선생님께 가정 예배에 합류하고 싶다는 말씀을 드렸더니, 주 선생님은 교회 옆에 교회 하나를 더 만드는 꼴이라며 반대하셨다. 우리는 주 선생님의 반대에도 불구하고 그냥 밀고 들어갔다. 선생님은 하는 수 없이 우리를 받아 주셨다. 이것이 풀무 집회의 시작이었다.

주 선생님은 노평구 선생님, 함석헌 선생님과도 가까우셨다. 이 분들은 무교회 신앙을 갖고 계신 분들이었다. 이렇게 되면서 무교회 분들과 교류가 이루어졌다. 하절기와 동절기마다 있었던 무교회 집회도 주 선생님 댁에서 이루어졌다. 이때에 함석헌 선생님을 비롯하여 노평구 선생님, 송두용 선생님, 최태사 선생님, 유달영 씨, 이찬갑 선생님 외 전국에서 여러 분들이 참석하셨다. 진지하고 생기 넘치는 집회였다. 주 선생님은 나중에 풀무학교를 이찬갑 선생님과 함께 설립하셨다. 이것이 무교회 학교인 풀무학교이다. 우리 사형제는 이런 신앙의 궤적을 따라 풀무학교에서 주일마다 열리는 무교회 집회의 집회원이 되었다.

승심 언니는 교회생활과 신앙생활에 열심이었다. 언니는 하나님 앞에 나아가자며 친구를 교회로 인도하기도 했다. 언니는 기도문을 자주 써 놨다. 당시는 연필도 종이도 귀했던 시절이었다. 언니는 툇마루 같은 곳에 기도문을 써 놓곤 했다.

언니는 늦게까지 성경을 읽고 또 많은 책을 읽었다. 어머니가 석유 기름을 한 병씩 사오면 언니가 책 보고 성경 읽느라 이 기름을 다 써버렸다. 생활이 어려웠던 어머니는 언니를 마땅찮게 생각하셨다.

"전도 부인으로 나갈 것도 아닌데 왜 기름을 다 닳리느냐?"

언니는 구박도 많이 받았다.

언니는 교회에서 반사(班師, 교회학교에서 한 반을 맡은 교사)일을 맡고 있었다. 어머니는 이해할 수 없었지만, 언니는 교회 반사로서 아이들을 가르치기 위해서라도 성경을 많이 보아야 했을 것이다. 그러나 어머니는 언니가 새벽 한 시 두 시까지 기름을 닳리며 책 읽는 것을 마땅치 않게 생각하셨다.

혼기가 찬 승심 언니에게 형편이 괜찮은 신랑감들과의 혼담이 오갔다. 그런데 언니는 예수 믿지 않는 불신자와는 결혼하지 않겠다고 고집을 부렸다. 그러나 첫째 조건이었던 예수 믿는 사람은 만나지 못했다. 언니는 오지 섬마을 안면도로 스물여섯에 시집을 가게 되었다.

결혼식은 우리 집 안마당에서 주옥로 선생님 주례로 무교회 집회원들이 참석한 가운데 거행되었다. 많은 분들이 오셨는데 어떤 분들이 오셨는지는 잘 기억나지 않는다.

신랑은 군산상고 출신인데 인물이 좋았다. 결혼식이 끝나고 언니는 하루 저녁을 집에서 잤다. 다음 날 언니는 광천 장날 장배(장날에 다니는 큰 배)로 시댁인 안면도로 향했다. 그때 승진 언니(셋째 언니)와 나, 내 친구 주연숙이 배웅하러 광천 나루터까지 갔다. 우리는 그림 같은 하얀 배를 상상했다. 그러나 언니가 탄 뚜껑도 없는 누추한 배에는 짐짝이 이리저리 널려 있었고 장날을 오가는 사람들도 가득했다. 그때부터 언니의 처지가 상상이 되었다. 우리는 울기 시작해서 집에 올 때까지 눈이 퉁퉁 붓도록 울었다.

승심 언니는 그렇게도 소망했던 크리스찬과 결혼을 하지는 못했지만, 형부의 주선으로 무교회 전국 집회가 안면도 꽃지에서 열린 적도 있었다.

국민학교 2학년 때(9살, 1950년) 6.25 전쟁이 났다.

북쪽에서 인민군이 물밀듯이 내려오고 피란민도 그 속에 섞이어 세상은 아수라장이 되었다. 학교에서 인민군 환영 공연을 갔을 때인데 한 북한군 병사가 나의 손을 잡으려 손을 내밀었다. 해방 후 5년 만에 전쟁이 또 터지다니 두려움에 떨었던 나는 겁을 집어 먹었다. 그러나 지금 생각하면 그 인민군도 이북에 나만한 동생이 있지 않았을까 하는 생각이 든다. 마음이 짠해진다.

인민군 치하에서 어머니는 여성동맹위원장으로 뽑히셨다. 하루는 홍북면장으로 계시는 외당숙과 외육촌 몇 명이 우리 집에 찾아 오셨다. 외당숙은 부자이고 면장 직에 있었기 때문에 숙청의 대상이었다. 친척들은 우리 집으로 피신하여 하루 저녁을 머물렀다가 그 다음날 청양 친척집으로 황급히 가셨다. 이때 외당숙은 홍북면사무소의 서류함을 우리 집 다락에 숨겨 두었다. 그 후 어머니는 생활고를 핑계로 위원장직을 내놓았다.

낙동강까지 밀렸던 우리 국군은 세계 우방국의 도움으로 북진하여 9월 28일에 서울을 되찾았다. 인민군이 물러나면서 공산 세력도 마을에서 쫓겨났다.

어느 날 우리 집 앞 방죽에 물이 빠져 방죽에서 우렁을 잡고 있었다. 그런데 우리 집을 바라보니 순경들이 우리 집을 에워싸고 있었다. 나는 혼비백산하여 집으로 뛰어갔다. 그런데 경찰들이 슬금슬금 물러가기 시작했다. 그것은 외당숙이 두고 간 서류함 덕분이었다. 서류함을 감춰준 것이 알려져 화를 모면하게 되었다.

전에는 민주 세력이 화를 당하더니 이번에는 공산주의자들이 화를 당하게 되었다. 동족상잔으로 이어지는 나날들이 끔찍했다. 꼭 그래야 했을까? 의문이 들 때마다 나는 함석헌 선생님의 시를 꺼내 읽었다.

아시아 큰길거리 꽃동산 열어놓고
동편 형(중국) 서편 아우(일본) 다 끌어 손목 쥐고
세 몫이 한데 어우러져 울어본들 어떠리

인생의 불운

홍성여중에 입학했다. 집에서 읍내에 있던 홍성여중까지는 6킬로미터나 되었다. 열세 살에 이런 장거리를 걸어서 통학해야 했다.

매일이 너무나 힘이 들고 피곤하여 마른버짐이 얼굴을 덮어 버렸다. 공부하기 위해 책을 펴 놓고는 엎어져서 잠드는 게 일쑤였다. 특히 수학에 약했다. 성적은 점점 뒤로 밀려나서 중간까지 나갔다. 지금처럼 과외 지도라도 받았으면 보충이 되었을 텐데 아쉬운 마음이 지금까지 이어진다.

명랑했던 성격도 우울한 성격으로 바뀌어 가고 있었다.

열네 살이 되었다. 아버지가 봄부터 시름시름 편찮으시더니 음력 9월 5일에 돌아가셨다.

아버지가 돌아가셨을 때 주옥로 선생님이 만장을 써 가지고 오셨다.

인생이란 본향의 길 찾아가는 외로운 나그네.
죄를 알고 그리스도를 믿어 아버지하고 가면 될 것을.

60 평생에 못다 하고 마지막 순간에 알가말가.

부활의 새 아침을 그리며 임의 영원한 집에 고이 쉬시리.

아버지는 농사는 깔끔하게 지었지만 장사를 해서 돈을 버는 재주는 없는 분이었다. 밤을 열 가마니 사가지고 가시다가 중간에 다 잃어버린 적도 있었다. 고지식한 성격에 물욕도 없었던 아버지는 상업상 필요한 수단을 부리질 못하셨다.

아버지는 말씀이 느린 편이었다. 아버지는 다른 사람에게 모진 소리를 못하셨다. 다른 사람을 부리는 일도 잘 못하셨다.

동네 사람들에게 부탁할 일이 있어도 곧장 말씀하는 분이 아니었다. 동네 사람에게 부탁할 일이 있으면 아버지는 "아무개"라고 부른다. 그러면 뒤돌아본 그 사람은 한참을 기다려야 했다. 아버지가 몇 박자 쉬신 후에야 "아, 일 좀 하루 해주게."하며 본론을 꺼내셨기 때문이다.

장사에 실패해 재력이 따르지 않는 사람 중에는 집안을 불화스럽게 하는 사람도 있다지만, 아버지는 그렇지 않았다. 아버지는 어머니의 의사를 무시하거나 그러지 않고 가정을 화평하게 이끄셨다.

첫사랑이 일본으로 떠나 홀로 계실 때 어머니는 교회를 다니셨다. 아버지는 유교사상으로 살아오신 분이었기에 기독교 종교심을 가진 분은 아니었지만, 어머니가 교회 다니는 것은 인정했다. 아버지는 권위를 내세우지 않았다. 어머니는 그때 매우 기뻐하셨다. 당시 어머니가 제일 좋아하는 찬송이 '예수가 좋아하고 즐겁고 태평하구나'였다.

훗날 어머니는 집안을 건사하기가 너무 힘겨워 교회를 계속 다니지는 못하셨지만, 두고두고 아버지를 고마워하셨다.

아버지의 고향은 청양군 비봉면 장재리였다. 아버지는 충청도 양반으로 태어나 한학을 많이 하셨고 시도 가끔 쓰셨다. 예의범절은 누구한테도 빠지지 않으셨다. 우리에게 가정교육도 착실히 시키셨다. 아버지는 동네에서 구장 일을 보셨다. 마음씨가 착하셨던 아버지는 동네의 윤리 선생님 노릇을 톡톡히 하셨다. 동네 아이들의 입에서 거친 욕들이 오가기라도 하면 절대로 용납을 안하셨다. 그리해서 동네의 질서를 바로잡아 놓았다.

나는 여덟 명의 딸 중 막내딸이었다. 그런 내 밑으로 아들이 하나 있었다. 나는 잘 기억이 나지 않지만 동생의 이름은 승무였다. 승무는 태어난 지 얼마 후에 죽었다. 승무의 죽음은 우리 가족 모두에게 큰 상처를 남겼다. 특히 대를 이을 아들을 간절히 원했던 아버지는 대가 끊어진 것에 대해 하늘이 무너진 것 같은 아픔을 느꼈다.

아버지도 시대를 잘 만나 아버지가 잘 하실 수 있는 일을 하셨다면 좋았을 것이다. 아버지는 시대를 잘못 만났다. 돌아가시기 전, 아버지는 당신의 삶을 어떻게 평가하셨을까? 겉으로만 보면 불운했던 삶을 살다 가신 것 같다. 좀 더 시간이 있었다면 아버지와 대화를 나누면서 이런 얘기를 나눌 수 있었을 텐데….

만장의 보호를 받으며 저 세상으로 가신 아버지가 만장의 글처럼 영원한 집에서 고이 쉬고 계실 것이라 믿는다.

나는 중학교를 졸업하고 일 년을 쉬었다. 어머니는 나의 장래를 생각해서 고등학교에 진학하라 하셨다. 그때 홍성여고는 한 학년에 한 반이었고, 한 학급의 학생 수는 40명도 채 못 되었다. 중학 동기들이 상급생이 되었고 후배들은 동기가 되었다. 나에게는 스트레스로 남는 일이었다.

사실 우리 집 형편에 고등학교 진학은 사치였다. 살림꾼이었던 승애 언니가 시집가고 일 년 후에는 아버지까지 돌아가심으로 우리 집 살림은 큰 타격을 받았다. 어머니는 농사를 짓고 계셨다. 그러나 어머니는 아버지가 도맡아 하시던 밖의 일과 승애 언니가 도맡아 하던 살림까지 하셔야 했다.

홍여고를 다니면서 납부금 독려에 시달렸다. 한번은 납부 기일 내에 납부금을 내지 못해 교장 선생님 앞으로 불려갔다. 교장 선생님이 내 뺨을 몇 대 후려치면서 납부할 날짜를 대라고 하는데, 돈 나올 구멍이 없으니 나는 그 앞에서 기약할 수가 없었다. 그래서 머뭇거렸더니 교장 선생님은 이렇게 멍청하니 기한 내에 납부를 못하는 것이라고 화를 냈다. 나는 멍청하지 않았다. 집안이 가난해서 납부금을 낼 수 없었고 집에 언제 돈이 생겨 납부금을 낼 수 있을지 몰랐을 뿐이다.

홍여고에 다니는 것이 서글펐다.

만약 풀무학교가 일 년만 빨리 설립되었다면 나는 풀무에 입학하였을 것이다. 내가 홍여고 2학년 때 풀무가 문을 열었다. 존경하는 선생님들이 계신 풀무학교에 다니지 못하는 것이 참 아쉬웠다.

풀무학교는 1958년에 개교했다. 개교 당시 흙바닥에 지붕은 초가로 된 교실 두 개가 전부였다. 학생과 학부모의 구슬땀으로 이 교실을 짓기까지 엄청난 고생들을 했다. 겉만 봐서는 홍여고 건물과 비할 바가 못 되었지만, 풀무학교는 두 분의 설립자가 높은 뜻을 세웠고, 지역에서 돈을 마련했으며, 조금씩 시간을 들이며 학생과 학부모의 힘으로 지어졌다. 학교가 끝나고 집에 올 때면 풀무학교가 있는 쪽으로 돌아서 학교가 지어지는 모습을 보고 집에 돌아왔다.

그래도 홍여고에서 차시현 교감 선생님의 생물 시간을 재미있게 들었다. 한 번은 생물 시간에 나병에 대해 배웠다. 나병 환자의 병 증세는 처음에 살갗에 반점이 생기고 그 다음에 근육 감각이 없어진다는 것이다. 나는 이 수업을 들은 뒤부터 깊은 고민에 빠졌다. 당시 승진 언니가 무릎 위쪽으로 감각이 없다 하여 걱정 중이었기 때문이다.

'승진 언니가 이런 흉한 병에 걸리다니.'

낙심에 빠진 나는 아무한테도 말할 수 없어 혼자 고민하다가 집에 왔는데 어머니와 승심 언니(둘째 언니)가 콩 바심을 하고 있었다.

나는 승진 언니가 나병에 걸렸다며 울음을 터뜨렸다. 영문을 몰랐던 언니와 어머니는 그게 무슨 말이냐고 물었다. 나는 생물 시간에 공부한 내용을 이야기했다. 어머니와 언니는 어이가 없어 했지만 생물 시간에 배운 것을 믿고 있었던 나는 한동안 걱정을 안고 살았다. 나중에 홍순명 선생님과 승진 언니의 혼담이 있을 때 만약 언니가 몹쓸 병에 걸리더라도 언니를 이 분에게 맡기면 안전할 것 같았다.

고3 때 4.19 학생 시위가 일어났다. 이승만 대통령의 영구 집권을 위한 3인조 9인조 투표가 원인이 된 학생 시위였다. 서울에서 시작된 이 시위는 전국적으로 번져 나갔다. 많은 학생들이 희생되었다. 뒷날 들으니, 이때 대학생이던 남편도 시위에 참가하였지만 다행히 다치지 않고 화를 면했다 한다.

학생 시위가 한창일 때 공민과 도덕 시간이었다. 학생들은 이 시간에 항의하고 나섰다. 난처해하시던 정진원 선생님이 오늘은 공부는 접고 학생 시위에 관한 토론을 하자고 제안하였다. 어떤 친구를 지적하면서 학생 신분으로 이 시위에 참가하는 것을 어찌 생각하는가 물었다. 이 친구는 학생은 공부나 열심히 할 것이지 이 데모에 가담하는 것은 옳지 않다고 했다. 선생님은 수긍하는 태도였다.

다음은 내 차례였다. 나는 내 주장을 펼쳤다.

"이 데모는 당연한 것이다. 투표는 자유의사에 따라 내가 선택하는 것이지, 3인조 9인조는 다 무엇이냐? 내 나라의 일인데 우리가 어떻게 강 건너 불구경 하듯 할 수가 있겠는가? 도덕은 배워서 무엇하고 공민은 배워서 무엇하겠는가? 지금 정부는 우리가 교과서에서 배운 대로 하지 않으니 데모하는 것이다."

선생님은 움찔하셨다. 그러냐? 했지만 크게 책망은 하지 않았다.

그러나 교장 선생님은 조례 시간에 학생들을 단도리했다.

"데모하지 말고 공부나 열심히 하여라. 데모하면 학교나 학생 모두에게 불이익이 올 것이다."

시위는 점점 격화되었다. 마침내 부통령 이기붕의 큰아들 이강석이 자기 어머니, 아버지, 동생에게 차례로 총을 발사하고는 자신도 자살했다. 뒤이어 대통령 이승만은 하야하기에 이르렀다. 이것은 불의한 권력이 과욕을 부려 일으킨 참사였다. 국민에게도 애석한 일이었고 이승만 대통령이나 이기붕 부통령 가족에게도 애석한 일이었다. 4.19 시위는 그렇게 끝을 맺었다. 불의한 권력이 정의의 불길을 막을 수는 없었다.

이 일이 있은 뒤로 교장 선생님은 조례 시간에 학생들이 데모에 참가할 기미도 보였는데 선생들의 통찰력 부족으로 이를 그르쳤다며 후회하였다. 충청도는 '멍청도'라는 낙인이 또 한 번 찍히게 되었다.

나는 이런 일들을 겪으면서 신경 쇠약에 걸렸다. 두 달이나 학교에 가지 못하고 호되게 앓았다. 친구들이 문병을 다녀갔다. 여중을 다니면서도 아팠는데, 여고를 마칠 때도 이렇게 아팠다.

1997년(56세)에 허리 디스크 수술을 받았다. 등뼈 연골에 염증이 생겨 안절부절 상태에서 서울 백병원에서 수술을 받았다. 수술을 받아서 급한 불은 껐지만, 건강을 되찾을 수는 없었다.

2010년(69세)에는 허리 통증이 심해서 홍성 푸른외과에 갔다. 병원에서는 재수술을 해야 한다며 입원하라고 했다. 뭔가 이상했다. 그대로 수술을 할 수는 없었다. 나는 서울로 올라가 중앙아산병원에서 진찰을 받았다. 그곳 정형외과 의사 선생님은 양심적인 분 같았다. 재수술은 함부로 하는 것이 아니라며 재활 치료를 권했다. 그 후 누워서 5~10분 정도 배운 대로 재활 치료를 했다. 자기 전과 일어나서 또 한 번 했는데 많은 효과를 보았다.

2011년(70세)에는 김장 배추를 가지러 홍동 친정에 다녀오는 길에 교통사고가 났다. 배추를 싣고 출발하는데 급발진 사고가 일어난 것이다. 차에 타고 있던 남편과 나는 허리 골절상을 입었지만 용케도 죽음을 면할 수 있었다.

　돌이켜보면, 생애의 절반을 병고 속에 살았다.

돌봄의 도리

홍여고를 졸업하고는 집에 있었다. 어머니께서 양재를 배워 보라 하였다. 어머니 뜻에 따라 양재를 조금 배웠다. 처음에는 어려웠지만 어느 정도 익숙해지자 치마와 블라우스 정도는 꿰맬 수 있었다.

어느 날 주옥로 선생님께서 우리 집에 오셨다. 풀무학교에 와서 가사과를 맡아 학생들을 가르쳐 보라 하셨다. 그때 당시 학교에는 교과서도 없었다. 양재하는 기술이야 가르친다지만 교과서도 없는데 이론은 어찌 하는가? 내 인생 중 정말 따분한 기간이었다.

풀무학교에 총각 선생님이 한 분 와 계셨다. 그는 강원도가 고향인데 춘천농업고등학교에서 교사로 근무하다가 군에 입대했다. 군 제대후 다시 교사로 돌아가야 했지만, 현실 교육에 회의적이었다. 그런 고민을 하던 중 풀무학교를 알게 된 그는, 모든 것을 뒤로 한 채 풀무학교 교사로 왔다.

한번은 학교에서 그 분의 강의를 들은 적이 있었다.

"학벌 위주, 출세 위주인 현실 교육은 문제다. 우리는 인성 교육 위주의 인간을 길러내는 교육이어야 한다."

귀가 뻥 뚫리는 느낌이었다. 나는 집에 와서 어머니께 총각 선생 이야기를 하면서 결혼 얘기를 꺼냈다.

"풀무학교에 훌륭한 선생님 한 분이 오셨는데 승진 언니랑 결혼했으면 좋겠어."

그러나 어머니는 "별놈의 소리를 다한다."며 안 된다고 단호히 뿌리쳤다.

딸 중에 상딸로 쳤던 승진 언니는 어머니에겐 외모로나 성격으로나 학벌로나 빠질 데 없는 딸이었다. 언니는 어려서부터 마음씨가 착하고 인물도 어디 갖다 놔도 빠지지 않았고 공부도 꽤 잘했다.

어머니는 예순을 넘기며 무릎 관절로 고생하셨다. 그래서 당시 대전 영아원에서 일하고 있던 승진 언니를 집으로 데려오기로 결정했다. 어머니에게 남은 일은 호강 시켜 줄 사위감을 고르는 것이었다.

어느 날, 총각 선생님이 지나시는 길에 우리 집엘 들르셨다. 군복에 검정 물을 들였는데 빛이 바래서 볼품이 없었고 인상도 똘똘해 보이질 않았다. 어머니는 그 사람과 결혼하면 고생길이 훤하다고 반대하셨다.

반대를 하시면서도 어머니는 총각 선생님을 마음에 담아두고 계셨던 것 같다. 어느 날 주옥로 선생님께서 우리 집엘 지나다 들르셨다. 어머니는 주 선생님께 내가 한 이야기를 했다. 주 선생님은 웃으시면서 좋은 사람이라고 하고 가셨다.

그때 풀무학교 사정은 어려웠다. 확실히는 모르지만 교사 급여는 4

만 원이었다. 지금으로 치면 40만 원 정도였던 것 같다. 더구나 그 분은 인성 교육에 온통 관심을 쏟고 있었으니, 승진 언니가 그 길로 가면 볼 것도 없이 고난의 가시밭길이었다.

일은 소강 상태에 접어들었다.

언니랑 함께 어느 날 밤에 주 선생님 댁에 가서 이런 상황을 말씀드렸다. 내가 한 말이 씨가 되어 총각 선생님께 전달되었다. 저간의 사정을 들은 총각 선생님 왈,

"그것은 부모님의 생각이고, 본인의 생각이 아니라면 그만둘 이유가 없지 않느냐?"

이 반응에 우리는 총각 선생님이 남자 중에 남자이고 똑똑한 분이라 느꼈다. 당시 언니는 농촌 교육에 뜻을 두고 있었다.

나중에 안 일이지만, 총각 선생님의 신붓감으로 언니가 미흡하다고 반대한 선생님도 계셨다.

그런데 이 반대에 비할 바가 아닌 더 큰 반대가 있었다. 어머니는 여전히 반대하고 계셨는데 그 반대가 만만치가 않았기 때문이다. 총각 선생님에게 마음을 둔 언니가 어머니의 반대를 감내하는 것은 너무나 힘든 일이었다.

그러나 시간이 지날수록 두 사람을 막을 수는 없었다. 두 사람의 결혼이 임박했다. 나는 한편으로 거센 파도와 폭풍이 언니를 강타하는 삶이 될 것 같아 두려움이 들었다.

총각 선생님이 약혼 이후 더러 다녀가시곤 할 때마다 배웅을 같이하고 언니와 함께 집에 들어왔다. 결혼식 전날에도 나는 언니를 따라

나섰는데, 총각 선생님이 참다 못해 "그럼 승자는?" 하는 것이다. 나는 깜짝 놀라 걸음아 나 살려라 하고 집으로 뛰어왔다. 어머니의 반대가 너무 심해 걱정되는 마음으로 이런 행동을 하지 않을 수 없었지만, 결혼식 전날까지 따라나선 건 너무 심했던 것 같다. 주책이었나 하는 후회가 들었다.

결혼식 날이 되었다. 서울에서 노평구 선생님, 송두용 선생님, 유희세 선생님 등이 오시고 지역에서는 풀무학교 학생과 교사분들이 참석하였다. 다른 분들 축사는 생각이 나지 않는데, 송두용 선생님 축사는 인상에 남아 있다.

"십자가를 지려면 똑바로 져라. 비뚜로 지면 더 힘들다."

지금도 그 말씀이 마음에 남아 있다.

언니는 가난했다. 어머니는 언니가 잠깐 집에 오면 언니에게 푸념을 해서 언니가 눈물을 흘리고 간 적도 많았다.

어머니는 못 사는 딸이 마음에 걸리어 마음 아파하셨다. 에미는 먹을 게 즐비한데 끼니를 걱정해야 하는 자식이 옆에 있으니 얼마나 마음이 아팠을까.

어머니는 집에서 닭을 키웠는데 약병아리가 될 만큼 키워 보양식으로 식구들 것 외로 두 마리를 더 잡았다. 언니 집까지 배달은 나의 몫이었다. 그러나 낮에는 꼼짝할 수 없었다. 그때는 집에서 담배농사를 짓고 있었다. 노랑초 담배는 사흘은 불을 때야 말랐다. 식구들은 노랑초 담배에 매달려야 했다. 목 집고 선별하고 그리하여 밤에야 조금 여유를 낼 수 있었다.

나는 밤 12시가 넘어 닭 냄비를 들고 집을 나섰다. 언니네 집과는 2킬로미터는 족히 되었다. 박숙 고개를 넘고 들판을 지나 풀무학교 기숙사 뒷산을 넘어 언니네 당도했다. 모두가 잠들었는지 언니 집은 고요했다. 나는 조용히 냄비를 부엌에 들여놓고는 나왔다. 집으로 돌아오는데 산짐승이 튀어나올까봐 등에서는 식은땀이 흘렀다. 그렇지만 마음은 흐뭇했다.

결혼한 후 일 년이 지나 언니에게 산기가 있었다. 그런데 난산 중에 난산이었다. 어머니는 딸이 잘못될까봐 불안해 동분서주 병원 문을 두드려 의사를 데리고 오셨다. 의사가 오고서도 꼬박 이틀 동안 언니는 진통을 겪었다. 다행히 언니는 죽을 고비를 넘기고 큰딸 화숙이를 낳았다.

어머니가 사흘 산바라지를 하시고는 나한테 역할을 맡기고 집으로 돌아가셨다. 그때 내 나이는 스물 셋, 언니들에 비하면 집안일을 제대로 할 줄 모르는 어리숙한 아이나 다름없었다.

언니 집에는 물을 길어 먹을 수 있는 샘도 없었다. 주옥로 선생님 댁에 있는 샘으로 가서 물을 길어 와 식수로 썼고, 빨래는 냇가에 가서 해야 했다. 양력 3월 초, 그땐 지금보다 훨씬 추웠다. 살얼음이 낀 냇물을 깨서 장갑도 없이 맨손으로 빨래하는데 정말 힘들었다.

그렇게 일주일을 간신히 넘기고 몸살이 호되게 나서 집에 올 수밖에 없었다. 몸살로 너무 아파서 집에 가야겠다고 언니한테 말했지만, 사실 내 속마음에서는 내가 아픈 것보다 언니의 너무 어려운 형편이 걸렸다. 쌀도 없는 집안에서 내가 먹는 숟가락 하나라도 줄여야지 하는 마음이었다. 난산 중의 난산으로 해산 후에도 힘들어하는 언니를 더 보살피지 못한 게 미안하기도 하다. 하지만 그때는 내가 집으로 돌아가는 게 언니를 돕는 일이라는 생각이 들었다.

그런데 언니는 육남매를 어떻게 가르치고 먹여 키웠는가. 앞이 캄캄하고 녹록치 않은 언니의 과거사가 떠오른다.

언니는 오남매를 낳았고 다섯째 아이가 돌이 되기 전에 생활 전선으로 나가지 않으면 안 되겠다 생각하여 화장품 판매를 시작했다. 그때는 화장품 값을 주로 곡식으로 받았기 때문에 무거운 짐을 항상 가지고 다녀야 했다. 언니는 화장품 가방을 들고 정말 힘든 나날들과 씨름하고 있었다. 너무 무리를 해서인지 허리 디스크에 걸려 병원과 지압을 받으러 전전하였다. 그 후 다행히 호전되었다. 나는 언니가 믿음으로 병을 이길 수 있었다고 생각한다.

언니의 삶을 다시 한 번 더듬어 본다.

언니가 허리 디스크에 걸려 고생할 때였다. 우리 집에서 버스 터미널이 코앞인데도 언니는 버스 터미널에서 내려 우리 집까지 중간에 두 번이나 쉬면서 간신히 왔다. 그런데도 언니는 얼굴에 미소를 띠고 있는 것이다. 나는 기가 막혔다.

"언니! 이 상황에서 웃음이 나와?"

언니가 대답했다.

"하나님이 고쳐 주실 거야."

이렇게 하나님을 바라보고 믿음을 잃지 않는 언니를 수술도 하지 않고 일으켜 주신 것이다. 디스크에 걸려 건강을 잃어 고생하던 언니였지만 언니는 내게 김장을 담가 주고 된장도 띄워 주었다.

믿음으로 살고 있는 언니가 고맙고 자랑스럽다. 언니는 잘 견디고 잘 참고 무거운 짐을 잘 지고 나갔다. 남편의 뜻을 세워 주기 위해 최선을 다했다. 그분의 아내 자격이 있다고 칭찬해 주고 싶다. 슬하에 육남매도 잘 키워 놓았다.

언니의 큰아들 영표에 대한 잊지 못할 기억이 있다.

영표가 풀무학교 다니던 어느 날, 언니한테 전화가 왔다. 영표가 학교에서 친구와 함께 경운기를 타고 가다가 떨어져서 머리를 다쳐 홍성의료원에 와 있다고 했다. 깜짝 놀라 얼른 의료원으로 가보니 영표는 구역질을 하고 상태가 심각해 보였다. 경과를 봐 가면서 호전되지 않으면 천안 순천향병원으로 가야 한다 했다.

그런데 언니한테는 돈이 없었다. 언니는 영표의 손을 꼭 잡고 기도를 하고 있었다. 지금 생각하면, 그때 할 수 있는 일이라고는 기도밖에 없지 않았을까 싶다. 나는 너무 걱정이 되었지만 어떻게 해야 할지 안절부절, 결국 바라볼 사람은 남편뿐이었다.

그때는 약국 문을 새벽 5시 반에 열었다. 홍성읍에 약국이 세 군데밖에 없을 때였다. 농촌 사람들은 새벽 일찍 읍에 나와 약국 일을 보고 돌아가 농사일을 해야 했다. 새벽 5시 반에 열고 밤 12시에 문을 닫던 시절이었다.

나는 영표 옆에서 간절히 기도하고 있는 언니를 뒤로하고 약국으로 달려갔다. 시간은 밤 12시가 가까워 남편은 약국 문을 닫을 준비를 하고 있었다. 그런데 막상 남편 앞에 가니 말이 쉽게 나오지 않았다. 하지만 말을 꺼내지 않으면 영표가 너무 위험해질 것 같았다. 어떻게 해야 하나.

나는 결국 울음을 터뜨리고 말았다. 울면서 남편에게 영표가 죽게 생겼다며 당신이 돈 좀 꿔달라고 말했다. 그랬더니 남편은 여러 말 하지 않고, 그날 약국에서 판 돈 전부를 쥐어 주었다. 20만 원이었다. 그걸 가지고 다시 의료원으로 달려갔는데, 20만 원으로는 부족하다 했다. 언니는 여전히 영표 손을 잡고 기도를 하고 있었다. 낙심한 나는 새벽 1시쯤 집으로 돌아왔다가 날이 밝자 다시 의료원으로 갔다.

그런데 언니가 영표를 데리고 집으로 갔다는 것이다. 하나님의 돌보심으로 영표는 집으로 돌아간 후 차차 어지럼증이 가라앉고 회복되었다. 얼마나 가슴을 쓸어내렸는지 지금도 그때의 순간들이 생생하게 떠오른다.

그 뒤 영표는 대학에 입학했는데 워낙 형편이 어려워 건설 현장에서 질통에 모래 섞은 것을 짊어지고 고층건물을 오르내리며 번 돈을 학비에 보태어 어렵게 대학을 마쳤다. 대학을 마치고 고등학교 교사가 되어 지금까지도 학생들을 잘 가르치고 있다. 젊어 고생은 꾸어서도 한다더니 그게 사실인 것 같다.

혼기가 찼던 나에게도 혼담이 오갔다.

노평구 선생님께서 나의 결혼에 관심을 가지고 중매를 서신 적이 있었다. 재력도 인격적으로도 훌륭한 사람들이었으나 성사는 되지 않았다. 그때 노평구 선생님이 재력 있는 사람들과 혼인을 주선하신 것은 승진 언니와 홍순명 선생님 내외가 경제적으로 어려우니 좀 밀어주라는 생각이셨던 것 같다.

나는 둘째 승심 언니가 조건 좋은 신랑감이 나설 때 불신자와는 결혼하지 않는다 하여 조건 좋은 혼사는 다 포기하고, 결국에는 형편이 좋지 않은 불신자와 결혼했던 것을 상기했다. 그 꼴이 나면 어쩌나 하는 생각으로 고민하고 있었다.

그러던 차에 남편을 만나게 되었다. 시할머니와 친정어머니가 한 동리에서 몇 년간 사셨으므로 어른들의 권유로 이루어졌다.

그러나 결혼할 사람이 불신자라는 것이 마음에 걸렸던 나는 주옥로 선생님께 의논을 드렸다. 주 선생님께서는, 무교회에 젊은 사람이 많지가 않으니 신앙의 자유만 준다면 그 외의 것은 다 순종하겠다 약속하고 결정하라 고 하셨다. 남편은 신앙의 자유를 주겠다고 했다. 나의 결혼은 이렇게 성사되었다.

시아버님은 내가 홍성여중 다닐 때 서무과에 근무하던 분이었다. 성격이 깔끔하고 효자셨다. 아버님은 육남매(남자 형제 동생 한 분과 여형제 네 분)의 맏아들이었다. 그런데 내가 결혼할 당시에 아버님은 마흔 일곱에 암에 걸려 이미 돌아가신 뒤였다.

신랑은 사남매 중 맏아들이었다. 남편은 할머니, 어머니, 동생들을 건사해야 하는 처지였다. 남편 나이 스물여덟, 내 나이는 스물일곱에 우리는 한 집안의 가장이 되었다.

시할머니는 마흔 일곱에 암에 걸려 죽은 큰아들과 작은아들까지도 잃었지만 평온하게 사셨다. 딸 넷(시고모님들)은 결혼하여 각자 그런대로 걱정 없이 살았다. 시할머니는 성격이 유하고 남에게 폐가 되는 일은 하지 않으셨다. 후덕하신 분이었다. 시할아버지는 작은 부인과 따로 살고 계셨다.

시어머니는 모든 면에 할머니를 따라가지 못하고 사리분별이 뚜렷하질 못했다. 남편의 형제들도 자기 어머니를 많이 닮았다. 시아버지는 효심이 강하고 할머니처럼 좋은 분이셨지만, 사람은 아버지보다 어머니 영향을 많이 받는 모양이다.

바로 밑 시동생은 먼저 결혼하여 딸 하나가 있고 지물포를 하고 있었다. 그런데 동서는 아들 딸 남매를 남겨두고 셋째 아이를 낳다가 세상을 떠나 버렸다. 두 아이는 우리 몫이 되었다. 그리고 얼마 있다 재혼한 시동생은 사남매(아들 둘, 딸 둘)를 더 낳았다. 그러나 새 동서도 얼마 안 되어 아이를 낳은 후 그만 정신 이상이 되었다. 그런데다 시동생은 화투를 좋아해서 계속 사고를 치는 것이다. 저희 식구끼리 제 집 갖고 장사해서 도닥도닥 일어나야 할 일인데, 착실하지 못했던 시동생은 빚에 묻혀 일어날 수가 없었다. 3년 간신히 버티더니 장사도 때려치웠다. 집은 빚으로 넘어갈 지경이었다. 조카들은 우리 집 차지가 되었다. 이때부터 두 집 살림을 떠맡아야 했다.

우리가 빚을 갚고 시동생 집을 인수했다. 그 집에 고무신 가게를 차려서 나는 고무신 가게를 하고, 남편은 약국을 하기로 했다. 고무신을 구색 맞추어 크게 시작했다. 시동생은 취직을 시키려 했다. 그러나 시동생은 자기가 고무신 가게를 맡아 하려고 마음먹고 취직을 할 마음이 없었다. 이리하여 고무신 가게를 시동생에게 넘겨 주었지만, 1년 만에 노름빛으로 완전히 손을 들고야 말았다.

지물포는 시동생에게 주고, 우리는 조그마한 단칸방을 얻어서 그곳에서 살기로 했다. 시아버님이 안 계셔 집안의 대소사를 주관하시던 시고모부가 단칸 셋방으로 식구들을 모시고 가라 하셨다. 그렇게 하는 것이 마음이 편할 것 같아 나도 동의했다. 왜냐하면 시동생 집에 어른들이 계신다면 장자로서 두 집 살림을 떠맡아야 할 것 같았기 때문이다. 단칸방은 시집 식구들이 거하였고, 약국 뒤편 한구석에 부뚜막처럼 된 곳에 벽도 없이 탄을 땔 수 있도록 된 곳에서 둘이서 빠듯하게 누울 정도의 자리에 신혼이 시작되었다. 연탄가스는 항상 마실 수밖에 없는 지경이었다.

내가 짊어져야 할 십자가였다.

각오를 하면서도 마음이 무거웠다. 언니 결혼식 때 들은 말이 마음에 맴돌았다.

"십자가를 지려면 똑바로 져라. 비뚜로 지면 더 힘들다."

내가 원치 않는 일들이 일어나기 시작했다. 다른 사람은 다 미쳐도 한 사람만은 정상이어야 할 텐데 남편 그마저 내가 원치 않는 일을 하였다. 남편은 끼가 많은 사람이었다. 약국을 비우고 나가는 일이 잦았다. 큰 약국 옆에 개업했어도 손님을 많이 끌었는데, 약사가 자리를 비우는 때가 많으니 손님이 줄어들었다. 이런 모든 일들이 어찌 우연이라 할 수 있을까.

달콤해야 할 신혼 생활은 삐걱거리기기 시작했다. 어찌 해야 할지 암담했다.

나는 돌파구를 찾지 못해 헤매었다. 이럴수록 나아가야 할 분, 의지해야 할 그분께 마땅히 나아가야 했지만, 주저주저했다.

나는 십자가를 비뚜로 지고는 비틀거렸다.

"네가 해야지, 네 힘으로 해야 해!"

나 혼자 감당하기에는 너무 힘든 집안일이라 외면하려고 할 때마다 마귀는 나에게 속삭였다. 나는 마귀한테 끌려 다니며 정신을 못 차렸다. 신앙 이외의 것은 다 순종하겠다는 말은 거짓이었다. 그것은 날 속이고 남편도 속이는 것이었다.

나는 끝내 거짓말쟁이로 끝날 것인가. 모든 것을 아버지께 맡겼다면 내 어깨가 한결 가벼웠을 것이다. 그러나 나는 그러지 못했다. 예수를 온전히 믿었다면 내 마음이 편안했을 텐데 나는 그러지 못했다.

"앞으로 모든 것을 맡기고 싶습니다. 받아주소서."

수많은 밤 이런 기도를 드리며 악마와 싸웠다.

늘 본이 되셨던 나의 어머니

    남편, 시댁 사람들, 시댁의 대소사는 모두 맏며느리인 내 일이었다. 나도 친정어머니처럼 집안을 건사해야 하는 줄 알면서도 힘에 부쳤다.

    친정어머니는 어렸을 적 훈장 선생님을 모시고 한문 공부를 하셨고 신동 소리도 들었다. 어머니는 홍동으로 이사한 후 동네 사람들한테 토정비결을 보아 주셨다. 갑자을축을 잘 아셨던 어머니인지라 소문이 멀리까지 퍼져 정월 초이틀 무렵부터 여러 동네 사람들이 모여 들었다. 구정리, 금평리, 운월리에서 하루에 수십 명씩 왔다 가곤 했다. 큰 아래 윗방이 꽉 찼다.

    내 집에 온 손님은 그냥 보내는 성품이 아닌 우리 어머니는 '봉제사 접빈객(奉祭祀 接賓客 : 제사를 드리고 손님을 접대한다)'을 강조했다. 봉제사 접빈객을 못하면 여자가 아니라 했다. 아직 어렸던 나와는 달리 승애 언니, 승심 언니는 여자의 도리를 해야 했다. 언니들은 앞치마를 두르고 부엌에서 종일 국수 삶아서 대접 밑에 놓고 위에는 떡국점을 끓여 얹어 내었다. 그때는 쌀이 귀해서 흰 떡을 많이 하지 못하였다. 언니들은 정월 내내 사람들 점심을 챙기느라 부엌에서 나오질 못했다.

어머니는 돈을 벌기 위해 토정비결을 보지 않았다. 오히려 어머니는 토정비결을 보아 주면서도 집에 찾아온 사람들을 손님으로 높여 극진히 대접했다. 그러나 마음과는 달리 우리는 가난했다. 밥이 귀한 시절에 대단한 일이다.

어머니의 큰(이복) 사위들에 대한 대접은 특별했다. 형부들이 오시면 닭 잡고 인절미는 단골 메뉴였다. 셋째(이복) 형부가 한의 자격시험과 양의 자격시험에 합격하여 해미에서 한의원을 개업했는데, 큰 방으로 손님이 꽉 차서 앉을 자리가 없었다. 그 바쁜 와중에도 틈을 내어 우리 집에 다녀가시곤 했다. 형부는 나를 막내 처제라 하여 업고 다녔다.

청양에는 육촌 오빠가 살고 있었다. 청양 육촌 오빠는 일찍 부모님이 돌아가셔서 아버지가 결혼을 시키고 돌보았다. 아들 셋에 딸 하나, 사는 것이 풍족하지는 않았지만 그런대로 행복하게 살고 있었다. 청양 오빠가 오시면 우리 어머님과 청양 오빠는 밤새는 줄 모르고 이야기꽃을 피웠다.

하루는 청양 오빠가 장남 영직을 데리고 우리 집에 왔다. 그런데 영직은 밤새 고열이 나고 심하게 앓았다. 그 다음날 오빠는 영직을 데리고 집으로 가셨다.

얼마 후 소식이 왔는데 영직과 오빠 내외와 딸이 세상을 떴다는 것이다. 그때는 버스나 자가용이 없었고 걸어서 다녀야 했기 때문에 이 소식을 전해 들은 때는 이미 변을 당하고 꽤 많은 시일이 흐른 뒤였다.

이제 남은 것은 태직과 우직, 두 조카뿐이었다. 어머니는 부랴부랴

청양으로 가셨다. 가보니 태직은 영양실조로 서지도 못하고 태직의 동생인 우직도 아사 직전이었다. 아버지는 상업 차 인천에 계셨다. 어머니는 푸닥거리 할머니와 함께 가서 푸러내고(푸닥거리를 하고) 간호를 했다. 그것은 전염병 장질부사에 걸렸기 때문이며 매개체는 이라는 것이다. 벽을 타고 올라가는 이를 쓸어 담으니 쓰레받기에 한 가득이어서 불에 태웠다.

얼마 동안 간호하고 한 달 뒤에 형제를 이불로 싸서 마차에 태워 데려왔다. 두 조카를 데려오던 날, 동리 사람들이 들고 일어나 위험한 전염병 환자들을 들였다 하며 항의했다고 한다.

이리하여 우리 집은 아이 여섯에 어른 둘 합 여덟 식구가 되었다.

어머니는 교육에 있어 차별하지 않으셨다. 태직과 우직도 학교에 보내셨다. 그러나 태직은 학교를 계속 다닐 수 없었다. 그것은 어머니가 보내지 않았기 때문이 아니라, 일제 총독부가 핑계를 대고 받아주지 않았기 때문이다. 어머니는 승애 언니와(4학년) 태직(6학년), 승심 언니(1학년)를 데리고 홍동국민학교에 가서 전학을 시키려 했으나, 학교에서는 자리가 없다는 핑계로 받아주지 않았다. 어머니는 하는 수 없이 승심 언니만 다음해에 1학년으로 다시 입학시켰다 한다. 3년 후 승진 언니와 우직을 입학시켰다.

학교를 계속 다닐 수 없었던 태직은 가사 일을 도왔으며 짚신도 삼고 나무도 해왔다. 어머니는 다른 식구는 점심을 굶어도 빨래하는 며느리와 나무하는 사람은 점심을 먹여야 한다며 나무 갔다 온 태직에게 점심을 주었다. 내가 마루에서 못 본 척 하고 놀고 있으면 태직은 밥을 덜어주고 먹으라 하였다. 시원한 배추김치와 먹는 밥 몇 수저의 맛은 최고의 맛이었다.

그러나 끼니도 잇지 못하는 형편에 세 사람(승심 언니, 승진 언니, 우직)의 학비 부담은 너무나 컸다. 반면, 인천에서 사촌 오빠는 상업이 잘 되어 생활이 넉넉하였다. 어머니는 오빠와 상의한 후 우직을 인천으로 보내기로 결정했다.

그런데 사촌 올케는 우직이가 간 후 한 달 만에 동티가 났다(어디가 아프다)는 핑계로 남의 집으로 보냈다. 책가방도 챙겨서 보냈다고 들었다. 우직은 그렇게 인천에서 10년 정도를 남의 집에서 마음고생하며 살았다.

이 일이 항상 마음에 걸렸던 어머니는 태직이 군대를 간 후 우직을 집으로 데려왔다.

인천에서 돌아온 우직은 이미 공부할 기회를 놓쳤기에 학교를 다닐 수 없었다. 우직은 가사 일을 도왔다. 집에서 담배 농사를 지을 때 불을 때서 말리는 노랑초 담배가 힘든 일 중에 힘든 일이었는데, 이 일을 하느라 우직이 너무 애썼다.

우직은 좀처럼 입을 열질 않았고 우울해했다. 우리 입장에서는 남의 집에 있는 것보다는 낫지 않겠냐고 해서 데리고 왔지만 우직의 입장에서는 그렇지 않았던 것 같다. 인천에서 남의 집 살면서 나무도 하고 그렇게 어려운 일하면서 살았는데, 이제는 다 컸다고 일 시키려고 나를 데려왔나 하는 생각이 우직에게 있었다.

나는 미안한 마음과 속상한 마음이 교차되었다. 어머니와도 트러블

이 일어났다. 이러다 우직은 결혼을 했다. 질부는 속이 깊고 얌전했다. 두 사람 사이는 한 쌍의 원앙과도 같았다. 처가와도 잘 지냈다.

그때는 '방아다리양자'라는 게 있었다. 아들이 없어도 손자를 그냥 양자로 하는 제도였다. 아버지는 돌아가시면서 우직이를 양자로 하라고 유언을 하셨다. 그래서 아버지가 돌아가셨을 때는 우직이가 양손자로 상주가 되었다. 사촌 오빠는 자기 아들이 상주가 되지 못한 것을 섭섭해 했다.

어머니는 딸들에게 이런 말을 하셨다.

"너희들은 내가 없더라도 친정 삼아 우직이와 잘 지내고 왕래하여라. 우직이가 너희들한테 잘못은 안 할 것이다. 그리고 너희들이 힘든 일이 있을 때 절대로 친정에 기대지 마라. 누구한테도 남에게 기대면 안 된다. 홀로서기를 해야 한다."

어머니의 생각은 재산은 어떤 딸에게도 주지 않고 다 우직에게 넘겨주는 것이었다. 그것은 우리 딸들의 마음이기도 했다. 지금은 어머니가 넘겨 준 재산에 땅도 많이 보태어 동네 안에서는 탄탄하게 딸 형제에 아들 형제 낳고 잘 살고 있다.

우직 조카는 결혼해서 일 년 후 딸 현숙을 낳았다. 현숙은 똘똘하고 거친 듯하면서도 정이 많았다.

현숙이 대여섯 살 때로 기억한다. 친정 우리 집 앞 방죽 둑으로 웃 동래 동막 부락 아이들이 홍동초등학교로 줄을 지어 가고 있으면 현숙은 마당가에 서서 허리를 굽혔다 폈다 하면서, "야, 이놈들아. 너희들 어디 가? 왜 남의 집 앞으로 지나가는 거야?" 하면서 고함을 친다. 어머니는 깜짝 놀라 왜 욕지기를 하느냐고 야단을 치셨지만, 현숙이는 아랑곳하지 않았다.

결혼 후 나는 일요 집회를 마치고 나면 친정집에 들렀다. 어른들은 아무도 보이지 않고 현숙이 혼자 집에 있었는데 반갑게 맞아주었다. 현숙이는 "고모, 나랑 참외밭에 가서 참외나 따다 먹자."고 해서 참외 대여섯 개를 따서 맛있게 먹었다. 현숙이가 손님 대접을 제대로 할 줄 아는 걸 보니 손님 대접을 첫째로 쳤던 어른들을 보고 똑바로 컸다고 생각하고 뿌듯한 마음으로 돌아왔다.

현숙이도 어느새 오십 대가 된 것 같다. 우리 큰아들 희영이가 잠깐 대전에서 빵집을 할 때, 현숙도 대전에서 살았으므로 희영을 돕기 위해 먼 길에 차를 몰고 와서 빵을 사갔다. 현숙이 신랑은 공무원으로 잘 나간다. 현숙이도 직장 생활을 하고 아들딸 남매를 잘 키워서 공무원이 되었다 들었다. 희영은 지금까지 현숙을 고맙게 생각한다.

현숙이 밑으로 성규가 태어났다. 남자아이다. 어머니는 대를 이을 아들이라 무척 좋아하셨다. 성규가 결혼 후 딸 넷에 끝으로 아들을 하나 낳았다. 성규는 얌전하면서도 사람들한테 신임을 얻어 예산에서 공인중개업을 하는데 잘 된다 한다. 내가 결혼한 후 현미, 동규가 태어났다. 예산에서 성규, 동규, 현미 삼남매가 열심히 살고 있다.

어머니가 본을 보이셨고 내가 따라 살기로 약속했던 것을 나는 얼마나 지키고 살았을까? 비뚜로 십자가를 졌던 것일까? 잘 모르겠다. 노력을 한 것은 사실이었다.

누구든 정성을 다해 대접하라

어느 날부터 시동생이 아프기 시작했다. 폐암에 걸려 일 년 정도 고생했다. 지난날 시동생을 미워했던 것이 마음에 걸렸다. 나는 먹고 싶은 것 있으면 해주겠다 하고 그날부터 소고기 불고기, 돼지고기 주물럭, 생조기 조림, 닭고기 볶음을 해다 주었다. 시동생은 맛있게 먹었다. 그러던 중 시동생은 생을 마감하고 떠나갔다. 자식들은 하나같이 착실하여 공무원에, 큰 회사에 입사하여 걱정 없이 살고 있어 다행이다.

시할머니는 아흔 넷에 돌아가셨다. 그런데 시할머니는 여든 다섯부터 배변을 참지 못하셨다. 시냇물처럼 오줌을 싸셔서 10년을 기저귀를 차고 대변은 5년을 싸셨다. 솜 요에 오줌을 싸시니 감당하기 어려웠다. 그때는 세탁기도 없을 때인지라 솜 요에 오줌을 싸시는 게 감당이 안 되었다. 나는 담요로 요를 만들어 깔았다가 다라에 물을 받아 발로 밟아 빨았다. 그때 고모님이 오셨는데, 솜 요는 어디에 두고 담요를 깔아 드렸느냐고 하시면서 화를 내셨다.

고모님 심정이 지금은 이해가 된다. 고모님이 모두 네 분인데, 당신들이 돌아가며 한 달씩 모시기로 하고는 둘째 고모님이 먼저 한 달 모시고 돌아가며 모셨다. 한번은 막내 고모가 할머니와 함께 집에 오셨는데 얼굴에 멍이 두어 군데 들어 있었다. 고모부가 똥오줌 싸는 양반을 왜 데려 왔느냐며 고모한테 손찌검을 했다는 걸 나중에 알게 되었다. 그 후로는 질부 애쓴다며 고맙게 생각하셨다.

시어머님은 일흔 셋에 보름 정도 편찮으시다가 쉽게 돌아가셨다. 시어머님은 살아생전 독립심 없는 자식들로 속을 많이 썩으셨다. 그러나 돌아가신 후에는 둘째 집 손자 손녀가 오히려 할머니 살아생전 보다 다 자립해서 걱정 없이 살고 있어 다행이다.

나는 어머니가 가르쳐 주신 손님 대접이나 남에게 폐 끼치지 않는 독립심만은 끝까지 지키려고 노력했다. 결혼 후 할머니를 모셨고, 시어머님과 시누이, 시동생, 조카 둘까지 대식구였으며, 드나드는 손님 또한 많았다. 그 옛날 승애, 승심 언니가 토정비결을 보기 위해 찾아온 손님들에게 그랬듯이, 나도 손님이 오시면 정성을 다해 대접하려고 했다. 꼭 집에서 밥을 지어 대접했다. 식당에 가서 대접하는 일은 없었다. 내가 준비한 음식을 손님이 맛있게 드시면 마음이 흐뭇했다.

장날마다 오시는 고모님 내외분이 계셨다. 장날에는 약국도 무척 바쁘다. 남편을 도와 약국을 같이 해야 했던 나도 약국을 떠날 수 없을 정도로 바빴다.

그러나 시할머니가 "집에 들어와 밥해서 고모부 드려라." 하시면 얼른 접고 들어가야 했다. 남의 눈 밖에 나지 않는 행동을 해야 한다고 배웠던 나는 얼른 들어갔다. 고모부님은 국수 같은 간단한 음식은 드시지 않아 한상 가득 밥상을 차렸다.

남편은 우동이나 이런 간단한 것 사드리고 얼른 돌아와 약국을 보라고 했다. 손님 다 놓치는데 이게 뭐냐고 그것을 못마땅해 했다. 그러나 고모부는 집에 오시면 드러누우시고는 한 상 챙겨 드시고 가셨다. 고모부 때문에 나만 맨날 혼났다.

고모님 내외분들이 일부러 질부를 괴롭히려고 찾아오시는 것은 아니었다. 그 때는 오히려 아는 사람이 사는 곳 근처에 갔는데도 찾아가지 않으면 결례로 여겼다. 아는 사람이 있으면 찾아 들어가 인사도 하고 술도 마시고 밥도 먹었다.

예산에 사시던 고모부는 피부가 나빠서 홍성읍내에 있는 피부과에서 치료를 받으셨다. 피부과는 바로 우리 집 옆에 있었다. 한번 다녀가실 때면 10시쯤 우리 집에 오셨다. 고모부는 대하 같은 해물을 좋아하시는 분이었다. 평소 냉동실에 해물을 놓아 두었다가 고모부가 오시면 큰 냄비에 해물 요리를 해서 술상을 차려 드렸다. 10시면 아직 점심을 먹기 이른 시간이라 그렇게 술하고 같이 드리면 아주 맛있게 드셨다.

대접하는 것이 힘든 것은 사실이었지만 정도 붙었다.

하늘에 닿은 기도

어머니가 여든 되던 초하룻날에 홍북 외할머니 성묘를 가셨다가 우리 집에 들르셨다. 잠시 이야기를 나누었는데 많이 편찮으시다며 홍동 집으로 돌아가셨다. 병 증세가 점점 심해졌다.

우리 사형제는 한 자리에 모여 어머니를 어떻게 모실까 의논했다. 큰언니가 이제부터 어머니의 간호만큼은 다른 사람에게 맡기지 말고 우리 사형제가 일주일씩 돌아가며 하자고 했다. 큰언니는 대학생이 둘에 고등학생을 하나 둔 엄마였다. 집을 하루라도 비울 수 없는 상황이었는데도 큰언니는 7개월 동안 어머니 간호에 헌신했다. 조카들은 저희들이 밥해 먹고 살림해 가며 학교에 다녔다. 형부는 부모는 한 번 가시면 돌아오시지 않는데 빨리 가서 간호하라고 뒤에서 밀어 주셨다.

둘째 승심 언니 역시 7개월 동안 헌신했다. 어떻게 그럴 수 있었는지. 4남매 자식들은 저희들끼리 살림을 해가면서 학교를 다녔고, 형부 역시 불평 없이 밀어주었다. 두 언니는 일주일을 번갈아가며 7개월 동안 어머니를 간호하며 헌신했다.

그러나 승진 언니와 나는 그러지 못했다.

그때 당시에 승진 언니는 빚이 천만 원에 대학을 다니고 있는 자녀가 셋이었다. 육남매 중 막내 승표는(10년 만에 낳았음) 겨우 다섯 살이었다. 언니는 학비를 대야 했고 집에 있던 빚도 갚아야 했다. 그 빚은 신앙생활과도 관련된 것이어서, 빚을 갚지 못한다면 기독교인들을 욕먹이는 결과가 되기 때문에 미룰 수 없었다. 언니는 뛰고 또 뛰었다. 어머니를 잠깐씩 들여다보는 것도 어려웠다.

나 역시 당시 열두 식구에 약국과 살림집이 떨어져 있어 일주일씩 홍동 집에서 어머니를 돌볼 수가 없었다. 일주일에 세 번씩 밤에 갔다가 새벽에 돌아오는 것이 내가 할 수 있는 최선이었다.

나는 큰언니한테 혼나기 일쑤였다.

"돈은 벌어 무엇에 쓸 거냐? 부모는 한 번 가시면 그만인데."

어머니는 이제 다시 회복의 불가능함을 깨닫고 내세에 관하여 깊이 생각하고 계셨다. 어머니는 눈도 보이지 않는 상태에서 성경을 이리 뒤지고 저리 뒤지고 계셨다. 승심 언니는 어머니에게 이제는 늦었다며 성경을 뒤지는 것보다는, 예수님을 믿기만 하면 된다고 하였다.

어머니는 언니에게 "구원에 대해 언제부터 알았냐?"고 물으셨다.

그러자 언니는 지체 없이 "어머니가 나한테 성경 본다고 야단치실 때 그때 알았다."고 대답했다.

언니는 어머니를 간호하며 성심껏 기도했다.

"어머니의 영혼을 구해 주시기를!"

어머니는 믿음에 도움이 될 만한 사람이면 다 부르셨다. 임종을 얼마 앞둔 어머니에게는 신앙을 확실히 깨달은 사람이 필요했다. 처음에는 주옥로 선생님, 다음은 천주교 신부님, 또 대천에 계신 유원상 선생님도 부르셨다.

유원상 선생님은 미워하는 사람이 있느냐고 물었다.

"다 용서하세요. 다 용서해야 하나님께 용서를 받을 수 있습니다."

어머니는 미워하는 사람이 있는데 용서하기가 어렵다고 하셨다.

"나는 용서를 못합니다. 나를 이 지경으로 만들고, 날 버리고 간 그 사람을 어떻게 용서를 합니까? 나는 그 사람을 용서할 수 없습니다."

그때서야 알 수 있었다. 어머니가 첫사랑을 얼마나 사랑하고 그리워했는지를.

어머니는 "내가 죽을 때는 너희들이 내 옆에서 지켜 달라."고 당부하셨다. 그러나 효심 많은 승애 언니만 지켜보는 가운데 어머니는 홀홀히 떠나가셨다. 7개월 투병 후, 음력 7월 25일이었다.

돌아가신 날, 내가 가 보니 어머니의 얼굴이 생전의 모습과는 달랐다. 빛이 났고 평화스러운 미소를 띤 얼굴이었다. 나는 어머니의 그 마지막 얼굴이 지금도 잊혀지지 않는다. 승심 언니의 기도를 하나님께서 받아 주신 것으로 우리는 생각했다. 언니가 젊은 나이에 성경을 많이 보았던 것이 얼마나 귀한 일이었나 이제는 알 수 있을 것 같다.

승심 언니는 어렸을 적부터 신앙이 남달랐다. 장암에 걸려 오랫동안 요양을 하시던 형부가 5년 전에 세상을 떠나셨다. 임종하시던 날 형부는 하늘나라가 보인다고 하시며 평안한 모습으로 가셨다. 오랜 투병 생활을 했지만 그 가운데에서도 언니의 기도가 상달되어 천국에 가신 것으로 우리는 생각했다. 언니는 정말 큰일을 한 것이다.

사람이 온 천하를 얻고도 생명을 잃으면 무슨 소용이 있느냐 하신 예수님 말씀이 생각난다. 두 사람의 영혼을 구하는 데 큰 역할을 한 승심 언니 위에 하나님의 축복이 있기를.

나의 자식들

하나님은 내게 사남매라는 귀한 자식을 주셨다. 사랑을 주고 또 사랑을 받을 수 있는 자식을 주신 하나님께 감사한다.

결혼 후 얻은 첫째 아이가 희영이다. 나는 희영이가 세 살 때까지는 희영이를 업고 무교회 집회에 다녔다. 내가 처음 교회를 나갔을 때 주옥로 선생님이 목사님으로 계셨다. 그런데 주 선생님이 교회를 그만두시고 후임으로 오신 목사님은 주 선생님과는 질적으로 떨어졌다. 그래서인지 교회에 대한 인식이 좋지 않아 내 아이들을 무교회 집회가 아닌 다른 교회에 보내기가 싫었다. 그러나 무교회에는 어린이 집회가 없었다. 이러다 보니 아이들이 어른 집회까지 연결이 안 되고 믿음 생활에서 멀어졌다.

희영이는 홍주중학교를 졸업하고 고등학교는 풀무학교를 나왔다. 대학에서 제과제빵과를 전공하고 취업을 했다. 그런데 일이 너무 고되었다. 밤 12시가 넘어 퇴근하고 다음날 새벽 6시 출근인데, 집하고 직장이 떨어져 있으므로 잠자는 시간은 5시간도 채 안 되었다.

하루는 희영이 집에 왔다. 도저히 이 일을 못하겠다는 자식 이야기에 어떻게 해야 하나 고민이 되었다. 여러 번의 생각 끝에 이 고비를 넘기지 않으면 안 될 것 같다는 결론을 내렸다. 나는 단호히 희영에게 말했다.

"네가 선택한 길인데 이것을 그만두면 무엇을 할 것이냐. 어떤 일이고 어렵지 않은 일은 없다. 그렇다고 남에게 폐를 끼치고 살 수도 없는 것이고, 어렵더라도 참아야 한다."

모진 소리로 희영이를 되돌려 보냈다. 돌아가는 자식의 뒷모습을 바라보는 내 가슴은 미어졌다.

희영이는 그 후 마흔에 퇴직하고 대전에 빵집을 차렸는데 또 문제가 생겼다. 그 빵집은 크라운베이커리였는데 주변에 뚜레주르, 파리바게트가 서너 집 또 생겼다. 2억 들여 시작한 사업이었는데 우리는 밤잠을 설치면서 고민하다가 떡 가게를 해보기로 결정했다. 한 달 정도 열심히 떡 만드는 법을 배웠다. 희영은 성격이 고지식하여 수단을 부리지 않았다. 떡 무게도 속이지 않고 양심적으로 하다 보니 사람들한테 인정을 받았다.

혼자서 자립을 하려고 애를 많이 쓰던 희영은 서른이 넘어 결혼했다. 며느리의 첫인상은 명랑 쾌활하고 마음씨가 좋아 보였다. 첫인상과 같이 성격이 원만하고 일솜씨 또한 좋아서 무슨 일이든 뚝딱 잘 해치웠다. 희영이의 고지식함과 성실함, 며느리의 시원시원함과 후덕함으로 사람들에게 신임을 얻어 상업을 잘 이끌어 나가고 있다.

결혼하고 이듬해에 손자 규진이가 태어났다. 엄마를 닮았다. 기억력이 좋아서 두 돌 지나 숫자를 잘 알아 맞추더니, 세 돌이 지나면서는 약국에서 남편이 약을 짓는 걸 보고 저도 하겠다고 의자 위에 올라서서 천 가지가 넘는 약 중에 처방전에 나온 약을 척척 꺼내 놓는 것이다. 남편은 신동이 태어났다며 기뻐했다.

3년 후에 둘째 손자 성민이가 태어났다. 성민은 아빠의 체형을 닮아 키가 크고 날씬하다. 살결도 곱다. 무슨 옷을 입어도 잘 소화해 낸다. 의상 디자이너가 되고 싶단다. 규진이가 여섯 살 때 유치원에 가게 되었는데, 며느리는 교회에서 운영하는 유치원에는 안 보내겠다고 했다. 신앙인답지 못하게 사는 나에 대한 불신이었을까? 기독교인이라고 하는 사람들의 진실성 없음에 회의를 느낀 탓일까? 만감이 교차되었다.

남편은 맏손자인 규진이를 우리 집의 보물로 여긴다. 우리 부부가 일생 고생해서 장만한 약국을 규진에게 물려준다고 한다.

어느 날 규진에게 내가 이런 말을 했다.

"나는 건강이 나빠서 얼마 못 살 것 같은데, 내가 죽으면 할아버지는 네가 모셔라. 할아버지는 너를 가장 사랑하니까."

그러자 규진이는 이렇게 대답한다.

"할아버지를 제가 왜 모셔요, 아빠가 모셔야죠."

아직 어린 마음에 그렇게 대답했겠지만, 할아버지의 사랑을 짐작하지 못하는 게 좀 서운하기도 했다. 규진이도 훗날 아빠가 되면 할머니가 했던 말이 무슨 뜻이었는지 이해할 수 있으리라.

젊어서 고생을 많이 한 희영이 좋은 동반자를 만나 어엿한 가정을 꾸리고 가게도 사람들의 신임을 얻어 이끄는 모습이 보기 좋다.

둘째 진영이는 어려서부터 내성적이었다. 큰 고생하지 않고 자란 것이 문제가 되었다. 온순한 성격은 좋지만 유약한 것이 마음에 걸렸다. 어려서는 엄마 따라 무교회 집회에 다녔고 대학 1학년까지도 집에 오면 나를 따라 집회에 참석했다. 아들과 함께 집회를 다니는 게 좋았다.

어느 겨울, 홍동에서 열린 무교회 전국 집회에 진영과 함께 참석했다. 전국에서 집회원들이 모인 자리였기에 자기소개 시간이 있었다. 무교회 집회원의 학력 수준은 높았고 대학교수 아니면 고등학교 교사분이 많았다. 진영은 신구전문대 사진과를 다니고 있을 때였다. 홍순명 선생님께서 안경과를 추천하셨지만 남편은 사진과를 보냈다. 그런데 사진과는 예술적인 감각이 있어야 했다. 잘 맞지 않는 것 같았다. 여하튼 집회원과 저와는 수준 차이가 나는 것으로 생각해 걸려 넘어졌다. 그 후로는 집회 참석을 하지 않았다.

대학 졸업 후 경찰 시험을 보게 되었는데 공부도 하지 않고 본 시험이 합격하여 경찰 공무원이 되었다. 처음 발령 받고 집에 왔는데 걱정이 많았다. 경찰 공무원은 비리가 많다 하는데 저와는 맞지 않아 왕따 당할까 하는 것이다. 그 후에 집에 왔는데 여지껏 차 한 잔 사 주는 사람이 없었다며 걱정 안 해도 되겠다고 해서 나도 마음을 놓았다.

진영은 경찰서에서 일주일이면 두 번 정도 밤샘 근무를 한다. 내가 서울 병원에 가끔 가는 날이면 다른 대원과 근무를 바꾸어 마중 나와 병원에 차로 데려다 주고 점심 사 주고 집에 오는 기차까지 태워 주고 돌아간다. 야간 근무하고 낮잠도 못 자고 피곤해 하면서도 짜증내지 않는 진영을 보면 아무리 자식이지만 고마운 생각이 든다.

진영은 서른다섯 살 때 결혼을 했다. 사남매 중 가장 늦은 나이였다. 결혼하고 일 년 후 손자 준서가 태어났다. 준서는 고집이 세고 개성이 뚜렷하다. 마음씨가 유한 자기 아빠를 엄청 좋아해서 늘 붙어 다닌다. 삼촌들은 준서를 '아빠의 껌딱지'라고 놀린다. 준서는 홍성에 오면 핸드폰도 하고 텔레비전도 보느라 새벽까지 잠을 안 자고 다음날 늦잠을 잔다. 할머니가 해 주는 반찬은 제 입맛에 안 맞는다며 라면을 끓여달라는 게 일쑤다. 이런 일로 걱정이 된다. 그런데 준서는 손재주가 좋아 학교에서 열린 마징가 조립 기능 대회에서 최우수상을 탔다고 한다. 과학과 수학 실력도 우수하단다. 지난 여름 휴가 때 다녀갔는데, 전보다 훨씬 말도 잘 듣고 고분고분해진 준서의 모습이 기특했다.

진영의 딸 민서는 성격이 차분하고 손재주가 좋다. 외손녀인 나영이와 죽이 잘 맞는다. 종이 접기, 그림 그리기, 피아노 치기 등 재주가 많고 엄마 아빠 말도 잘 듣는다. 학교 성적도 좋다 하니 다행이다.

둘째 며느리 준서 엄마는 서울 집 근처에 있는 교회에 나간다. 교회 반사도 하고 봉사 활동도 많이 한다 들었다. 진영은 무교회 집회를 다니다 말아서 늘 마음에 걸렸는데, 신앙으로 열심히 사는 며느리가 곁에 있으니 언젠가 하나님께 돌아갈 수 있기를 기도한다.

덕영이는 셋째 아들이다. 초등학교 때서부터 활동적이고 친구들과 잘 어울렸다. 친구 중에 다리에 장애가 있는 친구가 있었는데 다른 친구들이 그 친구의 다리를 걸어 넘어뜨리는 일이 종종 있었다. 그럴 때마다 덕영이는 그 친구의 바람막이가 되어 주었다. 만일 또 이런 일이 있으면 자기한테 이야기하라 하여 괴롭히는 친구들을 혼쭐내 주었다. 그 아이 엄마를 우연히 길에서 만났는데 눈물을 흘리며 내게 고마워했다. 초등학교 6학년 성적표 표지에는 이렇게 쓰여 있었다.

"정의감이 있음, 친구들 간에 인기가 좋음."

덕영은 홍주중학교를 졸업하고 풀무학교에 입학했는데, 풀무에 입학하면서 많이 방황했다. 풀무는 농업학교인지라 60퍼센트는 공부하고 40퍼센트는 농사일을 했다. 이렇다 보니 보통 머리로는 대학 가기가 어려웠다. 학교의 취지와 덕영의 생각은 차이가 있었다. 모내기철이면 여러 날 학생들이 모를 심어야 했고, 가을 추수, 화훼, 텃밭 가꾸기 등 학생들이 여러 가지 일을 했다. 이 학교에서 특수한 학생이 아니면 대학의 문턱은 너무 높았다. 대학을 가고 싶었던 덕영은 단번에 못 들어가고 힘들게 대학 문턱을 밟았다. 칠전팔기란 말은 덕영을 두고 한 말인 것 같다.

대학 입학 후 강의가 끝나면 곧장 도서관으로 가서 영어 공부와 교양을 위한 독서로 시간을 보냈다. 이리하여 지방대에서 서울권 대학 편입 시험에 도전하여 성균관대, 세종대 등 몇 학교에 합격했다. 그 중에 세종대 관광경영학과가 적성에 맞는다 하여 세종대를 나왔다. 대학 4학년 때 철도직 공무원 시험에 합격, 일 년 후 충남직 공무원에 다시 시험을 봐서 합격, 그 후에 서울시 공무원 시험에 또 합격하여 지금은 서울시청에 근무한다.

지난 12월에 해외 파견 근무 공무원으로 선발되어 영국에서 2년 동안 일하게 되었다. 파견 국가가 여럿 있는데, 영국이 제일이고 그 다음으로 미국과 캐나다 순이라고 한다. 많은 시청 직원 가운데 일등으로 발탁되었다 하니 영광이다.

덕영은 결혼하여 아들을 하나 두었다. 덕영의 아들 지훈이는 착하고 성실하며 머리도 명석하다. 핸섬보이는 아니지만 여자 친구들한테도 인기가 좋다 한다. 며느리는 고등학교 도덕 교사다. 덕영이가 논문 쓸 때 많은 도움을 주었다고 들었다.

며느리는 서울 소망교회에 나가고, 덕영은 우리 집에서 유일한 무교회 집회원이다. 부디 덕영과 며느리 모두 하나님과 동행하며 소통하는 삶을 살았으면 좋겠다. 젊어서부터 하나님과 동행하는 삶을 사는 것이 얼마나 복된 삶인가 생각한다.

막내 수희는 우리 집의 유일한 딸이다. 어렸을 때 피아노 과외를 필수로 생각하여 시켰는데, 재미를 느끼지 못하고 하기 싫어해 그만두었다. 음악보다는 미술에 소질이 있는 것 같았다.

수희가 고등학교 2학년 때, 남편에게 미술쪽으로 진로를 잡고 공부를 시켜야겠다고 말했다. 남편은 너무 늦었다고 반대했다. 하지만 나는 수희가 좋아하는 걸 하게 해야 한다고 남편을 설득했다. 결국 미술 공부를 하게 되었고, 늦게 시작했지만 미술 대회에 나가 입상을 여러 번 했다. 이리하여 대학에서 산업디자인과를 공부했는데 재미를 느끼며 잘했다. 대학교 4학년 1학기가 끝나고 50대 1의 경쟁률을 뚫고 디자이너로 뽑혀 정보통신회사에 입사했다.

손재주가 많은 수희는 기계 조립에도 재주가 있어 승진 언니 막내

아들 승표 초등학교 때 과학 숙제를 도맡아 해 주었다. 정보통신회사 디자이너로 일하면서 전국 우체국 천장과 바닥 디자인을 했고, 우체국 배지도 수희의 디자인이다. 퇴직하여도 디자인으로 생계에 큰 보탬이 될 것 같다. 손재주 없는 우리 부부 사이에 이러한 일이 일어날 줄 몰랐다. 돌연변이다. 하나님이 주신 특혜다.

수희는 결혼해서 딸 하나를 두었다. 이름은 나영이다. 나영은 저희 엄마 손재주를 닮아 미술과 종이 접기, 피아노, 도예 등에 재주가 다양해 손이 쉴 새가 없다.

몇 해 전에 수희는 딸 나영과 함께 자연과 더불어 생활하고 싶다며 나영이를 홍동초등학교에 전학시키고 우리와 2년을 함께 살았다. 손재주 많은 나영이는 집안을 늘어놓는 데도 명수였다. 자신의 재주를 펼치느라 그랬겠지만, 남편과 단 둘이 살던 집안이 정신없어지니 어려운 점이 있었다. 눈치 빠른 나영이는 외할머니와 동이 나서 잘 따르지도 않고 우울해하는 것 같았다. 그렇게 지내다 서울 자기 집으로 돌아갔는데, 얼마 전에 온 나영이를 보니 홍성에 있을 때보다 훨씬 명랑한 모습이었다. 사람은 사랑을 먹고 사는 존재라는 걸 알았다. 나영이에게 미안하게 생각한다.

나는 나영이를 볼 때마다 가엾은 생각이 든다. 내가 괴롭고 어려운 일이 있을 때마다 언제나 달려오는 언니들이 있어서 사는 동안 큰 힘이 되었다. 요즘 젊은 사람들은 아예 결혼 자체도 꺼리는 추세라지만, 형제가 없이 홀로 지내는 나영이를 보면 안타까울 때가 많다.

막내 사위는 한국 석유회사에 근무한다. 머리 좋고 일솜씨도 좋다.

깔끔한 성격이어서 집에 가보면 살림이 잘 정돈되어 있다. 수희는 어려서부터 고생을 모르고 공주처럼 컸다. 그렇게 키우고 싶진 않았지만 어쩌다 보니 그렇게 됐다. 그러나 손재주와 음식 솜씨는 좋아서 수희가 한 음식을 사위는 맛있게 먹는다고 한다. 하나님은 누구나 한 구석을 비우게 만드시나 보다. 빈 구석을 서로가 채워 주며 사는 것이 피차간에 할 일인 것 같다.

수희는 기독교를 싫어한다. 교회 다니는 많은 사람들의 진실치 못한 생활상을 보고 기독교를 부정한다. 수희는 열심히 돈을 모아 사랑하는 딸 나영이에게 많은 재산을 물려주겠다고 한다. 나는 이 말을 들으면 어딘지 모르게 허전함을 느낀다. 돈이 행복을 가져다 주는 큰 요소가 될 수 있는가. 『내촌 전집』에는 "고난이 축복"이라는 말이 많이 나온다. 내촌 선생도 많은 고난을 통해서 세계적인 인물이 되었음을 알 수 있다.

나는 내 자식들의 불신을 가끔 이렇게 생각한다.

'내 불신이 대물림이 된 것이다.'

수희와 함께 살 때, 수희는 일요일이면 예배 장소까지 나를 차에 태워다 주고는 집으로 돌아갔다. 나는 차를 몰고 떠나는 수희를 보면서 함께 예배드리고 가면 얼마나 좋을까 안타까웠다. 수희는 하나님을 멀리 떠나는 게 자유를 얻는 길인 줄 아는 것 같다.

그래도 희망을 느낀다. 수희가 나를 매주 예배 장소까지 태워 준 것을 나는 크게 생각한다. 그것은 하나님의 배려가 아닐까?

나는 우리 어머니의 착실함과 유달랐던 독립심이 대물림되어 손자들에게까지 그 영향이 미치지 않았나 생각한다. 나의 세 언니들은 숱한 노력과 고생을 겪으면서 자식들을 키웠기 때문에 강인해지는 데 도움이 많이 되었다고 생각한다. 그런데 우리 자식들은 고생 속에서 얻을 수 있는 하나님의 사랑을 깨닫지 못하여 유약한 면이 있는 것이 사실이다. 여기에는 나의 부족함이 크다. 우리 자식들이 하나님께서 사랑하시고 인정받는 아이들이 되길 빌 뿐이다.

하나님이 우리 사남매와 그 식구 모두를 돌보아 주신다는 걸 나는 느낀다. 그래서 늘 이렇게 기도를 드린다.

"돌아오라, 아버지의 품으로. 이 길만이 사는 길임을 깨닫고!"

나의 신앙

자식들은 가정을 꾸려 제 갈 길을 가고 있고, 이제 우리 부부만이 남게 되었다.

나는 건망증이 심해졌다. 가스 밸브 잠그는 것을 잊어버리는가 하면 곰국도 더러 태운다. 집 열쇠를 잠그지 않고 나갈 때도 있다. 이런 일들로 남편에게 야단을 맞을 때가 있다. 그런데 자식들은 엄마의 이런 단점을 뻔히 알면서도 나름 엄마를 끔찍하게 여긴다.

자식들의 말로는, 엄마는 독립심이 강하고 남을 배려하며 공짜를 싫어하고 젊은 여성들한테 기대 못할 일들을 잘 감당한다고 한다. 자식들이 고맙다. 자식은 품 안에 자식이지 짝 지워 주면 남 된다 하는데, 나의 자식들은 엄마를 극진히 사랑한다. 부모가 늙어 가고 이별의 날이 가까워지는 것을 못내 아쉬워한다.

남편은 자식들이 엄마를 더 좋아하는 것을 서운해하는 눈치였다. 건강하던 남편이 성대에 고장이 생겨 한동안 고생하다가 서울 세브란스 병원에서 성대 쪽의 권위자인 최홍식 박사한테 수술을 받았다. 수술이 잘 되어 완전히 회복되었다. 수술하던 날, 자식들이 휴가 내고 며느리와 손자도 모였다. 돈도 많이 가져와 수술비 치르고도 많이 남았다. 자식들이 아버지한테 무관심하지 않음이 확인된 셈이다. 그 뒤로 남편 마음이 편해진 것 같다. 요즘은 가족들의 웬만한 실수는 덮어 준다.

남편은 건강한 체질과 치밀한 성격으로 물샐 틈 없이 약국을 경영했다. 장부와 약 재고 정리도 어찌나 꼼꼼하게 하는지 빈틈이 없었다. 사업을 훌륭하게 이끌어 간 남편 덕분에 우리 식구들이 경제적으로 커다란 어려움 없이 여기까지 올 수 있었다. 친정 식구들이 어려울 때 남편의 도움이 큰 역할을 했던 때도 많았다.

남편의 꼼꼼하고 치밀한 성격은 사업에서는 큰 장점이었지만, 일상생활에서는 나를 힘들게 하는 부분도 있었다.

우리 살림집은 2층인데, 한여름에는 무척 덥다. 벽이 두꺼운데 종일 햇볕을 쬐어 저녁에 집에 들어가면 무척이나 더워서 창문을 열면 남편은 잽싸게 닫아 버린다. 먼지가 집에 들어오면 집을 버린다는 것이다. 새벽이슬에 지면이 젖어 있을 때만 잠깐 창문을 열 수 있었다.

또 집을 짓던 첫 해에는 환경 호르몬 때문에 숨 쉬기가 답답해 곤욕을 치렀는데, 이때도 창문은 열지 못했다. 이렇게 빈틈 없는 남편의 성격은 장점이면서 단점이다.

나는 결혼할 때 신앙의 자유를 준다면 그 외의 것은 다 순종하겠다고 했고, 남편은 신앙의 자유를 줄 것을 약속하고 결혼했다. 남편은 이 약속만큼은 확실히 지켜 주었다.

그러나 남편은 신앙을 가질 생각은 없었다. 더구나 신혼생활 때 남편은 나를 많이 힘들게 했다. 돌이켜 보면 어려운 시간들이 많았지만, 그래도 한평생 곁을 지켜 준 남편에게 감사하다. 남편을 위해 날마다 기도를 드린다.

"우리 인생길도 얼마 남지 않았습니다. 남편의 영혼을 구해 주소서. 나를 사랑하지 않든 사랑하든 남편이 불구덩이 지옥 불에 떨어지는 것은 원하지 않습니다. 그의 영혼을 구해 주소서."

나는 신앙하기에 좋은 환경에서 살았다. 여덟 살 때 처음 주옥로 선생님 교회를 나가면서 제대로 된 신앙을 접할 수 있었다. 그 후 줄곧 내 신앙생활의 줄거리는 무교회 일요집회와 독서모임이었다.

해마다 여름과 겨울 두 차례 무교회 전국 집회가 열렸는데 지금도 잊혀지지 않는 겨울 집회 때 기억이 있다.

내 나이 열 다섯 살이었던 것 같다. 서울에서 부산까지 전국 곳곳에서 집회원들이 모였다. 노평구 선생님을 비롯하여 송두용, 함석헌, 유희세, 최태사, 이찬갑, 박석현, 국희종, 노연태, 유원상, 김애은, 송문호, 김봉국, 유정식, 유달영, 송인호, 권태주, 성정환 형제, 배명수, 김정환, 한병덕 그 외 많은 선생님들이 참석하셨다. 홍동에서 참석한 사람은 주정욱, 주정하, 주임로, 이승심, 이승진, 주연숙, 이하익, 주임로 씨 어머니, 우리 어머니 그리고 나 등등이었다. 이렇게 모인 사람이 모두 70~80명은 되었던 것 같다.

집회의 첫 시간은 노평구 선생님의 강의였고, 이 날은 이찬갑 선생님께서도 강의를 하셨다. 이찬갑 선생님이 당시 서울에서 열렸던 '춘원 이광수의 밤'이라는 제목의 행사에 다녀오셨는데, 이광수 씨가 변절하여 친일파가 된 것에 대한 울분을 토로하시던 모습이 기억에 남는다. 홍순명 선생님의 강의도 기억나는데, 우리나라 역사속에서 일어났던 일들을 하나하나 예로 들며 우리 민족이 신앙으로 일어선다면 희망이 있다고 하셨다. 다들 명강의라면서 환호하던 기억이 난다.

당시 나는 어린 나이였지만, 무교회 전국 집회에 참석하면서 훌륭한 선생님들의 말씀을 들으며 알게 모르게 신앙의 힘을 배워나갔던 것 같다.

무교회 집회에서 여러 선생님들의 상의 하에 주옥로 선생님과 이찬갑 선생님이 풀무학교를 설립하셨다. 두 분을 비롯해 초창기 학교에 근무하셨던 선생님들의 고생은 말로 표현할 수 없는 고난의 가시밭길이었다. 경제적인 어려움도 너무 컸고, 학교를 이끌어 가는 과정에서 벌어지는 의견 차이로 정신적인 어려움도 그분들을 엄청 힘들게 했다고 짐작한다. 그런 상황에서 할 수 있는 유일한 것은 기도뿐이었다. 이런 속에서 여러 선생님들의 신앙이 많이 자랐던 것은 사실일 것이다.

숱한 어려움을 겪으면서도 지금까지 풀무가 살아남은 것은 그러한 분들의 헌신 때문이라고 생각한다. 믿음의 끈을 놓지 않고 헌신한 분들의 고생이 지금의 풀무를 만든 밑거름이 되지 않았을까.

그런데 최근 무교회 집회에 여러 선생님들의 모습이 보이지 않는다. 학생들에게 믿음의 씨앗을 뿌려 줄 수 있는 사람은 누구보다 교사일 텐데, 풀무의 정신적 토양이 힘을 잃게 되지 않을까 걱정이 된다.

독서모임은 성경과 훌륭한 믿음의 삶을 사신 분들의 신앙 전집을 읽는 모임이다. 일주일에 한 번 만나는데 어느새 30년이 넘었다. 하나님의 특별한 배려에 감사의 기도를 드린다. 하나님이 모임을 통해 하나님 아버지께 가까이 나아갈 수 있는 통로를 열어 주셨다고 믿는다.

독서모임은 다섯 명이 함께 하는데, 그 중 세 사람은 젊어서부터 엄청난 고생을 해온 사람들이다. 다른 두 사람은 남편들이 약사다. 앞 세 사람은 무엇인가 많이 깨달은 삶을 살고 있다. 믿음의 토대 위에 바로 선 것을 느낀다. 하나님과 많은 대화를 하고 있음을 느낀다.

그러나 나는 깊이 있는 기도를 못했다. 같이 모임을 하는 분들과 비교를 해도, 신앙 전집을 읽으며 만난 신앙 선배들과 비교해도, 나는 하나님과의 대화가 서툴렀다. 절박한 고난의 삶을 맛보지 못한 때문에 깨달음이 미미했던 것은 아닐까. 절실한 하나님과의 대화가 이루어지지 않는 것은 이 때문인 것 같다. 고난이 축복이란 것을 증명하듯이!

나는 어디서 왔으며 어디로 갈 것인지 확실한 믿음도 없다. 그러나 나의 인생길에 하나님 아버지께서 개입하시어 이끄신다는 걸 희미하게나마 느낀다. 하나님의 이끄심이 없었다면 믿음의 형제들 대열에 끼어 있을 수가 없었을 것이다.

나의 생애의 절반은 병고 속에 살았다. 사람이 나고 죽는 것이 하나님의 뜻일진대 건강 역시 하나님의 간섭에 의함이 아니겠는가. 나는 여지껏 기도다운 기도를 해보지 못했고, 불신 속에서 헤매는 상태다. 이스라엘 민족이 가나안 복지를 향해 나아갈 때 13일이면 갈 수 있는 길을 40년을 광야에서 헤매고 그곳에서 호된 훈련과 채찍으로 인도하시는 출애굽기 기사가 생각난다.

"불신 속에서 헤매는 형편없는 나를 불쌍히 여겨 이끄시고 채찍질로 인도하시는 하나님 감사합니다. 원하옵기는 남편과 자식들 모두 하나님의 자녀로 인도해 주시고 가나안 복지로 골인할 수 있기를 빕니다."

둔하고 답답한 나를 이끌어 주신 하나님께 감사를 드린다.

신앙의 자유를 주겠다는 약속을 잘 지켜 주고 가족들을 착실히 지켜 준 남편에게 감사하다.

일방적인 하나님의 은혜로 여기까지 왔다. 앞으로 이 세상 사는 동안 성경 읽기에 게으르지 않고 마음의 문을 활짝 열어 아버지와 소통할 수 있기를 간구한다.

감사와 기쁨을 맛보면서 살다가 하늘나라에 가고 싶다.

화보

친형제처럼 자란 이복 언니가 넷이었다. 우리 어머니
는 이복 언니의 자녀들이어도 친손주들에게 하는 것
보다 오히려 더 정성껏 하셨다. 이복 둘째 언니의 딸
(뒷줄 왼쪽)과 넷째 언니의 딸(앞줄 왼쪽), 둘째 언니의
아들(앞줄 오른쪽) 그리고 나(뒷줄 오른쪽). 나는 고등
학교를 졸업하고 결혼 전이었다. 이 사진이 내가 가
지고 있는 가장 오래된 사진이다.

나의 시아버님과 시어머님. 시아버님은 명석하고, 효성
이 지극한 분이셨다.

남편 대학 졸업 사진.

약혼 사진. 주옥로 선생님이 오셔서 말씀도 해 주시고 잔치처럼 약혼
식을 올렸다. 솜씨 좋으셨던 어머니는 "이승자 임준홍 약혼"이라는
문구를 떡에 만들어 주시기도 했다.

4월 5일, 홍동면 구정리 친정 안마당에서 올린 결혼식. 우
리 집에서는 당시 예식장에서 식을 올리는 일은 사치라고
여겼다. 결혼식은 전통 혼례가 아니고 예배로 드렸다. 맨
왼쪽에 흰 양복을 입으신 분이 송두용 선생님이다. 결혼
식을 마치고 남편이 결혼식에 참석한 선생님들의 말씀이
좋았다고, 의미 있는 결혼식이었다고 했다. 당시에는 흔치
않았던 약사 신랑을 얻었다며 결혼식을 보러 온 동네 사
람들 모두 축하해 주었다.

주옥로 선생님께서 주례를 서 주셨다.

어머니와 형제들 모두 함께 나들이를 간 적이 한 번도 없었다. 내가
주선하고 남편이 경비를 대주어 언니들과 형부들, 어머니 모시고 춘
천 남이섬으로 나들이를 갔다. 언니들은 각자 음식을 준비해 가지고
왔다. 맨 왼쪽부터 승애 언니, 홍동 질부, 승심 언니, 어머니, 승진 언
니, 나.

위쪽 사진에서 앞에 보이는 사람은 승애 언니 둘째 아들, 어머
님 옆으로 승진 언니. 나는 승애 언니 옆에 앉아 얼굴이 가려 안
보인다. 어머니를 모시고 간 남이섬 나들이는 형제들 모두에게
좋은 추억으로 남았다.

남이섬에 있는 남이 장군 추모비를 바라보고 계신 어머니.
추모비 앞 왼쪽이 남편, 오른쪽이 큰 형부.

아들 삼형제를 데리고 남편과 함께 현충사에 놀러 가서 찍은 사진.
막내딸 수희를 낳기 전이었다. 약국 일이 바빴지만 남편은 한 번씩
이렇게 나들이를 시켜 줬다.

맨 왼쪽이 나. 내 옆에 계신 분은 우리 집에서 세를 살던 아주머니시다.
그 옆으로 막내딸 수희, 시어머니, 시할머님. 당시 세를 살던 아주머니
와 나는 많이 친했다. 특히 막내딸 수희를 굉장히 잘 돌봐 주었다. 시어
머니와 시할머니가 계시는 데도 아주머니는 수희를 친손녀처럼 아껴
주셨다. 어른 셋이 서로 수희와 놀아 주려고 했다. 수희는 이분들 사랑
을 많이 받고 자랐다. 나중에는 세도 받지 않고 함께 살았다.

나는 꽃이 좋았다. 약국 일이 바쁜 와중에도 꽃꽂이를 배워 보
고 싶었다. 배우는 데 돈이 많이 들고 어른들 모시고 살면서 바
깥 출입이 자유롭지 않았기 때문에 망설였는데, 남편이 허락
해 줘서 할 수 있었다. 원체 솜씨가 없어 제대로 하지 못했지
만 꽃을 만지는 일은 즐겁기만 했다.

꽃꽂이 교육을 마친 뒤에 사범 자격증을 받았다. 우리의 스승은 이남희 선생이었는데, 그분이 나에게 홍성 지부를 만들어 해보라고 제안하셨다. 많이 경험을 해보면 좋을 것 같아서 2년 정도 지부를 맡아 했다. 왼쪽 두 번째가 나.

1982년, 홍성문화원에서 열린 국화 전시회
에 시어머니를 모시고 갔다. 당시 풀무학교
오홍섭 선생님이 기른 국화 작품 앞에서.
오홍섭 선생님은 꽃을 아주 잘 키우셨다.

지금도 생각하면 가슴이 저리고 못 잊겠는
사람 중 하나인 장 산부인과 부인. 장 산부인
과 부인은 불교 신자였는데, 불교에서 말하
는 '자비'가 무엇인지 알게 해 준 사람이었
다. 왼쪽에서 두 번째가 나, 내 옆에 선 사람
이 장 산부인과 부인이다. 당시 꽃꽂이를 함
께 배웠고, 서울에서 열린 꽃꽂이작가협회
전시회에 가서 찍은 사진이다.

아들 삼형제(왼쪽부터 첫째, 셋째, 둘째)와 조카.

막내딸 수희가 어렸을 때 약국 2층 살림집에서.

용봉산에서 둘째 진영과 막내딸 수희와 함께.

큰아들(아래)과 둘째 아들(위).

약국을 하면서 홍북에 과수원을 겸하던 시절이 있었다. 사과 농사를 지었는데, 일하는 사람이 착실하게 길러 꽤 잘 되었다. 그러나 그가 땅을 사서 나가고 새로 들어온 사람이 관리를 제대로 하지 못해 농사를 망치고 사과나무를 모두 베어 낸 기억이 난다.

사남매가 나란히 집에서. 왼쪽부터 큰아들, 둘째아들, 셋째아들, 막내딸.

시어머님(가운데) 환갑 때. 어머님 왼쪽으로 보이는 분이 시작은 어머님, 오른쪽이 시할머님이시다. 앞 오른쪽에서 절하고 있는 뒷 모습이 나.

둘째, 셋째와 함께. 지금은 각자 가정을 이루고 사회에서 제 역할을 듬직하게 하고 있다. 누구보다 엄마를 아껴 주어 늘 고마운 마음이다.

전라도 어느 바닷가로 간 가족 여행. 둘째가
경찰 공무원 시험에 합격해 가족 모두 기뻐하
며 나들이를 다녀왔다. 정작 주인공인 둘째는
사진을 찍어 주느라 모습이 없다. 된장도 가
져 가고 불고기도 가져 가서 구워 먹으며 재
밌게 다녀온 기억이 남아 있다.

남편과 유럽 여행도 다녀왔다.

언제 어디서 찍은 사진인지 기억은 나지 않는다. 하지만 돌아보면 그 어려운 세월 속에서도 사진처럼 웃던 순간이 있었기에 지금껏 지내올 수 있지 않았을까.

우리 내외와 막내딸, 큰아들

시어머님 환갑 때 남편과 나.

어릴 때부터 똑똑하고 마음씨 좋았던 승진 언니와 함께. 풀무학교
홍순명 선생님과 결혼해 고생도 많이 했지만, 지역에서 옳은 일을
묵묵히 하는 형부와 그런 형부를 내조하는 언니를 옆에서 지켜 보
면서 조금이나마 힘이 되어 주고 싶었다.

제주도 가족 여행. 왼쪽부터 큰아들의 둘째 손주, 나, 셋째 아들, 남편, 둘째 아들의 손주들과 며느리.

셋째 아들 내외와 손주. 함께 제주도 여행에서.

왼쪽부터 둘째 아들, 둘째 며느리, 큰아들, 큰며느리, 남편, 셋째 아들, 나, 사위, 막내딸. 앞줄 둘째며느리 품에 민서, 그 오른쪽으로 준서, 규진, 성민. 맨 오른쪽 막내딸은 나영이를 안고 있다. 가족 모두 함께 간 여행에서 찍은 사진이다. 이제는 몸이 편치 않아 식구들과 여행을 가기도 어렵다. 그래도 함께 여행을 많이 다녀서 좋은 추억이 남았다. 평생의 동반자로 곁에 있어 준 남편에게 고맙고, 사남매 모두 가정을 꾸려 아이들 잘 키우고 있으니 고맙다. 나의 생애의 절반은 병고 속에 살았다. 사람이 나고 죽는 것이 하나님의 뜻일진대 건강 역시 하나님의 간섭에 의함이 아니겠는가. (…) 일방적인 하나님의 은혜로 여기까지 왔다. 앞으로 이 세상 사는 동안 성경 읽기에 게으르지 않고 마음의 문을 활짝 열어 아버지와 소통할 수 있기를 간구한다.

약속: 나의 어머니의 삶과 우리 가족의 이야기

1판 1쇄 펴낸날 2021년 5월 31일
1판 2쇄 펴낸날 2021년 12월 21일

지은이 이승자
펴낸이 장은성
만든이 이영남, 김수진
인 쇄 호성인쇄

출판등록일 2001.5.29(제10-2156호)
주소 (350-811) 충남 홍성군 홍동면 광금남로 658-7
전화 041-631-3914
전송 041-631-3924
전자우편 network7@naver.com
누리집 cafe.naver.com/gmulko

아마 나의 이야기가 되기도 하겠다

갓골자서전

아마 나의 이야기가 되기도 하겠다

노의영

그물코

차례

커다란 그림자

내가 태어난 곳은 전라북도 옥구군 서수면 마룡리 684번지다. 군산과 익산의 중간 지점으로 산골은 아니지만 동산을 넘으면 국도가 있고 십리를 가면 금강이 있었다. 그곳에 우리의 갈대밭이 있었는데, 어머니께서 가을이면 가서서 밭떼기로 갈대를 팔아 돈을 만드셨다.

집터는 약 오백 평이고 어릴 때 기억으로는 바깥사랑채, 안사랑채와 본채 또 아래채로 구성되어 있었다. 집안은 천 석이 넘어 십리를 남의 땅을 안 밟고 다녔다고 들었다.

증조부께서 한약 건재상을 하셨는데 중국과의 교역도 있었던 듯 싶다. 지금 연세가 아흔이신 막내 고모님 말씀으로는, 당시 밤이면 집 주위에 장정들이 몽둥이를 들고 망을 보았다고 한다. 항시 밥을 해서 많은 객들과 동네 사람들이 드나들며 먹고, 사랑채에도 드나드는 객들과 심부름하는 사람이 많았다고 한다. 광에는 돼지를 잡아 걸어 놓은 고기가 떨어지는 날이 없었다고 한다.

그런 일상이 해방 얼마 전까지 일이었다.

1933년 할아버지께서 돌아가시고 모든 집안 살림을 작은할아버지께서 하시니 대가족의 주인은 작은할아버님이셨다. 아버지께서는 그때까지도 동경 유학중이고 장손인 오빠는 태어나기 전이었다.

해방이 되어 토지개혁이 되어 땅은 분배되고 그 대가로 유가증권을 많이 받았다고 한다. 그러나 그로부터 집안 살림을 작은할아버지가 하셨기 때문에 우리 집과의 갈등이 있었고, 재산 대부분을 방직회사 같은 데 출자도 했으나 아버지는 공부중이고 어머니로서는 알 수 없는 일이 많았다는 이야기를 들으면서 살았다.

증조부께서 그만한 부를 이루고 이남 일녀를 두셨지만 평생에 사진 한 장이 없으시다. 말씀인즉, 만일 내 자손이 잘되면 몰라도 그렇지 못하면 없는 것만 못하시다며 한사코 안 찍으셨다고 하신다.

그분의 큰아드님이 우리들의 할아버지셨지만 우리 형제들은 생전에 뵌 적이 없다. 그분은 어려서부터 영특하고 지혜로웠다고 한다. 어느 날 닭똥을 먹으면 머리가 좋아진다는 이야기를 듣고 닭장 속에 들어가 있는 것을 보시고 왜 거기에 있냐고 하니 그 이야길 하시더란다. 정말 먹은 것은 확인이 안 된 이야기지만.

할아버지는 일제 말기에 안사랑채에 야학당을 열어 근동 아이들을 모아 가르쳤고 돌아가시기 전 병석에 누워 계실 때에는 땅 십만 평을 내놓으셔 동네에 마룡국민학교를 설립하셨다. 지금도 학교 연못 앞에는 조그만 비석이 있고 '노민식 설립'이라는 글도 희미하게나마 있다. 그 후에 학교 뒤 언덕에 세운 비석도 있어 그 학교에 가게 되면 한 번씩 둘러보기도 한다.

할아버지는 일남 삼녀를 두셨다. 아버지가 독자셨다. 어머니는 이웃 동네에 사셨고 삼남 일녀의 외동딸이었다. 동생을 업고 야학당에 다녔는데 꼭 일등을 하여 연필과 공책을 상으로 타셨다고 했다. 그때 큰고모님도 같이 일이 등을 번갈아 해서 할아버지의 눈에 들어 사년을 공들여 결혼을 성사시켰다고 한다. 결혼 당시 아버지 나이 열 넷, 어머니는 열 여덟이었다. 결혼해서도 어머니는 시누이와 함께 서울 혜화여전에 다녔다.

어머니는 풍채도 좋고 근동에서는 미인이라고 알아줬지만 강단이 없으셔서 여름에는 이질과 설사를 연례행사처럼 앓았고, 결혼해서 바로 장질부사를 앓았다고 한다. 장질부사를 앓고 나서 시아버님께서 하시는 말씀이 너는 장질부사를 앓고 나더니 좀 둔해진 것 같다고 하셨다는 이야기를 몇 번 들었다. 고열에 머리카락까지 다 빠지고 심하게 앓으셨다고 했다.

영특하고 지혜로웠던 할아버지도 병마에는 당해낼 재간이 없었던 것 같다. 병석에 든 할아버지는 서울 세브란스병원 앞에 열두 칸 집을 사서 미국인 의사들의 왕진을 받으며 치료를 받았다. 그러나 항생제가 없던 시절이라 삼년을 고생하시다 돌아가셨다. 한참 후에야 복막염이라는 것을 알았다. 할아버지는 병중에 아버님(증조부님)을 여의어 지금도 병색이 깊은 얼굴로 상복 입은 사진이 있다.

그때 어머니는 장손인 오빠를 임신 중이었다. 서울에서 시아버님 병석을 지키며 시아버님의 주옥 같은 말씀을 들어 깨우치고 눈을 떴다고 한다. 시아버님에 대한 어머니의 존경과 사모하는 마음은 평생을 신앙처럼 사는 데 힘이 되었다. 어머니는 시아버님을 예수님에 비유할 정도로 가슴에 품고 사셨다. 직접 뵌 적은 없지만 어머니 마음에 여러 가지로 남은 할아버지가 어떤 분인지 궁금했다.

할아버지가 돌아가신 후 우리 집안 살림은 작은할아버지가 맡게 되셨다. 시골에는 나란히 작은할아버지댁, 가운데 우리 집, 옆에는 증조 큰할아버지댁이 있었다. 아버지가 장손이지만 아직 공부 중이었기 때문에 집안의 어른이신 작은할아버지가 청지기를 데리고 모든 걸 총괄하셨다. 작은할아버지는 해방 전후해서 체신부 국장도 하시고 국회의원도 출마하셨던 분으로 사회에서 알아주는 인사셨다.

내가 태어날 때부터는 집안이 점점 기울었다. 생활이 어려웠던 것은 해방이 되어 땅은 다 분배 당하고 그나마 큰살림은 작은할아버지께서 하시니 그렇기도 하지만, 아버지께선 전혀 생활에는 도움이 안 되는 분이었던 것 같다.

아버지는 법관이셨다. 강경에서 근무할 때였다. 한 번은 사건 일로 어느 시골 할아버지가 찾아와서 어머니에게 뭘 드리고 가셨는데 지금 생각하면 별 것 아니었던 것 같은데 아버지께서 얼마나 역정을 내시던지 어린 마음에도 너무하시는 것 같았다.

그리고 어머니께서 어려운 이야기를 하면, 저 다리 밑에 사는 사람들을 보라고 하시던 일들을 보면 아버지의 면모가 보이는 듯하다.

얼마 전, 미국에 있는 막내 여동생이 아들 내외를 데리고 서울에 와서 식사를 같이 할 때 이런저런 이야기 끝에 오빠한테 들은 이야기다. 오빠가 경기중학교에 다닐 때 방학이 되어 시골집에 와 있는데, 아버지가 오빠를 데리고 동네 앞에 있는 우리 논 앞에서 "아들아, 저 논이 지금은 우리 논이지만 앞으로는 농사짓는 농군에게 필요한 땅이다. 너는 네가 할 수 있는 일을 해야 한다."고 하셨단다.

그래도 내가 태어날 무렵에는 가세가 그렇게까지 기울지는 않았다. 밥 하는 아줌마, 반찬 만드는 아줌마, 집사와 가정교사가 있었다. 아직은 온 집안이 온통 유학생이어서 고모들까지도 서울과 전주로 학교를 다녔고, 아버지와 사촌, 육촌, 팔촌까지 유학을 갔었다.

나는 1941년 음력 4월 26일에 태어났다. 육남매 중 셋째, 위로 오빠와 언니가 있고 아래로 여동생 둘과 남동생 한 명이 있다.

바로 두 살 아래 동생이 있어 나는 일찍 젖을 떼고 산양 젖을 먹고 자랐다. 하얀 뿔 달린 커다란 양이 젖이 축 늘어진 채 항상 아래채 대문 옆 헛청에 매어 있던 모습과 양젖의 그 특유한 향이 커서도 잊히지 않았다.

나중에 들은 이야기지만, 난 어려서 증조할머니께서 보셨다고 한다. 양젖을 먹으며 할머니를 따라다녔다고 한다. 할머니 하시는 일은 꼭 같이 거들었다고 한다. 둘째 고모부가 결혼해서 처가에 왔는데, 그때 내가 서너 살 때였다고 하는데 샘에서 얼굴과 신발까지 깨끗이 씻더니 마루에 신발을 물이 빠지게 엎어 놓고 증조할머니 하시는 일을 옆에서 거들던 모습이 잊히지 않는다고 하셨다.

나는 어릴 때부터 유별난 습관이 있다. 꼭 발밑에 방석을 깔아야 앉았다. 밥 먹을 때는 물론 앉을 때도 꼭 방석을 깔고 앉았다. 그 버릇은 시집을 때까지도 지금도 역시 그렇다. 그래서 요 안 깔고 아무 데서나

자 본 일이 없다. 그런 성격이 아무와 어울릴 수 없는 성격으로 변하여 폭넓은 사회생활을 못하지 않았나 싶다.

아버지에 대한 기억은 별로 없는데 언젠가 아버지가 웃으시며 "우리 납작코야, 이리 오너라." 하시며 무릎에 앉히고 귀여워해 주시던 일이 떠오른다. 형제 중 유독 내 코가 낮았는데 커가면서 높아진 것 같다.

아버지는 교육열이 높은 분이었다. 누구라도 교육을 받아야 한다는 생각이 확고했던 것 같다. 일본 유학 때 매형을 일본으로 데려가 자기 학비로 공부하면 된다고 해서 같이 유학 생활을 하기도 했다. 6.25 전 해에 경기여고를 다니던 여동생을 어머니도 모르게 이화여대에 입학시켰던 일이며, 어머니는 일부러 이야기 안 했던 것은 아닐 거라고 말씀하셨다.

우리 언니는 체격도 크고 '동네 구장'이라는 별명처럼 활달했던 모양이다. 아버지는 언니가 초등학교 5학년 때 월반을 시켜 중학교에 넣었다고 한다. 여자라도 공부를 해야 하고 나중에 미국 유학이라도 가게 되면 나이가 적을수록 좋으니 월반을 시켰다고 한다. 그 덕택에 열여덟 살에 고등학교를 졸업하고 초등학교 교편생활을 했는데 학생 나이가 열여섯 살도 있었다고 한다.

아버지는 취미가 많으셨던 것 같다. 학교 다니실 때에는 아코디언과 축음기 등을 잘 다루셨다는 이야기를 어머니에게 들었다. 아버지는 사냥도 다니셨는데 하루는 새벽에 정원에 나가셔서 총 손질을 하시다 펑 소리가 요란하게 나서 놀란 식구들이 나가 보니 얼굴에 거뭇거뭇한 화약 자국이 있고 해서 정말 놀랐던 기억이 난다.

아버지는 일본 와세다대학 법과를 졸업하고 해방 후 고등고시에 합격하여 법관이 되셨다. 그때부터 우리는 아버지 따라 이사 다니는 세월이 되었다.

처음 서울에서 시보 생활을 하고 대전재판소(그때는 재판소라고 했다)로 검사 발령을 받았다. 일 년 뒤 진급하여 강경에 있는 검사 사택으로 이사했다가 다시 일 년 뒤 남원지청장으로 발령 받아 우리 가족은 서울로 이사하고 아버지만 남원으로 가셔서 근무를 하셨다. 아버지가 어떻게 법관 일을 하셨는지는 잘 모르겠다. 당시 그것을 알기에는 나이가 너무 어렸다.

다만 기억이 나는 것은 아버지가 강경에서 근무를 하실 때다. 아버지는 법관 일을 하시면서도 서울로 쌀을 올리는 쌀장사를 하신다고 바쁘게 다니셨다. 그 무렵은 수송이 어려운 시기였기 때문에 시골에서 쌀을 차로 실어 보내는 일로 돈을 버는 사람이 많았다고 한다. '명랑이 아줌마'라고 부르던, 어머니 어릴 적 친구가 있었는데 체격이 크고 씀씀이도 커서 여장부 같던 기억이 난다. 명랑이 아줌마는 서울로 쌀을 올리는 장사를 해서 큰 부를 이루었다는데, 아버지는 그분과 그 일을 같이 했다고 한다. 어머니께서는 그렇게 사는 것에 불만이셨지만 아버지가 하시는 일을 말릴 수는 없었던 듯 싶다.

그때의 아버지를 생각하면 해방 후 독립을 했지만 나라 돌아가는 모습에 불만이 많았던 듯하다. 사회에 대한 불만을 종종 말씀하셨다는 이야기를 들었다.

나는 아버지를 따라다니면서 국민학교를 다섯 군데나 다녔다. 처음

고향에서는 할아버지가 설립한 마룡국민학교에 입학했지만 2학년이 되면서 대전 선화국민학교로 전학했고, 그해 추운 겨울에 다시 강경국민학교로 전학했다. 다음해 봄에는 서울 장춘국민학교에 전학했다가 6.25를 맞았다. 4학년 8월에 서울에서 고향으로 피난하여 처음 입학했던 마룡초등학교 4학년으로 편입해 결국 졸업을 했다. 국민학교 6년 동안 다섯 번을 전학했으니 친구도 공부도 신통치 않았다.

일곱 살에 마룡국민학교에 입학했을 때 기억이 난다. 선생님이 심청이 이야기를 하는데 나는 그 이야기에 쏙 빠져 있었던 것 같다. 그런데 갑자기 선생님이 나를 가리키면서 그 연꽃 속에서 저 꼬마 아가씨가 나왔다고 해서 깜짝 놀란 기억이 난다.

강경에서 지낼 때는 귓병을 앓아서 엄마와 병원에 자주 다녔다. 학교에 가면 선생님 말소리가 안 들렸던 기억이 있다. 귓속이 온통 염증으로 막혔다. 나는 어려서 잔병이 많았다. 자주 열이 나서 어머니가 힘드셨다는 이야기를 들었다. 그러나 커서는 아픈 기억이 없다. 나는 왼쪽 엄지 발톱이 없는데, 조금 큰 뒤에야 신경이 갔다. 왜 왼쪽 엄지 발톱이 없는지 어릴 때 기억은 없다. 그러나 그런 하찮은 일에도 나는 양말을 안 신고 외출한 일이 없다.

나는 외로움을 많이 타는 성격이다. 일 년에 한번 꼴로 전학을 다니면서 나는 꼭 한 명만 친구를 사귀었다. 더는 바라지 않았다.

단막극처럼 짤막하게 생각나는 추억들이 있다.

강경에서 살 때 어느 핸가 홍수가 나서 강둑이 터졌다. 당시 사택 앞 길은 포장이 안 되어 있었고, 강둑이 터져 나온 물로 골이 패인 길에서 동네 아이들과 미꾸라지를 잡는다고 놀던 일, 집 앞 논에 게들이 기어 다니던 모습을 신기하게 보던 기억도 난다. 우리 집과 같이 있던 또 다른 검사의 사택에는 남자아이만 셋이었는데, 어느날 그 집에 가 보니 정원에 빨간 보리수가 잔뜩 달려 있어서 그걸 따 먹던 일, 눈이 커다란 친구가 한 명 있었던 기억도 어렴풋이 난다.

서울로 이사하니 지금의 신당동이었다. 봄에 이사하고 6.25전쟁을 맞았으니 장충국민학교에 전학한 생각뿐…. 학교에 못 가니 옆집 친구와 집과 집 사이 처마밑 같은 곳에서 매일 소꿉놀이하며 지낸 것 같다. 거기서도 친구는 한 명뿐이었다.

우리집은 길에서 높은 데에 있었는데 앞에 소나무가 한두 그루 있었던 듯 싶다. 그 친구의 집은 길을 가운데 두고 맞은편에 있었는데, 높은 계단이 있었다. 그 계단 밑 양옆에는 늘 총을 맨 군인이 보초를 서 있었다. 피난 내려올 때까지 우리 집에 건너와서 잘 놀았는데, 어머니 이야기로는 중국 대사관 집이라고 하셨다. 그러나 나는 그 아이 집에는 가 본 생각이 안 난다. 우리 말을 했으니 중국 아이라고는 생각하지 못했다.

지금은 서울 혜화동 병원을 가려면 꼭 장충단공원을 지나서 가지만, 동국대학교며 신라호텔을 지나면서 살던 집을 가늠해 보지만 쉽지 않다. 내 기억으로는 집 앞 길에서 왼쪽으로 내림길이었나 싶다. 로타리를 돌아서 다음 길로 올라가면 장충단공원이었다. 양옆이 산이었지만 그때로 보면 사람 왕래도 꽤 있었던 것 같다.

8월이 다 지날 무렵, 우리는 고향으로 피난을 내려왔다. 그때 다니던 학교 교장 선생님 댁에 나와 같은 학년 딸이 있었다. 그 아이와 학교만 끝나면 바가지와 얼맹이를 들고 넓지 않은 동네 앞 시냇가를 다니며 송사리며 새우를 잡았다. 지금 생각하면 그 일과가 한참 지나고 어느날 그 아이는 아버지의 이동으로 훌쩍 떠나고 말았다. 나는 습관처럼 그 아이를 잊고 나이 많은 반 친구들을 따라다니며 놀았다.

8월이 다 지나고 들에 가을이 되었을 때 고향으로 내려와 집에서 얼마를 놀다가 학교에 나가게 되었다. 다른 학년은 전부 두 반씩이었는데 내가 다닌 4학년만 서른 여섯 명으로 한 반이었다. 여학생은 열 세 명이었던 것 같고 졸업할 때는 열 명도 안 되었던 것 같다. 그런 중에도 나이가 많아서 보통 열 다섯에서 열 여섯 살이었던 것 같다. 나는 공부는 특별나지 않았는데, 노트 정리를 잘해서 선생님이 내 노트를 들어보이며 반 아이들한테 칭찬했던 일들이 있었다.

나는 그때부터 다른 아이들보다 눈이 덜 보이는 걸 조금씩 느꼈다. 교실 중간쯤 앉았는데 칠판 글씨가 잘 안 보였던 생각이 난다. 안경은 고등학생이 되어 쓰게 되었다. 많이 나쁜 건 아닌데, 시력은 아버지를 닮았나보다. 육남매 중 바로 밑에 동생과 나만 안경을 썼다.

1950년 6월 24일 토요일, 6.25 사변이 나기 하루 전날이었다. 아버지는 여느 날과 다름없이 주말에 가족을 보러 서울에 오셨다. 그러나 한강 다리가 끊어져 피난을 못하고 얼마를 숨어 지내셔야 했다. 아버지는 몰래 한 번씩 외출했다 돌아오시면 집에 있던 지하실에서 지내셨다. 커다란 이불을 지하실에 밀어 넣고 숨을 죽여 바깥 공기를 살피던 생각이 난다.

그러던 어느 날 강경에서 같이 근무하던 검사를 만나러 가신다고 나가신 후, 아버지는 다시는 돌아오지 못했다.

남겨진 우리 식구는 어머니와 오빠, 나와 두 여동생 그리고 서족 고모 한 분해서 여섯이었다. 오빠는 중학교 3학년, 나는 국민학교 4학년, 동생은 2학년, 막내동생은 갓 돌이 지났다.

사는 게 막막했다.

고모가 배낭을 메고 서울 변두리에 가서 고구마순을 얻어 와 열어 보니 아기 손가락만한 고구마가 달려 있어 신기했던 기억이 난다. 장충단 고개에서 복숭아 장사도 했는데 별 도움은 안 되었던 것 같다.

먹을 것도 떨어지고 어쩔 수 없어 재산이라곤 싱가 재봉틀 하나였는데 그것을 팔아서 리어카를 구입하여 피난길에 올랐다.

어머니는 걷기도 어려운 몸이셨던 것 같다. 막내를 안고 리어카에 앉고 뒤에서 고모님과 오빠가 번갈아 밀면서 육백 리 길을 일주일 걸려 갔다고 한다. 시골집 뒷동산을 지나오는데 밭에는 수수가 머리 숙여 있고 콩밭에 콩이파리가 너울대던 기억이 난다.

그때 우리는 눈만 반짝이는 아프리카 흑인처럼 보였다고 했다. 시골에 오니 할머니와 막내 고모(지금 유일하게 살아계신다. 그때는 경기여고 졸업하고 이화여대 입학하여 다니다 폐가 좋지 않아 시골집에서 요양 중에 6.25를 만났다), 손위 언니와 남동생이 식모 아줌마 한 분과 있었다.

6.25 사변은 우리 가족이나 내 삶에 커다란 그림자를 주었다. 아버지는 6.25 사변이 아니었으면 법관 일을 계속하시지 않았을까? 우리 가족은 좀 더 다른 세월을 살지 않았을까 생각한다.

성장기

나는 배우지 못한 4학년이 다 지나갈 무렵 편입하여 국민학교를 겨우 졸업했다. 지금 생각하면 다섯 번 국민학교를 전전하며 가르쳐 주는 사람 없이 어떻게 한글이나 깨우쳤는지 알 수 없다. 전혀 공부한 기억이 없다.

그런 중에 가까운 읍에 가서 중학교 시험을 보고 왔다. 그때는 중학교에 가기 위해 관례로 보았던 시험으로 생각된다. 내가 시험을 보러 간 곳은 지금의 동군산, 그때는 군산 밑에 조그만 지경 또는 대야라고도 했다. 우리가 사는 곳과는 팔십 리쯤 떨어진 곳이다. 그곳 국민학교에 아는 사람도 없이 앉아서 시험을 본 생각이 난다.

어느 날 외삼촌 오토바이 뒤에 타고 군산까지 가게 되었다. 외삼촌은 병설 사범중학교 선생이었다. 학교가 저 고개 밑으로 보이는데 외삼촌이 오토바이에서 내려 주며 학교로 오라고 하셨다. 나중에 생각하니 외삼촌이 멋쟁이 총각 선생이었고 촌스런 나를 태우고 가기가 좀 부끄러웠던 것 같다.

그러나 나는 전혀 그 학교에 가고 싶지 않았다. 외삼촌과 가깝지도 않았고, 외사촌들이 있었지만 낯설었다. 가까운 친척은 방학 때면 늘 우리 집에 와서 살다시피 하던 고모님 댁 사촌들이었다. 나는 항상 낯설고 새로운 생활에 겁이 났던 것 같다.

그때 언니는 군산여중에 다녔는데 둘째 고모부님이 그 학교 국어 선생이었고 집도 근처여서 언니는 거기에서 다녔다. 나는 무작정 그곳으로 향했다. 이쪽 끝과 저쪽 끝인데 어떻게 해서 학교 앞까지 왔는데 마침 친구와 같이 오는 언니를 만났다. 그때 언니를 못 만났으면 얼마나 고생을 했을까. 기적 같은 일이었다. 그래서 사범학교가 아닌 여중학교에 들어가 그곳에서 여고까지 다니게 되었다.

학교생활은 그런대로 잘 다녔다. 기초는 없지만 중학교 때는 성적도 상위에 속했는데 지금 생각하면 순 외우기 식 공부였고 공부다운 공부를 못 해본 것 같다.

동네에 유일하게 정원이 넓은 양옥집에 사는 같은 반 친구가 있었는데, 시험 때만 되면 저희 집에서 같이 공부하자고 했다. 그 애는 열심히 하는데 나는 그 집 사는 게 부럽기도 하고 그 언니가 고등학생이었는데 소파에 여전 누웠다 일어났다 하며 지내는데 누울 때마다 '아이고~오' 하며 신음을 하는 것이 이상했는데 나중에 들으니 결핵을 앓고 있었다 했다. 그래도 시험을 보면 그 애보다 내가 성적이 좋았다.

하지만 그런 공부나마 점점 흥미를 잃었던 것 같다. 그때부터 소설책을 읽기 시작해서 공부 시간에도 밑에 놓고 소설책 읽기에 바빴다. 그때부터 독서 습관이 좋지 않았던 것 같다. 좀 음미를 해가며 읽었어야 하는데 그렇지 못한 것이 별 도움이 안 되었던 것 같다. 빨리 읽고 다음 친구를 줘야 하니까 더욱 그랬던 것 같다. '젊은 베르테르의 슬픔', 도스토예프스키의 '죄와 벌', '의사 지바고', '작은 아씨들' 책 제목이 생각난다. 그 나이에 읽기에는 어려운 책들을 닥치는대로 소화도 못 시키면서 읽었다는 느낌이다.

중학교 때는 잘 사는 친구들 집에 놀러 간 기억이 있다. 한 친구는 시내 중심가에 집이 있었는데 농장이 따로 있어 같이 놀러간 일이 있다. 부모가 다 인텔리여서 아버지는 대학교수쯤 되었던 것 같고 엄마는 뭔가 하는 것 같았는데 지금 생각이다. 그 친구는 나와 짝궁이었는데 3학년 때인가 수업만 끝나면 앞으로 나가(그때는 교실 앞 창문에 물주전자가 있었다.) 물을 마시곤 하던 기억이 난다. 그러더니 고등학교 들어가자 훌쩍 키가 커서 제일 뒷자리에 앉게 되었다.

고등학교 때는 강경에서 온 친구가 있었다. 그 친구는 언니가 강경여고에 다녔는데, 나를 동생 삼고 싶어해서 우리는 언니 동생이 되어 방학 때면 그 언니 집에 몇 번 다녔다. 그 언니 집은 강경 밑에 용안이란 곳인데, 도로가에 있고 길 옆으로 사랑채가 있어 그곳에서 담배와 소금을 취급하는 집이었다. 그때는 그런 점포가 지역마다 있었다. 놀러 가니까 안으로 마당을 건너 커다란 집이 있고, 그 언니가 가지를 따와 기름에 부쳐주는데 가지부침이 그렇게 맛있다는 걸 처음 알았다. 그 언니한테 작은 선물도 받았는데, 나는 여유가 없기도 했지만 주변이 없어 답례도 못했던 것 같다.

나는 몇 친구와 그룹을 만들어서 놀러도 다녔다. 강경이 집인 친구,

전주가 집인 친구, 군산 변두리에 사는 친구 집, 또 한번은 그 친구의 큰언니 집이었던 익산에 간 적도 있다. 잘 사는 집이었다.

그러나 우리 친구들은 지금 기억으로 남자친구 같은 이야기를 해본 일이 없고 생각도 해보지 않은 것이 지금 생각하면 신기할 정도이다. 그렇게 졸업반이 되고 이학기가 되어 진학반이 갈리었다. 각자가 갈림 길이었던 것 같다.

고등학교 때는 줄곧 자취를 해서 주일이면 짐을 들고 기차역까지 가야 했는데 사 킬로미터가 넘는 거리였다. 두 살 아래 여동생과 자취를 하다가 여동생은 간호고등학교로 가고, 나는 선배 언니들과 있으면서 졸업할 수 있었다.

철이 들수록 내 마음은 어두워졌던 것 같다. 친한 친구가 둘이었는데, 한 친구는 약대에 다른 한 친구는 가정과로 대학 진학을 했다. 외로움을 많이 타는 나는 우울할 수밖에 없었다.

여고 졸업 후 결혼하기까지

고등학교를 졸업하고는 일이 년 집에 있었다. 시골 생활의 따분함을 친척들 집을 다니며 풀었다. 지금과는 생활 패턴이 달랐으니 그럴 수 있었다.

군산에 계셨던 고모부가 전북대 교수로 재직하면서 전주에 사셨다. 고모댁이 제일 스스럼 없었다. 고모부께서 국문과 출신이기도 했지만 본래 말씀도 잘하시고 실력도 있어서 여고 선생 때부터 여학생들한테 인기가 많았다. 고모와 고모부는 고등학교 다닐 때 연애를 해서 고모는 여고를 졸업도 못하고 결혼한 사이다. 두 분 다 지금은 돌아가셨다. 두분의 막내 아들이 전북의대 교수 겸 의사이다. 이렇게 이야기가 옆으로 흐르고 만다.

부산 고모댁도 다니고, 서울 응암동 작은아버지댁과 큰고모댁이 가까워 한번 가면 며칠씩 있다 오기도 했다.

그 무렵 막내 고모님이 부산에서 서울로 이사와 그 고모와 고모부와 같이 서울 명동 골목, 창경궁, 경희대 등을 구경다녔다. 그때 그 시절 명동 골목에서 먹었던 음식이 나중에 생각하니 유부우동이었다. 나는 그뒤에도 서울에 올라가는 길에 휴게소에 들러 먹는 유부우동을 좋아했다.

그렇게 지내면서 조금씩 적응하고 어머니를 돕는 생활에 익숙해져 갔다. 라디오에서 나오는 연속극 '그때 그 사람을 누가 아시나요?' 등을 열심히 들으며 청소도 하고 밥도 하자, 어머니께서는 본래 일을 안 시키려는 분이셨지만 좋아하셨다. 어머니가 좋아하는 모습에 나도 조금은 안정된 생활을 한 것 같다.

작은아버지는 서족이시지만 아버지의 유일한 남자 동생이었다. 그분이 군산여고에 화학 선생으로 계셨다가 응암동에 약국을 차려 초창기에 돈을 많이 벌어 땅도 많이 넓혔다. 어머니 말씀으로는, 할아버지 병석에 계실 때 그 아들이 아홉 살이어서 어머니가 서울에 데려와 학교도 다니고 모든 걸 돌봤다고 한다. 그래서 그런지 어머니께 나중까지 고맙게 하셨지만, 천방지축 여덟 남매를 두어 우리가 경제적인 도움을 받지는 못했다.

할아버지가 병석에 계시면서 두 아들에게 당부를 하셨다. 큰아들은 법학을 공부하여 법관이 되고, 작은아들은 서족이라 어디 가도 대접을 못 받으니 기술 방면인 약학을 공부하라고 하셨다. 두 분은 할아버지의 말씀을 따라 법관과 약사가 되셨다.

어머니는 우리 여섯 남매를 키우고 막내 고모 결혼까지 시키셨다. 어머니는 우리에게 일을 안 시키셨다. 본채에 자꾸만 비가 새서 일꾼을 시켜 지붕에 올라가 기왓장을 만져야 하는 일이 자주 있었지만, 어린 나이에 그 고통을 우리는 몰랐다. 그만큼 철부지였다. 결국 본채를 뜯어 새로 짓게 되었는데, 그때는 소나무를 베어다가 마당에 길게 쌓아 놓고 하나씩 껍질을 다 벗겨 하얀 목재를 만들어 말려 기둥이며 서까래를 만들었다. 그때의 일꾼들 밥을 해 줘야 하고 지금 생각하면 여인으로서 정말 힘든 삶을 사셨다고 본다. 서른 여섯에 혼자가 되어 여섯 남매를 주위 눈총 받으며 (그때는 왜 딸까지 가르치느냐고들 했다) 가르치고 기르셨으니, 어머니의 삶을 생각하면 눈물이 나려고 한다. 그러나 그 삶이 어머니를 우리 여섯 남매의 든든한 울타리가 될 수 있는 여장부다운 면모로 바꾸셨나 보다.

어머니를 도와 집안일을 하다가 군산으로 나가 쉬운 일자리를 갖게 된 것은 이삼 년 지난 뒤였다.

그때는 군산에 친척도 없었다. 자취방을 얻어 신문지국 사무실에 들어갔다. 전화 받고 사무실 정리하는 직원이 되었지만, 조금 지나 나이 든 신문기자의 눈빛이 싫어 그만두었다.

그 즈음 결혼해서 시집에서 살던 언니가 군산으로 이사를 왔다. 나는 자연히 언니네로 들어가 양재학원을 다니면서 친구도 몇 사귀었다. 재단도 조금 하고, 블라우스와 원피스 정도는 만들어 보았지만 별 뜻이 없어 그만두었다.

미용학원도 다녀 보았는데 아니다 싶어 그만두고, 형부가 몇 분과 함께 투자해서 만든 회사에 다니게 되었다. 나까지 여직원 넷이었는데 일은 어렵지 않았다. 계장, 총무, 심부름하는 젊은이, 과장, 제일 위에 형부 이렇게 남자 직원 다섯 명이었나 보다. 여직원 한 사람은 나와 같이 이사를 형부로 둔 사이였다. 사무실은 가족적인 분위기였다.

회사생활을 하던 중, 친척 팔촌 남동생이 상고를 졸업하고 군산 제일은행에 다니고 있는 친구를 소개했다. 홀어머니와 단둘이 사는 친구였다. 차츰 스스럼없이 언니 집에 잘 놀러 온 그 친구 충조는 나를 누나라 부르며 지내게 되었다. 별 뜻 없이 지내며 집안 이야기를 하다 보니, 그 친구의 어머니는 후처였고 배다른 형이 있으나 매일같이 글 쓴다고 군산다방에서 살다시피 하고 집과는 인연을 끊은 상태라고 했다. 그 형이 나중에 알았지만 고은 시인이었다.

어느 날, 그 친구가 만나서 사진을 찍자고 했다. 나는 당연히 앉아서 찍으려고 하니까 "누나, 이렇게 찍으면 이상하니까 누나가 서고 내가 앉을게."라고 해서 그 애가 앉고 내가 서서 찍은 사진이 생겼다.

형부는 키가 훤출하게 큰 총각과 내가 친해지려나 싶었던가 보다. 하지만 나는 그때도 그랬지만 지금도 그 친구를 생각하면 아련하기만 하다. 훗날 내가 결혼하고 시댁에서 살 때 서울 제일은행에서 보낸 달력을 받았다. 남편이 불쾌해하는 눈치가 마음에 걸려 그 친구와 찍은 유일한 사진을 찢어 버렸다. 몇 년 후, 백혈병으로 세상을 떠났다는 소식을 들었다.

시지포스의 시간

결혼을 진지하게 생각할 때가 되었다. 결혼 이야기는 군산에서 살던 언니 집에서 이루어졌다.

형부 아는 분이 시아버님 제자분으로 군산에서 사료회사를 하고 계셨는데, 시아버님께서 제자에게 간곡히 중매 부탁을 하셨다고 한다. 몇 번의 이야기가 거쳐 가다가 지금 남편과 이야기가 되었다.

어느 날, 시아버님이 언니네 집으로 찾아 오셔서 나는 별 이야기 없이 인사만 드리고 나왔다. 우리 집에서는 "왜 안(어머니)에서 안 오시고 아버님이 오셨지? 충청도 양반이라서 그럴까." 하는 이야기를 했다.

그 뒤 형부와 우리 오빠 두 분이서 홍성에 갔다. 약국도 보고 시골집도 보고 오셔서 어머니와 말씀을 나누고 나한테도 모든 걸 얘기해 주었다. 약국에는 손님이 줄을 서 있어 괜찮고 사람도 믿을 만하며 그만하면 흠 잡을 데 없는 것 같다는 이야기로 정리가 되었다.

이번에는 신랑 될 사람이 우리 시골집을 다녀갔다. 이렇게 만나면서 스스럼없이 이야기를 할 수 있었지 않나 싶다. 우리 집에 와서 보니 자기 집과 구조가 비슷하다고 했다. 그리고 나를 보는 순간, 내가 자기를 바라보는 눈이 너무 선해 보였단다. 자기 형제들 이야기도 했는데, 어머니께서 불편한 이야기는 한 마디도 없어 전혀 몰랐다.

늦가을에 약혼식을 했다. 남편은 약혼하고 우리 집에 몇 번 다녀갔다. 오면 근처를 산책하며 학교 앞 하꼬방(가게)에 들어가 막걸리를 한 잔 했다. 장항 선착장(그때는 다리가 없었으니까)을 지날 때에도 굴을 구워서 파는 부인들이 죽 늘어서 있는데, 거기에서 굴을 안주로 한 잔을 했다. 이상하게도 꼭 한 잔만 했다.

나는 지금껏 주위에 술 마시는 사람을 본 일이 없어서 저런 걸 좋아하는가 보다 생각했다. 낭만과 여유가 있어 보이기도 했다. 달리 생각은 하지 않았다. 한 잔 이상은 마시지 않아서 젊은 세월을 술로 인해 그렇게 고통 받을 줄은 꿈에도 생각을 안 했다.

둘이 만나서 서울을 몇 번 갈 때에도 홍성에서 기차를 타면 역무원에게 부탁하여 꼭 같이 앉아서 갔다. 남편은 옆에 앉아서 주로 큰누나 이야기를 하고, 내게 이것저것 물어보기도 했다. 앞으로의 자기 꿈 이야기도 했던 것 같다(술 때문에 꿈 같은 이야기는 꿈으로 끝났지만…).

서울에 같이 가서 반지도 비싸지 않은 것으로 사서 해 줬다. 그리곤 답십리 큰누나댁으로 갔다. 여느 시골집 같은 기역 자 집이었다. 대문 옆에는 강아지 집이 있고, 건너방에 작은 삼촌(막내 동생)이 살았다.

고지식한 나는 서울을 다녀와 집에 와서는 어머니에게 다 이야기를 했다. 어머니는 사람이 요령 있고 답답한 사람은 아닌 것 같다고 하셨다. 이목구비도 좋다는 말씀도 하셨다. 안심이 되었다. 그러나 그때에도 술에 대해서는 한 마디 걱정이라곤 안 했다.

약혼을 한 이듬해 봄, 3월 29일에 결혼식을 올렸다. 내 나이 스물 여섯, 남편은 서른 살이었다.

결혼식은 서울에서 성황리에 치렀다. 국회의장을 지낸 분이 주례를 서 주셨던 것 같다. 친정 작은할아버지의 위세도 있었기에 하객이 많았다. 나는 아버지가 안 계셨기에 그 무렵 서울의대 졸업하신 오촌 당숙의 손을 잡고 입장했다.

예식이 끝나고 온양관광호텔에서 하룻밤을 묵은 뒤 집에 오니, 동네 분들이 많이 계셨는데 밥상에 누런 국수가 있어 속으로 이런 날 이런 음식을 먹나 낯설어했다. 나중에 보니 집에서 농사 지은 밀로 국수를 만들어 일꾼들 참으로 쓰고 있었고, 결혼 잔치 때 국수를 먹는 게 풍습이었다. 일 년간 생활하며 옛날 풍속이 많이 남아 있는 생활들을 보고 친정어머니께 이야기하면, 그 집은 옛 풍습을 아직도 많이 간직하고 산다고 하셨다.

내가 가지고 온 혼수를 그때서야 볼 수 있었는데 너무 약소했다. 비단도 진짜 인견과 가짜 인견이 있는데, 잘 볼 줄 모르는 내 눈에도 부끄러웠다. 적은 돈으로나마 내가 모은 돈으로 조촐하게 했기 때문이다. 어머니는 더 못해 주시는 걸 아쉬워하셨다. 하지만 어머니가 언니 결혼시키고 빚 때문에 고생하시는 것을 보았기 때문에 나까지 어머니께 고통을 안기기는 싫었다. 시댁 식구들도 혼수가 약소하다고 나무랄 분들이 아니었다.

시집에서 배우며 생활하고 있는데 친정어머니께서 시어머니께 편지를 보내 오셨다고 한다. 여러 가지로 부족하고 가정 일을 가르치지도 못한 딸이라고, 아버지 없이 키운 아이를 잘 보아 달라는 편지였다. 사실 시집 생활을 참고 이겨 나갈 수 있었던 것은 남편보다도 시댁 식구들 때문이었지 않나 싶다.

결혼을 해야겠다, 안하고 싶다는 생각도 없이 선택의 여지가 없는 결혼이었던 것 같다. 특별히 잘하는 것도, 배운 것도 없는 철부지가 잡히지도 보이지도 않는 꿈만 막연하게 품었던 것 같다. 직업이 확고한 배우자, 아이들은 꼭 교육을 잘 시켜 나 같은 무직 생활을 안 시키기, 내가 자란 환경이 아닌 생활… 이런 꿈들이었지 싶다.

시댁 식구는 여섯 남매로 손위누님 두 분과 손아래 남동생 둘, 여동생 하나였다. 손위 두 분은 결혼하셨고 밑으로 동생 둘 중 하나는 한양 공대를 졸업하고 군 장교로 근무 중이었다. 그 아래 동생은 고교 졸업 후 몸이 좋지 않아 휴학하고 일 년 재수해서 한양의대에 들어갔다. 아래 시누이는 집안일을 도와 주고 있었다.

부모는 자식들에게, 자식들은 부모님에게 마음씀이 너무도 자상하고 공손하며 지극히 대하는 모습이 정말 좋았다. 나는 일찍부터 아버지 없는 생활을 해서인지 시댁의 분위기가 달라 보였다. 이런 것이 충청도 양반 기질인가 싶었다.

시어머니는 조용하시면서도 사철하시고 유머도 곧잘 하는 분이셨다. 마흔 다섯 살쯤 되었을 것으로 생각되는데, 아버님의 잠깐 실수로 여자를 보고 서자까지 보는 통에 뇌출혈로 쓰러지셨던 것 같다. 후에 이야기로 알았지만, 3개월 혼수상태에서 깨어나 3년을 누워 의사 왕진 받으며 겨우 일어날 수 있었다고 한다. 그러나 왼쪽 몸을 못 쓰셔 왼손을 가슴에 안고 발을 절고 계셨다. 결혼 전에는 전혀 몰랐다. 시어머님이 혈압으로 쓰러진 후 다시 일어나시기까지 3년 동안 집안일을 도왔다.

시어머니가 쓰러지신 이유는 그냥 고혈압 때문인 줄만 알았다. 그런 가족사가 있었는지는 알 수 없었다. 시댁 식구들은 마음 아픈 그 이야기를 한 마디도 입 밖에 내는 일 없었다. 신랑 역시 그랬다.

결혼해서 일 년을 시골집에서 시부모님과 시누이와 살았다. 일꾼이 한 명 있고 일이 많은 날에는 동네 아줌마들이 와서 해 줬다.

서울 사는 큰시누이는 토요일이면 아기까지 업고 와서 부모님 옷 챙겨 드리고 집안일 바삐 한 다음 일요일에 서울로 다시 올라가는 생활을 몇 년 계속 하셨다. 그런 중에도 내게는 빨래 한 번 시킨 일이 없었다. 나는 그저 시누이 따라다니며 거들고, 불 때는 일 정도만 했다.

어쩌다 낮에 아들이 오는 날이면 시어머님은 그 불편한 몸으로 다락에 올라가셨다. 다락 문고리를 잡고 안간힘을 쓰며 올라가셨다가 내려오는 시어머니의 손에는 아들에게 줄 반찬거리와 북어 대가리가 들려 있었다.

아들이 다 먹고 나면 뼈다귀처럼 남는 것을 아들 손으로 집에서 기르던 개에게 주게 하셨다. 아들을 위해 정성스레 요리한 것을 꼭 개에게도 주었다. 그만큼 시댁 식구들은 개를 좋아하고 식구처럼 대했다.

시누이는 오빠가 좋아한다고 뜨거운 밭에 가서 애호박 따다가 뒷마당에 불을 지펴 들기름 두르고 구워 초장 찍어 먹게 상을 차렸다.

그런 생활이 일 년 흘러갔다.

3월에 결혼해 그해 겨울이 되었는데도 임신이 되지 않았다. 시댁은 초조했던 것 같다. 임신을 위해 가마솥에 구절초며 몇 가지를 첨가해서 끓여 놓고 그해 겨울 내내 먹었다. 특히 시어머니의 정성이 대단했다. 저녁을 마치고 들어오면 시어머니는 우리 방에 촛불을 켜 놓으시고 화롯불에 약을 식지 않게 놓고 그 옆에 대추를 두 개씩 놓아 주시고는 마시게 하셨다. 몸도 불편하신 분이 단 한 번도 거르지 않고 겨울 동안 그 약을 다 먹을 수 있게 하셨다.

그러나 나는 그때 어머니의 정성을 몰랐다. 오히려 술 마시는 당신의 아들에 대해 푸념하곤 했다. 지금 생각하니 어머니께 고맙다는 말씀도 못 드리고 아들 술 마시는 것만 얘기하며 마음 불편하게 해드렸으니 생각할수록 죄송할 따름이다.

시댁 분들은 하나같이 사려가 깊었다. 그 중에 나는 철모르는 어른아이였던 것 같다. 장손 며느리가 그랬으니 마음으로 얼마나 크게 걱정이 되셨을까. 시어머니께서는 불편한 몸으로도 안살림을 다 주관하셨다.

시아버님은 바깥 살림을 부지런히 하시면서 절도 있는 농담도 하며 젊은 일꾼들을 거느리고 못하는 일이 없으셨다. 시아버님은 어머님이 몸이 안 좋으신 관계로 일찍이 교장 직을 사임하시고 집 살림을 돌보셨는데, 명석한 머리에 손재주도 뛰어나셔서 못하는 일이 없으셨던 것 같다. 수수비 엮는 일이며 연장 때우는 일 또 흙집으로 된 사랑채도 손수 지으셨다고 한다.

나중에야 알았지만, 원래 맏아드님이 있었는데 서울공대 2학년에 다니다가 기관지 폐렴으로 돌아가셨다고 한다. 경기중학교에 다닐 때 밴드부에 들어가 나팔을 불었다는데, 부모님 걱정하실까 봐 아프다는 이야기를 안 하다가 악화가 된 것이다. 알게 되었을 때는 너무 늦어 그때의 의술로는 어찌할 수 없이 아픔을 당하셨다고 한다.

　형이 생을 마감했을 때 남편은 아홉 살이었다. 남편은 형과의 추억을 각별히 여겼다. 형은 서울에서 학교 다니다 방학이면 집에 내려와 동생을 데리고 다녔다. 동생을 품에 안고 스케이트를 태워 주기도 했다고 한다.

　남편은 지금까지도 형님을 못 잊는다. 60여 년이 훌쩍 지나 당신 나이가 칠십을 넘어서야 산소를 없애고 화장을 해 드렸다. 그것도 동생들과 누님들이 죽은 사람은 보내 줘야 좋은 거라는 권고를 하자, 어쩔 수 없이 받아들여서 그랬다.

　그 형님은 굉장히 활달하고 똑똑했다고 한다. 얼굴도 잘 생기고 글씨도 명필이어서 경기중학교 때 쓴 액자가 지금도 있다. 유품인 노트며 옷이며 쓰던 책들도 하나 버리지 않고 다락에 잘 간직해 두었다. 그러다 어머님 돌아가시고서야 다 정리했다.

　남편 아홉 살에 맏아들을 잃은 부모의 심정이 어떠했을까. 맏아들이 태어나고 십 년이나 뒤에 얻은 자식이어서 그런지, 가족들 귀여움을 받던 남편은 형님이 돌아가신 뒤에는 더욱 애지중지 동생들과는 차별된 사랑을 받았다고 한다. 어느 날 시아버지께서 나에게 "얘야, 미안하다. 내가 너무 귀엽게만 키워서 그렇다."고 하시기도 했다.

남편은 의대 시험에 실패하고 약대에 들어갔다. 아들 없이 돌아가신 큰아버님 댁 양자로 입적하여 군인을 면제 받았다. 그 기간 한약 공부를 했다. 나중에 친정 작은아버지께서 같이 한약 공부를 했노라고 하시며 "그 사람은 돌다리도 두드려 보고 건널 사람"이라고 하신 말씀이 기억난다.

한약 공부를 마친 후 서울 종로 청진동에 개업을 했다. 그러나 약국에 종업원만 두고 친구를 만나 술 마시러 나가는 일이 잦았다. 그런 일이 계속 되니 약국이 제대로 될 리가 없었다. 시아버님께서 그만 정리하고 내려오게 해서 홍성에 약국을 개업하게 되었단다. 집안일을 말하지 않는 시댁 가풍으로 이 이야기도 나중에 들었다.

결혼 일 년 만에 읍내 약국 옆에 방을 얻어 나왔다. 시어머니는 나에게 쓸 만큼 살림살이를 챙겨 가라고 하셨지만, 나는 자취하던 생각만 하고 그릇 몇 개 정도만 가져와 연탄불 옆 부뚜막에 사과 궤짝을 올려놓고 밥을 지어 먹었다. 시어머니는 몸이 불편하셔서 바깥 출입을 제대로 못하셨다. 애지중지하던 아들 집에 와 보지도 못하고 얼마나 답답하고 마음 아프셨을까 싶다.

분가 후 좋은 일이 생겼다. 지난겨울에 먹은 약이 효과가 있어서인지 분가한 그 봄에 임신이 되었다. 그해 12월 첫 아이를 낳았다. 친척 아줌마가 몸조리해 주고 가신 뒤에 나 혼자 아이를 키웠다. 그림처럼 예쁘게 무럭무럭 자랐다.

첫째를 낳고 백일이 지났을 무렵이었다. 몸이 이상하여 맥을 보니 임신이었다. 그때부터 첫째는 우유를 먹였는데 다행히 우유를 잘 먹었다. 13개월 만에 둘째 딸을 낳았다. 부모님께서는 서운하셨겠지만 늦게 본 손이라 서운하신 건 잠깐이고 귀여워해 주셨다.

그런 중에 시아버님께서 약국 위쪽에 살림집 터를 사서 지으셨다. 셋째를 임신하여 몸이 유난히 무거운 초여름에 집들이를 하고 추석 지나 낳았다. 그리고 1년 8개월 만에 아들을 낳았다.

셋째가 생기니 도저히 혼자서는 감당할 수가 없어 식모를 뒀지만 별 도움이 안 되어 친정어머님을 모셔 왔다. 그 당시 어머니는 서울에서 혼자 아파트에 계셨다. 막내 동생이 시골집을 정리해서 오빠에게 넘기고 서울에서 어머니 모시고 살다가 결혼해 미국에 가게 되어 어머니만 혼자 남게 되었다. 너무 힘들어 어머니를 오시라 했지만, 그렇게 되니 내 몫의 고생을 어머니께서 하게 되셨다. 내 생활에 숨통은 좀 트였지만, 술 마시는 사위를 보는 심정이 오죽하셨을까 싶다.

남편은 경찰과 자주 어울리는 편이었다. 아들 없이 돌아가신 시댁 큰아버님 앞으로 입적하여 군인은 면했지만, 맏아들도 양자로 주었다가 잃으신 걸 생각하고 몇 년 후 양자를 파기하셨다. 그 때문에 군대 안 간 이유로 치근덕대는 일이 있으니까 경찰서 친구들이 많았지 싶다.

술을 좋아해서 약국을 비우는 시간이 많고, 아이들은 연년생이니 사는 일이 전쟁이었다.

약국을 분가해서 나와 보니 빚투성이였다. 남편은 서울 청진동에서처럼 약 파는 사람을 두고 여전 약국을 비웠다. 진열장은 텅 비는 날이 많았고, 장날만 지나면 약값 수금하느라 돈을 빌려야 하는 형편인 것을 나중에야 알았다. 그러나 부모님께 손은 안 벌렸다. 그게 좋은 것만은 아니어서 빚 독촉에 망신까지 당한 적도 있다.

그러나 나는 당장 돈이 걱정이 아니라, 그저 술 때문에 폐인만 되지 않았으면 하고 살았다.

그래도 아이를 기다리는 시부모님께 효도라도 하듯 1년 9개월 터울로 넷째 딸을 낳았다. 무럭무럭 자라 오빠보다도 튼실하고 예쁘게 자라니 아버님께서는 보실 때마다 사내아이 안 된 것이 아깝다고 아쉬워하셨다.

넷째가 백일도 안 되어 갑자기 시어머님이 돌아가셨다. 마흔 다섯에 그 일을 겪으신 후 이십 년을 몸과 마음이 불편한 채로 사시던 시어머님은 예순 다섯에 명을 달리하셨다. 그때부터 시골에는 밥해 주시는 아줌마를 들여 살림을 했다.

시아버님은 어머니 돌아가시고 십 년 뒤인 1982년, 여든 둘의 나이로 돌아가셨다. 아버님께서는 저녁 드시고 옆집에 가셔서 수박까지 드시고 오셔서 주무시듯 새벽에 돌아가셨다. 시아버님은 돌아가시기 일이 년 전에 서자를 장가 보내 데리고도 사셨다.

아버님, 어머님 두 분이 생전에 마음쓰심 같이 돌아가실 때에도 자식들을 위해 그렇게 조용히 가신 것 같아 죄스럽고 감사한 마음뿐이다. 나는 남편 덕에 정말 어렵고 힘든 생활을 했지만, 시부모님과 형제들 모두에게 사랑 받으며 살았다. 지금도 무슨 일이 있으면 큰시누이에게 상의를 드리며 부모님처럼 의지하고 산다.

큰시누이에 대해서는 꼭 써야 할 것 같다.

약혼하고 남편과 제일 먼저 찾아 뵌 분이 큰시누이다. 큰시누이를 만나러 가면서 남편은 큰누이가 참 똑똑하다고 했다. 남편 말처럼 큰시누이는 평생을 격이 맞지 않는 신랑하고 잘도 참고 사셨다. 시누이의 남편은 세 살 연하였는데, 술 마시고 생활비도 안 주며 행패를 부리기 일쑤였다. 한번은 우리 남편이 경찰을 불러 각서까지 받은 일도 있다. 그래도 시누이는 꿋꿋했다. 절대 누구에게 신세 한탄 같은 것을 해본 일이 없고, 세 딸을 예의 바르게 잘 키워 가르치고 결혼까지 시켰다.

가내 수공업으로 재봉 일을 하신 큰시누이는 자신의 노후 대책까지다 마련해 놓고 하시던 일을 정리했다. 고모부의 심한 당뇨 수발까지하셨는데 고모부는 얼마 전에 돌아가셨다. 그래도 돌아가실 때에는 퇴직금과 연금, 증권까지 적지 않은 돈을 놓고 가셨다고 한다. 평소에 병원비 한 푼도 내놓지 않던 분이었는데 늦게라도 고마운 일인지 세상사의 일인 듯 싶다. 딸들 이야기로는, 엄마 생전 쓰시고도 남을 돈이니 좀쓰고 사시라고 했단다.

시누이의 딸 셋은 각 가정에서 시부모님 잘 모시고 사는 모습이 보기 좋다. 혼자되신 엄마를 딸 셋이서 번갈아 돌봐드린다. 낮에는 도우미가 와서 집안일이며 말벗도 되고, 밤에는 딸들이 번갈아 와서 자고가기도 하며 안정된 생활을 하신다.

지난번 형제들 모여 식사할 때 큰시누이는 하모니카를 갖고 오셨다. 손이 떨리니까 한 손은 의자에 대고 다른 한 손은 딸이 꼭 잡아 준 채로옛날 가곡을 부르셨다.

"내가 부모님 산소 앞에서 한번 부르려고 더 열심히 배웠다."

의사의 권유로 배우기 시작해서 조금 부른다고 하는 모습이 좋아 보였다.

노년의 경제 안정은 복 중의 복이지만, 나는 고모님 사신 세월의 고 달픔을 알기 때문에 그 돈이 고모님 젊음의 긴 상처를 얼마나 보상해 주었을까 가끔 속으로 저울질해 본다. 지금은 천주교의 신실한 신자가 되어 항상 자녀들과 형제들을 위하여 기도하신다니, 이 모든 평화가 고모님께서 지켜내고 이겨내신 세월의 보상이라고 생각한다.

다음은 막내 시동생 이야기다.

막내 시동생은 오십여 년 의료인으로 몸담았던 한양대학병원을 2013년 2월에 정년퇴임했다.

내가 결혼하여 시골에 있을 때, 막내 시동생은 서울 큰누이 댁에서 재수 입시 공부를 하고 있었다. 일요일이면 시골에 와서 누워 계신 어 머님 오그라든 왼손을 잡고 주물러 드리며 성경 말씀을 들려 드렸다. 갈 때는 마른 반찬거리와 김과 계란을 종이에 싸서 박카스 빈 상자에 넣어 꼭 가져갔던 것 같다. 한양의대에 장학생으로 합격해 다닐 때에 도 어쩌다 장학금을 못 받을 때에는 아버님께 어려운 친구가 있어 양 보했노라고, 아버님 어려우신데 죄송하다고 말씀드린다.

그렇게 공부하여 늦은 결혼도 하고 평생을 한양의대와 병원에 몸담 아 학장과 교수로 또 병원 내의 예배와 전도 일을 담당하며 정년을 맞 이했다. 지금은 수원 근교 보건소에서 일을 하고 계신다.

시아버님이 돌아가시자 형님을 꼭 아버지 모시듯 근 이십여 년 동 안 주말이면 전화해서 안부를 묻는다. 술을 줄이고 교회에 나가셔야 한다고 끊임없이 권고하며 설득한다. 그러면서 가족의 어려움과 소중함도 일깨워 주신다.

형제들 이야기는 남편을 끝으로 적어 본다.

남편은 천성이 말이 너무 적어서 뚝뚝해 보이지만, 그러면서도 유머가 있고 자상하고 부드러운 면도 있다. 너무 예민한 성격에 상처를 많이 받는데 그걸 소화시키자니 술이 해결책이기도 하다. 그런대로 인간적으로는 믿음이 갔기 때문에 술로 인한 게 아니면 큰 불만은 없었다. 같이 산 지 십 년이 넘어서야 속마음을 조금 알 수 있었고, 사십 년이 지난 이제야 이해를 할 수 있는 것 같다.

이 집 형제들은 말을 많이 아끼고, 상대방이 곤란하거나 누가 되는 이야기는 절대로 하지 않는다. 그것을 삭이는 데 신경을 쓰고 괴로우니까 본인으로서는 괴롭다. 특히 남편이 가장 심하다. 그렇게 살다 보니 나만 못되고 손해 본다는 생각에 마음 상한 일이 여러 번 있다. 정이 있는 듯 없고, 없는 듯 있고….

나는 오랫동안 많은 갈등 속에 산 것 같다. 생각해 보면 보통 평범한 사람이 갖지 못하는 깊은 이성적인 면이 있어서 그것이 욕심으로 보이기도 하지만, 그 욕심이 결코 지나치거나 남에게 피해를 주는 법은 없었다. 연년생의 아이들을 키우고, 남편의 음주로 인한 정신적인 스트레스 때문에 정말 정신없이 젊은 시절을 살 수밖에 없었다.

마흔 살이 넘었을 때, 마침 국가에서 젖소 사육을 장려하는 정책을 펼쳤다. 남편은 홍성 몇몇 유지들과 정보를 교환하고 정부에서 젖소를 배당 받았다. 젖소를 키우기 위해 산을 개간해서 초지를 만들고 축사를 지으며 엔실레이지 통(초지를 만들어 그것을 지금의 효소 담듯 엔실레이지 통에 넣어 꼭꼭 눌러서 발효를 시켜 젓소를 먹인다)도 만들어야 하니 돈이 많이 들었다. 그러나 그때는 아무리 투자해도 그 투자 이상으로 나올 거라는 부푼 마음으로 이 돈 저 돈 다 끌어다 쓴 것 같다.

그러던 1978년 6월쯤이었다. 낙농회 회원 몇몇 분이 안성에 있는 낙농협회로 견학을 갔다. 비포장도로를 덜커덩거리며 갔다는데 안성 낙농협회 사무실에 도착하자, 남편 얼굴이 하얗게 질리며 그냥 쓰러지더라고 한다. 불행 중 다행인 것은 도립병원 앰블런스를 타고 갔기 때문에 빨리 안성에서 가까운 평택 병원으로 간 것이다.

그런데 혈압이 자꾸 떨어지니까 큰 병원으로 빨리 가야 한다고 수혈 병을 달아 주며 재촉하더란다. 그때 남편이 모기 소리만한 목소리로 "동생 병원, 병원…" 하고 입을 달싹거리는데, 마침 동행한 김양수(혜전대 교수, 한국일보 기자였고 수필가이기도 하다) 씨가 한양대병원으로 전화를 했다. 퇴근했던 동생이 병원으로 달려왔다. 병원 의사들이 모여 상태를 살펴 보니 내출혈이어서 사진도 찍을 수 없고 숨이 차오르니까 주사기로 피를 뽑아내며 응급 처치만을 했다고 한다.

일요일에 올라가서 보니 말도 못하고 가쁜 숨을 참고 있는 모습에 말문이 막혔다. 정말 생사를 하늘에 맡긴 상태였다. 하나님, 하나님 하는 말 뿐, 가슴이 답답하고 안정이 안 되니 밥도 먹을 수 없었다. 친정 어머니가 계셔서 아이들을 맡길 수 있었으니 아이들도 안중에 없었다.

다음날 월요일 아침, 시동생의 전화를 받았다. 수술실에 들어가는 의사 선생님이 말씀하시길, "최선을 다하겠지만 자신은 못하네." 하고 들어가셨다고 한다. 배를 L자로 열었는데 간 위쪽에 물혹이 있어 그것이 터졌고 그래서 급히 닦아내고 닫았다고 했다. 병원에서 이십여 일을 보내면서 차츰 회복이 되어 퇴원을 앞두고 있었다. 그런데 시동생이야기가 감히 '암'이라고는 못하고, 그때는 서울대학병원에만 암 병동이 있어서 그곳으로 조직 검사를 보냈는데 염려하던 대로 암이라는 결과가 나왔다.

1978년. 그때만 해도 암이란 불치의 병으로 알던 때여서 본인에게 말은 못하고 어찌할 바를 몰랐다. 시동생은 형님이 항암 치료를 이겨내기 어렵고 오히려 몸을 망가뜨릴 염려가 있으니, 자연식으로 해보자고 했다. 그때는 지금과 같은 항암제가 아니었지만, 병원 치료 방법이 어떠하든 사실 항암 치료로 낫는 일은 드물었다. 의사로서 잘 알고 있는 시동생이 그렇게 말해 주니 수긍하고 병원 치료를 포기했다.

우리는 집에서 치료하는 방법을 찾기 시작했다. 밥부터 현미밥으로 바꿨다. 그때는 현미 기계가 지금처럼 없어서 왕겨만 벗겨낸 거라 먹기 어려웠고 밥하는 시간도 한 시간 이상 걸렸다. 고기는 일절 금했다. 당근즙을 많이 먹고, 인삼도 틈틈이 고아 먹었다.

일 년 이상을 그렇게 먹었다. 아이들이 전부 국민학교 다니던 때였는데도 한 마디 군소리 없이 잘 따라 주었다. 그때는 녹즙기도 없어서 하루에 1000cc 이상 당근즙을 만드느라 친정어머니께서 고생 많이 하셨다. 아이들 돌보며 힘든 집안일을 아무 소리 안 하시고 하셨던 어머니를 생각할 때면 내가 죄인이지 싶다.

그리고 기준성 선생의 부항을 받으러 다녔다. 기준성 선생은 당시 부항에 대한 책도 내신 분으로, 집에서 직접 시술을 해 주셨다. 서울 홍

은동 큰길가에 있던 기준성 선생 댁으로 다니고, 집에서도 기구를 갖추고 아침저녁으로 시술했다.

다행히 차도가 있었다. 그런대로 세월이 흘러 오 년쯤 되어서야 좀 안심이 되었다. 십 년이 지나니까 암이라는 존재에서 해방될 수 있었던 것 같다.

건강이 회복되면서 또 일은 시작되었다. 모아 놓은 돈이 없어 이 돈 저 돈 끌어다 썼지만 그래도 약국이 잘 되어 견딜 수 있었다.

목부를 두고 젖소 목장을 하는데 처음에는 잘 되었다. 그러나 목부들이 속임수를 써 우유에서, 사료에서, 가축약에서 보이지 않게 돈이 빠져 나가니까 타산이 맞지 않았다. 그래도 그때는 송아지 값이 좋아서 암송아지 백삼십 만 원, 숫송아지도 사오십 만 원 하니까 어느 정도 수지타산이 맞아 그런대로 유지할 수 있었다. 그러나 안 보이게 새어 나가는 돈이 있어서인지 그렇게 칠팔 년 하다 보니 한계가 왔다. 남에게만 맡겨 안 될 일이었다.

이 무렵 우리는 돈이 필요했다.

우리 옆에 살던 내외가 우리 집 일을 안팎으로 도와 주었는데 그 내외와 손을 잡고 계를 모집했다. 한 번은 그런대로 잘 되었는데 두 번째쯤 계가 막바지가 되어갈 때 그 집에 부도가 났다. 씀씀이가 헤프고 또 땅을 사서 집을 지으며 이 돈 저 돈 비싼 이자를 쓰다가 그렇게 되었다.

우리는 어떻게든 도와 주려고 했다. 그 집 채무자들이 모여 있을 때 아는 분이 우리가 보증을 서 주면 기다려 주겠다 하니까 보증을 섰던 일이 있었다. 그 상황에서 그렇게 했으니 정말 어처구니없는 해프닝이 아닐 수 없었다. 보증까지 섰다가 그 빚까지 떠안은 결과가 되었다. 아는 분들은 계를 파기하라고 했지만, 우리를 믿고 계 든 사람들에게 그렇게 할 수는 없었다. 견디는 수밖에 달리 방법이 없었다.

특히 남편의 마음고생이 컸다. 우리가 안은 빚도 많은데 그 보증까지 서 줬으니 남편은 말은 못하고 속앓이를 했다. 그것은 숙맥 같은 일이었다. 그때는 부도는 나기 전이었지만, 어쩌다 보니 일수를 쓰고 있어 남편 뿐 아니라 나도 깜짝 놀라고, 내가 아는 데서 싼 이자로 얻어 주고 나니 얼마 안 있어 부도가 났다.

우리 내외는 살면서 다른 사람도 내 맘 같이 생각하며 살았다. 더구나 남편은 어려서부터 도와 주는 사람이 많은 세상에서 살았고, 고생도 모르고 감당도 못하는 데는 나 역시 같았나 보다. 일상생활에서도 손발이 되어 주는 이가 필요한 사람이어서, 택시 일을 하는 그 집 내외를 한 식구처럼 믿으며 지냈다.

그런데 쓰임새가 너무 커져 가니 빚을 지게 되고 결국 그 집에 부도가 났다. 그런 와중에 남편은 가까운 사이라고 그 집에 가서 상황을 보니, 뻔히 아는 사람이 빚을 갚으라고 다그치니까 그 집 남자가 형님이라 부르며 좀 기다려 주면 시골 아버님한테 가서 땅 팔아서 다 갚겠다며 실갱이를 하더란다. 보다 못한 우리 남편이 보증을 서 준 것이다. 그분이 진 빚과 우리가 빌려준 돈 그리고 그 며칠 전 이자 싼 돈으로 빌려 갚아 준 돈 하며 우리까지 부도 직전에 몰린 것이다. 그때 돈으로 사천만 원 정도였는데, 집 한 채 값이 넘는 금액이었다.

그렇게 어렵게 몇 년을 견디며 고비를 넘겼다. 이래저래 굳이 할 필요가 없는 인생 공부를 많이 했다.

그렇게 어려움을 이겨내고 있을 때 생각지도 않던 일이 생겼다.

지금 약국 건너편 길가에 가방 가게를 하던 남편 초등학교 은사님이 서울로 이사를 가게 되었다면서 집을 인수하라고 하셨다. 그 집은 국가의 하천 부지였는데 연립으로 상가를 짓던 중이었다. 지금껏 남의 집에서 세를 살았는데 이때를 놓칠 수 없었다. 다행히 한 번에 들어가는 돈이 아니어서 국보 보증에서 대출을 받아 계약금을 주고 젖소를 정리했다. 마침내 내 집과 내 점포가 생기게 되었다. 적은 평수지만 아래층은 약국, 이층은 낙농 사무실, 삼층은 살림집으로 이사했다. 남편 마흔일곱 살 때였다.

그동안 힘든 생활 속에서도 잘도 견딘 것 같다. 그런 중에 남편은 또 한 번 배신의 파도를 맞았다. 오랜 친구한테 빌려 준 돈을 어음으로 받았는데 부도가 났다. 그런데 그 친구는 모른 체 하기만 했다. 그 배신감에 남편은 잠을 이루지 못했다.

또 한편으로 종친회에서 벌어진 살인 사건에 대한 오해(나중에 오해는 풀렸지만)와 불신으로 남편의 신경은 극에 달했다. 술로 인해 오는 자책과 현실은 약으로도 해결이 안 되는 신경 쇠약이다.

그러는 중에 서자로 인한 신경도 만만치 않았다. 아버님 돌아가시고 계속 데리고 있는 것도 안 되었다. 이제는 분가를 시켜야 할 것 같아서 홍동중학교 옆에 가대가 있어 집과 밭 약 육백 평과 논을 한 구간 줘서 분가를 시켰다. 분가를 시켰지만 여전히 남편은 동생을 걱정하며 도와 주려고 했다.

우리는 목장을 그만두고 자라 양식을 시작했다. 설비를 갖추는 데 그때 돈으로 일 억은 들어갔던 것 같다. 그래서 남보다 남겠지 하는 생각으로 동생에게 월 백만 원을 주며 일 년 넘게 자라 양식장을 맡겼다. 분가한 집도 멀지 않아 오토바이로 다닐 수 있고 해서 우리는 동생을 믿고 맡긴 것이다. 우리는 일일이 개입하지 않았다. 목돈을 만지고자 한동안은 팔지 않으려는 계획도 있었다. 꾸준히 사료를 먹여 자라를 키웠다. 어느 정도 자랐을 때, 우리는 거래상을 불렀다. 그런데 물을 빼고 보니 몇 백 마리는 되어야 할 자라가 칠십에서 팔십 마리뿐이었다. 어이없는 일이었다. 누구를 탓하랴. 그만 깨끗이 치우고 말았다.

우리는 그때부터 동생을 가까이 할 필요가 없다고 생각했다. 남편은 서족 이야기만 나와도 치가 떨린다고 하면서도 천성은 착해서 그런대로 잊으면서 살았다. 이제는 동생도 열심히 살아 남 부끄럽지 않게 사니 다행스럽고 고마운 일이다.

자라 양식에서 단돈 백 원도 건지지 못한 남편은 그 뒤로 염소를 키웠다. 남편은 시골 집에 너무 많은 애착을 갖고 시골에서 할 수 있는 일은 무엇이든 하려고 했다. 만여 평이 넘는 집 뒤 산에 울타리를 쳐 놓았다. 그곳에 염소를 풀어 놓으니 산에 있는 나무는 남아 나는 게 없었다. 큰 소나무는 껍질을 다 벗겨 놓았고, 심은 지 얼마 안 된 나무는 잎과 줄기를 전부 뜯어먹으니 결국 헐값으로 다 팔고 말았다. 염소 가지고는 사료값도 안 나오는 것은 누구나 아는 이야기였다. 그러면서 나중에 하는 말이 염소처럼 싸가지 없는 동물은 없다고…. 빈터만 있으면 나무를 심었던 사람이 지나고 나서 하는 소리였다. 쓴웃음이 나오는 말이다.

　남편은 그러다 예순아홉 때 뇌경색이 왔다. 아직 할 일이 많은 사람이고, 언제든 지칠 줄 모르고 시작하는 사람인데 뇌경색이 온 것이다. 반신이 불편해져 글씨를 쓸 수 없고, 음식을 먹을 때도 한쪽으로 흘리고, 목 넘어가는 부분도 마비가 왔다. 그때부터 안 해보는 것 없는 생활에 들어갔다.

　다행히 남편은 조금 나아지기 시작했는데, 그러면서 술을 조금씩 마시기 시작했다. 그러다가 심장에 부정맥이 왔다. 부위가 심장 뒤편 안 보이는 곳이어서 큰 병원에 가야 했다. 서울 세브란스병원에서 최첨단 기계로 치료했다. 다행히 차도가 있었고 지금껏 이상은 없다.

　부정맥이 나아지니 남편은 다시 술을 마셨다. 이번에는 없던 혈압이 생겼다. 아침저녁 수시로 혈압을 재고, 혈압이 높으면 내려갈 때까지 꼼짝 않고 있어야 한다. 혈압이 내려야 식사도 하고 외출도 한다. 다른 병과 달리 혈압에는 남편이 신경을 많이 쓴다. 혈압에는 어머님의 가족력이 있기 때문이다.

　그러나 여기까지가 그래도 괜찮았다고 생각된다. 고난이 삶이 끝난 것 같았지만 더한 시련이 남아 있었다.

　2017년 11월, 남편의 체중이 갑자기 오킬로그램이나 줄고 컨디션이 좋지 않아 뇌경색 약을 타러 십여 년 다니던 한양대학교 병원에서 종합 검사를 했다. 결과는 간암. 암의 크기가 간의 절반 가까운 십삼 센티미터에 달했다. 한양대병원에서는 놀랄 뿐 수술하자는 이야기도 못 한다.

집에 와서 천안 사는 언니와 상의를 했다. 서울 응암동 사촌동생이 암으로 치료를 받았다고 해 그 동생댁과 통화해 보니, 자기들은 아산병원에서(시아버지는 서울대병원에서 간암 수술을 받았다) 받았다고 했다. 아이들이 알아 보니 그곳이 괜찮겠다는 결론으로 아산병원에서 시술을 받았다. 결과는 좋았지만 고통이 너무 심해 병원에서 간호사 보기가 민망할 정도였다. 그러나 한번에 될 일이 아니었다. 아이들이 알아 보니 방사선 시술이 도입되었는데, 아직 초창기여서 서울대병원에서 주로 하고 시술의도 서울대병원에 있다고 해 병원을 옮겼다.

병원을 바꾸니 환자는 의료진이 불친절하다고 유난히 스트레스를 받았다. 방사선 시술 전 시술의 면담을 하면서 그분의 자세한 설명을 들으니 믿음이 가고 안심이 되었다.

시술하는 날. 화면에 이름이 나올 때까지 밖에서 기다리는데, 1차로 들어갔던 이들은 한 시간 정도면 다 나왔는데 우리는 2시간 50분이 걸렸다. 별 생각이 다 났지만 무사히 끝내고 나오니 고마운 마음이 안도와 함께 들었다.

오랜 시술 끝이라 환자의 고통과 신경 불안증 때문에 집에 있다가도 서울 응급실을 자주 갈 수밖에 없었다. 그래도 응급실로 가서 빠른 검사를 받고 약을 받으면 좀 안심이 되었다.

집에서는 녹즙을 먹이고 고기는 먹지 말아야 한다는 나의 강박관념에 신선초와 케일 녹즙을 일 년 이상 만들어 먹게 했다. 그러나 육식을 안하면 항암 치료를 감당할 체력이 어렵다는 아이들의 권고를 따라 육식을 하고 체력을 보강하는 데 신경을 썼다.

방사선 시술 후 경과가 좋아 암은 거의 소멸되고 가장자리에 조금 있다고, 체력에 크게 지장이 없다고 해서 잠깐 걸리는 시술을 했다. 그러나 나이가 있고 반복되는 씨티 촬영과 각종 검사, 특히 검사 전에 여덟 시간 금식을 하고 서울을 왕복하는 일(아들이 차로 모시고 다녔지만)은 어려움이 컸다.

그후 여섯 달 이상 재발이 없어 안심했는데, 세 번째 검사에서 콩알만한 것 세 개 정도가 보이니 더 크기 전에 시술을 하자고 해서 했다. 그리고 석 달 후 검사를 하니 아직은 깨끗하다고 한다.

하지만 본인의 불면증과 우울증으로 매일 고통의 끝이 없다. 지금은 외부 출입도 싫다고 해 잠깐씩 드라이브하는 정도다.

환자의 곁을 떠날 수 없는 날들이 계속된다.

시지포스의 운명으로 살았던 것은 아니었을까? 남편의 무거운 돌을 건네받아 짊어진 채 언덕을 오르락내리락 거렸던 세월이었다. 그리스 신화에 나오는 시지포스는 어떤 일인지 모르는데 그만 신들에게 형벌을 받았다. 시지포스는 큰 돌을 가파른 언덕 위로 굴려 올리지만, 정상에 올리는 순간 돌은 다시 밑으로 굴러 내려간다. 그러면 그는 내려와서 처음부터 다시 돌을 밀어 올린다. 이런 허무한 반복이 그의 삶이었다. 나는 시지포스처럼 남편의 심적 고통을 내 자신의 고통으로 받아들이며 살았다.

젊은 날을 함께한 남편은 지성적인 사람이었다. 남편은 장점이 많은 사람이다. 무언가 맺힌 게 있으면 풀어가는 성격이었다. 그러나 술 때문에 그런 게 다 가려졌다. 우리에게는 술이 문제였다. 차라리 어떤 때는 술을 끊고 외도를 하는 게 더 낫겠다 싶을 때도 있었다. 그런데 남편은 외도도 없었고 잡기도 없었다. 남편에게는 술이 전부였지 않나 싶을 정도였다.

남편은 말이 없었다. 남편은 나에게 서운한 것이 있거나 나를 오해하는 일이 있어도 자존심 때문에 전혀 말을 하지 않았다. 서운한 것도 오해하는 것도 화를 내며 서로 말을 나눠야 했다. 남편 곁에 있었지만 남편에게 다가서기 어려울 때가 많았다. 말이 통하지 않으니 남편의 내면세계가 보이지 않았다.

남편과 청초한 시간을 함께 하지는 못했다. 그런 엄마를 보고 자란 자식들은 엄마는 왜 그렇게 살았냐고 한다. 딸은 "엄마, 좀 품위를 가지고 살지, 왜 그렇게 사느냐."고 했다.

나에게는 쉽지 않은 세월이었다. 그래도 젊었고, 아이들이 있었기에 이겨 낼 수 있었다고 생각한다.

약국에서의 삶

동창들 중에 약사 부인이 셋, 약사가 둘, 의사도 두 명이 있다. 지금도 서울 장위동에서 피부과와 소아과 등을 겸하는 동창도 있다. 고려대 의대를 다녔는데 재주가 많은 친구여서 직접 그린 그림으로 달력을 만들어 보내 주는데 올해도 받았다.

약국이 내 삶에서 이렇게 큰 자리를 차지하게 될 줄은 몰랐다. 내 일생에 제일 비중이 큰 일터였던 약국에서의 시간을 삼십 대와 사오십 대 그리고 예순 이후 지금까지로 나눠 정리해 보았다.

초창기 삼십 대

매약을 팔면서 어떤 약이 손님에게 맞을까를 생각하며 환자의 증세를 열심히 들었다.

그런데 남편은 약을 지을 때 내가 옆에서 지켜보는 걸 싫어했다. 이해가 안 되는 부분이지만, 아들을 보면서 이제 이해가 간다. 아들은 손재주가 좋다. 그런데 기계 같은 걸 만지거나 무슨 일을 할 때 옆에서 보면 질색을 한다. 일하는 게 안스럽기도 해서 도와 주려고 하면 아주 싫어한다. 그런 면이 아버지와 닮은 꼴이다. 그럴 때면 나는 자존심이 상하지만, 그것이 성격인 것을 알았다.

남편의 등 너머로 약 짓는 법을 익혔다. 감각으로 익힌 게 많아졌고, 우리 약국에서 지은 약을 먹고 나았다는 이야기를 들으며 자신감도 생겼다. 그런 속에서 약국은 차츰 내 직업이 되고 말았다.

약국을 지키고 있을 때에는 쉬어도 약국 안에 있는 소파에서 쉬어야 하니까 약국은 내 차지가 되는 경우가 많았다.

졸음도 참아가며 보낸 세월인데, 어려움을 이겨낼 건강은 있었던 것 같다.

사오십 대

차츰 약국에 있는 시간이 많아지니 내가 약을 줄 수 있는 기회도 늘어났다. 내가 지어 준 약을 먹으면 잘 낫는다는 분들이 많아질수록 자신감도 생겼지만, 나를 약사로 보는 손님도 많아져 좀 겁이 나기도 했다. 그래도 남편이 약을 잘 지을 줄 알기에 약에 대한 특징을 알 수 있었고 모두 그 덕으로 안다.

나는 한편으로 내가 약사 아닌 것이 한이 되었다. 큰딸이 약대를 가고자 했지만 따르지 못했고, 솔직히 아들은 약사를 시키고 싶지 않았다. 남자로서 안에 갇혀 산다는 것이 좋아 보이지 않았다.

정말 쉴 줄 모르고 산 세월이다. 남보다 일찍 문을 열고 또 남보다 늦게까지 약국 문을 열고 있어야 직성이 풀렸다. 지금은 어림도 없는 일이지만, 그때만 해도 약국 판매대에서는 정식 약사 아닌 대리 약사가 많았다.

예순 이후부터 지금까지

1999년부터 의약분업이 시작되자 남편은 불만이 많았다. 의사가 처방해 준 대로 조제만 하는 것은 약사의 기본권을 빼앗는 처사라고 생각했다. 그러나 의약분업은 시행이 예고되었고 우리는 아무 준비도 하지 못한 상태였다.

시행이 한 달도 안 남은 때였다. 그 무렵 혜전대학교에서 단기 코스로 컴퓨터 교육을 한다고 해서 이 주 정도 다녔는데, 시간상 도저히 끝까지 다니기가 힘들었다. 컴퓨터를 제대로 만져 보지도 못한 상태에서 처방전만 겨우 입력할 수 있는 상황이었다. 그러다 보니 입력할 때는 문제가 없었는데 정산할 때 틀리는 것이 많고, 또 항정마약류는 재고를 맞춰야 하니까 약국 문 닫고 밤에 나와서 한 때도 많았다.

그러다 아들의 고시 공부가 여의치 않아 한 번 더 준 기회도 지났을 때, 약국도 어렵고 시골집을 다시 헐고 지어야 할 시기에 아들이 내려와 있게 되었다. 약국도 좀 거들고 시골집 짓는 일도 보아야 하는 쉽지 않은 일을 아들이 도맡았다. 성격이 예민해 스트레스를 많이 받는 아들이 낮에는 절대 마시지 않지만 취침 전에 마시는 맥주 때문에 신경이 쓰였다.

아들의 결혼을 위한 심리전이 시작되었다. 우리 내외는 약사 며느리를 얻어 아들과 같이 약국을 하면 좋겠다 싶어 몇 군데 알아봤지만 본인은 싫다고 했다. 대학 강사며 나이가 동갑 이상인 치과의사도 다 싫다고 하는 사이에 나이는 마흔 일곱이 되어 포기한 상태였다.

그러던 어느 날, 아들이 인사를 시키러 데리고 온다 해서 누이들도 모여 식사 자리를 가지게 되었다. 키는 훤칠하고 얼굴도 갸름하고 스스럼 없는 모습이 좋았다. 우리는 저만 좋다면 뭘 따질 만큼 여유롭지도 않았지만, 나중에 들으니 아들은 몇 번 쫓아다니며 설득도 하고 집도 구경시키며 노력을 했던 모양이다. 나이가 있으니 서둘러 결혼하고 얼마 안 있어 아이도 생겼지만 석 달만에 유산을 하고 말았다. 우리는 더 이야긴 못했는데, 발빠르게 시험관 아기 시술이 성공하여 남매 쌍둥이를 얻어 한시름 접었다.

이제 여든이 넘은 부모를 모시고 직업보다 더 큰 살림을 해나가는 아들의 어깨가 무겁지만, 나로서는 하나님께서 길을 열어 주심에 감사하지 않을 수 없다. 몇 만 평 되는 살림을 아들이 아니면 누가 맡아 할 수 있었을까. 일은 고되어도 경제적으로는 안정된 생활이라고 본다.

지금 약국은 일주일에 나흘, 오전 열 시부터 열두 시까지 두 시간만 문을 연다. 여력이 있는 동안은 하는 데까지 하자는 생각이다. 문을 여는 시간이 짧기는 해도 기존에 약국을 이용하던 분들이 미리 전화로 주문을 하고 찾아 주니 감사한 일이다. 예전부터 보령, 예산, 서산, 서천, 구항 등 멀리서 약국을 찾아 주는 외지 분들도 많다.

중앙약국이라는 이름으로 평생을 남편과 함께 약을 지으며 살았다. 고된 날들이 많았지만, 이제 생의 끝자락에서 돌이켜 보니 욕심은 사라지고 감사한 마음뿐이다.

자식들에게 보내는 편지

큰딸에게

항상 엄마의 하소연을 제일 잘 들어주어 고맙다.

어려서도 너는 어른스러워서 한 살 아래 동생도 곧잘 챙기고, 명랑하고 착해서 할아버지 할머니 사랑을 제일 많이 받았다.

네가 대학을 졸업하고 서울에서 학원 아이들을 가르칠 때도 엄마는 어떻게 일자리를 구했는지, 집에서 얼마나 떨어진 곳에서 다니는지도 몰랐다. 엄마는 항상 시간이 없어 너희와 상의 한 번을 못해 주었지. 그래도 반듯하게 누구에게 의지하지 않고 잘해 나간 것을 보면 대견하고 고맙다.

우리가 아버지 은사님 집을 사서 이사를 앞두었을 때 말이다. 너는 중학교 3학년이었다. 하루는 "나, 대전으로 갔으면…."하는 이야기를 너에게 들었다. 그때 나는 깜짝 놀랐다. 내가 너무도 아이들에게 무심했구나 싶어 미안했단다. 그러나 그것만이 전부는 아니었단다. 오히려 고마운 일이 아니겠니. 나는 그때 네가 대전 호수돈여고로 가게 된 것이 네 인생에서 중요한 순간이었다고 생각한다.

사실 네가 결혼할 때는 좀 신경을 썼다. 엄마는 너를 스물다섯 살부터 결혼시키고자 했단다. 그런데 서른이 되어 결혼을 했으니 너는 떨어져 있어 모르지만 엄마는 잠깐이지만 우울증까지 온 일이 있었다. 지금 생각하면 체중도 줄고 축 늘어진 바지에 블라우스를 걸치고 부끄럼 없이 의사촌 옆 시골로 이어지는 거리를 마냥 걸었다. 이른 아침과 밤에는 아빠가 같이 걸었던 기억도 있다. 불안해서 가만히 있을 수가 없었고, 혼자 있을땐 눈물이 났다. 하지만 그 일은 잠깐이었으니 지금은 추억으로 생각한다. 한약으로 안심액과 보약을 같이 먹으며 몸과 마음이 좋아졌다.

지금 너의 남편이 재차 혼삿말이 들어왔을 때는 아빠까지 나서서 알아보셨지. 너의 시아버님 고등학교 동료 선생이었던 아빠 선배 분을 만나 여쭈어 보셨는데, 신랑감이야 다시 볼 것도 없다고 단칼에 말씀하셔서 믿음이 갔고, 그 선배 분이 점잖고 인정해 주는 분이어서 우리가 마음의 결정을 할 수 있었다. 더구나 중고등학교 7년이나 반장 일을 보았다고 하니 그 책임감과 그것이 믿음이 되어 혼인을 성사시켰다. 지금 생각해도 일등 신랑감이라 생각한다. 부지런하고 끈기 있게 무슨 일이든 성실하게 하니 감사한 일이다. 너의 부족함을 잘 채워 주고 보기 싫은 말 한 마디 안 하는 것을 보면 참 대견하다.

결혼해 큰딸 유정이를 낳고 세 살인가에 IMF가 닥쳤다. 다니던 회사가 부도나 외국인에게 넘어가니 너의 신랑은 그 회사로 가기 싫다고 틈틈이 공부를 해 두었던 실력으로 한국감정원에 합격해 들어가지 않았니. 그것도 참 고마운 일인데, 또 직장에서 대학원까지 등록비를 주고 공저이지만 부동산학 책까지 출간했으니 그 부지런함과 끈기에 고맙고 감사한다. 너의 신랑은 직장에서도 신임을 받아 너무 바쁜 생활을 하지만 보람으로 생각한다.

사랑하는 두 손녀 유정과 서영. 유정이는 말도 잘하고 사교적인 데다가 공부도 그만 하면 상에 속한다. 이제는 제 전문 분야의 꿈만 이루면 얼마나 좋겠니. 둘째 서영이는 신통하게도 공부를 잘하고 또 자기가 하려고 노력도 하니 얼마나 대견하냐. 글쓰기도 최우수상을 받았으니 네가 뒷바라지가 쉽지는 않겠지만 고맙게 생각하고 조금은 바쁜 세월이 지나면 너희 가족도 신앙을 가졌으면 싶다.

네 나이도 벌써 중년이 넘어서면서 갱년기이구나. 앞으로는 노년의 세월도 계획을 세워 보기 바란다. 엄마는 앞으로 너희도 시댁을 따라 천주교를 믿든지 기독교는 더욱 좋고 종교를 가졌으면 한다.

세월이 흘러 이제 너희들도 정년을 생각하는 나이가 되었구나. 아빠도 몇 번 이야기했지만 정년이 되어 직장이 끝나면 이곳 시골로 와서 살기를 원한다. 집 지을 자리 하나야 태규가 주지 않겠니? 두 자매 대학 졸업하면 저희들 길이 있겠지. 요즈음은 조그마하고 예쁜 집들도 많더구나. 나이 먹으면 큰 집도 부담이 되어 작은 그림 같은 집이 더 좋을 듯 싶구나. 아직 먼 이야기 같지만 세월은 더 빨리 다가서는구나.

둘째 딸에게

너는 어려서부터 누구 도움 없이 제 할 일을 알아서 하는 아이였지. 누구보다 공부를 잘해서 부모를 기쁘게 해 주고 어려움을 이겨 나가는 힘이 되어 주었다.

너는 고집도 있고 의연한 아이였지. 절대로 본인이 잘못했다고 생각되지 않을 때는 아무리 혼내고 달래도 굽히지 않아서 애를 먹은 일이 몇 번 있었는데, 너한테 그러한 것들이 오히려 마음의 상처였었나 보다.

너는 특히 선생님들의 칭찬을 많이 받았지. 초등학교 때는 담임 선생님이 경희는 아는 것도 확신이 안 서면 손을 안 든다고, 그래서 발표력이 좀 떨어진다고 했지. 중학교 3학년 때 담임 선생이 그러시더구나. 경희는 부반장이지만 반장 일까지 다한다면서 장래 무엇을 해도 잘할 것이라고. 그러면서 대학 교수든 전문직 같은 것을 할 것이라고 하신 이야기가 생각난다.

고등학교 때는 반에서 예배 인도하는 책임이 있는 것을 알고 반가웠다. 오래전부터 교회를 다닌 엄마보다 성경을 더 잘 알아서 이야기할 때는 내가 배워야 했지. 그리고 학교 교지를 만들 때도 호수돈 여고의 교복 변천사 사진에 너의 세라복 입은 모습이 정말 잘 어울려서 좋았다. 3학년 때 아빠가 담임 선생님을 찾아가셨을 때 말씀이, 너는 다른 과목보다 영어를 잘하고 학년에서 아이큐가 제일 높다고 하셨다지.

호수돈에 다닐 때 학부모들 오시라고 연락이 와서 갔는데, 학부모

앉혀 놓고 너희들 연극을 하더구나. 물론 서툴기는 했지만 네가 친구들 데리고 당당하게 하는 모습이 자랑스러웠다.

네가 호수돈에 가던 생각이 나는구나. 네 언니가 먼저 호수돈에 가고, 너는 이듬해에 자연히 언니 따라 대전으로 가서 호수돈여고에 입학해 같이 다니게 되었다. 네가 호수돈에 다닐 때 나는 신경을 써 주지 못했다. 삼 년이 번쩍 지나더니 대학 입시가 시작되었는데, 너도 알다시피 그때는 입시 전쟁이 심해서 삼수는 보통이던 때였다.

네 언니가 일차에 떨어지고 이차로 순천향대 수학과에 들어갔잖니? 그런 언니를 본 너는 그때부터 일 년을 좀 열심히 했지만 기대한 점수는 못 미쳤다. 의대를 원했는데 점수가 되는 원광대 의대는 망설였다. 재수 일 년만 시켜 주면 이화여대 의대에 들어가겠노라고 했지만, 언니와 동생이 줄을 잇는데 그렇게 해 주기가 어려웠다. 그래서 원광대 의대에 가라고 했더니 너는 지방이라 가기 싫다고 했지. 그래서 담임 선생과 상의하니 담임 선생은 이화여대 법과를 보내면 어떻겠냐고 하시더라.

이과 공부를 했지만 그때는 문과로 바꿀 수 있었으니 다행이었다. 네 성격으로 봐서 여자지만 법관이 되는 것도 좋을 것 같았다. 외할아버지를 이어받아 좋고 또 친할아버지 바람도 들어 줄 수 있을 것 같아 좋았다. 친할아버지는 당신의 막내 아들이 법관이 되길 원하셨지만 결국 아들이 의대를 택해 많이 아쉬워했단다. 너와 합의가 되어 우리는 이화여대에 원서를 냈다. 기억나니? 법대는 커트라인이 의대보다 이십여 점 낮았기 때문에 우리는 발표 날에도 가지 않았지.

네가 법과를 졸업하고 엄마 아빠는 사법고시 공부하기를 은근히 기다렸단다. 그런데 너는 금방 시작하지 않더구나. 이리 기웃 저리 기웃이었지 아마. 서울에서 외환은행도 좀 다녔고, 큰 법률 사무실에 갔더니 노조 가입 안 하는 것을 조건으로 채용한다고 해서 넌 싫다고 했다지. 졸업하고 이 년여를 그렇게 지내다가 너는 대학원에 갔다. 열심히 공부해서 대학원을 졸업하고 고시 공부를 시작했지. 그때가 네 나이 스물여덟이었다.

일차와 이차 합격하고 나니 서른한 살, 연수원 공부까지 마치고 졸업하니 서른세 살이었지. 연수원 졸업하고 너는 곧장 친구가 있는 호주에 갔지. 어느 날 호주에서 전화가 와 받으니 너도 기뻤는지 들뜬 목소리로 들렸다.

"엄마, 나 연수원 등수가 60등이래."

나는 너무 반가워 말도 안 나왔다.

"정말, 정말, 하나님 감사합니다."

엄마도 모르게 그 소리가 나오더구나. 연수원 졸업생 990명 중에 60등이니 감사하지 않을 수 없더구나. 판사로 임명되어 지방 근무 삼 년을 마치고 줄곧 서울에서 근무했지.

그러고 보니 혼기가 늦어 네 이상에 맞는 신랑감이 없었지. 좀 더 일찍 가려고 했으면 아까운 혼처도 있었지만 너는 줄곧 싫다고 했지. 네 자신 원래도 가지고 있던 독신주의가 다 하나님 뜻이고 네가 원했던 길이라는 생각도 든다. 그러나 엄마는 아직도 단념이 안 되어 뭐든 네 뜻에 맞고 또 인연이 되는 훌륭한 짝이 나타나길 빈다.

한때 네가 욕심이 많아 로펌에서 월급을 많이 준다고 하는 이야기를 듣고 혹 마음이 동하지 않을까 염려가 됐다. 돈에 연연하지 않고 네 직업에 충실했으면 싶은 마음에 서초동에 있는 조그만 아파트지만 너에게 주었다. 그것으로 인해 아들 태규한테는 한동안 미안했지만, 태규는 아빠 재산을 물려받을 거라고 생각하고 했으니 네 앞 길 네 직업에 충실하며 좀 더 성숙하여 모든 일에 사려 깊고 따뜻한 모습으로 보이지 않는 하나님의 모습을 가슴에 안고 살아가기를 바란다.

네가 여행도 많이 시켜 줬지. 주말을 택해 피곤한 몸인데도 와서 경상도 부석사, 전북 내소사, 마이산, 담양의 대나무숲, 여수, 해남 기차 여행 등 다 셀 수는 없다. 엄마가 말은 안 하지만 네가 엄마 아빠를 위해서 또 엄마 건강을 위해서 좋다는 것은 다 해 주고 네가 운전하며 천리길도 멀다 않고 여행시켜 주는 걸 왜 모르겠니. 내가 이렇게 받을만한 가치가 있을까도 고마워하며 생각해 본다.

한 가지, 너에게 바람은 신부님이 법원에 오셔서 세례까지 받았다니 점차로 너의 마음이 열려 믿음의 길이 펼쳐지길 바란다.

네가 부장판사로 임명된 지도 벌써 삼 년이 되었구나. 건강 지키며 모든 것에 따뜻한 마음으로 포용하는 삶을 살기 바란다.

아들에게

너는 셋째로 태어나 위로 강인한 누나와 밑으로는 당당하고 양보 모르는 누이동생의 중간에서 네 여린 마음에 상처를 받지 않았을까 엄마는 너희들이 다 성장한 뒤에야 생각하게 되었단다.

외할머니 돌아가셨을 때 미국에서 온 이모 붙들고 울던 너의 모습을 보며 누이들 속에서 그나마 외할머니가 계셔 너에겐 얼마나 고마운 일이었나 생각했다. 할머니는 "우리 태규 뒤꼭지만 보기도 아깝다."고 하셨다지.

너는 아빠 삼형제의 자녀 중 유일한 남자 아이다. 날 때부터 귀하게 태어나기도 했지만, 사주에도 천귀가 두 번이나 들어 초년 고생을 좀 한다더니 그래서 장가를 못 가는 것일까 생각도 해 본다. 별 생각, 별 말을 다 한다.

엄마는 정말 너한테는 너무 부족한 엄마였다. 어려서 온통 누이들한테만 신경을 쓰고 너한테는 좀 소홀했던 것 같다. 사실 너무 일찍 학교에 들어갔지. 할아버지께서 남자는 군대도 가야 하고 공부도 오래 해야 하니까 일찍 보내야 한다고 해서 만 여섯 살도 안 되어서 갔지. 어린 데다 수줍어서 엄마 마음대로 따라 주지 않아 머리도 잘 안 깎고 새 옷을 입기도 싫어해 애를 먹었지. 사진도 안 찍으려고 숨어 다녔지. 초등학교 때 담임 선생이, 태규는 수업 시간에도 꼭 손에 무엇을 쥐고 만지작거리며 장난이 심해서 좀 산만하다고 하시더라.

중학교는 집 앞의 학교를 두고 거리가 먼 홍주중학교에 들어가 자전거로 삼 년을 잘 다녔지. 엄마는 네가 중학교 다닐 때도 공부에는 전연 신경을 못 쓴 것 같다. 그렇게 중학교를 졸업하고 고등학교를 가는데, 학교에서는 될 수 있으면 지금 다니는 홍주고등학교에 보내려고 하는데 너는 홍성고등학교를 가겠다고 말했다지. 친구한테도 선생님이 홍주고등학교 가라고 해도 끝까지 홍성고등학교 간다고 하라고 했다지? 친구 엄마가 그러시더구나. 그때는 네가 대견스럽기도 했다.

네 성적이 염려되어 너의 담임을 찾아가니 그래도 국, 영, 수의 성적은 좋은 편이라고 해서 좀 마음이 놓였는데, 합격이 되어 고등학교 사춘기를 집에서 보내야 했던 것 같다. 지금처럼 고등학교에 기숙사가 있었으면 좋았을 텐데 그때는 그런 것이 있는지도 몰랐단다.

아빠가 술을 마시고 누워 계시는 날이 많아 넓지도 않은 집에서 네가 가장 어려웠던 시기였던 것 같다. 그건 아빠가 경제적인 어려움을 겪는 동안 아빠도 힘들어서 그런 것이란다. 그러나 그때 집에서 학교 다니던 너희 둘은 사춘기였지. 사춘기에 얼마나 많은 스트레스를 받았겠니? 그 상처를 그때는 미처 모르고 나중에야 알게 되었다.

누나 둘은 대전으로 나갔고, 좁은 집에는 고등학교 1학년이던 너와 중학교 2학년 네 여동생이 있었다. 아빠의 술과 엄마의 약국에 매달린 생활에 딴 데로 빗나가지는 않았지만, 특히 예민한 성격이던 너희들은 견디기 힘들었을 것 같다. 경제적인 어려움과 너무도 바쁜 일상이야 바람 불 듯이 사라져갔지만, 아버지의 술은 너희들 마음으로 들어간 것 같다. 미안하기만 하구나.

아빠가 가정에 신경을 쓰지 않아 너희들과 다정한 시간을 보내지 못했다. 태규, 너는 아들인데도 아버지랑 손 잡고 목욕탕도 한 번 가보지 못했지.

대학 입시가 시작되어 아빠는 너에게 충남대 축산과를 권했지만 넌 싫다고 했지. 그때는 한창 희망을 가지고 젖소 목장을 할 때였으니까 아빠는 네가 가대를 물려받으려면 꼭 그렇게 하는 것이 좋다고 생각하셨지. 엄마도 역시 그렇게 생각한 좁은 엄마였다.

처음에는 한의대를 가려는 꿈을 가졌지만 성적이 그에 못 미쳐 너는 재수를 이야기했지만, 재수를 한다 해도 그 점수는 어려운 점수였지. 너는 전자과에 가겠다고 고집을 부렸지만, 그때 아빠 엄마는 네가 그렇게 싫어하는 축산과를 가게 했는지 후회가 되는구나.

대학에 다닐 때는 마음 아픈 일이 있었지. 네 친구 규호. 국민학교 때부터 친한 친구였는데 일요일에 집에 내려왔다가 가는 길에 교통사고로 죽게 되었지. 그때 너는 네가 타고 다니는 차로 화장장에서 화장 시킨 단지를 싣고 그 어머니와 형과 같이 바다에 띄웠다지? 목사님도 동승했다는 이야기를 나중에 들었다. 그때 네 차로 가 준 것을 그 엄마가 나중에도 고마워 이야기했던 게 생각난다. 넌 마음이 착하고 의리가 있는 아이였다.

어느덧 대학 졸업을 하고 의경으로 군대를 갔지. 홍성에서 의경 생활을 하면서 너는 내내 페추리카(경찰 순찰차)를 몰았다. 언젠가 버스를 타고 가다가 교통사고로 버스가 조금 주춤했을 때 보니, 길 옆에 해골이 하얗게 보이는 사고 환자가 있어 눈을 돌리는데 네가 페추리카를 몰고 현장에 오더구나. 그래서 그때 엄마는 의경 생활이 사회생활에 좀 공부가 되지 않았나 생각도 했다.

의경 생활을 마치고 장교 시험을 볼까 한다고 올라간 네가 어느 날 성균관 법대 편입학증을 가지고 왔지. 그래서 성균관대에 이 년을 다니고 졸업을 했는데, 그 무렵 경희 누나가 너와 같이 고시 공부를 시작한 것 같다. 누나는 열심히 해서 일차와 이차 삼 년에 연수원 이 년 해서 오 년 만에 판사 임명장을 받았지. 그러나 너는 합격을 못했구나. 너한테는 뛰어넘지 못할, 아빠로부터 받은 스트레스와 아빠의 술 때문에 그렇게도 싫어하던 술을 배웠다. 엄마 아빠는 너에게 이 년 더 기회를 주었지만 그만 접고 말았지.

그때는 의약분업을 시작하고 얼마 되지 않은 시기였다. 약국은 준비도 없이 처방을 받게 되었다. 엄마는 겨우 일주일 강습으로 배운 컴퓨터로 처방전만 겨우 입력할 수 있었다. 그러다보니 경황이 하나도 없었다. 월말이 되어 처방을 정리하여 인터넷으로 의료공단에 올리려면 틀린 것 수정해야지, 항정신약 알 수 맞추어야지 밤늦게까지 혼자 끙끙대야 했다. 그래서 네게 당분간 도와 달라고 한 것이다.

그러나 당시 엄마 아빠의 깊은 뜻은 너의 결혼에 있었다.

좋은 혼처가 나와도 너는 줄곧 싫다고 했지. 사실 결혼만 했으면 같이 있을 필요도 없었지만 넌 그때부터 부모 애를 많이 태웠다. 처음에 약사를 얻으려고 했지만 약사 면허에 네가 인물까지 보니 몇 번이나 그쪽에선 좋다고 했지만 너는 매번 싫다고 해서 기회를 놓쳤다. 그리곤 시골집을 다시 짓게 되어 네가 다니면서 애를 많이 쓴 것을 안다. 정신없이 바쁜 덕에 경제는 조금씩 여유가 생겨 누이들 둘 집 사는 데 조금씩 도와 주고 그렇게 세월만 가더구나.

그러던 어느 날 아는 손님이 약국에 왔다. 나는 무심결에 약을 주었는데 이런 소리가 들렸다.

"허리가 아프신가 봐요. 좀 굽은 것 같아요."

내가 허리를 구부려 약을 주었나 보다. 꿈에도 생각 못한 이야기를 들으니 정신이 번쩍 들더구나. 정신없이 살아온 세월에 몸이 망가지고 있는 것도 몰랐지. 그 무렵에는 아빠 몸도 안 좋아서 약사를 두고도 해봤지만, 여러 가지 생각 끝에 약국을 정리하고 시골집으로 들어갈 결심을 한 것이다.

약국을 임대하고 시골로 들어와 살게 되니 엄마는 마음이 그렇게 홀가분하고 세상이 다시 보이는 기분이었다. 시골 생활에 적응해서 살았지만 다 좋지는 않았던 것 같구나. 몸은 오히려 더 망가지고 말았다. 남들이 심는 고추며 가지, 토마토, 배추까지 조금씩이나마 심으며 일에 열중하다 보니 몸에 무리 가는 것도 모르고 허리가 망가져 빨리 회복하기 위해 수술을 택했다.

허리 수술은 좀 힘들었단다. 수술을 여덟 시간을 들여 하고 나니 얼굴은 퉁퉁 부어 사람 같지 않고, 수혈을 열 봉지나 하고 나서는 손이 절이고 화끈거렸다. 진통제와 진정제를 먹어도 견딜 수 없었다. 전신 마취해서 손목 수술하고 잇따라 손까지 수술을 해야 했다. 그렇게 고생을 하다가 이십여 일만에 퇴원해서 집에 오게 되었다.

그것을 다 지켜본 너는 신경을 써서 말렸다. 그러나 살아온 세월이 누워만 있을 수 없는 성격이어서 엄마는 너의 애를 태웠다.

이제 네 나이 마흔 다섯. 인생의 반이 훌쩍 넘었는데 지금도 결혼을 망설이니 이번만은 지금 말하는 혼사를 성사시켰으면 다른 욕심은 안 부리겠다. 세월은 쉬지 않고 가니 하루가 아깝게 생각되는구나. 요즘은 장가 안 간 아들 걱정이 제일 크다. 너를 위해 열심히 기도를 드리지만, 나의 기도가 부족한 때문인가 자책도 해본다.

이제는 아빠나 엄마가 너한테 큰 도움은 되기 어렵지만, 네가 네 앞길을 잘 이끌어 나가기만을 간절한 마음으로 기도 드린다. 지금 만나는 혼사는 작은 아빠도 그렇게 열심히 권하고 열심이시니 꼭 이루어지길 같은 마음으로 노력하길 바란다.

이 글을 처음 쓸 때는 너의 혼사가 이뤄질지 알 수 없었다. 그러나 처음 글을 쓸 때와 달리, 숙원이던 너의 결혼이 이루어져 몇 자 보탠다.

하나님도 무심치 않으셨다 싶어 감사한 마음이 먼저 든다. 더구나 네가 좋아한 결혼이어서 또 모든 면으로 우리가 한 가족이 되니 사랑스럽고 부모로서도 감사할 따름이다.

지금 너에게 편지를 쓰는 오늘(6월 12일) 아침은 일흔 다섯 나의 생일이다. 결혼하고 처음으로 생일 미역국을 아들 내외에게 받은 날이다. 케이크까지 사 가지고 와서 일흔 다섯에 맞는 촛불을 켜고 며늘아기 건네는 말이 다정하기만 하다.

"어머니, 제가 생일 축하 노래 부르면 촛불을 불어서 끄세요."

나는 며느리 노래도 듣고 촛불도 끄고 팡파레도 불며 행복한 생일을 맞았다. 이제 결혼한 지 두 달 되었지만 며늘아기가 살갑게 하니까 금방 정이 드는 것 같다.

아들아, 이게 행복이겠지? 더 이상 욕심은 버리고 하나님께 그때그때 소망을 기원하면서 지내자 다짐해 본다.

넷째 딸에게

너는 어려서부터 당당하고 도도하기까지 한 성격이었지. 어렸을 때 너는 통통하면서도 예쁘고, 피아노도 곧잘 쳤으며, 그림도 웅변도 잘했다. 그러나 커 가면서 사춘기 어려움을 많이 겪었던 것 같다. 외로움도 잘 탔고 친구와도 갈등을 겪으면서 힘들었던 것 같다. 그러나 네 형제들은 이성 관계로 한 번도 힘들게 한 적은 없다. 지금 생각하니 엄마, 아빠 사는 모습에 부정적이어서 그렇지 않았나 싶다.

고등학교 3학년 때 너는 사진학과를 택했지. 공부로는 승부를 못 볼거라고 생각했겠지만, 그것도 너한테는 괜찮다고 생각했다. 네가 특별히 좋아서 선택한 것은 아니지만, 상명여대 사진학과에 합격했지. 일년 다니고 나서 너는 휴학을 한 해 하고 싶다고 했다. 아빠 때문에 힘들었지? 고등학교야 어떻게 다닐 수 있었어도 대학에 가서는 너도 잠시나마 쉬면서 너 자신을 추스를 시간이 필요했던 것 같다.

그래도 다행히 너는 휴학 후 다시 복학해서 학교를 잘 다녔지. 대학을 졸업하고 너는 잡지사 사진 기자로 일했다. 오래 하지는 않았지만 그래도 나는 그때 네가 잡지사 기자를 했던 것을 다행으로 여긴단다.

혼기가 되어 몇 사람 만나 봤지만 너는 마음을 못 정했다. 다행히 지금 만난 신랑과 인연이 되었지. 정말 착하고 무엇보다 믿음이 좋은 훌륭한 신랑을 만났다고 생각한다. 신랑은 부모님이 다 계시지만 부모도움 없이 고등학교 때부터 학생들을 가르쳐 과기대 졸업하고 서울대학원에서 박사 학위까지 받아 유성 과학단지에서 카이스트로 있을 때였지. 그때는 네 나이도 서른, 더 물러설 수 없는 나이가 되어 네 스스로 서른은 안 넘기리라 다짐했다지. 어쨌든 그해 11월에 결혼하고 정말 네가 힘든 몇 해를 잘 이겨 냈다고 생각한다.

몸과 마음이 약할 대로 약한 너를 보고 네 남편이 했다는 소리를 들었다. 자기가 돌아서면 이 아가씨는 쓰러질 것처럼 생각되었다지? 너같이 깔끔하고 생활환경이 다르게 자란 성인이 만나 맞춰 사는 것도 힘에 겨웠겠지만, 갓 결혼해서 남편이 살던 아파트 청소하고 포도 한 송이 사들고 오는 것도 그렇게 힘들었다고 했지.

그때 서울 시립대에서 전자공학과 교수 채용이 있는 것을 알고 네가 서류 만들어 제출하고 총장 인터뷰까지 해서 스카우트가 되었을 때는 얼마나 기뻤는지. 지금은 정교수가 되어 모범 교수상까지 받았으니 감사한 일이다. 물론 실력으로는 모자라지 않지만 그 찬스를 잘 맞추어 네가 힘쓴 데에는 네 공이 크지 않았나 싶다. 그때 네 남편은 연구원 일이 바빠서 움직일 수도 없었으니까.

지금은 두 딸 시영과 문영이 똑똑하고 예뻐서 너 어렸을 적 생각도 난단다. 그래도 너 자라던 때와 달리 환경이 좋아서인지 둘 다 공부도 잘해서 다행이다. 네가 그 아이들을 임신하고 입덧으로 고생했고 유모를 두고 키웠던 걸 생각하면 말이다.

너는 언젠가 내게 털어놓았지. 사춘기 때 아빠 술 때문에 입은 상처로 대학 때 한 해 휴학한 것, 그리고 결혼해서도 그 성격을 아이들에게 주지 않기 위해 몇 년이 걸렸다고 말이다. 육아를 하면서 너의 상처를 자식들에게 대물림하지 않기 위해 애절하게 노력했다는 말에 엄마는 슬펐다. 미안하구나.

이제는 네 가족이 일요일이면 교회 생활을 그렇게도 열심히 성실하게 하며 사는 모습에 엄마는 흡족하다. 다만 네가 씀씀이를 줄여 네 신랑 어깨를 좀 가볍게 해 주면 고맙겠다.

너무 예민한 네 성격 때문에 너희 신랑에게 상처가 될까 걱정도 했지만, 너는 그런 걸 커버할 수 있는 섬세함도 있어서 안심을 한다.

너희들을 키울 때 너희들에게 드는 돈은 아깝지 않았다. 그때를 생각하면 이해가 간다. 너무 어렵게 돈을 벌고 살았지만 너희들한테만은 아깝지 않았다. 이제는 너도 나이 쉰이 머지 않았으니 남편과 아이들을 위하고 너의 건강도 생각하며 반석 같은 가정을 만들기 바란다.

자식들에게 편지를 보냈다.

부부 간의 갈등, 대화 부족으로 인한 오해, 성격으로 인한 다툼, 경제적 어려움으로 인한 고통, 잠을 제대로 잘 수 없던 많은 일들…. 그때의 절실함을 아무리 이야기한들 자식들은 이해를 못할 것 같다. 그러나 어려움을 이겨낼 수 있었던 힘은 자식들에게 있었다. 자식들은 이제 엄마 아빠 편안히 사시는 모습이 저희들 마음을 편안하게 하는 길이라고 염려한다. 자식들의 애틋한 마음이 참 고맙다.

그래도 나는 엄마인지라 자식들이 여전히 걱정된다.

나의 믿음 생활

남편의 계속된 음주와 경제적인 어려움을 헤쳐나가야 하는 어려움 속에서 믿음이란 생활의 피난처 같지 않았나 싶다. 바쁜 일상 때문에 교회 생활을 열심히 할 수는 없었지만, 일요예배와 가정예배는 꼭 보려고 노력하며 지냈다.

나이 일흔이 다 되어 홍동으로 생활 터전을 옮겼고, 2011년 11월 13일 풀무 일요 집회에 처음으로 참석했다. 2017년 말까지 빠지지 않고 집회에 참석해 새로운 믿음 생활을 한 것 같다. 성경 말씀이 전하는 진리에 목말랐던 내게 풀무 일요 집회는 단비와도 같았다.

그러나 2017년 11월부터 찾아온 시련은 가족과 나 자신을 병의 감옥에 묶어 놓고 말았다. 일 년은 서울 병원과 집을 오가며 살았고, 또일 년은 병원을 자주 가는 건 줄었지만 한시도 남편 옆을 비울 수 없는 생활이었다. 자연히 집회 참석도 어렵게 되었다.

그러나 세월이 약이라더니, 나에게도 조금은 시간과 마음의 여유가생겼고 가슴속에만 묻어둔 믿음의 갈증을 풀 수 있었다.

아들이 결혼을 하고 쌍둥이 남매를 낳아 키우는 과정에 아이 도우미 아줌마를 두게 되었다. 그런데 알고 보니 그분이 전에 목회 일을 하시던 목사님이었다. 감사한 일이 아닐 수 없다. 며느리는 친정엄마의 믿음 안에서 태어난 모태 신앙의 딸이다. 믿지 않으면 죄를 사함 받을 수 없고 지옥에 간다는 확신을 며느리는 지니고 있었다. 무엇보다 고마운 것은 아들을 믿음의 길로 인도한 것이다. 믿음 생활을 할 수 있으리라곤 상상도 못했는데, 그것도 진지하게 똑바른 믿음으로 예배 드리는 모습이 정말 고맙다.

얼마 전, 창고를 정리하면서 수북이 쌓인 책 속에서 눈에 띈 한 권이 있었다. 『기독교의 기본 진리』(존 스토트 지음, 황블호 옮김)라는 책인데, 추천서를 먼저 읽어 보니 가슴이 두근거릴 정도로 반가웠다. 하나하나의 말씀이 정말 가슴을 울리고 믿음에 확신을 주는 내용에 감격하며 감사하게 읽었다. 책을 읽으며 마음에 다가오는 대목을 적어 봤다.

예수께서 인간의 신앙과 사랑의 합당한 대상이 자신이라는 것. 하나님께서 보내신 이를 믿는 것이 하나님의 일이니라. 그를 믿지 않는 것은 제일가는 죄인 것이다.

그리스도가 우리를 위해 죽으신 것은 우리가 스스로를 구원할 수 없기 때문이다. 그가 상하심으로 나음을 입고 그가 죽으심으로 생명을 얻으며 고통 받으심으로 용서가 오고 그가 고난 받으심으로 구원이 이루어진다.

하나님과 그리스도 예수님과 성령이 한분이라는 믿음. 이 믿음을 굳건히 가지고 매사에 긍정적으로 감사하며 하나님을 향한 소망의 마음으로 살아가기를 바란다.

구름에 가려 잠깐씩 나와 비춰 주는 달빛

아버지는 풍문에 납북되었다고 한다. 그때가 내 나이 열한 살이었다. 육십 년이 넘는 긴 세월 동안 어머니는 돌아가셨지만 그래도 우리 가족은 언젠가 아버지가 고향의 주소를 가지고 찾아오실 거라는 희망을 놓지 않고 어려운 세월을 견뎌냈다. 지금은 생사의 소식만이라도 들었으면 하는 바람뿐이다.

아버지 없이 살았던 우리 가족은 힘들었다.

"인생은 상처투성이의 삶이다. 살아간다는 것은 그런 모든 상처를 치유하는 과정이다."

공감이 가는 이야기이다. 적어 보며 다시 내가 살아온 시간을 생각해 본다.

나는 아래로 여동생 둘과 남동생 하나가 있다. 동생들에 대해 좀 더 쓰고 싶다.

바로 아래 여동생과 나는 꼭 친구처럼 지냈다. 중학교 때 같이 자취를 했고 여동생은 씨 없는 수박을 개발한 우장춘 박사가 설립한 간호고등학교에 갔다. 동생은 여성다운 성품에 수줍음을 많이 탔고 천성이 성심이 풍부했던 것 같다. 어머니의 어려움도 다른 형제보다 더 깊이 알았고, 졸업 후 전주 성심병원(기독교 계통이었고 미국인 의사도 있었다)에 간호사로 일했다. 그런데 그때의 영향으로 수녀가 되겠다고 해서 온 가족이 깜짝 놀라 설득해서 말렸다. 그때 마침 파독 간호사를 모집할 때여서 그곳으로 가기로 일단락되었다.

내가 결혼하던 해 동생이 독일에 가게 되었다. 그때 나는 갓 시집 와서 시댁에서 일 년을 살 때였다. 여동생은 먼 길 간다고 홍성 시골집까지 와서 잠깐이라도 나를 보고 갔다. 그러나 그때를 생각하면 마음이 아프다. 나는 외국 나가는 동생에게 차비 한 푼도 주지 못했다.

서독 근무할 때도 여동생은 집을 잊지 않고 물심양면으로 도왔다. 우리 형제 중 막내인 순영이가 연세간호학교에 다닐 때는 등록금을 다 대어 주었다. 어머니 용돈 하며 효녀 노릇을 제일 많이 했고 형제 중 어머니 성품을 제일 많이 닮았지 않았나 싶다.

서독 근무를 마치고 여동생은 캐나다로 가서 잠깐 있다가 미국 시카고로 갔다. 그 곳에서 서독 광부였던 청년을 만나 결혼을 하고 자식 삼남매를 키우며 삼십 년 넘는 이국 생활을 했다. 제부는 강원도가 고향으로 부모를 일찍 여의고 큰형님 밑에서 자란 건실한 청년이었다. 여동생의 아들은 의사 부부이다. 슬하에 둔 두 딸도 다 잘 살고 있다.

여동생은 지금은 노년이 되어 혼자된 막내딸의 외손녀 둘을 보살펴 주고 있다. 막내딸은 도서관에 근무한다. 내가 나이 들어 보니, 늙어서 뭔가 할 일이 있다는 것이 결코 불행한 일은 아닌 것 같다. 혼자가 아닌

할아버지 할머니의 사랑을 받아가며 크는 손녀들도 행복하고, 딸한테는 얼마나 든든한 부모이겠는가?

연세간호대학을 졸업한 막내 여동생은 보건대학원을 장학금으로 다녔다. 독학으로 서울대를 졸업한 신랑을 만나 어머니를 모시게 되었다. 하지만 그것도 잠깐, 미국으로 이민을 갔다.

미국에서 동생은 직장에 나가고, 재주가 많은 신랑은 한약 공부에 한의원을 하면서 큰 농장을 사 농사도 지었다. 그리고 산을 구입해서는 산삼 재배를 했다. 외국 나가서 자립해야 하겠기에 그렇게 여러 일을 해나간 줄 알지만, 제부는 뒷감당이 쉽지 않았던 것 같다. 동생도 그 모든 것을 뒷바라지하기가 힘들었던 것 같다. 제부는 그러다가 심장마비를 일으켜 큰애가 중학교 다닐 때 작고했다.

그 후 동생은 혼자서 아이들을 키웠다. 삼남매가 공부도 잘했지만 자립심이 강한 아이들로 교육을 시켜 지금은 아들과 딸이 변호사이고 막내는 활달해서 국회 사무실을 거쳐 회사에 다니며 제 공부를 한다고 한다.

이 년 전에는 아들을 결혼시켜 손주까지 데리고 고국에 다녀가기도 했다. 익산에 있는 시댁에는 지금도 꼭 인사 전화를 하고, 한국에 오면 꼭 들러서 어른들께 인사시키고 손주도 보여 준다. 조카의 처갓집은 진주이다. 조카 며느리는 안과 의사이다.

이곳에 사는 우리보다도 더 찾아 뵙고 인사하며 나이 많은 큰아버지와 사촌들을 만나 선물도 주고받는 모습이 참 부러울 정도다.

우리 여섯 남매 중 네 딸은 모두 고생은 했어도 이제는 자기 생활을 할 수 있는 만큼 자녀를 키워 부끄럽지 않은 생활을 하고 있다. 네 딸 가운데 둘은 미국에 살고, 한국에는 언니와 내가 있다. 그러나 내 생활 때문에 외가와는 왕래도 못하고 늘 언니를 통해 소식을 알 수 있었다.

언니는 체격이 크고 활달했다. 5학년 때 월반해서 강경여중에 들어가 기숙사에서 생활하다가 6.25를 만나 군산여고로 학교를 옮겼다. 여고 다닐 때 교회 성가대에서 노래하며 잘 어울리는 생활을 했다. 졸업하고 모교인 국민학교에 나가게 되어 엄마께 도움이 되었나는 모르겠다. 결혼을 일찍 했기 때문이다.

결혼 후에 어머니는 언니 때문에 돈 거래가 복잡한 돈을 받으러 다니며 한숨을 쉬던 모습이 생각난다. 말하자면 돈 거래에 정확하지 않았던 잘못이 있었지 않나 싶다. 형부는 깔끔하고 세심한 분이다. 언니 같은 성격에 그런 속에서 화투에 빠지지 않았나 싶다. 알기로는 큰아들이 순천향의대 갈 때 뒷바라지를 소홀히 하지 않았고, 큰딸이 직장생활하며 남편은 미국 의대에 다닐 수 있었던 것도 언니가 아이들을 맡아서 봐 주었기 때문이다.

화투는 중독이다. 딸들이 울며 말렸다. 언니는 이겨내려고 노력을 많이 한 것 같다. 집에서 서예에 몰두하여 액자까지 만든 걸 받은 일이 있다. 또 시 외우기를 해서 40수를 외웠다는 이야기도 들었다. 육십 대에는 어린이집 아이들에게 구연동화를 들려 주는 활동도 했다. 지금은 늙어도 깔끔하신 형부와 탁구는 선수 수준이고, 복지관에 다니며 믿음 생활도 잘하고 있어 감사한 일이다. 언니가 어지럼증이 있는데 돌아가신 어머님처럼 빈혈이 있어서일까, 남은 세월 건강하게 언니와 통화하며 지내고 싶다.

삼 년 전만 해도 언니와 기차 타고 군산 어머니 산소에 다녀오기도 했는데, 그것이 마지막이 아니었으면 싶다.

오빠와 남동생 이야기도 해야겠다.

어머니에게는 가장 애물단지였던 오빠 이야기를 빼놓을 수 없다. 오빠는 어려서 가정교사를 두고 공부하여 군산 시골 학교에서 경기중학교를 갔으니 집안에는 경사였다. 그러나 학교생활은 그렇지 못했던 것 같다.

어려서 들은 이야기지만, 친구들과 과수원 서리를 한다든가 하는 일화가 있었는데 그것을 바로잡아 주지 못한 것 같다. 아버지께선 "저 녀석은 미군의 하우스보이로 보내야 한다."고 말씀하셔서 어머니 가슴이 철렁했다고 하셨다. 그러다가 6.25를 만나 경기중학교 3학년 때 피난 내려와 전주고등학교를 다니고 전북대학에 갔는데, 학교가 시시하다고 걸핏하면 집에 와서 투정하고 돈 달라 요란을 피우면 어머니와 우리는 불안에 떨었다.

내가 오빠를 용서하지 못했던 감정은 특히 어머니의 생애를 생각할 때 컸다. 올케는 말없이 독한 여자였던 것 같다. 말 한 번 크게 하는 것도 못 봤지만, 혼자이신 시어머니에게 너무 냉담했다.

이런 일이 있다. 시골집 정리해서 모셔 간다고 어머니가 서울에 가셨는데, 이건 꼼짝없는 감옥이었던 것 같다. 부엌을 말끔히 치워 물 한 컵도 맘대로 못 마실 정도로 해놓고 나가고, 저녁이 되어 오빠가 어머니 방에 와서 이야기를 하면 그렇게 싫어서 야단을 하니 도저히 있을 수가 없었다고, 한 두 달 있었나 싶다.

그 뒤로는 아들네 가서 살 생각은 하지도 않으셨던 것 같다. 딸들이 용돈을 주어 어머니에게 돈이 좀 있는 것 같으면 올케는 대학 다니던 딸을 데리고 와 등록금이 없다고 한다. 그러면 어머니는 안 줄 수가 없어 돈을 주었다고 하셨다. 그래도 그 딸이 재벌가로 시집을 가서 아빠 엄마 용돈도 드린다고 하니 노년에 반가운 이야기다.

오빠의 이야기는 우리 가족에게는 길고 길지만 어머니가 안 계신 지금, 미운 감정도 핏줄에 대한 애틋한 마음으로 다 용서가 되는 것 같다. 아마 돌아가신 어머니도 눈을 감기 전에 오빠를 용서하지 않으셨을까 생각해 본다.

또 하나의 애물단지였던 작은 아들, 그러니까 내 남동생 이야기다.

남동생은 어려서부터 착해서 아버지 전근 다닐 때도 시골 할머니한테 떼어 놓고 다녔다. 학교 다닐 때도 너무 순해서 동네 친구들한테 맞지나 않을까 염려했다. 성품이 좋아 누구하고나 좋기만 했던 것 같다.

남동생은 고등학교를 겨우 졸업하고 우리 집안에선 유일하게 대학을 안 갔다. 6.25 후이니까 집안 형편도 어렵지만, 가려고 했으면 어머니가 어떻게 해서라도 보냈을 텐데 그렇지를 못했다.

어딜 가나 속임수 없이 자기 몸 안 아끼고 열심히 하니까, 형네 철근 목재 장사를 같이 했다. 장가를 가서 아들을 낳고 그런대로 가정생활을 했지만, 그 색시가 살림살이를 고양이 세수하듯 했으니 어머니 마음에 들 리도 없고 같이 살 수도 없었다.

그러다 미국 있는 막내딸이 다달이 돈을 부쳐와 어머니는 조그만 아파트 살 돈을 만들었다. 돈이 생기자 남동생이 엄마를 설득하기 시작했다. 차 한 대 사서 가구 장사를 하겠다고 어떻게 어머니를 꼬셨는지 결국 그 돈을 다 말아먹고 말았다. 아마 어머니도 당신 아들이 그렇게 사는 게 안쓰러워 돈을 주었겠지만.

어머니, 마음 깊은 곳에 계신 나의 어머니.

어머니는 이야기하는 것을 좋아하시고 기억력도 좋으셨는데, 내 생활이 바쁘니까 어머니와 마주 앉아 이야기할 시간이 없었다. 어머니와 못 나눈 이야기들이 아쉽다. 겉은 화려하지만 실생활이 어려웠던 어머니의 이야기들을 못 들어드린 것도 불효다 싶다.

어머니는 살림을 모르는 시어머님과 남편 밑에서 마음고생도 잠깐, 서른 여섯에 혼자되셨다. 그때부터 가진 것 없는 어머니의 진짜 어려운 삶이 시작되었다. 한 많은 세월을 사시다 여든 아홉에 돌아가셨다.

우리 여섯 남매 중에서 내가 어머니와 제일 오래 살았지만, 우리 아이들이 연년생이어서 어머니께서 봐 주지 않으셨으면 내가 아이들을 이렇게 키울 수 있었을까. 나는 살림을 잘 못했다. 반찬이나 김치 담그는 것도 지금까지 배운다. 자기도 사는 게 여의치 않아 바쁜 막내 시누가 이번 여름에도 물김치랑 해서 두 번이나 가지고 왔다. 살림은 여전히 손에 익은 생활이 아니다. 어머니가 우리 집에 오셔서 도와 주지 않았으면 어떻게 살 수 있었을까? 말년에라도 좀 더 편안히 모셨어야 하는데 그렇지 못한 세월이 원망스럽고 어머니께 죄스런 마음뿐이다.

내가 어머니를 마음으로 모셨는지 생각하면 죄책감이 든다.

남편 은사님 집을 우리가 사게 되어 생전 처음 내 집으로 이사를 갔을 때였다. 번듯한 내 집이었으니 어머니도 조금은 편안하게 생활하실 수 있었을 텐데, 그때 마침 어머니는 서울에서 자리를 잡은 작은 아들과 같이 살게 되어 서울로 가셨다. 우연의 일치였을 것이다. 어머니도 이제는 딸이 자리를 잡았으니 서울 가서 작은 아들과 살아야지 하는 마음을 먹었을 것 같다.

그러나 내게는 석연치 않은 마음이 지금도 남아 있다. 혹시 내가 어머니를 떠밀어 서울로 가시게 한 것은 아닐까. 지금은 여쭤 볼 어머니가 안 계시니 확인할 수는 없다. 안타깝다. 그랬다면 어머니 마음이 얼마나 서글펐을까 하는 자책이 든다.

그렇게 모셔간 남동생이 어머니를 제대로 모시지 못해 어머니 혼자서 단칸방에 계시게 되었다. 자존심 강한 어머니가 숱한 고생도 의연하게 견디며 사셨지만, 연세는 많고 혼자 계신 게 자손으로서는 걱정이었다. 그때 우리 시골집은 시댁 어른이 다 돌아가시고 비어 있어 어머니를 모시게 되었다. 원래 무릎이 안 좋으셔서 혼자서는 다닐 수도 없으니 이웃도 없는 시골집에서 일요일 성당에 가시는 게 전부였다. 큰딸이 가끔 오기는 했지만 그렇게 또 외로운 생활을 하셨다.

이때는 우리 아이들도 다 커서 서울에 있을 때였다. 나는 약국 때문에 밥 먹을 시간, 화장실 갈 시간도 없이 살았기 때문에 가까워도 가 뵐수가 없고 남편만 새벽에 가서 어머니 집 주위 풀을 깎고 오곤 했다. 어머니는 인적도 드문 낯선 동네에서 외롭게, 외롭게, 말년을 사셨다.

지금이라면 좀 더 잘 모시고 차로나마 구경도 시켜 드릴 수 있는데 세월은 기다려 주지 않으니 어리석고 부족한 것이 자식이 아닌가. 어

머니는 깔끔한 성격이라 아무나 사귀고 이야기하는 분이 아니라서 그
저 성모님께 기도하며 미국에 있는 두 딸을 그리며 사셨다.

돌아가신 뒤, 수첩에서 나온 짤막한 메모 여러 편을 보면서 얼마나
눈물이 나는지 통곡을 했다.

어머니가 손위 시누이의 죽음을 듣고 쓴 글이 있어 적어 본다.

형님, 우리 형님.

우리는 유년 시절부터 같이 생활하며 야학을 다닐 때도 남녀 합해서
우리 둘이 일이 등을 차지하여 그때는 마냥 즐거웠습니다.

그런데 형님은 공부를 계속 하였지만 나는 가문의 지나친 완고로 그
럴 수 없었습니다. 그때부터 시름에 빠진 내 생애는 지금 오늘날까지
계속되었습니다. 그러나 천주님께서는 주신 길에 극복할 수 있도록 분
수를 지킬 수 있도록 인도하셨습니다.

형님, 장수하실 줄 믿었더니 예고 없는 병마에 고생하시다 영영 못
오실 길을 떠나셨으니, 이 자리에 앉아서 멀지 않은 곳이지만 못 만나
뵈온 슬픔에 목이 메여 울며 주님께 기도 올립니다.

천성이 착하시고 온순하여 평생을 순종하시며 사신 우리 형님, 천주
님 품안에 안아 주시기를 빕니다. 영영 가신 형님, 천국에서 만납시다.

1989년 4월 12일(음력 3월 7일)

동생댁 채복임.

어머니 유품(조그만 수첩 3권)을 보다가 너무나 목이 메어 한동안을 울었다. 내가 남편과 아이들 때문에 고달프고 경제적인 고충을 받으며 살았지만, 그래도 좀 더 마음을 썼더라면 어머니의 외로움을 조금이나마 덜어줄 수 있지 않았을까 생각하면 너무도 원통하다.

"스쳐가는 구름 속의 달처럼" 생각해 보니 어릴 적 사춘기 때는 밝은 달만을 생각했던 것 같다. 집을 떠나 자취 생활을 할 때에는 소설책을 읽다가 너무 늦으면 집 주인의 눈치가 보여 불을 끄고 툇마루에 나가 달빛에 책을 읽던 기억도 새롭다. 그런데 지난 세월을 그려 보니 내 삶은 구름에 가려 잠깐씩 나와 비춰 주는 달빛이었다. 그런 달빛처럼 잠깐씩 숨 쉬며 살았다. 달빛은 잠깐 비추고 사라졌지만, 그것은 한 가닥 희망 같은 것이었다.

지금은 조금 전 일도 곧잘 잊어 버려 한심스러운데 이 글을 쓰며 생각하니 전후가 잘 정리되지 않는다. 좀 더 일찍 일기라도 썼더라면 지금같이 잘못 산 것 같은 자책은 좀 적지 않았을까 생각한다. 다 지난 일이지만 생각하고 싶지 않은 세월들도 많다.

이제 여든을 앞에 두고 돌아보니, 지난 세월이 한순간 유성 같이 순식간에 지나지 않았나 싶기도 하다. 사십 대를 지나면서는 너무 힘들고 어려워 세월이 빨리 가기만을 얼마나 갈구했던가. 지금은 세월이 약이라고 하듯이, 모든 것이 하나님의 예정된 삶이었던 게 아닌가 한다. 미움도, 원망도, 시기도, 절망도 다 희미해지고 모든 것에 감사하며 살고 싶다.

죽는 날까지 책을 읽을 수 있고 영화도 볼 수 있는 눈과 귀를, 또 걸어 다니며 자연을 즐길 수 있는 건강을 누린다면 얼마나 고마울까.

또 한 가지 머릿속에 맴도는 장면이 있다. 스위스에 있는 '자살조력 단체'에서 본 한 장면, 하얀 컵에 하얀 가루 한 봉지를 차처럼 타 마시고 한 손은 배우자(가장 가까운 가족)의 손을 잡고 다른 한 손은 조력자의 손을 잡은 채 편안히 잠드는 모습. 그런 죽음이면 족하지 않을까.

부끄러운 지난날을 생각나는 대로 적어 본 것이 정말 글이 되었는지 모르겠다.

여기까지 쓰고 여러 사정으로 작업이 중단된 지 이 년이 넘었다. 이어 쓰려고 하니 너무 아쉬운 부분도 많고, 한가하게 들여다 볼 여유도 없이 마무리를 하려니 지금까지도 끝나지 않은 삶의 여정이 부끄럽기만 하다.

지금 이 글을 쓰고 있는데 둘째 딸한테서 전화가 왔다. 내일 토요일이어서 엄마 도와 주러 홍성에 오기 위해 차표를 예약했다고 한다. 둘째 딸은 부산 법원에 있다가 지난 봄에 집 가까운 대전 법원의 부장판사로 오게 되었다. 토요일에 집에 와서 청소, 빨래, 장보기, 반찬해 놓기(인터넷 보고 하는데 나보다도 다양하게 잘 만든다.) 등 일요일 오후 6시까지 바쁜 움직임으로 해 놓고 간다. 집안 청결, 일상생활의 주의점, 운동의 중요성 등 일일이 알려 주는 둘째한테 이제 와서 나는 너무 많은 걸 받고 있다.

내 나이 여든을 지나고 있다. 힘도 용기도 남은 세월도 얼마 남지 않은 노년이다. 바라는 것은 자녀들의 안위와 모든 것을 하나님 뜻 안에서 살며 늘 겸손하고 감사하며 분에 넘치는 욕심을 버리는 것, 가족들과 화목하며 건강한 삶을 살아 이웃과 자녀들에게 모범이 되는 것일 뿐이다.

화보

나의 할아버지. 열네 살 때 결혼해 할아버
지의 며느리가 된 나의 어머니에게는 예수
님에 비유될만큼 평생 마음의 기둥이 되셨
던 분이다. 할아버지는 서른 셋 젊은 나이
로 돌아가시기까지 삼년 여를 병석에 계셨
는데, 나의 어머니는 할아버지 병석을 지키
며 그분의 주옥 같은 말씀을 들었다. 어머
니가 서른 여섯에 혼자되어 여든 아홉을 일
기로 돌아가시는 날까지 할아버지를 가슴
에 안고 사셨다.

나의 어머니. 두 살 아래 여동생이 어머니 품에 안겨 있고, 맨발로 어머니 옆에 앉은 나는 서너 살 무렵인 것 같다.

고등학교 1학년 무렵. 한 클럽으로 친하게 지낸 친구들
과 학교 뒷산에 올라가 찍은 것 같다. 월명산 자락에 있
던 학교 뒤쪽으로 올라가면 아래로 물이 보이는 넓은 풀
밭이 있었다. 왼쪽에서 두 번째가 나. 맨 오른쪽이 전화
자, 그 옆이 최군자(세월이 흘러 동창회에서 다시 만난 사진
이 뒤에 있다).

고등학교 3학년 때였던 것 같다. '에스 언니'라
부르면서 친하게 지내던 언니(왼쪽에서 두 번
째), 가운데가 나. 에스 언니는 강경 바로 밑 용
안이라는 데서 살았는데 결혼하고 부산에 사
는 언니를 한번 만나기도 했다.

고등학교 갓 졸업했을 무렵.

고등학교를 졸업하고 시골 집에 있던 시절, 서울과 부산에 있는 친척 집을 다니면서 새로운 곳도 가보고 경험을 많이 했다. 1960년 여름, 막내 고모 가족과 창경원에 가서 찍은 사진. 맨 왼쪽이 나, 가운데가 막내 고모, 오른쪽이 막내 고모부, 앞의 아이들은 고모의 자녀들. 고모부는 서울공대를 졸업하고 배를 설계하는 일을 했는데 워낙 머리가 좋은 분이라고 했던 기억이 난다. 사진 속 나는 당시 양재를 배워서 직접 만든 원피스를 입었다.

1966년 3월쯤으로 기억한다. 남편과 처음
만나 군산의 월명공원에서 찍은 사진.

결혼하고 첫 아이를 낳은 지 얼마 안 된 때 약국 앞에
서 찍은 사진이 남아 있다. 지금 홍성읍 신중앙약국 자
리인데, 당시에는 장군상오거리가 없었고 약국 옆길
에서 홍남국민학교와 우주아파트로 통하는 작은 골목
길만 있었다. 장날이면 사람들이 다 그 골목으로 다녔
고, 약국에는 손님이 많았다. 저 때만 해도 '나이 좀 들
어 보였으면…' 생각하곤 했다.

약국 일과 살림을 하면서 아이 넷을 키우느라 힘든 날이 많았지만,
이 아이들은 내게 가장 큰 기쁨이었다.

가운데가 어머니, 오른쪽은 언니, 왼쪽이 나. 어머니가 미국 시카고에 있는 동생에게 가시던 날인 것 같다. 1975년쯤이었다.

홍성읍에 있던 집 마당 화단 앞에 온 가족이 모였다. 맨 가운데 시아버님을
모시고 왼쪽에 우리 부부, 둘째와 셋째 동서, 시동생, 일곱 아이들이 앉았다.
1975년쯤으로 기억한다.

친정어머니가 우리 집에 오셔서 손녀 셋을 봐 주시던 시절. 자세히 보면 사진 위쪽에 "인자하신 할머니! 우애와 사랑"이라고 적혀 있다. 맨 오른쪽 큰딸이 사진에 적어 놓았다. 큰딸은 어려서부터 외할머니 말씀을 잘 듣고 착했다.

1978년, 남편의 갑작스런 아픔이 지나간 어느 날 군산 월명공원으로 가족 나들이를 갔다. 그 전에는 이렇게 다 같이 나들이를 간다는 생각조차 할 수 없었다. 아마도 아이들과 첫 나들이었던 것 같다.

오른쪽 교복을 입은 큰딸이 중학교 들어가던 봄, 동생들이 차
례대로 줄지어 앉았다.

친정 할아버님의 산소 앞에서. 뒤에 서 있는 나와 남편, 앞에 앉아 계신
왼쪽부터 어머니, 언니, 오빠, 형부, 숙부님, 집안 아저씨.

결혼하고 평생의 일터가 되었던 약국에서.

효성이 가장 깊었던 바로 아래 동생네 가족과 미국 시카고에서 이년 여 생활하시던 때의 어머니. 가장 행복해하셨다. 왼쪽부터 서독 광부였던 제 부, 어머니, 여동생. 여동생은 나와 두 살 터울인데, 사람들이 어린 나와 동생을 보고 쌍둥이라고들 할 만큼 많이 닮았다.

홍동국민학교 교장을 역임하신 시아버님의 제자들이 지금의 홍동초등학교 한켠에 기념비를 세우던 날. 가족과 함께 기념사진을 남겼다. 맨 왼쪽이 남편, 남편 옆에 계신 분이 큰시누이다. 나는 결혼하고 평생 큰시누이를 부모처럼 의지하며 살았다. 인자하고 생활력 강한 큰시누님은 내게 큰 힘이 되어 주셨다.

고향을 떠나 낯선 곳으로 시집와서 약국에
만 갇혀 지내던 젊은 시절, 약국 건너에서
작은 농기계 공장을 하던 집 며느리로 시집
온 민희 엄마를 알게 되었다. 딸들을 대전
호수돈여고에 보낸 것도 같았고, 통하는 부
분이 많았다. 살면서 겪는 어려움을 나누며
속내를 터놓고 지낸 오랜 친구가 되었다.
이제는 병을 짊어지고 사는 남편을 친구 삼
아 우리도 같이 늙어가고 있다. 아들과 두
사위를 목사님으로 둔 믿음이 좋은 친구다.

군산에서 고등학교 다닐 때 제일 친하게 지낸 두 친구 최
군자(왼쪽)와 전화자(오른쪽). 그 시절에는 '-자'로 끝나는
이름이 많았다. 나도 국민학교 입학할 때 '노의자'로 이름
을 바꾼 기억이 난다. 해방이 되고 얼마 지나지 않은 때였
기에 일본식 이름을 쓰도록 한 것 같다. 두 친구와는 졸업
하고 뿔뿔이 흩어졌는데, 언젠가 딱 한번 갔던 동창회에서
반갑게 만났다.

1986년, 처음으로 우리 집을 갖게 되었고 약국도 그리로 이사
를 했다.

남편은 약국 일 말고도 젊어서 정말 일을 많이 했다. 시골의 황무지를 개간해 초지를 만들어 젖소를 키웠고, 과일나무도 여러 해 길렀다. 허허벌판에서 혼자 어떻게든 해보려고 하던 시절, 쏟아부은 노력에 비해 효과는 적고 어려움도 많이 겪었지만 남편은 땅에 대한 애정이 깊었다.

이남 사녀 형제 중 네 자매가 큰언니 집에 모였다. 맨 오른쪽부터 큰
언니, 넷째, 셋째, 나, 맨 왼쪽은 나의 막내딸 세희. 앞의 두 꼬마는 큰
언니의 손녀들이다.

남편의 대학 동창 분들과 회갑 기념 여행으로 유럽
네 개 나라를 다녀왔다.

둘째 딸 사범시험 합격을 온 가족이 축하하고 있다.

두 딸과 두 사위, 앞에는 두 외손주와 함께.

큰 욕심 없이 단란하게 살고 있는 큰딸 가족과 함께.

경기도 과천의 한 식당에서 점심을 먹고 생일 케이크를 나누던 한때.
둘째 딸이 판사로 근무하면서부터 이런 자리를 가끔씩 마련할 수 있었
다. 우리 가족 사남매와 큰사위, 손녀들까지 모였다. 지금은 며느리와
쌍둥이 남매가 더해져 모두 열다섯 가족이 되었다.

눈에 넣어도 아프지 않을 손주 수안과
지안. 부활절 선물을 앞에 놓고 기도 드
리며 즐거워하는 모습. 2017년 11월에
태어났으니 이제 네 살이 되었다.

2000년, 시골 집을 헐고 새로 지은 집. 우리 내외 평생의 피와 땀으로 지을 수 있었다.

남편의 팔순을 맞아 사남매와 함께 찍은 가족사진. 아들의 결혼 전해였다. 이제 내 나이 여든을 지나고 있다. 힘도 용기도 남은 세월도 얼마 남지 않은 노년이다. 바라는 것은 자녀들의 안위와 모든 것을 하나님 뜻 안에서 살며 늘 겸손하고 감사하며 분에 넘치는 욕심을 버리는 것, 가족들과 화목하며 건강한 삶을 살아 이웃과 자녀들에게 모범이 되는 것일 뿐이다.

아마 나의 이야기가 되기도 하겠다

1판 1쇄 펴낸날 2021년 5월 31일
1판 2쇄 펴낸날 2021년 12월 21일

지은이 노의영
펴낸이 장은성
만든이 이영남, 김수진
인   쇄 호성인쇄

출판등록일 2001.5.29(제10-2156호)
주소 (350-811) 충남 홍성군 홍동면 광금남로 658-7
전화 041-631-3914
전송 041-631-3924
전자우편 network7@naver.com
누리집 cafe.naver.com/gmulko